Legenden der Traumzeit

© Joseph Mick

TAMARA McKINLEY wurde in Australien geboren und verbrachte auch ihre Kindheit im Outback des fünften Kontinents. Heute lebt sie an der Südküste Englands, aber die Sehnsucht treibt sie stets zurück in das weite, wilde Land, von dem sie in jedem ihrer Romane faszinierende neue Facetten entfaltet und sich weltweit eine große Fangemeinde erobert hat.

TAMARA
McKINLEY

Legenden der Traumzeit

ROMAN

Aus dem australischen Englisch
von Marion Balkenhol

Weltbild

Die englische Originalausgabe erschien unter dem Titel *Legacy*
bei Hodder & Stougthon Ltd., London

Besuchen Sie uns im Internet:
www.weltbild.de

Genehmigte Lizenzausgabe für Verlagsgruppe Weltbild GmbH,
Steinerne Furt, 86167 Augsburg

Übersetzung: Marion Balkenhol
Umschlaggestaltung: Atelier Seidel – Verlagsgrafik, Teising
Umschlagmotiv: www.shutterstock.com
Gesamtherstellung: GGP Media GmbH, Pößneck
Printed in the EU
ISBN 978-3-8289-9680-9

2014 2013 2012 2011
Die letzte Jahreszahl gibt die aktuelle Lizenzausgabe an.

Meine Reise in die Zeit der ersten Besiedlung Australiens, die mit »Träume jenseits des Meeres« begann, war eine Fahrt auf der Achterbahn. Der schwierigste Teil einer jeden Reise ist der erste Schritt, doch nachdem ich ihn getan habe und am Ziel angekommen bin, habe ich das Gefühl, wirklich etwas geleistet zu haben. Ich wusste nicht so recht, ob ich ein so ehrgeiziges Projekt schaffen würde, doch ich habe in den letzten drei Jahren so viel gelernt und weiß inzwischen wirklich zu schätzen, wie viel ich den Menschen verdanke, die mich lieben und mir Mut machen, auch wenn es zäh vorangeht.

Diesen Menschen – und sie wissen, wer gemeint ist – widme ich »Legenden der Traumzeit«. Ohne sie wäre ich nicht so gesegnet.

Das Vermächtnis von Helden ist die Erinnerung an einen großen Namen und das Erbe eines großen Beispiels.
Disraeli

Prolog

Tiefe Verbundenheit

Moonrakers Farm, New South Wales, 1835

Nell Penhalligan erwiderte den Blick ihrer Enkelin und bemühte sich vergeblich um eine finstere Miene. Ruby war ein entzückendes Kind mit einem passenden Namen, denn sie hatte rotes Haar und ein aufbrausendes Temperament. Sie war so wissbegierig und herrisch, wie ihre Mutter Amy mit fünf Jahren gewesen war, und es fiel Nell schwer, angesichts Rubys entschlossenen forschenden Blicks nicht zu lächeln. »So zu starren ist unhöflich«, sagte sie milde.

»Du bist heute sehr alt geworden, Grandma, nicht wahr?« Sie legte den Kopf schief, und die blauen Augen musterten sie eindringlich.

Nell streckte den üppigen Busen vor. »Ich bin siebzig geworden«, sagte sie stolz.

»Das ist noch gar nichts«, schaltete Alice Quince sich ein. »Ich bin schon vierundsiebzig.«

Nell betrachtete die kleine Frau an ihrer Seite. »Ja, aber ich bin gesünder«, entgegnete sie. »Und ich arbeite noch von morgens bis abends.«

»Phh!« Alice schob einige verirrte weiße Haarsträhnen unter ihre Haube zurück. »Das bisschen Waschen und Bügeln ist doch keine Arbeit«, sagte sie herablassend. »Ich helfe noch immer bei der Schafschur mit.«

»Stehst im Weg rum, besser gesagt«, murmelte Nell.

Das Kind hörte neugierig zu. »Warum streitest du dich mit Tante Alice, Grandma?«

»Weil sie die meiste Zeit Unsinn redet«, schnaubte Nell und zog sich den dünnen Schal fester um die runden Schultern. Trotz der brennenden Sonne war ihr kalt. Sie hätte ihr dickeres Tuch mitnehmen sollen, doch sie würde nicht darum bitten – dann würde Alice garantiert spötteln, dass sie auch gar nichts aushalte.

»Und du nicht?«, höhnte Alice. »Du stopfst den Kopf des Kindes mit lauter Quatsch voll – Sachen, die es unmöglich begreifen kann.«

Nell blinzelte Ruby zu, die sie anstrahlte. »Ruby und ich verstehen uns blendend«, erklärte sie. »Besser, sie erfährt die Geschichten von mir als eine entstellte Version von Fremden.«

»Ich glaube kaum, dass es angebracht ist, ihr etwas über deine Zeit als Strafgefangene zu erzählen«, murmelte Alice vor sich hin, während sie die knochigen Schultern als Zeichen ihrer Missbilligung straffte. »Vor allem, wenn man bedenkt, warum du verschifft wurdest.« Ihr funkelnder Blick sprach Bände.

Nells Leben als Londoner Hure hatte mit ihrer Ankunft in Australien geendet. »Du weißt genau, dass ich ihr so was nicht erzähle«, fuhr sie Alice an.

Ruby kletterte auf Nells breiten Schoß und schmiegte sich an sie. »Mir gefallen Grandmas Geschichten.« Sie schaute zu Nell auf. »Erzähl mir, wie Tante Alice beinahe von einem Dingo gefressen wurde und wie du ihn totgeschossen hast! Das ist gruselig.«

Alice klappte ihren Fächer auf. »Ich erzähle die Geschichte viel besser als du«, brummte sie. »Schließlich hat der Dingo *mich* verfolgt.«

»Ja, aber du würdest heute nicht hier stehen, wenn ich nicht so eine gute Schützin wäre«, gab Nell zurück. »Wird es nicht Zeit für dein Nachmittagsschläfchen?«

Alice verengte die braunen Augen zu Schlitzen. »Nicht alle schnarchen sich durch den halben Tag«, konterte sie und erhob sich mühsam mit raschelnden Röcken, die im Sonnenlicht blauschwarz glänzten. »Ich bleibe nicht hier sitzen, während du dir das Ganze zurechtspinnst. Deine Tochter Sarah braucht Hilfe, sie teilt Tee aus.«

Nell sah ihrer Freundin nach, wie sie über die Lichtung humpelte und vorsichtig die Treppe vor dem Haus überwand. Sie wurden beide gebrechlich; obwohl keine von ihnen auch nur im Traum daran dachte, es zuzugeben. Ja, trotz ihres ständigen Gezänks hatte ihr Witwenstand sie im Laufe der Jahre einander nähergebracht, und inzwischen waren sie wie Schwestern. Das Kind auf ihrem Schoß bewegte sich, und sie zuckte zusammen. Ihre Gelenke schmerzten, selbst unter Rubys Fliegengewicht beklagten sie sich. »Gib mir einen Kuss zum Geburtstag, Ruby, und dann geh und hilf deiner Mum!«

»Aber ich will eine Geschichte hören«, schmollte sie.

»Später«, versprach Nell.

»Ich hab dich lieb, Grandma, und Tante Alice auch. Bitte, sei nicht sauer auf sie, denn sie ist wirklich so alt! Bindi sagt, er hört, wie die Geister für sie singen.« Das Kind zog die Stirn kraus. »Aber ich höre niemanden singen, du, Grandma?«

Als Ruby ihr die Arme um den Hals schlang und ihre Wange küsste, überlief Nell ein kalter Schauer. Sie würde mit Bindi reden. Wie konnte dieser Aborigine es wagen, dem Kind mit seinem Aberglauben Angst einzujagen?

»Ruby, mein Liebes«, murmelte sie. »Den einzigen Gesang, den du heute hörst, ist der für mich, wenn ich meinen Kuchen anschneide.« Nell hielt sie fest und genoss die Vitalität des kleinen Mädchens, das sie liebte. »Und jetzt lauf!«, murmelte sie zerstreut.

Das Kind hüpfte auf bloßen Füßen durch das Gras, das rotblonde Haar glänzte, Bänder flatterten. Das Abenteuer des Lebens wartete auf Ruby, und Trauer überfiel Nell, Trauer um ihre eigene verlorene Jugend. Wo waren all die Jahre geblieben? Wie konnten sie entwischen und ihr nur traumähnliche Schnappschüsse eines Lebens hinterlassen, verbracht von einer Nell, die nur wenig Ähnlichkeit mit der alten Frau hatte, die hier saß und sich selbst bedauerte?

Nell ärgerte sich, weil sie ihren Gedanken freien Lauf gelassen hatte. Wild entschlossen, sich von Bindis Aberglauben nicht den Tag verderben zu lassen, lehnte sie sich in das Polster und beobachtete, wie die anderen im Schatten der Bäume Tische aufstellten und die Kinder der Eingeborenen mit Zuckerstangen bestachen und verscheuchten.

Bindi hockte mit den anderen Aborigines am Fluss; die Frauen der Eingeborenen schnatterten wie Kakadus und platschten im Wasser auf der Suche nach den Flusskrebsen, die sie *yabbies* nannten. Der kleine Junge, dem Nells Mann Billy das Leben gerettet hatte – seine letzte Heldentat –, war inzwischen ein Erwachsener mit grau durchsetztem Haar. Seufzend nahm Nell das Bild in sich auf.

Eukalyptusbäume neigten ihre hellen Stämme über ockergelbe Uferstreifen; ihre Blätter zitterten, wenn bunte Finken hin und her schossen. Der Himmel war klar, das Blau gebleicht von der Hitze, die über dem Horizont flimmerte, und in der Ferne hörte sie das Glucksen des Kookaburra und den traurigen Schrei einer Krähe. Die Szenerie war bezeichnend für das Wesen dieses uralten Landes, das Nell ihr Zuhause nannte; dieser Anblick war vertraut, aber gefährlich trügerisch, denn unter dem heiteren Äußeren verbarg sich eine Grausamkeit, die Nell und Alice zuweilen an den Rand der Verzweiflung getrieben hatte. Doch als Nell ihre Familie betrachtete, empfand sie Zufriedenheit. Das Bemühen, sich diese ursprüngliche Landschaft untertan zu machen, hatte ihrer Familie großen Segen gebracht, auch wenn das einen hohen Preis gefordert hatte.

Ihr Sohn Walter wäre seinem Vater noch ähnlicher, besäße er nicht dunkelrotes Haar. Ihr wurde schwer ums Herz, wenn sie seine geschmeidige, kräftige Figur und den silbrigen Glanz an den Schläfen sah – wie einst bei Billy. Aber trotz dieser Ähnlichkeit mit seinem Vater besaß Walter nicht dessen sorglose Lebenseinstellung; er nahm alles viel zu ernst. Und er bekam noch immer Wutanfälle, obwohl die mit zunehmender Reife seltener geworden waren. Aber wenn er erst einmal in Fahrt war, wahrte seine Familie wohlweislich Abstand. Walter war seit vier Jahren verwitwet und hielt die Zügel auf Moonrakers fest in der Hand. Offenbar war er nicht geneigt, wieder zu heiraten.

Walters vier Jungen rannten umher und standen allen im Weg. Nell lächelte, als deren kleine Kusine Ruby, die Hände in die Hüften gestemmt, mit ihnen schimpfte. Die Jungen waren unruhig wie Fohlen – nur gut, dass ihr Vater diese Energie für das Anwesen nutzbar machte und sie vor Unfug bewahrte.

Nells Blick richtete sich auf das Haus. Moonrakers hatte sich nicht groß verändert, und obwohl sie mit Alice in Jacks Hütte gezogen war, nachdem Walter geheiratet hatte, war es noch immer das Herzstück des Anwesens. Das Haus war als Schutz vor Überflutung und Termiten auf Stützpfeilern errichtet und ein paarmal erweitert worden, um Walters Familie unterzubringen. An der Vorderseite lief eine breite Veranda entlang, Fliegengitter und Fensterläden hielten die Insekten draußen, an den Pfosten und am Dach entlang rankten Rosen. Ein knorriger alter Pfefferbaum spendete zusätzlich Schatten.

Der Schurschuppen war stabil, und obwohl man einige Scheunen umgebaut und die Pferche vergrößert hatte, war ihr Zuhause im Wesentlichen unverändert geblieben. Während Nell dort saß, ein Ruhepol inmitten des Chaos, und die gegenwärtigen Vorgänge beobachtete, blickte sie zugleich in die Vergangenheit.

Die ersten Jahre, in denen sie sich abmühten, das Land zu roden, eine Unterkunft zu errichten, Getreide anzubauen und ihre

Schafe zu versorgen, waren hart gewesen; doch Billy und sie sowie Alice und ihr Mann Jack hatten nie den Glauben verloren, dass sie eines Tages die beste Farm in ganz New South Wales haben würden. Sie spürte den vertrauten Schmerz, als sie sich an das Buschfeuer erinnerte, in dem Billy und Jack ihr Leben verloren hatten, und an die schreckliche Überschwemmung, der eine längere Dürreperiode gefolgt war. Alice und sie hatten all das überlebt; sie hatten ihre anfängliche Feindseligkeit zusammen mit ihren Männern zu Grabe getragen und sich auf der Suche nach Trost und Hilfe einander zugewandt.

Sie zwang sich, an glücklichere Zeiten zu denken. Ihr Blick blieb an Niall hängen, und sie lächelte. Der junge Ire hatte vor vielen Jahren ihrer ältesten Tochter Amy den Hof gemacht. Wie unbeholfen und schüchtern er damals in seiner geflickten Hose und den ausgetretenen Stiefeln doch gewesen war! Ein Jugendlicher noch, aber seine Augen hatten nach seinen Jahren als kindlicher Strafgefangener von den Erfahrungen eines misshandelten Menschen gezeugt – ganz anders als der wohlhabende Mann, der gerade mit seinem Schwager Walter sprach, während ihre Kinder um sie herumsprangen. Im Laufe der Jahre hatten Niall und Amy Freude und Leid erfahren, doch die Liebe hatte ihnen darüber hinweggeholfen, und jetzt wohnten sie in dem feinen Haus, das Niall vor kurzem hinter seiner neuen Schmiede in Parramatta gebaut hatte. Niall hatte bewiesen, dass der menschliche Geist, und sei er noch so gepeinigt, nicht zu besiegen war.

Sie betrachtete ihre Enkel, insgesamt zehn, eine beachtliche Zahl, doch damit war die Zukunft für Nialls Schmiede und Walters Moonrakers gesichert. Und die Kinder brachten wieder Leben in diesen alten Ort. Nell beobachtete Ruby, die Jüngste von Amys sechs überlebenden Kindern. Eigentlich sollte sie das Mädchen nicht bevorzugen, doch es hatte etwas an sich, bei dem Nell warm ums Herz wurde. Vielleicht lag es daran, dass die

Kleine so gern die Geschichten hörte, die Nell und Alice ihr erzählten, oder daran, dass Ruby zu schätzen wusste, wenn sie beide sich Zeit für sie nahmen, wenn ihre Eltern beschäftigt waren. Wie auch immer, das Kind bereitete Nell und Alice eine Menge Freude.

»Alles in Ordnung, Mum?«

Nell schrak aus ihren Gedanken auf und blickte zu Sarah empor. »Ich zähle nur meine Nachkommen. Welch ein Segen«, antwortete sie. »Ich wünschte, ich hätte ihre Energie.«

Der Blick ihrer Tochter verschattete sich, als sie die Kinder über die Lichtung rennen sah.

Nell konnte Sarahs Bedauern nachvollziehen, denn ihre Jüngste hatte nie geheiratet. Sie sorgte für ihren verwitweten Zwillingsbruder und seine Jungen, und nun, mit zweiundvierzig, würde sie wahrscheinlich nie mehr die Freuden der Mutterschaft erleben. »Wo ist Alice?«

Sarah strich mit den Händen über die Schürze, die blauen Augen gegen die Sonne zusammengekniffen. »Sie erteilt vom Küchenstuhl aus Befehle wie ein Hauptfeldwebel«, antwortete sie kichernd. »Ich bin überrascht, dass du deinen Senf nicht auch noch dazugibst. Das machst du doch sonst auch.«

»Eigentlich sollte ich an meinem Geburtstag nicht arbeiten. Aber wenn Alice im Weg ist, schaffe ich sie raus.«

Sarah lachte. »Bleib, wo du bist, Mum! Wir brauchen keinen neuen Streit, wenn so viel zu tun ist.«

Nell machte es sich wieder in den Polstern bequem. Sie hatte eigentlich nicht die Kraft, mit Alice zu streiten, und es war angenehm, hier im Halbschatten zu sitzen. »Hol mir meinen dickeren Schal, Liebes! Der Wind ist ein bisschen frisch.«

Bald hatte Nell den flauschigen Schal um die Schultern, und sie wollte schon um eine Tasse Tee bitten, als von der anderen Seite des Flusses Rufe ertönten. Nialls Familie war zu Pferde oder mit Fuhrwerken angekommen, eine ganze Schar, begleitet von Dudelsack und Fiedeln. Sofort hob sich ihre Laune, denn die Iren hatten immer etwas zu erzählen, ein Lied auf den Lippen oder ein Instrument, mit dem sie aufspielten, und ihr gefiel, wie gern sie feierten.

Sie überquerten die Brücke über den Fluss, die in der letzten, fünf Jahre anhaltenden Trockenheit ziemlich in Mitleidenschaft gezogen worden war. Niall hatte seine Mutter oder seine Schwestern daheim nie vergessen; er hatte sie und seine Schwäger finanziell unterstützt, hatte ihnen die Überfahrt von Irland nach Australien bezahlt und ihnen Arbeit gesucht. Die meisten waren in Parramatta oder in der Umgebung der Stadt geblieben und waren regelmäßige, gern gesehene Besucher auf Moonrakers.

»Hilf mir aufstehen!«, befahl sie. »Es ist mein Fest, und ich sitze hier mutterseelenallein rum.«

Mühsam kam Nell auf die Beine. Sie brauchte eine Weile, um Atem zu schöpfen und ihre Haube zu richten. Es war eine alte, doch sie hatte die Bänder erneuert und sie mit ein paar Akazienzweigen geschmückt, die ihrem grünen Kleid schmeichelten. Sie war zwar alt, doch das war keine Entschuldigung, Maßstäbe herunterzuschrauben. Sie hatte nichts übrig für schwarze Trauerkleidung und schlichte Hauben, wie Alice sie bevorzugte, doch Alice hatte auch nie ein Auge für Abenteuer gehabt. Sie wartete, bis Sarah ihren Fächer und die gehäkelten Handschuhe aufgehoben hatte, hakte sich bei ihr unter und steuerte den Tisch an.

»Das ist schon dein drittes Kuchenstück.«

Nell hielt mitten im Kauen inne. »Wenigstens habe ich immer noch genug Zähne im Mund, um zu essen, was ich will.«

»Weshalb du so dick bist.« Alice zog ihre Lippen ein.

»Pff! Immer noch besser, als mager zu sein – das macht so alt. Außerdem pustet der leiseste Windhauch dich weg.«

Alice verzog das Gesicht. »Um dich von der Stelle zu bewegen, müsste schon ein Hurrikan kommen«, brummelte sie. »Mich wundert, dass der Stuhl noch nicht zusammengebrochen ist.«

»Mein Billy hat die Sachen für die Ewigkeit gebaut.« Sie aß ihren Kuchen auf und überlegte, ob sie noch ein Stück nehmen sollte.

Alice überraschte sie und hielt dem nichts entgegen. »Ja«, seufzte sie. »Billy kannte noch den Wert guter Handwerkskunst. Mein Jack natürlich auch. Unser kleines Haus am Fluss wird noch stehen, wenn wir längst nicht mehr sind.«

»Jetzt wirst du trübsinnig«, sagte Nell. Bindis Gerede über »Gesänge« und der abwesende Ausdruck in den Augen ihrer Freundin beunruhigten sie.

Alice hatte ihre Bemerkung offenbar nicht gehört. »Weißt du noch, unser erster Streit über die Schafe?«

Nell war sich nicht sicher, wohin das führen sollte. Diese erste Auseinandersetzung hatte nur wenige Minuten nach der Ankunft von Alice auf Moonrakers stattgefunden und ihnen nachhaltig vor Augen geführt, dass sie Frauen unterschiedlicher Herkunft waren. Die Feindseligkeit, die sie an jenem Tag füreinander empfunden hatten, hatte jahrelang angehalten. »Ich war ein Mordsweib, das steht fest«, erklärte sie zögernd.

»Du warst damals ganz schön eingebildet«, überlegte Alice. »Und das bist du auch heute noch.« Ihre hellbraunen Augen zwinkerten, als Nell auffuhr. »Aber ich schätze, wir können es miteinander aufnehmen, und ich muss zugeben, ich habe deine Kabbeleien immer genossen.«

Nell hob eine Augenbraue und strich Krümel von ihrem Busen. Die Augen ihres Gegenübers ließen noch immer die jüngere Alice erkennen, doch ihr Gesicht war nach den zahllosen Jahren in der gnadenlosen Sonne zerfurcht, die Hände waren knorrig, und ihre Magerkeit wurde von dem locker sitzenden Kleid nur noch betont. Das Alter und die Elemente der Natur hatten ihr übel mitgespielt. »Du wirst doch jetzt nicht nachsichtig mit mir, oder?«

Alice schüttelte den Kopf, dass die gebundenen Bänder ihrer Strohhaube flatterten. »Ich denke nur gerade, es war ein Glück, dass wir uns hatten – und wie viel wir zusammen erreicht haben.« Sie deutete mit dem Kopf auf die fröhliche Kakophonie aus Geschnatter und Gelächter am anderen Ende des Tisches, wo Ruby selig auf dem Knie ihres Vetters Finn hockte und ihn bewundernd anschaute. »Danke, dass du deine Familie mit mir geteilt hast. Es wäre ein einsames Alter gewesen ohne eigene Kinder.«

»Jetzt wirst du aber sentimental«, sagte Nell verärgert. Diese ungewöhnliche Zurschaustellung von Gefühlen störte sie. Schon wollte sie ihren Stuhl zurückstoßen, als Alice ihren Arm packte.

»Du bist meine beste Freundin«, sagte sie leise. »Streite nicht mit mir, Nell, nur dieses eine Mal in deinem Leben!«

Nell spürte einen Stich. Alice benahm sich höchst merkwürdig, und in ihrer Stimme lag eine gewisse Dringlichkeit, die sie seit Jahren nicht gehört hatte. Als wäre sie sich bewusst, dass die Zeit knapp wurde und sie Frieden schließen musste, bevor es zu spät war. Vielleicht war Bindis Aberglaube doch nicht so dumm, wie sie angenommen hatte?

Der Gedanke, dass sie die Freundin verlieren könnte, war erschütternd. Sanft ergriff Nell die verkrüppelte Hand, denn sie wusste, wie sehr Alice unter Arthritis zu leiden hatte, auch wenn sie es sich nur selten anmerken ließ. »Ich weiß nicht, worum es hier eigentlich geht«, sagte sie leise. »Wir beide haben uns doch immer gestritten – das hat uns aufrecht gehalten. Glaub nur nicht, dass ich dich nicht liebe, weil ich dich eine alberne, alte Närrin nenne.« Sie schluckte den Kloß in ihrem Hals herunter und zwang sich zu lächeln. »Aber wag bloß nicht, jemandem zu erzählen, dass ich das gesagt habe! Sonst erzähle ich denen, wie du zusammengebrochen bist, als Henry Carlton starb.«

Alice wurde rot und zog ihre Hand mit einem Ruck weg. »Bin ich nicht.«

Nell nickte zufrieden, nachdem Alice wieder ihr gewohntes schroffes Wesen zeigte. »Ich habe dich gehört«, sagte sie triumphierend. »Hast wie ein liebeskrankes Mädchen in deine Kissen geschluchzt.«

»Obwohl du schändlich mit ihm geflirtet hast, war Henry mein Kavalier, nicht deiner. Um ihn zu trauern war mein gutes Recht.« Alice funkelte Nell an, hielt die zornige Miene jedoch nicht lange durch und begann zu lächeln. »Oh, aber er hat gut ausgesehen, was?«

Nell grinste. »Stimmt. Und klug war er auch. Ohne ihn wären wir nicht halb so gut zurechtgekommen.«

Sie verfielen in ein angenehmes Schweigen, während die Geräusche der Party in den Hintergrund traten und ihre Erinnerungen übermächtig wurden. Henry Carlton hatte neue Wärme in ihr Leben gebracht, nachdem sie verwitwet waren, und seine Abwesenheit machte sich noch immer deutlich bemerkbar. Seine Freundschaft und Anleitung war von unschätzbarem Wert gewesen, seine Lieferung von Zuchtschafen aus Südafrika hatte die Qualität ihres Merinobestandes gesichert nach der schrecklichen Dürre, die andere in die Knie gezwungen hatte.

»Manchmal denke ich, wir haben zu lange gelebt«, sagte Alice seufzend.

»Dummes Zeug!«, platzte Nell heraus. »Wie kann jemand zu lange leben?«

»Wir sind fast die Letzten unserer Generation, Nell, und jedes Jahr bringt neue Todesnachrichten. Das ist irgendwie ungerecht.«

Nell hatte die Nase voll. Sie umklammerte die Stuhllehnen und hievte sich mühsam in den Stand. »Ich jedenfalls hab nicht vor, den verdammten Löffel abzugeben«, fuhr sie Alice an. »Du kannst versauern, wenn du willst, aber solange ich noch Luft zum

Atmen habe, werde ich mich amüsieren.« Sie klopfte auf den Tisch, um auf sich aufmerksam zu machen. »Spielt Musik«, befahl sie, »ich will tanzen.«

»Mach dich nicht lächerlich, Mutter!«, bellte Walter. »Das gehört sich nicht für eine Frau in deinem Alter. Außerdem hält dein Herz das nicht mehr aus.«

Sie betrachtete ihren Sohn. Er lief Gefahr, sich aufzublasen, und das Bedürfnis, ihn zurechtzuweisen, war unwiderstehlich. »Ob es sich gehört oder nicht, die alte Pumpe hier schlägt immer noch. Ein bisschen Übung wird ihr guttun – und dir würde es auch nicht schaden«, fuhr sie ihn an und nahm seinen Leibesumfang in Augenschein. Sie wandte sich an Nialls Neffen, einen hübschen, ungefähr fünfzehnjährigen Jungen mit grünen Augen und pechschwarzen Locken. »Wie wär's, Finn?«

Finnbar Cleary ergriff Nells Hand, und seine Augen strahlten fröhlich, als er sich formvollendet verbeugte. »Es wäre mir ein Vergnügen, mit dem Geburtstagskind zu tanzen, aber sicher. Und ein Walzer scheint mir angemessen zu sein für die Gelegenheit. Der Tanz ist in Europa der letzte Schrei.« Die anderen nahmen rasch Fiedeln, Dudelsack und die große tellerförmige Trommel zur Hand, die man mit einem Stock in Gestalt eines Knochens schlug, um den Rhythmus vorzugeben.

»Mutter! Ich verbiete es!« Walters Gesicht war puterrot.

»Du kannst verbieten, was du willst. Ich bin alt genug und kann tun, was mir gefällt.« Nell zwinkerte Finn zu und nahm mit ihm die Tanzhaltung ein. »Beachte ihn gar nicht!«, flüsterte sie. »Walter war schon immer ein Wichtigtuer.«

Seit Jahren hatte sie nicht mehr getanzt, und das Gefühl eines starken Arms um sich, einer warmen Hand, die sich um die Finger schließt, ließ sie die Unannehmlichkeiten des Alters vergessen, und während er sie langsam führte, atmete sie den Geruch seines frisch gewaschenen Hemdes ein und fühlte sich wieder jung.

Die Fiedeln spielten ihre beschwingte Melodie zu den beklemmenden Tönen des Dudelsacks, während die Trommel Füße und Herz anregte. Am Ende des Tanzes war Nell außer Atem, und ihr war schwindelig. Sie erlaubte Finn, sie zu ihrem Platz zu bringen, und ließ sich auf das Polster fallen. »Das hat Spaß gemacht«, keuchte sie, fächerte ihrem erhitzten Gesicht Luft zu und atmete schwer.

»Das Vergnügen war ganz meinerseits.« Er vollführte eine Verbeugung, und eine dunkle Locke fiel über seine Augen. Er strich sie zurück, zwinkerte ihr zu und schloss sich den anderen an, die einen wilden Freudentanz aufführten.

»Er hat Glück gehabt, dass du keinen Herzinfarkt bekommen hast«, murmelte Alice.

»Wenigstens hab ich's versucht«, entgegnete Nell, die noch immer um Atem rang. »Wie ich sehe, machst du nicht mit.«

»Ich bin vernünftiger.« Alice zog den Schal noch fester um ihre knochigen Schultern. »Du wirst mich nicht dabei erwischen, wie ich eine Närrin aus mir mache mit einem Jungen, der mein Enkel sein könnte.«

»Wie gut, dass er dich dann nicht aufgefordert hat.«

»Bin zu alt für so einen Unsinn«, erwiderte Alice. Ihr Ausdruck wurde milder, als sie sah, dass Finn seine Kusine Ruby durch eine schnelle Polka wirbelte. »Aber er ist ein gut aussehender junger Kerl, da gebe ich dir recht.«

»Er gleicht Billy so sehr, obwohl sie nicht verwandt sind«, seufzte Nell. »Sogar die Haare fallen ihm in die Augen wie Bill.«

Alice trank schweigend ihre Limonade. Ihr Fuß wippte im Takt mit, und ihr Blick folgte den Tänzern eine Weile, bevor sie ihre Aufmerksamkeit wieder auf Nell richtete. »Ich bin froh, dass dir dein Fest gefällt, und ich beneide dich um deine Vitalität. Um ganz ehrlich zu sein, hätte ich liebend gern getanzt.« Sie lächelte liebevoll, als sie aufstand und Nell einen Kuss auf die Wange drückte. »Herzlichen Glückwunsch, Nell!«

»Wohin willst du? Das Fest ist noch nicht vorbei.«

Alice tätschelte ihre Schulter. »Ich bin müde«, sagte sie. »Zeit für mich, ins Bett zu gehen. Aber es war ein wunderschöner Tag, Nell. Wirklich wunderschön.«

Nell war versucht, ihr zu folgen, um sich zu vergewissern, dass sie ihren Weg im Dunkeln fand. Doch sie musste sich eingestehen, dass Alice den Weg ebenso gut kannte wie sie und dass ihre Freundin nach dem langen, geschäftigen Tag etwas Ruhe brauchte. Sie schaute Alice hinterher, bis sie in der Dunkelheit verschwunden war, und widmete ihre Aufmerksamkeit dann wieder den Tanzenden. Sie wurden rauflustig; die enormen Mengen Rum und Bier trugen zu deren Begeisterung bei, doch nicht unbedingt zu ihrem Geschick, während sie über das Gras wirbelten und taumelten. Selbst Walter war so gelöst, dass er sich immerhin das Jackett ausgezogen hatte und zur Musik in die Hände klatschte.

»Grandma, ich bin müde«, sagte Ruby und lehnte sich an Nells Schenkel. »Erzähl mir eine Geschichte.«

Nell nahm sie auf den Schoß. Rubys Locken waren ein einziger Wirrwarr, die Bänder hatte sie längst verloren, Finger und Mund klebten vom Kuchen. Sie lächelte, als sie das kleine Mädchen an sich drückte. »Es war einmal vor ganz langer Zeit, als ich jünger war als deine Mummy, da begab ich mich auf ein Abenteuer«, sagte sie leise. »Ich segelte mit einem großen Schiff, das viele Masten hatte, an denen die Matrosen wie Beutelratten bis an die Spitze hinaufkletterten. Das Schiff hat mich von England in dieses Land gebracht, in dem noch nie Weiße gelebt hatten. Damals war es hier ziemlich beängstigend. Das Land war dicht mit Bäumen bewachsen und voller fremdartiger Tiere; und schwarze Männer, die Speere warfen, lebten hier. Es gab keine Häuser, und wir mussten die Ackerflächen roden, um unsere Nahrung anzubauen.« Sie rückte das Kind in eine angenehmere Lage. »Aber keiner von uns wusste, wie man Weizen anbaut, und nach zwei Jahren waren wir halb verhungert. Billy war für die Vorratslager der Regierung verantwortlich, doch das änderte auch nichts daran, und wir mussten mit dem auskommen, was wir fangen oder sammeln konnten.«

»Erzähl mir was von Grandpa Billy!«, murmelte das Kind mit dem Daumen im Mund.

»Billy war groß und sah umwerfend aus. Mit einem Zwinkern in den Augen und einem starken Arm, der mich führte«, flüsterte Nell mit weicher Stimme, je deutlicher die Erinnerungen wurden.

»So wie Finn«, brummelte das Kind. »Wenn ich einmal groß bin, heirate ich Finn, und dann werden wir so wie du und Grandpa.«

Nell lächelte, denn Ruby hatte ihre Liebe zu Finn schon oft kundgetan. »Das wäre wunderbar«, erwiderte sie. »Aber ich habe dir gerade von Billy erzählt. Er hat mich gerettet, als ein furchtbarer Kampf am Strand stattfand, an dem Tag, an dem ich mit den anderen Frauen an Land gegangen bin, und wir sind viele Jahre zusammengeblieben. Er hat mit Onkel Jack Moonrakers gebaut, und hier ist deine Mummy geboren.«

»Sie schläft, Mum«, flüsterte Amy und küsste Nell auf die Wange. »Ich bringe sie ins Bett.«

Nell berührte das Gesicht ihrer Tochter und lächelte. »Der Gedanke ans Bett hat was«, gab sie zu. »Ich glaube, ich gehe auch rein.«

Amy hievte sich Ruby auf die Hüfte, wobei sich ihr kupferfarbenes Haar mit Rubys verhedderte und im Kerzenlicht glänzte. »Bleib hier, ich hole dich, wenn ich das Kind hingelegt habe.«

»Nicht nötig. Ich kenne den Weg.« Sie küsste Amy, liebkoste die weiche, schlummernde Wange ihrer geliebten Ruby und lächelte. »Danke für das Fest! Ich habe mich köstlich amüsiert.«

Amy kicherte, als sie einen Blick zu Niall hinüberwarf, der alle mit einem irischen Lied erfreute. »Morgen werden ein paar Leute einen dicken Kopf haben; aber ja, es war ein schöner Tag.«

Nell nahm den ihr angebotenen Arm und ließ sich aus dem Sessel hochziehen. Als Amy auf das Haus zuging, warf Nell noch einen längeren Blick auf die Versammelten, bevor sie sich abwandte. Das Fest schien noch nicht zu Ende zu gehen, doch die kleine Hütte am Fluss und das bequeme Bett warteten auf sie.

Die Klänge der Feier hallten durch die Stille und wurden leiser, je weiter sie am Flussufer entlangtippelte. Nach all den Jahren kam es Nell noch immer komisch vor, nicht zum Haus und in das Schlafzimmer zurückzukehren, das sie mit Billy geteilt hatte. Deshalb blieb sie einen Augenblick stehen, um zu verschnaufen. Da sah sie, dass sich der Mond auf dem Wasser spiegelte. Diese Spiegelung hatte Billy einst inspiriert, den Ort Moonrakers zu nennen, und sie lächelte, als ihr einfiel, wie der ehemalige Schmuggler über seine Schlauheit gebrüllt hatte vor Lachen. »Oh, Billy«, murmelte sie. »Du fehlst mir so!«

Ein Rascheln im Buschwerk ließ sie zusammenfahren. »Wer ist da?«, krächzte sie.

»Bindi, Missus.« Der Aborigine trat aus dem Dunkel, sein wilder Haarschopf glitzerte silbrig im Mondschein.

»Was zum Teufel fällt dir ein, mir so einen Schrecken einzujagen?«

Furchen entstanden auf seiner breiten Stirn, und die bernsteinfarbenen Augen blickten verwirrt. »Bindi wartet auf Missus. Bringe Sie sicher nach Hause.«

»Ich kenne meinen Heimweg, danke, Bindi. Ich bin ihn weiß Gott oft genug gegangen.« Sie lächelte und bedauerte, ihn so schroff abgefertigt zu haben. Sie kannte ihn seit seiner Geburt, und er gehörte ebenso zu Moonrakers wie sie. »Geh wieder zum

Fest zurück!«, sagte sie. »Und kein Wort mehr über Gesänge zu Ruby. Das versteht sie nicht und beunruhigt sie nur.«

Der bernsteinfarbene Blick war hypnotisierend. »Missus versteht«, sagte er. Dann nickte er wie zur Bestätigung seiner Feststellung, bevor er mit der Dunkelheit verschmolz.

Nells Herz schlug zu schnell, und das Atmen fiel ihr schwer. Bindi hatte sie erschreckt, ohne Zweifel – warum zum Teufel musste er alles mit diesem Blick verderben? Sie schauderte und machte die kühle nächtliche Brise dafür verantwortlich, während sie ihren Weg fortsetzte. Sie war wütend über sich selbst, weil sie sich so leicht aus der Fassung bringen ließ, und wütend über Bindi, weil er so wirres Zeug daherredete. Der Aberglaube der Eingeborenen, dass der Tod mit einem Lied von den Geistern komme, wurde von manchen für ziemlich romantisch gehalten – doch in ihrem Alter war er beunruhigend. Und obwohl sie kein Wort davon glaubte, ertappte sie sich dabei, wie sie auf die Geräusche in der Nacht lauschte für den Fall, dass man die Geister doch im Dunkeln flüstern hörte.

Wie erwartet brannte kein Licht, das sie die flachen Stufen hinaufgeleitet hätte, aber als sie sich auf die Veranda zog, erkannte sie, dass Alice in ihrem Sessel saß. Sie blieb stehen, um Atem zu schöpfen. »Hattest du nicht gesagt, du wolltest ins Bett gehen?«

Sie erhielt keine Antwort. »Komm schon, Alice, du kannst hier nicht schlafen. Es ist kühl. Du holst dir noch eine Erkältung.« Sie ergriff die Hand der anderen Frau und sank mit einem Aufschrei der Qual in den Sessel neben ihr. Alice war in einen Schlaf gesunken, aus dem sie nie wieder erwachen würde.

Nell schlug das Herz bis zum Hals, als sie die leblosen Finger packte und hinzunehmen versuchte, was passiert war. »Du hast es gewusst, nicht wahr?«, murmelte sie vor sich hin. »So wie Bindi. Alles, was du gesagt hast, unsere gemeinsamen Erinnerungen, das war deine Art, dich zu verabschieden.«

Tränen rannen über ihre Wangen. Sie blinzelte in den Mond, der hoch über ihr in einem Meer von Sternen schwamm. »Oh, Alice«, schluchzte sie. »Mit wem soll ich denn jetzt streiten, verdammt noch mal?«

Sie verlor jegliches Zeitgefühl, während sie die Hand ihrer Freundin hielt und dem Lauf des Mondes über den Himmel folgte. Ihr Herz hämmerte, und sie war nach dem langen Weg und dem Schreck, den Bindi ihr eingejagt hatte, noch immer außer Atem. Sie hatte so viele Jahre mit Alice gemeinsam verbracht, sie hatten sich gezankt, aber auch gefeiert wie ein altes Ehepaar, doch auch in den finstersten Zeiten hatte ihre gegenseitige Liebe und ihr Respekt nie nachgelassen. Sie hatten wie eine Person gelebt und gearbeitet, und es war ungerecht von Alice, einfach so zu verschwinden – und sie in dieser schrecklichen Stille, in dieser Leere alleinzulassen.

Doch als der Mond tiefer sank und Nells Tränen versiegten, glaubte sie den schwachen Klang von Gesängen in der nächtlichen Brise zu vernehmen. Sie waren schön, und ein großer Friede senkte sich über sie, denn sie erkannte, dass sie heimgerufen wurde. »Jack ist bei dir, nicht wahr, Alice? Kannst du meinen Billy sehen?«

»Ich bin hier, Liebling.« Die leise Stimme kam aus der Dunkelheit. Er tauchte in einen hellen, vom Mond beleuchteten Fleck ein, sein dunkles Haar fiel ihm in die Augen, und er setzte das gemächliche, reizende Lächeln auf, das sie nie vergessen hatte. »Du hast doch nicht geglaubt, ich würde dich allein lassen, Nell, oder?«

»Billy!«, seufzte sie, erhob sich aus dem Sessel und ergriff seine ausgestreckten Hände.

»Komm, Nell! Es wird Zeit.«

Sie warf einen Blick über ihre Schulter auf Moonrakers, wo ihre Familie schlief.

»Wir werden gemeinsam auf sie aufpassen«, sagte Billy und

zog sie an sich, »weil ich weiß, dass du die kleine Ruby nicht aus den Augen lassen willst.«

Beim Blick in seine Augen spürte sie die reinste Freude, und als er sie in das blendende Leuchten führte, folgte sie ihm mit dem geschmeidigen Schritt einer jungen, verliebten Frau.

Erster Teil

Auf der Heimreise

Eins

Auf dem Track, Oktober 1849

Ruby zog den Kragen ihres Ölmantels bis ans Kinn und schauderte, als die Stute durch den Schlamm platschte. Sehr romantisch war es nicht, ein Leben als Ehefrau auf diese Weise zu beginnen, und obwohl sie die Wärme ihrer Großmutter Nell zu spüren glaubte, hatte sie nicht damit gerechnet, so niedergeschlagen zu sein.

Die letzte Dürreperiode war zu einem denkbar ungünstigen Zeitpunkt zu Ende gegangen, denn es lagen noch viele Meilen vor ihnen, bevor sie das Tal hinter den Blue Mountains erreichen würden. Der Regen, der unentwegt auf Rubys Hut trommelte, bog den Rand nach unten, und das eisige Wasser rann ihr in den Nacken und durchnässte sie bis auf die Haut. Das Trommeln des Regens war das Einzige, was zu hören war, als die vier Ochsen durch das Tal trotteten, denn es überdeckte sogar das Dröhnen des Wasserfalls ganz in der Nähe. Reden war unmöglich. Ohnehin hatten sie und die anderen fünf genug damit zu tun, die Schafe und Pferde zusammenzuhalten und zu verhindern, dass der überladene Karren im Schlamm stecken blieb.

Ruby hatte James Tyler ein Jahr zuvor kennengelernt, und für beide war es Liebe auf den ersten Blick gewesen. Er war auf Arbeitssuche nach Moonrakers gekommen und hatte eine Energie und Abenteuerlust mitgebracht, die ihrer eigenen glichen. Er hatte sie mit seinem Charme, seinem guten Aussehen und seinem schalkhaften Lächeln schier umgeworfen, und als er den Wunsch geäußert hatte, der von Blaxland, Lawson und Wentworth neu entdeckten Route durch die Blue Mountains zu den endlosen, für die Schafzucht bestens geeigneten Weiden und reichlich vorhandenem Wasser zu folgen, hatte sie gewusst, dass sie mit ihm gehen musste. Ihre kindliche Leidenschaft für Finn war nicht mehr als Schwärmerei gewesen, und James – der freundliche, friedfertige James – war genau der Mann, auf den sie gewartet hatte. Als er vor sechs Monaten um ihre Hand anhielt und ihr den Ring überstreifte – als er sie zum ersten Mal küsste und im Mondschein fest an sich drückte –, hegte sie keinen Zweifel mehr, dass sie mit ihm den Rest ihres Lebens verbringen wollte.

Ihr Vater Niall hatte sich zunächst geweigert, die Heirat seiner Tochter mit einem englischen Protestanten gutzuheißen, waren doch in der stets wachsenden irischen Gemeinde durchaus gute katholische Ehemänner zu finden. Noch mehr störte ihn die Absicht des jungen Paares, in die Wildnis zu ziehen, aus der Schafzüchter immer häufiger von regelmäßigen Überfällen durch die Eingeborenen berichteten. Am Ende hatte er vor ihrer unbeirrbaren Hartnäckigkeit kapituliert, mit der sie in die Fußstapfen ihrer Großmutter, einer Pionierin, treten wollte. Ruby hatte James vor drei Wochen an ihrem neunzehnten Geburtstag geheiratet. Nialls Geschenk an die Frischvermählten war der Pachtvertrag für mehrere Tausend Morgen erstklassigen Weidelands gewesen.

Niall, der immer noch über einen scharfen Blick verfügte, hatte sowohl den Börsenkrach vor fünf Jahren als auch die neue Gesetzgebung genutzt und Schafe für Sixpence das Stück sowie Vieh, das einst sechs Guineen gekostet hatte, für sieben Schillinge gekauft und riesige Landparzellen für wenige Pennys erworben. Sein vorausschauendes Denken sicherte Rubys und James' Zukunft, solange der Wollpreis und die Nachfrage nach Wolle nicht einbrachen.

Die vier Ochsen zogen trampelnd den großen Rollwagen, der

mit Vorräten beladen war. Die Schafe hatten ihren Übermut abgelegt und ließen sich als durchnässter Haufen vom schottischen Schäfer und seinen Hunden antreiben. Die drei bedingt Strafentlassenen – Sträflinge, die freigelassen waren, für den Rest ihrer Strafzeit jedoch einer Lohnarbeit nachgehen mussten – führten die aufgereihten Pferde durch den Regen, bereit, mit den Schultern gegen die Räder zu drücken, sollten sie wieder stecken bleiben; und James hatte seinen Platz auf dem Karren verlassen und das Geschirr des ersten Ochsen gepackt, um ihn anzuspornen.

Der Regen bildete einen undurchdringlichen Vorhang, und die Bäume ringsum zitterten unter seiner Gewalt. Ruby verkroch sich noch tiefer in ihren Mantel. An guten Tagen schafften die Ochsen zwölf Meilen, nur drei oder vier an Tagen wie diesem, und sie fragte sich allmählich, ob sie das Tal jemals erreichen würden, denn der steile Anstieg durch die Berge lag noch vor ihnen. Dennoch waren die Träume, die sie gehegt hatte, seit sie die Geschichten von Grandma Nell und Tante Alice gehört hatte, noch vorhanden – so wie das Verlangen, ihr eigenes Abenteuer zu erleben. Rubys Phantasie war von den Erzählungen angeregt worden, und obwohl die Mühen und Strapazen einer Pionierin entmutigend waren, stärkten sie doch ihre Entschlossenheit. Mit dem Geist von Nell, der sie leitete, würde sie mit James diesen Treck ins Ungewisse überstehen; sie würden ihre Herde vergrößern, und ihre Kinder würden in einer freien Landschaft aufwachsen, weit entfernt von den überfüllten Siedlungen, die Sydney inzwischen umgaben und sich an der Küste entlang erstreckten.

Ein Ruf riss sie aus ihren Gedanken, und sie spähte unter ihrem tropfenden Hutrand hervor. James hatte die Ochsen angehalten. »Was ist los?«

»Der Fluss schwillt an«, rief er zurück. »Wir haben zwei Möglichkeiten: hierzubleiben und uns überfluten lassen oder ihn zu überqueren auf die Gefahr hin zu ertrinken.« Er nahm den Hut ab und fuhr sich verdrossen mit den Fingern durch das helle Haar.

Ruby betrachtete den reißenden Fluss, bemerkte, dass er weiter oben flacher aussah und schaute wieder zu ihrem Mann. »Wir können hier nicht bleiben. Das Land liegt nicht so hoch, dass es Schutz bieten würde, wenn der Fluss über die Ufer tritt. Aber wenn wir weiter flussaufwärts fahren, gibt es einen Weg hinüber.«

James blickte sie nachdenklich aus seinen braunen Augen an, setzte den Hut wieder auf und wandte sich an die anderen. »Was meint ihr?«

Anscheinend stimmten die Männer ihr zu, und James stieg wieder auf den Karren, um Peitsche und Zügel aufzunehmen. Nur widerspenstig trotteten die Ochsen stromaufwärts bis an eine Stelle, an der das Wasser über Fels und Schiefer rann und eine gefährliche Möglichkeit zum Hindurchwaten bot.

Ruby stieg ab, der Schäfer und seine Hunde trieben unterdessen die Schafe ans Ufer. Die Ochsen brüllten vor Angst. Sie konnte es nachvollziehen, denn die Aussicht war entmutigend. Der Fluss strömte über glänzenden Schiefer, wirbelte um Felsen herum und zerrte an Baumwurzeln und Schilfrohr, die sich ans Ufer klammerten. Abgebrochene Äste und Grasbüschel sausten vorbei, und im rasch schwindenden Licht sah sie einen aufgedunsenen Kadaver eines Wallaby, der sich zwischen zwei Felsen verfangen hatte.

»Ich gehe als Erster und suche einen Weg«, rief James. Er reichte Fergal die Zügel, dem stämmigsten ihrer Männer. »Wenn ich ein Zeichen gebe, bringt sie rüber!«

Gespielt tapfer zwinkerte er Ruby zu, und ihr Herz begann zu pochen, als ihr klar wurde, dass er ebenso ängstlich war wie sie.

Schritt für Schritt fand er festen Halt im glitschigen Flussbett und stemmte sich der Kraft des Wassers entgegen. Es reichte ihm zunächst bis an die Hüften, dann bis an die Taille, doch er pflügte sich weiter hindurch.

Rubys Mund wurde trocken, ihr Herz hämmerte, und sie versuchte, ihn kraft ihres Willens ans andere Ufer zu lotsen.

Dann war er verschwunden.

Ruby schrie auf und wäre ihm nachgesprungen, wenn der Schäfer sie nicht daran gehindert hätte. »James«, kreischte sie. »James, wo bist du?«

»Da!«, rief Fergal. »Da drüben ist er ja.«

James klammerte sich weiter stromabwärts an einen Felsen, doch er war noch immer in Gefahr. Rubys Atem kam stoßweise, als er versuchte, gegen die Strömung anzukommen. Sie drängte ihn weiter, spannte jeden Muskel an, als kämpfe auch sie ums Überleben.

James rang mit dem rutschigen Stein und gewann allmählich an Boden. Zoll für Zoll zog er sich hoch, bis er auf einer Felsnase zusammensackte. Kriechend und rutschend benutzte er diesen natürlichen Damm, um auf die andere Seite zu gelangen.

Ruby brach in Tränen aus, als er vom anderen Ufer herüberwinkte.

»Keine Zeit für Tränen«, murmelte Duncan, der schottische Schäfer. »Ich muss die Schafe hier noch rüberschaffen.«

Ruby war erleichtert, dass James in Sicherheit war, vergaß ihre übliche Scheu gegenüber dem Schotten und schenkte ihm ein strahlendes Lächeln. »Dann brauchen Sie jede nur mögliche Hilfe«, sage sie. »Was soll ich tun?«

Er schaute sie finster an und nuschelte etwas vor sich hin, dass sie nicht hörte. Dann drehte er sich um und stellte Hunde und Schafe auf.

Ruby zuckte mit den Schultern. Duncan Stewart war ein freier Mann und ein fähiger Schäfer, doch für seine Manieren würde er nie einen Preis gewinnen. Sie wandte sich an den ältesten der Strafentlassenen, der gerade die Seile überprüfte, mit denen ihre Habseligkeiten auf dem Fuhrwerk befestigt waren. »Wie wollen wir vorgehen, Fergal?«

Der Ire schaute über den Fluss. »James hat signalisiert, dass das Flussbett da, wo er den Halt verloren hat, stark absinkt, also muss ich die Tiere in die Mitte treiben und dann nach Süden auf die Felsen zu.« Er schob den Hut in den Nacken, kniff die Augen gegen den Regen zusammen und warf einen prüfenden Blick auf den Fluss. »Die Schafe sind eine andere Sache«, murmelte er und kratzte sich die Bartstoppeln. »Wenn die Strömung stark genug ist, dass sie Ihren Mann wegspülen kann, dann hat ein Schaf keine Chance.«

»Wir können die Lämmer auf den Rücken nehmen«, erwiderte sie.

Fergal schaute kurz zu den wimmelnden Schafen hinüber und schüttelte den Kopf. »Sie haben alle Hände voll mit den Packpferden zu tun. Ich werde den Wagen rüberschaffen, ihn entladen und wieder zurückkommen, um die Schafe zu holen. Anders geht es nicht.«

Ruby nahm die Zügel von zwei zusätzlichen Pferden und saß wieder auf, während Fergal dem Schotten seinen Plan darlegte. Die anderen folgten ihrem Beispiel. Fergal kletterte auf den Wagen und trieb die Ochsen mit einem Peitschenhieb in den Fluss. Sie scheuten und schnaubten, als das Wasser ihre Beine umspülte, doch die Peitschenhiebe und die Rufe der Männer hielten sie auf Trab, und schon bald war der Wagen bis zu den Achsen im Wasser.

Ruby führte ihre Stute in den Fluss, und als das kalte Wasser um die Steigbügel strudelte, hatte sie die größte Mühe, das Pferd ruhig zu halten. Die Tiere hatten die Ohren angelegt und verdrehten panisch die Augen. Sie warfen die Hälse zurück und rissen an den Zügeln. Die Hufe der Stute rutschten über den Schiefer, und bei jedem Ruf, bei jedem Peitschenhieb spürte Ruby, wie sie zusammenzuckte.

»Ruhig, mein Mädchen«, murmelte sie, bemüht, die Zügel fest in der Hand und im Sattel das Gleichgewicht zu halten. Das

Wasser reichte ihr bis an die Schenkel, die Packpferde wurden von der Strömung erfasst, und die schwer beladenen Satteltaschen drohten sie hinabzuziehen.

»Steh schon auf!«, schrie Fergal, als der Ochse strauchelte, brüllte und fast stehen blieb. »Hopp, weiter mit euch, ihr Bastarde!«

Die Ochsen spannten sich an, als die Räder des Wagens über die trügerischen Felsen schabten, die im Flussbett verstreut waren, und im weichen Schiefergestein einzusinken drohten. Die dicht versiegelten Fässer am Boden der Ladung waren durchweicht, als der Wagen sich der Flussmitte näherte, und bei jedem Ruck der Räder verschob sich die wertvolle Fracht.

Ruby wusste, sie konnten nichts tun, falls sie sich löste, und während sie mit den beiden Männern die Ochsen antrieb, hoffte sie inständig, sie würde halten, bis sie die andere Seite erreicht hatten.

Immer wieder knallte die Peitsche, und Fergal verwendete jeden ihm bekannten Fluch, um die Tiere anzutreiben – und als sie die Zuflucht des anderen Ufers rochen, begannen sie endlich, ihre Last bereitwillig zu ziehen.

Ruby war völlig durchnässt, ihre Hände taub vor Kälte, als sie die Pferde schließlich auf festen Boden trieb. Sie glitt aus dem Sattel und suchte nach James. Doch der war den anderen zu Hilfe gegangen, denn sie mühten sich noch immer ab, ans Ufer zu gelangen.

Die Männer erreichten einer nach dem anderen festen Boden, und den Ersatzpferden wurden Fußfesseln angelegt. Fergals Stimme war heiser vom Brüllen, als die Ochsen den Wagen vom Ufer wegzogen. »Beeilung!«, krächzte er und sprang ab. »Der Fluss steigt immer höher.«

In stummer Verzweiflung nestelten ihre tauben Finger an den durchweichten Seilen herum und trugen Bündel, Säcke und Kisten unter die Bäume. Werkzeug, Samen, Möbel und Kleidung wurden schnellstens abgeladen und unter einer wasserdichten Leinwand verstaut, die das Meiste bisher trocken gehalten hatte.

Ruby half Fergal, drei Ochsen auszuspannen und ihnen Hobbel anzulegen, damit sie nicht umherstreunten, und ordnete das Geschirr, damit das verbleibende Tier den Wagen ziehen konnte. Wiederholt warf sie einen Blick hinüber zu Duncan, der inmitten der Schafe wartete, die treuen Hunde keuchend zu Füßen. Der Fluss war angestiegen und die Strömung reißender – und der Ochse würde seine Zeit brauchen, um ihn zu überqueren, bevor er den Weg noch einmal antreten musste. Das Risiko war beträchtlich, doch ihnen blieb nichts anderes übrig.

»Ich habe eine Idee«, rief James. »Montiert die Räder ab, bindet die Seile an die hinteren Ecken und schlingt sie um diese Baumstämme. Wir lassen den Wagen schwimmen, führen ihn aber mit den Seilen, sodass man ihn über den Fluss ziehen kann.«

Die stabilen Radnaben waren rasch abgeschlagen, und die mit Eisen beschlagenen Holzräder von der Achse gezogen. Sobald die Seile befestigt waren, setzte James sich rittlings auf den Ochsen, der den Wagen durch den Schlamm ins Wasser zog.

Ruby hängte ihr spärliches Gewicht an die Seile, während die Männer die Baumstämme als Gegengewicht benutzten und langsam nachgaben. Sie hielten die Luft an, sobald die Strömung den Wagen erfasste und an ihm zerrte – doch die Seile hielten ihn ruhig, und er schwamm ordentlich hinter dem Ochsen her.

Als das Tier schließlich die andere Seite erreichte, ließen sie die Seile dankbar los, James holte sie ein und band sie um den nächsten Baum. Er und Duncan müssten sie auf der Rückfahrt wieder abrollen.

Ruby spähte durch den Regen und konnte nur die beiden Männer ausmachen, die den Leithammel auf den Wagen lockten. Sie wollte schon wieder in den Sattel steigen, als Fergal sie anhielt. »Bleiben Sie hier!«, befahl er.

»Ihr braucht jede Hand, wenn wir sie sicher herschaffen wollen«, konterte sie.

»James will nicht, dass Sie wieder in Gefahr geraten«, rief er über das Donnern von Regen und Fluss hinweg. »Tun Sie, was man Ihnen sagt, und bleiben Sie hier!« Ohne auf eine Entgegnung zu warten, führte er sein Pferd zurück ins Wasser.

Ruby ballte die Fäuste. Als nutzlos abgestempelt zu werden, obwohl sie durchaus fähig war zu helfen, machte sie rasend. Sie stand am Ufer, bebend vor Wut, während Fergal und die anderen sich zur gegenüberliegenden Seite aufmachten.

Duncans Hunde arbeiteten rasch, zwickten und drängten die zögernden Schafe, bis sie ihrem Anführer auf den Wagen folgten. Duncan, der die beiden kleinsten Lämmer sicher in seine weiten Manteltaschen gesteckt und ein drittes an den Beinen um den Hals gebunden hatte, betrat den Wagen, und der Ochse wurde eilig wieder ins Wasser geschickt.

Ruby stockte der Atem. Die Schafe waren dicht gedrängt und gerieten in Panik, sodass das provisorische Floß plötzlich ins Schwanken geriet. Zwei Böcke verhakten sich mit den Hörnern, während die Mutterschafe drängelten. Ihre Lämmer liefen Gefahr, zertrampelt zu werden, und blökten in Todesangst. Die Hunde rannten über ihre Rücken, zwickten und knurrten, um sie zur Ordnung zu bringen, doch sie waren zu aufgeschreckt. Ein Mutterschaf tat einen fliegenden Sprung, landete im Wasser und wurde weggeschwemmt. Schon folgte ihr ein zweites.

Fergal gelang es, ein Tier am Fell zu packen, aus dem Wasser zu hieven und quer über seinen Sattel zu werfen; die anderen führten ihre Pferde längsseits des Wagens, um eine Barriere zu bilden, damit nicht noch mehr dieser dummen Geschöpfe folgten. Doch die Reiter mussten nicht nur mit nervösen Pferden fertig werden, sondern auch mit dem Sog der Strömung und dem schwankenden Floß, das dazu bestimmt schien, seine Fracht zu ertränken.

Ruby schwang sich in den Sattel. Die Mutterschafe traten um sich, versuchten sich einen Weg zu bahnen, und dabei war ein Lamm ins Wasser gestoßen worden, was den Männern entgangen war. Sie bohrte ihrer Stute die Fersen in die Flanken und galoppierte am Ufer entlang. Das Lamm blökte erbärmlich im reißenden Strom, und Ruby wusste, ihre einzige Hoffnung war, es weiter unten abzufangen.

Die Strömung war jetzt stärker, die Stute wieherte vor Angst, als sie gezwungen wurde zu schwimmen. Ruby sah das Lamm, das von den tosenden Strudeln hin und her geworfen und im Kreis gedreht wurde. Die Stute kämpfte gegen den Strom an, doch Ruby erhöhte den Schenkeldruck, ließ die Zügel los und streckte die Hände aus.

Ihre Finger berührten durchweichte Wolle, und sie packte das Lamm am Nacken. Sie hievte das verängstigte Geschöpf aus dem Wasser, steckte es vorn in ihren weiten Ölmantel und nahm die Zügel wieder auf. Jetzt musste sie nur noch zurück ans Ufer. Der Fluss zerrte und zog und riss der Stute beinahe die Beine weg, doch Ruby trieb sie mit schmeichelnden Worten weiter. Das Lamm strampelte und blökte, seine kleinen Hufe schlugen an ihre Brust, da es versuchte, sich zu befreien, doch Ruby ignorierte das Unbehagen, wild entschlossen, sich und die beiden Tiere in Sicherheit zu bringen.

Sie gelangten in seichteres Wasser, und als sie schließlich auf höheren Boden kam, zitterte sie so stark vor Kälte und Angst, dass sie nicht absteigen konnte. Sie blieb im strömenden Regen sitzen. Das Lamm hatte sich beruhigt, sein Kopf lugte aus ihrem Kragen, und der Ochse zog endlich den Wagen aus dem Fluss. Sie schluchzte vor Erleichterung, als die Schafe in den Busch rannten, die Hunde hinterher. James war in Sicherheit, und obwohl ein Mutterschaf und zwei Lämmer verloren gegangen waren, hatte der größte Teil ihrer Herde es geschafft.

Ruby reichte Duncan das Lamm, der sie wütend anfunkelte

und sich wortlos abwandte, und als sie die Energie aufbrachte abzusteigen, wurde sie von James aus dem Sattel gerissen.

Er drückte sie fest an seine Brust. »Mach nie wieder so etwas Wahnsinniges!«, sagte er finster. »Ich dachte, ich hätte dich verloren.«

Sie klammerte sich an seinen durchnässten Mantel, während der Regen auf sie niederprasselte, und war besänftigt. Hunderte von Meilen lagen noch vor ihnen, doch welche Gefahren dort auch auf sie lauern mochten, Rubys Glaube war unerschütterlich. Solange sie und James zusammen waren, würden sie überleben.

Kumali wusste, die *gubbas*, die Weißen, konnten sie nicht sehen, denn sie war durch die Bäume gut getarnt. Sie blieb im Halbdunkel und beobachtete die Eskapaden im Fluss. Die Frau war tapfer und stark, und obwohl ihr Mann wütend war, lag ihm offensichtlich etwas an ihr, und Kumali spürte, dass es gute Menschen waren.

Kumali gehörte den Gundungurra an, deren Stammesland im Süden den Wollondilly River, im Osten den Nepean River und im Nordwesten die Höhlen von Binnoomur umfasste. Mandarg, ihr Urgroßvater, hatte über die *gubbas* Geschichten erzählt, die an die Verwandten ihrer Mutter weitergegeben worden waren. Er hatte gewusst, dass diese weißen Eindringlinge bald einen Weg über ihre heiligen Berge finden würden, hatte aber auch von den guten Männern gesprochen, die er in seiner Zeit in Warang kennengelernt hatte. Dennoch hatte er sie vor der Wildheit anderer gewarnt, vor der Sorglosigkeit, mit der alle Weißen die geheiligten Traumplätze und Traumpfade raubten. Man war seinem weisen Rat gefolgt, doch niemand von ihnen hatte die verheerende Wirkung der Weißen richtig begriffen, bis es zu spät gewesen war.

Sie waren gekommen, viele Monde nachdem Mandarg zu den Geistern im Himmel gegangen war, und jetzt waren ihrem Volk die Jagdgründe hinter den Bergen untersagt. Die weißen Männer hatten ihre Frauen, ihre Arbeiter und ihr Vieh mitgebracht und das traditionelle Land der Gundungurra gestohlen. Ihre Feuerstöcke hatten die Wälder geleert und die Beutelratten, Koalas und Vögel verscheucht. Ihre Pflüge hatten die Grasnarbe aufgerissen, auf der Kängurus und Wallabys einst gegrast hatten, und ihre Waffen und das vergiftete Mehl hatten die hungerleidenden Gundungurra umgebracht.

Kumali war das Herz schwer. Zwischen den *gubbas* und den wenigen Überlebenden ihres Stammes war es zum Krieg gekommen, doch der Diebstahl von Vieh, Schafen und Getreide wurde mit dem Strang – oder einem schlimmeren Tod – bestraft durch die Schafzüchter und ihre schwarzen Viehzüchter, die sich offenbar einen Spaß daraus machten, selbst die Jüngsten ihres Stammes abzuschlachten. Wie ihr Großvater mütterlicherseits vorhergesagt hatte, waren die Feindseligkeiten der Stämme untereinander von den Weißen dazu benutzt worden, das Land zu säubern, und die Möglichkeiten, die ihrem Volk blieben, waren dürftig: frei zu bleiben, zu hungern und gejagt zu werden oder mit den Weißen zu leben und ihnen auf Gedeih und Verderb ausgeliefert zu sein.

Kumali verzog das Gesicht. Im Moment war sie frei. Sie war viele Meilen gelaufen, um dem Boss zu entkommen, der sie geschlagen und in sein Bett gezwungen hatte, doch sie wusste aus Erfahrung, dass er einen seiner schwarzen Fährtensucher ausschicken würde, um sie zu finden und in Ketten zu seiner Farm zurückzubringen, denn sie war nicht zum ersten Mal fortgelaufen.

Sobald die Reisenden sich im grauen Regenschleier verloren, tauchte Kumali zwischen den Bäumen auf. Der Fluss war reißend und tief, und obwohl sie eine gute Schwimmerin war, wollte sie ihn nur ungern durchqueren. Die Ältesten hatten ihr von Miringan und Gurrangatch erzählt, und sie fürchtete, dass Gurrangatch, halb Fisch, halb Reptil, vielleicht von seiner Höhle im Wingeecaribbee River in dieses Wasser geschwemmt worden war und jetzt in den Tiefen lauerte, um sie zu fangen.

Sie zögerte und zupfte mit den Fingern an dem dünnen Baumwollkleid, dass die Missus ihr geschenkt hatte. Es war ihr einziger Schutz vor der Kälte, und es klebte nass an ihr wie eine zweite Haut. Kumali blinzelte und starrte ins Wasser. Gurrangatch war noch immer wütend, weil er von Mirringan, der Tigerkatze, gejagt worden war, und Kumali schauderte, denn sie glaubte, etwas Silbernes im dahinschießenden Wasser aufblitzen zu sehen. Sie kaute auf ihrer Unterlippe und erwog ihre Möglichkeiten.

Ihr Leben hatte in einer Missionsstation begonnen, in der Initiationsriten und die Unterweisung durch die Ältesten heimlich vonstatten gehen mussten – der Pfarrer hatte es verboten. Sie war ohne großes Verständnis für die alten Traditionen aufgewachsen, von denen die Ältesten sprachen, denn das Leben bei den Weißen zerstörte unweigerlich das unabhängige Denken oder Handeln. Jagen war verboten, ihre magere Essensration kam aus der Mission. Neue Gesetze verwehrten ihnen das Recht, mehr als zwei Personen zu treffen, demzufolge gab es keine *corroborees* mehr, und obwohl man ihnen erlaubte, *gunyahs* als Unterkünfte zu bauen, konnten diese jederzeit durchsucht werden, sollte der Pfarrer den Verdacht hegen, darin sei Rum versteckt. Frauen und Kinder wurden eingefangen und gezwungen, in den Häusern und auf den Feldern der *gubbas* zu arbeiten. Häufig wurden sie meilenweit fortgeschickt und nie wieder gesehen. Kumali kannte deren Schicksal, denn ihr war es ebenso ergangen.

Sie trat vom Fluss zurück und hockte sich in den Schutz eines Baumes. Drei Jahre zuvor hatte man sie geholt, als sie zwölf war, und sie konnte sich noch immer an die Schreie ihrer Mutter erinnern, hörte noch immer ihren Vater, der den Mann anflehte, sie freizulassen. Man hatte ihr Seile um Hals und Handgelenke gebunden und sie weggezerrt. Die Schreie ihrer Mutter hallten noch lange hinter ihr her, nachdem sie schon längst außer Sichtweite war. In der ersten Nacht hatte man ihr brutal die Unschuld geraubt, und im Verlauf der langen Reise hatte sie erfahren, dass diese Behandlung ihre Zukunft war.

Kumali wischte sich mit den Fäusten die Tränen aus den Augen. Sie weigerte sich, dem Schmerz und der Verwirrung nachzugeben, die sie zuweilen noch immer zu überwältigen drohten, obwohl sie inzwischen fünfzehn war. Ihr neuer Herr war grausam, und seine Schläge hatten Spuren hinterlassen, nicht nur an ihrem Körper, sondern in ihrer Seele. Sie war nichts wert, und wenn sie heute im Fluss stürbe, würde niemand die rituellen Gesänge anstimmen und ihren Tod betrauern.

Das Donnern des Regens ließ nach, und sie schaute aus ihrem dürftigen Unterschlupf hinaus. Die Wolken hellten sich auf, die Sonne brach hindurch. Kumali betrachtete den Fluss, zögerte aber noch immer. Der Gedanke an den Tod war erschreckend. Aber sie wusste, was sie in dem Viehzuchtbetrieb erwartete, wenn sie vom Fährtensucher eingefangen würde, und so war diese geringe Chance, die Freiheit zu erlangen, es auf jeden Fall wert. Sie würde leben wie die Vorfahren und versuchen zu lernen, wie es damals gewesen war.

Doch sie ließ den Gedanken sofort wieder fallen. Kumali wusste nicht, wie man im Busch überlebte; sie wusste nicht, wie man jagte, kannte sich in ihrer Umgebung nicht genau aus, besaß weder Speer noch Messer. Sie hatte von den großen Städten gehört, die sich weiter im Süden und Osten ausbreiteten, hatte aber den Verdacht, dass das Leben dort genauso hart sein würde, denn auch sie waren von *gubbas* bevölkert. Dasselbe galt für die Küstenebenen, wo sie noch verletzlicher wäre, da die Stämme der Schwarzen dort traditionelle Feinde waren. Tief aufseufzend wrang sie ihr Kleid aus. Alles, was sie über das Leben wusste, hatte sie in einer Missionsstation und in einem Viehzuchtbetrieb gelernt – somit hatte sie wenig gute Aussichten.

Ein Sonnenstrahl fiel auf das gegenüberliegende Ufer. Er bahnte einen Pfad durch die Bäume, als wolle er einen Weg weisen.

Kumali starrte auf den goldenen Strahl und erkannte ein Zeichen darin. Sie streifte alle Bedenken ab und watete ins seichte Wasser. Wenn sie die Überquerung überlebte, dann würde sie den Spuren des Ochsenkarrens und der Frau folgen, die so tapfer gewesen war.

Auf See vor Tahiti, Oktober 1849

Hina Timanu stand an Deck des Walfängers *Sprite* und schaute in den schmutziggrauen Dunst am Horizont. Beinahe zwei Jahre hatte er seine Heimat nicht mehr gesehen, und obwohl sie noch einige Seemeilen von ihren Gestaden entfernt waren, glaubte er bereits den Duft von Kochstellen, Jasminbäumen und Hibiskus wahrzunehmen.

Hina war achtundzwanzig, sehr sprachbegabt und ein erfahrener Walfänger. Er trug die übliche Leinenhose und das Sergehemd eines Matrosen, doch seine hohe, muskulöse Statur, die langen schwarzen Haare und die blauen Augen hoben ihn von den Europäern ab, mit denen er segelte. Im Lauf der Jahre hatte er sich daran gewöhnt, denn sein Volk hatte braune Augen und war von kleinem Wuchs – doch das Vermächtnis des weißen Urgroßvaters seiner Mutter lebte in ihm weiter. Er schämte sich keineswegs, sondern trug seine Andersartigkeit mit Stolz.

Als der dunkle Fleck allmählich Gestalt annahm, verspürte Hina eine freudige Erwartung. Die Monate der Waljagd im Südpolarmeer waren in der Erinnerung verblasst. Die Hitze tanzte in Wellen über den fernen Vulkanen, und er fragte sich, ob die *Sprite* bereits gesichtet worden war – und ob Puaiti am Strand stehen würde, um ihn zu begrüßen. Ihr Name bedeutete »Kleine Blüte«, und ihre Schönheit stellte den Hibiskus in den Schatten. Sie war die jüngste Tochter eines Häuptlings, der im Gegenzug für die Hand seiner Tochter jedoch beträchtliche Forderungen erhob. Hina überkam die vertraute Woge gemischter Gefühle – die Hoffnung, dass sein Seemannslohn ausreichen würde, Zweifel daran und der Verdacht, dass ihr Vater eine neue Ausrede finden würde, um sie auseinanderzuhalten.

»Du denkst wieder an die *wahini*. Das sehe ich dir immer an.« Bones hatte ihn angesprochen, ein Zwerg von einem Mann, dessen richtiger Name längst in Vergessenheit geraten war. »Ich werfe es dir nicht vor«, sagte er mit anzüglichem Augenzwinkern. »Ich kann es auch kaum erwarten, wieder eine Frau in den Armen zu halten.«

Hina schritt mit bloßen Füßen fast geräuschlos über das Holzdeck, um den Befehlen Kapitän Jarvis' zu folgen, was ihm eine Antwort ersparte. Bones war wie der Rest der Mannschaft darauf erpicht, mit den *wahini* zu schlafen und sich gedankenlos zu nehmen, was diese freimütig anboten. Nach den zahlreichen Jahren auf See konnte Hina sie ja verstehen, denn nur wenige andere Häfen boten eine so hübsche Unterhaltung. Doch Hina hatte die Krankheit gesehen, die diese kurzen Vergnügungen hinterließen, die Not, die sie verursachten. Obwohl die Kinder dieser flüchtigen Begegnungen als Segen betrachtet wurden, machten die Missionare deutlich, dass sie diese missbilligten, und hielten den Frauen bei jeder Gelegenheit eine Strafpredigt.

Der dunkle Kegel des Vulkans erhob sich über dem üppigen Palmendach. Es reichte bis hinunter an den schwarzen Sand, der sanft zum türkisfarbenen Meer abfiel. Ganze Schwärme bunter Fische schossen davon, während Wasserschildkröten den Kopf kurz über die Oberfläche hielten, um den Eindringling zu beäugen, bevor sie gemächlich davonschwammen und einer Delphinschule Platz machten, die sich vor dem Bug tummelte.

Hina beobachtete sie und schmunzelte über ihre Ausgelassenheit, während er auf den Befehl wartete, die Segel einzuholen. Dann ertönte ein Ruf vom Ufer, und er blinzelte ins grelle Sonnenlicht auf der Suche nach den geliebten Gesichtern seiner Familie – und nach Puaiti. Tatsächlich waren sie dort und kletterten in die Einbäume; die leuchtenden Sarongs und die Blumengirlanden blendeten ebenso wie die Sonne.

Rasch rollte er das Segel ein und zurrte es fest. Der Anker platschte ins Wasser, als der erste Einbaum längsseits kam. Hina stieg in die Takelage am Bug, riss sich das Hemd vom Leib und sprang ins Meer. Es fühlte sich an wie kühle Seide, und als er auftauchte, wurde er beinahe wieder von dem kleinen Körper hinabgezogen, der mit ihm zusammenprallte und sich wie eine Klette an seinen Hals hängte.

»Puaiti«, keuchte er.

»Hina, o Hina, ich habe dich so vermisst!« Sie unterstrich ihre Worte mit Küssen.

Er drückte sie an sich und trat Wasser. Ihre Augen waren dunkel wie die Nacht, die langen Wimpern mit Tröpfchen wie mit Diamanten besetzt. Ihre Lippen waren weich und warm, hingebungsvoll unter seinem Kuss, ihr fester junger Körper presste sich so eng an ihn, dass er ihre Brüste an seinen Rippen spürte. »Es war zu lange«, flüsterte er.

Ihre Augen verschleierten sich vor Verlangen, und sie glitt mit ihrer Hand an seiner Brust herab, bis sie sein erigiertes Glied umfasste. »Auch ich bin ungeduldig, aber wir müssen nur noch an den Strand kommen«, seufzte sie, »dann sind wir wieder vereint.«

Er erwiderte die Begrüßungen seiner Brüder und Schwestern mit einem Handzeichen, denn er wusste, sie würden verstehen, dass er sie später aufsuchen würde, viel später. Unter ihren anfeuernden Rufen, ihrem glücklichen Gesang, Puaiti noch an seine Brust gedrückt, schwamm er an Land.

Die Lichtung lag weit entfernt von neugierigen Augen, verborgen unter einem Palmendach. Ein Teich, der von einem Bach gespeist wurde, befand sich in einem Becken aus dunklen Felsen. Von dort plätscherte das Wasser durch eine schmale Spalte in den nächsten Bach. Bunte Vögel flatterten über ihnen, stießen hin und wieder für einen Schluck Wasser herab, und ihr melodischer Gesang füllte die Luft.

Hinas Herz raste, als sie diese Kathedrale aus grünem Licht und Musik betraten. Puaiti war noch schöner, als er sie in Erinnerung hatte. Doch nun, da sie allein waren, begnügte er sich damit, sie anzusehen und zu warten, bis das Verlangen übermächtig wurde; denn es steigerte den Genuss, und nun hatten sie alle Zeit der Welt.

Puaiti schien das zu verstehen; sie stand vor ihm, ihr dunkler Blick ließ ihn nicht los. Sie öffnete den Gürtel an seiner Hose und streifte sie ab. Mit beinahe unerträglich sanften kleinen Händen streichelte und liebkoste sie ihn.

Hina berührte ihre Wange, fuhr ehrfürchtig über die zarte Stirn, die Wölbung ihres Wangenknochens und die geschwungenen Lippen. Seine Finger folgten ihrem geraden Hals und den Rundungen der Schulter bis zum Gewirr aus nassen Haaren, die ihr fast bis an die Hüfte reichten. Sie waren schwarz wie die kostbarste Perle, und die Hibiskusblüte, die hinter ihrem niedlichen Ohr steckte, verströmte einen Duft, der die Sinnlichkeit des Augenblicks noch verstärkte.

Puaitis Augen wurden dunkler, als sie nach dem Knoten an ihrem bunten Sarong griff. Nach einer anmutigen Drehung glitt der Stoff an ihr herab. Sie betrachtete Hina durch ihre dichten dunklen Wimpern. »Ist Puaiti noch schön?«, flüsterte sie. »Begehrst du sie noch?«

Hina konnte nur nicken, denn er war wie gebannt. Ihre Haut war golden, die Rundungen ihrer Hüften standen in perfektem Ebenmaß zu ihrer schmalen Taille, dem festen Bauch und den reifen Brüsten. Die Brustwarzen waren dunkel und fest, sie standen aus den goldenen Kugeln hervor wie exotische Blüten, und er konnte nicht widerstehen, mit dem Finger darüberzustreichen.

Sie trat näher an ihn heran, die Augen trunken vor Verlangen, und straffte den Rücken bei seiner Berührung. Hina konnte kaum atmen, während seine Hände langsam über ihren Leib nach unten zu dem glitzernden Dreieck aus schwarzem Haar wanderten. Seine Finger drangen zart in das warme, einladende Innere vor, das Puaiti war, und er hörte sie vor Begierde nach Luft schnappen. Er sank auf die Knie, zog ihre Hüften näher zu sich heran und küsste ihren Bauch, schwelgte in ihrem moschusartigen Duft und der seidigen Weichheit ihrer Haut. Seine Zunge fuhr in sie, und er schmeckte sie.

Sie stöhnte vor Lust, presste die Hüften an ihn, drängte ihn, sie zu nehmen, diesen Augenblick zu dem Abschluss zu bringen, den sie wollte, brauchte, auf den sie so lange gewartet hatte. Hina zog sie auf den Boden des Tals, auch er brannte vor Verlangen, und als er ihre bebenden Schenkel küsste, öffnete sie sich ihm. Er glitt über sie, zögerte einen Herzschlag lang und drang in sie ein. Endlich war er zu Hause.

Die Nacht war warm und duftete nach Holzrauch, als sie sich um das Feuer setzten. Hina vernahm das Seufzen der Wellen, die an den Strand schlugen, und das Rascheln der Palmen in der Meeresbrise. Das war die vertraute und geliebte Geräuschkulisse, mit der er aufgewachsen war, und während die Gespräche an ihm vorüberglitten, zog er Puaiti näher an sich und wollte nie wieder fortgehen.

»Wann willst du mit Puaitis Vater sprechen?« Oriatas Augen zeigten die Sorge einer Mutter um ihren Sohn.

Mit dem Gedanken an Vainui war die Stimmung dahin, und Hina versuchte zuversichtlich zu wirken. Vainuis Name bedeutete »Großes Wasser«, und er lebte dementsprechend – er führte die Einbäume der Fischer am weitesten aufs Meer hinaus, tauchte am tiefsten nach den schwarzen Perlen, womit er seine mächtige Stellung auf der Insel sicherstellte. Er war einschüchternd, und Hina fürchtete sich davor, ihn anzusprechen. »Ich werde morgen um ein Gespräch bitten.«

Oriata betrachtete ihn nachdenklich und nickte. »Du bist ein guter Sohn und hast hart gearbeitet. Vainui sollte stolz sein, dir seine Tochter zu geben.«

Hina fiel auf, dass ihr langes Haar von silbernen Strähnen durchsetzt war, und er wurde sehr traurig. Er war zu lange fort gewesen. Um die düsteren Gedanken zu zerstreuen, die seine fröhliche Heimkehr zu überschatten drohten, wandte er sich an seine Großmutter Manutea. Ihr Haar war weiß wie das Eis im Südpolarmeer, doch in ihren Augen brannte noch immer das Feuer der Jugend. »Erzähl mir eine deiner Geschichten!«, bat er einschmeichelnd.

»Du hast sie alle schon oft gehört.«

Hina lächelte und ließ sich von ihrem ablehnenden Tonfall nicht beirren. »Ich weiß doch, dass du gern Geschichten erzählst«, drängte er, »und es ist so lange her, seit ich sie gehört habe.«

Sie musterte ihn; ein Lächeln umspielte ihre Lippen. »Dann werde ich dir von dem goldenen Geschenk erzählen, das mein Vater einst besaß, und wie es verlorenging, weil meine Mutter sich von buntem Glas verlocken ließ.«

Hina lehnte sich an den Baumstamm, den Arm um Puaiti gelegt. Seine Grußmutter wusste, dass diese Geschichte ihm mehr bedeutete als die meisten anderen, weil sie seine blauen Augen und die tränenförmigen roten Muttermale in seinem Nacken erklärte.

»Vor langer, langer Zeit lebte eine schöne junge *wahini*, genannt Lianni. In jener Zeit war Tahiti eine friedliche Insel mit wenigen Schiffen und noch weniger Missionaren.« Ihr runzliges

Gesicht brachte ihr Missfallen über den derzeitigen Stand der Dinge zum Ausdruck, bevor sie fortfuhr. »Es gab ein Schiff, ein schönes Schiff mit vielen wichtigen Leuten darauf. Sie kamen, um das große Steinhaus auf dem Hügel zu bauen, damit sie durch eigenartige Dinge, die sie Teleskope nannten, in den Himmel schauen konnten. Es hieß, sie wollten beobachten, wie die Sonne einen Teil des Himmels verdunkelte, doch niemand verstand, was sie da eigentlich machten oder warum es so wichtig war.«

Still war es geworden, und selbst die Jüngsten lauschten gespannt, denn Manutea war eine großartige Geschichtenerzählerin.

»Ein junger Mann reiste auf diesem Schiff. Er hieß Jon.« Sie stolperte über das ungewohnte Wort, trank einen Schluck Kokosmilch und fuhr fort. »Er war ein netter Kerl mit dunklem Haar, und seine Augen hatten die Farbe des tahitischen Meeres. Hier waren rote Flecken« – sie zeigte mit einem knotigen Finger auf ihre Schläfe –, »als würde sein Blut weinen, denn sie hatten die Form von Tränen.« Sie nickte, als wolle sie bestätigen, dass die Beschreibung stimmte. »Er sah Lianni, und sie verliebten sich ineinander. Lianni wusste, dass er wieder fortgehen würde – so wie alle Männer, die auf Schiffen kommen –, doch sie war glücklich, ihn für die Zeit zu lieben, die sie zusammen sein konnten – so wie du mit Puaiti glücklich bist.«

Hina erwiderte das Lächeln seiner Großmutter. »Ich gehe nicht fort«, sagte er. »Hier ist mein Zuhause, und sobald Großes Wasser seine Einwilligung erteilt, werden wir heiraten.«

Der alten Frau stand der Zweifel ins Gesicht geschrieben. »Wir wollen hoffen, dass dein Wunsch in Erfüllung geht«, sagte sie leise. »Aber für Lianni und Jon war es eine Liebe, die nur so lange andauern sollte, bis sein Schiff wieder Segel setzte.« Sie atmete tief durch und trank noch einen Schluck Kokosmilch. »Am letzten Tag überreichte er Lianni ein Geschenk – ein sehr feines Geschenk –, das sie in Ehren zu halten versprach. Sie wusste nicht, wozu es gut sein sollte, doch nach der Beschreibung meines Vaters war es vermutlich eine Taschenuhr. Es war rund und aus Gold, und in die Mitte war ein feuriger weißer Stein eingelassen. An der Seite befand sich ein winziger Schnappverschluss, und wenn man auf den drückte, wurde der Schatz im Innern sichtbar.«

Sie senkte die Stimme, und alle rückten näher. »Drinnen war eine weiße Scheibe mit goldenen Zahlen ringsum und zwei kleinen goldenen Händen. Aber das Beste waren die Bilder, die auf jede Seite gemalt waren, die von Jon und Lianni.« Sie lächelte, als hätte sie Erinnerungen an dieses außergewöhnliche Geschenk. »Er sah fein und stolz aus mit seinem kräftigen Gesicht und den blauen Augen, und der Künstler hatte sogar die roten Tränen eingefügt, damit man ihn nicht verwechseln konnte. Lianni war natürlich sehr schön – so schön wie alle Frauen meiner Familie.«

Hina schmunzelte, als sie sich im Kreis umblickte und jeden Einzelnen herausforderte, ihr beizupflichten. »Du bist immer noch schön, Manutea.«

»Meine Haare hatten nicht immer diese Farbe.« Ihr Blick verschleierte sich. »Ich weiß noch, als …«

Hina wurde klar, dass sie von der Geschichte abweichen würde, wenn man ihr auch nur die kleinste Chance ließ, und beeilte sich, sie zu unterbrechen. »Er ist also wieder davongefahren, und Lianni hat die Uhr behalten. Was ist dann passiert?«

»Sie hat viele Tränen vergossen, als er fort war, denn sie hatte ihm nicht erzählt, dass sie einen Sohn von ihm erwartete, doch nun hatte sie sein besonderes Geschenk, das sie dem Jungen weitergeben konnte, wenn er alt genug war, um dessen Bedeutung zu begreifen.«

Sie hielt kurz inne und starrte in die Dunkelheit hinter dem Lagerfeuer. »Tahamma war ein starkes Kind mit den Augen seines Vaters und denselben roten Tränenmalen. Lianni war eine gute Mutter, und sie liebte Tahamma mehr als ihr Leben. Aber von einem der Matrosen war eine Krankheit nach Tahiti eingeschleppt worden, und unser Volk starb. Lianni war dem Tode nahe und bat ihre Tante, Tahani, den Jungen mit auf eine andere Insel zu nehmen, damit er nicht auch krank wurde. Tahani musste ihr versprechen, die Uhr für Tahamma aufzuheben und gut darauf aufzupassen. Sie sollte nicht mehr erfahren, dass Tahani ihr Leben dafür lassen würde.« Eine ungemütliche Stille legte sich über die Zuhörer, als in den Augen der alten Frau Tränen glitzerten und über ihre runzligen Wangen rannen. »Tahanis Mann Pruhana war ein schlechter Mann. Er war verbannt worden, weil er Tahani geschlagen und versucht hatte, ihr die Uhr zu stehlen; doch in der Nacht kam er zurück und brachte sie um. Tahani muss gewusst haben, dass er zurückkehren würde, denn sie hatte die Uhr ihren Brüdern zur Verwahrung gegeben, und Pruhana hat sie nie gefunden.«

Sie wischte sich die Tränen ab und nahm eine bequemere Haltung auf ihrer Schilfmatte ein. »Tahamma erhielt die Uhr, als er Solanni heiratete, und als ein Schiff eintraf und sie die glitzernde Ware des Kaufmanns sah, tauschte Solanni sie gegen ein juwelenbesetztes Messer ein. Mein Vater wurde sehr wütend und verbannte sie für sechs Jahreszeiten. Sie hatte große Angst, denn sie musste allein leben und durfte nicht am gemeinsamen Feuer essen. Diese Monate waren sehr hart, denn sie hatte mich und meinen Bruder, und niemanden, der ihr half. Mein Vater, Tahamma, hat ihr am Ende verziehen, aber sein verlorenes Erbe hat er nie vergessen, und deshalb ist die Geschichte von Generation zu Generation tradiert worden. Ich glaube, er hat gehofft, das Schicksal würde die Uhr eines Tages an den Ort zurückbringen, an den sie gehört.«

»Nach so vielen Jahren wird sie zerstört sein.«

Die alte Frau schaute Hina an und schüttelte den Kopf. »Ich glaube, sie war sehr wertvoll, und solche Sachen verschwinden nicht für immer. Sie ist irgendwo, da draußen jenseits des Meeres, und wartet auf die Gezeiten, die sie wieder auf unsere geheiligte Insel zurücktragen. Eines Tages wird sie kommen, dessen bin ich mir sicher.«

Hina senkte den Kopf, damit seine Großmutter sein Schmunzeln nicht sah. Sie mochte zwar meinen, sie könne in die Zukunft blicken, doch bewiesen hatte sie es nicht. Sollte die Uhr wirklich noch existieren, war sie vermutlich ein billiges Andenken, aus dem die Legende einen Schatz gemacht hatte. Sie nach all den Jahren zu finden war so unwahrscheinlich wie das Einfangen von Mondstrahlen.

Kernow House, Watsons Bay bei Sydney, Oktober 1849

»Frederick, wo bist du?« Gertrude Collinsons Stimme klang leicht verärgert, als sie die Frage zum dritten Mal wiederholte. »Frederick Cadwallader, ich weiß, dass du dich versteckst. Komm sofort raus!«

Freddy merkte, dass die Stiefschwester seines Vaters kurz vor einem ihrer beängstigenden Wutausbrüche stand, und tauchte widerwillig aus dem Kriechgang auf, den er in dem unbenutzten Kinderzimmer entdeckt hatte. Er war zufällig darüber gestolpert, und die geschickt getarnte Tür in der Holzvertäfelung war aufgeglitten wie ein Sesam-öffne-dich in Tausendundeine Nacht. Zunächst hatte er gezögert, denn die Öffnung war schmal und dunkel, Spinnweben hatten sich in seinen Haaren verfangen, doch sein Mut war belohnt worden. Als er die Schätze betrachtete, die er gefunden hatte, wusste er, sie waren eines Piraten würdig.

»Wenn ich nach oben kommen muss, setzt es was«, blaffte Gertrude.

Hastig steckte er die Beute ins Dunkle, überprüfte, ob die Geheimtür fest geschlossen war, und lief die Treppe hinunter. Der Schatz war ein kostbares Geheimnis, in der Nacht würde er ihn näher untersuchen.

Seine Tante stand mit verschränkten Armen in der Diele, und ihr Gesicht kündete ein Donnerwetter an. »Was um alles in der Welt hast du gemacht? Sieh dir nur deine dreckigen Knickerbocker an und deine Haare, dein Gesicht!« Sie nahm sein Ohr zwischen Zeigefinger und Daumen, als hätte sie Angst, ihr makelloses graues Kleid zu verderben, und zog ihn wieder an den Fuß der Treppe. »Mein Bruder und seine Frau sollen heute aus England zurückkommen. Wie kannst du es wagen, so zerzaust herumzulaufen? Geh und wasch dich auf der Stelle, und zieh dir etwas anderes an! Ich werde nicht zulassen, dass du Schande über mich bringst.«

Freddy rieb sich das Ohr und ging die Treppe hinauf, zwei Stufen auf einmal nehmend. Er wünschte sich nur, seine Tante griffe einen anderen Teil seiner Anatomie an, wenn sie wütend war, denn sein armes Ohr hatte so oft ihrem Zwicken standgehalten, dass es allmählich wie eine Flagge abstand.

Er goss Wasser in eine Schüssel und begann den Schmutz und die Spinnweben abzuwaschen. Dabei dachte er nicht gerade begeistert an die bevorstehende Ankunft ihrer Gäste. In den letzten drei Monaten war das Haus im Chaos versunken; Handwerker und Dekorateure schwärmten bis in den letzten Winkel aus, seine Mutter nahm Zuflucht in ihrem Salon, sein Vater verbrachte immer mehr Zeit in seinem Büro in der Stadt. Tante Gertrude hatte sich in eine peinigende, aufgeregte Tyrannin verwandelt, die Dienstmädchen, Gärtner und Stallburschen zur Vorbereitung auf diesen wichtigen Besuch von morgens bis abends herumscheuchte. Doch so hart alle auch arbeiteten, es war anscheinend nie genug. Gertrude Collinson schien wild entschlossen, ihrer Schwägerin zu zeigen, dass ihr Haushalt in den Kolonien so gut geführt war, dass er den Vergleich mit jedem beliebigen Haushalt in England nicht scheuen musste.

Freddy vermutete, seine Mutter Amelia hatte Hochachtung vor Sir Harry und Lady Cadwallader, genau wie vor Gertrude, was nichts Gutes verhieß. Amelia würde sehr eindrucksvoll auftreten – wie bei den Gelegenheiten, zu denen sie Gouverneur Fitzroy in Parramatta besuchten –, und das bedeutete, er müsste noch mehr als sonst auf seine Manieren achten.

Er zog die frischen Sachen an, die das Dienstmädchen auf seinem Bett ausgelegt hatte, und kippte vorsichtig Wasser über sein dunkles Haar, bevor er es sich aus der Stirn kämmte. Elf zu sein war eine Strafe, denn obwohl er der Enge des Kinderzimmers entkommen war, hielt man ihn immer noch für zu jung, auch nur ansatzweise selbst über sein Leben zu bestimmen. Dieser Besuch seines Onkels versprach einen Neubeginn – der ihn ziemlich verunsicherte –, denn zu gegebener Zeit würde der Onkel nach England zurückkehren und Frederick würde mit ihm gehen. Sein Vater hatte ihn in einem Internat in London angemeldet, und seine Ferien würde er in Zukunft auf dem Familiensitz in Cornwall verbringen.

»Ich hoffe nur, dass ich da reinpasse«, murmelte er vor sich hin. Sein Lächeln stellte sich wieder ein, als ihm klar wurde, dass diese Zukunftspläne auch ihr Gutes hatten. Ein ganzer Ozean würde dann zwischen ihm und Tante Gertrude liegen.

»Frederick! Deine Mama wartet. Beeil dich!«

Seufzend legte er den Kamm weg. Er betrachtete sein Spiegelbild in der Hoffnung, vor dem strengen, prüfenden Blick seiner Tante zu bestehen. Sehnsüchtig schaute er aus dem regennassen Fenster auf das Baumhaus. Dort war seine Zuflucht, sein Piratenschiff und seine Schatzkammer – ein idealer Platz für die Beute, die er kurz zuvor entdeckt hatte. Enttäuschung brannte in ihm. Wenn Gertrude ihm doch nur noch ein paar Minuten Zeit ließe …

»Frederick, komm auf der Stelle herunter!«

Er stöhnte verzweifelt auf, schnappte sich den Zylinder und eilte aus dem Zimmer.

Seine Mutter, Amelia Cadwallader, strahlte in einem ihrer

neuen Kleider, welche die Schneiderin vor Ort nach einer Reihe aus London importierter Modezeichnungen genäht hatte. Die Wirkung wurde jedoch durch Amelias nervösen Ausdruck zerstört. Sie stand mit unruhigem Blick neben Gertrude, drehte den zusammengefalteten Sonnenschirm und lächelte ihren Sohn verstört an.

Gertrude musterte ihn, ihren blauen Augen entging nichts. Freddy nahm Haltung an und wagte nicht, dem humorvollen Aufblitzen in den Augen seines Vaters zu begegnen, denn er wusste, dann wäre er in Gelächter ausgebrochen, was ihm ein weiteres Zwicken am Ohr eingetragen hätte.

»Vermutlich sollte ich dankbar sein, dass du wenigstens die Spinnweben entfernt hast«, schnaubte Gertrude. »Aber du siehst noch immer aus wie ein Gassenjunge. Es ist zum Verzweifeln.«

Amelia warf ihm einen mitfühlenden Blick zu, bevor sie aus der Haustür und die Treppe hinunter zur geschlossenen Kutsche sauste; ihre weiten Röcke und Schultervolants blähten sich wie Segel im Wind.

Freddy riskierte einen kurzen Seitenblick auf seinen Vater, während sie seiner Mutter dicht auf den Fersen folgten. Oliver Cadwallader zwinkerte ihm zu, und er musste grinsen.

»Du siehst sehr adrett aus«, murmelte Oliver und verzog das Gesicht, als er seine enge Weste lockerte. Mit seinen achtundvierzig Jahren war er korpulent geworden, sein braunes Haar und der Schnurrbart waren reichlich mit Grau durchsetzt. »Mach dir nichts aus deiner Tante, mein Sohn! Sie meint es nicht so.«

Freddy war anderer Ansicht, aber schlau genug, nichts zu entgegnen. Wenn Mutter bloß öfter für mich eintreten würde!, dachte er wehmütig. Seit Gertrudes Eintreffen vor drei Jahren achtete sie immer weniger auf seine Belange und war beinahe nur noch ein Schatten der reizenden, liebenswerten und liebevollen Mutter, die sie einst gewesen war.

»Meine Stiefschwester will nur einen guten Eindruck auf unseren Bruder und seine Frau machen«, sagte Oliver ruhig, »aber sie wird bald feststellen, dass Harry und Lavinia sich nicht die Bohne um die äußere Erscheinung scheren.«

»Freust du dich darauf, deinen Bruder wiederzusehen, Vater?« Sie warteten auf der Veranda, bis Amelia sich in der Kutsche eingerichtet hatte, da ihre ausladenden Röcke einen ganzen Sitz und den größten Teil des Bodens in Anspruch nahmen.

Oliver lächelte. »Natürlich. Ich habe Harry seit Jahren nicht gesehen, und Briefe ergeben kein geschlossenes Bild, oder?«

Freddy wusste es nicht – er hatte noch nie einen Brief erhalten. »Es muss seltsam sein, einen Bruder zu haben, den man nur selten sieht. Trotzdem ist es wahrscheinlich besser, als gar keinen Bruder zu haben.«

Oliver hatte die Wehmut in seiner Stimme offenbar bemerkt, denn er versetzte seinem Sohn lächelnd einen zarten Kinnhaken. »Bald wirst du deinen Vetter Charlie haben, der die Lücke ausfüllt. Aber sei gewarnt, Freddy: Brüder sind nicht immer die besten Freunde. Sie kämpfen und streiten, und die Konkurrenz zwischen ihnen kann zeitweise ziemlich hitzig sein. Harry war allerdings ein liebenswerter Kerl, ein guter Kumpel, als wir noch klein waren.« Er schaute abwesend in die Ferne. »Seine Gesellschaft hat mir gefehlt.«

»Was steht ihr da noch rum?«, bellte Gertrude. »Ihr seid schon spät genug dran.«

»Ja, beeilt euch! Ich fürchte, ich erkälte mich, wenn ich hier noch länger sitze«, fügte Amelia gereizt hinzu.

Freddy und sein Vater tauschten wissende Blicke. Der Tag würde sehr lang werden.

Zwei

Sydney Harbour, Oktober 1849

Harry Cadwallader, Earl of Kernow, stand an Deck der *Elizabeth Ann* und wartete neugierig auf seinen ersten Blick auf Sydney Town seit dreißig Jahren. So hatte er sich die Heimkehr immer ersehnt, doch jetzt, als das Schiff langsam den Hafen ansteuerte, stellte er fest, dass seine Aufregung mit Unbehagen durchsetzt war. Erinnerungen überfielen ihn – dunkle Erinnerungen, die er verdrängt, aber nie wirklich vergessen hatte: an seine geliebte Mutter und seinen Stiefvater, die ihn nicht willkommen heißen würden, denn Eloise und George Collinson waren vor einigen Jahren auf einer Seereise nach Amerika verschollen, wo sie ihre lange, glückliche Ehe feiern wollten. Er seufzte tief. So viel Schmerz empfand er, den er größtenteils nicht heilen konnte.

»Du siehst bekümmert aus, mein Lieber«, sagte eine leise Stimme an seiner Schulter. »Ich dachte, du wärst überglücklich, Sydney wiederzusehen.«

Entschlossen schob Harry die düsteren Gedanken beiseite und lächelte auf seine Frau herab. Lavinia war mit neunundvierzig noch immer eine Schönheit. Mit ihrem hellen Haar und den blauen Augen, der milchig weißen Haut und der schmucken Figur hatte er sich in dem Augenblick in sie verliebt, als ihre Blicke sich quer durch den Ballsaal trafen. Er liebte sie noch immer mit einer tiefen, beständigen Leidenschaft, die trotz der Jahre, die vergangen waren, nie nachgelassen hatte. »Du siehst wunderbar aus«, murmelte er und nahm die hübsche Haube, die Locken, die ihr Gesicht rahmten, und das hellblaue Kleid in sich auf.

Sie lächelte, aber ihre ausdrucksstarken Augen blieben besorgt. »Du hast meine Frage nicht beantwortet, Harry. Was bereitet dir Kummer?«

»Erinnerungen«, antwortete er mürrisch und schaute wie gebannt ans Ufer.

»Die Vergangenheit wird uns nie loslassen«, erwiderte sie, »ganz gleich, wo wir sind, aber wichtig ist die Art und Weise, wie wir damit umgehen. Und bisher hat sie unser Fortkommen nicht behindert.«

Harry drückte ihre Hand. Auch wenn sie die Vergangenheit seiner Familie kannte, konnte sie wirklich begreifen, was diese Rückkehr für ihn bedeutete – welche Erinnerungen damit wachgerufen wurden? Heimzukehren in ein Land, das Erinnerungen an den Wahnsinn seines Vaters Edward barg, an die Ermordung seines älteren Bruders Charles und an das gebrochene Herz seiner Mutter, war schwerer, als er erwartet hatte. Dennoch glomm ein Funke Hoffnung in ihm auf, während er über die Stadt schaute, die sich am Hafen entlang und bis in die Berge erstreckte. Die Veränderung in Sydney war verblüffend, und in dieser Veränderung lag die Chance, die dunkle Vergangenheit beiseitezulegen und nur das Gute im Gedächtnis zu behalten.

»Doch, ich verstehe dich gut«, sagte sie ruhig.

Er blickte in ihre blauen Augen und stellte fest, dass es stimmte. Er hielt ihre Hand, und sie verfielen in die stille, tröstliche Nähe, die ihnen in ihrer Ehe immer Kraft geschenkt hatte.

Der leichte Regen hatte aufgehört, und die Sonne strahlte am wolkenlosen Himmel. Die Küste war immer deutlicher zu sehen, eine Flotte kleiner Boote geleitete sie zur Stadt, und Harry nahm die Aromen seiner Kindheit in sich auf. Der vertraute, beinahe vergessene Geruch von warmer, feuchter Erde, vermischt mit dem der Kiefern und des Eukalyptus, der durchdringende Ton von frisch geschlagenem Holz und der köstliche Duft von gebackenem Brot und gemähtem Gras wehte mit der leichten Brise herüber. Sie erreichten das Ufer. Er hörte die Rufe von Matrosen, die Schreie der Möwen und das Geschnatter von Rosenkakadus, sah die schönen Gebäude, die seit seiner Abreise emporgeschossen waren, und die Reihe der Lagerhäuser am Kai, die der Handel beträchtlich verlängert hatte.

»Nicht ganz das, was ich erwartet habe«, sagte Lavinia und öffnete ihren Sonnenschirm gegen die brennende Sonne. »Aber natürlich sind die Hafenanlagen in jeder Stadt eine ziemlich raue Gegend, also sollte man nicht vorschnell urteilen.« Sie tupfte ihr Gesicht mit einem Spitzentaschentuch ab, doch ihre strahlende Miene konnte die Besorgnis nicht übertünchen, mit der sie beobachtete, wie aneinandergekettete Sträflinge ein benachbartes Schiff entluden.

»Wenn du meinst, das sei rau, dann hättest du es in den Anfängen sehen sollen. Ich weiß noch, als die Straßen eine Gefahr für Leib und Leben waren, dunkle, schmale Gassen voller Bruchbuden, die in jede verfügbare, dreckige Ecke gequetscht wurden. Die alte Wäscherei für die Strafgefangenen war immer da drüben, und öffentliche Auspeitschungen und streitende Eingeborene waren ein normaler Anblick. Aber sieh dir diese neuen Häuser an, die Parks und Gärten, die schicken Läden und die bunten Markisen. Die alte Stadt wirkt endlich seriös.«

»Du liebst sie, nicht wahr?«

Er nickte. »Ich denke schon. Immerhin bin ich hier geboren und aufgewachsen. Die unglücklichen Zeiten hatten wenig mit dem Ort zu tun, und ich habe meine Zuneigung nie verloren.«

»Nichts geht über die Heimat«, flüsterte Lavinia.

Harry wusste, dass sie Heimweh nach Cornwall und den beiden Töchtern hatte, die notgedrungen bei Lavinias Schwester geblieben waren. Keine von beiden war kräftig, und man hatte ihnen davon abgeraten, sie auf diese weite Reise mitzunehmen. »Ich weiß noch, dass mein Stiefvater George mir vor vielen Jahren gesagt hat, man solle jede Reise als ein Abenteuer betrachten«, erwiderte er. »Australien unterscheidet sich in so vielen Dingen von England, dass man die beiden Länder nicht vergleichen kann, also bilde dir erst ein Urteil, wenn du über den Hafen hier hinaus geschaut hast.«

»Mama! Ich habe mein erstes Känguru gesehen. Guck mal, da drüben!«

Harry schaute auf die Grasfläche, die fast bis zum Ufer abfiel, und zersauste seinem Sohn die Haare, wobei er pflichtgemäß das Känguru bewunderte. Charlie George Cadwallader war ein Nachzügler, den sie erst in mittleren Jahren bekommen hatten, und nach dem Onkel benannt, den er nie kennenlernen würde. Der Erbe des Hauses Kernow in Cornwall hatte die hellen Haare und die blauen Augen seiner Mutter und strahlte eine Begeisterung aus, zu der nur ein dreizehnjähriger Junge fähig war.

»Ich habe das Gefühl, dass du Australien höchst anregend finden wirst«, sagte Harry schmunzelnd.

»Ich kann es kaum erwarten, alle kennenzulernen, das Haus am Ufer zu sehen und alles zu erforschen. Meinst du, Freddy kommt mit seinen Eltern, um uns zu begrüßen?«

»Nach den Kalmen sind wir gut vorangekommen und laufen pünktlich ein«, antwortete er. »Ich hoffe doch sehr, dass Oliver und seine Familie auf uns warten, denn ich habe einen Brief aus Kapstadt geschickt, und wie ich sehe, ist das Schiff, das ihn mitgenommen hat, bereits im Hafen.«

Sie drehten sich um und beobachteten, wie Taue an Land flogen und Matrosen in die Takelage kletterten, um die Segel einzuholen. Dann wurde der Anker ausgeworfen. Harry betrachtete die ansehnliche Menschenmenge, die sich am Anleger versammelt hatte, sah die Kutschen, die Menge von Zylindern und bunt geschmückten Hauben sowie die Qualität der gezüchteten Pferde. New South Wales entwickelte sich rasch zu einer wohlhabenden Kolonie, und er beneidete Oliver um das Glück, bei dieser Expansion an vorderster Stelle teilzuhaben.

Das Leben in Cornwall war nach der Industriellen Revolution nicht leicht gewesen, und er trug einen ständigen Kampf aus, um die Farmen und Minen mit Arbeitskräften zu versorgen, da die Arbeiter in den Fabriken und Mühlen immer höhere Löhne forderten. Die Bürde seines ungewollten Titels und seines Erbes lastete dennoch schwer auf ihm, ebenso wie die Schulden, die sein Vater und sein Großvater hinterlassen hatten. Obwohl Harry unermüdlich daran gearbeitet hatte, die Ehre des Familiennamens sowie die Solvenz wieder herzustellen, hatte er nie aufgehört, sich nach der Freiheit zu sehnen, nach eigenem Gutdünken handeln zu können.

»Harry!«

Die donnernde Stimme erhob sich über dem aufgeregten Geschwätz, und Harrys finstere Gedanken wurden durch den Anblick der stattlichen Gestalt am Kai zerstreut. Für ihn war es ein Schock, seinen jüngeren Bruder so gealtert zu sehen – waren das wirklich graue Strähnen in seinem Haar? Harry grinste und winkte. Zweifellos dachte Oliver dasselbe über ihn, denn die vergangenen Jahre hatten von beiden ihren Tribut gefordert. Mit Frau und Sohn im Schlepptau schloss Harry sich dem allgemeinen Strom an, der von Bord ging.

»Willkommen daheim!«, rief Oliver und schob sich durch das Gedränge.

Harry umarmte seinen Bruder. »Gut, dich wiederzusehen!«, sagte er, als sie sich voneinander lösten. »Mein Gott, Ollie, du hast Winterspeck angesetzt! Aber du wirkst auf jeden Fall gut betucht.«

Oliver grinste einfältig und zupfte an seiner bunten Weste. »Das gute Leben, Harry. Mir fehlt die Bewegung, seit ich im Büro festhänge.« Seine braunen Augen musterten den älteren Bruder. »Du dagegen scheinst ziemlich durchtrainiert zu sein. Die Seereise ist dir offensichtlich bekommen.«

»Du hättest mich im Sturm sehen sollen, als wir in Kapstadt

abgelegt haben. Ich war praktisch grün!« Harry lachte. »George wäre entsetzt gewesen, hätte er mich in dem Zustand erlebt.« Er nahm Olivers Hand, seine Miene wurde ernst. »Es tut wirklich gut, wieder hier zu sein.« Ihre Blicke trafen sich, sie lächelten verzückt und hatten alle anderen ringsum vergessen.

»Lord Kernow, ich muss mich für die schlechten Manieren meines Mannes entschuldigen.« Amelia vollführte einen flüchtigen Knicks und stellte sich und Freddy vor.

»Kein Grund, Wert auf Förmlichkeiten zu legen, Amelia«, dröhnte Oliver. »Nicht innerhalb der Familie.«

Harry wurde plötzlich klar, dass er seine Frau und seinen Sohn zurückgelassen hatte, und er beugte sich rasch über Amelias dargebotene Hand, bevor er sich umdrehte und die beiden suchte. »Ah, da seid ihr ja!«, sagte er fröhlich, als Lavinia und Charlie auftauchten.

Während sie einander vorgestellt wurden, beobachtete er das Wechselspiel zwischen den beiden Frauen. Amelias Versuche, so zu tun, als sei sie auf jeden Fall so hochwohlgeboren wie seine Frau, waren beinahe schmerzhaft anzusehen, doch Gott sei Dank bemerkte Lavinia die gedehnten Vokale der anderen und deren affektiertes Gehabe offenbar nicht, denn sie begrüßte sie wie eine Schwester und bewunderte ihre bunte Haube. Die Jungen hingegen waren bereits ans andere Ende des Kais geschlendert, um das Löschen einer Ladung Pferde zu beobachten.

»Ganz wie wir beide in dem Alter«, murmelte Oliver, der seinem Blick gefolgt war. »Ich weiß, Freddy hat sich immer nach einem Bruder gesehnt, und es ist schön, dass sie sich gut verstehen, obwohl sie sich noch nicht lange kennen. Ich vermute, in den nächsten Monaten wird viel Unfug auf uns zukommen.«

Sie tauschten einen wissenden Blick und wandten sich wieder an ihre Frauen.

Auch Jessie Searle wartete darauf, von Bord der *Elizabeth Ann* zu gehen. Sie stellte ihre abgenutzte Tasche neben sich auf die Zinntruhe, auf die sie sich gestellt hatte, und sah dem geschäftigen Treiben am Kai zu. Ihre Aufregung war von Angst durchsetzt, denn sie war noch nie so weit fort von zu Hause gewesen, und obwohl die Farben dieser südlichen Kolonie prächtig und die Begrüßung überschwänglich waren, hatte sie nur spärliche Kenntnisse darüber, was sie an der Landschule erwartete.

Sie hatte sich eingeredet, sie würde sich nicht wesentlich von der Schule in Cornwall unterscheiden, an der sie ihr Lehrexamen abgelegt hatte. Die kirchliche Schulbehörde hätte sie bestimmt nicht eingestellt und ihr die Überfahrt bezahlt, wenn man sie nicht für fähig hielte. Dennoch hatte sie ihren neunzehnten Geburtstag gerade erst hinter sich. Wenn ihre Brüder sich erst einmal auf den Weg in die Kupferminen von Kapunda gemacht hatten, wäre sie allein und auf Gedeih und Verderb den Fremden ausgesetzt.

»Dieses Sydney ist ein seltener Anblick«, sagte John Searle, der seine Größe und seinen mächtigen Körper einsetzte, um sich an ihre Seite zu kämpfen.

Jessie schaute zu ihrem ältesten Bruder auf und versuchte zu lächeln, doch die Angst vor dem, was vor ihr lag, machte es ihr unmöglich. »Ich wünschte, ihr würdet mit mir kommen«, sagte sie in einem seltenen unbedachten Moment.

Seine große, von Arbeit aufgeraute Hand legte sich auf ihren Arm. »Du weißt, dass das unmöglich ist.« Stirnrunzelnd zog er die dunklen Augenbrauen zusammen, kratzte sich den buschigen schwarzen Bart und schaute prüfend über den Kai und die Ausdehnung der Stadt. »Daniel und ich müssen nach Port Philip. Der Minenbesitzer wäre nicht erfreut, wenn wir uns verspäteten.« Er warf ihr einen wachsamen Blick zu. »Jetzt ist es zu spät, deine Meinung zu ändern, Jess. Ich habe dich gewarnt …«

»Unser Schiff legt erst heute Abend ab«, unterbrach Daniel

ihn und trat zu ihnen. »Wir haben noch Zeit, uns zu vergewissern, ob Mr. Lawrence vertrauenswürdig ist.« Er schenkte Jessie ein aufmunterndes Lächeln.

Liebevoller Zorn über diese beiden großen Männer überkam sie, die sie beschützt hatten, solange sie denken konnte. »Ich glaube kaum, dass sich ein Angehöriger der Kirche als unehrenhaft erweisen wird«, meinte sie.

»Das wird sich zeigen«, sagte John finster.

Wenn sie ihre Brüder so ansah, war ihr klar, dass sie sich ein eigenes Urteil bilden würden, ungeachtet dessen, was sie dachte. Seufzend schaute sie wieder auf das Treiben am Kai. Die Liebe und der Schutz ihrer Brüder hatten zuweilen ein Problem bedeutet, besonders seit sie drei allein auf der Welt waren. Kein Wunder, dass sie noch nicht verheiratet war, denn jeder Kavalier, den sie je gehabt hatte, war abgeschreckt worden.

Als Daniel und John eine Überfahrt von der Minengesellschaft im Süden finanziert bekamen, hatte Jessie heimlich auf eine Anzeige in der Zeitung geantwortet. Das Vorstellungsgespräch hatte in Truro stattgefunden, und obwohl man sie gewarnt hatte, dass sie fern jeglicher Zivilisation zwischen Eingeborenen und Farmern leben würde, fand sie die Aussicht doch spannend. Als ihr die Stelle angeboten wurde, hatte sie die Gelegenheit beim Schopf gepackt, weitab von der Armut und den Einschränkungen in Cornwall ein Abenteuer zu erleben in einem Land, das ein neues Leben versprach.

Ihre Brüder hatten sich gegen die Idee gesträubt und ihr nicht erlauben wollen, solche Risiken auf sich zu nehmen, doch sie hatte sie mit logischer Argumentation und Entschlossenheit mürbe gemacht. Sie drei waren nach dem Tod ihrer Großmutter Rose die einzigen Überlebenden ihrer Familie, also sei es doch viel besser, im selben Land zu leben, als Tausende von Seemeilen voneinander getrennt zu sein, hatte Jessie angeführt. Ihre Brüder hatten nur widerwillig nachgegeben, und sie hoffte inständig, dass ihr neuer Arbeitgeber alt, verheiratet und hässlich wäre, denn nur dann würden sie ihr erlauben, mit ihm zu gehen.

John holte sie von ihrem Aussichtsposten auf der Truhe herunter und stellte sie auf das Deck. »Zeit zu gehen, Jess.« Er und Daniel packten jeweils einen Griff und schleppten die schwere Truhe zur Gangway.

Jessies Herz raste, als sie ihnen folgte, ihre schwere Tasche am Arm, die Handflächen feucht vor Angstschweiß. Die frisch polierten Knöpfstiefel waren nicht unbedingt die vernünftigste Bekleidung, um eine steile Rampe hinunterzugehen, und auf dem Kai stellte sie fest, dass sie noch immer das Schwanken des Schiffes unter den Füßen spürte.

»Ich kann hier niemanden entdecken, der wie ein Pfarrer aussieht«, brummte John.

Jessie, die aufgrund ihrer geringen Körpergröße nur wenig sah, richtete ihre Haube gerade und strich nervös die Falten ihres Kleides glatt. Sie wusste, dass sie in dem schlichten braunen Kleid schäbig aussah, doch für eine Lehrerin war der Aufzug angemessen, und das Sträußchen cremefarbener Stoffrosen an ihrer Haube wirkte bestimmt nicht frivol. Sie musste unbedingt den richtigen Eindruck erwecken, doch allmählich kamen ihr Zweifel.

»Bleib hier, während Dan und ich versuchen, ihn zu finden«, befahl John.

Jessie war eine Insel im Wirbel der Geschäftigkeit, die Truhe neben sich, die Tasche zu ihren Füßen. Sie hätte sich nicht bewegen können, selbst wenn sie gewollt hätte, denn sie war vor Angst fast starr.

»Miss Searle?«

Die Stimme, so nah hinter ihr, ließ sie zusammenfahren, und sie wirbelte herum.

Er war von durchschnittlicher Größe, dichtes braunes Haar hing über seinem Kragen, sein breites Lächeln zeigte ebenmäßige weiße Zähne, und die belustigten grauen Augen waren von dunklen Wimpern gerahmt. Sein Gesicht unter dem breitrandigen Hut war ebenso zerknittert wie seine staubige braune Hose, das Hemd und der lange, weite Mantel. Seine geschmeidige Figur zeugte von Kraft und Lebendigkeit. Jessie begegnete einem strahlenden Blick und setzte ein vorsichtiges Lächeln auf. Sollte das Mr. Lawrence sein, würde es einen furchtbaren Krach geben, wenn ihre Brüder zurückkamen.

»Sie sind Miss Searle?« Seine Augen wurden weit, als er sie von den Stiefeln bis zur Haube in Augenschein nahm.

Sie richtete sich zu ihrer vollen Größe von einem Meter fünfzig auf und hielt seinem unverschämten Blick stand. »Die bin ich«, sagte sie hochmütig. »Und wen habe ich vor mir?«

Unerschrocken zog er den Hut vor ihr. »Abel Cruickshank, zu Ihren Diensten, und wenn Sie erlauben, es ist mir ein Vergnügen, Ihre Bekanntschaft zu machen, Miss.«

Jessie behielt sich ein Urteil vor, ob dieses Gefühl auf Gegenseitigkeit beruhte. »Nun, Mr. Cruickshank, dann sollten Sie sich lieber erklären, denn ich habe keine Ahnung, warum Sie mich angesprochen haben.« Sie wusste, dass sie ziemlich grimmig klang, doch man hatte sie überrumpelt, und er konnte alles Mögliche sein. Wo waren ihre Brüder, wenn man sie brauchte?

»Tut mir leid, Missus, … Miss … Miss Searle«, stammelte er, plötzlich unsicher geworden. »Mr. Lawrence bat mich, Sie abzuholen, als ich in die Stadt fuhr, um Vorräte zu holen. Das hier hat er als Empfehlung mitgeschickt.«

Jessie nahm ein ziemlich schmuddeliges Stück Papier entgegen und las die gestochen scharfen Schriftzüge einer geübten Hand. Mr. Lawrence entschuldigte sich dafür, sie nicht abgeholt zu haben, doch er könne seine Arbeit in der Lawrence Creek Mission nicht ruhen lassen. Abel Cruickshank sei ein zuverlässiger Freund, der ihr auf der langen Fahrt Schutz bieten und Gesellschaft leisten werde, und sie solle sich nicht in Sydney Town vertrödeln.

Sorgfältig legte sie den Brief zusammen und schaute zu Mr. Cruickshank auf. Ihre Blicke trafen sich, und in dem Augenblick spürte sie, wie ihre Ängste schwanden.

»Wer ist das?« John schob sich zwischen sie, Daniel folgte ihm auf den Fersen.

Jessie stellte Mr. Cruickshank ihren Brüdern vor. »Mr. Lawrence hat ein Empfehlungsschreiben mitgeschickt.« Sie hielt ihm den Brief entgegen, während die Männer sich finster ansahen.

John überflog den Brief und reichte ihn zurück. »Können Sie beweisen, dass Sie der sind, für den Sie sich ausgeben?«, knurrte er, und seine Nase war nur wenige Zentimeter vom Gesicht des anderen Mannes entfernt.

Abel wich nicht von der Stelle und zog einen ganzen Stapel Briefe aus seiner Manteltasche. »Die sind alles, was ich habe«, sagte er ruhig. »Ich habe sie heute Morgen im Handelskontor abgeholt. Sie werden sehen, dass sie alle an Mr. Lawrence adressiert sind.«

John blätterte sie durch und gab sie brummend wieder zurück. »Wo ist diese Schule, und wie lange braucht man dorthin?«

Jessie wollte sich schon einschalten, als John ihr Einhalt gebot. »Er soll es sagen, Jess. Jeder könnte Anspruch auf diese Briefe erheben.«

»Die Schule befindet sich in der Lawrence Creek Mission, die ungefähr neunzig Meilen nordwestlich von hier im Hunter Valley liegt«, erklärte Abel, in dessen Augen am Ende doch Wut aufblitzte. »Man braucht über eine Woche, um dorthin zu kommen, weil ich eine Wagenladung voller Vorräte habe, zwei Milchkühe und eine Reihe Pferde, um die ich mich unterwegs kümmern muss.« Mit freundlicher Miene schaute er auf Jessie. »Seien Sie unbesorgt, Miss Searle, Sie werden bei mir ziemlich sicher sein.«

»Dann wollen wir uns den Wagen mal anschauen.« John und Daniel nahmen die Truhe zwischen sich und folgten Abel.

Jessie sah ihnen nach und stellte fest, dass ihre Brüder sie in ihrem Bestreben, ihre Ehre zu verteidigen, vergessen hatten, hob mit ungehaltenem Seufzer die Tasche hoch und ging ihnen nach. Anscheinend waren ihre Brüder entschlossen, Mr. Cruickshank nicht zu mögen. Allerdings konnten sie keinen Mann unter sechzig leiden, der sich ihr näherte – und Mr. Cruickshank war entschieden zu jung und gut aussehend.

Der Wagen war tatsächlich mit Säcken, Fässern und Werkzeugen beladen, und das Zugpferd, das aus einem Futtersack fraß, beäugte sie streitlustig. Ein aus Holz gefertigter Hühnerstall stand hinter dem Fahrersitz, das Hähnchen und sein Harem von fünf Hennen pickten hektisch an den Körnern. Zwei Kühe waren am hinteren Rad angebunden. Daneben standen acht Pferde in einer Reihe, die Halteseile um einen Baum geschlungen, in dessen Schatten ein schwarzer Mann saß und eine Tonpfeife rauchte.

Jessie blieb wie angewurzelt stehen, als dieser ziemlich furchterregend aussehende Mensch aufstand und auf sie zukam. Er war ähnlich gekleidet wie Mr. Cruickshank, war aber so schwarz, dass seine Gesichtszüge kaum zu erkennen waren; seine Haare waren wirr und zerzaust, und er trug keine Schuhe.

»Das ist Tumbalong«, erklärte Abel. »Er ist mein Stellvertreter und ein guter Kumpel.« Er grinste den Eingeborenen an. »Sag guten Tag, Tumbalong! Das ist die neue Lehrerin.«

Noch ehe Jessie das schüchterne Lächeln des Schwarzen erwidern konnte, schaltete sich ihr Bruder ein. »Von einer Reise mit Wilden war nicht die Rede gewesen«, krächzte er. »Komm, Jess, wir suchen dir woanders Arbeit.«

»Jetzt machen Sie mal halblang, Mann!«, brummte Abel und packte Johns Arm. »Ihr Geschwätz über Wilde ist mir egal. Er mag zwar schwarz sein, aber Tumbalong ist ein netter Kerl mit guter christlicher Unterweisung. Er ist mein Kumpel, und wenn ich sage, er ist in Ordnung, dann stimmt das. Verstanden?«

Unheilvolles Schweigen trat ein, in dem die beiden Männer sich anspannten.

Jessie trat um ihre Brüder herum und streckte die Hand aus. »Guten Tag, Tumbalong«, sagte sie mit allem Mut, den sie aufbringen konnte.

»Guten Tag, Missus«, murmelte er, und seine bernsteinfarbenen Augen beobachteten wachsam die Männer, während er ihren Händedruck flüchtig erwiderte.

»Jess, das ist nicht sicher. Du kommst mit uns.«

Sie drehte sich zu ihren Brüdern um. »Nein«, sagte sie bestimmt. »Ich werde mit Mr. Cruickshank und Tumbalong gehen und meine Pflicht in der Missionsschule tun, wo ich ohne Zweifel auf noch viel mehr Eingeborene treffen werde.«

John packte ihren Arm und zerrte sie außer Hörweite. »Aber da bist du allein und ohne Schutz – wer weiß, wozu dieser Wilde fähig ist. Ich verbiete es dir.«

Sie löste sich aus seinem Griff, wütend über sein unvernünftiges Verhalten. »Mr. Cruickshank hat mir zugesichert, dass ich in Sicherheit bin – vor ihm und Tumbalong –, und Mr. Lawrence hätte bestimmt keinen von beiden geschickt, wenn er sie als Bedrohung betrachtet hätte. Ich werde meinen Weg wie geplant fortsetzen, und mir wäre lieber, wenn du mir wenigstens die Höflichkeit erweisen würdest, mich meine eigenen Entscheidungen treffen zu lassen.«

»Du bist gerade erst neunzehn«, zischte er. »Und ich habe noch keine Frau getroffen, die eine vernünftige Entscheidung treffen kann, wenn sie Dummheiten im Kopf hat.«

»Ich mache Ihnen einen Vorschlag«, schaltete Abel sich ein. »Wie wäre es, wenn ich Miss Searle eines meiner Gewehre gebe? Sie kann es Tag und Nacht neben sich legen, falls Sie das beruhigt.«

»Das ist ein bewundernswerter Einfall«, erklärte Jessie schroff. Sie nahm die Waffe schwungvoll an sich, spürte das Gewicht und folgte Mr. Criuckshanks Anweisungen, wie man nachprüfte, ob sie geladen war. Sie wandte sich wieder an ihre Brüder. »So, jetzt bin ich vollständig bewaffnet und zu allem bereit. Zufrieden?«

John und Daniel tauschten Blicke. »Eigentlich nicht«, murrte John. »Aber da du dich weigerst, mit uns zu kommen, müssen wir deine Entscheidung hinnehmen. Großmutter hatte recht – du bist unmöglich.«

»Nachdem wir das erledigt haben, wird es Zeit, dass wir uns auf den Weg machen. Lade die Truhe auf, Tumbalong, und nimm den Pferden die Fußfesseln ab! Ich sortiere inzwischen die Kühe.« Abel band die Tiere an die Seite des Wagens. »Verabschieden Sie sich, Miss Searle. Wir brechen auf.«

Jetzt, da der Augenblick der Trennung gekommen war, verzieh sie ihren Brüdern die Fehler und klammerte sich an sie, die aufsteigenden Tränen bekämpfend. »Bleibt gesund!«, flüsterte sie und küsste sie. »Schreibt mir an die Schule, auch wenn es nur eine Zeile ist, nur dass ich weiß, wie es euch geht.«

»Der Herr möge dich behüten, Jess!«, murmelte Daniel. »Vor dir liegt eine grässliche Reise, nach allem, was man so hört.«

»Vor euch auch.«

»Ich bin noch immer der Meinung, du solltest mit uns kommen«, sagte John stur, als er sie in die Höhe hob und an seine Brust drückte. »Wenigstens könnten wir dich im Auge behalten.«

»Lass mir mein Abenteuer, John«, bat sie.

Feierlich stellte er sie wieder auf die Füße. »Nur wenn du versprichst, in Kontakt zu bleiben und uns Bescheid zu geben, wenn du fortwillst.«

Sie nickte und drehte sich um. Abel Cruickshank saß bereits auf dem Wagen und hatte die Zügel in den Händen. Tumbalong saß auf einem Pferd, die anderen hatte er an Longen fest im Griff. Sie stellte einen Fuß auf die Radnabe, hielt sich an der Wagenseite fest und zog sich auf den Sitz. Abel schlug mit den Zügeln, und der Wagen rumpelte über das Pflaster. Jessie warf einen

Blick zurück auf ihre Brüder und rang sich ein tapferes Lächeln ab. Sie winkten. Als die beiden schließlich außer Sichtweite waren, reckte Jessie entschlossen das Kinn und schaute auf den Weg vor ihnen.

Das war ihre Chance, sich zu beweisen. Sie konnte ein neues Leben weitab von der Armut und dem Hunger in Cornwall beginnen, einem Landstrich, der sehr unter der letzten Kartoffelmissernte litt; sie würde die Gelegenheit ergreifen, um in dieser tapferen, hellen Kolonie voranzukommen, und es bestimmt schaffen. Schließlich hatte ihre Großmutter den festen Glauben gehabt, dass sie dem Adel entstammten. Und jetzt ein Zeichen von Reue zu zeigen würde Schwäche bedeuten.

Lächelnd steckte sie eine dunkle Locke unter ihre Haube zurück und hielt sich am Wagenrand fest, während sie über den holperigen Boden schwankten. Ihre Großmutter hatte viel Phantasie gehabt und viele gute Geschichten erzählt, doch niemand aus der Familie hatte ihr Glauben geschenkt. Was das tränenförmige Muttermal betraf, das ihr und ihrer Großmutter gemeinsam war – es war eine normale Erscheinung und bestimmt nichts, worüber man sich Gedanken machen oder was man hinterfragen musste.

Von Sydney Town zur Watsons Bay, am selben Tag

Harry und Oliver überwachten das Aufladen der Truhen und Taschen in einen Wagen, während die anderen sich in ein Hotel in der Nähe begaben, um den Nachmittagstee einzunehmen. Als schließlich alles zufriedenstellend verstaut und festgezurrt war, gaben sie dem Kutscher Anweisungen, und die beiden Familien traten die Fahrt nach Kernow House an.

Harry blendete das Geräusch schnatternder Frauen und Jungen aus und betrachtete das vertraute Panorama, während sie an der Küste entlangrollten. Die Felsbuchten waren von hoch aufragenden Klippen geschützt, die ins tosende Wasser abfielen, hinter ihm dehnte sich Sydney aus. Der Anblick war imposant. Sie fuhren an der Rose Bay vorbei, und je näher sie der Watsons Bay kamen, umso mehr verkrampfte sich sein Magen.

»Das Haus hat sich sehr verändert«, sagte Oliver, als könne er die ängstlichen Gedanken seines Bruders lesen. »Nach der Hochzeit mit George hat Mama das Haus vermietet, und die Mieter haben einige Änderungen vorgenommen. Amelia und ich haben noch weitere hinzugefügt, und ich glaube, du wirst nicht viel finden, was dich an die Vergangenheit erinnert.«

»Mich hat es immer gewundert, dass du überhaupt darin wohnen wolltest«, sagte Harry, unfähig, seiner Stimme die Bitterkeit zu nehmen. »Wäre es nach mir gegangen, hätte man alles niedergebrannt.«

»Mama hat es mir vermacht«, sagte Oliver ruhig, »und obwohl sie nie wieder darin gewohnt hat, war ihr klar, dass ich nur wenige Erinnerungen daran hatte, was sich dort zugetragen hat. Vergiss nicht, Harry, ich war noch ein kleiner Junge, als Papa …«

Harry wandte sich ab. Sie waren beide noch klein gewesen, doch Oliver war an jenem schicksalhaften Tag nicht mit auf die Wildschweinjagd gegangen und hatte deshalb nicht mit angesehen, wie ihr älterer Bruder Charles durch eine Kugel aus dem Gewehr ihres betrunkenen Vaters starb. Und er hatte auch nicht das Gesicht ihrer Mutter gesehen, als sie zu begreifen versuchte, was geschehen war. Für Harry lebten diese Bilder jedoch weiter, und er fragte sich, ob er sie wohl jemals vergessen würde.

Als die Kutsche den letzten Hügel erklommen hatte und zur Watsons Bay hinabfuhr, wartete Harry beinahe ängstlich auf den Anblick des Hauses. Und da stand es wie immer in gebührendem Abstand vom Strand. Mit großer Erleichterung stellte er fest, dass Oliver die Wahrheit gesagt hatte. Es hatte sich verändert.

Das ursprüngliche Gebäude war rechteckig gewesen, doch in den letzten Jahren waren Flügel angebaut worden, und über der Haustür war ein Säulenvorbau entstanden. Eine Steintreppe führte hinab zu den leicht abfallenden Rasenflächen und gepflegten Blumenbeeten, und das weiße schmiedeeiserne Geländer des Balkons leuchtete in der zunehmenden Dunkelheit. Die alten Holzställe waren abgerissen worden, und an ihrer Stelle waren eine Reihe beeindruckender Sandsteinboxen erstanden, abgerundet durch einen Uhrenturm und einen sauber gepflasterten Hof. Auch für die Mauer, die wohl einen Küchengarten umfasste, war Sandstein verwendet worden, und am Rande der Koppel hatte man mehrere Holzhütten errichtet, die ohne Zweifel die Dienerschaft beherbergten.

Auf dem Weideland ringsum, auf dem nun Pferde und Rinder grasten, waren Bäume gefällt worden, und als die Kutsche über die Kiesauffahrt rumpelte, erhaschte er einen Blick auf Fischerboote am Strand. »Jetzt sag nicht, du hast eine eigene Fangflotte«, spottete er.

Oliver lachte, offensichtlich erleichtert, dass der peinliche Moment vorüber war. »Das ist ein Kerl namens Doyle«, erklärte er. »Vor fünf Jahren hat er da unten einen Laden aufgemacht. Er verkauft seine Fische direkt vom Boot. Ein Unternehmer, wie er im Buche steht – bald will er ein Restaurant eröffnen.«

»Das erinnert mich an Cornwall«, erwiderte Harry, dem der Geruch nach Fisch in die Nase gestiegen war, mit Blick auf die Möwen, die sich um die Abfälle zankten.

»Das ist keine schlechte Sache«, sagte Oliver. »Und es ist vorteilhaft, frischen Fisch auf dem Tisch zu haben, ohne dass man eine Dienstmagd auf den langen Weg in die Stadt schicken muss.«

Die Kutsche hielt, und der beladene Wagen fuhr kurz darauf vor. Harry war erstaunt über die Vielzahl an Dienern, die aus dem Haus strömten, um das Gepäck zu holen. Verglichen mit dem spärlichen Personal auf dem Anwesen in Cornwall, waren Olivers feudales Haus und die zahlreiche Dienerschaft ein Beweis dafür, dass man es auch als jüngerer Sohn, unbelastet von einem Titel, zu etwas bringen konnte.

Nachdem er Lavinia aus der Kutsche geholfen hatte, wandte er sich wieder zum Haus, wo eine schlanke, stille Gestalt im Eingang erschien. Ihre Schönheit war auffallend, trotz des streng gescheitelten Haars, des dunkelgrauen Kleides und des Mangels an weiblicher Zierde. Die blauen Augen, die einst fröhlich gestrahlt hatten, waren zu Schlitzen verengt, während sie das emsige Treiben mit einem Hauch von Missbilligung verfolgte.

»Gertrude?« Er konnte kaum glauben, dass dies die Stiefschwester war, die ihre Mutter auf der Überfahrt von Cornwall nach New South Wales zur Welt gebracht hatte. Wo war das glückliche Lächeln geblieben, an das er sich erinnerte? Anscheinend war es in dieser kleinen zugeknöpften Person verschwunden, die hier auf sie wartete.

»Nun komm schon und begrüße mich, Harry! Ich kann hier nicht den ganzen Tag herumstehen, wenn so viel zu tun ist.« Ihre Stimme wäre der ganze Stolz eines Stabsfeldwebels gewesen, und Harry gehorchte demütig. »Schön, dich endlich zu sehen!«, sagte sie, nachdem sie seine Wange geküsst hatte.

Harry umarmte sie unbeholfen und fand sie starr, wobei die Steifheit vermutlich nicht nur den knarrenden Fischbeinen ihres Korsetts zuzuschreiben war. Ihre Kleidung roch nach Kampfer und einem Hauch von Lavendelwasser, doch sie trug weder Schmuck noch Spitze oder Bänder, die das strenge Grau aufgelockert hätten, sondern nur eine Kette um die Taille, an der Schlüssel klirrten.

Sie löste sich aus seiner Umarmung, faltete die Hände und musterte ihn kritisch. »Du bist besser gealtert als Oliver«, stellte sie knapp fest. »Ich sage ihm immer, er soll nicht so viel essen und trinken.« Sie schaute über seine Schulter. »Willst du mir nicht deine Frau und deinen Sohn vorstellen?«

Er wurde tatsächlich rot und kam sich so töricht vor wie ein

Junge vor einer furchteinflößenden Kinderfrau. Nach der Bekanntmachung wurden sie in die Diele gebeten. Er wagte nicht, dem belustigten Blick seiner Frau zu begegnen.

»Die Diener werden sich um euer Gepäck kümmern«, sagte Gertrude. »Ich muss mit der Küche das Abendessen besprechen.« Ohne Amelia eines Blickes zu würdigen, eilte sie davon; die Schlüssel klapperten bei jedem energischen Schritt.

Während die anderen den Dienern nach oben folgten, schaute Harry seinen Bruder an. »Was um alles in der Welt ist denn mit Gertrude passiert? Und warum hat sie die Rolle der Haushälterin übernommen?«

Oliver seufzte. »Gertie ist ganz sicher nicht mehr das hübsche kleine Ding, das du in Erinnerung hast. Sie kann manchmal sehr hochtrabend sein, und die arme Amelia hat Angst vor ihr.« Er führte Harry in einen Nebenraum, der als Büro ausgestattet war. »Ich könnte einen Drink gebrauchen«, murmelte er.

»Für mich nicht.«

Oliver hob eine Augenbraue, zuckte mit den Schultern und schenkte sich großzügig Whisky ein, bevor er sich in einen tiefen Ledersessel fallen ließ. »Mir war gar nicht klar, dass du dich der Abstinenzbrigade angeschlossen hast.«

»Ich rühre das Zeug nicht an«, erwiderte Harry. »Du wolltest mir von Gertie erzählen.«

»Bevor Mama und George zu dieser letzten, tödlichen Reise aufgebrochen sind, hat Mama Gertie gebeten, sich bis zu ihrer Rückkehr um uns zu kümmern. Ich fürchte, sie hat diese mütterliche Vorsorge zu wörtlich genommen und ist bei uns eingezogen.« Oliver seufzte. »Ich hatte gehofft, sie zu verheiraten, doch sie weist alle Freier ab und scheint es vorzuziehen, allein zu bleiben.«

»Aber Gertie ist doch erst fünfunddreißig – jung genug, einen Mann zu finden, statt sich hier zu verkriechen und Haushälterin zu spielen.«

»Gertrude ›spielt‹ nichts, Harry, das kann ich dir versichern«, sagte er nüchtern. »Sie nimmt ihre Pflichten sehr ernst – so sehr, dass sie Amelia beinahe verdrängt.« Oliver trank sein Glas in einem Zug leer und schenkte nach. »Ich fürchte, unsere kleine Stiefschwester ist fest entschlossen, eine alte Jungfer zu werden. Nachdem sie ihr Talent entdeckt hat, meinen Haushalt zu führen, kann sie vermutlich nur eine Sprengladung umstimmen.«

»Wie traurig!« Harry ließ einen prüfenden Blick durch den Raum voller Bücher schweifen, dem früheren Salon ihrer Mutter. Er stellte fest, dass nichts mehr von ihr darin war – nicht einmal die Erinnerung an ihr Parfüm. »Wenn ich an all die Verheißungen denke … Sie könnte noch immer so schön sein, wenn sie auf sich achten würde. Es würde Mama das Herz brechen.«

»Deshalb fühle ich mich verpflichtet, mich um sie zu kümmern. Aber ich finde es zunehmend schwer, Amelia zu besänftigen. Die beiden stimmen nicht überein, und das sorgt für hitzige Momente.«

Harry betrachtete seinen Bruder, sah die hängenden Schultern und die tiefen Furchen um seine Augen, und ihm wurde klar, dass Oliver trotz seines Wohlstands wenig Zufriedenheit empfand. Er klopfte seinem Bruder tröstend auf die Schulter und begab sich auf die Suche nach seiner geliebten Lavinia.

Fiebernd vor Ungeduld, lag Freddy im Bett und wartete, dass es im Haus still wurde. Die Erwachsenen waren noch lange nach dem Essen sitzen geblieben, und eine Ewigkeit schien zu vergehen, bis sie die Treppe hinaufkamen und die Türen zu ihren Schlafräumen ins Schloss fielen. Als die Standuhr in der Diele Mitternacht schlug, hielt er es für sicher genug. Nachdem er sich den Morgenrock und Pantoffeln übergezogen hatte, zündete er eine Kerze an und öffnete die Tür.

Zu wissen, dass Gertrude noch wach sein und aufmerksam auf jedes Geräusch lauschen könnte, ließ sein Herz höher schlagen. Sie mochte keine Jungen – vor allem, wenn sie nachts herumschlichen –, und er wollte nicht wieder schmerzhaft ins Ohr gezwickt werden, doch alles blieb still. Vorsichtig schirmte er die Kerze vor der Zugluft ab und schlich auf Zehenspitzen über den schmalen Treppenabsatz. Er hatte mit dem Gedanken gespielt, Charlie von dem Schatz zu erzählen, denn sein Vetter gefiel ihm, aber da er nur wenig Gelegenheit gehabt hatte, seinen Fund genauer in Augenschein zu nehmen, hatte er beschlossen, Charlie nicht daran teilhaben zu lassen.

Die Speichertreppe war hinter einer Tür am Ende des Korridors versteckt und führte steil nach oben ins nicht mehr benutzte Kinderzimmer. Seine Pantoffeln machten nur wenig Geräusche auf den Holzstufen, doch als er die letzte Tür aufschob und hinter sich schloss, merkte er, dass er die Luft angehalten hatte.

Das Zimmer enthielt noch immer Andenken an seine Kindheit: Das Schaukelpferd setzte in der Ecke Staub an, Stühlchen und Tischchen waren neben Kisten mit Spielzeug und Büchern gestapelt; Truhen und Koffer waren überall verstreut. Der Inhalt hatte ihm viele Stunden der Erforschung geschenkt, wenn das Wetter unfreundlich war oder er sich vor Tante Gertrude versteckte.

Freddy stellte die Kerze fest auf einen Teller und schaute sich um. Der Speicher wirkte im flackernden Schein noch geheimnisvoller, und obwohl er keine Angst vor Schatten hatte und nicht an Gespenster glaubte, war ihm der riesige Schornstein unheimlich. Er unterdrückte die Furcht und richtete seine Aufmerksamkeit auf das Geheimfach. Es glitt mit lautem Klicken auf, und Freddy warf einen Blick über die Schulter, denn er war sich sicher, dass es jemand gehört haben musste. Aber die erdrückende Stille hielt an. Er holte die Kerze näher heran und fischte den Schatz heraus.

»Sieh an, wie aufregend!«

Freddy stieß sich den Kopf an, als er herumwirbelte. Charlie stand dicht hinter ihm. »Du solltest dich nicht so anschleichen«, zischte er.

»Tut mir leid.« Charlie wirkte keineswegs bußfertig und kniete sich neben ihn. »Ich konnte nicht schlafen, und als ich gehört habe, dass du dein Zimmer verlässt, bin ich dir gefolgt.«

Freddy wollte ihn schon belehren, er habe nicht das Recht, heimlich Leuten zu folgen, doch ihm wurde klar, dass das ziemlich unhöflich wäre. »Du darfst nur bleiben, wenn du schwörst, das hier geheim zu halten«, flüsterte er.

»Ich schwöre, ich werde es niemandem verraten.« Charlies Augen leuchteten vor Aufregung.

»Hand aufs Herz?«

Charlie nickte und führte die entsprechende Geste aus.

»Dann spuck, und Hand drauf!«, befahl Freddy.

Ein nasser Händedruck wurde ausgetauscht, dann wischten sie die Handflächen rasch an den Morgenmänteln ab.

»Komm schon, Freddy, lass mich sehen, was du gefunden hast!«

»Nichts anfassen – erst wenn ich es sage«, wies Freddy ihn an. Als Einzelkind hatte er sich daran gewöhnt, seinen Kopf durchzusetzen, und er war nicht bereit, dieses Recht abzutreten, auch wenn Charlie ein Gast und zwei Jahre älter war als er.

Zögernd machte Freddy seinem Vetter Platz, und sie schauten gemeinsam auf die Sachen, die er schon aus dem geheimen Kriechgang gefischt hatte. Vor Aufregung konnte er kaum atmen, denn da lagen ein Militärsäbel, komplett mit Scheide, Gürtel und Quasten, zwei Duellpistolen mit Elfenbeingriffen in einem Ebenholzkasten, ein Fernglas und eine alte lederne Satteltasche, vollgestopft mit Karten und Notizbüchern.

»Das müssen wir vor unseren Eltern verstecken«, flüsterte Charlie. »Vater erlaubt keine Waffen im Haus; es würde ein entsetzliches Theater geben.«

Freddy nickte. »Mein Vater mag auch keine Waffen«, erklärte er. »Und was Tante Gertrude betrifft, will ich mir gar nicht vorstellen, was sie tun würde, wenn sie das hier fände.« Er überlegte eine Weile und kam dann zu einem Entschluss. »Wir heben sie hier oben in einer der Truhen auf, bis wir sie nach draußen ins Baumhaus schmuggeln können. Da geht sie nie rauf.«

Die Jungen schauten sich mit kaum verhohlener Aufregung an. Das Baumhaus hatten sie am Nachmittag erforscht, und Charlie hatte zugestimmt, dass es der ideale Platz sei, um sich vor den Erwachsenen zu verstecken. Die angeschlagene Zinntruhe, die dort oben aufbewahrt wurde, wäre für ihren Schatz hervorragend geeignet.

»Ist noch mehr da?«, fragte Charlie und spähte in den Hohlraum.

Freddy sah, dass tatsächlich noch etwas im Dunkeln lag, und zog es hervor.

»Nur ein altes Buch«, sagte Charlie wegwerfend, und sein Blick wanderte wieder zu den Pistolen.

Freddy musste zugeben, dass es nicht halb so aufregend war wie die Pistolen oder der Säbel – oder auch die Karten, die mit Sicherheit einen zweiten Blick wert waren –, aber er war entschlossen, alles genau zu untersuchen und sich Zeit dafür zu nehmen. Er zwängte die verrostete Schnalle auf und blätterte die Seiten durch, die brüchig und mit einer spinnwebartigen Handschrift bedeckt waren.

Er konnte damit nichts anfangen, wollte es jedoch nicht eingestehen. »Es ist kodiert«, erklärte er. »Ich vermute, es hat mit den Karten zu tun, und wahrscheinlich ist es das Tagebuch eines Piratenkapitäns, der seine Schätze geheim halten wollte.«

Charlie warf ihm einen gönnerhaften, ungläubigen Blick zu. »Zeig mal!«

Während sein Vetter damit beschäftigt war, die Seiten umzublättern, griff Freddy nach dem Ebenholzkasten. Er prüfte das Gewicht einer Pistole, bevor er sie näher untersuchte. Sie war schön geschmiedet, der Elfenbeingriff lag kühl in der Hand, das silberne Gehäuse glänzte matt im Schein der Kerze.

»Ich glaube nicht, dass es eine Kodierung ist«, sagte Charlie versonnen. »Es gibt weder Hieroglyphen noch Zahlen. Sieht eher nach ausländischer Schrift aus.«

»Latein oder Französisch ist es jedenfalls nicht«, entgegnete Freddy, der von seinem Lehrer gezwungen worden war, beides zu lernen. Da hätte er doch bestimmt wenigstens hier und da ein Wort entziffert. Vorsichtig legte er die Duellpistole wieder in ihr Seidenbett.

»Griechisch ist es auch nicht«, sagte Charlie und klappte das Buch enttäuscht zu. »Wahrscheinlich ist es nur ein altes Tagebuch, das jemand versteckt und vergessen hat.«

Freddy erlaubte seinem Vetter, die Pistolen und den Säbel zu untersuchen, doch sein Blick kehrte immer wieder zu dem Buch zurück. Es war dick, in Leder gebunden und hatte eine silberne Schnalle, zu der einst ein kleiner Schlüssel gehört hatte. Was es auch enthalten mochte – der Gedanke, dass jemand es geschrieben hatte und dauerhaft verstecken wollte, machte ihn neugierig.

Er wartete, bis Charlie vollkommen von dem Säbel in Anspruch genommen war, und legte das Buch wieder in sein Versteck. Das Rätsel um seinen Verfasser und den Inhalt zu lösen würde seine geheime Nachforschung sein, vorerst aber würde er sich mit dem richtigen Schatz zufriedengeben.

Drei

Auf dem Blue Mountain Trail, eine Woche später

Nach einigen Tagen hatte der Regen allmählich aufgehört, und Ruby konnte in der Frühlingssonne über die Schönheit ihrer Umgebung staunen, während sie langsam dem rauen Pfad über die Hochebene folgten. Der blaue Dunst, der dem Bergzug seinen Namen gab, spielte auf das duftende Öl der Eukalyptusbäume an, die auf den gezackten Gipfeln und in den tiefen Tälern wuchsen. Wasserfälle ergossen sich in dunkle Schluchten, und das Sonnenlicht zauberte Regenbögen in ihren Sprühnebel. Kriechender Efeu schlang glänzende grüne Tentakel durch hohe Farne und zarte Wildblumen, die helle Rinde der Eukalyptusbäume wetteiferte mit den blutroten Trieben der Gummibäume und der rauen braunen Rinde der Araukarien.

Ruby wurde geradezu schwindelig, als sie die köstlichen Düfte einsog und den Tanz des Lichts auf dem Wasserfall beobachtete. Diese friedliche Szene, die Wildnis jenseits der ordentlichen Strukturen in Parramatta und Sydney hätte sie sich nicht träumen lassen. Sie schaute James an, und das Herz ging ihr über. »Dafür lohnt sich die Angst, nicht wahr?«

Er tupfte sich den Schweiß von der Stirn. »Wir haben noch einen langen Weg vor uns, und der Abstieg in die Täler wird genau so tückisch wie der Aufstieg.« Seine Augen betrachteten sie voller Liebe. »Aber du hast recht. Der Anblick ist erstaunlich.«

»Ich komme mir dabei so klein vor«, sagte sie und nahm die majestätische Aussicht erneut in sich auf. »Wie mutig die Forscher waren, die die lange Reise hierher unternommen und sich einen Weg durch diese Wildnis gebahnt haben!« Ein Schauer überlief sie bei dem Gedanken, sich zu verirren. »Aber es ist trotz aller Pracht einsam hier.«

James ergriff ihre Hand. »Dir kommen doch keine Zweifel, oder?«

Ihr Pulsschlag raste bei seiner Berührung. »Kein bisschen. Ich bin nur dankbar, dass ich dich und die anderen bei mir habe.« Sie warf einen Blick auf ein dichtes Gebüsch.

»Folgt sie uns noch?«, murmelte James.

»Seitdem wir den Fluss überquert haben.«

James runzelte die Stirn. »Hältst du es für klug, sie zu ermutigen und Nahrung für sie zurückzulassen? Krieger könnten bei ihr sein, die nur darauf warten, uns anzugreifen.«

»Sie ist allein, da bin ich mir sicher, und ich lasse ihr etwas zu essen da, weil sie noch sehr jung und viel zu dünn ist.«

»Aber was will sie? Und warum wandert sie allein herum?« James spähte in die Schatten. »Ihrer Kleidung nach zu urteilen war sie offenbar in Kontakt mit Siedlern oder Missionaren, doch die Zivilisation ist meilenweit entfernt.«

»Mach nicht so ein wütendes Gesicht!«, ermahnte sie ihn leise. »Du jagst ihr noch Angst ein.«

James seufzte ungehalten und nahm die Zügel auf. »Dein weiches Herz wird dich eines Tages noch in Schwierigkeiten bringen, aber vermutlich wirst du darauf bestehen, dass sie mit uns reist?«

»Wir können sie nicht ignorieren. Oder meinst du, die anderen hätten was dagegen?«

»Die Entscheidung liegt nicht bei ihnen. Aber es könnte Ärger geben, besonders mit denen aus dem Pentonville-Gefängnis.«

Ruby hatte sich darüber keine Gedanken gemacht, doch wenn sie es sich recht überlegte, musste sie einsehen, dass es problematisch sein könnte, bedingt Strafentlassene in der Nähe eines jungen Mädchens zu haben. Andererseits, so argumentierte sie insgeheim, würde James sie beschützen.

James zog an seinem Hut. »Wenn du ihr weiterhin die Hälfte deiner Essensrationen geben willst, dann muss sie es sich verdienen. Niemand bekommt auf dieser Reise eine Freifahrt.«

Ihr Mann nahm seinen üblichen Platz vor dem Ochsenkarren ein. James war als freier Auswanderer nach Australien gekommen, der jüngste Sohn armer Pachtbauern. Wie viele andere hatte er geglaubt, Aborigines seien Wilde. Ruby hatte versucht, ihn umzustimmen, und obwohl er die Ältesten, die in der Nähe von Moonrakers lebten, um Rat für die geplante Reise gebeten hatte, glaubte sie, dass er nie gelernt hatte, ihnen vollends zu vertrauen.

Während die Hunde die letzten Schafe zusammentrieben und der Reitertrupp langsam mit den Schatten der überhängenden Bäume verschmolz, war ihr klar, dass sie eine Entscheidung treffen musste. Sie kaute auf ihrer Lippe und erinnerte sich an die Spielgefährten ihrer Kindheit – dunkelhäutige Jungen und Mädchen, die ebenso zu Moonrakers gehörten wie sie. Sie waren zusammen aufgewachsen, hatten gemeinsam in den Schurschuppen und auf den Viehweiden gearbeitet und den Wollschur-Scheck gefeiert, der ihnen für ein weiteres Jahr Sicherheit gewährte. Ihre Großmutter Nell hatte ihr beigebracht, den Glauben der Eingeborenen zu achten, deren Fortschritt zu fördern und zu begreifen, dass deren Kenntnis über dieses uralte Land für die weißen Siedler von unschätzbarem Wert sei – wie konnte sie jetzt das Mädchen ignorieren, das ihnen so hartnäckig folgte?

Dennoch hatte James nicht ganz unrecht. Den »Pentonvillians« – zwei der bedingt Strafentlassenen, die ihre Strafe im Pentonville-Gefängnis in England angetreten hatten – konnte man in der Nähe eines so jungen Mädchens nicht trauen, und sie fürchtete, sie könne es in Gefahr bringen, wenn sie sich freundlich zeigen würde.

Ruby stieg ab, band die Stute an einen Baum, hob nach kurzem Zögern den Wasserschlauch vom Sattel und ging zu einem flachen Felsen, der nicht weit vom Versteck des Mädchens entfernt aus dem Boden ragte. Sie nahm den Hut ab, fuhr mit den Fingern durch ihre braunen Locken und ließ sich von der Brise den Staub und den Schweiß vertreiben. »Ich bin Ruby«, sagte sie ruhig. »Wer bist du?«

In den Farnen raschelte es, aber es kam keine Antwort.

Ruby wiederholte ihre Frage in der Sprache der Aborigines von Moonrakers. Wahrscheinlich würde das Mädchen sie nicht verstehen, denn es gab Hunderte von Dialekten, und es gehörte wohl eher einem anderen Stamm an, aber Ruby war wichtig, eine Verbindung aufzubauen. »Ich vermute, du sprichst Englisch«, sagte sie nach langem Schweigen aus dem Unterholz. »Ich heiße Ruby, und ich will deine Freundin sein.«

»Ich bin Kumali«, ertönte die schüchterne Stimme.

Ruby lächelte. »Hallo, Kumali. Warum kommst du nicht raus und setzt dich zu mir?« Sie rückte beiseite, um Platz zu machen.

Die Blätter raschelten, und das Mädchen trat in Erscheinung, bereit, bei der geringsten Gefahr zu fliehen.

Ruby schätzte es auf vierzehn oder fünfzehn. Angst stand in den bernsteinfarbenen Augen, und es war mit einer Schmutzschicht bedeckt. Das Mädchen tat Ruby leid, und sie kramte in ihrer weiten Manteltasche nach dem alten Brot und dem zähen Hammelfleisch, das sie für das Mittagessen aufgehoben hatte. Kumali zuckte und fuhr zurück.

Ruby zog das Päckchen hervor und öffnete es. »Du hast bestimmt Hunger«, sagte sie leise und legte es auf den Felsen. »Bitte, greif zu!«

Das Mädchen beäugte das spärliche Angebot und fuhr sich mit der Zunge über die Lippen, hielt jedoch Abstand.

Ruby schob das Päckchen über den warmen Stein. »Es gehört dir«, sagte sie freundlich. »Nimm und iss!«

Kumali kam Schritt für Schritt vorsichtig näher, ihr Blick schoss zwischen Ruby und der Nahrung hin und her. Sie kam in

Reichweite, riss alles an sich und lief zurück in die Schatten, wo sie versuchte, sich alles auf einmal in den Mund zu stopfen.

»Arme Kumali!«, murmelte Ruby. »Du bist kurz davor, zu verhungern, nicht wahr? Ich wünschte, ich hätte mehr, aber das ist alles bis heute Abend.« Das Mädchen mühte sich zu kauen und zu schlucken, und Ruby war erstaunt, dass es nicht erstickte. »Ich habe auch Wasser«, sagte sie, als Kumali sich mit dem Handrücken den Mund abwischte. Sie zog den Stöpsel aus dem Wasserschlauch, trank daraus und hielt ihn der Eingeborenen hin. »Wasser«, sagte sie. »Trink!«

Diesmal war Kumali weniger zaghaft. Sie nahm den Wasserschlauch von Ruby entgegen und trat nicht wieder zurück. »Wasser?« Da Ruby nickte, trank sie einen langen Schluck. »Ja, Missus. Kumali hat Durst. Viel gelaufen.«

Ruby lächelte und forderte sie auf, sich zu setzen. Kumali hockte sich vorsichtig auf den Rand des Felsblocks. »Na bitte«, sagte Ruby nickend. »Das war doch nicht schwer, oder?«

Die bernsteinfarbenen Augen schauten sie an. Neugierig zupfte Kumali an Rubys grellbuntem Kleid. »Kumali kommen mit euch, Missus?«, murmelte sie. »Ob dem Boss gefallen?«

»Der Boss wird nichts dagegen haben«, erwiderte Ruby mit einer Sicherheit, die ihre Zweifel Lügen strafte. »Er hat gemerkt, dass ich dich unter meine Fittiche nehmen will.« Als Kumali die Stirn runzelte, musste Ruby lächeln. »Keine Bange! Der Boss ist ein guter Mann. Er tut dir nicht weh.«

Kumali hatte noch immer Bedenken. »Andere Boss-Männer. Die Kumali nicht schlagen?«

»Niemand wird dich schlagen. Das verspreche ich dir.«

Kumali rutschte zur Seite. Dabei glitt ihr Kleid von ihrer knochigen Schulter und legte ein ganzes Netz aus Narben frei. Die Striemen waren ineinander verwoben, manche noch frisch purpurrot und geschwollen, andere blasse Überbleibsel älterer Schläge. Blinde Wut überfiel Ruby. Wie konnte jemand so grausam sein!

Sie streckte die Hand aus, und das Mädchen duckte sich. »Wer hat das getan?«, wollte Ruby wissen.

Kumali zog sich das Kleid wieder über die Schulter und wich zurück, erneut auf der Hut. Eine Träne hing an ihren Wimpern. »Boss von Kumali. Habe ihn wütend gemacht. Viele Schläge. Kumali böse Schwarze.«

»Du lieber Gott!«, stieß Ruby aus. »Wer ist denn dieser Boss? Wo wohnt er?«

Kumali schüttelte energisch den Kopf, und Ruby wusste, sie würde den Namen aus Angst vor Vergeltung niemals preisgeben.

»Du bist weggelaufen, nicht wahr? Deshalb bist du hier draußen allein.« Sie nahm die Hand des Mädchens, spürte, wie es zitterte, und zog es an sich. Die Empörung über den Unbekannten, der so etwas Schreckliches getan hatte, war so groß, dass ihr die Worte fehlten. »Ist schon gut – jetzt bist du in Sicherheit. Du kommst mit mir, und niemand wird dich je wieder schlagen.«

Schließlich beruhigte sich das Mädchen so weit, dass Ruby es loslassen und das Pferd holen konnte. Sie brauchte eine Weile, Kumali davon zu überzeugen, dass es vollkommen sicher sei aufzusteigen. Das Mädchen klammerte sich um Rubys Taille, und sie brachen auf.

Als die Sonne über den Bergen unterging, erreichten sie die anderen. Der goldene Schimmer berührte die Gipfel und tanzte in der Staubwolke, die hinter den Männern und Tieren aufstieg. Ruby spürte, wie das Mädchen sich versteifte, je näher sie kamen. »Ist schon gut, Kumali«, flüsterte sie. »Ich werde gut auf dich aufpassen.«

Die Männer spannten die Ochsen aus, und Duncan rollte die Stoffbahn aus, mit der die Schafe eingepfercht wurden. Niemand nahm Notiz von ihnen, als sie abstiegen und das Pferd an einen nahen Bach führten. Kumali hielt sich dicht an Ruby, ihr Blick wanderte zu den Männern, ihre Angst war spürbar.

»Komm«, sagte Ruby kurz darauf. »Es wird Zeit, dass du James und die anderen kennenlernst.« Sie nahm sie an die Hand, lächelte ihr aufmunternd zu und führte sie auf die Lichtung. »Das ist Kumali«, sagte sie, als die Männer sich umdrehten. »Sie wird mit uns fahren.«

James schob sich den Hut aus der Stirn, seine Miene war missbilligend. »Ich hoffe, du kannst kochen«, sagte er, »denn du wirst dir wie wir alle deinen Lebensunterhalt verdienen müssen.«

»Kumali gut kochen«, murmelte Kumali mit gesenktem Kopf vor sich hin.

»Das hier ist Duncan«, sagte Ruby und deutete mit einem Kopfnicken auf den mürrischen Schotten, der sie wütend anfunkelte. »Mach dir nichts aus ihm. Er ist nicht so griesgrämig, wie er aussieht«, flunkerte sie. Es hatte keinen Sinn, ihr zu sagen, dass Duncan grundsätzlich etwas gegen Frauen hatte.

Kumali kicherte hinter vorgehaltener Hand, als Duncan das Gesicht verzog und davonstapfte.

»Das ist Fergal«, stellte Ruby den Iren vor, der an seinen Hut tippte und fortfuhr, den Pferden Fußfesseln anzulegen. Als sie sich anschickte, die anderen Strafentlassenen vorzustellen, bemerkte sie, wie die Männer sich gegenseitig anstießen und das Mädchen mit Wollust in den Augen verschlangen.

»Kumali steht unter meinem Schutz«, warnte sie. »Wenn ich euch in ihrer Nähe erwische, werdet ihr nach Sydney zurückgeschickt.«

Bert Grayson wandte den Blick ab und trat von einem Fuß auf den anderen. Doch sein Gefährte, Wally Simpson, war aufmüpfiger. »Sie ist doch nur eine Eingeborene«, murrte er. »Sie können einen Mann nicht fürs Hinsehen bestrafen, und ich hatte seit Jahren keine Frau.«

»Sie ist ein Kind! Ihr haltet euch von ihr fern«, fuhr Ruby ihn an. »Verstanden?«

In seinen Augen stand Trotz, obwohl er mit den Schultern

zuckte, und als er sich umdrehte, murmelte er vor sich hin. Ruby biss sich auf die Lippe. James hatte recht. Es würde Ärger geben. Wally und Bert musste man im Auge behalten und Kumali gut beschützen.

Auf dem Weg ins Hunter Valley, Oktober 1849

Jessie hatte sich an das Rumpeln und Schwanken des Wagens gewöhnt, nachdem sie tief ins Landesinnere vorgedrungen waren. Es kostete sie jedoch noch immer Überwindung, jeden Abend unter dem Wagen auf der Erde zu schlafen, denn davon bekam sie einen steifen Hals und Rückenschmerzen.

Abel Cruickshank hielt sein Wort. Er und Tumbalong – ein Mann, der nicht viele Worte machte, die meisten davon unverständlich – hielten Abstand und schliefen auf der anderen Seite des Feuers, eingerollt in Decken; ihre Sättel benutzten sie als Kissen. Jessie war mit der Zeit klar geworden, dass der Besitz eines Gewehrs zur Verteidigung ihrer Ehre lächerlich war, denn die Männer beachteten sie tagsüber kaum und zogen es vor, miteinander zu plaudern oder stundenlang schweigend vor sich hin zu reiten, als sei sie Luft, was sie allmählich ärgerte.

Verstohlen betrachtete sie Mr. Cruickshank. Seine aufgekrempelten Ärmel entblößten kräftige Arme mit hellen Härchen, die in der Sonne glitzerten, wenn seine Muskeln unter der gebräunten Haut arbeiteten. Die Bartstoppeln an seinem Kinn waren ebenso goldblond, hier und da mit derselben Andeutung von Kupfer durchsetzt wie sein langes, unordentliches Haupthaar. Sein Mund, in dem gerade eine Tonpfeife steckte, stand immer kurz vor einem Lächeln, als fände er die ganze Episode ziemlich amüsant – was ihr noch mehr Verdruss bereitete.

»Vermutlich kennen Sie mein Gesicht besser als ich«, sagte er milde.

Beschämt lief Jessie rot an und schaute zur Seite.

Er lachte. »Ich hoffe, Ihnen gefällt, was Sie sehen, Miss Searle, denn wir werden noch einige Meilen zusammen zurücklegen.«

Jessie errötete noch mehr. Tatsächlich gefiel ihr, was sie gesehen hatte, aber sie wollte auf keinen Fall Mr. Cruickshanks Ego stärken und es ihm sagen. »Nicht Ihr Aussehen interessiert mich, sondern Ihr Charakter«, sagte sie förmlich. »Ich bin der Meinung, dass Sie ein Chamäleon sind, Mr. Cruickshank, denn Ihre Manieren seit Beginn unserer Reise sind ganz anders als bei unserer ersten Begegnung.«

Er hob eine Augenbraue und sah sie an. »Ich weiß nicht, was ein Cham…dings ist«, sagte er leise, »aber wenn Sie meinen Mangel an Umgänglichkeit meinen, das liegt nur daran, dass ich mir Ihres Zartgefühls bewusst bin und Sie nicht mit meiner groben Redeweise beleidigen will.«

Seine grauen Augen lachten sie aus, und Jessie fiel auf, dass die Iris schwarz umrandet war und dass er dichte, dunkle Wimpern hatte. Rasch wandte sie den Blick ab. »Wenn Sie so lange schweigen, komme ich mir wie ein Eindringling vor.«

Er seufzte tief und rauchte seine Pfeife weiter. »Dann muss ich mich entschuldigen, Miss Searle. Worüber würden Sie sich denn gern unterhalten?«

Jessie hatte viele Fragen, doch sie war so durcheinander, dass sie nach Worten suchen musste, um den peinlichen Moment zu durchbrechen.

Er lachte in sich hinein. »Und wem fehlen jetzt die Worte? Sehen Sie, es ist nicht leicht, eine Unterhaltung mit einem Fremden zu führen, oder?«

»Dann sollten wir vielleicht so anfangen«, sagte sie und zügelte ihre wirren Gedanken. »Arbeiten Sie auf der Missionsstation, Mr. Cruickshank?«

»Nein. Ich habe mein eigenes Anwesen im Tal.«

Jessie wartete, merkte dann, dass dieser Feststellung keine weitere Erklärung folgen würde, und versuchte es mit kaum verhohlener Ungeduld noch einmal. »Sie haben eine Farm?«

»Ja.«

Sie warf ihm einen Blick zu und sah ihm an, dass er sich begriffsstutzig stellte. »Welche Art Farm? Vieh, Schafe oder Getreide?«

»Reben«, antwortete er.

»Reben?«

»Ja, Sie wissen schon – die Pflanzen, an denen Trauben wachsen.«

»Ich weiß, was ein Rebstock ist, Mr. Cruickshank«, entgegnete sie.

»Dachte ich mir. Schließlich sind Sie Lehrerin.«

Jessie sah, dass er ein Lachen unterdrückte. Da dieses Gespräch für sie viel interessanter war, als schweigend dazusitzen, entschied sie, ihre Fragerei fortzusetzen. »Und welchen Wein stellen Sie her, Mr. Cruickshank? Sind Sie ein erfolgreicher Winzer?«

»Mittelmäßig erfolgreich«, sagte er, wobei er fest auf das Mundstück der Pfeife biss. »Die Rebstöcke sind noch zu jung für einen guten Ertrag, aber in den nächsten beiden Jahren dürften sie so weit sein. Das heißt, wenn die Dürre oder die Kängurus sie nicht vor dem Frost erledigen oder Regen und Schlamm sie abtöten.«

Das war der längste Satz, den er seit Beginn ihrer Reise gesprochen hatte, und Jessie nutzte die günstige Gelegenheit. »Wie ist das Hunter Valley?«

»Schön.« Dann, als hätte er erkannt, dass das Spiel weit genug gegangen war, wandte er sich ihr zu und lächelte. »Das Tal ist riesig und liegt im Schutz hoher Granitfelsen – die ideale Gegend für Weideland und Weinanbau. Es gibt Flüsse und Bäche und genug Platz für alle. Vor dreißig Jahren wurde das Tal entdeckt, und obwohl der Unterlauf des Hunter ganz gut besiedelt ist, leben am Oberlauf, wo wir hinfahren, weniger Menschen.«

»Warum?«

Er zuckte mit den Schultern. »Die Menschen haben gern andere Menschen um sich, vermute ich, aber ein paar von uns ziehen die Einsamkeit oben am Hunter vor«, erklärte er. »Im ganzen Tal herrscht jedoch ein guter Gemeinsinn. Wir armen Leute arbeiten für die Reichen und pflegen tagsüber ihre Rebstöcke, bevor wir in der Freizeit unsere eigenen Parzellen bewirtschaften. Der beste Monat ist der Februar, wenn alle bei der Ernte helfen.«

»Das klingt, als wäre Weinanbau ein ziemlich riskantes Unterfangen.«

»Ja, aber wenn man genug Glauben und Leidenschaft dafür aufbringt, beißt man die Zähne zusammen, wenn etwas schiefgeht, und arbeitet in den Kohlengruben von Newcastle, um genug für einen Neuanfang zu verdienen.«

»Kohlengruben? Ich wusste gar nicht, dass hier draußen Kohle gefunden wird.«

»Anscheinend wissen Sie für eine Lehrerin nicht viel, Miss Searle.« Er steckte seine Pfeife in die Tasche; wieder zuckten seine Lippen amüsiert. »Kohle wurde schon damals, ganz zu Anfang der Besiedelung, gefunden, und in Newcastle wurde so um 1804 herum eine Strafkolonie errichtet, um sie abzubauen. Der Hafen ist heute einer der betriebsamsten in New South Wales«, fügte er stolz hinzu.

»Vielen Dank, Mr. Cruickshank, für Ihre Lektion in Heimatkunde. Ich werde mir zur Aufgabe machen, es nicht zu vergessen.« Er beäugte sie misstrauisch, doch sie hielt den Blick abgewandt. Was er konnte, konnte sie schon lange, und die Reise würde bestimmt unterhaltsamer werden. »Wenn Kohlenabbau eine gute Einkommensquelle ist, warum entscheidet man sich dann, Wein zu kultivieren?«

»Wenn Sie je in einer Kohlengrube gearbeitet hätten, würden Sie so eine Frage nicht stellen«, knurrte er.

»Kupfer- und Zinnminen sind mir bekannt«, entgegnete sie. »Meine Brüder und ich stammen aus Cornwall.«

»Na also.«

Darauf gab es nichts zu sagen, und Jessie schnitt ein anderes Thema an, das sie beschäftigte, seitdem sie England verlassen hatte. »Wie ist Mr. Lawrence denn so?«

»Er ist ein aufgeblasener Wicht mit Monokel und einem bürstenähnlichen Schnurrbart. Selbst an den heißesten Tagen trägt er einen schwarzen Anzug und hat andauernd eine Bibel dabei.« Abel schoss ihr einen amüsierten Blick zu. »Was er mit Ihnen anfangen wird, weiß ich nicht.«

Jessie fuhr hoch. »Was soll das heißen?«

Er hob die Schultern. »Ich glaube, er hat eher mit einer Matrone gerechnet, die ihm helfen soll, seine Schule zu führen.« Sein Blick wanderte von ihrer Haube bis zu ihren staubigen Stiefelspitzen. »Sie sind ein bisschen jung und unerfahren und werden das Tal in Aufruhr bringen – womit Sie sich bei Mr. Lawrence nicht gerade beliebt machen werden, denn er ist ein eifriger Verfechter des Anstands.«

»Die Kirchenbehörde hat mich eingestellt in Kenntnis meines Alters und der Sachlage«, entgegnete sie. »Mr. Lawrence sollte dankbar sein, dass überhaupt jemand den weiten Weg hierher zurücklegt, um an seiner Schule zu unterrichten.« Sie holte tief Luft. »Und wenn es um anständiges Betragen geht, dann bezweifle ich, dass Mr. Lawrence mir in dieser Hinsicht etwas vorwerfen könnte.«

»Sich mir gegenüber aufs hohe Ross zu setzen führt zu nichts, Miss Searle«, sagte er schleppend. »Ich habe nur versucht, Sie aufzuklären.«

Jessies böse Ahnungen kamen in vierfacher Stärke wieder auf. »Wie einsam ist denn diese Schule?«

»Sie liegt am nördlichen Rand des unteren Hunter River«, erwiderte er. »Das Missionsgebäude und die Schule haben einen guten Platz, obwohl keine Stadt in der Nähe ist. Da immer mehr Siedler ins Tal kommen, ist die Schule zu einem wichtigen Ort geworden.«

»Ich vermute, Mrs. Lawrence wird mir im Klassenraum beistehen?«

Abel zog die Stirn kraus. »Mr. Lawrence ist alleinstehend.« Er lächelte über ihre besorgte Miene. »Haben Sie keine Angst – die Jungfern im Tal haben sich die größte Mühe gegeben, diesen Umstand zu ändern, bislang aber ohne Erfolg. Wir alle gehen davon aus, dass er keinen von uns besonders mag, vor allem die Frauen nicht. Er mag zwar die Kleidung eines Pfarrers tragen und jeden Sonntag von der Kanzel predigen, aber seine Liebe zur Kirche schließt seine Gemeindemitglieder nicht ein.«

Diese Neuigkeiten waren kein Trost, und Jessie hatte den Verdacht, ihr Arbeitgeber erwartete vielleicht von ihr, dass sie neben der Schule auch sein Haus in Ordnung hielt. »Beschäftigt Mr. Lawrence eine Haushälterin?«

Er zwinkerte ihr zu. »Es hieß, dass er eine Witwe aus dem Ort einstellen will, doch sie hatte noch nicht angefangen, als ich Sie abholte.«

»Man hat mir zu verstehen gegeben, ich hätte meine eigene Unterkunft«, sagte sie nervös.

»Ja. Auf der Rückseite der Schule gibt es ein Zimmer. Ich habe es vor ein paar Wochen mit meinen Kumpels zusammen fertiggestellt.« Sein Lächeln wurde breiter. »Wir haben der Tür ein stabiles Schloss verpasst.«

Jessies Erleichterung war gedämpft, wusste sie doch, dass er sie wieder hänselte. Dann kam ihr ein anderer Gedanke, als sie einen Blick auf Tumbalong warf. »Gibt es viele Eingeborene in der Gegend?«

»Seit wir es geschafft haben, sie mit Erkältungen und Masern auszurotten, nicht mehr. Tumbalong gehört dem Stamm der Wanaruah an, und es sind auch noch einige Kamilaroi dort, aber sie machen keinen Ärger.«

»Gehen ihre Kinder zur Schule?«

Abel verzog das Gesicht. »Die Regierung hält nichts davon, die Schwarzen zu bilden, doch Schulerziehung neben dem Eintrichtern der Bibel kann nicht schaden – besonders für Männer wie Tumbalong, der einen messerscharfen Verstand besitzt.«

»Warum nennen Sie ihn Tumbalong?«

»Das ist nicht sein richtiger Name«, sagte er und zwinkerte dem Mann zu, der neben dem Wagen ritt. »Sein Stammesname ist unaussprechlich, also habe ich ihn Jimmy genannt. Dann kam er vor zwei Jahren mit mir nach Sydney und hat sich in eine Gegend verliebt, die bei den ortsansässigen Eingeborenen Tumbalong heißt. Den Namen fand er besser als Jimmy, daher habe ich mich gefügt. Stimmt das nicht, Kumpel?«

»Ja, Boss. Tumbalong ist besser.« Er lächelte und entblößte dabei gelbe Zähne. Er spornte sein Pferd zum Galopp an.

Er ritt mit den Pferden voraus, um ein Lager aufzuschlagen. Jessie wandte sich wieder an Abel. »Sie haben einen interessanten Akzent, Mr. Cruickshank. Ich kann ihn keiner bestimmten Grafschaft zuordnen, und doch höre ich den städtischen Dialekt von London und den singenden Tonfall Irlands heraus.«

Ein langes Schweigen trat ein, und Jessie dachte schon, sie habe eine unpassende Bemerkung gemacht, als er ihr schließlich antwortete.

»Die ersten Sträflinge kamen zum größten Teil aus Londons East End. Dann folgten die Iren, die Schotten und Waliser, und um die damals Verantwortlichen zu verwirren, entwickelten sie eine ›verfälschte‹ Sprache, die nicht Eingeweihten unverständlich war.« Er tippte an seinen Hutrand und hielt den Blick auf den Weg vor ihnen gerichtet. »Ich schätze, meine Generation hat sie einfach übernommen.«

»Sie sind also hier geboren?«

»Ja. Und ich bin ein freier Mann – schon immer gewesen.«

Sie merkte, dass sie einen Nerv getroffen hatte, und obwohl sie den Verdacht hatte, dass er von Strafgefangenen abstammte, und am liebsten nach seiner Familiengeschichte gefragt hätte, hütete sie sich nachzubohren. »Haben Sie immer im Tal gelebt?«

Er hielt den Wagen an, als sie eine Lichtung erreichten, auf der Tumbalong eine Feuergrube aushob. »Ich bin in Sydney geboren, und wir haben außerhalb von Windsor gewohnt.« Er ließ die Zügel fallen, sprang ab und ging um den Wagen herum, um ihr herunterzuhelfen. Seine Augen waren von Lachfältchen umgeben, als er sie auf die Beine stellte. »Für so eine kleine Person verfügen Sie über eine ziemliche Neugier, Miss Searle. Aber ich glaube, das reicht für heute, sonst haben wir morgen nichts mehr, worüber wir reden könnten, und ich weiß ja, wie sehr Sie langes Schweigen verabscheuen.«

Jessies Gesicht brannte, als sie in die lachenden grauen Augen schaute. Rasch wandte sie sich ab, um den Staub abzuklopfen und ihre Haube zu richten. Mr. Cruickshank konnte ein amüsanter Begleiter sein, und er war in seiner ungeschliffenen Art ein faszinierender, ziemlich gut aussehender Mann, doch er hatte die ärgerliche Gabe, ihr das Gefühl zu vermitteln, ein törichtes Wesen zu sein. Da sie diese Empfindung nicht gewohnt war, fand sie es höchst beunruhigend.

Kernow House, Watsons Bay, Oktober 1849

»Oliver will mir heute Morgen sein neuestes Unternehmen zeigen«, sagte Harry, während er sich fertig anzog.

Lavinia betrachtete ihr Spiegelbild, zupfte an einer Locke und drehte sich zu ihm um. »Ich bin beeindruckt, wie viele Eisen dein Bruder im Feuer hat. Mit der Walfangflotte, der Kupfermine in

Burra und seinen Beteiligungen an Importen und Exporten sollte man meinen, er sei hinlänglich beschäftigt.«

Harry lächelte und strich seinen Schnurrbart glatt. »Er hat schon immer ein Auge für gewinnbringende Geschäfte gehabt. Ich weiß noch, als wir klein waren und zum ersten Mal Treleaven House besuchten. Ich sah einen Berg Trümmer und ein Joch, das mir für den Rest des Lebens den Hals einschnüren würde. Oliver hat darüber hinaus das gesehen, was es einst war und wieder sein könnte. In seinen Händen wäre das Anwesen aufgeblüht. Anscheinend habe ich nicht das Händchen dafür, Lavinia.«

Sie fuhr über seine Jackettaufschläge und lächelte zu ihm auf. »Du hast Erfolg gehabt, wo viele versagt hätten«, besänftigte sie ihn. »Die Höfe auf dem Anwesen sind ertragreich, das Haus steht fast wieder in seiner früheren Pracht da, und jetzt, nachdem in Cornwall Kupfer gefunden wurde, finden wir in unseren Rechnungsbüchern endlich weniger rote Zahlen.«

Er drückte ihr einen Kuss auf die Stirn. »Ganz die Optimistin«, sagte er liebevoll.

Lavinia küsste seine Wange. »Die neue Dampfmaschine und die Förderwelle werden sich bald amortisieren, nachdem die Kupferproduktion in vollem Gang ist. Du machst dir zu viele Sorgen, Harry.«

Harry antwortete nicht. Die neumodischen Maschinen, die notwendig waren, um Kupfer, Zinn und Kohle zu fördern, waren furchtbar teuer gewesen, und er hatte sich gesträubt, so viel auszugeben. Es hatte so ausgesehen, als käme nach jedem zweiten Schritt, den er in Richtung Solvenz tat, etwas dazwischen, das sein Vorankommen bremste. Doch Lavinia kannte sich in den Heimsuchungen eines Minenbesitzers gut aus, denn der enorme Reichtum ihres Vaters umfasste mindestens die Hälfte der Kohlengruben in Kent, und sie riet ihm, den Rest ihrer Mitgift zu investieren, um das Beste aus dem neuesten Aufschwung zu machen. Er war froh, dass er darauf eingegangen war, denn die

Rechnungsbücher sprachen für sich, und endlich schien etwas richtig zu laufen.

»Und was ist das für ein neues Unternehmen?«

»Es soll eine Überraschung sein. Ich soll spätestens in zwei Stunden in seinem Büro in Sydney sein.« Seine Frau hob eine Augenbraue. »Ich weiß, das klingt alles etwas mysteriös, aber Ollie freut sich wie ein Schneekönig, und ich will ihm seine Überraschung nicht mit zu vielen Fragen verderben.« Er zog die silberne Taschenuhr aus der Weste. Wohltönende Klänge füllten die Stille. »Warum kommst du nicht auch mit? Ich bin sicher, er hätte nichts dagegen.«

Seufzend griff Lavinia nach ihrem Hut. »Amelia hat wieder einen ihrer kleinen Ausflüge organisiert. Ich stelle fest, Harry, dass es viel zu heiß ist, und ich finde, ich bin ziemlich ausgelaugt, wenn ich ihrem Geschwätz einen Tag lang ausgesetzt war.« Sie musste sein Stirnrunzeln bemerkt haben, denn sie beeilte sich fortzufahren: »Amelia ist sehr reizend, aber ich wünschte, sie würde mich in Ruhe lesen oder nähen lassen und hätte nicht das Gefühl, mich jeden Tag unterhalten zu müssen.«

»Ich bin mir sicher, sie meint es gut, Lavinia«, murmelte er.

»Natürlich, und ihre Gastfreundlichkeit ist nicht zu übertreffen. Schade nur, dass wir so wenig gemeinsam haben«, stellte sie fest und setzte sich auf das Bett.

»Es muss doch etwas geben, worüber ihr reden könnt?«

»Sie hat weder Byron noch Shelley gelesen, obwohl sie von ihnen gehört hat, und Shakespeare kennt sie nur flüchtig. Ihr Interesse an Politik kannst du vergessen, und zu anderen Themen als zum Stand der Dienerschaft, zur neuesten Londoner Mode und zu Gerüchten aus Sydney hat sie kaum eine Meinung.«

Harrys Besorgnis wuchs, während seine Frau den Verdruss vom Stapel ließ, der sich offensichtlich im Lauf der vergangenen Woche angestaut hatte.

»Ich weiß, ich hatte den Vorteil einer guten Erziehung und

Bildung und das Glück, einen Vater zu haben, der glaubte, Frauen sollten in der aktuellen Politik und im Handel bewandert sein, doch noch einen endlosen Morgen mit banalem Gerede kann ich nicht mehr ertragen. Es ist so langweilig.« Schließlich hielt sie inne, um Luft zu holen, begegnete dem Blick ihres Mannes und kicherte. »Und als wäre das noch nicht schlimm genug – warum trägt sie hartnäckig jedes Stück Schmuck, das sie besitzt? Diamanten tagsüber sind so ordinär.«

Das Bett neigte sich, als er sich neben sie setzte und seinen Arm um ihre Taille legte. »Ach, Liebes, du bist sauer, nicht wahr?«

Sie stieß einen tiefen Seufzer aus. »Jetzt nicht mehr, nachdem ich es losgeworden bin. Verzeih, Harry! Es war nicht recht, so grob zu sein.«

»Ich verstehe es ja«, sagte er augenzwinkernd. »Amelia kann anstrengend sein, besonders, wenn sie vornehm tut, aber du musst daran denken, dass sie die Tochter eines Militäroffiziers von niedrigem Rang und vermutlich ziemlich eingeschüchtert ist von unseren Titeln. Lass ihr Zeit, sich an dich zu gewöhnen, und ich bin sicher, dass alles besser wird.«

»Hoffentlich«, murmelte Lavinia. »Ich bin es allmählich leid, wie ein wertvolles Ausstellungsstück in Sydney herumgereicht zu werden.«

»Wenigstens verschafft es dir eine kleine Atempause vor Gertrude«, erwiderte er mit schiefem Lächeln.

Lavinias finsterer Blick verwandelte sich in Lachen. »Gute Güte, sie ist ein Drachen!«, flüsterte sie. »Kein Wunder, dass Amelia die ganze Zeit gereizt ist. Die arme Frau, sie tut mir leid, trotz ihrer lästigen Art.«

»Meine Schwester oder Amelia?«

»Amelia natürlich«, zischte sie. »Ich würde es nicht dulden, nicht in meinem Haus, Harry. Gertrude hat schlichtweg das Ruder in die Hand genommen, und selbst Oliver hat Respekt vor ihr. Ich an Amelias Stelle würde sie entschieden in ihre Schranken verweisen. Mich würde sie nicht schikanieren.«

Harry küsste ihre Stirn und schmunzelte. »Das würde sie nicht wagen«, neckte er. »Du bist ziemlich beängstigend, wenn du aufgebracht bist, und selbst ich habe allen Grund zu zittern, wenn du die Dame des Hauses hervorkehrst.«

Lavinia versetzte ihm einen freundschaftlichen Rippenstoß.

Er nahm sie in die Arme, küsste sie lange und ließ sie nur ungern los. »Möchtest du, dass ich mit Amelia unter vier Augen spreche und versuche, ob du von diesem geplanten Ausflug frei bekommst und mich zu Ollie begleiten kannst?«

»Nein«, sagte sie entschlossen. »Ich bin Gast in diesem Haus und werde meine Pflicht gegenüber Amelia erfüllen. Sie hat schon genug auszuhalten, da muss ich mich nicht auch noch querstellen. Geh ruhig, und genieße ein bisschen Zeit mit deinem Bruder!«

»Was ist mit den Jungen? Gibt es schon Pläne für ihren Tagesablauf?«

Sie lächelte. »Charles und Frederick scheinen vollends mit diesem und jenem beschäftigt. Wenn sie nicht im Baumhaus sind, reiten sie aus oder halten sich oben im alten Kinderzimmer auf. Ich kann mir nicht vorstellen, was sie so viele Stunden lang treiben, aber nachdem ich den Zustand ihrer Kleidung gesehen habe, ist mir klar, dass es mit einer Menge Dreck zu tun hat.« Sie kicherte. »Gertrude regt sich schrecklich über die beiden auf. Du hättest ihr Gesicht sehen sollen, als ich ihr klipp und klar gesagt habe, sie solle die beiden in Ruhe lassen! Sie wirkte so verkniffen, als hätte sie in eine Zitrone gebissen!«

»Du bist unartig«, schalt er sie liebevoll. »Aber du hast recht«, fügte er wehmütig hinzu. »Jungen sind und bleiben Jungen, und ein bisschen Dreck hat noch niemandem geschadet.« Er beneidete die Kinder um ihre Freiheit und wünschte, er wäre noch jung genug, um auf Bäume zu klettern und im Galopp über den Strand zu reiten. Doch die Erinnerung an seine Reitkünste in jungen Jahren brachten deutliche Bilder seines älteren Bruders mit sich, und da er nicht an die Zeit denken wollte, bevor die Tragödie alles für immer verändert hatte, verscheuchte er sie. Die Vergangenheit war gestorben, und er war entschlossen, den Blick auf die Zukunft zu richten.

Sydney Town, am selben Tag

Olivers Büro befand sich im Herzen des Geschäftsviertels, und als Harry sein Pferd an den Pfosten band, betrachtete er das Gebäude spöttisch. Es war ein Denkmal für die Eitelkeit seines Bruders; ein Beweis, wenn er denn nötig gewesen wäre, dass Oliver Cadwallader eine Macht darstellte, mit der zu rechnen war. Er nahm den marmornen Säulenvorbau und die vielen Fenster in sich auf und bemerkte das bunte Glas in der kunstvoll geschnitzten Eingangstür sowie den blank polierten Messingklopfer. Er lief die Stufen hinauf und wollte sich gerade bemerkbar machen, als die Tür bereits aufgerissen wurde.

»Du hast dich verspätet«, sagte Oliver, ging geschäftig an ihm vorbei und ließ die Tür hinter sich ins Schloss fallen. »Komm schon, komm! Ich habe versprochen, mich mit Niall Logan zu treffen, und den Mann lässt man nicht warten.«

»Niall Logan? Der Name kommt mir bekannt vor … Ich meine mich an ihn im Zusammenhang mit Mutters und Georges Hochzeit zu erinnern. Ist das nicht der Sträfling, der eine Penhalligan geheiratet hat?«

»Genau der.« Oliver lief rot an, während er Harry vorauseilte. »Doch Amy war nur durch die Ehe ihrer Mutter Nell mit Susans Bruder Billy eine Penhalligan.«

»Und Susan war Georges Mutter … Damit dürfte er fast ein Verwandter sein.«

»Nur sehr vage und entfernt. Wirklich, Harry, du solltest dich mit dem Stammbaum auf dem Laufenden halten.«

Harry gestand munter ein, dass er die Geschichte der Penhalligans, Collinsons und Cadwalladers schon immer verwirrend gefunden und längst den Versuch aufgegeben hatte, sich zu erinnern, wer mit wem verwandt war. »Ich habe nicht gedacht, dass ihr ›Illustren‹ Geschäfte mit Sträflingen betreibt«, spottete er. »Noch weniger hätte ich gefürchtet, solche Leute warten zu lassen.«

Oliver blieb wie angewurzelt stehen. »Papperlapapp!«, knurrte er, nach Atem ringend. »Niall mag zwar früher ein Sträfling gewesen sein, doch diese Kolonie würde zugrunde gehen, gäbe es nicht Männer wie ihn. Er hat einen gerissenen Verstand und ein gutes Gespür für Geschäfte. Du willst doch nicht auf Amelias Geschwätz über die illustre Gesellschaft und den Sträflingsmakel hören – das ist der reine Snobismus.«

Harry war bestürzt über die Schärfe seines Bruders. »Nur ruhig Blut, Ollie, das war nur ein Scherz!«

»Hm.« Oliver war kaum besänftigt, ging aber weiter. »Ich gebe zu, es ist ziemlich ärgerlich, einen Sträfling in der Familie zu haben – auch wenn es eine dünne Verbindung ist –, und dass andere zuweilen die Nase rümpfen, wenn man mit Männern wie Niall Geschäfte macht, doch man muss ihn einfach bewundern. Er hat sein Geld mit harter Arbeit und einem Auge für günstige Gelegenheiten verdient. Seine Schmiede beschäftigt mindestens acht Männer, er besitzt Hunderte Morgen Weideland außerhalb der Stadt, und er hat sein Geschäft ausgeweitet, um den steigenden Bedarf an Kutschen und Wagen zu bewältigen. Ich hoffe nur, er ist damit einverstanden, sich dem Konsortium anzuschließen und in unser Projekt zu investieren, und ich fände es gut, wenn du das Thema Sträflinge aus unserer Unterhaltung herauslassen würdest.«

»Um welches Projekt handelt es sich denn? Und warum

brauchst du Investitionen von außen? Ich dachte, du wärst wohlhabend genug.«

Oliver blieb erneut stehen und tupfte sich die Stirn ab, sein Atem kam in flachen Stößen. »Wohlstand im Auge des Betrachters, Harry. Du siehst das schöne Haus, die Dienerschaft, die Pferde und Kutschen und den Flitterkram, auf dem Amelia besteht – das alles kostet Geld, und so schnell, wie ich es einnehme, gibt Amelia es wieder aus.«

»Was ist denn mit den Beteiligungen am Walfang, dem Import und dem Großhandel, den George aufgebaut hat? Mein Anteil an den Dividenden ist ordentlich, aber deiner sollte dir erlauben, viele Jahre lang in Frieden zu leben.«

»Das wäre auch so, wenn ich mir nicht Gedanken über Fredericks Schulbildung machen müsste, Gertrude nicht bezahlen und Amelias Schwester nicht unterhalten müsste. Hinzu kommt, dass die Banken halsabschneiderische Zinsen auf meine Kredite verlangen.«

»Warum zahlst du Unterhalt für Amelias Schwester? Ist das nicht eigentlich die Pflicht ihres Mannes?«

»Hat sich als unzuverlässig erwiesen«, murmelte Oliver und trank einen Schluck aus dem Silberflakon, den er in seiner Tasche verborgen hatte. »Hat Schulden gemacht und statt sich Arbeit zu suchen, ist er auf Nimmerwiedersehen nach Adelaide verschwunden. Nur gut, dass wir ihn los sind, sage ich. Der Mann war ein Taugenichts.«

»Da komme ich nicht ganz mit, Oliver. Wo um alles in der Welt ist Adelaide?«

»Nordwestlich von Melbourne. Eine der neuen Kolonien«, erklärte Oliver. Er musste Harrys Stirnrunzeln bemerkt haben, denn er fuhr fort: »Melbourne erhielt seinen Namen 1837; dir wird es noch als Port Philip in Erinnerung sein. Perth an der Westküste wurde 1829 gegründet, Südaustralien 1834, dann Adelaide 1836.« Er nahm noch einen Schluck und steckte den Flakon wieder in die Tasche. »In den vergangenen drei Jahrzehnten hat sich alles erheblich verändert; es überrascht mich nicht, dass du verwirrt bist. Man hat sogar von Autonomie gesprochen, der ich von Herzen zustimme, aber ich bezweifle, dass wir sie bekommen. Königin Victoria scheint fest entschlossen, uns an ihr Parlament in London zu binden.«

Die Geschichtsstunde war schön und gut, doch Harry hatte dringlichere Sorgen. »Ich verstehe immer noch nicht, warum du Amelias Schwester Unterhalt zahlst. Ich dachte, ihre Familie hätte Geld.«

»Das hatte sie auch, aber in der Rezession von 1842 ging alles flöten. Sie verloren ihr Land und ihren gesamten Viehbestand, packten und gingen zurück nach England, um sich mit seiner Pension aus der Armee in einem düsteren Londoner Vorort über Wasser zu halten.«

Harry fand es noch immer schwer, alles zu verdauen, was er gehört hatte, und als Oliver sich erneut in Bewegung setzte, hielt er ihn am Arm zurück. »Warum leihst du dir Geld bei den Banken, wenn die so hohe Zinsen erheben?«

»Investiere nie dein eigenes Geld, Harry. Das weißt du doch bestimmt, oder?«

»Aber es ist klüger, als Geld von den Banken zu leihen.«

»Nicht unbedingt.« Oliver wandte den Blick ab.

»Aber wenn du das Kapital hast, warum zahlst du dann Bankforderungen, obwohl du eigentlich kein Geld aufnehmen musst?«

»Mir war nicht klar, dass du ein Finanzgenie bist, Harry«, sagte er mit einer gewissen Schroffheit. »Seit wann verstehst du etwas vom Soll und Haben der Hauptbücher?«

»Seit ich wohl oder übel das Anwesen in Cornwall übernehmen musste«, versetzte er bissig. »Halte mich nicht zum Narren, Oliver, ich kenne mich mit Mathematik aus.«

»Dann wird dir bekannt sein, dass es töricht ist, eigenes Geld aufs Spiel zu setzen«, entgegnete sein Bruder. »Viel besser fährt man, wenn man andere überredet, ihr Kapital einzusetzen – der Profit ist dann vielleicht kleiner, andererseits aber auch der Verlust, wenn alles in die Brüche geht. Deshalb arbeiten wir zu viert an diesem speziellen Plan.«

»Und wenn Niall mit an Bord kommt, dann sind es fünf?«

»Genau«, blaffte Oliver. »So, wenn du dann fertig bist mit deinen Fragen, dann müssen wir weiter.«

Harry ging neben ihm her, seine Gedanken überschlugen sich. Oliver verschwieg ihm etwas, das sah er ihm immer an – dann liefen seine Ohren rosa an, und er mied den Blickkontakt. Konnte es sein, dass das Drum und Dran des Wohlstands nur Schall und Rauch war? Wenn ja, dann wäre ein weiteres Wagnis äußerst töricht.

Er musterte Oliver, als sie sich dem Friedhof an der Devonshire Street näherten, und eine leise Ahnung überkam ihn beim Anblick der geröteten Wangen und des hängenden Kiefers. Anscheinend hatte Oliver die schlimmsten Züge ihres Vaters geerbt, denn er trank nicht nur zu viel, er spielte mit dem Vermögen seiner Familie – und sie wussten beide, wohin das führen konnte.

Cleveland Fields, Sydney, am selben Tag

Der Mann, der sie erwartete, hatte nur wenig Ähnlichkeit mit dem, an den Harry sich erinnerte. Verschwunden waren die spindeldürre Figur, die schäbige Kleidung und das ungepflegte Haar des unreifen Jungen, den er bei der Hochzeit seiner Mutter kennengelernt hatte. Als Niall auf sie zukam, erkannte Harry, wie viel der Ire seitdem erreicht hatte.

Niall hatte sich in einen stämmigen, aufrechten Mann um die sechzig verwandelt, mit dichtem weißem Haar, einem gepflegten Schnurr- und einem Spitzbart. Hose und Gehrock waren aus feinstem Stoff und von bestem Schnitt, und sein Zylinder war so gebürstet, dass er glänzte. Seine Augen waren sehr blau, und sein direkter Blick zeugte von einer Zuversicht, die nur mit Erfolg einherging.

Man stellte sich einander vor, und Harry gefiel der feste Händedruck. »Es ist meine Schuld, dass wir zu spät kommen«, sagte er, denn ihm war aufgefallen, dass Niall auf seine Taschenuhr schaute.

»Macht nichts, macht nichts«, murmelte Niall, dessen irischer Akzent nach all den Jahren noch deutlich zu hören war. »Aber ich muss bald woanders hin.«

Oliver nahm den Iren am Arm und führte ihn zum Rand einer gerodeten Fläche. »Vermutlich haben Sie sich gefragt, warum ich Sie an diesen Ort gebeten habe«, dröhnte er. Er wartete nicht auf eine Antwort. »Vor Ihnen sehen Sie eine Möglichkeit, den Charakter von Sydney Town für immer zu verändern. Sehen Sie sich diese Felder an, ideal gelegen, direkt außerhalb des Stadtzentrums, Devonshire Street liegt im Norden, und da drüben« – er zeigte auf ein paar Bäume – »ist Parramatta.«

»Ich habe lange genug in Parramatta gelebt, um mich dort auszukennen, und ich denke, Sie sollten wissen, dass –«

»Natürlich, natürlich, mein Lieber«, unterbrach Oliver ihn. »Sie mussten entweder in die Stadt reiten oder sind mit einem Karren dorthin gefahren, was nicht gerade die bequemste Art der Fortbewegung ist. Was würden Sie sagen, wenn Sie stilgerecht transportiert würden, wenn Sie sich gemütlich zurücklehnen und die Welt an Ihnen vorbeiziehen lassen könnten?«

»Ich würde sagen, dass ich schon –«

Oliver ließ ihn wieder nicht ausreden. »Ich weiß, dass Sie Kutschen herstellen. Sie sind das beste Transportmittel, das man derzeit in Sydney Town kaufen kann, und ein ausgezeichnetes Beispiel für Ihre Handwerkskunst.« Er beugte sich näher zu Niall und senkte verschwörerisch die Stimme. »Aber die Dampfmaschine kommt, Mr. Logan, und mit ihr die Gelegenheit für einen Mann wie Sie, Geschichte zu schreiben.«

Harry bemerkte Belustigung im Gesicht von Niall Logan, der den Versuch aufgab, zu Wort zu kommen. Er stützte sich auf seinen Stock mit Elfenbeingriff, während Oliver mit geschwellter Brust die Vorzüge der Dampfmaschine rühmte. Offensichtlich teilte der Ire Harrys Ansicht, dass Olivers Verkaufsmasche ans Theatralische grenzte.

»Es wird einen Schienenstrang geben, der die vollen dreizehneinhalb Meilen nach Parramatta überwindet«, fuhr Oliver fort. »Es wird einen Bahnsteig mit einem Wartesaal für die Damen geben, in dem sie vor den Naturgewalten Zuflucht nehmen können. Der Stahl für die Schienen soll noch in diesem Monat aus London eintreffen, und meine Mitinvestoren und ich sind sehr daran interessiert, Ihnen die Möglichkeit zu geben, sich an diesem höchst prestigeträchtigen Wagnis zu beteiligen.«

Harry stimmte zu, dass Bahnlinien auf jeden Fall die Lösung in einem so weiten Land waren. Die Eisenbahn hatte England zur größten Zufriedenheit erschlossen und während der Industriellen Revolution Handel und Verkehr unterstützt. Die endlosen Möglichkeiten in Australien waren spannend, und hätte er selbst Geld übrig, würde er investieren. Während sie beide auf Nialls Reaktion warteten, spürte Harry die Anspannung seines Bruders, und er fragte sich, was der Grund dafür sein mochte.

»Schade, dass Sie den Anlass für unser Treffen nicht früher preisgegeben haben, Mr. Cadwallader«, sagte Niall. »Denn dann hätten Sie erkannt, dass ich durchaus über die Pläne für Cleveland Fields im Bilde bin.«

Oliver traten die Augen vor. »Wie das?«

»Vor vielen Wochen haben sich die anderen Mitglieder Ihres Konsortiums an mich gewandt.« Angesichts Olivers Verwirrung zog er die Stirn kraus. »Verzeihen Sie, Mr. Cadwallader, ich dachte, Sie wüssten das.«

Oliver waren die großen Töne ausgegangen, die Farbe war aus seinen Wangen gewichen. »Sie haben Sie angesprochen?«, keuchte er. »Aber wenn Sie zugestimmt hätten, sich uns anzuschließen, hätte ich die Verträge unterzeichnen müssen, und ich habe keine Papiere in der Art zu sehen bekommen.«

»In den Verträgen, die ich unterschrieben habe, ging es nicht darum, Ihrem Konsortium beizutreten, Mr. Cadwallader, sondern um die Zustimmung, die Arbeitskräfte und das nötige Fachwissen beizutragen, um die Schienen herzustellen und zu verlegen.«

»Wie viel bezahlen wir Ihnen?« Oliver ballte die Hände zu Fäusten, und Harry trat rasch einen Schritt vor.

Nialls Blick war ruhig, seine Miene verriet nichts. »Die Einzelheiten stehen in den Verträgen, Mr. Cadwallader. Ich will Ihnen nur so viel sagen, dass eine Anzahlung geleistet wird, sobald der Stahl eingetroffen ist, des Weiteren wird es regelmäßige wöchentliche Zahlungen geben, bis die Arbeiten fertiggestellt sind. Sollte ein Defizit entstehen und meine Männer infolgedessen nicht entlohnt werden, wird die Arbeit eingestellt.«

»Natürlich wird man Sie bezahlen«, brüllte Oliver, der nun vollends außer sich war. »Wie können Sie es wagen, etwas anderes zu unterstellen?«

»Ich sorge nur für meine Männer, Mr. Cadwallader«, sagte Niall leise. »Es sind schon ganz andere Pläne an mangelndem Kapital gescheitert, und immer sind es die Arbeiter, die darunter zu leiden haben.«

»Es ist so viel Kapital vorhanden, dass noch viele solcher Strecken gebaut werden können«, prahlte Oliver.

Niall legte den Kopf schief und schaute ihn gedankenverloren an. »Sie haben mich also heute nicht hergebeten, weil Sie dachten, ich würde vielleicht in das Projekt investieren?«

Olivers Mund klappte auf und zu wie bei einem Fisch auf dem Trockenen, und Nialls Schweigen sprach Bände. Er tippte an seinen Zylinder und entfernte sich mit langen Schritten.

»Unverschämter Kerl!«, platzte es aus Oliver heraus. »Ich hätte einem ehemaligen Sträfling lieber nicht die Chance bieten sollen, sich mit Gentlemen gleichzustellen.«

Harry hätte gegen die Kehrtwendung seines Bruders protestiert, doch ihm gefiel weder dessen Gesichtsfarbe noch das Pfeifen in seiner Brust. »Sträfling hin oder her, Niall Logan hat bewiesen, dass er kein Dummkopf ist«, sagte er. »Statt sein Geld zu riskieren, macht er Gewinn – ganz gleich, ob das Projekt fehlschlägt oder gelingt. Das kannst du ihm nicht verdenken, oder?«

Oliver schaute der sich entfernenden Gestalt mit finsterer Miene nach. »Ich brauche einen Drink«, murrte er.

»Du solltest dich lieber hinsetzen, Atem schöpfen und mir die Wahrheit sagen«, entgegnete Harry. »Nicht das Konsortium ist knapp bei Kasse, nicht wahr, sondern du. Und du hast geglaubt, du könntest Niall überreden, so viel einzubringen, um dich in das Projekt zu hieven, damit du nicht eine weitere Anleihe bei der Bank aufnehmen musst.«

»Das geht dich überhaupt nichts an, verdammt!«, fuhr Oliver ihn an. »Ich wäre dir dankbar, wenn du dich da raushalten würdest.« Mit diesen Worten entfernte er sich.

Harry ließ ihn gehen. Es gab noch genug Gelegenheit zu reden, und das würden sie, denn Oliver bewegte sich auf gefährlichem Terrain und musste zur Vernunft gebracht werden, ehe es zu spät war.

Vier

Hunter Valley, November 1849

Jessie betrachtete ehrfürchtig das endlose Panorama. So ein Tal hatte sie noch nie gesehen, und während sie weiter dahinzockelten, verglich sie es mit Cornwall. Sie war an sanfte Hügel gewöhnt, die zu engen Tälern mit mäandernden Flüssen abfielen, an windgepeitschte Felder, an Granitklippen, die sich aus tobender See erhoben, und an Moore in sanftem Grün, übersät von gelbem Stechginster. Aber das hier, das raubte ihr den Atem.

Ferne Berge erhoben sich rauchblau vor einem strahlenden Himmel, endlose Reihen von Rebstöcken verschwanden am schillernden Horizont, und bronzefarbene Sandsteinklippen ragten aus Buchenwäldern empor. Abel hielt das Pferd an, und sie schnappte begeistert nach Luft, als eine Schar bunter Papageien auf die Bäume zuflog. Sie leuchteten in allen Regenbogenfarben.

»Sie sind so schön«, hauchte sie.

»Sie sind eine Pest«, sagte Abel. »Sie fressen alles, was sie sehen, und machen einen entsetzlichen Radau.«

Das war ihr ein wenig zu harsch. Wie konnte man etwas so Schönes nur als Ärgernis betrachten? »Oh, schauen Sie nur, da drüben«, sagte sie aufgeregt, als sie einen kleinen Vogel mit einem überlangen Schwanz sah. »Was ist das?«

»Ein blauer Zaunkönig.«

»Wie niedlich!«, schwärmte sie.

»Bösartige kleine Schw… Teufel. Andauernd kämpfen sie.«

»Sind Sie darauf aus, mir die Freude zu verderben?«

»Gefühlsduseleien haben hier draußen nichts verloren.« Er

paffte an seiner Pfeife, nahm die Zügel wieder auf und trieb das Pferd zum Schritt an. »Die Papageien fressen die Saat und die Früchte, die Kängurus und Wombats zertrampeln die Rebstöcke, und die süßen kleinen Zaunkönige richten nur Verwüstung an, wenn zweihundert von ihnen während der Reifezeit der Trauben auftauchen.«

Jessie hatte darauf keine Antwort, und während sie beobachtete, wie die Papageien in der feierlichen Stille des schönen Tals mit donnernden Flügelschlägen und schrillem Geschrei aufstiegen, wurde ihr klar, dass sie ihre erste Lektion über die brutale Realität des Lebens hier draußen erhalten hatte.

»Tut mir leid, Miss Searle. Ich wollte Ihnen die Freude nicht verderben.«

Seine Entschuldigung war ehrlich gemeint, und sie schenkte ihm ein vorsichtiges Lächeln. »Ich kann ihre Schönheit dennoch bewundern, auch wenn sie ein Ärgernis sind.« Sie genoss die Aussicht. »Ich hätte mir nie vorstellen können, dass es so … so riesig, so prächtig sein könnte.«

Er strahlte vor Freude über ihr Lob. »Ja, es ist eine schöne Gegend, aber es hat harter Arbeit bedurft, sie sich untertan zu machen, und die Natur hat ihre eigene Art, sich zur Wehr zu setzen. Es ist ein ständiger Kampf.«

»Das bezweifle ich nicht«, murmelte sie bei der Betrachtung der endlosen Weingärten, des fruchtbaren dunklen Bodens und der sauberen weiß getünchten Häuser mit ihren Wellblechdächern.

Sie versanken in einvernehmlichem Schweigen, während sie weiter ins Tal vordrangen. Jessie verengte die Augen gegen das grelle Licht. Er war beinahe unerträglich heiß, und ihr Korsett scheuerte an den Stellen, an denen der Schweiß das Material tränkte. Sie hätte es gern abgelegt, aber das ging natürlich nicht – Mr. Lawrence wäre entsetzt, wenn seine neue Lehrerin halbbekleidet ankäme. Dennoch sehnte sie sich ebenso danach wie nach einer Möglichkeit, sich zu waschen und umzuziehen, sich die Haare zu bürsten und sich wieder sauber zu fühlen.

»Bald werden Sie die Mission sehen«, sagte Abel kurz darauf. »Den ersten Eindruck bekommen Sie, wenn wir diesen Pass hinter uns haben.« Er warf ihr einen kurzen Blick zu, und seine Augen zeigten Lachfältchen. »Es wird Ihnen gut gehen. Trotz seiner pingeligen Art ist Mr. Lawrence kein schlechter Kerl.«

Trotz dieser Versicherung wurde Jessie erneut mulmig zumute. Sie hatte sich an Mr. Cruickshanks Gesellschaft gewöhnt, an die sich entfaltende Szenerie, doch nun, da die Reise dem Ende entgegenging, hatte sie das Gefühl, auf das Kommende überhaupt nicht vorbereitet zu sein.

»Meinen Sie, wir könnten einen Halt einlegen?«, fragte sie, denn sie hatte einen Bach in der Nähe entdeckt. »Ich würde mich gern ein wenig herrichten, bevor ich Mr. Lawrence gegenübertrete.«

Abel hielt das Zugpferd an, sagte Tumbalong, er solle mit den Pferden und den Kühen vorausziehen, und stieg vom Wagen. Er half ihr mit der Tasche hinunter. »Ich finde, Sie sehen gut aus, so wie Sie sind«, sagte er gedehnt, »aber ich bin ja auch nicht Zephaniah Lawrence.«

Sein Blick ruhte auf ihr, und sie wurde rot. »Zephaniah? Heißt er wirklich so?« Ihre Stimme klang belegt und schrill.

Er grinste. »Ja, aber die meisten Leute trauen sich nur, ihn hinter seinem Rücken so zu nennen. Seine Eltern waren gottesfürchtige Missionare, die vor dreißig Jahren hier herauskamen, und der Name passt auch zu ihm.« Er zupfte an seinem Hutrand und griff nach dem Beutel mit Hühnerfutter. »Ich kümmere mich um die Hühner, bis Sie bereit sind aufzubrechen.«

Sie eilte an den Bach hinunter und sank auf das kühle Gras am Ufer. Mit einem hastigen Blick zurück vergewisserte sie sich, dass sie außer Sichtweite war, bevor sie ihre Stiefel aufknöpfte, ihre Strümpfe auszog und die Zehen bewegte. Sie nahm den Saum ihres Rockes und ihrer Unterröcke auf und tauchte ihre Füße behutsam ins kühle Nass. Sie seufzte vor Wonne.

Das Wasser wirbelte um ihre blassen Fußgelenke, und sie nahm die Haube ab, zog die Nadeln aus der Frisur und fuhr mit den Fingern durch die verhedderten Haare. Sie konnte den sandigen Staub der vielen Meilen spüren, die sie hinter sich gebracht hatten, und wünschte, sie hätte die Zeit, sie zu waschen, doch kräftiges Ausbürsten musste genügen. Nachdem sie mit dem Haar fertig war, steckte sie es wieder auf und knöpfte ihr Kleid auf, um sich Gesicht und Hals zu waschen. Am Ufer kniend, schöpfte sie klares kaltes Wasser und spritzte es sich großzügig ins heiße Gesicht. So etwas Schönes hatte sie noch nie erlebt.

Am Rande ihres Gesichtsfelds nahm sie eine winzige Bewegung wahr. Sie erstarrte und wandte dann langsam den Kopf. Die Kreatur starrte sie an, Reptilienaugen mit vielschichtigen Lidern in einem dreieckigen, geschuppten Kopf. Lange Klauen krallten sich an den Stein, auf dem sie saß, und eine Halskrause aus Haut schwoll langsam an und wurde dunkler, während das Maul sich öffnete und tödliche Zähne und eine dicke Zunge bloßlegte.

Jessie schrie auf und kletterte das Ufer hinauf, ihre nackten Füße suchten im üppigen Gras nach Halt. Blindlings rannte sie zwischen den Bäumen hindurch, und ihre Schreie hallten von überall wider. »Mr. Cruickshank! Mr. Cruickshank!«

Seine massige Gestalt stoppte ihre Flucht, und sie ließ sich gegen ihn fallen. »Oh, Mr. Cruickshank«, schluchzte sie, »da drüben ist ein grässliches Tier.«

Er hielt sie grob von sich ab und schüttelte sie. »Sie sind nicht gebissen worden, oder?«, blaffte er.

Sie schaute ihn verstört an. »Es hat mich angespuckt«, jammerte sie. »Es hatte Zähne und große Krallen, und so ein entsetzliches Gebläse, das dick und schwarz wurde.«

Er warf den Kopf in den Nacken und brüllte vor Lachen.

Jessie blinzelte ungläubig. »Das ist nicht komisch«, krächzte sie. »Das Ungeheuer hätte mich töten können.«

»Das Ungeheuer war eine Bartagame«, sprudelte es aus ihm heraus. »Die tut Ihnen nichts, und ich schätze, Sie haben ihr einen größeren Schrecken eingejagt als umgekehrt.«

»Sie ist nicht gefährlich?«, fragte sie atemlos.

Er schüttelte den Kopf, die Augen lachten noch. »Erst wenn Sie versuchen, sie zu fangen. Die Klauen der Echse können tödlich sein, wenn sie in die Enge getrieben wird.« Sein Blick wanderte von ihrem Gesicht über das aufgeknöpfte Mieder bis zu ihren bloßen Füßen. Er wurde rot und wandte hastig den Blick ab. »Ich hole Ihre Sachen«, murmelte er.

Jessie merkte, worauf er geschaut hatte, und knöpfte schnell das Mieder zu. Zerstreut fuhr sie sich mit den Fingern durch die Haare und stellte fest, dass die Hälfte der Nadeln herausgefallen war. Wieder war ihre Frisur aufgelöst. Sie war so verlegen, dass sie ihn nicht anschauen konnte, als er zurückkam.

»Ich warte am Wagen«, erklärte er fröhlich. »Keine Sorge, die Bartagame ist nirgendwo zu sehen.«

Mit fahrigen Händen knöpfte sie sich die Stiefel zu. Im Stillen tadelte sie ihre eigene Dummheit. Wie konnte sie sich nur solche Angst einjagen lassen und sich in Mr. Cruickshanks Arme werfen? So viel zum Thema Schicklichkeit.

Aber dies war ein Land voller Rätsel und Widersprüche, in dem die Schönheit als Ärgernis betrachtet wurde, das Hässliche hingegen – wie diese Bartagame – als harmlos galt. Ob sie es jemals verstehen würde? Sie legte noch letzte Hand an ihre äußere Erscheinung, nahm ihre Tasche und kletterte auf den Sitz neben Abel. Ohne ein Wort oder einen Blick setzte er den Wagen in Bewegung.

»Sie haben gefragt, ob ich gebissen wurde«, sagte sie kurz darauf. »Was haben Sie damit gemeint?«

»Hier draußen gibt es Schlangen«, antwortete er, den Blick

fest auf den Horizont gerichtet. »Auch Spinnen, und die meisten sind so giftig, dass ihr Biss tödlich ist. Wenn Sie genug Lärm machen, gehen Ihnen die Schlangen aus dem Weg, aber wenn Sie auf eine treten ...«

Jessie schauderte und schwor sich insgeheim, nie wieder durch hohes Gras zu laufen.

»Schlangen halten sich am liebsten in einem Holzstapel auf, und Sie sollten immer Ihre Stiefel ausschütteln, bevor Sie sie anziehen, denn die Spinnen verkriechen sich gern darin.« Er warf ihr einen freundlichen Blick zu. »So schlimm ist es gar nicht. Halten Sie nur Ihre fünf Sinne beisammen, dann passiert Ihnen auch nichts!«

Doch das beruhigte Jessie nicht. Das Leben hier draußen schien mit Gefahren und Schwierigkeiten verbunden zu sein, und eine starke Sehnsucht nach Cornwall überwältigte sie. Ungewollt kamen ihr die Tränen. Wütend über ihre Gefühlsduselei, blinzelte sie, um sie zu unterdrücken, und sie zwang sich, gefasst zu bleiben.

»Da ist die Missionsstation«, sagte er ein paar Minuten später. »Wir sind fast zu Hause.«

»Zu Hause« war eine gefühlvolle Formulierung, die in dieser Umgebung befremdlich wirkte. Jessie schaute auf die ausgedehnten Weinberge, die vor der dunklen Erde und dem strahlenden Himmel sehr grün wirkten. Sie erkannte ein Haus, das ein Teil des Berghangs zu sein schien, ein schlichtes Holzgebäude, das wahrscheinlich die Schule war, und ein zweites, viel kleineres Haus und die weiß getünchte Kirche mit einem bescheidenen Glockenturm. Eine große Scheune und zahlreiche Schuppen lagen weit verstreut, doch abgesehen von zwei Pferden auf einer Koppel gab es kaum ein Lebenszeichen. Dieser abgelegene Ort war ihre Zukunft, und obwohl seine Schönheit nicht zu leugnen war, kam sie nicht umhin, ihn mit den dicht belegten Katen und der engen Gemeinschaft des Fischerdorfes in Cornwall zu vergleichen, das sie weit hinter sich gelassen hatte.

»Ich wohne etwa zehn Meilen in die Richtung«, sagte er und zeigte nach Westen.

»Sind Sie der nächste Nachbar?« In ihrer Stimme lag eine Wehmut, die sie nicht verbergen konnte.

»So ungefähr. Die Prestons wohnen neun Meilen entfernt, aber die meisten Winzer sind noch weiter über das Tal verteilt.«

Jessies Mund war trocken, als sie sich den Gebäuden näherten. Sie stellte fest, dass außer den Scheunen alle Häuser auf Pfählen standen, und vermutete, dass sie auf diese Weise geschützt waren, wenn das Tal überflutet wurde. Inzwischen nahm sie auch eine Lichtung wahr, die sich seitlich vom Schulhaus erstreckte, sowie einige Bäume, die Schatten spendeten und vermutlich deshalb nicht gefällt worden waren. Das Haupthaus war rechteckig, hatte zwei Fenster, eine Tür und einen gemauerten Schornstein, und über der Veranda an der Vorderseite rankte eine Kaskade hellroter Rosen. Auf der Treppe stand eine gedrungene, ganz in Schwarz gekleidete Gestalt und blickte ihnen entgegen.

»Da ist Mr. Lawrence«, sagte Abel. Er warf Jessie einen kurzen Blick zu. »Aufgeregt?«

Sie nickte. Sie hatte die Hände fest gefaltet, damit sie nicht zitterten, und das Herz schlug ihr bis zum Hals. »Was ist, wenn er mich nicht leiden kann?«, flüsterte sie kaum hörbar.

»Das wird schon«, murmelte er.

Sie war diesen speziellen Satz allmählich leid, denn obwohl er gut gemeint war, milderte er ihre Besorgnis ganz und gar nicht.

Der Wagen hielt an, Zephaniah Lawrence klappte seine Taschenuhr zu und kam die Stufen herunter. »Sie haben nicht lange gebraucht, Cruickshank.« Er klemmte sich das Monokel ans Auge und musterte Jessie mit einem Knopfauge. »Miss Searle?« Seine Lippen kräuselten sich unter dem borstigen Schnurrbart. »Sie sind viel jünger, als man mich glauben ließ«, stellte er fest. »Doch jetzt sind Sie hier, also werde ich mich wohl damit abfinden müssen.«

Von dieser unfreundlichen Begrüßung schmerzhaft berührt, wartete Jessie ab, bis er die Post von Abel entgegengenommen hatte, hektisch Anweisungen erteilte, wo die Vorräte einzulagern seien, erneut auf seine Uhr schaute und sich mit ärgerlichem Zungenschnalzen dem Haus zuwandte.

Jessie sah Mr. Cruickshank in die Augen, der ihr vom Wagen half. Mitgefühl und Verständnis las sie darin, was ihr Kraft verlieh. »Danke, Mr. Cruickshank«, sagte sie, als er die Truhe ablud und auf die Veranda stellte.

Er tippte an seinen Hut. »Ich komme ungefähr in einem Monat wieder hier vorbei«, erklärte er. »Bis dahin sollten Sie sich gut eingerichtet haben.«

»Kommen Sie, Miss Searle! Wir haben keine Zeit für Plaudereien.«

Zögernd ging Jessie die Treppe hinauf, und als sie sich umschaute, war Abel Cruickshank bereits hinter einer Staubwolke verschwunden. Tief einatmend reckte sie das Kinn und folgte Zephaniah Lawrence ins Haus.

Die Absätze ihrer Stiefel klapperten auf dem Holzboden, während sie durch den kurzen Flur ging und einen Blick in die Zimmer zu beiden Seiten warf, um sich ein Bild von ihrem neuen Arbeitgeber zu verschaffen. Mr. Lawrence hatte nur wenige Möbelstücke, keine Teppiche, Vorhänge, Bilder oder Zierrat, und dieser Mangel an Häuslichkeit vermittelte den Eindruck von Ordnung und Enthaltsamkeit. Ihr schwante nichts Gutes.

»Treten Sie ein, Miss Searle!« Er saß hinter dem großen Schreibtisch, der den Raum beherrschte, und winkte sie herein. »Nehmen Sie Platz!«

Jessie hockte sich auf die Kante eines unbequemen Stuhls mit gerader Rückenlehne. Das Arbeitszimmer war wie der Rest des Hauses spärlich möbliert, doch eine ganze Wand war voll von Büchern, und er hatte eine Lampe angezündet, um die Dunkelheit zu vertreiben.

»Ihr Dienst fängt morgen früh an«, sagte er. Sein linkes Auge war durch das Monokel grotesk vergrößert. »Der Unterricht beginnt um acht, doch Sie müssen mindestens eine Stunde vorher im Klassenzimmer sein, um sich auf den Tag vorzubereiten. Sie werden das Feuer anzünden und sich den Winter über darum kümmern. Das Klassenzimmer wird jeden Tag ausgefegt, die Fenster geputzt und die Treppe geschrubbt.«

Jessie versuchte, nicht auf das Auge zu schauen, doch ihr Blick wurde unwillkürlich davon angezogen.

»Die Kinder bringen ihre eigene Verpflegung mit und sollen um elf Uhr dreißig im Schatten essen. Trinkwasser ist im Brunnen. Der Unterricht wird bis zwei Uhr fortgesetzt, dann gehen die Kinder nach Hause. Sie kommen zu Pferd, und ich habe einen Hof angelegt, in dem sie ihre Tiere unterbringen können. Jeden Abend ist der Dung aufzusammeln und auf den Haufen zu werfen, den Sie neben diesem Hof vorfinden werden. Sobald er verrottet ist, erweist er sich als ausgezeichneter Dünger für meine Rosen«, fügte er selbstgefällig hinzu.

Ungläubig riss sie die Augen auf. »Sie verlangen von mir, dass ich Pferdeäpfel schaufle?«

»Das wird Sie in Form halten, Miss Searle. Schwere Arbeit und Bewegung sorgen für einen guten Schlaf, sodass Sie für den nächsten Tag gewappnet sind.« Er verschränkte die Finger über seinem umfangreichen Bauch, ein Zeugnis dafür, dass er nicht befolgte, was er predigte. »Im Übrigen«, fügte er hinzu, »wird es sonst nicht viel geben, mit dem Sie sich abends beschäftigen könnten.«

»Und was soll ich an den Wochenenden tun, Mr. Lawrence?«, fragte sie schneidend. »Ihre Rosenbeete umgraben, Holz hacken oder vielleicht Reparaturen an Ihrem Haus vornehmen? Mir ist aufgefallen, dass das Geländer an der Veranda der Wartung bedarf.«

Das Monokel sprang aus seiner Augenhöhle. »Sarkasmus ist

nicht reizvoll, Miss Searle, und Unverschämtheit kann ich nicht ausstehen.«

Ihr war klar, dass es keinen Sinn hatte, das Thema zu vertiefen, und sie biss die Zähne zusammen, als er fortfuhr, ihre Pflichten aufzuzählen.

»Natürlich«, schloss er seinen Vortrag ab, »erwarte ich von Ihnen, dass Sie sich in äußerster Bescheidenheit üben. Verehrer sind nicht erlaubt, und schon gar kein ›Verhältnis‹, wie es die Jungen so vulgär ausdrücken. Mir ist klar, dass Sie die bedauerliche Erfahrung machen mussten, allein mit Cruickshank und seinem schwarzen Diener zu reisen, was unvermeidlich war, aber seien Sie versichert, Miss Searle, Sie werden nie wieder in eine solche Lage kommen. Als Lehrerin junger Seelen müssen Sie Charakterstärke verkörpern, und jede Andeutung von Schande würde Ihren Ruf schädigen.«

Jessie blickte ihn verwundert an.

Anscheinend bemerkte er ihre Reaktion nicht, denn er fuhr fort, ohne Luft zu holen: »Sie dürfen natürlich andere Damen einladen, und ich erwarte von Ihnen, dass Sie an meinen Gottesdiensten teilnehmen und an den guten Werken, die ich in der Gemeinde tue, Ihren Anteil haben.«

»Ich bin erst neunzehn, Sir«, protestierte sie. »Ich will nicht als alte Jungfer enden.«

»Dann haben Sie den falschen Beruf erwählt, Miss Searle«, entgegnete er. »Wenn Sie dieser wichtigsten Regel nicht Folge leisten, werde ich Sie ohne Empfehlung entlassen.«

»Bei meinem Vorstellungsgespräch war davon nicht die Rede.«

»Das hier ist meine Schule und meine Kirche«, fuhr er sie an. »Wenn Sie unglücklich sind, dann schlage ich vor, dass Sie sich eine andere Stellung suchen.«

Jessie hielt seinem wütenden Blick stand, während ihre Gedanken sich überschlugen. »Ist Ihnen nicht bewusst, dass mein Ruf womöglich schon zerstört ist, weil wir allein sind?«

»Sie können versichert sein, Miss Searle, dass ich keine Gefahr für Sie darstelle; außerdem wird meine Haushälterin Mrs. Blake eine geeignete Anstandsdame sein.«

Jessie war erleichtert, als sie von der Haushälterin hörte, denn bisher hatte es keinen Hinweis auf eine solche gegeben. Die Hoffnung, dass diese sich als freundlicher als ihr Arbeitgeber erweisen könnte, keimte in ihr auf. Das Verbot der Geselligkeit erzürnte sie noch immer. »Wie ich hörte, waren Ihre Eltern Missionare«, erwiderte sie mit einer Ruhe, die ihre Wut Lügen strafte. »Hat Ihre Mutter unterrichtet?«

»Damals war alles anders«, sagte er abwehrend, und seine stechenden Augen wurden schmal. »In den ersten Jahren war das hier eine gottlose Gegend, und die fromme Selbstaufopferung meiner Mutter bedeutete, dass viele eingeborene Kinder zu Gott geführt wurden. Mein Vater hat sie im Fluss getauft, und ihm ist die Ehre zuteil geworden, dass er nach ihm benannt wurde.«

Er hatte auf alles eine Antwort, und Jessie wusste, dass sie besiegt war. Hier war es so einsam, dass sie wahrscheinlich monatelang niemanden sehen, geschweige denn eine andere Stelle finden würde. »Ich bin mit Ihren Bedingungen einverstanden«, sagte sie förmlich. »Jetzt würde ich mir gern das Klassenzimmer und meine Unterkunft ansehen.« Sie erhob sich mit aller Würde, die sie aufbringen konnte.

Er griff nach seiner Bibel und einem Schlüsselbund und führte sie ins Freie. Jessie bemerkte, dass er ihre Truhe umrundete, ohne ihr Hilfe beim Tragen anzubieten, also ging auch sie hoch erhobenen Hauptes daran vorbei.

»Das ist Mrs. Blakes Kate«, sagte er und zeigte darauf. »Sie werden sie heute Abend kennenlernen. Die Kirche ist abgeschlossen, wenn kein Gottesdienst stattfindet, aber natürlich haben Sie die Erlaubnis, diesen Schlüssel zu benutzen, falls Sie beten wollen.«

Jessie nahm den Schlüssel an sich, betrachtete die Kirche und beeilte sich, Mr. Lawrence über den unebenen Boden zu folgen. Sein Monokel baumelte am schwarzen Band.

»Hinter den Bäumen dort ist ein Eingeborenenlager, aber sie dürfen das Anwesen nur betreten, um zu arbeiten oder zur Kirche zu gehen. Ich fördere keine Verbrüderung, und Sie dürfen dort niemals allein hingehen. Da ist es unappetitlich und für eine weiße Frau gänzlich unpassend.«

Jessie bemerkte seine hängenden Mundwinkel, und ihr war klar, dass er die Aborigines trotz seiner Stellung als Pfarrer und Missionar nicht mochte.

»Das Schulhaus wurde vor fünf Jahren gebaut, und seither ist die Anzahl der Kinder von Jahr zu Jahr gestiegen«, erklärte er stolz und schloss die Tür auf.

Dahinter lag ein großer Raum. Pulte und Bänke waren ordentlich vor der Tafel aufgereiht, die an einer Wand aufgestellt war. Auf der einen Seite des Zimmers befand sich ein Kamin, eine Reihe Holznägel zierte die andere, jeder mit einem Namen beschriftet. Ihr Pult stand auf einem niedrigen Podest, daneben ein unbequem aussehender Stuhl, und an der Wand hing eine große Weltkarte – das British Empire war rosarot eingefärbt. Eine ziemlich strenge Königin Victoria wachte über dem Raum; der Bilderrahmen war mit dem Union Jack geschmückt.

Das Licht, das durch die vier Fenster drang, wurde von den Bäumen draußen getrübt und warf kühle grüne Schatten auf den abgenutzten Boden und die offenen Dachbalken. Sie betrachtete das Wellblechdach und vermutete, dass es bei Regen fast unmöglich wäre, sich verständlich zu machen.

»Wir haben Schiefertafeln und jede Menge Kreide, und jedes neue Kind bekommt eine Bibel geschenkt. Die werden hier drin aufbewahrt«, sagte er und öffnete einen Schrank. »Ich hoffe, Sie haben daran gedacht, die Bücher mitzubringen, die ich bestellt habe?«

»Sie sind in der Truhe, die noch auf der Veranda steht.«

Er sah sie scharf an, durchschritt den Raum in der Länge und schloss die Hintertür auf. »Das ist Ihre Unterkunft. Sie muss jederzeit in ordentlichem Zustand sein.«

Jessie war angenehm überrascht von der Geräumigkeit. Das Sonnenlicht strömte durch das Fenster und bildete einen Kreis auf dem frisch gehobelten Boden. Darin befanden sich ein Eisenbett, ein Waschtisch mit einer schlichten weißen Schüssel und einem Krug, ein Nachtgeschirr, ein Tisch und ein Stuhl, die unter dem Fenster standen. Holznägel für ihre Kleidung waren auf der Innenseite der Tür eingelassen, eine kleine Kommode mit Schubladen thronte in einer Ecke, und Geschirr und Besteck waren in Wandregalen deponiert, die mit hübschem Papier ausgelegt waren.

Sie betrachtete die Matratze und das fein säuberlich gefaltete Laken, das neben einer Steppdecke am Fußende des Bettes bereitlag. »Danke, Mr. Lawrence«, sagte sie. »Das ist sehr ansprechend.«

Er blieb noch im Türrahmen stehen. »Die Steppdecke haben die Damen der Gemeinde angefertigt, und sie haben mich auch angewiesen, wie ich den Raum auszustatten hatte.«

»Wo kann ich waschen?«

Er räusperte sich, offensichtlich unangenehm berührt. »Die anderen Wirtschaftsräume befinden sich draußen, Miss Searle.« Das Monokel baumelte vor seiner ausladenden Brust, als er prüfend auf seine Uhr schaute. »Ich gehe jetzt, damit Sie sich einrichten können. Das Abendessen ist um sechs in meinem Esszimmer. Seien Sie pünktlich!«

Jessie stand in der Mitte des Raumes und sah den Staubflocken zu, die in den Sonnenstrahlen tanzten. Irgendwo summte eine Fliege, und in der Ferne vernahm sie Vogelgezwitscher, doch die Hitze und die Stille waren erdrückend.

»Mach das Beste draus, Jess!«, murmelte sie vor sich hin, »denn mehr ist nicht drin.« Der Gedanke war niederschmetternd – die Sehnsucht nach der Heimat und der Gesellschaft ihrer Brüder war fast unerträglich. »Mach schon, Jess!«, zischte sie. »Nichts kann dich besser vom Denken abhalten als Arbeit.«

Sie stellte ihre Tasche auf den Stuhl, setzte ihre Haube ab und rollte die Ärmel auf. Sie riss die Fenster auf und sah Mr. Lawrence' Rosen. Lächelnd wandte sie sich ab. Er würde schon bald feststellen, dass das Schaufeln von Pferdedung nicht auf dem Stundenplan stand.

Die Matratze war sauber, wenn auch ein wenig klumpig, das Kissen dünn, doch das Laken war kühl und gut gestärkt. Die Decke ließ sie beiseite, denn sie war viel zu warm, bezog das Bett fertig, breitete die Steppdecke darüber und trat zurück, um die Wirkung zu bewundern. Sie nickte zufrieden, ging zur Veranda zurück und holte ihre Kleidung aus der Truhe.

Ihr sauberes Kleid, zwei Röcke und die beste Jacke hängte sie an die Türhaken, Unterröcke, Blusen und Unterwäsche legte sie in die Schubladen, zusammen mit dem kleinen Lavendelbeutel, den sie von zu Hause mitgebracht hatte. Ihre Ersatzstiefel stellte sie ordentlich unter den Waschtisch; Bürste, Kamm und eine Schachtel Haarnadeln fanden ihren Platz neben Schüssel und Krug.

Ganz unten in ihrer Reisetasche entdeckte sie die lederne Schreibmappe, die ihre Mutter ihr geschenkt hatte, nachdem sie zur Lehrerausbildung zugelassen worden war. Liebevoll fuhr sie mit der Hand darüber; sie atmete den Duft ein in Erinnerung an die Frau, die erst vor fünf Jahren – viel zu jung – gestorben war. Sie legte die Mappe auf den Tisch und zog den letzten, aber vielleicht kostbarsten Besitz hervor.

Das hellblaue Umhängetuch hatte dichte Fransen und war mit Blüten und Schmetterlingen in allen Farbschattierungen bestickt. Die Qualität des Materials und der Stickerei war nicht zu leugnen, und zum ersten Mal fragte sich Jessie, woher ihre Großmutter es wohl hatte. Sie glaubte nicht, dass es ein Geschenk gewesen war, denn obwohl die alte Dame über eine Verbindung zum Adel gesprochen hatte, verkehrten sie nicht mit Leuten, die sich solche Dinge leisten konnten.

Sie drapierte das Tuch über eine Ecke des Tisches, blinzelte, um ihre Tränen zu unterdrücken, und begab sich auf einen Erkundungsgang. Gekocht wurde über einem offenen Feuer, über dem ein rostiger Eisengrill lag, und in einem getrennten, dickbäuchigen Backofen. Diese Freiluftküche besaß keine Wände, sondern nur ein Wellblechdach, das auf vier stabilen Pfosten ruhte. Diese Konstruktion stand in einiger Entfernung von den Gebäuden, vermutlich wegen der Brandgefahr. Sie verzog das Gesicht, als sie die Spinnweben sah, die verrosteten Töpfe und Pfannen. Mr. Cruickshanks Warnung fiel ihr ein, und sie beäugte wachsam den Holzstoß.

Der abgelegene Holzschuppen war der Abtritt. Jessie spähte in das Loch im Boden, betrachtete den einzigen Holzsitz und schlug die Tür wieder zu. In Newlyn hatte sie Schlimmeres gesehen, doch der Gedanke, dass in der Dunkelheit vielleicht giftige Viecher lauerten, jagte ihr Angst ein.

Der Schlüssel für die Kirchentür ließ sich leicht im Schloss drehen, und sie trat ein. Der Raum war schlicht mit Bankreihen ausgestattet; auf einem Tisch vorn stand ein einfaches Kreuz. Weder Buntglas noch verzierte Betkissen waren vorhanden, noch Blumen, die den Altar schmückten – nur die eingefangene Hitze des Tages, die vertraute Stille und das weiche Licht, das durch die geschlossenen Fensterläden drang.

Noch immer war von der ominösen Mrs. Blake nichts zu sehen, und obwohl Jessie vor der zweiten Kate zögerte, hatte sie nicht den Mut anzuklopfen. Über dem grünen Laubdach der Bäume stieg eine Rauchfahne auf, und Jessie fragte sich, wie viele Eingeborene dort drüben lebten und was sie den ganzen Tag machten.

Sie kehrte in ihr stilles Zimmer zurück, ließ sich auf den Stuhl fallen und schaute aus dem Fenster auf Mr. Lawrence' Rosen und dahinter auf Himmel und Land, die sich bis ins Unendliche erstreckten. Die Abgeschiedenheit und Einsamkeit legten sich erdrückend auf sie, und als die Tränen kamen, ließ sie ihnen freien Lauf.

Jessie hatte sich vor Erschöpfung in den Schlaf geweint, und als sie schließlich die trüben Augen aufschlug, dauerte es einen Augenblick, bis ihr einfiel, wo sie war. Dann wurde ihr die Wirklichkeit bewusst, und sie fiel zurück auf das Kissen.

Das Klopfen an der Tür war leise, und hätte Jessie noch geschlafen, dann hätte sie es nicht gehört. »Einen Moment, bitte!«, rief sie, zog sich hastig einen lockeren Morgenrock über und brachte ihre Frisur in Ordnung. Das verhasste Korsett hatte sie mit dem von der Reise fleckigen Kleid über die Stuhllehne geworfen, doch sie hatte keine Zeit, sich wieder anzuziehen, und sie hoffte nur, dass es nicht Mr. Lawrence war, der draußen vor der Tür stand.

»Wer ist da?«, rief sie.

»Ich bin's nur, Verehrteste. Tut mir leid, wenn ich Sie wecke, aber in einer halben Stunde gibt es Abendessen, und ich wollte nicht, dass Sie an Ihrem ersten Abend zu spät kommen.«

Jessie blickte in ein rundes Gesicht mit lebhaften braunen Augen, als sie die Tür öffnete. »Mrs. Blake?«

»Das bin ich, Kleines, aber du kannst Hilda zu mir sagen, wenn seine Lordschaft nicht in der Nähe ist.« Sie segelte, den Busen als Bug vorneweg, wie eine Galeone ins Zimmer.

»Ich heiße Jessie.«

»Ja, das weiß ich.« Die ältere Frau lächelte. »Ich habe mich schon auf dich gefreut, seitdem ich gehört habe, dass du kommst.« Sie schaute sich im Raum um. »Du hast es dir schön gemacht«, sagte sie mit anerkennendem Kopfnicken. »Das Tuch gefällt mir.«

»Das hat meiner Großmutter gehört«, sagte Jessie leise, die

von dieser geschäftigen Fröhlichkeit überwältigt war. »Danke, dass Sie mich geweckt haben. Ich war so müde, wahrscheinlich hätte ich bis morgen früh durchgeschlafen.«

»Ich weiß, Schätzchen.« Die braunen Augen betrachteten sie freundlich. »Das war ein weiter Weg für ein so junges Ding, und ich bewundere deinen Mut.«

»Mr. Cruickshank könnte über meinen Mut mit Ihnen streiten.« Sie kicherte und erzählte Hilda von der Echse.

Hildas Gesicht verzog sich zu einem breiten Grinsen, ihre Augen schauten sie wissend an. »Sieht so aus, als hättest du in Mr. Cruickshank einen Freund gefunden«, sagte sie und legte den Kopf schief wie ein neugieriger Spatz. »Er ist alleinstehend, weißt du, und mit seinem Weinberg ein guter Fang.«

Jessie errötete. »Er ist ein netter Begleiter, mehr nicht«, protestierte sie.

»Sieht aber gut aus, das musst du zugeben.« Hilda stieß ihren Arm an. »Zwecklos, es vor mir zu verbergen, Herzchen, ich kann eine Romanze schon von weitem riechen.«

Jessie merkte, dass diese Unterhaltung außer Kontrolle geriet. »Eine Romanze wird es nicht geben, Hilda«, sagte sie nachdrücklich. »Mr. Lawrence hat es verboten, und ich habe mich mit seinen Bedingungen einverstanden erklärt, wenn auch widerwillig.«

»Hm.« Die Arme waren unterhalb des Busens fest verschränkt. »Mr. Lawrence und seine albernen Regeln! Er wird feststellen, dass es unmöglich ist, dich zu verstecken, sobald die Jungspunde im Tal dich zu Gesicht bekommen haben, und dann wirst du über dem Boden schweben bei all der Aufmerksamkeit, die dir zuteil wird.«

»Ach, du meine Güte!«, ärgerte sich Jess. »Deshalb hab ich doch nicht den weiten Weg hierher gemacht! Ich will auf keinen Fall Ärger verursachen. Wenn Mr. Lawrence sich in den Kopf setzt, dass ich ungeraten bin, dann wird er mich ohne Empfehlung entlassen, und dann weiß ich nicht, wohin.«

»Überlass Mr. Lawrence nur mir«, sagte Hilda finster. »Nicht, dass ich unanständiges Betragen dulden würde – auch ich habe meine Prinzipien, weißt du.« Sie grinste, als wolle sie Jessie zu verstehen geben, dass sie es nicht allzu genau nahm. »Du bist jung und hübsch, und es ist nur richtig, wenn du umworben wirst. Wenn sich die Gelegenheit ergibt, dann greif zu, Herzchen!«

»Das wird wohl kaum passieren«, seufzte Jessie. »Ich werde viel zu beschäftigt sein, aber vielen Dank für Ihre Unterstützung.«

Hilda verzog das Gesicht und schüttelte den Dank ab. »Ich lebe hier schon seit Jahren; immer gibt es Tanzveranstaltungen und Ernten und irgendetwas zu feiern«, sagte sie. »Die Gegend hier ist zwar abgelegen, aber wir sorgen dafür, dass wir viele Gelegenheiten haben, uns zu treffen und zu tratschen. Wenn Taufen und Hochzeiten gefeiert werden, ermuntert man die Jungen, sich unter die Gäste zu mischen, und ob es Mr. Lawrence gefällt oder nicht, man wird von ihm erwarten, dass er deine Teilnahme erlaubt.«

Flüchtig schoss Jessie das Bild durch den Kopf, wie sie mit Mr. Cruickshank tanzte, doch sie verdrängte es rasch.

»Hast du schon den Vortrag über den Pferdedung zu hören gekriegt?« Als Jessie nickte, lachte Hilda laut auf. »Geh einfach darüber hinweg«, riet sie ihr. »Ich habe in der kurzen Zeit, die ich für ihn arbeite, auch nicht das Bedürfnis nach dieser Arbeit gehabt. Soll er doch seinen Dung selber schaufeln. Er könnte die Bewegung gebrauchen, wirklich.«

Jessie stimmte in ihr Lachen ein, dankbar für ihre Freundschaft und Fröhlichkeit nach dem schrecklichen Empfang, den Mr. Lawrence ihr bereitet hatte. »Danke, dass Sie gekommen sind, Hilda. Ich habe mir schon sehr leidgetan.«

Hilda nickte mitfühlend. »Im Moment ist alles neu und sehr fremd für dich, und es wird Zeiten geben, in denen du dich einsam und verdrießlich fühlst.« Sie lächelte. »Genau so ist es mir ergangen, als mein Patrick gestorben war und mich hier draußen alleingelassen hat, deshalb verstehe ich dich.«

»Das mit Ihrem Mann tut mir leid«, murmelte Jessie. »Haben Sie Kinder hier in der Nähe?«

Hildas Miene wurde traurig. »Sie sind schon vor langer Zeit flügge geworden«, erklärte sie. »Der Älteste ist in Sydney, die anderen beiden unten in Melbourne. Ich bekomme sie nie zu sehen, aber sie schreiben gelegentlich.« Sie betrachtete Jessie mit warmherzigem Blick. »Doch ich habe allmählich das Gefühl, dass du gerade jetzt eine Freundin brauchst, und obwohl ich alt genug bin, um deine Mutter zu sein, glaube ich, dass wir hervorragend miteinander auskommen werden.«

»Ich auch.« Jessie war klar, dass Hilda sich nach ihren Kindern sehnte und in ihr eine Chance sah, wieder jemanden zu bemuttern.

»Ich mache lieber mal weiter«, murmelte Hilda und schaute auf die kleine Uhr, die sie an ihr Oberteil gesteckt hatte. »Mr. Lawrence hält es sehr genau mit dem Abendessen um Punkt sechs.«

»Ich brauche nicht lange, um mich anzuziehen«, versicherte Jessie ihr.

»Das Beste, was du damit anfangen kannst, ist, es in eine Schublade zu stecken und zu vergessen«, sagte Hilda mit Blick auf das Korsett. »Und ich rate dir, von diesen Unterröcken ein paar wegzulassen, auch deine Strümpfe. Das wird niemandem auffallen, nicht hier draußen.«

Jessie starrte ihre neue Freundin aus weit aufgerissenen Augen an. »Aber das ist nicht anständig.«

»Bei der Hitze wärst du schön dumm, wenn du es anders machen würdest«, entgegnete Hilda beherzt. »Du hast eine gute Figur, und es besteht überhaupt kein Grund, sich wie ein Huhn zu verschnüren, kurz bevor es geschmort wird – und schmoren wirst du, denk an meine Worte.«

»Aber Mr. Lawrence …«

»Dem wird das nicht auffallen. Der schaut den Frauen nur ins Gesicht.« Sie tätschelte Jessies Arm. »Ich gehe jetzt, damit du fertig wirst, Herzchen, und denk dran, du bist hier draußen nicht allein. Jetzt hast du mich.«

Jessie war schon wieder den Tränen nahe, als die ältere Frau die Tür schloss. Hildas Freundlichkeit hatte ihr Heimweh gemildert, aber sie hatte sie auch an den Verlust der Mutter und Großmutter erinnert. Fest entschlossen, sich nicht von Gefühlen unterkriegen zu lassen, warf sie das Korsett beiseite, ließ ein paar Unterröcke weg und schnürte das Mieder ihres sauberen Kleides fest zu.

Sie bürstete sich die Haare aus, steckte sie hoch und schaute kurz in den kleinen Spiegel, den sie auf ein Regal gestellt hatte. Hilda hatte recht: Es ging ihr schon besser; die fehlende schwere Unterwäsche veränderte ihre äußere Erscheinung in keiner Weise, verlieh ihr jedoch ein neues Gefühl der Freiheit. Durch diese Feststellung erfrischt und durch Hildas Freundlichkeit ermutigt, machte sich Jessie leichten Schrittes auf den Weg zum Haupthaus. Ihre Hoffnungen auf die Zukunft erhellten den Weg.

Fünf

Auf dem Blue Mountain Trail, Dezember 1849

Sie waren schon viele Wochen unterwegs, und Kumalis anfängliche Furcht vor den *gubbas* war bezwungen. James und der Mann, den sie Fergal nannten, beachteten sie meistens nicht, es sei denn, sie hatten Arbeit für sie. Duncan war mürrisch, doch das war ihr immer noch lieber als das anzügliche Grinsen von Bert und Wally, deren feurige Blicke ihr stets folgten. Sie achtete darauf, tagsüber nie allein mit ihnen zu bleiben, und nachts suchte sie unter dem Wagen bei Ruby und James Schutz.

Da Kumali lieber zu Fuß ging, als zu reiten, lief sie neben dem Karren her und hörte amüsiert zu, wenn Fergal über die Ochsen fluchte und murrte. Er klang sehr grimmig, und sie zuckte jedes Mal zusammen, wenn er mit der Peitsche knallte. Aber sie hatte schnell begriffen, dass Fergal sehr stolz auf seine Tiere war und sich gut um sie kümmerte.

Kumali war noch nie so zufrieden gewesen, seit man sie ihrer Mutter aus den Armen gerissen hatte. Ihr altes Kleid hatte Ruby zerschnitten und notdürftig wieder zusammengenäht, damit es richtig saß, und sie hatte Kumali einen ramponierten Hut überlassen. Die angebotenen Stiefel hatte Kumali abgelehnt, denn das ungewohnte Scheuern machte sie unbeholfen auf den Beinen; auch die Unterkleidung, die Ruby ihr aufgezwungen hatte, fühlte sich komisch an, aber das war kein hoher Preis für die Freiheit, und Kumali würde sich wohl daran gewöhnen.

Als sie aus dem kühlen Schatten der Bäume ins grelle Sonnenlicht tauchten, hielt Fergal die Ochsen an. Sie hatten den letzten Berggipfel erklommen, und alle versammelten sich, um in das Tal zu schauen. Das üppige grüne Weideland schien sich zwischen den schützenden Flanken der Granitfelsen bis ins Unendliche zu erstrecken. Glitzernde Wasserläufe mäanderten hindurch und bildeten große Seen, die den Dunst ferner Berge und das sanfte Graugrün der Eukalyptusbäume widerspiegelten.

»Wir sind fast da«, sagte Ruby aufgeregt. »Noch in dieser Woche dürften wir einen ersten Blick auf unsere Parzelle werfen.«

»Ja, wenn wir die Tiere und den Wagen hinuntergeschafft haben«, murrte Fergal.

Kumali betrachtete den steilen, gewundenen Pfad und die brüchigen Ränder, die nur wenig Schutz vor den tief abfallenden Schluchten boten. Nach einem Blick auf den breiten Karren und die schweren Tiere schauderte sie. Sie sicher hinunterzubringen würde viel Kraft und Mut erfordern.

»Tja, hier können wir nicht bleiben«, sagte James. Er blinzelte in die Sonne. »Wir haben noch mindestens sechs Stunden Tageslicht. Am besten fangen wir gleich an.«

Kumali und Ruby warteten, während die Ochsen wieder angeschirrt wurden, einer vorn, drei hinten. Der Leitochse würde ziehen, die anderen sollten als Bremsen dienen, um das Gewicht des Wagens und das Gefälle auszugleichen. Die Pferde wurden jeweils mit mindestens zwei kleineren Bündeln beladen, sodass alle außer Fergal zu Fuß gehen mussten. Duncan würde später mit den Hunden und den Schafen folgen.

»Für mich?«, wollte Kumali von Ruby wissen, als diese ihr die Zügel eines Pferdes in die Hand drückte. Sie war noch nie allein für ein Pferd verantwortlich gewesen.

Ruby tätschelte den kastanienbraunen Hals des Hengstes. »Er ist der Ruhigste von allen. Das schaffst du schon.« Sie musste die Unsicherheit in Kumalis Augen gesehen haben, denn sie lächelte aufmunternd. »Ich bin hinter dir. Lass die Zügel nur nicht los, und halte dich vom Rand fern.«

»Fertig?«, rief James. Er schaute jeden einzeln an und gab Fergal dann ein Zeichen.

Der Leitochse wurde angetrieben, und der Wagen setzte sich rumpelnd in Bewegung. Die anderen Ochsen waren hinten fest angebunden. Kumali wartete, bis die Männer mit ihren Pferden eine Reihe hinter dem Wagen gebildet hatten, und folgte ihnen vor Ruby.

Die ausladenden Bündel zwangen Kumalis Pferd in die Mitte des Weges. Als das Gelände steiler wurde und die Hufe auf dem Schiefer rutschten, riss es an den Zügeln und schnaubte vor Angst. Kumali umklammerte die Zügel fester, und die Last stieß gegen sie. Sie drückte sich an die Bergflanke und wagte nicht, auf der anderen Seite des Pferdes in den gähnenden Abgrund zu schauen. Sie hatte entsetzliche Angst, das schwere Tier könne ihr die Füße zermalmen, doch Ruby traute ihr zu, dass sie es sicher hinunterschaffen würde, und Kumali war fest entschlossen, sich zu beweisen.

Bis auf ein paar Flüche der Männer und das Schnauben von Pferden oder Ochsen waren der Hufschlag und das Knarren des Wagens die einzigen Geräusche. Die Räder rumpelten über das Geröll und gerieten hin und wieder gefährlich nah an den jäh abfallenden Wegesrand.

Als es noch steiler bergab ging und die Ladung sich allmählich verlagerte, musste Fergal kämpfen, um den Leitochsen in Bewegung und die hinteren weit genug zurück zu halten, damit sie ein Gegengewicht bildeten. »Ich brauche Hilfe!«, rief er James zu.

James übernahm die drei Ochsen hinten. Trotz ihres hohen Gewichts hatten sie Schwierigkeiten, nicht den Halt zu verlieren, denn sie waren nicht gewöhnt, eine Ladung vor sich zu haben. Kumali erkannte, dass James sein ganzes Geschick aufbringen musste, um sie zu bremsen und die Seile straff zu halten.

Zoll für Zoll quälten sie sich den gewundenen Pfad hinab, während die Sonne nach Westen zog.

Da stob ein Vogel mit einem Warnschrei aus seinem Nest in den Felsen auf.

Das Pferd vor Kumali bäumte sich erschrocken auf. Wally fluchte und umklammerte die Zügel; die Hinterhand des Tieres drohte ihn an die Felswand zu schmettern.

Kumalis Tier wieherte und tänzelte, die Ohren fest an den Kopf gelegt. Instinktiv legte sie die Hand auf seine weiche Nase und packte die Zügel fester. Zitternd blieb es stehen.

Wallys Pferd dagegen war nicht zu beruhigen. Es trat aus, drehte sich und scharrte auf dem rauen Fels. Wally ging beinahe zu Boden, als er darum kämpfte, es unter Kontrolle zu bekommen.

Kumali und Ruby wichen vor den blitzenden Hufen zurück.

Mit einem Ruck seines kräftigen Halses schwenkte das Pferd Wally an den Rand.

Kriechend suchte er Halt, warf sich zurück auf den Weg, wo er sich unter den tödlichen Hufen zusammenrollte.

Das Pferd bäumte sich auf, die Augen in Todesangst verdreht, und die Vorderhufe fuhren nur wenige Zentimeter über Wallys Kopf in die Luft.

Wally duckte sich und wartete auf den tödlichen Tritt.

Doch die Ladung verrutschte, und das scheuende Pferd verlor das Gleichgewicht, als die Last es nach hinten zog. Kurz bevor es in den Abgrund stürzte, ließ Wally die Zügel los.

Wimmernd warf Kumali sich an die Bergwand. Der schreckliche Schrei des Tieres hallte im entsetzten Schweigen wider, bis er brutal abriss.

»Um Himmels willen, Wally!« James war vor Wut rot angelaufen. »Ich habe dir doch gesagt, du sollst aufpassen. Jetzt habe ich wegen dir ein Pferd eingebüßt und Vorräte für mindestens einen Monat.«

Kumali sah, dass Ruby zuckte, während James den armen Mann weiter anblaffte, der vor Schreck zitterte. Sie presste sich noch fester an den Felsen, und ihr Puls raste, denn sie fürchtete, die Wut könne sich auch gegen sie richten.

»Das Pferd hat sich erschreckt, James. Es war nicht Wallys Schuld.« Rubys Stimme war fest.

»Natürlich«, entgegnete er. »Der verdammte Kerl hätte vorsichtiger sein sollen.«

Ruby erbleichte angesichts seiner Wut und wandte sich an Wally, der wieder auf die Beine zu kommen versuchte. »Ist alles in Ordnung?«, fragte sie mit bebender Stimme.

Wally nickte, doch er war kreideweiß und konnte vor Zittern kaum aufrecht stehen.

»Sieh zu, dass du klarkommst, und beeil dich, Wally!«, fuhr James ihn mit finsterer Miene an. »Geh Fergal zur Hand, und pass diesmal besser auf! Die nächsten Verluste gehen auf dein Lohnkonto.«

»Das ist nicht …«

James funkelte Wally an. »Du hast mein Pferd verloren und Vorräte für einen Monat – wage es nicht, mir zu widersprechen!« Schließlich sah er Ruby an. »Ist mit dir alles in Ordnung?«

»Uns geht es gut«, erwiderte sie, die Augen angesichts seines ungewohnten Ausbruchs vor Schreck geweitet, und rückte näher an Kumali.

»Machen wir, dass wir von diesem Berg runterkommen!«, sagte er mürrisch. »Haltet mehr Abstand zueinander, für den Fall, dass noch ein Pferd scheut, und überprüft, ob die Bündel festgezurrt sind.«

Ruby nickte und schlug die Augen nieder. »Komm, Kumali, wir tun lieber, was man uns sagt.«

Kumali war so sehr in Angst und Schrecken versetzt, dass sie kaum laufen konnte, doch sie vergewisserte sich, dass die Seile fest saßen, und folgte den anderen. Alles war besser, als allein im

Busch zu leben – und auf jeden Fall eine Verbesserung gegenüber ihrem Leben beim Viehzüchter –, doch sie sehnte sich danach, dass diese Reise ein Ende hatte und James wieder zu seinem üblichen sonnigen Gemüt zurückfand.

Kernow House, Watsons Bay, Dezember 1849

Seit der Begegnung mit Niall Logan waren fast zwei Monate vergangen. Obwohl Harry wiederholt versucht hatte, seinen Bruder allein zu sprechen, war Oliver ihm stets ausgewichen. Ständig schien er geschäftliche Besprechungen abzuhalten, und wenn er zu Hause war, sorgte er dafür, dass Amelia oder Gertrude bei ihm waren.

Harry hatte lange überlegt, wie er Oliver seine Bedenken vortragen könnte. Oliver wusste bereits, dass Harry Unbehagen empfand – das war der Grund, warum er ihm aus dem Weg ging –, doch Harry konnte seinen Verdacht nicht einfach übergehen. Es lag viele Jahre zurück, dass sie unter demselben Dach gelebt hatten, und im Großen und Ganzen waren sie einander fremd, und diese Entfremdung erschwerte Harry die Entscheidung, wo er ansetzen sollte, ohne kränkend zu wirken.

Die Sonne glitzerte auf dem Wasser, als er Doyles Männer beobachtete, die den Tagesfang ausluden. Möwen stießen kreischend herab, während die Frauen die Fische an den Tischen ausnahmen und säuberten. Harry nahm die Szene in sich auf, und eine tiefe, beunruhigende Sehnsucht nach Cornwall packte ihn. Verstört über seine Empfindung, stapfte er den Strand hinauf zum Haus.

Seine Liebe zu diesem Land war unermesslich – zumindest hatte er das bisher geglaubt. Jetzt, da er hier war, erkannte er, dass er es eigentlich nicht richtig kannte oder ganz und gar nicht verstand, und das Gefühl der Zugehörigkeit wollte sich nicht mehr einstellen. In den Jahren des Exils – denn als solche hatte er sie betrachtet – hatte er Abstand gewonnen von der beinahe wilden Entschlossenheit der Pioniere, diesem weiten Land ihren Stempel aufzudrücken und hier ein Vermögen zu machen. Er hatte die Rohheit des Landes vollkommen vergessen; das grelle Licht und die lauten Stimmen unterstrichen nur die Abgeschiedenheit und Ausdehnung eines Landes, das erst noch vollständig erschlossen und zivilisiert werden musste.

Er erreichte das Tor und betrachtete das Haus und das Grundstück nachdenklich. Seine Gefühle waren in Aufruhr. Dieses Anwesen und alles, was es darstellte, hatten ihn verfolgt, doch nun stellte er fest, dass er es wie ein Außenstehender ansehen konnte, und die Erkenntnis, dass er ein Außenstehender war, machte ihn traurig. Mit einundzwanzig war er von hier fortgegangen, und die folgenden Jahre hatten ihn von seiner Jugend und der Art des Lebens in Australien, das er einst als selbstverständlich hingenommen hatte, entfernt. Jetzt hatte er sich an die Gebräuche und Riten Englands gewöhnt, wo die Jahreszeiten milder ausfielen und das Leben durch Jahrhunderte der Zivilisation geordnet war. Er fühlte sich wohl in der Gesellschaft von Adligen und Industriellen und hatte mit der Zeit die Stellung akzeptiert, die ihm aufgebürdet worden war. Diese Offenbarung überraschte ihn am meisten, denn bisher hatte er seine Rolle nur als Last empfunden.

Er vergrub die Hände tief in den Taschen und schlenderte gedankenverloren über den Rasen. Die Veränderung seiner Stiefschwester betrübte ihn, denn sie war als Mädchen so vielversprechend gewesen. Aber nun waren ihre Schönheit und Lebhaftigkeit in Verbitterung ertränkt. Auch sein Bruder war offenbar vom Weg abgekommen. Während Harry auf das Haus zuging, drückte die Last der Verantwortung ihn nieder. Er hatte sich nach der Rückkehr in dieses Land gesehnt und sie eifrig geplant, obwohl er wusste, welche Erinnerungen es wachrufen würde. Zunächst hatte er mit Begeisterung die Lieblingsplätze seiner Kindheit aufgesucht und sich mit Freunden und Verwandten ausgetauscht, doch die ungeschminkte Wahrheit war, dass er trotz seiner ungebrochenen Liebe für diese koloniale Provinz und die Abenteuer, die hier zu erleben waren, nicht mehr dazugehörte.

Sein Zuhause und seine Töchter waren in Cornwall, wo die Arbeiter auf dem Landsitz und die Dorfbewohner von ihm abhingen, was ihren Lebensunterhalt und ihr Wohlergehen betraf. Er war bestrebt gewesen, seine Geschäfte und das Anwesen ehrlich und gerecht zu führen, und obwohl es zuweilen eine Sisyphusarbeit gewesen war, sich finanziell über Wasser zu halten, hoffte er, dass seine Bemühungen ihm den Respekt eingebracht hatten, um den er so hart gekämpft hatte. Jetzt hatte es den Anschein, als wiederhole sein Bruder die Fehler ihres Vaters, und Harry wusste, es war seine Aufgabe, Oliver wieder auf die richtige Bahn zu lenken.

Harry schmunzelte über das unbeabsichtigte Wortspiel, denn diese Eisenbahnstrecke, an der Oliver sich beteiligte, erwies sich bereits als ein kostspieliges Unterfangen. Bei dem Gerangel innerhalb des Konsortiums, dem Mangel an Investoren und dem Ehrgeiz, die Linie vor der konkurrierenden in Melbourne fertigzustellen, drohte das Projekt in eine Katastrophe zu münden. Er seufzte tief und ging ins Haus.

Stille empfing ihn. Lavinia und Amelia waren zu einem ihrer endlosen Ausflüge unterwegs, die Jungen spielten im Baumhaus. Gertrude hielt sich irgendwo oben auf, und die Dienerschaft hatte in der Küche zu tun. Von Oliver war nichts zu sehen. Da er vermutete, dass er sich wahrscheinlich in seinem Büro eingeschlossen hatte, durchquerte Harry die Diele.

Die Tür zum Arbeitszimmer stand einen Spaltbreit offen. Oliver saß zusammengesunken in seinem Sessel und starrte mit leerem Blick vor sich hin. Seine Laune war an dieser niedergeschlagenen Haltung abzulesen, und Harry empfand Mitleid mit seinem Bruder. Er zog sich diskret zurück; er wollte das Elend nicht mit ansehen oder als heimlicher Beobachter erwischt werden, denn Olivers Stolz stand auf dem Spiel.

Er kehrte zur Haustür zurück, schlug sie laut zu und rief auf dem Weg zum Arbeitszimmer: »Oliver? Bist du da drin?«

»Komm rein, komm rein!« Oliver erhob sich hinter dem Schreibtisch und zwang sich zu einem Lächeln. »Ich habe gerade einen friedlichen Augenblick genossen, in dem das Haus ruhig war.«

»Ich störe dich doch nicht, oder?« Harry setzte sich, bevor Oliver antworten konnte.

»Ganz und gar nicht«, erwiderte Oliver gereizt. »Aber ich habe gleich einen Termin in der Stadt.« Er zog seine Taschenuhr hervor, als wolle er die Behauptung unterstreichen.

»Ich dachte, wir könnten diese Gelegenheit nutzen, miteinander zu reden«, sagte Harry. »Wir haben kaum einen Augenblick für uns, und es wird Zeit, dass wir etwas aufholen.« Ihm fiel der gehetzte Ausdruck in Olivers Augen auf, die Art, wie er mit der Uhr hantierte und dann unnötigerweise Zuflucht dazu nahm, seinen Schreibtisch aufzuräumen. »Ich bin auch hier, um zuzuhören«, fügte er hinzu. »Komm schon, Ollie! Sag mir, was dir Sorgen bereitet.«

»Ich bin kein kleiner Junge mehr!«, polterte Oliver. »Ich muss meinem großen Bruder nichts beichten.«

»Warum nicht? Geteiltes Leid ist halbes Leid, und auch wenn wir das Problem nicht lösen können, trägst du wenigstens nicht die ganze Last.«

»Klischees und Plattheiten sind schön und gut«, murmelte Oliver, »aber sie lösen gar nichts. Der Kummer, den ich einmal mit dir geteilte habe, war der eines Jungen – leicht zu überwinden.«

Harry sah die dunklen Schatten schlafloser Nächte unter den Augen seines Bruders, bemerkte das Zittern seiner Hand, als er an den Papieren auf seinem Schreibtisch herumfingerte, und erkannte, dass sein Bruder näher am Abgrund stand, als er vermutet hatte. »Was ist passiert, Ollie?«

Ein langes Schweigen trat ein, unterbrochen nur vom Summen einer Fliege, die gegen das Fenster schlug. Oliver erhob sich, trat an einen Schrank und holte eine Flasche Whisky und zwei Gläser heraus. »Einen Drink?«

»Du weißt, dass ich nicht trinke, und du solltest es auch nicht tun. Es ist erst kurz vor elf.«

»Es hilft«, murrte Oliver und ließ sich wieder in seinen Sessel fallen. Er schenkte sich ein und beobachtete, wie sich die Sonne im Kristall fing, als er das Glas schwenkte. »Whisky ist ein Allheilmittel gegen alle Krankheiten«, sagte er leise. »Es betäubt den Verstand, damit ich nicht grübeln muss.« Er sah seinen Bruder an. »Ich weiß, du heißt das nicht gut, ebenso wenig wie Amelia und Gertie, aber manchmal ist er mein einziger Freund.«

Harry war so schockiert, dass er redete, ohne nachzudenken. »Was du da sagst, ist gefährlich, Ollie. Er ist nicht dein Freund, sondern dein schlimmster Feind. Der Whisky macht dich ebenso zum Sklaven wie das Opium, und weit davon entfernt, ein Allheilmittel zu sein, bietet er dir nur ein vorübergehendes Entrinnen vor der Realität. Die Realität, das sind deine Frau und dein Sohn. Liebst du sie denn nicht genug, um aufzuhören?«

Oliver trank das Glas leer. »Ich kann jederzeit aufhören, wenn ich will«, sagte er trotzig. »Und was die Liebe zu meiner Frau und meinem Sohn betrifft, was soll die Frage? Natürlich liebe ich sie; ich erhebe Einspruch gegen deine Anklage.«

»Ich war grob, weil ich mir Sorgen mache«, gestand Harry offen. »Ich habe gesehen, wie unser Vater sich in den Wahn gesoffen hat, und mir macht Angst, dass du denselben Pfad einschlägst.«

»Der Wahn unseres Vaters hatte mit seiner Trinkerei nicht viel zu tun.«

»Das Trinken hat ihm nicht geholfen.«

Die unausgesprochenen Worte lagen schwer zwischen ihnen. Harry fragte sich, ob Oliver sich an das geschundene Gesicht ihrer Mutter erinnerte, an das geschwollene blaue Auge und ihr Weinen in der Nacht; fragte sich, ob er an die Schulden dachte, die Edward, ihr Vater, hinterlassen hatte, an das verworrene Gespinst aus Intrigen und dunklen Taten, die sein Vermächtnis an seine Witwe und Söhne waren. Er hoffte es, denn das war die Realität, wenn man übermäßig viel trank und die Zukunft seiner Familie aufs Spiel setzte.

»Wir wollen nicht streiten«, sagte er. »Ich bin hier, um dir Hilfe anzubieten; ich will mir deine Sorgen anhören und versuchen, eine Lösung dafür zu finden, aber das kann ich nicht, wenn du dich mir nicht anvertraust.«

Oliver schielte nach dem leeren Glas und schob es beiseite. »Ich brauche tausend Pfund für das Eisenbahnprojekt«, sagte er ohne Umschweife. »Hast du so viel Geld, Harry?«

»Tausend Pfund? Ich wäre froh, wenn ich dreihundert zusammenkratzen könnte.«

»Dann kannst du mir nicht helfen.«

»Warum ein so hoher Betrag? Ich dachte, alle Finanzen wären geregelt?«

»Die Kosten für den Import des Stahls waren höher als erwartet. Hinzu kommt, dass die Lohnkosten ins Kraut schießen und Niall sich weigert, neu zu verhandeln. Einer aus dem Konsortium hat seine Unterstützung zurückgezogen, die Regierung will nicht helfen, und die Bank hat meinen Antrag auf einen weiteren Kredit abgelehnt. Ohne Nialls Investition fehlen mir tausend Pfund an meiner Bürgschaft für das Konsortium, und wenn ich die nicht binnen einer Woche auftreibe, werde ich nicht nur meine Stellung in dem Unternehmen verlieren, sondern alles, was ich bereits hineingesteckt habe.«

»Großer Gott!«, stöhnte Harry. »Ein schöner Schlamassel.«

»Gelinde gesagt, ja.«

Harry dachte kurz nach. »So wie es aussieht, ist ein anderer Investor die einzige Antwort. Es muss doch viele geben, die sich einem solchen Projekt anschließen wollen?«

»Wir leben hier in einem Land, das reich an Fläche, aber arm an Bargeld ist«, murrte Oliver. »Die Unternehmer, die uns vielleicht den Rücken gestärkt hätten, mischen bereits bei den Eisenbahnen mit, die in Melbourne, Adelaide, Perth und Van Diemen's Land gebaut werden.«

Harry spitzte den Mund. »Warum ist einer aus dem Konsortium ausgeschieden? Konnte man ihn nicht überreden, wieder zurückzukehren?«

»Das hatte persönliche Gründe«, murmelte Oliver. »Er wollte in der Leitung der Sydney Railway Company mehr zu sagen haben. Ich bezweifle, dass man ihn zur Umkehr bewegen kann. Bei der letzten Vorstandssitzung sind harsche Worte gefallen.«

»Vermutlich könnte ich dir hundert Pfund leihen«, sagte Harry zögernd, »aber ich müsste zuerst mit Lavinia sprechen.«

Oliver zog eine Augenbraue hoch. »Deine Frau verwaltet den Geldbeutel?«

»Ja. Sie hat einen guten Riecher für Geschäfte, und ich vertraue ihrem Urteil vollkommen.« Er grinste. »Jetzt sieh mich nicht so schockiert an, Ollie! Manche Frauen sind gewiefter als jeder Mann, wenn es um Geschäfte geht, und ich glaube, es ist eine Schande, sie vom Handel auszuschließen und damit das ganze Talent zu verschwenden.«

»Ich darf gar nicht daran denken, was für cin Durcheinander Amelia anrichten würde, wenn ich ihr freie Hand mit dem Geld ließe. Sie hat schon genug Schwierigkeiten, ihr Taschengeld einzuteilen.«

»Aber Gertie hat den Haushalt bewundernswert im Griff«, rief Harry ihm ins Gedächtnis. »Würde man ihr die Chance geben, könnte sie vermutlich jedes Unternehmen leiten, denn sie besitzt eine feste Hand und ein scharfes Urteil.« Er seufzte. »Aber ich schweife ab. Denk über mein Angebot nach, Ollie, und schlag es nicht in den Wind!«

Sehnsüchtig schaute Oliver auf das leere Glas. »Danke, aber hundert Pfund wären nur ein Tropfen auf den heißen Stein.«

»Nicht, wenn wir neun weitere Investoren finden. Überleg's dir, Oliver! Der Betrag bedeutet nur ein kleines Risiko, und doch verspricht die Rendite bei dieser Investition viel, wenn die Bahnlinie erst fertig ist.« Er sah seinem Bruder an, dass er schwankte, und legte noch nach. »Der Vorstand könnte den ersten zehn Investoren Anteile im Wert von hundert Pfund anbieten. Danach steigt der Preis auf hundert Guineen. Es muss einfach Abnehmer geben, denn das hier ist ein Land der Spieler, und niemand lässt sich die Gelegenheit entgehen, einen schnellen Gewinn zu machen.«

»Ich werde es auf jeden Fall dem Vorstand vortragen«, erklärte Oliver. An diesem Morgen lächelte er zum ersten Mal. »Du hast sonst nie eine Ader für geschäftliche Angelegenheiten gehabt. Ich bin beeindruckt.«

»Ich musste dazulernen«, sagte Harry ruppig. »Das Familiengut zu führen, ohne mich zu verschulden, ist meine Lebensaufgabe, seit ich einundzwanzig bin.«

»Einen Titel zu führen muss doch hilfreich sein.«

»Nicht so richtig. Die Leute gehen davon aus, dass der Titel mit Wohlstand verbunden ist, und von Gleichgestellten wie von Beschäftigten wird ein gewisser Lebensstandard erwartet.« Er schmunzelte. »Doch das weißt du ja – sieh dir doch dein Leben an! Dieses Haus, der Schmuck deiner Frau und die Pferde im Stall sind nur Staffage, um interessierte Geschäftskollegen und Investoren zu beeindrucken; trotzdem stehst du jetzt da und brauchst tausend Pfund.«

»Wenn ich deinen Titel hätte, müsste ich nicht betteln gehen«, knurrte Oliver. »Erstaunlich, wie viele Türen mir offen stünden, wäre ich ein Graf und nicht einfach nur Herr Oliver

Cadwallader.« Er stieß einen Seufzer aus. »Aber das Glück war mir nicht hold, und ich musste arbeiten, um das alles hier zu erreichen. Ich habe es nicht auf dem Silbertablett serviert bekommen wie manch anderer.«

Harry war verärgert. »Die Bemerkung ist unter deinem Niveau, Oliver. Das Glück war auch Charles nicht hold. Er ist gestorben, erinnerst du dich? Erschossen von unserem Vater, der so betrunken war, dass er kaum stehen konnte. Ich hatte nicht den Wunsch, Charles' Titel zu erben, besonders unter diesen Umständen.«

Oliver besaß den Anstand, ein beschämtes Gesicht zu machen, doch Harry wollte ihn nicht mit seiner Anschuldigung davonkommen lassen. »Das Anwesen war heruntergewirtschaftet, die Farmen und die Fischerdörfer verwahrlost, als ich sie erbte. Ich hatte vielleicht nicht deine Visionen, aber ich habe die Ärmel hochgekrempelt und angepackt. Der Titel hatte keinerlei Bedeutung, und das ist auch heute noch so – er wird mich nie reich machen oder das Gefühl ersetzen, dass ich das Bestehende mit Schweiß und Mühen erreicht habe und in dem Wissen, dass andere von mir und meinem Erfolg abhängen.«

»Die Erlöse aus der Walfangflotte und dem Großhandel waren doch bestimmt von Nutzen«, sagte Oliver mürrisch, »und die laufen auch nicht von allein, weißt du.«

Seine Verbitterung war deutlich, was Harry verletzte und bestürzte. »George hat dir diese Unternehmen unter der Bedingung hinterlassen, dass ein Drittel des Gewinns an mich fließen soll. Du hast dieses Haus geerbt, dazu noch das, in dem Mama und George gelebt haben, und du kannst damit tun und lassen, was du willst. Ich meine, du hast den größten Teil bekommen, Oliver, und ich wundere mich, dass du es anders empfindest.«

»Ich habe kein Anwesen geerbt mit Ländereien, Minen, Farmen, Dörfern und einer Menge Leute, die alles in Gang halten. Ich habe keinen Titel geerbt, der mir die Türen zu günstigen Geschäften öffnen könnte. Was ich tatsächlich geerbt habe, musste ich mit dir teilen, nur hast du nicht die Verantwortung für unsere Schwester oder für Amelia – du trägst nichts zu ihrem Unterhalt bei.«

»Mir war gar nicht klar, wie verbittert du bist«, sagte Harry traurig.

Oliver schenkte sich trotzig noch einen Whisky ein und trank ihn in einem Zug. »Du hast ja keine Ahnung«, entgegnete er. Sein wässriger Blick nahm den feinen Gehrock und das makellose Hemd des Bruders in sich auf. »Das Leben in England muss angenehm sein. Nach deinem Aufzug zu urteilen, würde ich annehmen, dass du nicht knapp bei Kasse bist, auch wenn du das Gegenteil behauptest.«

»Hm.« Harry schaute an seinem Gehrock hinunter. »Der ist mindestens sechs Jahre alt, und da er von einem guten Schneider angefertigt wurde, hat er gehalten.« Er beugte sich vor. »Oliver, hier geht es nicht um den Schneider und einen Sitz im Oberhaus; hier geht es um zwei Brüder, die zusammenarbeiten sollten, um ein Problem zu lösen, und die sich nicht über Dinge streiten sollten, die wir beide nicht ändern können.«

Oliver schwenkte sein Glas, mied absichtlich Augenkontakt und verzog gereizt den Mund.

Harry wurde klar, dass sein Bruder von seinem Vorurteil nicht abzubringen war, und es bekümmerte ihn, dass es so weit gekommen war. Er hatte helfen wollen, doch er hatte nur Olivers schlafenden Groll geweckt. »Das Angebot von hundert Pfund liegt noch immer auf dem Tisch«, sagte er ruhig. »Suche weitere neun Investoren, und du hast, was du brauchst. Tut mir leid, dass ich dir nicht mehr anbieten kann. Und wenn du an meinem Wort zweifelst, kannst du es mit meiner Bank in London abklären.«

Oliver blieb stumm.

»Wenn Gertrude einverstanden ist und Lavinia es gutheißt, nehme ich unsere Stiefschwester gern mit nach England, wenn wir abreisen«, sagte er. »Ein Tapetenwechsel könnte ihre Stimmung bessern, und wenn ja, dann bezweifle ich nicht, dass ich einen Mann für sie finde. Amelias Schwester ist nun wirklich nicht meine Angelegenheit; ich schlage vor, du setzt eine Scheidung für sie durch und suchst ihr einen neuen Mann.«

»Niemand will eine geschiedene Frau haben«, murrte Oliver.

»Du würdest dich wundern«, entgegnete Harry. »Die Männer sind den Frauen hier zahlenmäßig mindestens zwanzig zu eins überlegen, und sie sind nicht so wählerisch, wie es woanders vielleicht der Fall ist.« Er seufzte. »Was Freddy betrifft, er soll ohnehin nach England kommen, und ich werde einen Teil der Schulgebühren übernehmen.« Er betrachtete seinen Bruder, der aus dem Fenster starrte. »Aber wenn ich das alles tun soll, dann werde ich meinen Anteil an den Einnahmen aus Georges Unternehmen behalten müssen. Gerties Jahresrente wird durch Georges Anwesen erwirtschaftet, und auch das muss in meine Obhut übergehen. Das Einkommen wird ihre Chancen verbessern, einen Mann zu finden, und da ich zwei Töchter habe, die bald im heiratsfähigen Alter sind, muss ich meine Einkünfte zusammenhalten, um sie mit einer anständigen Mitgift zu versorgen.«

»Du gibst also mit einer Hand und nimmst mit der anderen.«

Harry ballte die Fäuste. »Unter den gegebenen Umständen ist es das Beste, was ich tun kann.«

Die beiden Männer sahen sich schief an, und in dem Augenblick erkannte Harry, dass sie niemals die Nähe ihrer Kindheit wiederherstellen könnten, da sie in den vergangenen Jahren ganz unterschiedliche Wege eingeschlagen hatten. Sie verstanden einander nicht mehr.

»Trägst du das Zeichen der Cadwalladers?«, fragte Charlie.

»Welches Zeichen?« Freddy war in die Karten vertieft und hörte nicht richtig zu.

»Das Muttermal in Form von roten Tränen«, sagte Charlie

ungehalten. »Vater hat mir davon erzählt, aber da er es nicht hat, habe ich es nie gesehen.« Er riss Freddy die Karten aus der Hand und hielt sie hinter den Rücken. »Du bekommst sie wieder, wenn du mir richtig geantwortet hast.«

Freddy seufzte. »Warum willst du das wissen?«

»Darum. Hast du es oder nicht?«

»Ja.«

»Ich sehe es nicht.«

Freddy zerrte an seinem Hemdkragen, um die roten Tröpfchen freizulegen, die sich über sein Schlüsselbein zogen. »Zufrieden? Kriege ich jetzt die Karten wieder?«

»Noch nicht.« Nachdenklich schürzte Charlie die Lippen. »Ich bin der Erbe des Titels«, sagte er schließlich, »und sollte von Rechts wegen das Zeichen tragen.«

»Hat dein Vater dir nicht erklärt, dass nicht alle Cadwalladers es haben? Unser Onkel Charles hatte es, aber der ist natürlich tot, weshalb du der Erbe bist.« Freddy griff nach den Karten, doch Charlie hielt sie außer Reichweite. »Vielleicht haben deine Schwestern das Zeichen – hast du sie mal gefragt?«

»Ja, aber sie leugnen es.«

Freddy zuckte mit den Schultern. »Wahrscheinlich lügen sie. Du weißt doch, wie Mädchen sind, wenn es um ihr Aussehen geht.«

Charlie nickte und gab die Karten zurück. »Mädchen können in der Hinsicht furchtbar zimperlich sein, da hast du recht, aber das Zeichen zu haben wäre eine Ehre.«

»Ich wüsste nicht, warum.« Freddy faltete die Karten zusammen und steckte sie in die Satteltasche. »Mädchen erben nicht. Wenn sie das Zeichen also hätten, würde es für sie keinen Unterschied bedeuten, es sei denn, für ihre Eitelkeit. Unser Großvater Edward hatte es an der Schläfe, daher habe ich wahrscheinlich Glück, dass meins nicht zu sehen ist. Es wäre furchtbar, in der Schule deswegen gehänselt zu werden.«

Charlie verlor offenbar das Interesse an dem Thema und begann, in der Truhe zu kramen. »Komm, wir duellieren uns«, sagte er und hob die Kiste mit den Pistolen heraus.

Freddy gefiel die Idee. Das war viel interessanter als Muttermale. Er wählte seine Waffe und stellte sich Rücken an Rücken mit Charlie, bevor sie die drei Schritte abzählten. Das Baumhaus war ziemlich groß, aber nicht groß genug für ein richtiges Duell, und er hätte es vorgezogen, wenn sie die Pistolen mit ins Freie hätten nehmen können. Aber dann hätten sie riskiert, damit erwischt zu werden, weshalb sie es beide nicht vorschlugen.

»Was macht ihr Jungs da oben?«

Schuldbewusst zuckten die Jungen zusammen und versteckten die Pistolen hinter dem Rücken. »Nichts, Tante Gertrude«, erwiderte Freddy mit bebender Stimme.

»Das heißt, ihr heckt etwas aus. Lasst euch auf der Stelle sehen, sonst komme ich hoch!«

Freddy warf Charlie einen entsetzten Blick zu. Rasch legten sie die Pistolen in den Kasten und schlossen den Deckel der Truhe.

»Was habt ihr da versteckt?« Gertrude stand oben auf der Leiter.

Freddy starrte seine Tante entsetzt an. Alte Frauen sollten nicht in Baumhäuser klettern. »Nur ein paar Landkarten und so«, murmelte er vor sich hin.

»Dann habt ihr bestimmt nichts dagegen, mir die Sachen zu zeigen.« Sie hob den Rocksaum, betrat das Baumhaus, hockte sich auf einen niedrigen Stuhl und tupfte sich das Gesicht mit einem Taschentuch ab. »Bringt das her!«

Freddy sah Charlie an. Dieser Befehl war nicht zu umgehen. Sie zogen die Truhe über den Boden und hoben zaudernd den Deckel.

Gertrude öffnete den Kasten, sah die Pistolen und holte sie behutsam hervor.

Schweiß rann Freddy über die Wirbelsäule, als sie ihn und Charlie kalt betrachtete. »Woher habt ihr die?«

»Gefunden«, sagte Freddy hastig. Er schaute seinen Vetter warnend an und hoffte, er begriff, dass er über den Hohlraum im Speicher Schweigen bewahren sollte.

»Wo?«

»Sie waren hinter den Stallungen vergraben.« Freddy wagte nicht, Gertrude in die Augen zu schauen.

»Und ich vermute, das hier war auch vergraben?« Gertrude zog den Militärsäbel und die Scheide heraus. »Sie sind in erstaunlich gutem Zustand«, stellte sie nüchtern fest. Ihr bohrender Blick richtete sich abwechselnd auf die beiden Jungen.

»Wir haben ewig gebraucht, um sie zu säubern«, erklärte Freddy der Wahrheit entsprechend. »Sieh nur, da sind die Lappen, und die Paste haben wir uns in der Küche geliehen – frag dort nach, wenn du mir nicht glaubst.«

Gertrude schaute sie kaum an. »Eure Väter werden davon erfahren«, fuhr sie die beiden an. »Wie könnt ihr es wagen, mit solchen Sachen zu spielen, obwohl ihr genau wisst, wie sehr Waffen in diesem Haus verabscheut werden?«

Freddy hatte die Geschichten über seinen wahnsinnigen Großvater gehört und wusste, warum Waffen nicht erlaubt waren. Ein Schauder überlief ihn bei dem Gedanken an die Wut seines Vaters. »Bitte, Tante Gertrude«, flehte er sie an, »verrat es Vater nicht! Wir versprechen, nie wieder damit zu spielen.«

Sie beachtete ihn nicht und kramte in der Truhe herum. »Was habt ihr denn noch hier versteckt?«

»Nur Landkarten, eine Satteltasche, ein Fernglas und zwei Bücher«, sagte Freddy düster.

Endlich schloss Gertrude den Deckel. »Ihr helft mir jetzt hinunter und wartet dann in euren Zimmern, bis eure Väter euch rufen«, befahl sie.

Sobald Gertrude am Fuß der Leiter angekommen war, rannten sie zum Haus. Jetzt waren sie dran, und beide gingen davon aus, dass mindestens eine Prügelstrafe fällig war.

Harry wollte Oliver gerade mit seinem Whisky allein lassen, als jemand heftig an die Tür klopfte. Bevor auch nur einer von ihnen reagieren konnte, war seine Schwester schon hereingeplatzt. Sie donnerte einen Ebenholzkasten und einen Säbel auf den Schreibtisch.

»Ich habe die Jungen überrascht, als sie damit spielten«, erklärte sie, die Arme fest über der schmalen Brust verschränkt. »Ich habe die beiden in ihre Zimmer geschickt, bis ihr bereit seid, euch mit ihnen zu befassen, und ich habe die Küche angewiesen, ihnen das Abendessen vorzuenthalten.«

»Gute Güte!«, schnaufte Harry und hob den Säbel und die Pistolen hoch. »Die haben Vater gehört. Wo um alles in der Welt haben sie die gefunden?«

Die blauen Augen funkelten vor Wut. »Sie haben behauptet, sie wären hinter den Stallungen vergraben gewesen, aber ich glaube, sie haben ihrer Täuschung noch eine Lüge draufgesetzt.«

»Das geht zu weit, Gertrude«, ermahnte Harry sie. »Mein Sohn ist kein Lügner.«

»Kann sein«, schnaubte Gertrude, »aber die beiden sahen aus wie kleine Sünder, als ich sie oben im Baumhaus erwischt habe, und Frederick führt immer irgendwas im Schilde. Sie verheimlichen etwas, ich weiß es einfach.«

Harry hätte am liebsten geschmunzelt bei der Vorstellung, wie seine prüde Schwester in ein Baumhaus kletterte, doch er wusste, das würde zu noch mehr eisiger Kälte führen. »Wir werden mit den Jungen sprechen«, sagte er ruhig. »Danke, Gertrude.«

»Ich werde die hier mitnehmen und verbrennen«, sagte sie und griff nach den anstößigen Waffen.

Oliver hielt ihre Hand rasch fest. »Du lässt sie hier liegen, Gertrude«, sagte er bestimmt. »Sosehr mir Waffen jeder Art missfallen, die hier sind ein wertvolles Familienerbe.«

Harry konnte seinen Standpunkt nachvollziehen, doch die Duellpistolen seines Vaters und der Säbel erinnerten ihn an einen Mann, der von Gewalt besessen gewesen war; sie gemahnten daran, wie schnell solche Waffen missbraucht werden konnten, und die Schatten der Vergangenheit legten sich über ihn.

»Schick die Jungen herunter, Gertrude!«, befahl er leise. Er wartete, bis Gertrude, alles andere als besänftigt, den Raum verließ, und als die Tür hinter ihr zufiel, sah er seinen Bruder an. »Was willst du damit machen?«

»Verkaufen. Sie sind für mich nicht von Nutzen, und das Geld kann ich gut gebrauchen.« Er steckte den Säbel in die Scheide und strich über den Elfenbeingriff einer Pistole. »Sie dürften ein hübsches Sümmchen einbringen, und ich kenne genau den Mann, der sie womöglich kauft.«

»Gut. Je eher sie aus dem Haus sind, desto besser. Ich frage mich, wo die Jungen sie wirklich gefunden haben und was noch dabei war. Sie sehen auf keinen Fall so aus, als wären sie vierzig Jahre vergraben gewesen.«

Das zögerliche Klopfen an der Tür beendete jede Diskussion, und Harry drehte sich um. Zwei ängstliche Jungen schlichen herein. Sie wirkten reichlich zerknirscht, hatten die Augen niedergeschlagen und traten von einem Fuß auf den anderen, die Hände fest hinter dem Rücken verschränkt. Ob sie den Ernst ihres Vergehens wirklich vollständig begriffen hatten? »Was hast du zu deiner Verteidigung vorzubringen, Charles?«

»Es tut mir leid, Sir«, stammelte der Junge, und sein Gesicht lief rot an.

»Tut es dir leid, weil man dich erwischt hat oder weil du nicht die Wahrheit über den Fundort gesagt hast?« Harry beobachtete das Gesicht seines Sohnes und bemerkte den verschwörerischen

Blick, den er Freddy zuwarf. »Rede!«, blaffte er. »Und ich will die Wahrheit hören.«

»Ich habe sie gefunden, Sir«, unterbrach Freddy. »Sie waren im alten Kinderzimmer, oben auf dem Speicher.«

»Stimmt das, Charles?«

Er nickte, den Blick fest auf die Füße gerichtet.

»Du hast deine Tante also angelogen?«, knurrte Oliver.

Freddy murmelte eine Bestätigung vor sich hin. »Tut mir leid, Sir, aber sie hat uns zu Tode erschreckt, und das ist mir als Erstes eingefallen.«

Harry musste sich ein Lachen verkneifen. Gertrude würde die meisten in Angst und Schrecken versetzen, und an Stelle der Jungen hätte er es wahrscheinlich genauso gemacht. »Was habt ihr sonst noch auf dem Speicher gefunden?«

»Karten und so – und ein Fernglas.«

»Die würde ich mir gern ansehen.« Oliver kam um seinen Schreibtisch herum und nahm die dünne Gerte zur Hand, die auf dem Bücherregal lag. »Ihr könnt mir die Sachen zeigen, nachdem ihr eure Strafe entgegengenommen habt.«

»Ich denke, sie brauchen keine weitere Züchtigung«, mischte Harry sich ruhig ein. Er glaubte nicht an körperliche Strafe als Mittel zum Gehorsam. »Es hat niemand Schaden genommen, und solange wir den gesamten Umfang ihres Schatzes entdecken, können wir sicher sein, dass sich die Vorkommnisse nicht wiederholen.« Er betrachtete die Jungen, die einvernehmlich nickten.

Oliver legte die Gerte zurück und ließ sich wieder in seinen Sessel fallen. »Ich habe keine Lust, die Jungen zu schlagen«, gab er zu, »aber Gertrude wird mir so lange in den Ohren liegen, bis ich etwas unternehme.«

Harry hatte den Verdacht, dass ihre Stiefschwester das Ohr fest an die Tür gedrückt hatte. Er sah die Jungen mit strenger Miene an und hielt die Stimme gesenkt. »Ihr müsst mir versprechen, nie wieder zu lügen. Und solltet ihr noch etwas entdecken, werdet ihr es uns auf der Stelle bringen.«

Sie nickten eifrig.

»Aber Lügen kann man nicht durchgehen lassen, daher schlage ich vor, dass man euren Lehrer ruft und ihr vier Stunden täglich mit eurem Lernstoff verbringt. Ich werde eure Fortschritte genau beobachten. Also seht zu, dass ihr euch ab sofort von allem Unfug fernhaltet und am Ende eines jeden Monats gute Noten vorweisen könnt.«

Sie nickten widerwillig, und er wandte sich wieder an Oliver. »Reich mir die Gerte!«

Oliver gab sie ihm mit fragendem Blick. Harry legte einen Finger auf die Lippen, bevor er einem Kissen fünf heftige Schläge versetzte. Er hielt inne, teilte fünf weitere aus und reichte die Gerte zurück. »Betrachtet euch als angemessen bestraft!« Er beugte sich zu den Jungen vor, und seine Stimme war kaum mehr als ein Wispern. »Und denkt daran, eure Hinterteile sollten inzwischen brennen, also könnt ihr die Zeitung wieder aus der Hose nehmen.«

»Danke, Sir.« In ihre Erleichterung mischte sich Schüchternheit, als sie die Papierpolster entfernten und dramatisch aus dem Zimmer humpelten. Sie hatten es so eilig, dass sie beinahe ihre Tante umgerannt hätten, die sich nicht schnell genug von ihrem Horchposten entfernt hatte.

»Komm, Oliver, wir wollen mal nachsehen, was diese beiden Halunken versteckt haben.«

»Geh du«, erwiderte Oliver. »Ich bin fürs Bäumeklettern nicht gebaut. Ich will die Sachen hier in die Stadt bringen und schätzen lassen.«

»Ich würde sagen, dieser böse Wind hat dir Gutes eingebracht, Oliver. Die sollten mehr als genug einbringen, sodass du im Konsortium bleiben und wahrscheinlich noch einen netten Notgroschen zurücklegen kannst.«

»Vermutlich möchtest du einen Anteil an den Einnahmen?«

Harry sah die Herausforderung in seinen Augen. »Ich will damit nichts zu tun haben, aber ich wäre dir dankbar, wenn ich mein Angebot über hundert Pfund zurückziehen dürfte.«

»Wenn ich sie verkaufe, dann bist du von deinem Versprechen entbunden«, murrte Oliver.

Harry ließ ihn mit seiner Beute sitzen, und als er die Treppe hinab in den Garten lief, bemerkte er Gertrude hinter einem Vorhang im Parterre, die ihn beobachtete. Arme Gertrude! Selbst das bisschen Humor, das sie einst besessen hatte, schien sie verlassen zu haben – und doch hatte sie richtig gehandelt, als sie die Waffen konfiszierte, denn in den Händen unvorsichtiger Jungen waren sie gefährlich.

Er musste sich tief bücken, um in das Refugium des Baumhauses zu schlüpfen. Er ließ sich auf den Boden fallen, lehnte sich an den Türrahmen und tupfte sich die Stirn ab, während er auf die vergangenen Jahre fluchte. Es hatte eine Zeit gegeben, in der er mit Leichtigkeit hochgeklettert wäre, doch jetzt war ihm heiß geworden und er war etwas außer Atem. Dennoch, als er dort saß und die Beine frei baumeln ließ, stellte er fest, dass die Aussicht über die Wipfel hinweg bis zur Küste und den Klippen prächtig war. Kein Wunder, dass die Jungen so viel Zeit hier oben verbrachten!

Die Truhe hatte einmal George gehört. Harry kannte sie noch aus der Zeit, als sie vor vielen Jahren nach Cornwall gereist waren, und als er den Deckel hob, überkam ihn eine tiefe Trauer, weil sein Stiefvater nicht mehr unter ihnen weilte. Wie gern hätte George sich an den Piratenspielen seiner Enkel beteiligt, um sich hier oben vor den Frauen zu verstecken und den Pflichten eines Vaters und Ehemanns sowie allen Verantwortlichkeiten zu entziehen, die mit dem Erwachsensein einhergingen! Denn George hatte stets einen wachen, neugierigen Geist besessen und seinen jugendlichen Überschwang nie ganz abgelegt.

Harry wühlte sich durch Muschelschalen, angebissene Äpfel, Papierfetzen und Bindfäden, Masken aus Pappmachee, Holzschwerter, Augenklappen und Schachteln mit fragwürdigen Überresten längst toter Tiere. Ein Andenken an seine Kindheitsschätze, nichts, was Interesse wecken würde.

Die Satteltasche hatte er sich bis zuletzt aufgehoben, und als er sie öffnete, fand er zahlreiche Karten und Notizbücher in einer Ledertasche verborgen. Beim Durchblättern erkannte er, dass es detaillierte Notizen über den Feldzug seines Vaters gegen die Eingeborenen waren. Er steckte sie zurück. Allein die Berührung vermittelte ihm das Gefühl, von dem Blut besudelt zu sein, das Edward damals vergossen hatte, und er hoffte inständig, dass die Jungen sie nicht allzu nah in Augenschein genommen hatten.

Harry verzog das Gesicht, als er wieder auf die Leiter trat. Er hatte nicht das Bedürfnis, etwas über die abscheulichen Taten seines Vaters zu lesen, denn seine Mutter hatte ihm die meisten erzählt, und jetzt waren sie für die Flammen bestimmt, in denen die Schmach und die Schande, die Edward über das Haus von Kernow gebracht hatte, ein für alle Mal geläutert werden konnten.

Freddy beobachtete von einem Fenster im ersten Stock aus, wie Harry die Karten und Notizbücher ins Feuer warf. Der Verlust der Pistolen und des Säbels war nichts im Vergleich zu der Erleichterung, nicht geschlagen worden zu sein, die wiederum verstärkt wurde durch die Gewissheit, dass er das Tagebuch vor den Flammen gerettet hatte, die jetzt seine anderen Schätze verschlangen.

Charlies Schweigen hatte sein Einverständnis mit dieser kleinen Täuschung signalisiert. Das Geheimnis um den verborgenen Kriechgang in der Kinderzimmerwand hatte sie einander nähergebracht. Aber geteilte Geheimnisse liefen Gefahr aufzufliegen, und obwohl er seinem Vetter vertraute und ihn als Bruder betrachtete, fragte er sich, ob es vielleicht klug wäre, das Tagebuch hervorzuholen und dafür ein anderes Versteck zu suchen.

Jenseits der Blue Mountains, Dezember 1849

Im Dunkeln erreichten sie das Ende des Pfades, und die Erleichterung war spürbar, als sie Pferde und Ochsen tränkten, ein Lager aufschlugen und auf Duncan warteten. Kumali entschloss sich, ihr Pferd zu mögen, und nachdem sie ihm Fußfesseln angelegt hatte, wie Ruby es ihr gezeigt hatte, streichelte sie den Hals des Tieres und ließ es an ihr schnüffeln. Seine Mähne kitzelte, und sie kicherte vor Vergnügen.

»Kumali, kannst du mir Wasser holen?«, rief Ruby, während sie das Wallaby häutete, das Fergal am Morgen geschossen hatte.

Kumali nahm den schweren Kochtopf und machte sich fröhlich auf den Weg zwischen den Bäumen hindurch an den nahen Bach. Die Nacht war sternenklar und warm, sie hatte den Abstieg vom Berg überlebt, und bald würde sie ihren Magen füllen.

Sie watete ins Wasser, blieb einen Moment stehen, schaute zum Himmel auf und erinnerte sich daran, wie die Ältesten ihr vor langer Zeit von den Ahnengeistern erzählt hatten, die dort lebten. Verächtlich schnaubend tauchte sie den Topf ins Wasser. Die Geister sollten sie beschützen und über sie wachen, doch sie glaubte nicht daran – nicht nach allem was sie durchgemacht hatte –, sondern war zu dem Schluss gekommen, dass ihr Schicksal in ihren eigenen Händen lag. Sie hob den gefüllten Topf, der jetzt noch schwerer war, und balancierte ihn auf der Hüfte. Der Schein des Lagerfeuers war ihr Wegweiser, und sie strebte darauf zu.

Seine Hand lag auf ihrem Mund, bevor sie schreien konnte. Ein Arm umfasste ihre Taille und zog sie so fest an seinen Körper, dass sie kaum atmen konnte. Der Topf fiel zu Boden, als sie um sich schlug und versuchte, ihm mit den Fingern in die Augen zu stechen.

Sein Atem stank widerlich, seine Lippen fuhren über ihre Wange, seine Stimme war wie ein leises Knurren. »Wehr dich ruhig, du kleine Schlampe! Ich habe lange genug darauf gewartet, und ich will dich haben.«

Kumali wand sich, trat aus, packte seinen Bart und zog daran, so fest sie konnte. Sie grub die Zähne in seine Hand und biss zu, bis sie Blut schmeckte. Sein Griff lockerte sich, er fluchte, und sie rammte ihm einen Ellbogen in die Rippen. Die regelmäßigen Mahlzeiten und die körperliche Bewegung hatten sie gestärkt, und als er wieder nach ihr griff, stieß sie ihm das Knie in die Hoden und schubste ihn von sich.

Er taumelte zurück, Wut in den Augen. Dann verfing sich sein Fuß in dem Topf, und als er sich fangen wollte, geriet der andere Fuß in einen Felsspalt. Knackend brach das Fußgelenk, und mit einem lauten Schmerzensschrei fiel er schwer zu Boden. Sein Schädel barst wie eine reife Frucht – dann war er plötzlich still.

Kumali begann zu schreien. Der Lärm hallte im Busch wider und dröhnte in ihrem Kopf. Berts Blut sickerte über den Fels und bildete auf dem Schiefer am Bach eine Pfütze.

Ruby hörte die Schreie und wusste sogleich, was geschehen war. Sie hatte bereits das Lagerfeuer verlassen, besorgt, da Kumali zu lange brauchte, um Wasser zu holen, und Bert offensichtlich verschwunden war. James und die anderen waren dicht hinter ihr, als sie das Mädchen erreichte. Bei dem Anblick, der sich ihnen bot, blieben sie erschrocken stehen.

Kumali schrie hysterisch, und Bert war offensichtlich tot.

»Kümmere dich um Kumali, und bring sie zum Schweigen!«, befahl James.

Ruby nahm die zitternde, verwirrte Kumali in die Arme, während James den Mann am Boden untersuchte.

James fuhr sich mit den Händen durch die Haare, seine Miene verfinsterte sich. »Mein Gott, was für ein Schlamassel! Was machen wir denn jetzt?«

»Ihn beerdigen«, erwiderte Ruby. »Niemand wird ihn vermissen.«

»Wenn ich ihn beisetze, decke ich einen Mord, und das kann ich nicht«, fuhr James sie an. »Wir müssen die Behörden informieren.« Er schritt auf und ab und raufte sich die Haare. »Ich habe dir doch gesagt, dass sie nur Ärger bringt. Warum zum Teufel hörst du nie auf mich?«

»Kumali Boss nicht getötet. Er sich Kopf am Felsen aufgeschlagen. Bert hat mir etwas antun gewollt. Ich nicht ihn habe getötet.«

Ruby war wütend auf James. »Ich höre immer auf dich«, entgegnete sie, »und ich finde es nicht gut, wenn man mich anschreit.« Sie warf Fergal und Wally einen Blick zu. »Es liegt doch auf der Hand, was passiert ist«, tobte sie. »Er hat versucht, sie zu vergewaltigen, sie hat sich zur Wehr gesetzt, und er ist mit dem Kopf auf den Felsen geschlagen. Kumali hat ihn nicht umgebracht – es war ein Unfall.«

»Behauptet sie.« James war stur.

»Mach dich nicht lächerlich!«, sagte sie verächtlich. »Sieh dir doch die Wunde an und das gebrochene Fußgelenk! Er ist gestürzt.«

»Unfall hin oder her, Bert ist tot. Sie ist schwarz, Ruby, und Schwarze dürfen Weiße nicht töten.«

»Schwarz, weiß, was spielt das schon für eine Rolle?«, schrie sie, gehörig aufgebracht. »Er hat bekommen, was er verdient hat.«

»Irgendwie ist es gerecht«, murmelte Fergal.

»Siehst du! Sogar Fergal ist einer Meinung mit mir«, stieß sie wütend hervor. »Was ist mit dir, Wally? Meinst du, wir sollten zu den Behörden gehen?«

»Ich habe damit nichts zu tun«, murrte er und trat einen Schritt zurück.

»Nur weil Bert zuerst da war«, fauchte sie. »Ich habe gesehen, wie ihr sie beobachtet habt. Du kannst Gott nur danken, dass *du* nicht dort liegst und das Blut nicht aus deinem Schädel quillt.«

»Schon gut, Ruby, beruhige dich!«

»Bevormunde mich nicht, James! Ich weiß, was richtig ist. Wenn du zu den Behörden gehst, dann … dann …« Sie verstummte, weil ihr keine passende Drohung einfiel.

»Ruby, du denkst nicht geradeaus«, sagte er ungeduldig. »Bert ist uns von der Strafvollzugsbehörde zugewiesen worden. Sie behalten diese Männer im Auge, und es ist unsere Pflicht, seinen Tod zu melden – besonders, wenn eine Schwarze beteiligt ist.«

Ruby war erzürnt über sein mangelndes Verständnis und seine unsensible Ausdrucksweise. »Wir könnten ihnen sagen, dass er fortgelaufen ist.«

»Dann fangen wir unser neues Leben mit einer Lüge an«, protestierte er. Sein Blick war grimmig, doch Ruby ließ sich nicht einschüchtern. »Um Himmels willen, Ruby«, fuhr er sie an, »sei doch vernünftig!«

»Ich bin vernünftig«, entgegnete sie, die Hände in die Hüften gestemmt. »Beerdige ihn, James! Niemand wird nach ihm suchen. Die Behörden haben zu viele Sträflinge zu versorgen, und die laufen immer weg. Ich könnte schwören, dass sie nicht kommen, um ihn zu überprüfen.« Er schwankte, und sie nutzte ihren Vorteil. »Komm schon, James«, versuchte sie ihn zu überreden. »Du siehst doch, dass es ein Unfall war. Setzt du die Behörden darüber in Kenntnis, wird man Kumali ins Gefängnis werfen und wahrscheinlich erhängen. Vor einem weißen Gericht erfährt sie keine Gerechtigkeit. Lass es bleiben!«

Fergal durchbrach das lange Schweigen. »Ich meine, was Ruby

sagt, stimmt, James. Wir wollen den Mann beerdigen, und damit hat es sich.«

»Was sagst du, Wally?«

Wallys knorrige Hände kneteten seinen Hut, während er den leblosen Bert betrachtete. »Wenn's nach mir geht, werden keine Behörden hinzugezogen«, murmelte er. »Ich habe zu viele Jahre im Knast verbracht, und das hier wird mich vermutlich wieder reinbringen. Begrabt ihn, würde ich sagen.«

Seufzend gab James nach. Als die Männer zum Lager zurückkehrten, um Spaten zu holen, legte Ruby ihren Arm um Kumali. »Komm«, sagte sie sanft, »es ist vorbei. Niemand außer uns wird erfahren, was heute Abend geschehen ist. Und hab keine Angst vor Wally – er würde es nicht wagen, jetzt noch aus der Reihe zu tanzen.«

Während sie Kumali tröstete, Salbe auf deren Kratzer strich und versuchte, ihr zerrissenes Kleid auszubessern, entlockte sie dem Mädchen die Geschichte. Sie war erleichtert, dass Kumali tatsächlich nicht vergewaltigt worden war, doch es hatte nicht viel gefehlt, und sie spürte ihr schlechtes Gewissen. Ihr weiches Herz und ihre Sturheit hatten die Eingeborene in Gefahr gebracht. Wohl oder übel hatte sie einsehen müssen, dass sich James' Misstrauen gegenüber den Aborigines nie ändern würde. Er mochte sie einfach nicht. Vielleicht wäre es besser gewesen, seinem Rat zu folgen, doch für Reue war es zu spät. Sie würde Kumali ein Messer geben.

Duncan traf mit den Schafen ein, als die letzte Erde auf Berts Grab geschaufelt wurde. Er hörte sich an, was James ihm über die Vorkommnisse berichtete, und spuckte dann mit finsterer Miene aus. »Immer gibt es Ärger, wenn Frauen in der Nähe sind«, sagte er kaum hörbar, »aber es klingt so, als hätte er es verdient. Ein Glück, dass wir ihn los sind!« Er verschwand in der Dunkelheit und machte es sich mit seinen Hunden und den Schafen innerhalb des Pferches bequem.

Als sie am nächsten Morgen wach wurden, war von Wally nichts zu sehen. Schlafsack und Sattel waren verschwunden, außerdem ein Pferd und ein Bündel mit Vorräten. Der Verlust eines zweiten Pferdes und weiterer Vorräte war ein Schlag, einen Helfer verloren zu haben war unerfreulich, aber niemand war überrascht, dass Wally beschlossen hatte, das Weite zu suchen.

Sechs

Lawrence Creek, Hunter Valley, Dezember 1849

Die Schüler waren schon den gesamten Vormittag überdreht gewesen, und da es der letzte Schultag vor den Weihnachtsferien war und sie sich auf die Feier am Abend vorbereiten wollte, hatte Jessie sie früher nach Hause entlassen. Sie stand auf der Treppe der Schule und beobachtete, wie die vierundzwanzig Kinder die Pferde sattelten, und winkte, bis sie außer Sichtweite waren.

Mit einem zufriedenen Seufzer ging sie wieder nach drinnen und begann aufzuräumen. Weihnachten war schon in wenigen Tagen, und die letzte Woche hatten sie damit verbracht, Geschenke zu basteln. Die älteren Jungen hatten Holzspielzeug geschnitzt, während die geschickteren Mädchen Stoffpuppen und Schürzen genäht sowie Topflappen gestrickt hatten. Die Kleinen hatten bunt verzierte Kalender gebastelt. Alle waren vertieft gewesen, die Köpfe über ihre Arbeit gebeugt; unterdessen hatte sie ihnen vorgelesen, Nadeln eingefädelt und geholfen, Wolle zu entwirren.

Nachdem sie die letzten Materialreste wieder in den Leinenbeutel an der Innenseite der Tür gesteckt und die Holzspäne ins Freie gekehrt hatte, setzte sie sich und genoss die Stille. Schweiß rann ihr über die Rippen, und sie tupfte sich mit einem Taschentuch die Feuchtigkeit von der Oberlippe. Ein merkwürdiges Gefühl, Weihnachten bei dieser Hitze zu feiern! Es sollte Schnee liegen, die Luft frostig sein, und Zehen und Finger müssten vor Kälte kribbeln, doch als sie aus dem Fenster schaute, sah sie nur einen wolkenlosen tiefblauen Himmel und Bäume in der Ferne, die wegen der flirrenden Hitze so wirkten, als stünden sie im Wasser.

Sie fragte sich, ob es ihren Brüdern wohl genauso erging. Dachten die beiden an sie, an die Weihnachtsfeste, die sie in Cornwall verbracht hatten, als ihre Mutter und Großmutter noch lebten? Schauten sie in denselben klaren Himmel, spürten sie die Hitze dieses südlichen Dezembers und sehnten sich danach, wieder zusammen zu sein? Sie seufzte aus tiefstem Herzen. Sie hatte nichts von ihnen gehört, doch sie war ja auch erst wenige Wochen hier und die Post hierher brauchte Monate. Sie hoffte nur, dass ihre Brüder in ihrem neuen Leben dieselbe Zufriedenheit gefunden hatten wie sie.

Jessie wurde klar, dass sie nicht müßig herumsitzen durfte, während Hilda für das Fest kochte, aber die Zeit verstrich, während ihr Blick auf den bunten Bildern von Rotkehlchen, Schneemännern und Misteln hängen blieb, die ihre Schulkinder an die Wand gesteckt hatten. Die Motive passten nicht zu diesem Klima, waren aber liebgewonnene Bilder, tradiert von Eltern und Großeltern, die diese Feiertage in viel kälterem Klima erlebt hatten.

Ihr Blick wanderte über die leeren Haken und die verlassenen Pulte. Die Zahl der Kinder hatte sie am ersten Tag eingeschüchtert. Obwohl die Schüler zwischen sechs und dreizehn Jahre alt waren, hatte sich erwiesen, dass sie leicht zu unterrichten waren. Die älteren Jungen hatten sie anfangs auf die Probe gestellt und sich wichtig gemacht, doch sie hatten bald gelernt, dass Jessie sich nicht beeindrucken ließ, und waren zur Ruhe gekommen. Schüchtern hatten sie ihr Äpfel oder Honigwaben geschenkt.

Die Kinder hatten am ersten Morgen andächtig zugehört, als sie ihnen ihr Leben in Cornwall und ihre Ankunft in Sydney beschrieb, sie hatten mit ihr gelacht, als sie erzählt hatte, wie sehr sie sich vor der Echse gefürchtet hatte. Dann war es an ihr gewesen, zuzuhören, und die Entschlossenheit, die sich wie ein Faden durch die Geschichten der Kinder zog, hatte sie überrascht. Im Gegensatz zu den unterdrückten Bälgern in England ließen diese Kinder sich weder durch Armut noch durch verkommene Behausungen einschüchtern, noch von der drohenden Einweisung in ein Armenhaus, die am Ende auf die meisten wartete. Diese Kinder würden allen Widrigkeiten zum Trotz kämpfen, Schwierigkeiten und Naturgewalten überwinden, um hier ihr Leben zu gestalten und zum Erfolg zu führen.

Sie öffnete das Fenster und lehnte sich hinaus, um den kühlen Schatten der überhängenden Bäume zu genießen. Das Tal breitete sich vor ihr aus, golden in der Sonne, die Reihen dunkler Rebstöcke verloren sich in der Ferne. Es gab Wohlstand im Tal, doch er lag in den Weinstöcken und den Ländereien. Nur wenige Kinder trugen Stiefel, sie zogen die Freiheit bloßer Füße vor, deren Sohlen vom Laufen auf der in der Hitze gebackenen Erde hart geworden waren.

Diese dritte oder sogar vierte Generation australischer Kinder besaß nur noch wenig Ähnlichkeit mit ihren bleichgesichtigen, schwächlichen englischen Vettern. Unter dem Schmutz und der verschlissenen Kleidung verbargen sich stabile Charaktere, eine klare Haut und glänzendes Haar. Die Augen strahlten vor Neugier. Ihre Körper waren durch die Arbeit in den elterlichen Weinbergen und vom Ritt auf ihren struppigen Ponys gestählt. Den klaren Teint verdankten sie der Fülle an Obst, frischem Gemüse und der Sonne, ihr Lerneifer hingegen war angeboren. Die Kinder der Pioniere waren durchdrungen von einem Wissensdurst, den alles interessierte, was jenseits ihres heimatlichen Tals lag.

Jessie hatte das Gefühl, dass sie Hilda gegenüber unfair war, und warf noch einen letzten, wohlwollenden Blick über das saubere Klassenzimmer, bevor sie ihre Haube nahm und hinausging.

»Ich könnte Hilfe gebrauchen, ohne Zweifel«, keuchte Hilda,

die durch den Dampf spähte und ihr hochrotes Gesicht abtupfte. »Diese Plumpuddings sollten inzwischen fertig sein. Nimm das Tuch da, dann holen wir sie raus.«

Jeder Plumpudding wurde mit Kattun umwickelt und fest an eine lange Stange gebunden. Insgesamt waren es sechs Stück, und sie wogen eine Tonne – so kam es ihr zumindest vor. Mühsam hielten sie die Stange so hoch, dass sie nicht in den Dreck hingen, und trugen sie vom riesigen Kessel mit kochendem Wasser fort, um sie vorsichtig auf einem Tisch in der Nähe abzusetzen. »Sind noch zu heiß, um sie anzufassen«, sagte Hilda. »Wir lassen sie vorerst hier und rühren den restlichen Teig an.«

Jessie atmete die wunderbaren Düfte getrockneter Früchte und Gewürze ein. Nur selten hatten sie sich zu Hause einen solchen Luxus leisten können, und ihr lief das Wasser im Mund zusammen. »Gibt es bei euch immer Plumpudding zu Weihnachten?«

Hilda nickte. Ihre stämmigen Arme arbeiteten, um die schweren Zutaten zu mischen, die so verführerisch nach Obst, Zucker und Branntwein rochen. »Wäre doch kein richtiges Weihnachtsfest ohne Plumpudding und eine hübsche fette Gans.«

Jessie verzog das Gesicht beim Gedanken an die reichhaltigen Mahlzeiten bei dieser Hitze, doch wenn sie in den Geist eines australischen Weihnachtsfests eindringen sollte, würde sie schon auf den Geschmack kommen müssen. »Anscheinend hast du viele Puddings gemacht«, sagte sie, als sie ihren Teil geknetet hatte.

»Zwei sind für uns, einer wird für das nächste Jahr aufgehoben, und die anderen sind für heute Abend.« Hilda musterte sie. »Hast du dich entschieden, was du anziehen willst?«

»Ich habe keine große Wahl«, erwiderte sie. »Entweder das hier« – sie zupfte an ihrem schlichten braunen Kleid –, »mein bestes Stück, oder Rock und Bluse.«

»Ich habe eine hübsche Kameebrosche, die würde auf deiner

Bluse schick aussehen«, sagte Hilda und löffelte den Kuchenteig in eine große Form, die sie in die Mitte des dickbäuchigen Ofens stellte. Sie schlug die Tür zu, atmete tief durch und wischte sich die Stirn ab. »Mit dem Umhängetuch deiner Großmutter wirst du bildhübsch aussehen.«

»Und was ist mit dir? Brauchst du die Brosche denn nicht?«

»Ich habe eine schöne Kette aus Gagatperlen mit dazu passenden Ohrringen. Das reicht für eine alte Schachtel wie mich.« Sie stieß Jessie an. »Kein Mr. Abel Cruickshank oder seinesgleichen würden mir schöne Augen machen, mein Mädchen – die Zeit ist längst vorbei.«

Jessie wurde rot und senkte den Kopf. Seit ihrer Ankunft hatte Mr. Cruickshank sich nicht blicken lassen, und sie kam nicht umhin, sich zu fragen, ob sie ihn wohl am Abend treffen würde.

Mr. Lawrence hielt sie den ganzen Nachmittag auf Trab. Hilda wurde aufgetragen, seinen schwarzen Anzug zu bügeln und auszubürsten sowie seinen Zylinder und seine Schuhe zu polieren. Jessie wurde mit Armen voller Sachen hin und her geschickt, die in die Kutsche zu laden waren. Eine Unterbrechung war nur das gemeinsame späte Mittagessen mit ihm.

Jessie fieberte vor Ungeduld, während die Uhr tickte und er langsam den kalten Imbiss und zahlreiche Tassen Tee zu sich nahm. Kaum konnte sie ihre Ungeduld zügeln, und sie schielte auf die Uhr. Ihr wurde klar, dass sie bis zum Aufbruch nur noch knapp eine Stunde hatten, und sie verzweifelte, als er bedächtig ein Stück Käse abschnitt und zu kauen begann. »Wenn Sie mich bitte entschuldigen wollen«, sagte sie, denn sie konnte nicht länger still sitzen. »Ich habe noch so viel zu tun.«

Er beäugte sie durch sein Monokel. »Da dies Ihre erste echte Einführung in die hiesige Gesellschaft sein wird, hoffe ich, dass Sie sich entsprechend ernsthaft verhalten«, sagte er, den Mund voll Käse. »Sie werden Mrs. Blake begleiten und ihr mit dem

Essen helfen, und wenn Ihre Pflichten erfüllt sind, werden Sie für den Rest des Abends an meiner Seite bleiben.«

Sie hielt seinem Blick stand, war sich aber bewusst, dass ihr Herz pochte und ihr Gesicht rot anlief. Er wollte damit doch wohl nicht sagen, dass sie nicht teilnehmen durfte?

Er zog seine Taschenuhr hervor, verglich die Zeit mit der der Zimmeruhr und klappte sie wieder zu. »Wir werden in genau fünfundvierzig Minuten aufbrechen. Sie dürfen gehen.«

Als Jessie vierzig Minuten später aus ihrem Zimmer trat, wusste sie, dass sie gut aussah. Rock und Bluse hatte sie zugunsten ihres besten Kleides verworfen. Der mit einem Blattmuster versehene Baumwollstoff bauschte sich unterhalb der Taille zum Rock auf, der Ausschnitt bedeckte ihre Schultern, um das Muttermal zu verbergen, das Dekolletee war durch einen Spitzenbesatz, an den sie Hildas Brosche gesteckt hatte, weniger waghalsig. Sie hatte ihre Haare vom Mittelscheitel aus gebürstet und in zwei schwere Zöpfe geflochten, die sie über den Ohren zusammengerollt und mit blauen und gelben Bändern versehen hatte. Mit dem schönen Umhängetuch um ihre Schultern kam sie sich wie eine Prinzessin vor – auch wenn ihre Stiefel abgenutzt waren, sie keinen anderen Schmuck hatte und das verhasste Korsett kniff.

»Gute Güte, siehst du phantastisch aus!« Hilda schaute in schwarzem Bombarsin prachtvoll aus, ihre Gagatohrringe und die Kette glitzerten in der späten Nachmittagssonne.

Mr. Lawrence riss die Augen auf, als Jessie in die Kutsche stieg. »Bedecken Sie sich!«, zischte er, den flackernden Blick auf ihre Schultern gerichtet. »Wenn wir nicht schon spät dran wären, würde ich Sie auffordern, sich umzuziehen. Das ist ein höchst unpassender Aufzug für eine Lehrerin.«

Jessie zog das Umhängetuch fester um sich, ihre Wangen wurden rot, der freudige Augenblick war durch seine Kritik getrübt.

»Ich finde, sie sieht wunderbar aus«, fuhr Hilda ihn an.

Er klatschte mit den Zügeln auf die Kruppe des Pferdes und gab durch seine Haltung zu verstehen, dass sie ihm beide missfielen.

Jessie vergaß seine Missbilligung schon bald, als sich die Landschaft vor ihnen öffnete. Dieser Teil des Tals war ihr neu, und es war interessant, die feinen Unterschiede zu beobachten. Manche Häuser waren sehr prächtig; sie hatten rote Ziegeldächer und weiß getünchte Mauern. Andere hingegen glichen eher Rindenhütten; sie lagen verstreut zwischen den Rebstöcken, die teilweise auf Terrassen der umliegenden Berge angepflanzt waren. Während sie die Szenerie in sich aufnahm, fragte sie sich, wo Abel Cruickshank wohnte und ob er sich noch an sie erinnerte.

Die Geräusche des Fests drangen an ihre Ohren, während sie auf ein besonders prächtiges Gebäude zusteuerten und über die lange, von Bäumen gesäumte Auffahrt fuhren. An einer Seite der Auffahrt waren Kutschen abgestellt, und durch die Bäume sah Jessie Pferde, die auf der Weide daneben grasten. Karren standen auf einem Feld, und sie winkte erfreut zurück, als sie einige der Kinder wiedererkannte, die ringsum spielten.

»Da ist unser Gastgeber«, brummte Mr. Lawrence.

Jessie erblickte den gut aussehenden blonden Mann, der auf der Treppe neben einer älteren Frau stand. »Er scheint sehr jung zu sein, dafür, dass er so ein herrliches Weingut besitzt«, erwiderte sie.

»Seine Eltern kamen aus Deutschland und haben das Anwesen vor etwa vierzig Jahren gegründet. Gerhardt hat es nach dem Tod seines Vaters übernommen. Das ist seine Mutter, Frieda von Schmidt. Sie ist die Ranghöchste in der hiesigen Gesellschaft und eine großzügige Spenderin für meine Wohltaten. Ich erwarte daher von Ihnen, dass Sie einen guten Eindruck hinterlassen.«

Er half ihr von der Kutsche, und Jessie glättete die Falten ihres Rocks, als Gerhardt auf sie zutrat, um sie in Empfang zu nehmen.

»Miss Searle.« Er schlug die Hacken zusammen und hauchte einen luftigen Kuss über ihre Finger, während sie höflich knickste. »Es ist mir eine Ehre, endlich Ihre Bekanntschaft zu machen.«

Seine Augen waren dunkelblau, und die goldblonden Haare glitzerten in der Sonne. Er war hochgewachsen und hatte breite Schultern, seine Haut war leicht getönt, und er trug einen Schnurrbart. Jessies Herz flatterte leicht. Seine Mutter war groß und elegant, ihr Ausdruck über dem hochgeschlossenen schwarzen Spitzenkleid patrizisch. Jessie knickste erneut.

Frieda beäugte sie durch eine Lorgnette, stützte sich dabei auf ihren Gehstock und lächelte dann. Schon hatte man den Eindruck, als wären die Jahre weggewischt, um einen Hauch der Schönheit zu offenbaren, die sie einst gewesen war. »Sehr hübsch«, sagte sie, und ihr knorriger Finger tippte an Jessies Kinn. »Eine großartige Bereicherung für unsere kleine Gemeinde. Willkommen zu unserem Fest, meine Liebe. Ich hoffe, es gefällt Ihnen.«

»Miss Searle ist nicht hier, um sich zu amüsieren«, sagte Zephaniah Lawrence streng. »Sie ist hier, um Mrs. Blake zu helfen und sich mit einigen Eltern ihrer Schüler bekannt zu machen.«

»Weißt du, Zephaniah, du kannst manchmal schrecklich hochtrabend sein.« Die welken blauen Augen taxierten den Pfarrer kühl. »Dafür, dass du ein Mann Gottes bist, hast du anscheinend wenig Barmherzigkeit für ein junges Mädchen, das Heimweh haben muss.«

Jessie sah belustigt zu, wie er sich wand und versuchte, seinen Standpunkt darzulegen, wobei er sich hilflos verhedderte, gnadenlos beäugt von Frieda.

»Ich werde die Diener anweisen, das Essen in die Scheune zu tragen«, sagte Gerhardt. »Bitte, darf ich die Damen zum Fest geleiten?«

Hilda zwinkerte ihr zu, als Jessie den ihr dargebotenen Arm nahm. Gemeinsam gingen sie durch die tadellos gepflegten Gärten mit Springbrunnen und Lauben. Überall herrschte ein berauschender Blütenduft. Jessie schaute sich ehrfürchtig um – denn das alles war größer als ein englischer Park –, während Hilda mit ihrem Gastgeber plauderte.

Die Scheune stand etwas weiter entfernt, und das geschäftige Treiben wurde von den Klängen der Fiedler begleitet, die ihre Instrumente stimmten; Kinder riefen sich etwas zu, während ihre Eltern sich unterhielten und den neusten Klatsch austauschten.

»Sie müssen mir erlauben, nachher mit Ihnen zu tanzen«, sagte Gerhardt und führte sie an die Tische, die bereits unter Nahrungsmitteln ächzten.

Jessie nickte knapp. »Vielen Dank, Sir, aber ich werde zu beschäftigt sein, um zu tanzen.«

Die blauen Augen zwinkerten. »Es ist mein Fest und mein Recht, wenigstens einen Tanz vom hübschesten Mädchen hier einzufordern.«

Jessie errötete wütend. Er verbeugte sich und ging.

»Herr im Himmel, du wirst doch nichts anbrennen lassen, oder?«, kicherte Hilda und band sich eine große Schürze um. »Du hast ziemlichen Eindruck geschunden, Mädchen.«

Jessie legte ihre Schürze an und hoffte, nicht zu aufgeregt über Gerhardts Aufmerksamkeiten zu wirken. »Ich bin hier, um zu arbeiten, nicht, um zu tanzen.«

»Das werden wir sehen«, flüsterte Hilda.

Der Lärm wuchs, als noch mehr Menschen eintrafen und die Musiker zu spielen begannen. Fiedel und Trommel wurden begleitet von der Blechflöte, einem Banjo und der Quetschkommode, und die Hitze in der Scheune nahm zu, als man sich auf die Tanzfläche begab. Jessie konnte nicht widerstehen, im Takt mit den Füßen zu wippen, während sie neben Hilda stand, doch da das Tanzen die Nachfrage nach kühler Limonade und Bier steigerte, hatte sie kaum Zeit zu bedauern, dass sie nicht mitmachen konnte.

»Darf ich bitten, Miss Searle?«

Sie schaute zu dem flachsblonden Jugendlichen auf, der vor ihr stand und nervös den Hut in den Händen drehte. Er war der ältere Bruder eines ihrer Schüler. Sie war sich nur allzu bewusst, dass Mr. Lawrence sie aus seinen Knopfaugen beobachtete, und wusste, dass er nur darauf wartete, einen Makel zu finden. »Tut mir leid, nein, ich habe zu viel zu tun«, sagte sie mit einem bedauernden Lächeln.

Er wurde rot und schluckte; offenbar wusste er nicht so recht, was jetzt zu tun war, doch bevor er sich entschließen konnte, gesellten sich vier andere junge Männer zu ihm, die ihn beiseiteschubsten. »Kommen Sie, Miss Searle, tanzen Sie mit uns! Sie können nicht den ganzen Abend arbeiten.«

Hilfesuchend schaute sie zu Hilda hinüber, als die Gruppe sie umzingelte, doch Hilda war in eine Unterhaltung mit ihrem Arbeitgeber vertieft, die eine Hand fest auf seinem Arm. So steuerte Hilda ihn in die hintere Ecke der Scheune, wo sich eine Schar älterer Damen versammelt hatte. »Tut mir leid«, sagte sie, »aber ich darf nicht tanzen.«

»Sie dürfen nicht? Wer hat das verboten? Doch nicht dieser alte Griesgram Zephaniah? Kommen Sie, Miss Searle, Sie sind viel zu hübsch für ein Mauerblümchen.«

Jessie wich zurück. Sie meinten es nicht böse, waren nur etwas übermütig, doch sie wusste nicht, wie sie eine Kränkung vermeiden sollte.

»Verzeihen Sie, Miss Searle! Ich glaube, der Tanz gehört mir.« Ihre Schürze wurde abgebunden und einem der Jugendlichen zugeworfen, und ohne auf ihre Antwort zu warten, zog Gerhardt sie aus dem Gedränge und wirbelte sie in die Mitte der Tanzfläche. »Ich habe Ihnen angesehen, dass Sie Hilfe brauchten.«

Sie erwiderte sein Lächeln, war sich aber nur allzu bewusst, dass Mr. Lawrence sie aus dem Schatten beobachtete. »Ihretwegen werde ich mir einen Verweis zuziehen«, sagte sie nervös. »Mr. Lawrence hat mir ausdrücklich verboten zu tanzen.«

»Dann muss ich dafür sorgen, dass der Abend für Sie so denkwürdig wird, dass er jeden Verweis rechtfertigt, Miss Searle.«

Er beugte sich über ihre Hand, sobald die Musik aufhörte, und nickte der Schar junger Männer zu, die sie beobachtet hatten. Seine Augen leuchteten vor Ausgelassenheit, als er sie anschaute. »Genießen Sie das Fest, Miss Searle.«

Bevor er auch nur einen Schritt getan hatte, war sie erneut umzingelt. Die Musik setzte wieder ein, und im Nu wurde sie von einem strahlenden jungen Farmer mit zwei linken Beinen in eine lebhafte Polka hineingezogen. Je weiter der Abend fortschritt, desto unerträglicher wurde die Hitze. Musik und Geräusche wurden lauter. Jessie kam nicht von der Tanzfläche, bis ihr schwindelig war, doch sie hatte längst aufgegeben, sich zu sorgen, was Mr. Lawrence wohl sagen würde – es machte ihr zu viel Spaß. Dennoch musste sie sich ausruhen, um Atem zu schöpfen. Sie bedankte sich bei ihrem letzten Tanzpartner und wollte schon zu Hilda zurückgehen, als sie Abel Cruickshank an der Tür erblickte. Ihre Blicke trafen sich, er lächelte und tippte anerkennend an seinen Hut. Jessie spürte ein erwartungsvolles Flattern, als er sich in Bewegung setzte. Er würde sie zum Tanz auffordern.

»Ich glaube, ich bin wieder an der Reihe.«

Bevor sie etwas einwenden konnte, hatte Gerhardt sie wieder auf die Tanzfläche geführt. Die Musik spielte zu einem einfachen Squaredance auf. Ein kurzer Blick zur Tür zeigte ihr, dass Abel ihren Bewegungen mit undurchdringlicher Miene folgte.

»Sie sind wirklich hübsch«, sagte Gerhardt, als sie aufeinander zugingen und sich drehten, bevor sie wieder getrennt wurden.

Sie schaute kurz zur Tür. Abel hatte sich abgewandt – er ging.

»Erlauben Sie mir, Sie an den Tisch zu begleiten, Miss Searle?«

Sie versuchte, trotz ihrer Enttäuschung zu lächeln. »Es wäre mir eine Ehre, Sir«, erwiderte sie, »aber Hilda und ich werden bedienen.«

»Dafür gibt es genug andere Frauen«, sagte er herrisch und schwang sie herum. »Sie sind mein Gast, und ich wünsche mit Ihnen zu speisen.«

Sie gingen auseinander und tauschten die Plätze mit einem anderen Paar, und als sie sich an den Händen hielten, um einen Bogen für die anderen zu bilden, die hindurchzogen, wurde ihr klar, dass sie nicht ablehnen konnte. »Vielen Dank, Sir«, sagte sie und versuchte den Lärm zu übertönen. »Es wäre mir eine Freude.«

»Die Freude ist ganz meinerseits, Miss Searle.«

Seine blauen Augen schauten sie mit einer Eindringlichkeit an, die sie als recht beunruhigend empfand, und als das Stück zu Ende war, knickste sie. »Ich muss mich ausruhen«, sagte sie atemlos.

Er hielt ihre Hand fest. »Ich bin entzückt, dass Sie in das Tal gekommen sind«, sagte er und führte sie von der Tanzfläche. »Meine Mutter hat Sie sofort in ihr Herz geschlossen.« Er lächelte. »Ich auch.«

»Danke«, erwiderte sie, wobei ihr Blick auf der Suche nach Abel durch den Raum irrte.

Er schlug die Hacken zusammen und hauchte einen Kuss über ihre behandschuhte Hand.

»Jetzt reicht es aber«, polterte Mr. Lawrence, der Jessie grob am Arm packte. »Gehen Sie Ihren Pflichten nach, Miss Searle.«

Gerhardt stellte sich mit eiskaltem Blick zwischen die beiden. »Sie scheinen sich zu vergessen, Mr. Lawrence. Sie haben nicht das Recht, die Dame derart grob zu behandeln.«

»Grob behandeln?« Zephaniah Lawrence blieb die Luft weg, und es klang, als würge man ihn. »Miss Searle ist meine Angestellte, und es ist ihr strikt untersagt, sich so liederlich zu benehmen – auch wenn es mit ihrem Gastgeber ist.«

»Tanzen ist nicht liederlich«, entgegnete Gerhardt. »Es ist nur eine Art, Spaß zu haben und Menschen kennenzulernen.«

»Nicht, wenn sie weiterhin bei mir beschäftigt sein will, Sir. Kommen Sie, Miss Searle, Sie werden für den Rest des Abends neben mir sitzen!«

»Meine Mutter hat ausdrücklich darum gebeten, dass Miss Searle uns beim Abendessen Gesellschaft leistet.« Gerhardt wandte sich an Jessie. »Ich hole Sie in einer Stunde.«

»Ein schändliches Betragen!«, zischte Mr. Lawrence und packte erneut ihren Arm. »Ich hätte wissen müssen, dass Sie für den Posten ungeeignet sind, und ich werde es der Verwaltung ungeschminkt mitteilen.«

Jessie funkelte ihn an. »Lassen Sie mich los, Sir!«

Er wurde rot, sein Monokel fiel herab und baumelte am Band.

Nachdem sie von seinem Griff befreit war, spürte Jessie, wie die Hitze sie durchströmte, als ihr klar wurde, dass alle diese erbärmliche kleine Szene mitbekommen hatten. Sie überquerte die Tanzfläche mit aller Würde, die sie aufzubringen vermochte, und beschloss, der Kirchenverwaltung ebenfalls zu schreiben und Stellung zu beziehen. Sie verkroch sich in die dunkelste Ecke und suchte nach Abel.

»Er ist nach Hause gegangen«, sagte Hilda, setzte sich neben sie und tupfte sich die Stirn. »Ich nehme an, ihm war klar, dass er gegen unseren Gastgeber nicht ankommt.« Sie tätschelte Jessies Hand. »Mach dir nichts draus, Herzchen! Gerhardt ist auf jeden Fall der bessere Fang, und er hat sich ganz offensichtlich verliebt.«

Jessie versuchte, souverän über Hildas Worte hinwegzugehen, doch der Gedanke, dass Abel das Fest verlassen hatte, weil er irrtümlich annahm, sie habe sich von ihrem Gastgeber den Kopf verdrehen lassen, verstärkte ihre Enttäuschung. Es war ein Abend der verpassten Gelegenheit gewesen, und als Gerhardt kurz darauf die Tanzfläche überquerte, um sie zu holen, wünschte sie sich unwillkürlich, es wäre Abel, dem sie beim Essen Gesellschaft leisten würde.

Jenseits der Blue Mountains, Dezember 1849

»Da ist es«, sagte James, nahm den Hut ab und blinzelte in die Sonne.

Begeistert schaute Ruby auf die ausgedehnten Weiden, die wogenden Hügel, mäandernden Bäche und die schattenspendenden Bäume. Das Gras wogte in der leichten Brise. Der Himmel war strahlend blau, die Sonne vergoldete die Wipfel. »Ein Garten Eden«, hauchte sie.

»Dann werden wir es auch so nennen«, sagte James. »Eden Valley.«

»Das gefällt mir«, stimmte sie ihm zu. »Oder Edenvale? Ist nicht ganz so lang.«

Missmutig drückte James sich den Hut wieder auf den Kopf. »Dein Vater hat dafür bezahlt, vermutlich solltest du dem Anwesen von Rechts wegen einen Namen geben. Mich wundert nur, dass du es nicht Rubyvale nennen willst oder Niallvale oder irisch, etwa Donnyvale.«

Ruby nagte an ihrer Unterlippe. Sie hatte den Spott vernommen. Ihr war nicht klar gewesen, dass das Geschenk ihres Vaters ein Stein des Anstoßes war, denn bisher hatten sie kaum über die Besitzverhältnisse gesprochen. Sie sah ihren Mann schief an und wollte nicht glauben, dass er so aufbrausend und launisch sein konnte. Sein Verhalten hatte sich nach dem Verlust der Pferde und Vorräte verändert, und nach dem Angriff auf Kumali wusste sie, dass er nicht gut geschlafen hatte. Seine Träume hatten ihn mit Bildern gequält, Soldaten, die kamen, um ihn festzunehmen, weil er den toten Sträfling versteckt hatte. Seine Laune litt unter der Angst, ihr neues Leben könne ewig von den Vorkommnissen überschattet sein. Sie waren ständig in Gefahr gewesen, sich zu zanken, und da Ruby ihn liebte, war sie mittlerweile zu der Erkenntnis gelangt, dass ein Kompromiss die einzige Lösung war.

»Vater hat das Land gekauft, ja, aber er hat es uns beiden verpachtet«, rief sie ihm ins Gedächtnis. »Du hast ebenso viel bei der Namensgebung zu sagen wie ich – bitte, sei nicht sauer«, schmeichelte sie.

»Ich bin nicht sauer«, fuhr er sie an. »Ich bin es nur leid, dass mir eine Frau widerspricht und mich herumkommandiert, die lernen sollte, den Mund zu halten.«

In Ruby flackerte Wut auf, doch sie hielt sich zurück. Auf dieses Gestichel einzugehen würde nur einen weiteren Streit vom Zaun brechen, und sie wollte den Augenblick, der ein besonderer sein sollte, nicht verderben. Sie waren so weit gekommen und hatten so viel durchgemacht; sie war aus härterem Stoff und dachte nicht daran, sich seinen Launen zu unterwerfen und ihre Pläne aufzugeben.

»Dann bleibt es bei Eden Valley.« Er stieg in den Sattel. »Ich mache mich auf die Suche nach dem besten Platz für ein Lager, bevor es dunkel wird. Duncan und die anderen sind noch ein gutes Stück hinter uns, also warte hier, bis ich zurückkomme.« Er trieb sein Pferd zum Galopp an und war kurz darauf nur noch ein Fleck in der Ferne.

Ruby führte die Pferde auf die üppige Weide. Das Gras, das ihre Beine streifte, die aufsteigenden Düfte nach warmer Erde und zertretenen Wildblumen konnten ihre Bedenken nicht vertreiben. Dieses gelobte Land war alles, was sie sich nur wünschen konnte; doch ihr neues Leben als Ehefrau und die Freude, die sie hätte empfinden sollen, waren nicht nur durch den Groll ihres Mannes getrübt, sondern durch ihre Erlebnisse auf dem langen Weg hierher. Würde ihre Liebe welken, während der Groll siedete und die Abgeschiedenheit und der Überlebenskampf ihren Tribut forderten? Oder würde der Glaube an ihren Bund und die gemeinsamen Zukunftsträume standhalten? Sie konnte nur dafür beten.

»Boss nicht glücklich. Kumali glaubt, wegen mir.«

»Er ist nur müde und hat Hunger. Sobald wir das Lager aufgeschlagen und eine Nacht geschlafen haben, geht es ihm besser.«

Kumali runzelte die Stirn. »Er mag keine schwarzen Frauen. Kumali lieber verschwinden.«

Ruby seufzte. Rückblickend wäre es besser gewesen, wenn sie nicht darauf bestanden hätte, Kumali mitzunehmen, doch die Entscheidung war getroffen. Kumali traf keine Schuld, und früher oder später würde James sich damit abfinden müssen. Ihre Anwesenheit erschwerte die Dinge jedoch, denn Kumali folgte ihr ständig und beharrte darauf, möglichst nah bei ihr zu schlafen – was nur selten Intimitäten mit James erlaubte und wahrscheinlich der Hauptgrund für seine Verstimmung war.

»Missus Ruby?«

»Du bleibst bei uns«, sagte sie. »James und ich werden jeden brauchen, der uns hilft, uns hier einzurichten, zu bauen und das Vieh zu versorgen. Sobald du ihm gezeigt hast, wie nützlich du bist, wird seine schlechte Laune verfliegen.«

Kumalis Stirn legte sich in Falten, und sie gab sich größte Mühe, alles zu verstehen. Dann wurde ihre Miene weich, und sie lächelte. »Kumali kocht Essen, gut. Baut *gunyah*, fängt Fische und findet Honig. Dann Boss Kumali mögen.«

»Das wollen wir hoffen«, murmelte Ruby vor sich hin.

Sie hatten Pferden und Ochsen Fußfesseln angelegt, und die Tiere grasten, mit Schweifen und zuckenden Ohren verscheuchten sie lästige Fliegen. Fergal lag ausgestreckt im Schatten eines Baumes, den Hut auf dem Gesicht, und schnarchte; Duncan saß im Schutz des Wagens, vertieft in den Gedichtband, den er immer bei sich trug. Die Hunde hechelten in der Hitze des späten Nachmittags, ohne jedoch ihre Pflichten zu vernachlässigen, die Herde zu bewachen.

Ruby saß auf einem herabgefallenen Ast und beobachtete Kumali, die im Feuer unter dem vom Rauch geschwärzten Feldkessel stocherte. Der Geruch nach gekochtem Fleisch stieg im Tal auf und zog noch mehr Fliegen an, und Ruby fragte sich, ob sie mit zunehmender Dunkelheit von Mücken ersetzt würden, denn ringsum gab es viel Sumpfland.

Das Geräusch galoppierender Hufe ließ alle aufspringen, und als Ruby schützend eine Hand über die Augen hielt, erkannte sie, dass es James war.

»Ich habe einen idealen Platz gefunden«, keuchte er und schwang sich aus dem Sattel. »Weit genug von stehendem Gewässer entfernt, aber nah genug am Fluss, sodass wir die Tiere tränken können. Es ist ungefähr fünf Meilen in die Richtung«, sagte er und zeigte mit dem Daumen über die Schulter.

»Gibt es da Schatten für die Tiere und genügend flaches Land, auf dem man bauen kann?«

»Ruby«, stöhnte er, »ich weiß genau, was ich tue. Natürlich ist alles vorhanden.«

Gründlich in ihre Schranken verwiesen, wandte Ruby sich an Kumali. »Wir wollen die Tasse Tee noch trinken, bevor wir aufbrechen. Wir essen dann, wenn wir dort sind.«

Zinnbecher mit duftendem, dampfendem Tee wurden herumgereicht und so schnell wie möglich geleert. Dabei rühmte James die Vorteile des Platzes, den er gefunden hatte, und erläuterte seine Pläne. Fergal und Duncan hatten viele Fragen, und als James ihnen antwortete, fiel Ruby auf, dass er ihr den Rücken zukehrte und ihr stillschweigend jede Teilnahme an der Unterhaltung verweigerte.

Nachdenklich holte sie zusammen mit Kumali das gekochte Wallaby aus der Asche und teilte es in große Stücke, die sie sorgfältig in Ölpapier einschlug. James Reaktion auf ihre unschuldige Frage war den anderen durchaus aufgefallen, und sie hatte Mitgefühl in Fergals Augen aufblitzen sehen, Verwirrung in Kumalis. Sie musste lernen, den Mund zu halten, die Launen ihres Mannes zu deuten, und versuchen, sie zu verstehen und mit ihnen zu leben, bis seine Albträume nachließen und er den unglücklichen Beginn ihres Abenteuers vergessen konnte, um zu seinem sonnigen Gemüt zurückzufinden.

Das Feuer wurde gelöscht und durchgeharkt, die eingrenzenden Steine ließen sie liegen, um Funkenflug zu verhindern. Nachdem die Ochsen eingeschirrt, die Ersatzpferde an Longen gebunden und die Schafe zusammengetrieben waren, brachen sie auf.

Als die Sonne versank und orangefarbene, rote und gelbe Streifen über den Himmel warf, ließ James anhalten. Loris, Papageien und Nymphensittiche aller Farbschattierungen kreisten schreiend über ihnen und flogen zu ihren Schlafplätzen. Rosenkakadus mit rosaroter Brust hockten auf den Ästen der Bäume, und schwirrende Schwärme hellgrüner und gelber Sittiche schossen über ihnen hinweg und stießen herab.

Ruby stand neben James und schaute über das Land, das ihr Zuhause sein würde. Der Talboden lag im Schutz eines Viertelkreises aus niedrigen, dicht bewaldeten Bergen. Im Westen mäanderte ein Fluss, und obwohl die Weide von Buchsbaum und Eukalyptus befreit werden musste, war die Erde fruchtbar und dicht mit Gras bewachsen. Die dunkelroten Blüten einer Waratah-Blume leuchteten, und eine Reihe roter Gummi- und Kängurubäume zog sich durch das gesamte Tal am Fluss entlang.

»Perfekt«, flüsterte sie. »Gut gemacht, James.«

Anscheinend hatte er seine schlechte Laune abgeschüttelt, denn jetzt legte er lächelnd einen Arm um ihre Schultern. »Ich schlage vor, wir bauen auf höherem Gelände, direkt unterhalb des Gipfels dieser Hügelkette. Das liegt oberhalb der Flutlinie und hat tagsüber Schatten.«

Sie nickte entzückt, eifrig darauf bedacht, ihn bei Laune zu halten. »Ich kann es kaum erwarten, mit dem Bau unseres ersten Hauses zu beginnen.«

Er grinste und schob den Hut in den Nacken, wieder ganz der vertraute, lässige James, in den sie sich verliebt hatte. »Ich schätze, das muss bis zum ersten Tageslicht warten«, flüsterte er ihr ins Ohr. »Aber ich kann mir etwas anderes vorstellen, womit wir unser neues Zuhause feiern.«

Sie warf einen Blick über die Schulter, doch die anderen waren offensichtlich beschäftigt. Sie stieß ihn sanft in die Rippen und lächelte zurück. »Ich dachte, du wärst müde«, neckte sie ihn.

»Ich bin nie zu müde, um meiner Frau zu zeigen, wie sehr ich sie liebe«, murmelte er und schnüffelte an ihrer Wange. Er warf einen Blick zurück und nahm ihre Hand. »Ich zeige Ruby eben, wohin ich das Haus setzen will«, rief er den anderen zu. »Sortiert die Tiere, wir sind gleich wieder da.«

Kumali ließ die Satteltasche fallen und wäre den beiden gefolgt, wenn Duncans Hand sie nicht festgehalten hätte. Sie wirbelte zu ihm herum und wusste, dass ihr die Angst ins Gesicht geschrieben stand.

»Lass sie, Mädchen!«, sagte er leise. »Hier gibt es jede Menge zu tun, und sie werden bald wieder zurück sein.«

Kumali verstand nichts. Sie schüttelte den Kopf, hatte Angst vor seinen Absichten und versuchte, ihren Arm freizubekommen. »Mit Ruby«, plapperte sie.

»Nein, Mädchen«, sagte er bestimmt, ohne den Griff zu lockern. »Ruby ist James' Frau, und sie brauchen Zeit für sich allein.«

Schließlich begriff Kumali. Sie schaute zu dem Schotten auf, fand seinen Ausdruck nicht bedrohlich und stellte zum ersten Mal fest, dass er nicht hässlich und grimmig war, sondern der Bart wahrscheinlich ein ziemlich junges Gesicht verdeckte. Er löste den Griff, und Kumali entspannte sich. »Soll Kumali mit dir die Schafe zusammentreiben?«

»Ja, Mädchen«, sagte er leise, und seine Lippen umspielte ein seltenes Lächeln. »Ich lass dich die Schafe zusammentreiben, solange du nicht zu viel redest und tust, was ich dir sage.«

Kumali nickte. »Ich bleibe bei dir, bis die Missus zurückkommt.«

Duncan betrachtete sie nachdenklich und kratzte sich den Bart. »Ich glaube, es ist vielleicht besser, wenn du eine Weile bei mir bleibst und die Frischvermählten nicht belästigst.« Er musste gespürt haben, dass Kumali sich erneut anspannte, denn er beeilte sich hinzuzufügen: »Nur bis James und Ruby sich in ihrem Haus eingerichtet haben.«

»Bei dir?« Kumali war sich ganz und gar nicht sicher über diesen fremden Mann und was er von ihr wollte. »Nicht schlagen? Nicht bumsen?«

»Hm. Bumsen, also wirklich! Du bist doch noch ein Kind – für wen hältst du mich eigentlich?« Sein Ausdruck wurde milder. »Sieh mal, Kumali, ich bitte dich, mir mit den Schafen zu helfen, und biete dir einen Unterschlupf für die Nacht – mehr nicht. Ich werde dich nicht schlagen, dich nicht berühren, ja, nicht einmal mit dir sprechen, wenn dir das lieber ist. Hast du verstanden?«

Duncan, der Schäfer, war ein eigenartiger Mann, doch sie war nicht mehr auf der Hut vor ihm. »Kumali mit dir Schafe zusammentreiben.«

»Genau«, murmelte er. »Nachdem das jetzt geklärt ist, wollen wir die Tiere in einen Pferch bringen, bevor die Dingos sie schnappen. Komm, Mädchen, ich will dir zeigen, wie man die Stoffbahn spannt.«

Ruby kicherte, als James sie zwischen Bäumen hindurch den leichten Abhang der schützenden Bergkette hinaufführte. »Die wissen genau, was wir vorhaben.«

»Das ist mir egal«, sagte er, hob sie hoch und rannte mit ihr den steilsten Teil des Abhangs hinauf.

Ruby lachte, klammerte sich an seinen Hals und genoss seine Kraft und Entschlossenheit.

Keuchend erreichte er ein Plateau, das vor Blicken geschützt hinter Gummibäumen lag, und stellte sie wieder auf die Füße. Er schloss sie in die Arme, und als sein Pulsschlag sich beruhigt hatte, küsste er sie. »Das sind unsere Flitterwochen, erinnerst du dich?«

»Wie könnte ich das vergessen?« Sie spürte das Trommeln seines Herzens unter ihren Fingern und sein drängendes Verlangen, als er sie näher an sich zog. »Oh, James!«, seufzte sie. »Ich liebe dich so.«

Er küsste sie wieder, und seine Lippen weckten ihr Bedürfnis, ihn festzuhalten und von ihm gehalten zu werden – seine Hände auf ihrem Körper zu spüren, seine Haut an ihrer Haut. Sie sanken zu Boden und verloren sich in ihre eigene Welt, als sie sich vereinigten. Ihr Bett war eine Matratze aus Eukalyptusblättern, den verstreuten blutroten Blüten einer Waratah und Schachtelhalm, ihr Dach ein von Sternen übersäter Himmel. Dies war ihr Zuhause, und der Liebesakt, der sie aneinander und an diese Wildnis band, bedeutete Ruby mehr als jeder Edelstein.

Eden Valley, Neujahr 1850

Die Rindenhütte thronte auf dem breiten Plateau, das ein Drittel des Bergs einnahm. Ihr Gerüst bestand aus Eukalyptusbäumen, die sie gefällt hatten, dicke, sich überlappende Rindenstücke, die an die Senkrechten genagelt waren, dienten als Wände. Das Dach bestand aus Holzschindeln, die fest mit Ranken verbunden und grob mit getrocknetem Gras abgedichtet waren. Die hinterste Wand der Hütte wurde vom Berghang gebildet, in den sie eine Höhle getrieben hatten; sie bot einen kühlen dunklen Vorratsraum für ihre kostbaren Vorräte, Korn und Saatgut. Ein Leinentuch diente als Tür, und primitive Fensterläden vor dem einzigen Fenster hielten Insekten fern.

Die Möbel waren eine Mischung aus grober Zimmermannsarbeit und Einzelstücken, die sie von zu Hause mitgebracht hatte. Die Steppdecke ihrer Großmutter Nell zierte das Bett, ihr Umhängetuch war über einen Stuhl drapiert, und an der Wand, aufgereiht auf Regalen, stand ihr kostbares Porzellan, das die lange Reise unbeschadet überstanden hatte. In dieser Buschhütte gab es nur wenig Luxus, doch sie war ihr Heim, und Ruby summte zufrieden vor sich hin, während sie über den blanken Erdboden ging und eine Schüssel mit schmutzigem Wasser nach draußen trug, um den neu angelegten Gemüsegarten zu gießen.

Sie bestaunte die kleinen grünen Triebe, die sich bereits durch die dunkle Erde schoben, und schaute dann über den Garten hinaus ins Tal. In den vergangenen Wochen hatten sie schwer gearbeitet, und das Ergebnis ihrer Mühen war nicht nur an dieser schlichten kleinen Hütte abzulesen, sondern auch an den Pferchen für die Tiere, der teilweise gerodeten Weide und der Küche im Freien, wo ein einfacher Tisch und fünf Stühle einen Ehrenplatz hatten.

Der Ofen stand dickbäuchig über dem lodernden Feuer, das Kumali versorgte, die stabilen Töpfe und Pfannen, die ihr Vater geschmiedet hatte, hingen daneben an Haken. Duncan hatte einen Stall für seine werfenden Mutterschafe angebaut, die Hühner, die sie von einem fahrenden Händler erstanden hatten, pickten zufrieden in ihrem stabilen Auslauf, Pferde und Ochsen grasten neben den Schafen. Fergal hatte unten am Fluss ein provisorisches Segeltuch als Unterstand zwischen zwei Bäume gehängt, damit er im Schatten angeln konnte. Er saß am Ufer und war eingedöst, die Angelrute im Wasser.

»Alles Gute zum neuen Jahr, Ruby!«

Sie drehte sich um und lächelte, als James sie in die Arme nahm. »Unser erstes in unserem neuen Zuhause«, flüsterte sie. »Es könnte nicht besser sein.«

Er trat zurück, zupfte eine verirrte Locke von ihrer feuchten Wange und steckte sie ihr hinter das Ohr. »Nicht zu einsam für dich nach den vielen Familienfeiern in Parramatta?«

»Sie fehlen mir alle, ja«, erwiderte sie ehrlich, »und es wäre schön gewesen, sie wiederzusehen, aber das hier ist unser Traum, und ich bin zufrieden.«

Er legte einen Arm um sie, und sie schauten über das Tal. »Mich erfüllt es mit großer Befriedigung, wenn ich sehe, was wir in so kurzer Zeit erreicht haben«, sagte er. »Überleg mal, Ruby, wir sind die ersten Weißen, die sich in diesem Tal niederlassen, und es hat Tausende von Jahren einfach nur hier auf uns gewartet. Da wird ein Mann bescheiden.«

»Bescheiden? Du?« Sie kicherte und stieß ihn in die Rippen. »Das ist gerade so, als würdest du sagen, ich bin ein ruhiges, schüchternes kleines Ding, das keiner Fliege etwas zuleide tut.«

»Ja, schon gut«, gab er verschämt zu. »Aber du weißt, wie ich es meine.«

Sie nickte und dachte, dass es Großmutter Nell und Tante Alice genauso ergangen sein musste, als sie sich mit meilenweiter Leere und den Jahren mühseliger Arbeit konfrontiert sahen, die vor ihnen lagen. Doch der Gedanke entmutigte sie nicht – er inspirierte sie nur.

»Zeit für Geschenke«, sagte James.

»Wir haben nicht Weihnachten.« Sie lachte.

»Nur weil wir Weihnachten verpasst haben, heißt das noch lange nicht, dass ich dir keine Geschenke machen kann.« Er führte sie in die Rindenhütte.

Auf dem Bett lagen Pakete, jeweils mit einem Band verschnürt. »Woher kommen die?«, fragte sie entzückt und riss das erste auf.

»Ich musste sie wochenlang in meiner Satteltasche verstecken. Ich hoffe, sie sind nicht allzu ramponiert, nachdem wir durch den Fluss mussten.«

Ein wunderschönes, von ihrer Mutter genähtes Nachthemd kam zum Vorschein, ein Paar neue Stiefel von ihrem Vater, Reithandschuhe und ein Hut von ihren Geschwistern sowie ein warmer Schal von ihrer Tante Sarah. Onkel Walter hatte zwei Goldmünzen geschickt, die sie rasch in ihre Zinndose steckte und hinter den Kornsäcken versteckte.

»Das ist von mir«, sagte er, und seine Augen leuchteten vor unterdrückter Aufregung.

Ruby verschlug es den Atem, als sie unter dem braunen Papier ein silbernes Medaillon entdeckte. »Es ist wunderschön«, flüsterte sie.

»Ich habe es vor unserem Aufbruch in Parramatta gekauft.« Er legte ihr die Kette um. »Deine Mutter hat mir geholfen, es auszusuchen. Ich hoffe, es gefällt dir.«

»Ja, sehr.« Sie küsste ihn leidenschaftlich, bevor sie ihn aus der Hütte zog. »Komm und sieh dir an, was ich für dich habe.«

Sie rannte den Berg hinunter und blieb neben einem verblüfften Duncan stehen, der in sein Buch vertieft war. »Zeig es ihm!«, sagte sie aufgeregt.

Duncan zog die Stoffbahn zurück, und sein sonst mürrischer Ausdruck wurde durch die Andeutung eines Lächelns erhellt.

Die Kuh stand wiederkäuend da, die feuchten braunen Augen betrachteten sie mit einer gewissen Neugier, während ihr Kalb an das Euter stieß und mit dem kleinen Schwanz schlug.

James strich über das glänzende, braun-weiße Fell. »Woher kommt sie, und wie hast du sie hergeschafft, ohne dass ich es gemerkt habe?«

»Duncan hat sie von den Lathams geholt, als er vorige Woche dort war, und wir haben sie bis heute Morgen auf der Weide im Osten versteckt.« Die Familie Latham besaß die Nachbarfarm.

James runzelte die Stirn. »Sie ist aus gutem Bestand, und das Kalb ist eine Dreingabe, aber wie um alles in der Welt hast du sie bezahlt?«

Ruby fuhr sich nervös mit der Zunge über die Lippen. »Papa hat mir vor unserer Abreise etwas Geld gegeben. Davon habe ich einen Teil verwendet.«

James sah sie schräg an; seine Gedanken waren nicht zu erraten. »Wie viel hat er dir gegeben, und warum hast du mir nichts davon gesagt?«

Rubys Freude ließ nach. »Es war ein Hochzeitsgeschenk für mich«, sagte sie ruhig. »Mir war nicht klar …«

»Nein, das ist nie so«, sagte er verbittert.

Ruby bemerkte, dass Duncan sich entfernt hatte, wahrscheinlich war ihm der Wortwechsel peinlich. »Ich wollte dich überraschen«, beharrte sie. »Bitte, James, sei nicht böse – nicht an diesem besonderen Tag!«

»Du hast Geld ausgegeben, das wir dringend nötig haben, für etwas, was wir nicht brauchen«, murrte er. »Geld, von dem ich nichts wusste. Welche Geheimnisse hast du noch vor mir, Ruby?« Seine Stimme war tonlos vor unterdrückter Wut.

So hatte sie sich das nicht vorgestellt. Sein Verhalten verstörte sie, und sie wusste nicht, wie sie ihn beschwichtigen sollte. Tagelang hatte sie auf diesen Augenblick gewartet, hatte geübt, was sie sagen würde, und sich seine Reaktion ausgemalt – und jetzt war alles verdorben. »Ich habe tatsächlich noch ein Geheimnis«, gestand sie, »aber das will ich dir nicht verraten, wenn du so sauer bist.«

Er steckte die Hände in die Hosentaschen, und der Schatten seines Hutrandes konnte den zornigen Ausdruck nicht ganz verbergen. »Sag schon, Ruby!«

Ruby holte tief Luft. »Ich hatte einen triftigen Grund, die Kuh zu kaufen«, sagte sie und schob trotzig das Kinn vor. »In den kommenden Monaten wird sie sich als äußerst wertvoll erweisen.«

»Ich wüsste nicht, warum.«

»Schwangere brauchen Milch.«

Seine Augen weiteten sich vor Schreck. »Du bist schwanger?«

Sie nickte. Der Augenblick war ruiniert. »Ich glaube, im Juni ist es so weit.«

Er nahm seinen Hut ab und fuhr sich mit den Fingern durch die Haare. »Wir können uns kein Kind leisten, noch nicht«, knurrte er. »Es ist noch so viel zu tun, so viele Dinge, die wir brauchen.«

Ruby hatte mit aufsteigenden Tränen zu kämpfen. »Ein Kind braucht nicht viel Geld«, sagte sie abwehrend, »und ich kann arbeiten, bis es zur Welt gekommen ist.«

Er sah die Tränen in ihren Augen, und ihm musste klar geworden sein, wie gedankenlos er war, denn ein zögerliches Lächeln milderte seinen Ausdruck. Er schloss sie in die Arme. »Bist du sicher?«

Sie nickte. Hoffnung keimte in ihr auf, dass er am Ende doch ihre Freude teilen könnte.

Er drückte ihr einen Kuss auf den Kopf. »Ach, Ruby!«, seufzte er. »Der Zeitpunkt ist völlig verkehrt, und du wirst es schwer haben mit einem Kind, aber du hast mir das beste Geschenk überhaupt gemacht.«

Ruby schmiegte sich in seine Arme und lauschte seinen leisen Koseworten, doch ihr Herz war schwer. James sprach die Worte aus, nach denen sie sich gesehnt hatte, doch nach seiner anfänglichen Reaktion klangen sie nicht aufrichtig, und sie wusste, dass das Kind, das sie unter dem Herzen trug, ihre Beziehung für immer verändern würde.

Die Flammen flackerten vor ihren Gesichtern, als sie sich am Abend um das Feuer setzten, und Kumali lauschte den Männern, die sich gegenseitig mit Erzählungen über ihre Abenteuer zu übertrumpfen versuchten. Ihr war aufgefallen, dass Ruby eigenartig schweigsam war, und sie vermutete, sie hatte Streit mit James gehabt. Kumali fragte sich, was wohl der Grund für Rubys Traurigkeit war, doch ihr fielen vor Müdigkeit die Augen zu. Sie war gesättigt vom gebratenen Gemüse und dem Hühnerfleisch, das sie zuvor gegessen hatten, und ihre Gedanken schweiften ab.

Der Plumpudding war köstlich gewesen; sie leckte sich die Lippen und genoss das Klebrige, das noch haften geblieben war. Jede Menge Wein und Rum waren zu haben, denn James hatte ihn von einem fahrenden Händler gekauft, der von Melbourne auf dem Weg nach Five Mile Creek vorbeigekommen war, doch ihr Kopf fühlte sich eigenartig leicht an, nachdem sie so viel getrunken hatte, und sie wollte nur noch unter ihre Opossumdecke kriechen und schlafen.

Sie rückte näher ans Feuer, kuschelte sich ein und ließ sich von der Wärme durchdringen, während die Gespräche weitergingen. Trotz ihrer Abgeschiedenheit hatten Ruby und die anderen mit der Zeit die meisten ihrer weit verstreuten Nachbarn kennengelernt, und einige von ihnen hatten sich für diesen besonderen Anlass zu ihnen gesellt und etwas zum Festessen beigetragen. Zwei Siedler waren gekommen, Söhne von Engländern, die hier draußen ihr Glück suchten, ein umherziehender Schäfer und zwei Viehtreiber, die unterwegs nach Osten waren, um eine neue Stelle anzutreten. Kumali hatte bemerkt, wie sie von ihnen angestarrt wurde, und aus ihren Mienen geschlossen, dass sie etwas gegen sie hatten. Daher hatte sie sich den ganzen Abend nah an Duncan gehalten.

»Warum bleibt ihr nicht hier?«, fragte James. »Wir haben Arbeit genug für Hunderte euresgleichen.«

Der Ältere der beiden Viehtreiber verzog das Gesicht. »Wir gehen da hin, wo das Geld ist«, murmelte er. »Im Osten wird besser gezahlt, und es ist nicht so abgeschieden.«

»Die Entscheidung liegt natürlich ganz bei euch«, sagte einer der Engländer. »Schade, dass es hier in der Gegend keine Sträflinge mehr gibt, um die Arbeit zu erledigen, denn sie waren nicht so wählerisch. Es hat keinen Zweck, die Schwarzen an die Arbeit zu kriegen – die sind ein fauler Haufen und rennen weg, sobald man ihnen etwas zu essen gegeben hat. Ich weiß nicht, wie wir es schaffen wollen, nachdem wir nun mit den Frühlingslämmern zu kämpfen haben.«

Kumali kroch noch tiefer unter die Decke, da die grimmigen Worte des Mannes ihr Angst einjagten. Anscheinend würde ihr Volk nie anerkannt oder verstanden werden. Aber sie hatte nicht das Recht, es oder sich selbst zu verteidigen – am besten tat sie so, als hätte sie nichts gehört.

Die beiden Engländer sprachen von England als ihrer Heimat, obwohl sie seit mehr als fünfzehn Jahren hier draußen in Australien lebten.

»Verdammte Einwanderer«, schnaubte Fergal, der ausgestreckt auf dem Rücken lag, unfähig zu sitzen, nach all dem Wein, den er getrunken hatte. »Kommen hier raus und wollen noch immer am Rockzipfel von Queen Victoria hängen. Wenn es euch so gut gefallen hat, warum seid ihr dann überhaupt weggegangen?«

»Das Abenteuer, alter Mann, deshalb. Nur schade, dass uns keiner gewarnt hat, wie primitiv das alles sein würde.«

Die Schäfer beklagten den Schafdiebstahl, die Bedrohung durch Dingos und angriffslustige Aborigines. Dann beschwerten sich die Viehtreiber über die Viehdiebe. Der Diebstahl von Kälbern, die noch kein Brandzeichen trugen, war in der gesamten Region inzwischen weit verbreitet.

Duncan sprach von Tierkrankheiten, die in wenigen Tagen eine komplette Herde dahinraffen konnten, und von fehlender Hilfe, was bedeutete, dass Schäfer, Viehtreiber und Siedler den ganzen Tag auf dem Rücken ihrer Pferde zubringen mussten, um ihr Vieh zu bewachen. »Wir leben wie die Zigeuner«, brummte er, »schlafen nachts unter Bäumen und nie zwei Mal hintereinander an derselben Stelle.«

»Nehmt noch einen Schluck«, forderte James sie auf, »und lasst uns heute Abend alle Probleme vergessen! Wir sollten feiern.«

Als die Flammen allmählich verloschen und die Gespräche verstummten, wickelten sie sich in Mäntel und Fellumhänge, um die nächtliche Kälte abzuwehren, und begannen bald zu schnarchen.

Kumali, die eine Weile eingedöst war, lag auf dem Rücken und schaute nach oben. Die Sterne waren so hell und zahlreich auf dem Großen Weißen Weg, dass sie das Gefühl hatte, die Hand ausstrecken und sie vom Himmel pflücken zu können. Tief im Opossumfell vergraben, wandte sie sich von dieser himmlischen Pracht ab und beobachtete den schlafenden Duncan, der ganz in ihrer Nähe lag. Er hatte zu seinem Wort gestanden und sie freundlich behandelt, seit sie zugestimmt hatte, bei ihm zu bleiben; dennoch fragte sie sich, wie es wohl wäre, unter die Felle zu kriechen, mit denen er zugedeckt war, seine Arme um sich zu spüren und die Intimität seines Bettes zu teilen.

Im Schlaf wurde sein Gesicht jugendlich, die Sorgenfalten und seine übliche Verdrossenheit waren wie weggewischt. Sie betrachtete die starken, geschickten Hände, die auf den Decken lagen, denn sie wusste, wie zärtlich sie waren, wenn sie ein Lamm auf die Welt holten oder ein krankes Schaf oder einen Hund pflegten, sah die Kraft in seinem Gesicht, die Wölbung seiner Stirn und die Breite seiner Schultern. Er war ein eigenartiger Mann mit seinen Gedichtbänden und seiner Maultrommel – schweigsam zuweilen und selbstgenügsam, dann wiederum nur allzu gern bereit, ihr von seinem Leben in Schottland zu erzählen, wo er für einen sogenannten Gutsherrn gearbeitet und eine riesige Schafherde gehütet hatte.

Das Verlangen war vor einiger Zeit aufgekommen, und nun konnte Kumali seine Hitze spüren, während sie den schlafenden Mann beobachtete. Als hätte ihr forschender Blick seine Träume durchbohrt, schlug Duncan die Augen auf. Schweigend starrten sie einander an. Kumali fragte sich, ob nun die Zeit gekommen war, zu ihm zu gehen, doch als sie sich anschickte, aufzustehen, rollte er sich herum und zog unter den Fellen die Schultern hoch.

Sie stützte die Wange in die hohle Hand und beobachtete, wie seine Schultern sich mit dem Atem hoben und senkten. Sie war zufrieden, denn Duncans Augen hatten ihr mehr als alle Worte gesagt, und wenn er entschied, dass es Zeit für sie war, sich zu vereinigen, dann würde sie bereitwillig zu ihm gehen.

Sieben

Kernow House, Watsons Bay, Juni 1850

Man hatte die Lampen angezündet, um die Finsternis eines regnerischen Wintertages zu vertreiben, und im Kamin glühte ein Feuer. Harry wurde bei der Lektüre der Zeitung immer wütender. »Vollkommen lächerlich!«, schnaubte er und raschelte mit dem Papier.

»Was ist los?« Lavinia betrachtete ihn amüsiert und legte ihre Handarbeit nieder.

»Australiens koloniale Legislative, nicht London, sollte die Macht haben, Steuern zu erheben und über die Einnahmen zu verfügen, die sich aus dem Verkauf von Ländereien der Krone ergeben. Es ist heller Wahn, dass die Kolonialgesetzgeber alle wichtigen Maßnahmen, ungeachtet ihrer Dringlichkeit, einem unerfahrenen, fernen und unverantwortlichen Ministerium in London vorlegen sollen. Als wüssten diese Schwachköpfe irgendetwas darüber, was hier vonnöten ist, oder über die Probleme, die sie mit ihrer Sturheit verursachen.«

»Ach, Lieber«, seufzte sie, »du bist nicht gut aufgelegt.«

»Es ist aber auch absurd!« Er warf die Zeitung beiseite und starrte wütend hinaus in den Regen. »Alles schön und gut, wenn man denen die Macht gibt, die über Ländereien und Besitztümer verfügen – hier gibt es keinen Adel –, aber die Mehrheit wird nicht dafür sein. Denk an meine Worte, Lavinia! Diese Kolonie war ursprünglich eine Strafkolonie, und jedes elitäre Denken wird ausgemerzt werden. Unmöglich, hier die Autorität aufrechtzuerhalten, wenn London die Knute schwingt.«

Lavinia schenkte eine Tasse Tee ein und reichte sie ihm schweigend, bevor sie sich selbst bediente.

Harry bedankte sich mit einem Kopfnicken, doch seine Gedanken gingen weit über das Wohnzimmer hinaus. »Niemand hat sich richtig überlegt, welche Art Verfassung hier gebraucht wird – das ist das Problem. Trotz ihrer großen Töne haben diese gesetzgebenden Körperschaften keine echte Erfahrung mit der Lokalverwaltung, und bei der weitläufigen Besiedelung wird das kaum zu bewältigen sein. Auch der Versuch, vier koloniale Parlamente zu haben, die Gesetze über solche Dinge wie Eisenbahnlinien und Zollpflichten verabschieden, ist von Nachteil. Ich sage dir, Lavinia, jede dieser verdammten Eisenbahnlinien fährt auf einer anderen Spurbreite. Es ist ein Fiasko!«

»Dann ist es vielleicht ganz gut, dass wir am Ende des Monats nach England zurückkehren«, sagte sie und warf ihm über dem Rand ihrer Tasse einen Blick zu. »Als Mitglied des Oberhauses wirst du über die nötige Erfahrung und das Wissen verfügen, um die Regierung Ihrer Majestät zu beraten, wie man die Kolonie zufriedenstellender führen kann.«

»Bei Gott, das werde ich auch!«, murmelte er. »Russell ist ein Idiot, wenn er meint, die Kolonie wird sich einfach zurücklehnen und auf Befehle aus London warten. Australien muss vorankommen, muss auf eigenen Beinen stehen und sich dem Rest der Welt beweisen, und das kann es nicht, wenn es an Queen Victorias lächerliche Gesetze und Vorschriften gebunden ist. Das führt zur nächsten Boston Tea Party, die ich zum Beispiel unterstützen würde.«

»Harry!«

»Verzeih, meine Liebe! Aber bei dem Thema platzt mir der Kragen.«

»Das habe ich gemerkt. Trink deinen Tee, Schatz! Du wirst feststellen, er beruhigt.«

Harry trank finster seinen Tee und schaute zum Fenster hinaus, wirre Gedanken im Kopf, wie er das heikle Problem vor das Oberhaus bringen sollte – aber er würde es tun, und heute Abend, sobald das Haus still war, würde er seine Ideen zu Papier bringen.

Das Geräusch einer in die Auffahrt rumpelnden Kutsche holte ihn wieder in die Gegenwart zurück. Stirnrunzelnd betrachtete er das unbekannte Fahrzeug. »Erwartest du Besuch – oder Amelia?«

»Amelia ruht sich aus und hat keine Besucher erwähnt.« Lavinia folgte seinem Blick und sah, dass der Fahrgast ausstieg. »Wer ist das?«

»Niall Logan. Was will er nur, um alles in der Welt?« Harry sprang auf, als Niall durch den Regen zur Vordertreppe lief. Der Ire war aschfahl im Gesicht, seine Hände zupften aufgeregt an seinem Mantel. »Irgendetwas stimmt nicht. Ich werde mit ihm sprechen.«

»Sie sind da, Gott sei Dank! Es geht um Oliver«, keuchte Niall.

»Oliver?« Harry überlief ein Schauer. »Wo ist er?«

»In meiner Kutsche.«

Harry lief die Treppe hinunter und riss die Kutschentür auf. Der Anblick, der ihn dort erwartete, ließ ihn noch mehr frösteln, denn Oliver war auf dem Sitz zusammengesunken, sein Gesicht von heftigen Krämpfen verzerrt. Seine Augen traten hervor, sein Arm und das Bein auf der rechten Seite zuckten auf höchst beunruhigende Weise. »Helfen Sie mir, ihn ins Haus zu bringen!«, befahl er dem Kutscher.

Der Regen platschte, während sie ihn mit Mühe aus der Kutsche holten. Oliver war schwer, und infolge der Krämpfe, die ihn schüttelten, war es fast unmöglich, ihn zu tragen. »Wir brauchen mehr Hilfe«, rief Harry, doch die war schon zur Stelle, denn die Dienerschaft strömte aus dem Haus, nachdem sie die Unruhe wahrgenommen hatte.

»Was ist los? Was ist passiert?« Amelias schrille Stimme drang durch das leise Murmeln der Männer, die Oliver aus der Kutsche hoben. »Oliver!«, schrie sie. »Oliver, nein!« Sie schüttelte Lavinias Hand ab und warf sich förmlich auf ihren Mann.

»Beruhige dich, Amelia!«, blaffte Harry, der ihre Hysterie nicht ertragen konnte. »Schaff sie fort, Lavinia!«

Die fünf Männer trugen Oliver ins Haus und die Treppe hinauf, während Amelia jammerte. Harry trat die Tür zum Schlafzimmer auf, und sie legten seinen Bruder auf das große Himmelbett. »Haben Sie einen Arzt rufen lassen?«, fragte er Niall, während Gertrude still das Zepter in die Hand nahm und Olivers Kragen lockerte.

»Ich habe einen Laufburschen zum Krankenhaus geschickt. Er dürfte bald hier sein.«

»Besser wäre gewesen, wenn Sie ihn gleich dorthin gebracht hätten«, murrte Harry. »Sein Zustand gefällt mir ganz und gar nicht.« Er wischte sich den Regen aus dem Gesicht.

»Oliver, Oliver, mein Liebster, was ist passiert?« Amelias Gesicht war kreidebleich und tränenüberströmt, als sie ins Zimmer stürzte, Gertrude beiseitestieß und sich auf die ruhende Gestalt warf. »Sprich mit mir, Oliver! Sag mir, was los ist!«

Harry zog sie hoch und hielt sie fest, als sie sich zur Wehr setzte. »Ich glaube, er hatte einen Anfall«, sagte er gelassener, als ihm zumute war. »Wenn du dich auf ihn wirfst, ist das keine Hilfe. Amelia, du musst ruhig bleiben. Nimm ihm nicht die Luft, und lass Gertrude sich um ihn kümmern, bis der Arzt kommt.«

»Er wird sterben!«, klagte sie. »Ich weiß es einfach.«

»Nein, du weißt es nicht«, versetzte er streng. »Hör auf damit, Amelia!«

Ihre blauen Augen weiteten sich bei seinem Tonfall, doch anscheinend hatte er sie beruhigt.

»Papa?«

Harry wirbelte herum, sah die beiden verängstigten Jungen an der Tür und stieß Amelia in Lavinias Arme. »Hol sie aus den nassen Sachen, und halte sie ruhig!«, befahl er. »Ich kümmere mich um die Jungen.« Er zog sie über den Flur in Charlies Zimmer.

»Ist Papa tot?« Freddys Stimme klang ganz dünn. Verwirrung und Angst standen ihm ins Gesicht geschrieben.

Harry legte dem Jungen eine Hand auf die Schulter. »Nein, aber er ist sehr krank, daher möchte ich, dass ihr beiden tapfer seid.« Er sah, wie das kleine Gesicht erbleichte, und der Junge tat ihm leid. »Komm, Freddy«, schmeichelte er. »Dein Vater ist ein starker Mann – er wird das überstehen, da bin ich mir sicher.«

»Versprichst du es?«

Harry wusste, er konnte nicht lügen, doch die Wahrheit war so schmerzhaft, dass er kaum sprechen konnte. »Ich … Ich … kann nur darum beten«, gab er zu.

»Meinst du, der Arzt kann ihn wieder gesund machen?« Hoffnung sprach aus seinen Augen.

»Ich weiß nicht, Freddy. Wir können nur abwarten.« Harry verstummte. Wie sollte er Worte des Trostes für einen kleinen Jungen finden, wenn seine eigenen Ängste in ihm wüteten? Es war unmöglich.

Sie saßen noch in unbehaglichem Schweigen zusammen, als Lavinia sich durch das Rauschen ihrer Röcke ankündigte. »Du wirst drüben gebraucht, Harry«, murmelte sie. »Ich übernehme hier.«

Harry suchte nach einem positiven Zeichen, dass sein Bruder es tatsächlich schaffen würde, doch er sah nur Anspannung in ihren verhärmten Zügen und hängende Schultern. »Und Amelia?«

»Ich habe ihr Laudanum gegeben und sie ins Bett gesteckt. Sie wird den ganzen Nachmittag schlafen.«

Harry warf den beiden Jungen ein tröstliches Lächeln zu, wünschte, er hätte mehr tun können, um ihre Ängste zu lindern, und überließ sie Lavinias zärtlicherer Obhut.

Olivers großes Schlafzimmer hatte bereits die Aura eines

Krankenzimmers angenommen; die Fensterläden waren geschlossen, das Licht flackerte gedämpft. Im Kamin brannte ein Feuer, doch es konnte die düstere Stimmung nicht vertreiben. Niall und der Arzt unterhielten sich neben dem Bett, während Gertrude ein kühlendes Tuch auf die fiebrige Stirn und Olivers grausam verzerrtes Gesicht legte. Harry fiel auf, dass das schreckliche Zucken aufgehört hatte, doch sein Bruder lag auf dem Rücken und war besorgniserregend ruhig, während die Blutegel auf seiner Brust allmählich mit seinem Blut anschwollen.

»Sir Harry.« Der Doktor machte eine tiefe Verbeugung.

»Wie geht es ihm?« Harry hatte keine Zeit für Förmlichkeiten.

Der feiste kleine Mann spitzte die Lippen, zog die geschwungenen Augenbrauen zusammen und nahm eine feierliche Haltung an. »Tut mir leid, Sir, Ihr Bruder hatte einen Krampfanfall.«

»Das habe ich mir schon gedacht«, fuhr Harry ihn an. »Was für einen Anfall?«

»Einen Anfall im Gehirn, Sir – deshalb ist sein Gesicht auf einer Seite herabgezogen, und seine rechten Gliedmaßen sind betroffen.« Seufzend strich er über seinen Schnurrbart. »Wir werden erst wissen, wie schwer der Anfall war, wenn er aus seiner Benommenheit erwacht, aber ich vermute, er wird ein gewisses Maß an Lähmungen zurückbehalten und vielleicht Schwierigkeiten beim Sprechen haben.«

»Wird er wieder gesund?«

Die zarte, bleiche Hand wedelte durch die Luft. »Wir können nur die Blutegel ansetzen und hoffen, dass sie das Blut verdünnen, das in seinem Gehirn geronnen ist«, erwiderte er. »Manche Patienten erholen sich vollständig, bei anderen hingegen bleiben dauerhafte Behinderungen zurück. Das hängt alles vom Erfolg des Aderlasses ab.«

»Besteht die Wahrscheinlichkeit weiterer Anfälle?« Harry schaute auf seinen Bruder. Oliver wirkte plötzlich alt und verschrumpelt in dem großen Bett. Von dem Mann, der früher Vitalität und Kraft ausgestrahlt hatte, war jetzt nur noch das laute Atmen zu hören. Hinter der grotesken Maske dieses Gesichts war sein Bruder nicht mehr wiederzuerkennen.

»So ist es«, sagte der Arzt bekümmert. »Man muss ihn in den kommenden Wochen aufs Sorgfältigste beobachten, und obwohl ich jeden Tag nach ihm schauen werde, braucht er eine Krankenschwester, die bei ihm bleibt. Er braucht ab sofort fachgerechte Betreuung.«

»Ich bin bestens geeignet, mich um meinen Bruder zu kümmern«, schaltete Gertrude sich ein.

»Natürlich«, besänftigte Harry sie. »Aber du kannst es nicht allein.« Er wandte sich wieder an den Arzt. »Bitte, lassen Sie so schnell wie möglich eine Krankenschwester kommen. Wir haben genug Platz, sie unterzubringen.«

»Es wird eine Vergütung ...« Der Arzt wirkte verlegen.

»Selbstverständlich«, krächzte Harry. »Schicken Sie mir die Rechnungen!«

Als der Arzt ging, wandte Harry sich an Niall. »Wir müssen miteinander reden«, sagte er ruhig. Sie gingen wieder hinunter, und Harry bestellte frischen Tee für sich und einen Whisky für Niall. »Was war der Auslöser?«, fragte er, nachdem sie sich gesetzt hatten.

»Die Sydney Railway Company ist bankrott«, sagte der Ältere und trank einen Schluck Whisky. »Ich kann nicht sagen, dass es überraschend kam; die Möglichkeit bestand immer, wenn man bedenkt, wie planlos sie vorgegangen sind.«

Der singende Tonfall des Iren erfüllte den Raum, und Harry entdeckte eine leichte Missbilligung in den blauen Augen. »Sie müssen erleichtert sein, dass Sie unbeschadet davongekommen sind«, bemerkte er, schärfer als beabsichtigt.

Niall schüttelte den Kopf. »Ich finde keinen Gefallen am Niedergang eines anderen«, erwiderte er.

»Verzeihen Sie. Ich wollte nicht …«

Niall tat die Entschuldigung mit einem Schulterzucken ab und beugte sich auf seinem Stuhl vor. »Ich habe tatsächlich versucht, Oliver zu warnen, dass die Finanzen nicht ausreichen würden, aber natürlich ist er nicht der Mann, der sich von einem ehemaligen Sträfling etwas sagen lässt.« Er lächelte schief. »Die Bank hat den Kredit aufgekündigt, und das Konsortium hat alles verloren, was es investiert hat.«

»Aber ein so wichtiges Unternehmen wird doch bestimmt von der Regierung übernommen?«

Niall stieß einen tiefen Seufzer aus. »Sie wird die Scherben einsammeln, weil man die Eisenbahnen braucht, um das Landesinnere zu erschließen, aber die ursprüngliche Investition ist verloren.«

Harry beobachtete, wie der Ire sein Whiskyglas leerte. Er sah kein Anzeichen für Triumph, hatte nicht das Gefühl, dass Niall sich damit brüstete, sein Geld sei in Sicherheit – der Vertrag, die Gleise zu verlegen und die Arbeitskräfte bereitzustellen, war noch in Kraft, ungeachtet dessen, wer die Rechnungen bezahlte. Stattdessen nahm er eine tiefe Trauer an ihm wahr, ein Verständnis für die Folgen der Ereignisse an diesem Tag.

»Ich wünschte, mein Bruder wäre Ihrem Rat gefolgt und besäße Ihren geschäftlichen Scharfsinn.«

Die blauen Augen in dem gut aussehenden Gesicht schauten ihn offen an. »Wir sind alle unterschiedlich, jeder macht sich auf seinen eigenen Weg, um mehr zu erreichen als die letzte Generation. Sie können Oliver nicht vorwerfen, ehrgeizig zu sein.« Er stellte das Glas ab und erhob sich. »Ich möchte mich verabschieden, Sir Harry. Bitte halten Sie mich auf dem Laufenden, und wenn ich helfen kann, müssen Sie nur fragen.«

Harry erwiderte den festen Händedruck und folgte Niall nach draußen. Ohne auf den Regen zu achten, stand er noch auf der Treppe, nachdem die Kutsche längst verschwunden war. Seine

Gedanken waren in Aufruhr. Seine Pläne, noch in diesem Monat nach England zurückzukehren, waren geplatzt. Bevor er nicht wusste, wie diese Sache ausgehen würde, konnte er keinerlei Entscheidungen treffen. Er schaute zu den geschlossenen Fensterläden hoch und ging angsterfüllt wieder ins Haus.

Eden Valley, am nächsten Tag

Ruby hatte ihre Enttäuschung mit sich herumgetragen, während das Kind in ihr heranwuchs. James hatte aufgegeben, so zu tun, als freue er sich darüber, Vater zu werden, und hatte in den vergangenen Monaten nur selten in der Rindenhütte übernachtet.

Sie verstand, dass er und die anderen die wachsende Herde im Auge behalten mussten, dass es notwenig war, weit von der Hütte entfernt zu bleiben, um sie vor Dingos und diebischen Nachbarn zu schützen, dennoch sehnte sie sich schmerzlich nach der Zärtlichkeit, die sie einst geteilt hatten, nach den Augenblicken der Vertrautheit, die sie so eng miteinander verbunden hatten. Und sie verzweifelte an seinem mangelnden Interesse für ihr Wohlergehen. Ihr kam es vor, als liebe er sie nicht, und während sich die Monate dahinzogen, war sie überzeugt, dass James einen Groll gegen das erwartete Kind hegte – vielleicht sogar eifersüchtig war.

Entschlossen schob sie diese Gedanken beiseite, strich sich den Regen aus dem Gesicht und versuchte, eine bequemere Haltung im Sattel einzunehmen. Seit kurz vor dem Morgengrauen war sie an der Grenze ihres Anwesens entlanggeritten, um die Zäune zu überprüfen, und jetzt hatte sich ein beständiger Schmerz in ihrem Rücken festgesetzt. Sie glitt aus dem Sattel, streckte sich und lockerte die angespannten Muskeln. Sie beschloss, unter den Bäumen Schutz zu suchen. Duncan und Kumali lagerten irgendwo in der Nähe, und sie glaubte eine leichte Rauchfahne über dem Buschwerk wahrzunehmen.

Den Kopf gegen den Regen gesenkt, führte sie das Pferd unter die Bäume und folgte dem Geruch nach Holzrauch und gekochtem Fisch. Bei dem verlockenden Gedanken an etwas Essbares knurrte ihr Magen. Sie hatte seit dem Vorabend nichts gegessen, und die Tasse Milch, die sie am Morgen getrunken hatte, hatte nicht ausgereicht, um sie über den Tag zu bringen.

Als sie sich dem Lager näherte, vernahm sie Kumalis Gelächter, und als sie durch die Bäume einen Blick auf die beiden erhaschte, wich sie zurück. Sie saßen unter einem Schutzdach aus Segeltuch auf einem Bett aus getrockneten Farnwedeln, und Duncans sonst mürrische Miene war sanft. Er versuchte, dem Mädchen das Lesen in dem einfachen Buch beizubringen, das Ruby ihr vor wenigen Monaten geschenkt hatte.

Ruby beobachtete, wie das Mädchen und der Schotte, die sich ihrer Gegenwart nicht bewusst waren, die Lesestunde vergaßen und einander in die Augen schauten. Er legte seine Hand an ihre Wange und streichelte mit dem Daumen zärtlich über ihre Haut und die Halsbeuge. Er redete, und obwohl die Worte zu leise waren, um sie über dem Platschen des Regens zu hören, bestand wenig Zweifel daran, dass sie liebevoll waren.

Ruby spürte, wie sich ihre Tränen mit dem Regen vermischten, als sie die Zärtlichkeit seines Kusses sah. Duncan schloss Kumali sanft in die Arme und zog sie auf das Farnbett. Ruby drehte sich um. Sie kam sich wie ein Eindringling vor und verließ die Lichtung still, um weiter östlich einen Unterschlupf zu suchen. Sie hockte sich unter einen Baum, ihr weiter Ölmantel hielt den schlimmsten Regen ab. Sie begann zu schluchzen; Enttäuschung und Verletzungen durchbrachen den Damm, den sie in den vergangenen Monaten so sorgfältig errichtet hatte. Wie sehr sehnte sie sich nach solcher Zärtlichkeit! Wie sie sich wünschte, James sähe sie noch genauso an, doch hier saß sie nun, kalt, nass und einsam, mit einem Schmerz im Rücken, der sich anscheinend verschoben hatte und immer stärker wurde.

Die Erkenntnis unterbrach ihren Tränenstrom abrupt, und sie presste die Hände auf den geschwollenen Leib. Er war hart wie eine Trommel, und als der Schmerz sie noch fester packte, spürte sie, wie ihr Fruchtwasser abging. Da wusste sie, dass ihr Kind kam, wusste, was sie zu erwarten hatte, denn ihre Mutter hatte sie gewarnt.

»Ich muss Hilfe holen«, flüsterte sie und rappelte sich mühsam auf. Sie nahm die Zügel in die Hand und lehnte sich an den Hals der Stute. »Komm, mein Mädchen«, schmeichelte sie und führte das Pferd zwischen den Bäumen hindurch.

Kurz darauf überwältigte sie erneut eine Woge des Schmerzes. Sie schnappte nach Luft angesichts der Heftigkeit und lehnte sich zitternd an die Flanke der Stute. »Ruhig, mein Mädchen!«, keuchte sie. »Jetzt nur nicht erschrecken, sonst bin ich erledigt.«

Als verstände sie Rubys missliche Lage, schnüffelte die Stute an ihrer Wange und wartete geduldig, bis der Schmerz nachließ. Mit der Schicklichkeit einer unverheirateten Tante, die zur Kirche geht, gehorchte sie Rubys Anordnungen, suchte sich langsam einen Weg durch das Gehölz und blieb nur stehen, wenn Ruby es brauchte, um mit einer weiteren Wehe fertig zu werden.

Ruby konnte inzwischen das Lagerfeuer riechen. »Duncan«, rief sie gegen das Prasseln des Regens auf das Laubdach an, »Duncan, ich brauche deine Hilfe.«

»Was ist los, Mädel?« Er tauchte aus dem Dunkel auf, Kumali dicht auf den Fersen. »Oje«, seufzte er, als er ihr zur Seite eilte. »Kein Grund zur Sorge. Wir kümmern uns um dich. Meinst du, du schaffst es bis zu meinem Lager? Dort habe ich einen Unterschlupf, und es ist besser, wenn du aus dem Regen kommst.«

Ruby nickte und verkniff sich einen Aufschrei, als die nächste Woge der Pein sie durchfuhr. Doch sobald sie die Zügel der Stute losließ, schien sich die Welt zu drehen, und sie wäre gestürzt, wenn Duncan sie nicht mit beiden Armen aufgefangen hätte.

»Hol das Pferd, Kumali!«, befahl er.

Ruby spürte das weiche Farnkraut unter sich, als Duncan sie vorsichtig unter das Segeltuch bettete. Sorgenvoll kneteten seine sachkundigen Finger ihren geschwollenen Leib. »Es ist nicht recht, dass ich es mache, Mädel«, murmelte er. »Ich schicke Kumali, sie soll jemanden holen.«

Sie packte seinen Arm. »So viel Zeit ist nicht mehr«, keuchte sie, »und du hast genug Erfahrung mit Geburten.«

Er wurde rot. »Nicht solche«, murmelte er.

»Das ist mir egal«, sagte sie, nach Luft schnappend. »Das Kind kommt, und ich brauche deine Hilfe. Mach weiter, Duncan!«

»Na schön, wie du meinst.«

Ruby funkelte ihn derart gehässig an, dass er tatsächlich hilfesuchend zu Kumali schaute. Kumali zuckte mit den Schultern und ließ ein Messer in einen Feldkessel mit kochendem Wasser fallen, wie Duncan es ihr beigebracht hatte, wenn sie Lämmer zur Welt brachten. »Geh weg, Duncan!«, sagte sie herrisch. »Ich ihr ziehen Kleider aus und holen Decke.«

»Nein!«, schrie Ruby. »Du gehst nirgendwohin.«

»Ich Sie abtrocknen. Dann Duncan Ihnen helfen.«

Ruby beäugte die ziemlich strenge Kumali und gab ihren Widerstand auf. Anscheinend wussten die beiden, was sie taten, und Kumali, die Gute, versuchte nur, ihre Würde zu schützen. »Beeil dich, Kumali!«, keuchte sie. »Das Kind kommt.«

Eine Stunde verging, bis das Wimmern des Neugeborenen mit dem Rauch aufstieg und über den Baumwipfeln in den grauen Himmel schwebte. Duncan durchtrennte die Nabelschnur und band sie zu. Kumali wickelte das Kind in die Überreste von Rubys Unterrock und legte Ruby das kostbare Bündel in die Arme.

»Sie ist schön«, schluchzte Ruby, als sie die samtige Wange berührte und mit dem Finger durch das feuchte dunkelrote Haar fuhr. »Mein Gott, sie ist ein Wunder!«

»Ja, alle Babys sind Wunder, ob Lämmer oder Menschenkinder.« Duncan kam lächelnd zurück, nachdem er die Nachgeburt begraben hatte, hockte sich auf die Fersen und legte einen Arm um Kumalis Schultern. »Sie ist ein prächtiges kleines Mädchen. Hast du mit James über einen Namen für sie nachgedacht?«

Ruby schaute zu dem Schotten auf und wusste, sie konnte ihm nicht sagen, wie sehr James auf Abstand gegangen war, wie ablehnend er dem Gedanken gegenübergestanden hatte, so bald nach ihrer Ankunft hier ein Kind zu bekommen. Erst recht hatte er sich keinen Namen überlegt. Sie schaute wieder auf ihr kostbares Kind, sah dessen blaue Augen und traf eine Entscheidung.

»Ich werde sie Violet Nell Alice Tyler nennen«, sagte sie. »Violet nach ihren Augen, Nell und Alice im Gedenken an zwei vorbildliche Frauen. Ich hoffe, ihr Geist lebt in ihr fort – so wie in mir.« Sie schaute wieder auf Duncan und Kumali. »Ich danke euch beiden. Und jetzt würde ich gern nach Hause gehen, wenn ihr nichts dagegen habt.«

Über eine Woche lang hatte James Zäune auf einer weit entfernten Weide aufgestellt. Schließlich kehrte er zurück und entdeckte Ruby, die in ihrem Gemüsegarten grub, das Kind in einem Schal auf den Rücken gebunden. »Wann ist das denn passiert?«, fragte er mit Blick auf den Säugling.

»Vor fünf Tagen.«

»Es ist sehr klein«, sagte er nervös, als Ruby sie ihm in die Arme legte.

»Ihr Name ist Violet Nell Alice Tyler.« Ruby beobachtete, wie er ihr Kind verwundert ansah. Vielleicht würde er sich jetzt, nachdem es da war, für das Vatersein erwärmen.

»Ich hätte sie gern Gladys genannt, nach meiner Mutter«, sagte er und gab Ruby das Kind zurück, »aber anscheinend hast du mir die Entscheidung aus der Hand genommen.«

Ruby fand den Namen Gladys schrecklich – viel zu hässlich für so ein schönes Kind –, doch wenn James ihre Tochter überhaupt akzeptieren sollte, dann musste ein Kompromiss her. »Violet Gladys Nell Alice Tyler ist zwar ziemlich lang, aber warum nicht«, murmelte sie.

»Gladys Violet reicht«, knurrte er. James küsste sie auf die Stirn und packte seinen Hut. »Ich gehe mit Fergal feiern. In Five Mile Creek gibt es eine neue Kneipe, und die Vorräte sollten heute geliefert werden. Ich könnte einen Drink gebrauchen.«

»Aber du warst so lange weg, ich dachte …«

»Kleine Kinder sind Frauensache, Ruby. Du kannst mich nicht gebrauchen, ich würde dir nur im Weg stehen.«

Ruby stand auf der dunklen Erde ihres Gemüsegartens mit dem Kind im Arm und sah ihren Mann davonreiten. Sie bezweifelte, dass sie ihn vor Ende der Woche wiedersehen würde, denn die Kneipen im Busch waren berüchtigt für Saufgelage. Der Schmerz über seine herablassende Art, ihre Tochter zu begrüßen, nagte an ihr. Sie unterdrückte die aufsteigenden Tränen der Enttäuschung und schwor sich, stark zu bleiben.

»Komm, Violet. Wir machen hier weiter, und dann fangen wir mit der Wäsche an. Sieht aus, als hätte dein Papa andere Sachen im Kopf.«

Kernow House, Watsons Bay, einige Tage später

Oliver lehnte im finsteren Schlafzimmer an einem Berg aus Kissen. Er hatte keine weiteren Anfälle gehabt, doch er hatte noch nicht gesprochen und große Schwierigkeiten, seine rechten Gliedmaßen zu bewegen, was ihn offensichtlich einengte, denn trotz seiner Hilflosigkeit waren seine Augen wachsam, wenn er versuchte, sich mitzuteilen.

Harry saß neben dem Bett, hatte die Zeitung auf der Decke ausgebreitet und las Oliver interessante Ausschnitte vor. Die Krankenschwester schlief oben, nachdem sie die ganze Nacht am

Krankenlager gesessen hatte. Lavinia hatte die Jungen mit auf einen Ausritt genommen, und Gertrude war an ihrem üblichen Platz an Olivers Seite und machte sich mit einem kühlen Tuch wichtig.

Die Tür ging auf, Amelia trat ein, blieb stehen und betrachtete die Szene. Sie war in der vergangenen Woche eine seltene Besucherin gewesen, da sie anscheinend nicht imstande war, den Anblick ihres Mannes in diesem erbärmlichen Zustand zu ertragen, ohne hysterisch in Tränen auszubrechen. Heute jedoch, fiel Harry auf, strahlte sie eine gewisse Entschlossenheit aus, die er vorher noch nicht gesehen hatte.

»Lass das, Gertrude!«, sagte sie und fegte in den Raum. »Ich kümmere mich um meinen Mann.«

»Du hast keine Erfahrung mit Kranken«, entgegnete Gertrude und wrang das Tuch aus. »Du hältst dich besser fern.«

»Dann wird es Zeit, dass ich es lerne.« Harry beobachtete verwundert, wie seine Schwägerin das Tuch an sich riss, in die Schüssel tauchte und beides Gertrude reichte. »Das braucht er nicht«, blaffte sie. »Siehst du denn nicht, dass er es leid ist, befummelt zu werden?«

»Befummelt zu werden?« Gertrude war aschfahl vor Schreck und erhob sich von ihrem Stuhl. »Du solltest wissen, dass ich eine erfahrene Pflegerin bin, und das Letzte, was er braucht, ist dein Gekeife hier.« Sie presste die Schüssel an die schmale Brust, die sich vor angestauter Wut hob und senkte.

»Das hier ist mein Haus, und Oliver ist mein Mann. Du scheinst vergessen zu haben, wo dein Platz ist, Gertrude.«

»Mein *Platz*?«, kreischte Gertrude.

Harry beschäftigte sich mit der Zeitung, denn er war nicht willens, sich in diesen Streit hineinziehen zu lassen, wartete aber sehr gespannt darauf, wie er ausgehen würde.

Gertrude raffte den letzten Rest ihrer Würde zusammen. »Du warst ganz zufrieden damit, dass ich deinen Haushalt übernommen habe«, krächzte sie. »Du hast mir gestattet, deinen Mann in der vergangenen Woche zu betreuen, also wag es nicht, so mit mir zu reden!«

»Ich rede mit dir, wie ich will.« Amelias Miene war finster. »Ich habe dir die Führung überlassen, weil du sie an dich gerissen und es mir unmöglich gemacht hast, Herrin in meinem eigenen Haus zu sein. Aber du bist nicht die Kastellanin.«

Gertrude lief rot an und schnaubte höchst undamenhaft. »Du kannst ja nicht einmal dein Taschengeld für Kleidung verwalten, noch weniger die Dienerschaft oder die Tageskonten. Entsetzlich, wenn ich mir überlege, was passiert wäre, wenn du all die Jahre verantwortlich gewesen wärst.«

Amelia setzte sich auf den Stuhl, den Gertrude gerade verlassen hatte, und ergriff die Hand ihres Mannes. »Du warst bewundernswert erfolgreich, und ich danke dir, aber ich bin vor deinem Eintreffen ganz gut zurechtgekommen. Jetzt wird es Zeit, dass ich die Sache wieder selbst in die Hand nehme.«

»Du könntest nicht einmal einen Topf Milch in die Hand nehmen«, fauchte Gertrude.

»Ich wäre dir dankbar, wenn du dich in deiner Ausdrucksweise ein wenig mäßigen würdest, Miss«, fuhr Amelia sie an. »Du vergisst, Gertrude, ich bin die Tochter eines Armeeoffiziers und durchaus in der Lage, mein Haus zu führen und meine Angelegenheiten zu regeln ohne Einmischung einer säuerlichen Jungfer.«

»Wie kannst du es wagen?«

»Und wie kommst du darauf anzunehmen, du seist unersetzlich?«

Harry bewunderte diese zornige Amelia, entschied jedoch, dass es weit genug gegangen war. »Gertie, hol uns doch eine schöne Kanne Tee, ja? Ich bin mir sicher, wir könnten eine kleine Erfrischung gebrauchen.«

»Ich bin keine Dienerin, die man herumkommandieren kann!«, zischte sie.

Harry steuerte sie sanft zur Tür. »Ich weiß, du Gute«, flüsterte er, »aber ich glaube, es ist klüger, wenn sich alle ein wenig abkühlen, oder?«

Sie warf Amelia einen mörderischen Blick zu und ging hinaus.

»Danke, Harry.« Amelia lächelte, hielt Olivers Hand und strich ihm liebevoll die Haare aus dem verzerrten Gesicht. »Tut mir leid, dass du das mit anhören musstest, aber mir ist klar geworden, dass es so nicht weitergehen kann.« Sie seufzte aus tiefstem Herzen. »Ich war töricht genug, mich von Gertrude tyrannisieren zu lassen, und ich gebe zu, dass ich ihr freie Hand gelassen habe, weil es leichter war, als sich die ganze Zeit mit ihr zu streiten. Aber Olivers Krankheit hat mich zur Vernunft gebracht. Für meinen Mann und meinen Sohn muss ich stark sein, und ich bin entschlossen, sie nicht wieder im Stich zu lassen.«

»Hut ab vor dir!«, sagte Harry leise. »Dein feuriges Temperament ist bewundernswert, Amelia, und ich begrüße deine wiederentdeckte Entschlossenheit, doch für einen kranken Mann zu sorgen ist nicht die leichteste Aufgabe. Und wenn Gertrude in diesem aufgebrachten Zustand ist, wirst du zusätzlich den Haushalt und Freddy bedenken müssen.«

»Die Krankenschwester wird mich anweisen, was zu tun ist; ich lerne schnell.« Sie lächelte kleinlaut. »Freddy hat Charlie, der ihn beschäftigt. Was den Haushalt betrifft, gibt es wichtigere Dinge zu überlegen, und ich hoffe, die Diener sind so loyal, dass sie weiterhin das tun, was sie am besten können.« Sie küsste Oliver auf die Stirn und lächelte ihn liebevoll an. »Vielleicht wirke ich nach außen hin flatterhaft, aber da ich in Armeequartieren großgezogen wurde, bin ich viel zäher, als es den Anschein hat. Ich bin die Tochter meines Vaters, Sir Harry, und gebe mich nicht so leicht geschlagen.«

Er beugte sich vor und küsste ihre weiche Wange. »Ich bewundere deinen Behauptungswillen, Amelia, und Lavinia und ich werden natürlich tun, was wir können, um dir zu helfen.«

Amelia hob sanft Olivers Kopf, während er etwas Wasser trank. Sie tupfte sein Kinn mit einem sauberen Leinentuch ab und half ihm zurück auf die Kissen. »Euer Schiff soll Ende des Monats auslaufen, und soweit ich weiß, habt ihr eure Überfahrt noch nicht storniert. Ich denke, es ist klug, wenn ihr an euren Plänen festhaltet.«

»Ich kann nicht fahren, solange Oliver so krank ist, Amelia.«

Sie faltete die Hände im Schoß, und ihre Entschlusskraft wurde an ihrer Körperhaltung deutlich. »Ich bitte dich nicht darum«, sagte sie. »Ich schlage vor, Lavinia und Gertrude fahren mit den Jungen. Freddy hat bereits viel zu viel Unterricht verpasst und sollte nicht hier in diesem düsteren Haus festsitzen.« Sie schaute auf Oliver. »Ich denke, du wirst mir zustimmen, Liebster«, sagte sie sanft, »dass es so am besten ist.«

Oliver blinzelte, und sein Mund verzog sich mühsam, um Worte zu bilden, doch seine linke Hand drückte ihre Finger, als wollte er seine Zustimmung unterstreichen.

»Aber ich kann Lavinia und Gertie doch nicht die weite Reise allein antreten lassen«, protestierte Harry.

»Beide sind tüchtige Frauen, und ich bin sicher, dass ich deine Hilfe dringender benötige als sie. Weißt du, Harry, es gibt gewisse Dinge, die ich nicht tun kann, und ich werde dich brauchen, um Olivers Geschäfte zu führen, bis er wieder gesund ist.«

Harry bezweifelte, dass Oliver jemals wieder kräftig genug wäre, um Handel zu treiben, schwieg aber. Doch ohne seine Frau und seinen Sohn hierzubleiben stand auf einem anderen Blatt. »Hast du Gertie gefragt, ob sie bereit ist, nach England zu gehen?«

Amelia schenkte ihm ein wissendes Lächeln. »Nach dem heutigen Tag will Gertrude vermutlich möglichst weit fort von mir.«

»Diese kleine Szene war also Teil deines Plans?« Harry starrte sie bewundernd und erstaunt an.

»Gertrude hat sich hier viel zu häuslich eingerichtet und sollte ihren Horizont erweitern«, sagte Amelia beißend. Ihre Augen strahlten. »Ich habe ihr einfach nur einen Ansporn in die richtige Richtung gegeben, mehr nicht.«

»Ich hätte dich nie für so verschlagen gehalten«, erwiderte er und schüttelte den Kopf. »Arme Gertie, sie hatte nie eine Chance! Oder?«

»Eigentlich nicht.« Sie legte den Kopf schief. »Was ist, Harry, wirst du hierbleiben und mir helfen?«

»Ich habe mein Anwesen schon viel zu lange vernachlässigt, Amelia, und auch wenn ich Olivers Geschäften nur flüchtige Aufmerksamkeit geschenkt habe, ist mir klar, dass es Monate in Anspruch nehmen wird – wenn nicht sogar Jahre –, um den Schaden wiedergutzumachen, der durch das Fiasko mit der Eisenbahnlinie entstanden ist.«

Er hätte ebenso gut schweigen können. »Lavinia hat mir versichert, dass sie dein Anwesen sehr gut allein führen kann.«

»Du hast mit Lavinia gesprochen?« Harry war ziemlich verblüfft, dass seine Frau das für sich behalten hatte. Vielleicht hatte sie Amelias Vorschlag nicht ernst genommen. Bis heute hatten sie ihre verborgene Kraft nicht geahnt.

Amelia nickte. »Sie ist der Idee gegenüber aufgeschlossen und versichert mir, ihr Papa werde zur Hand sein und ihr Rat erteilen, sollte ein Problem auftauchen.«

»Ich kann nicht erwarten, dass mein Schwiegervater und meine Frau die Aufsicht über meine Besitztümer für einen Zeitraum übernehmen, der sich über Jahre hinziehen kann«, wandte er ein. »Du verlangst zu viel, Amelia.«

»Ich verlange nur, was mir zusteht«, erwiderte sie, ohne mit der Wimper zu zucken. »Ich erwarte wirklich nicht von dir, jahrelang zu bleiben – das wäre zu egoistisch –, aber als Ehrenmann ist dir doch gewiss klar, dass du deinem Bruder verpflichtet bist? Er braucht dich, Harry, genau wie ich.« Sie schaute zu ihm auf, richtete sich entschlossen auf und reckte das Kinn. »Und, wirst du uns helfen?«

Er merkte, dass sie ihn in die Enge getrieben hatte. Obwohl er ihre wiederentdeckte Entschlusskraft bewunderte, schätzte er es nicht, wenn man ihn überfuhr und ihm derart weitreichende Entscheidungen abverlangte, ohne dass er sie länger abwägen konnte. »Wenn Lavinia einverstanden ist, bleibe ich, aber die Lage muss alle sechs Monate neu überdacht werden, und sollte es in der Heimat eine Krise geben, dann …«

»Danke!«, seufzte sie. »Das nimmt mir eine große Last von den Schultern. Jetzt kann ich mich auf die Bedürfnisse meines Mannes konzentrieren.«

Harry schaute auf Oliver herab, sah die Dankbarkeit in dem entstellten Gesicht und spürte, wie sich die erdrückende Last der Verantwortung auf ihn legte. »Ich muss Lavinia suchen«, murmelte er. »Wir haben viel zu besprechen, wenn sie Ende des Monats abreisen soll.«

Lawrence Creek, Hunter Valley, am selben Tag

Das Trommeln des Regens auf dem Blechdach dröhnte in ihren Ohren. Jessie gab den Versuch auf, die Kinder zu hören, wie sie ihren Stundenplan aufsagten, und schrieb ein paar Rechenaufgaben an die große Tafel, damit die Jüngeren eigenständig auf ihren Schiefertafeln arbeiten konnten. Nachdem sie die älteren Kinder mit ihren Lesebüchern in eine Ecke gesetzt hatte, schritt sie an den Pultreihen entlang und stellte sicher, dass jedes Kind vollauf beschäftigt war.

Das Feuer war am Morgen angezündet worden, die fröhlichen Flammen nahmen der frostigen Kälte die Schärfe, und die feuchten Mäntel auf dem Wäscheständer davor dampften. Petroleumlampen flackerten und rauchten an Haken unter der Decke, ihr schwaches Licht vermochte die Dunkelheit kaum zu vertreiben. Als sie an einem Fenster vorbeikam, schaute sie hinaus auf die

Weide und die unglücklichen Ponys, die unter den Bäumen eng nebeneinanderstanden; ihre Pferdedecken waren durchweicht, die Hälse tropfnass. Kein Tag, um im Freien zu sein, und doch waren diese Kinder hergeritten und würden wieder nach Hause reiten – ungeachtet des Wetters.

Sie wollte sich schon vom Fenster abwenden, als sie einen Wagen erblickte, der im Regenschleier auftauchte. Der Fahrer kauerte in den Falten eines schweren Mantels, sein Gesicht war unter dem Hutrand nicht zu erkennen, da er sein Kinn in den Kragen grub. Das Pferd trottete durch die Pfützen, und als der Wagen vor dem Haupthaus anhielt, überkam sie eine Woge der Freude. Es war Abel Cruickshank.

»Fahrt mit eurer Arbeit fort«, sagte sie, griff nach ihrem Umhängetuch und dem verschlissenen Schirm. »Ich muss mich um unseren Besucher kümmern. Ich bin nur ein paar Minuten weg.«

Sie eilte hinaus in den Regen und lief über den Hof zur Veranda, sorgfältig die Pfützen meidend. Außer Atem kam sie an und wurde rot, sobald sie in seine grauen Augen schaute, die ihr unweigerlich ins Gedächtnis riefen, wie unverschämt gut er aussah. »Mr. Lawrence und Mrs. Blake besuchen gerade ein krankes Gemeindemitglied«, sagte sie und schüttelte ihren Schirm aus. »Er wird wohl nicht vor heute Abend zurückkehren.« Sie blickte zu Abel auf, errötete wieder und wünschte sich, sie hätte sich einen Moment Zeit gelassen, um ihre Frisur zu richten.

»Guten Tag, Miss Searle«, begrüßte er sie, tippte an seinen Hut, und seine lachenden Augen schauten auf sie herab. »Keine Sorge, ich muss ihn ohnehin nicht sehen.« Sein Blick hielt den ihren einen Augenblick fest, bevor er die Säcke und Kisten abzuladen begann.

»Sie haben sich in den letzten drei Monaten rar gemacht, Mr. Cruickshank.«

»Ich hatte zu tun«, erwiderte er und stellte einen Sack auf die Veranda.

»Hatten Sie eine gute Ernte, Mr. Cruickshank?« Verzweifelt versuchte sie, ein Gespräch in Gang zu setzen, das ihn aufhalten würde.

»Einigermaßen.«

»Heißt das, Sie können endlich Wein herstellen?«

Sein Mundwinkel zuckte belustigt, die lachenden Augen glitzerten. »Das würde sich nicht lohnen. Die Rebstöcke sind noch zu jung und liefern nicht die Erträge, die von Schmidts Weinberge produzieren. Deren Weine müssten Ihnen vertraut sein, da Sie doch so häufig in Possum Hills zu Besuch sind.«

Peinlich berührt stellte sie fest, dass sich Neuigkeiten hier draußen schnell verbreiteten. »Frieda von Schmidt ist die Vorsitzende des Damenkomitees von Hunter Valley. Es war mir eine Ehre, zu einer so renommierten Gesellschaft eingeladen zu werden, und sie hat mir das Gefühl vermittelt, sehr willkommen zu sein.«

»Dessen bin ich mir sicher.« Nachdem er fertig abgeladen hatte, lehnte er sich ans Geländer. Sein Mantel war aufgegangen, und unter seinem aufgeknöpften Hemd konnte Jessie die gebräunte Haut seiner breiten Brust sehen.

Hastig schaute sie zur Seite. »Wie meinen Sie das?«

Er zuckte mit den Schultern. »Es ist hinlänglich bekannt, dass die alte Dame wünscht, ihr Sohn möge vor ihrem Tod heiraten und Erben zeugen, daher muss Ihre Ankunft hier sie unendlich gefreut haben.«

»Das ist doch lächerlich!«, polterte sie.

Er hob eine Augenbraue und verschränkte die Arme. »Sie schienen beim Tanz sehr von ihm angetan«, bemerkte er.

»Er hat nur dafür gesorgt, dass ich einen vergnüglichen Abend hatte.«

»Ja. Und hat Sie mit Beschlag belegt, sodass kein anderer eine Chance hatte.«

»Ich habe mit vielen getanzt.« Sie reckte das Kinn, vermied

aber den Blickkontakt. »Ich habe zu tun, Mr. Cruickshank«, sagte sie ziemlich hochnäsig, »und da ich sicher bin, dass Sie nicht den weiten Weg gemacht haben, um sich über mein gesellschaftliches Leben zu unterhalten, sagen Sie mir lieber, warum Sie wirklich hier sind.«

Er schaute sie überrascht an und wies auf die Vorräte, die er auf die Veranda gestapelt hatte. »Und ich habe die Post gebracht.« Er zog einen Packen Briefe aus der Innentasche seines Ölmantels, reichte sie ihr aber nicht. »Zwei für Sie sind dabei, und ich habe auch die neuen Stiefel mitgenommen, die Mr. Lawrence bestellt hat.« Er ließ die Stiefel an den Schnürsenkeln baumeln.

Ihr Puls raste, denn sie hoffte, endlich eine Antwort von der Kirchenbehörde erhalten zu haben.

Abel ließ die Stiefel auf einen Sack fallen, hielt aber den Stapel Briefe fest in der Hand. »Miss Searle« – er räusperte sich und scheute sich, sie direkt anzusehen –, »würden Sie in Betracht ziehen ...?«

Ihre Finger berührten sich, als Jessie nach dem Packen griff, und ihr fiel das Atmen schwer. »Ja, Mr. Cruickshank?«

Er ließ die Briefe los, zog an seinem Hutrand und schaute zur Seite. »Schon gut«, murmelte er.

Jessie merkte, dass er im Begriff war zu gehen. »Bitte«, sagte sie atemlos, »was soll ich in Betracht ziehen?«

»Ein dummer Gedanke. Vergessen wir es einfach, ja?«

»Dummer Gedanke hin oder her, ich würde ihn gern erfahren«, beharrte sie, denn ihr war klar, dass dies wieder ein Augenblick war, der für immer verloren gehen konnte, wenn sie nicht etwas unternahm. »Bitte, Mr. Cruickshank!«

Röte stieg in sein Gesicht. Er rammte die Hände in die Manteltaschen und schaute zu Boden. »Schätze, ich wollte Sie fragen, ob Sie sich mal ansehen wollen, wo ich lebe«, nuschelte er vor sich hin. »Aber Sie sind natürlich nicht interessiert, jetzt, da Sie in Possum Hills aus- und eingehen.«

»Das würde ich sehr gern«, erwiderte sie.

Er riss die grauen Augen weit auf und sah auf sie herab. »Tatsächlich?«

Sie nickte und lächelte aufmunternd, obwohl sich Zweifel einschlichen. Wenn kein Brief von der Kirchenbehörde gekommen war, dann würde Mr. Lawrence ihr nicht die Erlaubnis erteilen. Wie um alles in der Welt konnte sie dann so etwas versprechen?

»Erwarten Sie nichts Großartiges«, erklärte er eilig. »Tumbalong und ich machen das Beste aus allem, und das Haus taugt nicht viel, aber ich kann gut kochen, also werden Sie nicht hungrig wieder gehen.«

»Bitte, machen Sie sich meinetwegen keine Umstände«, sagte sie leise. Sie befürchtete inzwischen, ihm absagen zu müssen, sollte Mr. Lawrence ihr den Besuch verbieten.

»Ich kann Sie so gut bewirten wie jeder andere hier im Tal«, entgegnete er stur.

»Das bezweifle ich nicht.«

»Dann kommen Sie also?«

Sie fegte die Zweifel beiseite und nickte. »Aber ich muss Mr. Lawrence um Erlaubnis bitten.«

Er betrachtete sie nachdenklich. »Er hat nichts dagegen, dass Sie nach Possum Hills gehen.«

»Nur weil ich unter Aufsicht von Mrs. von Schmidt stehe.«

»Mrs. Blake ist eine anständige Frau. Bitten Sie die, Sie zu begleiten.«

Sie hatte den Mut, ihn anzusehen, und stellte fest, dass vernünftige Gedanken entflohen, wenn ihre Blicke sich trafen. »Ich bin mir sicher, sie würde sehr gern mitkommen – solange Mr. Lawrence einverstanden ist.«

Ein behäbiges Lächeln ließ seine Augen schalkhaft aufblitzen. »Er fährt Samstag in einer Woche nach Newcastle. Vielleicht wäre das ein guter Zeitpunkt für Ihren Besuch?«

Sie wusste, dass sie mit dem Feuer spielte, kam jedoch nicht dagegen an. »Das wäre ideal«, stimmte sie zu.

Abel grinste. »Ich komme früh – dann haben Sie Zeit genug, sich alles richtig anzusehen.« Er lief die Treppe hinab, kletterte auf den Wagen, winkte mit dem Hut und setzte das Pferd in Trab.

Jessie schaute ihm nach, bis der Wagen außer Sichtweite war. Sie spürte weder Regen noch Kälte, denn Abels Lächeln hatte die Düsternis vertrieben. Einige Minuten vergingen, bis sie sich erinnerte, dass eine Klasse voller Kinder auf sie wartete. Sie rannte durch den Regen und hatte das dringende Bedürfnis, in den Pfützen zu tanzen.

Acht

Kernow House, Watsons Bay, 29. Juni 1850

Freddy sah der schwankenden Kutsche nach und wandte sich vom Fenster ab. Charlie und seine Mutter waren einkaufen gefahren und würden eine Zeitlang wegbleiben, Tante Gertrude hatte sich mit der Schneiderin zurückgezogen, die letzte Änderungen an ihrer Reisegarderobe vorzunehmen hatte, und Onkel Harry arbeitete sich durch die Rechnungsbücher. Seine Mama war an ihrem gewohnten Platz an Papas Bett. Er hatte das Haus praktisch für sich allein.

Er stand in dem stillen Wohnzimmer und prägte sich die vertraute Umgebung ein – denn dieses Haus und was dazu gehörte, war alles, was er gekannt hatte, und es würden viele Jahre vergehen, bis er es wiedersah. Auf seinem Weg durch das Wohnzimmer in die Diele kam er an den Truhen und Kisten vorbei, die am nächsten Morgen zum Anleger gebracht werden sollten. Jetzt, da das Chaos der Packerei fast beendet war, überfiel ihn ein Gefühl der Endgültigkeit – man würde es sich nicht mehr anders überlegen oder die Pläne ändern. Das Schiff würde ablegen, und er würde nach England gehen – weit weg von der Heimat, seinen Eltern und einer Lebensweise, die er für unabänderlich gehalten hatte.

So etwas wie Angst fuhr ihm wie ein Schlag in die Magengrube, und er rannte die Treppe hinauf, fest entschlossen, solche Empfindungen zu verbannen. Sein zwölfter Geburtstag war aufgrund der Krankheit seines Vaters eine ernste Angelegenheit gewesen, und Jungen in seinem Alter weinten nicht – auch wenn sie noch so viel Angst hatten. Dennoch, als er auf Zehenspitzen am Schlafzimmer seiner Eltern vorbeischlich, hatte er gegen das überwältigende Bedürfnis anzukämpfen, sich ihnen auf Gedeih und Verderb auszuliefern und sie anzuflehen, bleiben zu dürfen.

Das Heiligtum des alten Kinderzimmers auf dem Speicher begrüßte ihn, und als er die Laterne anzündete, stellte sich ein Gefühl der Ruhe ein. Da standen die vertrauten Kisten, das Durcheinander aufgegebener Spielzeuge und Möbel, die stabilen Säulen der Schornsteine und die dunklen Dachsparren. Er ging über den abgetretenen Boden zum Schaukelpferd und streichelte die Überbleibsel der blonden Mähne. Dabei dachte er an die vielen Rennen, die er auf dem verblassten Sattel geritten war. Pegasus hatte einst mit seinem dunkelroten Sattel, mit fliegender Mähne und Schweif so imposant gewirkt; jetzt wirkte er ziemlich verloren und war von Motten zerfressen, die Steigbügel waren schwarz angelaufen, die Zügel fehlten. Er stieß es an, die Kufen quietschten, und Pegasus' Schatten bewegte sich an der Wand – ein Andenken an die Kindheit, an Zeiten, in denen alles noch einfach war.

Er hielt das Pferd an und wandte sich seufzend ab. Er betrachtete die Truhen, die als ungeeignet für eine Reise nach England galten, und wühlte, wie schon so oft vorher, zerstreut darin herum. Er stieß auf die übliche Sammlung aus alter Kleidung, Vorhängen und Leinentüchern und verlor rasch das Interesse. Er war schon im Begriff, den Deckel zu schließen, als er eine kleine Zinnschatulle sah, die ihm noch nie aufgefallen war. Aufgeregt zog er sie hervor. Die Metallspange glitzerte im Laternenschein, ein Beweis dafür, dass sie erst vor kurzem verstaut worden war. Doch als er vorsichtig den Zapfen herauszog und den Deckel aufklappte, wurde er bitterlich enttäuscht: Sie war leer.

Still setzte er sich, tief in Gedanken versunken. Dass die Schatulle leer war, spielte eigentlich keine Rolle, denn sie war groß genug für seine Zwecke. Er ging zur verborgenen Nische hinüber und drückte auf die Klinke. Er hatte vorgehabt, das Heft woanders zu verstecken, war jedoch durch andere Dinge zu sehr abgelenkt worden; nun hoffte er, dass es noch da war.

Viele Monate war es her, seit er zum letzten Mal in diesen Zwischenraum gekrochen war, und er stellte fest, er war ziemlich eng. Er schwitzte vor Anstrengung und war sich bewusst, wie leicht man stecken bleiben könnte, doch seine suchenden Finger fanden schließlich, wonach er gesucht hatte. Erleichtert atmete er auf.

Das Tagebuch war an den Rändern angeknabbert und das kleine Schloss abgefallen, doch anscheinend hatte es keinen größeren Schaden davongetragen. Er legte das Tagebuch in die Schatulle. Es passte genau. Damit war es bis zu seiner Rückkehr aus England vor Mäusen und Beutelratten sicher. Hoffentlich wäre er dann in der Lage, zu entziffern, was darin geschrieben stand. Die Idee, es könnte das Tagebuch eines Piraten sein, hatte er längst als kindisch verworfen; er vermutete vielmehr, dass es nur das persönliche Tagebuch eines längst verstorbenen Mitglieds des deutschen Zweigs seiner Familie war, doch seine Neugier blieb ungebrochen, und er war entschlossen, das Rätsel zu lösen.

Nachdem er die Schatulle im Kriechgang versteckt hatte, seufzte er zufrieden auf und ging. Den Rest des Nachmittags würde er bei seinen Eltern verbringen, denn nach dem morgigen Tag würde er sie erst mit achtzehn wiedersehen.

Lawrence Creek, Hunter Valley, am selben Tag

Der Brief von der Kirchenverwaltung war nicht gekommen, und Jessie war trotz ihrer anfänglichen Enttäuschung erleichtert. Mr. Lawrence würde sie – zu Recht – beschuldigen, hinter seinem Rücken etwas unternommen zu haben, was zu einer sehr unangenehmen Situation führen könnte. Außerdem bestand natürlich die Möglichkeit, dass die Verwaltung Mr. Lawrence zustimmte, und wenn das der Fall war, hätte sie nur geringe Chancen, etwas zu verändern.

Sie war zu dem Schluss gelangt, dass ihre hastig hingekritzelte Anfrage ein Fehler gewesen war. Es ging nicht darum, dass sie den weiten Weg hierher gemacht hatte, um einen Mann zu finden. Und obwohl Gerhardt von Schmidt ein aufmerksamer Gastgeber war – und Abel Cruickshank darauf bedacht zu sein schien, die Freundschaft fortzuführen, die sie auf der Reise hierher geschlossen hatten –, konnte sie nicht behaupten, dass man um sie warb.

Jessie hatte sich damit abgefunden, dass sich alles zum Besten gewendet hatte, und sich in die Briefe ihres Bruders Daniel vertieft. Sie munterten sie auf, und sie hatte sie in den vergangenen zwei Wochen schon oft gelesen. Seine Schrift war schlecht, seine Orthografie noch schlimmer, doch seine Bemühungen waren lesbarer als die von John, der sich als unwilliger Schüler erwiesen hatte. Es war Jessie gewesen, die ihnen vorgeschlagen hatte, sie sollten lesen und schreiben lernen, bevor sie Cornwall verließen.

Nun, am Samstagmorgen, saß sie in der Dunkelheit vor dem Morgengrauen und versuchte, sich den Ort Kapunda auszumalen. Daniel hatte ihr sehr anschaulich die Katen aus Lehm und Stein beschrieben, die sie mit zahlreichen Männern aus Cornwall sowie Verhüttungsfachleuten aus Wales und irischen Arbeitern teilten, von denen beinahe täglich neue herbeiströmten. Die Mine produzierte über dreitausend Tonnen Kupfer im Jahr, sodass ihre Arbeitsplätze sicher waren. Die Bevölkerung der Stadt wuchs und wurde von den zahlreichen deutschen Farmern, die sich im nahe gelegenen Bethel angesiedelt hatten, gut mit Nahrungsmitteln versorgt.

Jessie tauchte wieder aus ihrer Träumerei auf, stellte fest, dass der Himmel heller wurde, und beeilte sich, ihren Tag vorzubereiten. Mr. Lawrence würde bald nach Newcastle aufbrechen, und er hatte ausdrücklich ihr Erscheinen in seinem Haus vor seiner Abfahrt angeordnet. Ihre Gedanken weilten jedoch bereits bei Mr. Cruickshank und ihrem Besuch auf seinem Weingut noch am heutigen Tag.

Das vergrößerte Auge funkelte durch das Monokel. »Sie sind ziemlich rot im Gesicht, Miss Searle. Ich hoffe, Sie brüten nichts aus.«

Jessie war nicht klar gewesen, dass man ihr die innere Erregung so deutlich anmerkte, und bemühte sich um ein gesetztes Verhalten. »Mir geht es ganz gut, Mr. Lawrence«, erklärte sie.

»Schön. Die Konferenz der Kirchenpfarrer ist für das Wohlergehen der Gemeinschaft lebenswichtig – für das ganze Land sogar, denn sie bietet uns die Möglichkeit, unsere Meinung noch vor der Bischofskonferenz in Sydney zu äußern, die noch in diesem Jahr stattfinden soll. Der Bischof von New South Wales hat mir die große Ehre zuteil werden lassen, mich um eine Rede zu bitten, und es geht nicht, dass Sie während meiner Abwesenheit indisponiert sind. Hier gibt es viel zu tun, und deshalb habe ich eine Liste aufgestellt.« Er griff in seine Manteltasche und zog einen Stoß Papier heraus. »Diese Aufgaben sind bis zu meiner Rückkehr am Montag zu erledigen.«

Jessie überflog die Liste, und ihre gute Laune war dahin. Sie schien so endlos wie der Regen im vergangenen Monat, der zum Glück in der letzten Nacht aufgehört hatte. »Ich bin überrascht, dass ich die Sonntagsschule übernehmen soll, obwohl kein Gottesdienst stattfindet.«

»Meine Abwesenheit ist keine Entschuldigung für Schludrigkeit, Miss Searle. Die Kinder brauchen ihre religiöse Unterweisung.«

»Aber sie kommen fünf Tage in der Woche von so weit her – es tut doch bestimmt nicht weh, wenn man ihnen an diesem Sonntag erlaubt, bei ihren Familien zu bleiben.«

Entsetzt riss er die Augen auf, und das Monokel fiel herab. »Müßiggang ist aller Laster Anfang, Miss Searle, und wir müssen den Eingeborenen mit gutem Beispiel vorangehen. Die Sonntagsschule wird wie üblich stattfinden, und ich erwarte die volle Besetzung.«

Jessie widerstand der Versuchung, ihn daran zu erinnern, dass selbst Gott einen Ruhetag eingelegt hatte, als er die Erde erschuf. Eine solche Bemerkung würde seinen Aufbruch nur weiter verzögern.

Mrs. Blake trat aus dem Haus und reichte ihm den Handkoffer.

»Haben Sie Ihre Liste?«, fragte er.

Hilda nickte mit undurchdringlicher Miene, die Hände demütig gefaltet.

»Dann verabschiede ich mich. Ich darf den Bischof nicht warten lassen, und der Ritt bis Newcastle ist weit.« Mit geübter Wichtigtuerei nahm er dem Aborigine-Jungen die Zügel aus der Hand und stieg in den Einspänner.

Jessie und Hilda sahen dem trabenden Pferd nach, und als es außer Sichtweite war, atmeten sie erleichtert auf.

»Drei ganze Tage ohne ihn – was für ein Segen!«, sagte Hilda.

»Aber wir haben unsere Listen, Hilda. Wir werden vollauf beschäftigt sein«, erwiderte Jessie kichernd.

Schnaubend steckte Hilda ihre Liste in die Rocktasche. »Anscheinend habe ich sie verlegt.« Sie lachte und hakte sich bei Jessie unter. »Komm, wir trinken eine Tasse, bevor Mr. Cruickshank eintrifft.«

Die Sonne stand am klaren Himmel, als sie den Wagen hörten. Jessie band rasch die Bänder an ihrer Haube zu, fuhr sich mit den Händen über den Rock, den sie am Abend zuvor unter großem Zeitaufwand gebügelt hatte, und zupfte an den Rüschen ihrer Bluse. Bei einem flüchtigen Blick in Hildas Spiegel schauten ihr hochrote Wangen und funkelnde Augen entgegen. Sie sah so gut aus wie nie.

»Guten Tag, Miss Searle.« Er schwenkte den Hut, hielt ihn nervös zwischen den Fingern und musterte sie mit bewunderndem Blick.

»Guten Tag, Mr. Cruickshank.« Jessie fiel auf, dass er sich rasiert hatte und ein sauberes Hemd und eine Hose aus festem Baumwollstoff trug.

»Wenn das so weitergeht, werden wir nie ankommen«, murmelte Hilda vor sich hin. »Bringt diesen Kuchen irgendwo in Sicherheit, und dann helft mir hoch.«

Sobald sie sich niedergelassen hatte, wandte Abel sich an Jessie. »Ich decke die Plane noch über den Wagen, falls es wieder regnet«, sagte er, als er ihr beim Aufsteigen half.

Die Wärme seiner Berührung spürte sie noch, als er ihre Hand längst losgelassen hatte, und sie wusste, dass sie rot wurde, als er sich neben sie setzte. »Das war sehr aufmerksam von Ihnen«, sagte sie mit unsicherer Stimme, »aber es scheint, als hätten wir endlich wieder einen sonnigen Tag.«

»Sonnenschein, hausgemachter Apfelkuchen und nette Gesellschaft«, sagte er und ließ die Zügel auf den Rücken des Pferdes klatschen. »Was könnte sich ein Mann mehr wünschen?«

Jessie hielt den Blick fest auf den Horizont gerichtet, als sie den Hof verließen. Hilda hatte diese Hemmungen nicht und unterhielt sie auf ihrem Weg weiter ins Tal hinein mit zusammenhanglosem Geschwätz.

»Da ist es«, sagte Abel, als sie aus dem Wald auftauchten. »Beech Tree Vineyard.«

Jessie hörte den Stolz in seiner Stimme und verstand ihn, denn der Anblick war atemberaubend.

Abels Weinberg lag im schützenden Halbrund hoher Berge und bronzefarbener Sandsteinklippen. Im Westen glitzerte Wasser; dort zog sich ein Buchenwald vom Fuß eines Berges bis ans ferne Ufer. Im Osten raschelten Tabakstauden. Das kleine Haus stand mitten im Tal, umgeben von geordneten Reihen dunkler Rebstöcke.

»Es ist vielleicht nicht so großartig wie manche andere«, sagte er hastig, »aber das alles gehört mir.«

»Es ist wunderschön«, hauchte Jessie.

»Sie haben das Innere des Hauses noch nicht gesehen«, brummte er, doch seine Freude und Erleichterung über ihre Reaktion war ihm deutlich anzumerken.

Das Anwesen hatte nichts gemein mit der stattlichen Perfektion von Possum Hills, strahlte aber einen Zauber aus, der sie zutiefst berührte. Das Haus war aus Lehmziegeln und konnte einen frischen Kalkanstrich vertragen. Das Dach war notdürftig ausgebessert, doch Tür und Fensterläden waren vor kurzem gestrichen worden, und der Schornstein wirkte stabil. Zerbrochene Wagenräder und rostige Maschinenteile lagen über den Hof verstreut, in dem eine Hühnerschar zwischen blühendem Unkraut pickte. Hemden flatterten an einer Leine zwischen zwei Bäumen, in einem Pferch ganz in der Nähe meckerten Ziegen.

Darüber hinaus gab es eine Scheune, das obligatorische Toilettenhäuschen und einen Anbau, der einen Kupferboiler und einen mobilen Backofen beherbergte. In der Ferne sah Jessie Rauchschwaden vom Lager der Aborigines aufsteigen, das aus den üblichen Grashütten und zerbeulten Blechdächern bestand.

Tumbalong trat aus dem Haus, tippte an seinen Hut und hielt das Pferd fest, während die anderen vom Wagen stiegen. »Boss freut sich, dass Sie kommen, Missus«, sagte er mit breitem Grinsen.

Abel trat von einem Fuß auf den anderen. »Ja, schon gut, Kumpel«, brummte er.

»Er hat das Haus sauber gemacht, und Tumbalong musste das Dach reparieren und die Fenster streichen.«

»Hast du nichts zu tun?« Abel funkelte ihn wütend an.

»Viel, Boss.«

»Dann mach weiter!«

Noch immer grinsend, spannte er das Pferd aus und führte es auf eine eingezäunte Koppel.

Abel stapfte die Stufen zur Veranda hinauf. »Ich gehe davon aus, dass Sie etwas trinken möchten«, sagte er über die Schulter.

»Ein Tässchen Tee wäre sehr angenehm«, erwiderte Hilda. »Soll ich es machen?« Ohne auf eine Antwort zu warten, reichte sie ihm den Kuchen und ging geschäftig hinein.

Abel blieb zögernd an der Tür stehen. »Es ist ein bisschen schlicht«, sagte er verlegen, den Kuchenteller in der Hand. »Vielleicht möchten Sie lieber draußen sitzen?«

Jessie nahm den Kuchen an sich, bevor er zu Boden glitt, und lächelte ihn an. »Es ist wohl ratsam, den hier unter eine Abdeckung zu stellen.«

Er verscheuchte den Fliegenschwarm, der wie aus dem Nichts aufgetaucht war, jetzt, da die Sonne schien und der Regen aufgehört hatte, und führte sie ins Haus.

Nach der Helligkeit draußen brauchte man eine Weile, um sich an die Dunkelheit zu gewöhnen. Lächelnd nahm sie die Blechdose mit Wildblumen zur Kenntnis. Abels einfache Geste sprach Bände, und sie stellte den Kuchen direkt daneben auf den geschrubbten Tisch. »Die sind sehr hübsch«, sagte sie leise.

Er deckte ein Tuch über den Teller. »Dachte, sie bringen etwas Helligkeit rein.«

»Das tun sie tatsächlich.« Mit einem raschen Blick nahm sie den Raum in sich auf, in dem ein schmales Bett an der Wand stand und eine Reihe Haken als Schrank diente. Einen selbstgemachten Nachttisch zierte ein einsamer Kerzenstummel auf einer Untertasse, und ein Haufen Stiefel war zusammen mit Sattel- und Zaumzeug in eine Ecke geworfen worden. Der Boden war gefegt, keine Spinnweben waren zu sehen, doch die dünne Matratze, die Decke und die fehlenden Teppiche, Vorhänge oder Bilder strahlten nicht gerade Behaglichkeit aus.

»Ich habe Sie gewarnt, dass nicht viel dran ist«, sagte er.

Jessie schmunzelte. »Sie haben ein Zuhause daraus gemacht, und das reicht.«

Er betrachtete sie nachdenklich und führte sie dann wieder ins Freie.

Sie tranken Tee aus dickem Porzellan, und nach einem Spaziergang durch die Weinstöcke und einer interessanten Lektion über die Kunst der Weinherstellung und das Trocknen der Tabakernte wurden sie Tumbalongs Familie vorgestellt, die von Großeltern und Onkeln bis hin zu kleinen Kindern alles umfasste. Jessie, die sich Mr. Lawrence' Regel widersetzt hatte, ihre eigene kleine Gemeinschaft von Eingeborenen nicht aufzusuchen, stellte fest, dass auch diese Kinder an tränenden Augen und Nasen sowie an Hautausschlag litten. Sie fragte sich, warum man nichts dagegen unternehmen konnte.

Sie wartete, bis sie sich setzten, um den üppigen Hühnereintopf zu essen, den Abel zubereitet hatte, und schnitt dann das Thema an.

»Sie lassen sich von uns nichts sagen.«

»Man könnte sie doch bestimmt überreden, ihre Augen zu baden und sich sauber zu halten?«

»Sie verwenden das Wasser zum Trinken, nicht zum Waschen, und die Kinder wühlen ständig im Dreck.« Er musste ihr die Besorgnis angesehen haben, denn er beeilte sich fortzufahren: »Ich habe versucht, es ihnen zu erklären, aber es ist nicht ihre Art. Sie würden sich nicht für etwas bedanken, was sie als Einmischung empfinden.«

»Mr. Lawrence ist derselben Meinung«, erwiderte sie traurig. »Es ist so schade, denn solche Infektionen führen zu Blindheit, und man könnte sie so einfach vermeiden.«

»Wie ich sehe, haben Sie sich viele Gedanken über das Problem gemacht, Miss Searle, aber ich versichere Ihnen, da können Sie nichts machen.«

Jessie beendete ihre Mahlzeit schweigend, und als die Teller abgeräumt wurden, war ihr klar, dass Abel recht hatte. Die Lebensweise der Eingeborenen war ihnen fremd, und obwohl sie nicht verstand, warum sie Hilfe und Rat ablehnten, musste sie sich mit der Tatsache abfinden, dass es sie nichts anging.

»Warum geht ihr beide nicht ein bisschen spazieren?«, fragte Hilda und machte es sich in den von Motten angefressenen Polstern auf dem Verandasessel bequem. »Ich genehmige mir gern ein Schläfchen nach dem Mittagessen, und hier ist es so herrlich kühl.«

»Würden Sie gern ein Schnabeltier sehen?«, fragte Abel. »Unten im Fluss gibt es eine ganze Horde, und vielleicht haben wir Glück und sehen eins, obwohl sie sehr scheu sind.«

»Was ist ein Schnabeltier?«

Abel zupfte sich am Ohr und runzelte die Stirn. »Es hat einen Schnabel und Schwimmhäute wie eine Ente, Fell wie ein Otter und einen flachen Schwanz wie ein Biber. So etwas finden Sie woanders nicht, aber man kann sie nur schwer entdecken, also seien Sie nicht enttäuscht, wenn wir heute keins finden.«

Jessie fragte sich, ob er sie neckte, denn seine Beschreibung klang sehr eigenartig. »Sie haben mich neugierig gemacht«, gab sie zu. »Wenn es dieses Geschöpf wirklich gibt, würde ich es zu gern sehen.«

Sie schlenderten an den Fluss, und das einvernehmliche Schweigen wurde nur vom Streifen des Grases an ihren Beinen und dem gelegentlichen Schrei eines Regenbogenloris unterbrochen.

»Schön ist es hier«, sagte Jessie, als Abel eine Decke auf dem Gras am Rand des von Bäumen gesäumten Ufers ausbreitete. »Ich kann verstehen, warum es Ihnen so gut gefällt.«

»Ist das so deutlich zu spüren?«

Sie nickte. »Vielen Dank, dass Sie es mir zeigen.«

»Ist mir ein Vergnügen«, brummelte er und zupfte an seinem Hutrand. »Und ich habe dafür gesorgt, dass keine Bartagamen da sind, damit Sie nicht in Gefahr geraten.«

Sie kicherte. »Ich muss mich ziemlich töricht angestellt haben.«

»Oh, ich weiß nicht – mir hat es ziemlich gut gefallen, Sie zu retten.«

Seine Mundwinkel zuckten belustigt, und sie wusste, dass er sie neckte, war aber unwillkürlich verlegen bei der Erinnerung daran, wie sie sich in seine Arme geworfen hatte. »Sie können versichert sein, Mr. Cruickshank, dass ich nicht so dumm sein werde, es noch einmal zu tun.«

Seine grauen Augen betrachteten sie nachdenklich, dann grinste er. »Ihre Art gefällt mir, Miss Searle. Und jetzt wollen wir sehen, ob wir ein Schnabeltier finden, aber Sie müssen ganz still sein, sonst jagen Sie ihnen Angst ein.«

Jessie zögerte, warf dann alle Bedenken beiseite, folgte seinem Beispiel und legte sich auf den Bauch, damit sie ins schattige Wasser schauen konnte. Es war würdelos, aber seine Begeisterung steckte an, und es machte Spaß, sich wieder wie ein Kind zu benehmen, denn es erinnerte sie an die Zeit, als sie in Cornwall nach Kaulquappen gefischt hatte.

Es platschte, und Abel streckte den Zeigefinger aus. Jessie spähte ins Wasser, erhaschte einen Blick auf etwas Dunkles, das schnell durch die seichten Stellen huschte, um dann unter dem Schilf zu verschwinden. Es war so flink gewesen, dass sie kaum mehr als einen Schatten gesehen hatte. Sie wollte schon ihrer Enttäuschung Ausdruck verleihen, als Abel aufgeregt noch einmal auf etwas zeigte, und diesmal sah sie das eigenartige Geschöpf deutlicher. Es war genau so, wie er es beschrieben hatte, eine Kuriosität, wie erschaffen aus Teilen anderer Tiere.

Verzaubert beobachtete Jessie das außergewöhnliche Wesen, als es über das schlammige Ufer kroch und sich ins Wasser fallen ließ, wo es sich zu einigen anderen gesellte. Ihr Fangspiel dauerte ein paar Minuten, dann waren sie verschwunden. Jessie wartete in der Hoffnung, sie würden wiederkommen, doch anscheinend hielten die Tiere sich weiter flussabwärts auf.

Sie richtete sich auf und glättete die Falten an Rock und Bluse. »So welche habe ich noch nie gesehen«, flüsterte sie.

Er grinste über beide Ohren. »Bin froh, dass sie Ihnen gefallen haben. Wir hatten Glück, sie heute hier anzutreffen.«

»Wir gehen lieber wieder zurück«, sagte sie kleinlaut. »Hilda wird sich fragen, was mit uns ist.«

»Werden Sie wiederkommen?«, fragte er auf dem Rückweg zum Haus.

»Wenn ich darf«, sagte sie leise.

»Sie sind jederzeit willkommen.« Er nahm ihre Hand und half ihr über einen Bach, der durch die Weide mäanderte. Auf der anderen Seite ließ er nicht los, und er schaute ihr mit unergründlicher Miene in die Augen. »Ich weiß, es mag schwierig für Sie sein herzukommen, Miss Searle, aber ich möchte gern, dass Sie es versuchen.«

Jessie spürte, wie ihr die Hitze ins Gesicht stieg, als seine Finger sich um ihre Hände schlossen und sie sich wie von einer unsichtbaren Kordel zueinander hingezogen fühlten. »Mr. Lawrence wird es wohl nicht erlauben.«

»Dann werde ich ihn darum bitten.«

»Und wenn er ablehnt?«

»Dann frage ich wieder. Bleibt er stur, dann muss Ihr nächster Besuch warten, bis er das Tal verlässt.«

»Ich war hinterlistig genug, Mr. Cruickshank, und wenn er vom heutigen Besuch erfährt, dann hat er allen Grund, mich zu entlassen.«

»Er kann Sie nicht entlassen, nur weil Sie etwas so … so …«

Sie entzog ihm ihre Hand. »Er hat sehr deutlich gemacht, dass er das kann.«

Er blieb stur. »Immerhin ist er damit einverstanden, dass Sie die von Schmidts besuchen.«

»Ich besuche nur Frieda, und das nur, weil sie die Vorsitzende des Wohlfahrtsausschusses der Kirche ist.«

»Wohingegen ich nur ein arbeitender Winzer bin.«

Sie hörte die Bitterkeit heraus. »Das hat damit nichts zu tun.«

Seine Augen blitzten. »Ich glaube doch.«

Sie hielt seinem Blick stand. »Für mich nicht.«

»Werden Sie ihn also um Erlaubnis bitten?«

»Bitte, verderben Sie den Tag nicht, indem Sie mich schikanieren. Davon habe ich bei Mr. Lawrence bereits genug.«

Er seufzte tief, schlug seinen Hut an den Schenkel und setzte ihn auf. »Verzeihung. Ich wollte nicht so lospoltern, aber ich hatte gehofft, Ihnen würde mein Anblick so gefallen, dass sie wiederkommen. Anscheinend habe ich mich getäuscht.«

»Sie vermuten zu viel, Mr. Cruickshank«, schalt sie ihn leise, »und falls Sie gern ein Kompliment hören wollen, dann muss ich Sie enttäuschen.«

Er grinste. »War ja nur ein Versuch, den Sie einem Kerl nicht verübeln dürfen.« Seine Miene wurde ernst. »Was ich sage, ist vielleicht fehl am Platz, Miss Searle«, begann er zögernd, »und wenn es Sie kränkt, dann werde ich es nie wieder erwähnen.«

Jessie merkte, dass er sich etwas von der Seele reden musste. »Fahren Sie fort«, forderte sie ihn auf.

Er wurde rot und schaute in die Ferne. »Ich kann es mit von Schmidt nicht aufnehmen, aber ich hoffe, Ihnen macht meine Gesellschaft Spaß.«

Jessie nickte und wollte schon antworten, doch Abel schien fest entschlossen, das, was er sagen wollte, zu Ende zu führen, und beeilte sich hinzuzufügen: »Ich habe sehr wenig Geld – es ist alles in das Land und die Ernte investiert. Ich arbeite für von Schmidt, um so viel einzubringen, dass ich davon leben kann, und ich pflege dieses Haus, wenn ich kann. Tumbalong und sein

Stamm packen mit an, und obwohl es in manchen Gegenden nicht gern gesehen wird, betrachte ich sie als Familie und sorge für sie, so gut ich kann.« Er hielt inne, und es war deutlich, dass er vor den nächsten Worten zauderte. »Ich möchte, dass Sie wissen, wer ich bin, bevor Ihnen die Gerüchte zu Ohren kommen.« Er fuhr sich mit der Zunge über die Lippen, sein Blick war ausweichend. »Wissen Sie, ich habe keine besonders ehrenhafte Abstammung, daher würde ich Ihnen keinen Vorwurf machen, wenn Sie mich nicht wieder besuchten.«

Jessie war neugierig. »Wie das?«

»Meine Urgroßeltern waren Sträflinge, ebenso mein Vater. Nichts allzu Ernstes«, fügte er hastig hinzu, »kleine Diebstähle, Fälschungen und etwas Schmuggel, aber der Sträflingsmakel ist an mich weitergegeben worden, und solange Australien als Sträflingskolonie betrachtet wird, setzt sich der Makel fort.«

»Aber Ihnen gehört dieses Land – Sie sind ein freier Mann.«

»Ich bin zwar frei, aber ich stamme von Sträflingen ab und bin deshalb an die Vergangenheit meiner Familie gekettet.« Er redete trotz ihres Protests weiter. »Männer wie Gerhardt von Schmidt werden immer zur Elite gehören. Seine Eltern kamen als freie Bürger hierher, aufgrund ihres Geldes und ihrer Bildung waren sie Teil der herrschenden Klasse. Ich könnte doppelt so viel Geld und Land besitzen wie er und wäre doch nie vollständig in diese Gesellschaft integriert, obwohl ich hier geboren wurde.«

Jessie sehnte sich nach diesem stolzen Mann, dem dieses Eingeständnis offenbar nicht leichtgefallen war.

»Tut mir leid, Miss Searle, aber Sie mussten wissen, wie die Dinge liegen.«

»Mir scheint, es ist nicht viel anders als in England«, flüsterte sie. »Die Armen bleiben arm, die Reichen werden reicher, obwohl sie nichts dafür tun, und ganz gleich, wie viel ein Mann erreicht, er wird immer in der Klasse stecken bleiben, in die er hineingeboren wurde.«

»Dann verstehen Sie es«, sagte er aufatmend. »Aber es ändert nichts an der Tatsache, dass Sie eine freie, gebildete Frau sind, während ich ...«

Sie merkte, es war höchste Zeit, etwas geradezurücken. »Meine Großmutter lebte mit der Schande, unehelich geboren zu sein«, sagte sie geradeheraus. »Ich bin mit meiner Großmutter, meinen Eltern und meinen zwei Brüdern in einer Hintergasse aufgewachsen. Wir hatten eine Kate mit zwei Zimmern gemietet. Mein Vater war Fischer, und als ich fünf war, habe ich die Netze am Kai geflickt. Er ist auf See verschollen, und meine Brüder mussten in die Zinnminen, bevor sie alt genug für lange Hosen waren.« Sie redete schnell weiter, noch ehe er sie unterbrechen konnte. »Meine Bildung stammt daher, dass ich nächtelang im Schein eines Kerzenstummels Bücher verschlungen habe, und sie wurde damit bezahlt, dass ich jede freie Stunde damit zubrachte, Hering in Salzfässer zu packen. Ich wäre heute nicht hier, wenn es nicht einen Pfarrer gegeben hätte, der meine Fähigkeiten erkannte und förderte, also erzählen Sie mir nichts über die Elite und den Makel, Mr. Cruickshank, denn ich habe gegen beides angekämpft und werde es auch weiter tun, solange ich lebe.«

»Gute Güte!«, hauchte er. »Sie können ganz schön hitzig sein, nicht wahr?«

Ihre Wut verging so schnell, wie sie gekommen war, und sie schenkte ihm ein müdes Lächeln. »Nur wenn ich das Gefühl habe, ungerecht beurteilt zu werden.«

»Tut mir leid.« Ein Lächeln huschte über seine Lippen.

»Mir auch.«

Sie schauten sich in die Augen, ohne sich bewusst zu sein, dass eine höchst interessierte Hilda sie beobachtete. »Also«, brach er das Schweigen, »Sie kommen wieder?«

Sie lächelte. »Sollten Sie mich einladen, wäre ich hocherfreut.«

»Und was ist mit Mr. Lawrence?«

»Ich werde ihn ansprechen, wenn ich das Gefühl habe, dass er gerade zugänglich ist«, versprach sie. Das waren mutige Worte, denn ihr Arbeitgeber war selten für irgendetwas anderes zugänglich als für seinen strengen Verhaltenskodex.

»Wenn es um eine Konfrontation geht, dann sollte ich sie wohl übernehmen«, sagte er grimmig.

»Machen Sie die Dinge nicht schlimmer, als sie sind«, drängte sie ihn.

Er war im Begriff, nach ihrer Hand zu greifen, änderte seine Meinung jedoch und fuhr sich enttäuscht mit den Fingern durch die Haare. »Sie sind eine freie Frau«, krächzte er. »Warum lassen Sie sich von ihm schikanieren?«

»Das ist einfach nur seine Art, seine Stellung zu behaupten«, antwortete sie, »und ich habe seinen Beschäftigungsbedingungen schließlich zugestimmt.«

»Das ist lächerlich«, brach es aus ihm heraus. Er rammte sich den Hut wieder auf den Kopf und steckte die Hände in die Taschen.

Jessie berührte seinen Arm, eine Geste des Verständnisses. »Vielen Dank für Ihre Unterstützung, Mr. Cruickshank, ich weiß es wirklich zu schätzen.«

»Ich wünschte nur, ich könnte etwas tun, um zu helfen.«

Eine Woge der Entschlossenheit überkam sie, Mr. Lawrence' Kleingeist ein für alle Mal zu überwinden, und sie richtete sich zu ihrer vollen Größe auf. »Sie haben mir Mut gemacht, Mr. Lawrence bei seiner Rückkehr gegenüberzutreten und eine Revision seiner Regeln zu verlangen.«

»Aber das könnte Sie die Stellung kosten.«

»Dann suche ich mir eine andere.«

»Das ist meilenweit die einzige Schule. Wohin würden Sie gehen?«

Der Mut verließ sie, als ihr die Realität dämmerte. »Das weiß ich nicht«, gestand sie. »Newcastle vielleicht?«

»Dann müssen Sie sorgfältig nachdenken, bevor Sie mit ihm sprechen.« Seine Augen flehten sie an. »Das Tal wäre nicht mehr dasselbe ohne Sie, und die Kinder mögen Sie wirklich. Im Übrigen ist Newcastle einen Tagesritt weit entfernt, und die Leute da sind nicht halb so freundlich wie hier.«

»Dann wollen wir hoffen, dass Mr. Lawrence nach der Konferenz milde gestimmt ist und sich überreden lässt.«

»Sind Sie sicher, dass ich nicht lieber mit ihm reden sollte?«

Kampfgeist leuchtete in seinen Augen, und sie schüttelte den Kopf. »Ich glaube, es ist besser, wenn Sie es mir überlassen.«

Er hielt ihrem Blick stand und nickte. »Ich war noch nie ein guter Diplomat, daher schätze ich, dass Sie es besser hinbekommen.« Vorsichtig nahm er ihre Hand, und sein Blick schien tief in ihre Seele zu wandern. »Viel Glück, Miss Searle!«

Jessie konnte kaum atmen, sie war wie gebannt von seinem Blick und sich nur allzu bewusst, wie sehr ihr Herz bei seiner Berührung hämmerte. »Danke«, brachte sie hervor.

Zögernd lösten sie den Kontakt und gingen langsam zur wartenden Hilda. Jessie fragte sich, ob er wohl ebenso wenig einsehen wollte wie sie, dass dieser wunderbare Tag zu Ende ging.

Sydney Harbour, am nächsten Tag

Harry konnte sich nur allzu deutlich an seinen Zorn erinnern, als er gezwungen wurde, seine Ausbildung in England zu beenden und die Grafenwürde zu übernehmen. Daher verstand er Freddys Verzweiflung. Der Junge versuchte mit Mühe, wie ein Erwachsener aufzutreten, doch sein Blick war gehetzt, und er hatte eine Verletzlichkeit an sich, die in Harry den Wunsch weckte, etwas zu tun oder zu sagen, um seine Ängste zu mildern. Dennoch wusste Harry, dass es keine Heilmittel gab, denn die Einsamkeit würde dem Jungen viele Monate zusetzen – ebenso wie ihm selbst. Die Ungewissheit über den Gesundheitszustand seines Vaters kam als Bürde noch hinzu, und Harry bewunderte die Art, wie der Junge sich hielt.

Er legte einen Arm um Freddys Schultern. Sie standen am Pier, und er wollte ihm vermitteln, dass er ihn verstand. Amelia hatte zu Recht beschlossen, nicht mitzukommen, und der Junge hatte sich tränenreich von seinen Eltern verabschiedet und sich in letzter Minute an seine Mutter geklammert in dem verzweifelten Versuch, ihre Zeit miteinander in die Länge zu ziehen. Jetzt zeugten sein bleiches Gesicht und die geröteten Augen trotz seiner entschlossenen Haltung beredt von seinem inneren Tumult.

»Die Zeit wird wie im Flug vergehen«, tröstete er ihn. »Ich weiß, du glaubst es mir nicht, Freddy, aber du wirst bald schon so beschäftigt sein, dass du kaum noch an uns denkst, und ehe du dich versiehst, ist die Schule vorbei, und du wirst wieder nach Hause kommen.«

»Du kümmerst dich um Mama und Papa, ja?«

»Das verspreche ich dir.« Harry schaute in die vertrauensvollen braunen Augen. »Und ich möchte, dass du mir versprichst, dich um Lavinia zu kümmern. Sie wird Hilfe brauchen, wenn ich nicht da bin.«

»Versprochen, Sir.« Der Junge wand sich aus der Umarmung, schüttelte seinem Onkel die Hand und entfernte sich, um über das Wasser zu schauen, die Schultern straff nach hinten gezogen.

»Keine Sorge, Harry«, murmelte Lavinia. »Ich werde für ihn sorgen wie für meinen eigenen Sohn.« Sie sank in seine Arme, ungeachtet der wogenden Menge und der neugierigen Blicke, und küsste ihn auf die Wange.

Ein Kloß entstand in seiner Kehle, während er sie an sich drückte. Doch er wusste, dass er keine Schwäche zeigen durfte – jetzt nicht –, denn sie hatten sich bereits unter vier Augen verabschiedet, und die Zeit der Tränen war vorbei. »Ich werde so bald wie möglich nach Hause kommen«, versprach er. »Viel Glück, mein Schatz!«

»Alle Mann an Bord! Das Schiff legt in zehn Minuten ab.« Der Ruf des Matrosen wurde vom überschwänglichen Läuten einer Glocke begleitet, und die Menge strömte nach vorn.

Harry und Lavinia lösten sich voneinander, doch ihre Blicke hielten sich fest und drückten im allgemeinen Menschenstrudel mehr aus als alle Worte. Der Tränenkloß in seinem Hals schwoll an, als er seinen Sohn umarmte. »Pass auf deine Mutter auf, Charlie, und gib deinen Schwestern einen Kuss von mir.«

»Wir müssen gehen«, sagte Gertrude. »Die Gangway wird gleich eingezogen.«

Charlie schenkte seinem Vater ein verwässertes Lächeln, nahm dann seine Mutter an den Arm und geleitete sie zum Schiff.

»Auf Wiedersehen, Harry«, flüsterte Gertrude.

Harry küsste ihre Wange, umarmte sie kurz und brachte ein Lächeln zustande. Ihre sauertöpfische Miene war heller geworden, ihre Wangen hatten wieder Farbe, die Augen funkelten. Selbst ihre Kleidung war fröhlicher, ihre Haube hübsch mit Seidenbändern verziert. Anscheinend hatte dieses erzwungene Exil die Lebensgeister wieder geweckt, die sie einst besessen hatte, und die Schönheit wiederhergestellt, die sie zu verbergen suchte. »Gute Reise, Gertie!«, sagte er. »Mach dir um uns hier keine Sorgen. Du hast ausgezeichnet für alle gesorgt; jetzt wird es Zeit, jemanden zu suchen, der sich um dich kümmert. Viel Glück!«

Er stand am Kai, den Blick fest auf die geliebten Gestalten hoch über ihm an Deck gerichtet. Unempfindlich gegen den Lärm und das Geschiebe der Menschenmenge, behielt er sie im Blick, während der Anker gelichtet wurde und Ruderboote die *Miniver* langsam vom Anleger wegzogen.

Er hob die Hand und winkte zum Abschied, die Segel entfalteten sich und fingen den Wind ein, und die *Miniver* drehte allmählich mit dem Bug zum Hafeneingang ab. Die Verwandten wurden kleiner, waren nicht mehr zu unterscheiden zwischen allen Passagieren, die auf den Decks ausschwärmten, um noch einen letzten Blick auf Sydney zu werfen, bevor das Schiff um die Landzunge bog.

Harry sah dem Schiff nach, bis die Segel nur noch ein Punkt am Horizont waren, und als auch dieser Fleck verschwand und eine leere Wasserfläche hinterließ, ergab er sich schließlich der schrecklichen Einsamkeit, von der er wusste, dass sie ihm erhalten bliebe, bis er und seine Familie wieder vereint wären.

Lawrence Creek, Hunter Valley, 1. Juli 1850

Jessie stellte fest, dass sie ihre Gedanken auf nichts anderes richten konnte als auf Mr. Lawrence' Rückkehr. Die Kinder spürten ihre Zerstreutheit und drehten dementsprechend auf.

»Ruhe!«, fuhr sie dazwischen, als das Geschwätz überhand nahm. »Nehmt eure Lesebücher heraus, und konzentriert euch auf Seite acht.«

Die Kinder beäugten sie argwöhnisch, und Jessie bereute sogleich, derart barsch gewesen zu sein. Sie konnten nichts dafür, dass sie so nervös war. Als sie sich beruhigt hatten und zu lesen begannen, schritt sie auf und ab, ihr Blick huschte wiederholt ans Fenster, weil sie seinen Einspänner zu sehen hoffte und sich zugleich davor fürchtete. In Gedanken tapfer zu sein war alles schön und gut, doch in Wirklichkeit fürchtete sie sich vor Mr. Lawrence' Reaktion auf ihre Forderungen. Nachdem sie sich Hilda anvertraut hatte, waren ihr ernsthafte Zweifel gekommen, ob es überhaupt klug wäre, ihren Arbeitgeber anzusprechen.

Die Uhr tickte auf elf zu. Seufzend schickte sie die Kinder zu einer frühen Mittagspause nach draußen. Sie hatte keinen Appetit, doch ihr Mund war ausgetrocknet, als sie sich auf den Weg zur Kochstelle im Freien machte, um sich eine Tasse Tee aufzugießen. Sie trank das starke, süße Gebräu, als sie Hufschlag vernahm. Sie trat aus dem Anbau und fuhr zusammen, als das Pferd nur wenige Zentimeter vor ihren Stiefeln zum Halt kam.

»Also wirklich, Mr. Cruickshank!«

Abel schwang sich aus dem Sattel, nahm den Hut ab und entschuldigte sich. »Ist Zephaniah schon zurück?«

Sie führte ihn außer Hörweite ihres neugierigen jungen Publikums. »Er wird bald kommen«, sagte sie drängend. »Sie müssen wieder gehen.«

»Ich wollte nur viel Glück wünschen.«

»Das haben Sie am Samstag schon getan«, rief sie ihm ins Gedächtnis.

»Ja, ich weiß«, erwiderte er beschämt, »aber ein bisschen mehr kann nicht schaden, oder?«

Sie schaute in seine grauen Augen und war verloren. »Nein«, sagte sie leise. »Vermutlich nicht.«

»Keine Sorge!« Frohen Mutes setzte er seinen Hut wieder auf. »Sie schaffen das, Miss Searle. Der alte Zephaniah hat keine Chance, wenn Sie erst Ihren Charme spielen lassen.«

Seine überwältigende Zuversicht und sein entschlossener Optimismus raubten ihr den Mut. Wenn es nur so einfach wäre, dachte sie. »Bitte, gehen Sie jetzt, Mr. Cruickshank«, drängte sie. »Ich muss mich um meine Pflichten kümmern.«

»Gut so.«

Mit Schwung stieg er auf sein Pferd und war bald in einer Staubwolke verschwunden. Lächelnd widmete sie sich wieder ihren Aufgaben, konnte aber den Gedanken nicht ganz beiseiteschieben, dass Mr. Cruickshank einen guten Ritter abgegeben hätte – obwohl seine Rüstung aus festem Baumwollstoff bestand und sein Ross ein ungepflegtes Allerweltspferd war.

Die Kinder machten sich auf den Heimweg, ihre Ponys trabten in das schwindende Licht eines Winterabends. Jessie stand auf der Treppe vor dem Schulhaus und blickte ihnen nach, bis sie außer Sichtweite waren. Als sie sich zur Tür umdrehte, bemerkte sie den Einspänner, der unter den Bäumen hervorkam. Mr. Lawrence war fast zu Hause.

Sie schoss in ihr Zimmer, ordnete ihre Frisur und griff nach dem Umhängetuch ihrer Großmutter. Die warme Vertrautheit vermittelte Trost und stärkte ihren Mut, als sie zu Hilda auf die Veranda eilte.

»Wir wollen nur hoffen, dass er gut gelaunt ist«, raunte Hilda ihr zu. »Willst du heute Abend mit ihm sprechen, oder hast du deine Meinung geändert?«

»Ich wäge seine Laune ab und entscheide dann.«

»Lieber du als ich.«

Jessie behielt ihre Gedanken für sich, als der Einspänner sich näherte und die Kinder der Aborigines aus ihrem Lager herbeirannten, um mit dem Pferd behilflich zu sein.

»Bitte, denk sorgfältig nach, Jessie!«, drängte die ältere Frau. »Es wäre schrecklich, wenn du entlassen würdest.«

»Wir wollen hoffen, dass es nicht so weit kommt«, erklärte sie und konzentrierte sich auf den Einspänner.

Er hielt neben der Treppe an, und die Zeit für vertrauliche Gespräche war vorbei. Zephaniah kletterte herab und warf die Zügel einem der Jungen zu. »Sieh zu, dass das Pferd richtig trocken gerieben wird, und gib ihm ordentlich zu fressen! Und pass auf, dass der Einspänner keine Kratzer kriegt, wenn du ihn in die Scheune schiebst!« Er schaute der Kinderschar nach, die auf die Scheune zulief; ihr aufgeregtes Schnattern schallte durch die Abendstille. Dann drehte er sich zur Veranda um. »Guten Abend, meine Damen«, dröhnte er.

»Demnach hatten Sie eine erfolgreiche Reise, Sir?« Jessie knickste, und Hilda übernahm seinen Handkoffer.

»In der Tat«, antwortete er mit geschwellter Brust. »Äußerst erfolgreich. Kommen Sie, meine Damen, ich werde alles beim Abendessen erzählen.«

Jessie und Hilda tauschten Blicke, als sie ihm ins Haus folgten. Er war in überbordender Laune, was Gutes verhieß. Aber Jessies Anspannung ließ nicht nach, während sie Hilda beim Auftragen half.

Er ließ sich kaltes Hammelfleisch mit Kartoffelpüree schmecken und ergötzte sie mit seinen Neuigkeiten. »Der Bischof hat mich äußerst großzügig für meine Rede gelobt, und obwohl ich ein bescheidener Mann bin, muss ich zugeben, es war eine meiner besten.« Er trank einen großen Schluck Wein, schmatzte genießerisch und wandte sich wieder dem Essen zu.

Jessie schmeckte es nicht, doch sie wusste, wenn sie es stehen ließe, würde es Fragen geben. Seine Worte plätscherten über sie hinweg, und sie täuschte Interesse vor, doch ihre Gedanken waren bei der Rede, die sie seit Samstagabend einstudiert hatte.

»Die Unterkunft war dürftig und ziemlich überfüllt. Aber meine Tage waren angefüllt mit Aktivitäten, sodass es mir kaum aufgefallen ist. Es war recht erfrischend, so viele verschiedene Geistliche kennenzulernen, und obwohl ich nur ein kleiner Landpfarrer bin, fühlte ich mich nicht ein einziges Mal von so einer würdigen Versammlung in den Schatten gestellt.« Er trank und wartete, bis Hilda die Teller abgeräumt und den Nachtisch serviert hatte. »Ah, Apfelkuchen«, seufzte er, »meine Lieblingsspeise! Sie wissen, wie Sie mich verwöhnen können, Mrs. Blake.«

»Damit will ich Sie zu Hause begrüßen, Sir«, erwiderte sie, den Blick wohlweislich von Jessie abgewandt.

Die endlose Mahlzeit zog sich über den Nachtisch, Käse und Portwein, hin, während Zephaniah seine Bewunderung für den Bischof zum Besten gab und sie mit seiner Meinung über die Katholiken, Presbyterianer und Benediktinermönche erfreute, die ebenfalls teilgenommen hatten. »Er ist ein Mann mit Weitblick und erkennt, dass die Kirche in all ihren unterschiedlichen Lehren fortfahren muss, die Moral ihrer Herde zu überwachen. Die Abstinenzbewegung hat großen Zulauf, und ich bin überzeugt, dass Mäßigkeit gefördert werden muss, besonders in den unteren Schichten, in denen die Verderbtheit alarmierende Ausmaße angenommen hat.«

Jessie unterdrückte ein Schmunzeln, als er das Weinglas an die Lippen führte. Mr. Lawrence hatte offenbar auch in diesem Punkt nicht vor, das zu praktizieren, was er predigte – was ohnehin selten der Fall war.

»Mir ist klar, dass meine Predigten in diesem Tal der Rebstöcke auf taube Ohren treffen werden, doch die Eingeborenen sind es, die wir schützen müssen, und alle, deren schwache Gesundheit den Auswirkungen des Alkohols nicht widerstehen kann.« Anscheinend war er mit seiner kleinen Ansprache zufrieden. Er polierte sein Monokel. »Ich nehme an, während meiner Abwesenheit ist alles glattgelaufen?«

Jessie faltete die Hände im Schoß, denn sie zitterten. »Ja, Sir, und alle Aufgaben auf Ihrer Liste wurden erledigt.«

»Gut, gut«, brummelte er. »Ich wusste, ich kann mich auf Sie und Mrs. Blake verlassen. Haben Sie die Anwesenheitsliste von der Sonntagsschule?« Er überflog die Liste, die Jessie aus der Tasche geholt hatte, und nickte anerkennend. »Die sechs Fehlenden sind entschuldigt?«

»Die Kinder der Eingeborenen haben eine Infektion in der Brust. Ihr Husten ist ziemlich beunruhigend, und ich habe mich gefragt …«

Er verzog das Gesicht. »Das ist nichts Neues und rührt zweifelsohne von ihrer dürftigen Bekleidung her.« Mit tiefem Seufzer warf er seine Serviette auf den Tisch. »Ich gebe mir die größte Mühe, diesen Menschen moralische Stärke einzuflößen, aber sie leben noch immer wie nackte, dreckige Wilde. Es ist zum Verzweifeln.« Jessies trauriges Gesicht musste ihm aufgefallen sein, denn er nahm sie streng in Augenschein. »Ihr Mitleid für sie ist verschwendet, Miss Searle, und wir wollen nicht mehr darüber reden. Jetzt, da wir unsere Mahlzeit beendet haben, möchte ich über meine Zukunftspläne sprechen.«

Sie erschrak, als er plötzlich vom Stuhl aufstand und auf und ab ging, denn Mr. Lawrence saß für gewöhnlich am Tisch, wenn er dozieren wollte.

»Der Bischof hat mir die große Ehre eines Sitzes im Kirchenrat von Brisbane angeboten. Das würde bedeuten, dass ich viel unterwegs und längere Zeit von meiner wichtigen Arbeit hier abwesend bin, doch ich habe das Gefühl, es ist meine Pflicht anzunehmen.« Er blieb stehen und runzelte die Stirn. »Sie scheinen beide ziemlich sprachlos zu sein. Ich hatte gehofft, Sie wären begeistert über meine Neuigkeiten, denn es ist ein beachtlicher Aufstieg.«

Sie beeilten sich, ihm zu gratulieren, und tauschten besorgte Blicke.

»Danke.« Sein Lächeln war selbstzufrieden. Er verschränkte die Hände hinter dem Rücken. »Ich betrachte es als Würdigung des Opfers und der Entbehrungen, die ich auf mich genommen habe, um Gott in diesen verlassenen Winkel Australiens zu bringen. Es ist höchst erfreulich, dass meine kleinen Mühen nicht unbemerkt geblieben sind.«

Jessies Gedanken überschlugen sich. »Was wird aus der Schule, Sir?«

»Trotz Ihres jugendlichen Alters und Ihrer Unerfahrenheit haben Sie sich als fähig erwiesen, die Schule zu leiten. Ich gehe davon aus, dass ich mich auf Sie verlassen kann, Ihre Arbeit fortzuführen?«

»Gewiss, Sir.« Sie war erleichtert, denn so ironisch es auch sein mochte, sie hatte befürchtet, dass ihre Stellung in Gefahr war.

»Der Bischof hat einen Kurator ernannt, der die geistlichen

Pflichten in dieser Gemeinde überwacht, aber natürlich werde ich stets mit Rat und Tat zur Seite stehen, wann immer es mir möglich ist.«

»Was wird aus mir, Sir?« Hildas Gesicht war aschfahl geworden, ihre Augen vor Angst geweitet.

Er warf einen Blick auf seine Taschenuhr. »Sie werden den Haushalt für den neuen Amtsinhaber führen, und ich erwarte, dass Sie Ihre ausgezeichneten Maßstäbe beibehalten.« Er klappte die Uhr zu. »Ich möchte über die Finanzen des Haushalts sprechen, Mrs. Blake. Miss Searle, Sie können gehen.«

Sie stand auf. »Wann werden Sie in Brisbane erwartet, Sir?«

»Im neuen Jahr. Gute Nacht.«

Jessie schloss die Tür und fragte sich, ob Hilda dieselbe berauschende Hoffnung hegte, dass sich endlich etwas ändern würde. Sie zog das Umhängetuch ihrer Großmutter fester um sich, um die Kälte abzuwehren, und lächelte bei dem Gedanken, wie sehr Mr. Cruickshank ihre Neuigkeiten begrüßen würde.

Neun

Lawrence Creek, Hunter Valley, September 1850

Vor einigen Wochen hatte der Regen wieder eingesetzt und eine verheerende Wirkung gehabt. Jessie starrte aus dem Fenster und fragte sich, wie Abel wohl zurechtkam. Sie hatte ihm noch nichts von Zephaniahs geplanter Abreise erzählt. Mit dem Regen hatte der Überlebenskampf für die Winzer begonnen, und die Chance, dass er sie besuchen würde, wurde von einem durchnässten Tag zum anderen geringer.

Sie hustete und putzte sich die Nase. Die Erkältung hatte vor drei Tagen angefangen und wurde anscheinend nicht besser – ihr Hals fühlte sich an, als hätte sie ein Päckchen Nadeln verschluckt, und der Husten schmerzte in ihrer Brust. Sie schauderte. Die Kälte hielt sich trotz des munteren Kaminfeuers im Klassenraum; der graue Himmel und der endlose Regen, der die Sicht verschleierte, passte zu ihrer Stimmung.

Die Schüler waren seit zwei Wochen nicht zur Schule gekommen, denn die Wege waren überflutet und die Flüsse so reißend, dass man sie nicht überqueren konnte. Sie vermutete, dass die Kinder ohnehin zu Hause gebraucht wurden, um zu retten, was zu retten war, bevor alles fortgeschwemmt wurde. Sie ließ ihren Gedanken freien Lauf, und ihr Blick wanderte zum Lager der Eingeborenen. Seit Tagen hatte sie keinen Rauch aufsteigen sehen, und sie hoffte, dass sie einen besseren Unterschlupf als ihre Grashütten gefunden hatten. Aufgeregt tippte sie mit dem Fuß auf, denn sie sorgte sich um die entzückenden Kinder, die sie immer mit großen braunen Augen und frechem Grinsen begrüßten.

Sie hatten so wenig und schienen doch glücklich zu sein, kamen in die Sonntagsschule, halfen mit Pferd und Wagen, spielten Verstecken zwischen den Bäumen und beobachteten die Kinder der Winzer im Schulhof.

»Sie müssen frieren«, sagte sie kaum hörbar. »Und Hunger haben sie bestimmt auch. Ich wünschte, ich könnte ihnen helfen.«

Der nächste Hustenanfall packte sie, und als er vorüber war, schloss sie die Augen und versuchte das Trommeln des Regens auf dem Blechdach zu verdrängen, doch es hämmerte unerbittlich und ließ sich nicht überhören. Ihr wurde klar, dass sie sich beschäftigen musste, um nicht vom Lärm und der Enge des Schulhauses verrückt zu werden. Also zog sie ihr ältestes und vollkommen verschossenes Kleid an, band sich eine Schürze um und machte sich daran, den Boden zu schrubben.

»Miss Searle! Miss Searle!«

Jessie ließ den Scheuerbesen in den Eimer fallen, strich sich eine verirrte Locke aus dem Gesicht und entspannte den Rücken. »Was ist denn jetzt schon wieder?«, brummte sie verärgert. Sie kam auf die Füße, nieste, schnäuzte sich und ging an die Tür.

Mr. Lawrence kauerte unter einem tropfenden Hut und einem weiten Ölmantel. Er sah so elend aus wie sein Pferd. »Miss Searle, Sie müssen sich beeilen. Der Fluss ist über die Ufer getreten, und das Wasser steigt. Wir müssen die Bücher und alles Wertvolle retten, bevor es zu spät ist.«

Mit einem raschen Blick erfasste sie das wirbelnde Wasser, das dem Tier fast bis an die Fesselgelenke reichte und schon gegen die untere Stufe platschte. Mit einem weiteren Blick nahm sie den Fluss wahr, der den Weg entlangrauschte. Ohne ein Wort zu verlieren, eilte sie ins Klassenzimmer zurück.

Schweigend verpackten sie die kostbaren Bücher und Bibeln nebst den Näharbeiten der Kinder, den Schiefertafeln und der Kreide. Das Feuer wurde gelöscht; dann stapelten sie Bänke und

Pulte auf das Podest und setzten ihren gepolsterten Stuhl obenauf.

»Ich werde diese Kisten mit ins Haus nehmen, während Sie packen«, wies Mr. Lawrence sie an. »Sie und Mrs. Blake werden sich das leer stehende Zimmer in meinem Haus teilen, bis alles vorbei ist.«

Jessie schnappte sich die Reisetasche und steckte rasch Kleider, Schreibmappe und Umhängetuch hinein. Nachdem sie auch ihr zweites Paar Stiefel, Bürste und Kamm hineingeworfen hatte, drehte sie sich um und schaute, was noch übrig geblieben war. Zwischen Hustenanfällen zog sie das Bett ab. Sobald das Bettzeug fest zusammengerollt war, kletterte sie auf einen Stuhl und klemmte es sorgfältig hinter einen Deckenbalken. Die Matratze erwies sich als zu sperrig, bis sie ein Stück Seil fand, mit dem sie sie zu einem festen Bündel schnürte, das sie ebenfalls an einen sicheren Platz schaffte. Das Eisenbett war zu schwer, daher zog sie den Nachttisch und den Stuhl hinüber und stellte sie darauf. Die Kommode musste bleiben, wo sie war.

»Miss Searle? Wir müssen gehen.«

Mit einem hastigen Blick durch den Raum für den Fall, dass sie etwas vergessen hatte, nahm sie Reisetasche und Schirm und lief hinaus.

Die untere Stufe stand inzwischen unter Wasser, und als sie zögerte, verlor Zephaniah die Geduld. »Jetzt geben Sie mir schon die Tasche, und legen Sie den Schirm weg. Der nutzt Ihnen gar nichts, und ich kann hier nicht herumsitzen, während Sie bibbern.«

Folgsam nahm sie seine helfende Hand. Sie stellte einen Fuß in den Steigbügel und wurde auf das Pferd gehievt. Der Regen prasselte herab, durchnässte ihr Haar, und sie blinzelte durch die Tropfen.

»Halten Sie sich an mir fest!«, befahl er.

Jessie klammerte sich behutsam an seinen Mantel, als das

Pferd durch das Wasser zu waten begann. Ihr Griff wurde fester, denn ihr wurde klar, dass das Tier nur mit Schwierigkeiten gegen die rasch ansteigende Flut ankam, und obwohl die Entfernung zwischen Schule und Haus nicht groß war, schien der Ritt Stunden zu dauern.

Durchweicht und verdreckt fiel Jessie beinahe in Hildas Arme, als Zephaniah sie herunterreichte. Sie nahm ihre kostbare Tasche an sich und ging ins Haus. »Mir war gar nicht klar, dass es so schlimm geworden ist«, sagte sie, tupfte sich die wunde Nase ab und versuchte, den nächsten Hustenanfall unter Kontrolle zu bringen.

»Mach dir nichts draus, Schätzchen!«, besänftigte Hilda sie. »Zieh die nassen Sachen aus, und dann trinken wir eine Tasse.« Sie öffnete die Schlafzimmertür, hinter der zwei schmale Betten inmitten zahlreicher Kisten und Kästen auftauchten. »Wir beide werden uns den eine Weile teilen«, sagte sie. »Sieht nicht so aus, als würde sich das Wetter bessern.«

»Hast du gehört, wie es den anderen geht?« Jessies Zähne klapperten, und sie hatte Mühe, mit ihren tauben Fingern die nassen Schnüre ihres Mieders aufzubinden.

Kopfschüttelnd half Hilda ihr beim Ausziehen und Abtrocknen. »Es gibt nichts Neues. Hier ist seit Tagen niemand vorbeigekommen, aber ich vermute, sie sind alle in derselben Lage wie wir – besonders die, die nah am Fluss wohnen.« Sie musste die Besorgnis in Jessies Augen gesehen haben, denn sie schenkte ihr ein warmes, tröstliches Lächeln. »Abel ist ein starker, gesunder Mann. Er hat schon Schlimmeres überlebt, dessen bin ich mir sicher, also besteht kein Grund, sich Sorgen zu machen.«

Jessie wurde ein wenig wärmer, nachdem sie nun trocken war, und sie benutzte das Handtuch, um ihr Gesicht zu verbergen, während sie sich die Haare rubbelte. »Ich mache mir keine Sorgen um Mr. Cruickshank«, sagte sie abwehrend. »Mir geht es nur um meine Schüler und ihre Familien.«

»Natürlich, Schätzchen.«

Jessie warf ihr einen argwöhnischen Blick zu, doch Hilda schien vollauf mit dem Aufsammeln der durchnässten Kleidung beschäftigt. »Die wringe ich aus und hänge sie vor das Feuer. Komm ins Wohnzimmer – da ist es warm. Das Abendessen ist fast fertig.«

Sehnsüchtig betrachtete Jessie das Bett. Ihr Kopf pochte, alles tat ihr weh, und eigentlich wollte sie sich nur zusammenrollen und schlafen. Sie wandte den frischen, gestärkten Bettlaken und den weichen Kissen den Rücken zu, putzte sich die Nase und bereitete sich auf einen langen Abend vor.

»Wir können von Glück sagen, dass meine Eltern die Voraussicht hatten, so hoch über dem Boden zu bauen«, sagte Zephaniah, als sie nach der Mahlzeit am Feuer saßen. »Ich kann mich nicht daran erinnern, dass das Haus einmal überflutet gewesen wäre, also dürften wir einigermaßen sicher sein.«

Ein Segen war, dass man das Donnern des Regens nicht übertönen musste, denn die Dachziegel dämpften das Geräusch offenbar. Aber Jessie konnte sich kaum konzentrieren, denn die Kopfschmerzen setzten sich hinter ihren Augen fest. »Was ist mit den Eingeborenen, Sir? Sie haben nur wenig Unterschlupf, und ihr Lager muss inzwischen überschwemmt sein.«

Er zuckte mit den Schultern. »Die haben ihre eigenen Vorkehrungen.«

Jessie runzelte die Stirn. »Welche?«

»Das weiß ich nicht«, fuhr er sie an, und das Monokel plumpste auf seine Brust. »Sie ziehen irgendwohin – wahrscheinlich auf höheres Gelände. Das ist nicht meine Sorge.«

Jessie war versucht, ihm zu sagen, dass es aber so sein sollte, als Hilda wieder ins Zimmer trat und verkündete, sie habe gesehen, wie Zephaniahs Pferd über den Zaun der Koppel gesprungen und zwischen den Bäumen hindurch auf die Berge zu gelaufen sei. »Und das ist noch nicht alles«, fügte sie grimmig hinzu. »Ihr

Einspänner ist gerade nebst allem anderen aus der Scheune geschwommen und dürfte inzwischen auf halbem Weg nach Brisbane sein.«

Er schnalzte verärgert mit der Zunge und lief ans Fenster. Jessie, die wieder einen Hustenanfall unterdrückte, nahm die Gelegenheit wahr, sich zu verabschieden und ins Bett zu flüchten. Dass er anscheinend besorgter um sein Pferd und seinen Einspänner war als um die Aborigines, machte sie so wütend, dass sie es nicht ertragen konnte, mit ihm in einem Raum zu sein.

Sie schlief fast auf der Stelle ein, doch ihre Träume waren verworren und grell gefärbt. Kurz darauf wurde sie wach gerüttelt. Von Angst gepackt, schlug sie die Augen auf und erblickte gespenstisches Lampenlicht.

»Ich bin's nur.« Hilda hob die Lampe und zog die Bettdecken zurück. »Das Wasser ist im Haus, Jessie. Wir müssen umziehen.«

Verwirrt und desorientiert starrte sie Hilda an. »Wasser? Im Haus?«

»Steh auf, und du wirst sehen, dass es dir bis an die Knöchel reicht.« Dabei packte Hilda Kisten und Kästen und stapelte sie auf ihr Bett. »Beeil dich, Jessie! Rette, was zu retten ist, und geh ins Wohnzimmer.«

Stirnrunzelnd setzte Jessie ihre schmerzenden Glieder in Bewegung und schnappte nach Luft, als ihre bloßen Füße ins eisige Wasser tauchten. Unkontrolliert zitternd setzte sie sich auf die Bettkante und zog die trockenen Kleider an, die sie zum Glück an die Tür gehängt hatte. Es kostete sie größte Mühe.

»Komm, ich helfe dir.« Hildas tüchtige Hände machten sich an Knöpfen und Schnüren zu schaffen, und als Jessie schließlich angezogen war, warf sie ihr ein großes Cape um die Schultern. »So, Schätzchen«, murmelte sie. »Das sollte die Kälte fernhalten.«

»Meine Tasche. Wo ist meine Tasche?«

»Die habe ich in Sicherheit gebracht – keine Bange. Und jetzt komm.«

Jessie besaß die Geistesgegenwart, ihren Rock anzuheben, als sie hinter Hilda herwatete, doch das Fieber, das sie schüttelte, ließ alles wie einen Traum erscheinen, und sie fragte sich, ob sie wohl noch schlief. Eine schwankende Laterne wies ihr den Weg, und sie registrierte vage, wie sich der Schein in den von ihren Füßen aufgeworfenen Wellen verfing, doch nichts war so merkwürdig wie der Anblick von Mr. Lawrence, der im Schneidersitz auf dem Esstisch hockte und in jeder Hinsicht wie ein jüdischer Schneider aussah.

»Stehen Sie da nicht rum!«, blaffte er. »Sie werden sich noch den Tod holen.«

Jessie brach in schallendes Gelächter aus. »Sie sehen wirklich witzig aus«, sprudelte es aus ihr heraus. »Nähen Sie einen Anzug oder vielleicht eine neue Jacke?«

Seine Stimme war eisig wie sein Blick. »Mrs. Blake, seien Sie so freundlich, und helfen Sie Miss Searle. Halten Sie ein Auge auf sie! Ich habe mich um genug anderes zu kümmern und kann mich nicht auch noch mit hysterischen Weibsbildern abgeben.«

Stirnrunzelnd ließ Jessie sich von Hilda auf den Tisch helfen. Sie hatte einen sehr merkwürdigen Traum, aber wenn es ein Traum war, warum war ihr dann kalt und im nächsten Augenblick heiß? Das alles war sehr eigentümlich, und sie wünschte, Hilda würde den Kamin anzünden, denn es war eisig kalt hier drinnen. Sie lehnte sich an Hildas mütterliche Schulter, die Augen fielen ihr vor Schwäche zu, das Bedürfnis zu schlafen war überwältigend.

Sie träumte, sie wäre wieder auf See, ihre Koje schwankte mit dem Rollen und Stampfen des Schiffes, das durch die ruhigeren Gewässer des Indischen Ozeans pflügte. Doch noch im Traum wusste sie, dass es nicht sein konnte, denn Mr. Lawrence und Hilda hatten sie nicht von Cornwall aus begleitet, und sie hörte sie reden.

»Wenn das Wasser noch viel höher steigt, werden wir schwimmen müssen, um hier rauszukommen«, meinte Hilda.

»Ich glaube, Sie dramatisieren die Lage, Mrs. Blake. Der Regen hört bald auf, und wenigstens sind wir in Sicherheit und trocken, wenn wir es auch nicht gerade bequem haben.«

»Und wenn er nicht aufhört? Was dann?«

»Ihr Pessimismus hilft auch nicht weiter. Wenn Sie nichts Nützliches beizutragen haben, dann seien Sie bitte still.«

Jessie driftete immer wieder in ihre Träume ab, das Schlingern des Schiffes und das leichte Plätschern des Wassers waren wie ein Schlaflied.

»Jessie, du musst aufwachen. Komm, Schätzchen, setz dich gerade hin, und mach die Augen auf!«

Sie blinzelte und versuchte, sich auf einen Punkt zu konzentrieren, doch Hildas Gesicht war verschwommen. »Lass mich schlafen«, murmelte sie.

»Nein, Jessie du musst aufwachen.«

Jessie riss die Augen auf, als sie kräftig geschüttelt wurde. Verblüffend rasch stellte sich Klarheit ein, denn ihr wurde bewusst, dass das Schaukeln nicht von einem Schiff herrührte, sondern vom Esstisch, der durch den Raum schwamm.

»Hör zu, Jessie, wir müssen den Tisch aus der Tür lenken, solange wir noch die Möglichkeit haben. Das Wasser steigt schnell, und bald sitzen wir hier in der Falle. Verstehst du?«

Jessie nickte, da alles endlich einen Sinn ergab.

»Braves Mädchen!« Hilda reichte ihr eine Bratpfanne. »Nimm die als Paddel, und wenn wir draußen sind, klammere dich an einen der Verandapfosten.«

Sie runzelte die Stirn und fragte sich, warum sie etwas so Eigenartiges tun sollte, doch da Hilda offenbar wild entschlossen war, begann sie gehorsam zu paddeln. Trotz des Ernstes ihrer Lage gefiel es ihr, die Pfanne ins Wasser zu tauchen und den

Tisch quer durch den Raum in die Diele hinauszusteuern. Das erinnerte sie an ihre Kindheit und den Spaß, den sie mit ihren Brüdern im Hafen gehabt hatte. Unwillkürlich musste sie lächeln, als sie auf die Haustür zu schwammen.

»Zum Glück geht das Ding nach innen auf«, brummte Zephaniah, packte den Griff, der bereits unter Wasser war, und zog.

Das hereinströmende Wasser trieb sie zurück in die Diele, und sie krachten gegen die Tür des Arbeitszimmers. Der Tisch vibrierte und schwankte, und sie klammerten sich an den Rand, denn er drohte umzukippen.

»Paddelt!«, befahl er. »Und vergesst nicht, den Verandapfosten zu packen, sonst werden wir flussabwärts getrieben.«

Ernüchtert durch das kalte Wasser, war Jessie sich inzwischen durchaus der Gefahr bewusst, in der sie schwebten, und paddelte. Sobald sie durch die Haustür schossen, ließ sie die Pfanne fallen und stürzte sich auf den nächsten Pfosten. Die Kraft der Flut riss den Tisch unter ihr weg, und sie klammerte sich, nach Luft schnappend, an den Pfosten.

Der Fluss war zu einem reißenden Strom geworden, der sie fortzutragen drohte. Mühsam versuchte sie, mit den Füßen Halt auf dem Geländer zu finden. Zoll für Zoll gelang es ihr, das zunehmende Gewicht ihrer durchweichten Kleidung und den Wasserstrom auszugleichen und sich hochzuziehen, bis sie auf dem Geländer stand. Sie schob sich die Haare aus dem Gesicht und blinzelte auf der Suche nach den anderen in den platschenden Regen.

Zephaniah und Hilda umklammerten den Pfosten auf der anderen Seite der Treppe. »Wir müssen auf das Dach klettern«, rief er. »Das ist unsere einzige Hoffnung.«

Jessie sah die Angst in Hildas Augen und wusste, sie würde es ohne Hilfe nicht schaffen. »Sie gehen zuerst«, rief sie zurück, »dann komme ich, und dann können wir beide Hilda helfen.«

Er kletterte den Pfosten zu dem verzierten eisernen Gitterwerk unterhalb des Verandadachs mit einer Behändigkeit hinauf, die Jessie für einen übergewichtigen Mann mittleren Alters verblüffend fand. Er hielt einen Augenblick inne, griff über sich, packte die Regenrinne und hievte sich auf das Ziegeldach.

Jessie nickte Hilda aufmunternd zu und folgte seinem Beispiel. Den Pfosten zu erklimmen war leicht, auch die Regenrinne zu packen war nicht schwer, doch das Gewicht ihrer durchnässten Kleidung zog sie herab, und einen Moment lang bezweifelte sie, ob sie die Kraft in den Armen hätte, sich hinaufzuziehen. Doch starke Hände zerrten sie in Sicherheit, und sie lag dort im strömenden Regen, zu erschöpft, um sich bei ihm zu bedanken.

»Kommen Sie, Miss Searle, wir müssen Mrs. Blake helfen.«

Unfähig, etwas zu sagen, und nach der Anstrengung noch immer zitternd, kroch sie hinter ihm her an den Rand des Daches und legte sich auf den Bauch. Hilda, die größte von ihnen dreien, hatte das Gitterwerk ziemlich leicht packen können, doch als sie sich nach oben streckte, die Regenrinne packte und die Füße baumeln ließ, vernahmen sie das furchtbare Geräusch ächzenden Metalls. Die Rinne, die bereits arg mitgenommen war, nachdem man sie als Haltegriff benutzt hatte, hielt dem Gewicht nicht stand, Nägel und Schrauben lockerten sich, und sie löste sich aus ihrer Verankerung.

Hilda schrie und strampelte mit den Beinen.

»Halten Sie doch still, Frau. Sie machen es nur noch schlimmer.« Zephania streckte sich aus und versuchte, Hildas Hände zu erreichen. »Helfen Sie mir, um Himmels willen, sonst verlieren wir sie!«

Jessie beugte sich so weit hinab, wie sie es wagte. Ihre Finger berührten Hildas, doch sie war noch immer außer Reichweite.

»Sie müssen loslassen«, rief Zephaniah. »Eine Hand. Lassen Sie los. Ich schnappe Sie.«

»Nein, nein, nein«, stöhnte Hilda.

»Machen Sie es einfach«, schrie er.

Hilda schüttelte den Kopf. Ihre Finger krallten sich verzweifelt in die Regenrinne, die sich allmählich verbog.

»Vertraue ihm, Hilda«, rief Jessie. »Es ist deine einzige Chance!«

Hilda hielt still, und Jessie und Zephaniah krochen Zoll für Zoll vor. Mit zornigem Aufschrei ließ sie los. Ihre Hand wedelte nur wenige Zentimeter vor Zephaniahs Fingern. Dann hatte er ihr Handgelenk gepackt.

»Lassen Sie die andere Hand los!«, brüllte er. Sein Gesicht war vor Anstrengung rot angelaufen. »Und beeilen Sie sich! Ich kann Sie nicht länger halten.«

Jessie griff nach Hildas Handgelenk, sobald sie losließ. Sie war schwer, und Jessies Arme kugelten beinahe aus, als sie die ältere Frau langsam auf das Dach hievten. Sie brachen auf den Ziegeln zusammen und hatten Mühe, wieder zu Atem zu kommen. Hilda begann laut zu weinen.

Das dicke Cape bot jetzt wenig Schutz, da es durchweicht war, und als Jessie sich schließlich aufrichtete und die Szene überschaute, wurde ihr klar, dass sie auf diesem Dach sterben könnten, denn wohin sie auch blickte, sah sie ein Meer aus wirbelndem braunem Wasser. Fässer und Äste sausten vorüber, dazu tote Kängurus, Wagenräder, sogar eine Außentoilette – unversehrt bis hin zum Mahagonisitz.

Sie begann zu zittern, denn das Feuer ihres Fiebers setzte wieder ein. Kein Lebenszeichen war zu entdecken, und es hatte den Anschein, als wären sie dazu verdammt, hier oben zu bleiben, bis das Wasser zurückging – und das konnte Tage, vielleicht sogar Wochen dauern.

Jessie hatte jegliches Zeitgefühl verloren. Sie wurde immer wieder ohnmächtig und hatte lebhafte Träume. Das Fieber wütete in ihr, ihr war fast unerträglich heiß, dennoch zitterte sie vor Kälte, was durch den endlos platschenden Regen nur noch verstärkt wurde.

Sie war sich der beiden anderen bewusst, die nah am Schornstein kauerten, nahm das graue Tageslicht wahr und die tiefe Dunkelheit der Nacht, doch trotz der Aufmunterung durch Hilda und Mr. Lawrence und der Versuche, sie vor dem Regen abzuschirmen, war ihr inzwischen einerlei, was mit ihr geschah. Abel war nicht gekommen, und sie hatte ihre Reisetasche verloren und damit ihren wertvollsten Besitz – das Umhängetuch ihrer Großmutter.

»Jessie, sieh mal, da kommt jemand. Endlich werden wir gerettet.«

Sie hob die schweren Augenlider und spähte ins Zwielicht. Hoffnung keimte in ihr auf, es könnte Abel sein, doch als die Gestalten im Ruderboot näher kamen, erkannte sie Gerhardt von Schmidts Blondschopf, hörte ihn rufen und wusste, dass Abel sie vergessen hatte. Sie schloss die Augen wieder und war sich nur vage der starken Arme bewusst, die Gerhardt um sie legte, und der knarrenden Ruder und des schaukelnden Bootes, das sie davontrug.

Eden Valley, Oktober 1850

Als Ruby wach wurde, war es merkwürdig still. Sie lag neben James und fragte sich verwirrt, woran es liegen könnte. Dann wurde es ihr klar, und sie stieß ihn an. »Es hat aufgehört zu regnen«, rief sie, warf die Decken zurück und sprang aus dem Bett. »Und sieh dir den Himmel an – er ist wieder blau!«

Von ihrem Ruf geweckt, gesellten die anderen sich am Eingang zu ihr. »Dem Herrn sei Dank!«, brummte Fergal und kratzte sich den Bart. »Ich dachte schon, wir würden ewig hier festsitzen.«

»Ich auch«, knurrte James und zog sich eilig eine Hose über die wollene Hemdhose. »Kommt, ihr beiden, wir wollen rausgehen und nachsehen, was aus der Herde geworden ist.«

Ein kurzes Durcheinander entstand, als Duncan und Fergal nach Hemden, Hüten, Hosen und Mänteln suchten und sich anzogen.

Violet, im Schlaf gestört, begann zu wimmern. Ruby nahm sie auf, warf einen Blick zur hochschwangeren Kumali hinüber und runzelte die Stirn. »Gehst du mit?«

Kumali nickte.

»Du wirfst das Kind lieber nicht, wenn wir da draußen sind«, sagte James rundheraus. »Wir haben genug damit zu tun, die Bande zusammenzutreiben.«

»Ich kümmere mich um sie, machen Sie sich keine Sorgen«, sagte Duncan und funkelte ihn wütend an.

»Dann sieh nur zu«, entgegnete James.

Die Spannungen hatten im Lauf der vergangenen Wochen zugenommen, denn James hatte deutlich zu verstehen gegeben, dass er sein Haus nicht mit einer Eingeborenen teilen wollte und schon gar nicht mit ihrer Schwangerschaft einverstanden war. Einzig und allein Duncans mildem Gemüt und seiner Unerbittlichkeit in Bezug auf die Sicherheit seiner Frau war es zu verdanken, dass es nicht zu tätlichen Auseinandersetzungen gekommen war.

Vermutlich sollte Ruby dankbar sein, dass Duncan seine Hunde nicht ganz so sehr am Herzen lagen, denn sie waren in einen nahen Unterschlupf aus geflochtenen Weidenzweigen verbannt worden. Rasch wechselte sie das Thema. »Wollt ihr frühstücken?«

»Wir essen unterwegs«, erklärte James und schnürte seine Stiefel. »Ich habe wochenlang in dieser verdammten Hütte festgesessen und brauche Platz und« – er funkelte Kumali an – »frische Luft, weitab vom Gestank hier drinnen.« Er nahm den Hammelbraten aus dem Fleischtopf, das klamme Brot vom Tisch und steckte es mit einem Päckchen Tee, einer Dose Sirup und einem Feldkessel in seine Satteltasche. Er drückte Ruby einen flüchtigen Kuss auf die Wange und rannte beinahe zur Tür hinaus.

Ruby hielt die strampelnde Violet auf dem Arm und sah den anderen nach, die ihm folgten. Aufgeregtes Bellen begrüßte sie aus dem Hundeverschlag. Kumali lächelte ihr im Vorbeigehen zu und watschelte dann glücklich hinter Duncan her. Ihr Baumwollkleid, der Umhang aus Wallaby-Fell und die nackten Füße passten nicht zusammen, doch sie schien erleichtert, als sie alle wieder draußen waren.

Den Pferden hatte man Fußfesseln angelegt, damit sie nicht durchgingen, sie waren scheu und überdreht, als man sie schließlich freiließ. Ruby hörte, wie alle fortritten, war jedoch wie gebannt von dem Anblick, der sich ihr bot. Er war gelinde gesagt niederschmetternd, und sie war heilfroh, dass Duncan darauf bestanden hatte, die Tiere so rasch in die Berge zu treiben, und dass ihre Hütte so hoch lag und somit außer Gefahr war. Der Fluss war über die Ufer getreten, hatte das Tal überschwemmt, und obwohl das Wasser endlich abzufließen schien, gab es noch immer weite Seen, wo einst Viehweiden waren. Bäume waren fortgeschwemmt worden, Schlamm bedeckte die Erde, wo der Weizen zu sprießen begonnen hatte, und ihr Gemüsegarten war vernichtet.

Die Küche blieb überflutet, und es würde eine Weile dauern, bevor sie den Schaden am Ofen überprüfen könnte. Zum Glück hatte sie so viel Geistesgegenwart bewiesen, die Kochtöpfe in einen provisorischen Unterstand aus Leinen zu bringen. Dort hatte sie gemeinsam mit Kumali über einer von Steinen umringten Feuergrube für alle gekocht.

Violet wurde ungeduldig, ihr Strampeln und Wimmern drängender. Ruby wechselte ihr die Windel und legte die schmutzige auf den Stapel in der Ecke, bevor sie die Kleine an die Brust legte. Kein Wunder, dass alle nicht schnell genug das Weite suchen konnten, dachte sie, während sie das Kind stillte. Die Hütte roch nach ungewaschenen Windeln, Körperausdünstungen, Feuchtigkeit und Schimmel, nach Essensresten, Holzrauch und Tabak. Alle zu bekochen war schwierig genug gewesen, zu waschen jedoch unmöglich, und da man sich nicht zurückziehen konnte, hatten sie nur selten die Kleidung gewechselt.

Sie rümpfte die Nase über ihren eigenen säuerlichen Geruch, dachte sehnsüchtig an ein heißes Bad und musste sich damit abfinden, dass sie sich wie üblich mit kaltem Wasser und harter Seife waschen musste, da es zu lange dauern würde, auf dem offenen Feuer genügend Wasser zu erhitzen, und ihre vornehmliche Aufgabe darin bestand, die Wäsche zu waschen und die Hütte zu schrubben.

Kumali hatte sich an das Reiten gewöhnt, und ihr gefiel das Gefühl der Freiheit, das ihr dabei vermittelt wurde, aber an diesem Morgen war es anders. Als ihr Pferd zu traben begann, wand sich das Kind in ihr bei der rauen Behandlung. Sie versuchte, das Tier in eine langsamere Gangart zu zwingen, doch es schlug aus und riss enttäuscht an den Zügeln. Kumali klammerte sich fest, als das Tier sich um sich selbst drehte und sie abzuwerfen versuchte. Fiele sie, würde das dem Ungeborenen schaden, und es spielte keine Rolle, wie ängstlich sie war, das Überleben des Kindes war wichtiger.

»Alles klar, Mädel?«

Kumali nickte, erleichtert, dass Duncan ihre Not gesehen hatte und seine starke Hand nun das Zaumzeug festhielt.

»Vielleicht ist es besser, wenn du nach Hause zurückkehrst«, sagte er, und seine Besorgnis spiegelte sich auf seinem Gesicht wider.

Sie warf einen wachsamen Blick auf James, der sie stirnrunzelnd beobachtete. »Geh ruhig! Ich komme bald nach.«

»Das musst du nicht, Kumali. Ich schaff das schon.«

Nachdem das Pferd aufgehört hatte zu tänzeln, war Kumali

entspannter. Sie lächelte den Mann an, den sie liebte, und übernahm die Zügel wieder. »Kumali muss es nicht«, erwiderte sie mit dem starken schottischen Akzent, den sie allmählich übernommen hatte, »aber Kumali kommt auf jeden Fall mit.«

»Das ist mein süßer kleiner Schatz.« Breit grinsend legte er ihr seine knorrige Hand an die Wange. »Dann ab mit dir! Ich folge, falls du mich brauchst.«

»Wenn ihr dann fertig wärt«, knurrte James, als sie ihn einholten, »wir haben zu tun, und ich bezahle euch nicht für Müßiggang.«

Duncan war wütend, und James trieb sein Pferd zum Galopp an. »Mach dir nichts aus dem, Mädel. Ich kenne ihn.«

Kumali lächelte, fühlte sich jedoch unbehaglich. Das war immer so, wenn James in der Nähe weilte, denn es war offensichtlich, dass er sie nicht mochte. Sie hatte den Verdacht, dass er sie schon längst hinausgeworfen hätte, wenn Duncan nicht wäre. Die vergangenen Wochen, in denen sie zusammen eingepfercht gewesen waren, hatte sie als quälend empfunden, denn sein kalter Blick war ihr stets gefolgt, sein verächtliches Schnauben allgegenwärtig gewesen.

Aber sie hatte das Gefühl, dass James nicht nur auf sie wütend war, sondern auf die Einschränkungen des Lebens im Tal. Er war grob zu Ruby, nahm kaum Notiz von Violet, die er beharrlich Gladys nannte, und war wie ein eingesperrter Dingo in der Hütte hin- und hergetigert, während der Regen auf das Dach donnerte. Vielleicht würde er jetzt, nachdem der Regen aufgehört hatte, das Wirtshaus im Busch besuchen, und in Eden Valley würde Frieden einkehren. Doch das war eine egoistische Hoffnung, denn trotz der Tränen, die sie zu verbergen versuchte, liebte Ruby ihn.

Kumali schob die Gedanken beiseite und konzentrierte sich auf die vor ihr liegende Aufgabe. Sie hatten die oberen Berghänge erreicht, wo die Schafe wie weiße Wolken auf dem Grün verstreut waren. Die Ochsen trugen Fußfesseln, ebenso die Kühe und Kälber, und sie grasten zufrieden innerhalb der Zäune, bei deren Errichtung sie geholfen hatte. Das Vieh wirkte gepflegt und gut genährt.

»Wir lassen das Vieh hier, bis wir sicher sind, dass der Regen endgültig vorbei ist«, sagte James und schob seinen Hut in den Nacken. »Duncan, setz deine Hunde an die Arbeit. Wir müssen die Anzahl überprüfen und sicherstellen, dass sie gesund sind.«

Auf Duncans Pfiff hin machten sich die eifrigen Hunde auf, hocherfreut, nach so vielen Wochen der Untätigkeit wieder frei zu sein. Er reichte Kumali die Zügel seines Pferdes, stieg ab und folgte seinen Hunden, den Stab in der Hand, die halb ausgebildeten Welpen mit ruhigen Worten zur Ordnung rufend, die dicht hinter ihm hertrotteten.

Als sie sah, wie zärtlich er die trächtigen Mutterschafe behandelte, wurde ihr warm. Sie hatte großes Glück gehabt, ihn zu finden, und empfand es als Segen, sein Kind unter dem Herzen zu tragen. Sie schaute zum klaren blauen Himmel auf und fragte sich, ob die Ältesten recht gehabt hatten, dass die Geister der Ahnen tatsächlich über ihr wachten, denn sie hatten ihr ein Zeichen gegeben, dem sie gefolgt war – es hatte sie zu diesem Mann geführt. Jetzt war sie endlich im Reinen.

Possum Hills, Hunter Valley, November 1850

Jessie schlug die Augen auf und war geblendet vom Licht, dass zwischen den mit Zweigmustern versehenen Vorhängen hereindrang. Sie wandte sich ab, und ihre Verwirrung wuchs, als sie die feinen Mahagonimöbel erblickte, den dicken Teppich und die kunstvoll gerahmten Bilder an der Wand. Sie hievte sich in den Kissen hoch, zupfte am Spitzenrand der feinen Bettwäsche und fuhr mit dem Finger über die Stickerei auf dem zarten Musselin-Nachthemd. »Wo um alles in der Welt …«

Die Tür ging auf, und Gerhardts lächelndes Gesicht tauchte auf. »Guten Morgen, Miss Searle. Wie ich sehe, sind Sie endlich aufgewacht.« Er kam mit langen Schritten ins Zimmer und brachte den Geruch frischer Luft mit sich. »Ich hoffe, es geht Ihnen besser?«

Jessie ließ sich in die Kissen gleiten und zog die Decke bis ans Kinn. »Wo bin ich?«

Er lächelte noch immer, als er sich in einen Sessel neben dem Bett setzte. »Sie sind auf Possum Hills, Miss Searle. Meine Mutter und ich sind sehr in Sorge gewesen, doch anscheinend hat der aus Newcastle geholte Arzt sich ausgezahlt und Sie sind endlich genesen.«

Jessie versuchte seine Worte zu verarbeiten, aber sie ergaben noch immer keinen Sinn. Dann fiel ihr die Überschwemmung ein, das Klettern auf das Dach und das endlose Warten auf Rettung. »Wie geht es Mrs. Blake und Mr. Lawrence? Haben Sie die beiden auch gerettet?«

»Es geht ihnen gut, und sie sind vor einiger Zeit zurückgekehrt, um die Missionsstation zu säubern.«

»Wie lange bin ich schon hier?« Sie verkroch sich noch tiefer unter die Decke, eingeschüchtert durch seine Gegenwart in diesem unbekannten Schlafzimmer.

Seine Miene wurde ernst. »Fast fünf Wochen.«

»Fünf Wochen?« Sie schnappte nach Luft, umklammerte das Laken und kroch auf die andere Seite des Bettes. »Ich muss wieder zurück zur Schule«, brabbelte sie. »Mr. Lawrence braucht meine Hilfe, und ich habe meine Pflichten lange genug vernachlässigt.«

»Sie rühren sich nicht vom Fleck!«, befahl er. »Sie waren sehr krank, und Mr. Lawrence ist sich durchaus bewusst, dass Sie eine ganze Weile nicht zurückkehren können.«

»Aber …«

Sein Ausdruck wurde milder. »Ich bewundere Ihre Entschlossenheit, wieder Ihren Pflichten nachzugehen, Miss Searle, doch da Sie gerade eine sehr schlimme Lungenentzündung überlebt haben, bezweifle ich, dass Sie die Kraft haben, das Bett schon zu verlassen.« Er schickte sich an, ihre Hand zu tätscheln, überlegte es sich dann aber anders und spielte stattdessen an seiner Taschenuhr herum. »Der neue Pfarrer ist eingetroffen und hilft Mr. Lawrence, die Schule zu führen. Sie müssen sich also nur darauf konzentrieren, wieder zu Kräften zu kommen.«

Jessie sank in die Kissen zurück, der kurze Anfall von Energie war plötzlich erschöpft. »Sie haben recht«, gab sie zu. »Ich fühle mich schwach wie ein Kätzchen.«

»Ruhen Sie sich jetzt aus, und ich hole Ihnen etwas zu essen. Sie müssen Hunger haben.«

Überrascht stellte sie fest, dass es stimmte, und nickte dankbar. »Sagen Sie«, fragte sie ihn, als er gerade gehen wollte, »wie ist denn der neue Pfarrer?«

»Peter Ripley ist ein tatkräftiger Witwer in mittleren Jahren mit einem wahrhaft christlichen Herzen.« Seine blauen Augen zwinkerten. »Er ist genau das Gegenteil von Mr. Lawrence, und ich glaube, Sie werden ihn als sehr angenehmen Arbeitgeber empfinden.«

»Gut«, hauchte sie, denn jetzt war sie sehr schwach. Ihre Augenlider flatterten, der Schlaf lockte. »Aber trotz all seiner Fehler war Mr. Lawrence sehr tapfer. Ohne ihn hätten wir nicht überlebt.« Sie war eingeschlafen, bevor er die Tür geschlossen hatte.

Als sie das nächste Mal die Augen aufschlug, war der Raum sanft von Lampen erhellt, und in dem Stuhl, den Gerhardt verlassen hatte, saß Frieda. »Hallo, gut geschlafen?«

»Danke, ja.« Jessie richtete sich gähnend auf. »Mir war gar nicht klar, dass ich so müde war.«

»Damit war zu rechnen«, sagte die alte Dame, deren weiche Handfläche auf Jessies Stirn lag. »Aber allem Anschein nach ist Ihre Temperatur gesunken, und Sie sind endlich auf dem Weg der Besserung.« Sie rückte ein Stück nach vorn und griff mit besorgter Miene nach Jessies Händen. »Wir hatten Angst, wir würden Sie verlieren, meine Liebe. Mehrfach war es kurz davor, und ich kann meine Freude und Erleichterung gar nicht ausdrücken, dass Sie es geschafft haben.«

Jessie konnte sich nur an furchtbare Schmerzen in der Brust und im Rücken erinnern, an Hustenanfälle, die sie zu ersticken drohten, und an rasende Kopfschmerzen. Ihre Träume waren verworren und lebhaft gewesen, und sie hatte den Verdacht, Realität und Einbildung hatten sich so sehr ineinander verflochten, dass es unmöglich war, sie auseinanderzuhalten. »Sie waren so nett«, murmelte sie. »Wie kann ich Ihnen jemals danken?«

Frieda erhob sich aus dem Sessel und drückte ihr einen sanften Kuss auf die Stirn. »Das ist nicht nötig«, flüsterte sie. »Dass Sie wieder gesund werden, ist Dank genug.« Sie wurde geschäftsmäßig und zog an der Klingelschnur. »Ich werde einen frischen Teller Hühnersuppe bringen lassen«, sagte sie. »Wir müssen Sie wieder zu Kräften bringen, damit ein bisschen Fleisch auf Ihre Rippen kommt.«

»Ist jemand hier gewesen und hat nach mir gefragt?« Sie versuchte, sehr sachlich zu klingen.

»Mr. Lawrence hat seine besten Wünsche geschickt, so wie Ihre Schüler und deren Eltern. Mrs. Blake ist einmal die Woche hier gewesen, und der neue Pfarrer betet für Sie.«

»Ach so.«

Die intelligenten Augen durchbohrten sie. »Sie klingen enttäuscht.«

»Ganz und gar nicht«, log sie. »Ich bedaure nur, dass ich nicht wach war, um mit Hilda zu sprechen.«

»Mrs. Blake dürfte am Sonntag wiederkommen«, beruhigte sie Jessie. »Und jetzt machen Sie sich keine Sorgen, und lassen Sie sich verwöhnen. Sie haben viele Freunde im Tal, und sobald Sie vollends wiederhergestellt sind, werden wir zur Feier des Anlasses ein Fest veranstalten.«

»Was für ein Tag ist heute?«

»Dienstag.«

Jessie verstummte. Nur noch fünf Tage, bis sie in Erfahrung bringen konnte, was aus Abel geworden war.

Mit jedem Tag fühlte sie sich kräftiger, doch als sie darauf beharrte, aufzustehen und sich ans Fenster zu setzen, stellte sie fest, dass sie rasch ermüdete. Frieda war eine ruhige, stille Gesellschaft; oft saß sie mit ihrer Näharbeit neben dem Bett, oder sie las mit ihrer Altstimme aus einem Gedichtband vor.

Gerhardt wiederum erschöpfte sie mit seiner aufgeregten Fröhlichkeit und seinem Geschwätz über das, was auf dem Weingut vor sich ging. Er blieb nie sitzen, las ihr nie vor oder sprach leise, sondern schritt im Zimmer auf und ab, rückte Sachen zurecht, zupfte an den Vorhängen und schlug Bücher auf und zu. Sie wusste seine Absicht zu schätzen, sie bei Laune zu halten, merkte aber bald, dass er in dieser vertraulichen Umgebung verlegen war, und sie vermutete, er war ebenso erleichtert wie sie, wenn es an der Zeit war, sich zu verabschieden. Sie war unfreundlich, das wusste sie. Aber sie war noch nicht kräftig genug, um seine geballte Energie zu verkraften, auch wenn er es nur gut meinte.

Schließlich kam der Sonntag, und sobald die Magd ihr beim Waschen und Anziehen eines frischen Nachthemds geholfen und ihr einen Daunenfederschal umgehängt hatte, setzte sie sich ans Fenster und bürstete ihr Haar. Von hier aus sah sie die lange, kiesbestreute Auffahrt und wartete begierig darauf, Hilda zu sehen.

Die Uhr in der Diele schlug zwei, als der Einspänner an den Toren auftauchte. Er verschwand um die Ecke zur Vorderseite des Hauses, und Jessie konnte die Wartezeit kaum ertragen, als Hilda im Flur ausführlich mit Frieda sprach, bevor sie an die Tür klopfte.

»Hallo, Schätzchen. Gute Güte, du bist ja bildschön anzusehen!«

Das strahlende Lächeln und die großen Knopfaugen waren so wunderbar vertraut, dass Jessie die Tränen kamen. Hilda erdrückte sie in einer matronenhaften Umarmung.

»Du hast mir so gefehlt«, schniefte Jessie, als sie sich voneinander lösten. »Ich muss wohl nicht fragen, wie es dir geht, denn du siehst so gut aus wie immer. Was macht Mr. Lawrence?«

Hilda ließ sich in einen Sessel fallen und verzog das Gesicht. »Dasselbe wie immer«, sagte sie verächtlich. Dann funkelten ihre Augen, und ein Lächeln erhellte ihre Gesichtszüge. »Aber ich glaube, der neue Pfarrer hat ihn ausgestochen. So ein netter Mann und so leicht zufriedenzustellen! Es ist eine Freude, sich um ihn zu kümmern.«

»Ist viel Schaden entstanden?«

»Und ob! Der Schlamm ging bis hoch an die Wände, und jedes Möbelstück war ruiniert. Die Außentoilette war verschwunden, ebenso meine Küche, und Zephaniah musste eine lange Bestellung aufgeben, damit alles ersetzt wurde, bis hin zu den Büchern und Schiefertafeln. Er hat auch Männer aus Newcastle mitgebracht, die sich um die Reparaturen gekümmert und neue Möbel angefertigt haben.«

»Wieso aus Newcastle? Ich dachte, es sei einfacher, Leute aus der direkten Umgebung einzustellen.«

Hilda schüttelte den Kopf. »Der tiefer liegende Teil des Tales ist fast vollständig zerstört. Die ortsansässigen Männer sind viel zu beschäftigt, ihre eigenen Häuser zu retten, um andere Arbeit zu suchen.« Plötzlich stand sie auf und eilte an die Tür. »Ich habe eine Überraschung für dich. Warte einen Augenblick.«

Jessies Herz pochte so schnell, dass sie kaum atmen konnte. Wollte Hilda sie mit Abel überraschen? Hatte sie ihn mitgebracht?

»Sieh mal, was ich gefunden habe«, sagte sie, als sie wieder in der Tür erschien.

Jessie wurde das Herz schwer, als sie sah, dass Hilda allein war, doch ihre Enttäuschung war rasch verflogen. »Meine Reisetasche! Meine kostbare Tasche. Aber wie … Wo …«

Hilda reichte sie ihr mit breitem Grinsen. »Ich hatte sie oben auf die Kommode im Wohnzimmer gestellt. Sie war so ungefähr der einzige Gegenstand im Haus, der die Flut überstanden hat.«

Jessie tauchte in die Tasche ab und zog die Schreibmappe und ihr Umhängetuch heraus. »Oh, Hilda«, hauchte sie und drückte die Sachen ans Herz, »ich dachte, ich würde sie nie wiedersehen.«

»Ist schon gut, Schätzchen.«

Jessie verstaute die Schreibmappe vorsichtig in der Tasche und ersetzte Friedas Schal durch das Umhängetuch ihrer Großmutter. »Jetzt weiß ich, dass ich wieder gesund werde.« Sie schaute Hilda an und zog die Stirn kraus, da die ältere Frau ihrem Blick auswich. »Was ist los, Hilda? Was verschweigst du mir?«

Hilda schüttelte den Kopf und schaute starr aus dem Fenster. »Nichts, Schätzchen.«

Jessie berührte ihren Arm. Sie hatte jetzt Angst davor, was sie erfahren würde, musste aber unbedingt wissen, was Hilda ihr vorenthielt. »Hat es mit Abel zu tun?«, flüsterte sie.

Hilda weigerte sich noch immer, sie anzusehen. »Ich habe einen Apfelkuchen mitgebracht«, sagte sie. »Ich dachte, der heitert dich auf.«

»Hilda, bitte, bleib beim Thema! Was ist Abel zugestoßen?«

Schließlich schaute sie Jessie an. »Nichts, worum du dich sorgen müsstest«, sagte sie und verdrehte die Finger im Schoß.

»Aber irgendetwas ist passiert. Sag es mir, oder ich mache mich auf, um es selbst herauszufinden.«

Hilda seufzte und schaute auf ihre Hände. »Das ist nicht nötig, Schätzchen – er ist nicht da.«

Jessie starrte sie an, nicht willens, ihre Ängste auszusprechen, wusste jedoch, dass sie es musste. »Er ist … nicht tot?«

Hilda ergriff ihre Hände. »Er lebt, und es geht ihm gut. Ich habe ihn erst vor drei Wochen gesehen.«

»Warum ist er dann nicht vorbeigekommen oder hat geschrieben? Er muss doch gewusst haben, dass ich krank bin.«

»Das alles hier hat ihn wahrscheinlich ein bisschen eingeschüchtert.« Ihr Blick wanderte durch den luxuriösen Raum. Sie seufzte wieder. »Ich wollte es dir gar nicht erzählen; erst, wenn du wieder auf den Beinen bist.«

»Bitte, Hilda, du kannst nicht ...«

»Ich weiß, Schätzchen.« Sie hielt inne und fuhr sich mit der Zunge über die Lippen. »Sobald das Wasser so weit gesunken war, dass man durchkam, hat er mich besucht. Er hat dich gesucht, und ich habe ihm erzählt, dass man dich hierhergebracht hat und sich rührend um dich kümmert.«

»Dann musst du ihn überreden, mich zu besuchen. Ich bin jetzt viel kräftiger, und Frieda hätte nichts dagegen ...« Sie verstummte, als sie Hildas sorgenvolle Miene bemerkte.

»Er wird nicht kommen, Jessie. Er hat das Tal verlassen.«

Sie hatte das Gefühl, als hätte man ihr mit einem Schlag die Luft abgeschnitten. »Aber er liebt sein Tal«, flüsterte sie. »Warum sollte er weggehen?«

»Der Fluss ist über die Ufer getreten, und die Flut ist so hoch gestiegen, wie es sich niemand hätte vorstellen können. Er hat alles verloren, Jessie. Ihm und Tumbalongs Familie ist es gelungen, mit den Pferden und den anderen Tieren davonzukommen, und sie haben in den Bergen ein Lager aufgeschlagen, bis sie zurückkehren und den Schaden begutachten konnten. Da ist ihm klar geworden, dass er wieder ganz von vorn anfangen müsste. Aber er hat die Lust dazu verloren, und ich bezweifle, dass er zurückkommt.«

»Aber er muss. Was ist mit dem Land? Es gehört ihm – er ist der Besitzer. Er kann nicht einfach weggehen, nicht, ohne sich zu verabschieden.«

»Er hat mir gesagt, ich soll dir gute Besserung und viel Glück wünschen. Aber er schien entschlossen zu sein, woanders neu anzufangen.«

»Wo denn?«

Hilda zuckte mit den Schultern. »Er war unterwegs nach den Minen in Newcastle, aber er hat auch von Brisbane und Sydney gesprochen. Ich glaube, er hat dort Verwandte.«

»Dann ist er wirklich fort?« Jessie zog den kostbaren Schal fester um sich und versuchte, Trost aus seiner Vertrautheit zu schöpfen, doch sie sah nur seine grauen Augen und seinen lächelnden Mund vor sich, und die Art, wie die Muskeln sich unter der gebräunten Haut anspannten. Sie hatte sich in ihn verliebt – das wurde ihr jetzt klar –, aber es war zu spät. Er würde es nie erfahren. Doch ein kleiner Teil ihrer selbst weigerte sich, daran zu glauben, dass sie ihn nie wiedersehen würde. Sie klammerte sich an diese Hoffnung und brach in Tränen aus.

Zweiter Teil

Goldrausch

Zehn

Kernow House, Watsons Bay, 15. Mai 1851

Stellen Sie die in den kleinen Salon, und bringen Sie die Truhen hoch ins alte Kinderzimmer!«, ordnete Harry an. »Die Dienstmagd wird Ihnen den Weg zeigen.« Er beobachtete, wie die Träger den zierlichen Schreibtisch und die Kiste nebst schweren Truhen abluden und ins Haus trugen. Seine Laune war düster, denn das waren die letzten fassbaren Erinnerungen an seine Mutter und George Collinson. Eine bittere Ironie lag in der Tatsache, dass sie in dieses Haus zurückgebracht wurden – in das Haus, das seine Mutter verabscheut hatte.

»Ist das der Rest?« Niall Logan kam aus dem Wohnzimmer.

»Ja«, erwiderte Harry. Er betrachtete den munteren älteren Mann, der in den vergangenen sechs Monaten ein enger Freund geworden war, und lächelte schief. »Wie du siehst, habe ich Mutters Schreibtisch und den Nähkasten behalten, aber die anderen Möbel sind verkauft worden. Die neuen Mieter ziehen morgen ein.«

»Du hast das Richtige getan, Harry. Amelias Schwester hat eine gute Partie gemacht, und es wird ihr gut gehen in Port Stephens.« Niall machte es sich in einem Sessel bequem. »Ich weiß, wie schwer dir der heutige Tag fällt, aber das Gefühl wird vergehen.«

Schweigend schenkte Harry Tee ein und reichte Niall eine Tasse. Bis zum heutigen Tag war es ihm gelungen, das Haus zu meiden, in dem seine Mutter und George sich nach ihrer Eheschließung niedergelassen hatten – nicht, weil schlechte Erinnerungen damit verbunden waren, sondern weil er gewusst hatte, es würde ohne sie nicht mehr dasselbe sein. »Es ist viel kleiner, als ich es in Erinnerung hatte«, sagte er seufzend. »Jetzt, da die Möbel weg und die Zimmer leer sind, ist mir, als hätte ich ihre Gegenwart ausgelöscht. Ich komme mir vor wie ein Verräter.«

»Du bist niedergeschlagen, weil du deine Familie vermisst«, sagte Niall, »aber es ist nur ein Haus, und sie hätten dir deine Entscheidung verziehen.« Er trank einen Schluck Tee. »Jetzt, da es nicht mehr notwendig ist, Amelias Schwester eine jährliche Zuwendung zu zahlen, bedeutet die Miete für das Haus ein zusätzliches Einkommen.« Seine blauen Augen betrachteten Harry über den Tassenrand hinweg. »Und das ist im Augenblick wichtig.«

Harry starrte in den Kamin, in dem ein paar Flammen lustlos über feuchten Holzscheiten zischelten. »Es ist noch immer ein weiter Weg«, brummte er, »und ich weiß, Oliver verübelt mir, was ich mache. Trotzdem bleibt mir nichts anderes übrig, und im Grunde seines Herzens weiß Oliver das auch.«

Er nahm eine Zigarre aus dem Humidor und kappte sie, bevor er sie anzündete. »Der Verkauf des lächerlichen Bürogebäudes in der Innenstadt hat einige seiner Schulden getilgt, doch nachdem ich die Anzahl der Dienerschaft um mehr als die Hälfte verringert, die Pferde und die Ersatzkutsche verkauft habe, werde ich das Gefühl nicht los, ich zerstöre alles, worum mein Bruder gerungen hat. Du hast keine Ahnung, wie sehr mir das zusetzt.«

»Dessen bin ich mir sicher«, murmelte Niall. »Aber ich glaube, der Schmerz saß tiefer, als du erkannt hast, dass er dich konstant um dein Erbe betrogen hat.«

Harry schloss die Augen. Früher war er davon ausgegangen, dass er einen gerechten Anteil am Walfang und am Großhandelsgeschäft erhalten hatte, doch die Zahlenkolumnen in den Rechnungsbüchern bewiesen ohne jeden Zweifel, dass er dreimal so hoch hätte sein müssen. Er hatte es nicht glauben wollen, aber die Tatsachen waren unbestreitbar, und Harry drohte noch immer schier zu verzweifeln, sobald er daran dachte.

»Zuerst wollte ich einen Streit mit ihm austragen, eine Erklärung verlangen«, erwiderte er, »aber natürlich war er viel zu krank. Und wozu sollte das führen? Was geschehen ist, lässt sich nicht mehr rückgängig machen.«

»Ich würde meine Zeit nicht mit Reue vergeuden, Harry. Du hast deine Loyalität mehr als bewiesen, so wie du seitdem mit allem umgegangen bist. Olivers Reich war auf Sand gebaut, aber du hast es auf festere Grundlagen gestellt. Statt dir deine Hilfe zu verübeln, sollte er dem Herrgott dafür danken.« Er stellte die Teetasse ab und stand auf. »Genug von diesem düsteren Geschwätz!«, sagte er energisch. »Ich habe Neuigkeiten, die dir den Tag bestimmt erhellen werden.«

Harry brachte ein Lächeln zustande. »Die Banken tilgen alle Schulden und verschenken Geld?«

Niall lachte. »Das dürfte eine Wunschvorstellung sein. Aber es ist etwas im Gange, was unvorstellbaren Wohlstand verspricht, wenn du dich mit mir auf ein Geschäft einlassen willst.« Er schloss die Tür.

Harrys trübe Laune war verflogen. »Du machst mich neugierig«, gab er zu.

»Ein Mann namens Hargraves hat Gold gefunden.«

»Gold? Wo?« Harry rutschte auf der Stuhlkante nach vorn.

»In einem Nebenfluss des Macquarie River, gleich außerhalb von Bathurst.« Mit leuchtenden Augen hockte Niall sich auf seine Sessellehne.

Harrys Puls raste. »Aber woher weißt du das? In den Zeitungen stand nichts darüber, und …«

Niall lachte. »Hargraves haben einige vielleicht für dumm gehalten, aber du kennst mich, Harry – ich erkenne Feuer in einem Mann, und nachdem er mir seine Theorien erläutert hat, wusste ich, dass seine Erfahrung, die er im Goldrausch von Kalifornien 1849 gesammelt hat, sich als gewinnbringend erweisen könnte.« Er erhob sich, denn offenbar konnte er nicht still sitzen. »Es hat mich nicht viel gekostet, meinen Neffen Finn und den Buschmann Lister zu veranlassen, ihm flussaufwärts nach Guyong zu folgen. Finn ist im Gasthaus geblieben, bis sie eine Woche später aus dem Buschland um Ophir wieder zurückgekehrt sind. Aus Hargraves Aufregung war deutlich, dass er was am Laufen hatte.« Er grinste. »Hargraves hat an jenem Abend einen Brief an Thomson geschrieben, den Kolonialminister. Finn hat ihm angeboten, ihn auszuliefern.«

»Und hat ihn zuerst dir gebracht«, beendete Harry seine Worte. Nialls Aufregung war ansteckend, und zum ersten Mal seit Monaten spürte Harry, wie die Bürde der Verantwortung leichter wurde. »Wie viel Gold hat er gefunden? Gerüchte anderer Glücksfälle haben zu nichts geführt. Wer sagt denn, dass es diesmal anders ist?«

»Hargraves ist die Sache wissenschaftlich angegangen. Nachdem er die geologische Beschaffenheit der kalifornischen Goldfelder analysiert hatte, hat er sie mit der in der Nähe seines Hauses in New South Wales verglichen und den Schluss gezogen, dass es Gold in Australien geben muss. Er hat nicht mal eine Woche gebraucht, um es zu finden, und er schreibt von riesigen Mengen im Boden, die nur darauf warten, gehoben zu werden.«

Harry und Niall grinsten sich an wie Schuljungen. »Wir stehen kurz vor einem Goldrausch«, sagte Niall atemlos, »und wir sind die Einzigen in Sydney, die davon wissen.«

»Ich fühle mich äußerst geschmeichelt, dass du diese Beute mit mir teilen willst, Niall.«

Er winkte den Dank ab. »Du bist mein Freund und Vertrauter geworden, und ich weiß, ich kann auf dich setzen, wenn es darum geht, Gewinne gerecht zu teilen.«

Harry wurde warm angesichts der Ernsthaftigkeit des Mannes. »Was ist mit deinem Neffen? Kann man sich darauf verlassen, dass er dichthält?«

Niall nickte. »Finn und seine Brüder sind bereits auf dem Rückweg nach Ophir, um ihr Glück zu machen. Ich werde den Brief an Thomson am Vierzehnten ausliefern lassen. Damit haben wir sieben Tage zur Vorbereitung, bevor die Nachricht an die Presse geht. Vorgewarnt zu sein heißt, gewappnet zu sein. Sobald es sich herumgesprochen hat, fängt der Wahnsinn an. Das ist unsere Chance, Harry, und wir müssen mit beiden Händen zupacken.«

Trotz seiner anfänglichen Aufregung wurde Harry vernünftig, denn ihm kamen Zweifel. »Wir sind schon ein bisschen zu alt, um im Busch ein Lager aufzuschlagen und in eiskalten Flüssen nach Gold zu suchen, und was mich betrifft, ich habe nicht die leiseste Ahnung vom Goldschürfen. Im Übrigen hat sich Olivers Gesundheitszustand seit seinem zweiten Anfall verschlechtert, und ich kann Amelia nicht allein lassen.«

»Aber das brauchst du auch nicht, Harry – das ist ja das Schöne daran.« Niall strahlte förmlich Energie aus, während er im Zimmer auf und ab schritt. »Wir können unser Vermögen hier machen, und dafür habe ich bereits einiges in die Wege geleitet.«

»Wie das, wenn das Gold in Bathurst liegt?«

»Indem wir Tausenden auf der Suche nach ihrem Topf voll Gold die notwendige Ausrüstung verkaufen«, sagte er leise. »Überleg doch mal, Harry: Sobald es sich herumspricht, wird ein wilder Ansturm auf Bathurst einsetzen, und jeder wird Wagen, Werkzeug, Proviant, Kleidung, Zelte, Maultiere und Pferde haben wollen. Harry, die Nachfrage wird mit jedem Schiff größer werden, das hier anlegt.«

Harry traf die Erkenntnis wie ein Schlag, und er sprang auf. »Unsere Lagerhäuser sind voll mit Tee, Salz, Zucker, Mehl und Lampenöl, und gestern ist die letzte Sendung Segeltuch und

Seile eingetroffen, nebst Dutzenden von Tuchballen und tausend Paar Schuhen.«

»Ich weiß, ich habe es nachgeprüft.« Niall lachte in sich hinein. »Der Zeitpunkt könnte nicht günstiger sein.«

Harrys Gedanken überschlugen sich, und sein Herz schlug schneller. »Wenn das, was du glaubst, in Erfüllung geht, dann lässt sich tatsächlich ein Vermögen machen. Wir wollen hoffen, in Ophir liegt so viel Gold, dass noch viele Schürfer kommen werden.«

»Oh, ganz bestimmt«, sagte Niall zuversichtlich, »und du kannst sicher sein, dass andere Goldfelder folgen werden, denn die geologische Beschaffenheit in der Umgebung von Bathurst ist der im Norden Melbournes nicht unähnlich.«

»Woher um alles in der Welt weißt du das?«

»Ich habe mir zur Aufgabe gemacht, es herauszufinden, und habe mir Karten vom Landesinnern besorgt, die ich gestern Abend sorgfältig studiert habe.« Er zwirbelte seinen Schnurrbart. »Meine vier Söhne sind bereits dorthin unterwegs, und ich rechne damit, dass es nicht lange dauert, bis ich gute Nachrichten erhalte.«

»Du bist ein gerissener alter Teufel.«

»Um einen zu erkennen, muss man selber einer sein! Und hör mir auf mit dem Alter – ich bin nur zehn Jahre älter als du.« Fröhlich zwinkerte er Harry zu und schenkte sich ein Glas Whisky ein.

»In Wirklichkeit sind es zwölf, aber wer zählt das schon?« Harry hob seine Teetasse und prostete Niall zu. »Auf eine goldene Zukunft!« Sie tranken einen Schluck ihres bevorzugten Getränks, grinsten sich munter an und machten sich daran, über die beste Strategie zu verhandeln, wie man die Nachfrage nach ihren Waren befriedigen könnte.

Port Jackson, 29. Mai 1851

Der Walfänger *Sprite* war von Tahiti gekommen, und nach sechs Monaten Fang im eiskalten Südpolarmeer war Hina Timanu ebenso ungeduldig wie die anderen, Port Jackson anzulaufen. Die Nachrichten über die Goldfunde hatten sich rasch von Schiff zu Schiff verbreitet, und die Mannschaft der *Sprite* wartete begierig darauf, einen ersten Blick auf Sydney zu werfen.

Hina war inzwischen dreißig. Er hatte sich gezwungen gesehen, seine Arbeit auf der *Sprite* fortzusetzen, weil Puaitis Vater den Heiratsantrag abgelehnt hatte. Er beharrte auf einem größeren Hochzeitsgeschenk, als Hina sich vermutlich leisten konnte. Hina schlenderte mit bloßen Füßen fast geräuschlos über die Deckplanken und stellte sich in den Regen, bereit, den Anker auszuwerfen. Er würde Sydney zum ersten Mal sehen, denn die *Sprite* legte für gewöhnlich in Melbournes Port Philip an. Von seinem Aussichtsposten am Bug betrachtete er den geschäftigen Hafen und die Stadt, die sich bis zu den Bergen im Hintergrund erstreckte. Langsam wurden sie in seichteres Wasser geschleppt.

Was er sah, weckte in ihm die Sehnsucht nach Tahiti, denn hier erhoben sich keine Vulkane in einen tropischen Himmel, keine smaragdgrünen Palmen oder Farne; hier gab es keine Strände mit schwarzem Sand, Einbäumen und lächelnden *wahinis*, die ihn willkommen hießen – nur Regenschleier, die über düstere Gebäude und schlanke, gebeugte graue Bäume hinwegfegten.

»Meinst du, hier gibt es wirklich Gold?« Sein Freund und Schiffskamerad Bones trat an seine Seite.

Hina wischte sich den Regen aus dem Gesicht und schaute auf die zahlreichen Schiffe, die bereits vor Anker lagen, und die Menschenmassen, die sich am Kai drängten. »Ich weiß nicht, aber wenn, dann habe ich vor, es zu finden, obwohl es ganz so aussieht, als wären wir nicht die Einzigen.«

Kapitän Jarvis rief, und sie warfen den Anker aus. »Hast du

was dagegen, wenn ich mitkomme?«, fragte Bones. »Ich habe von den Amerikanern gehört, dass es in den Goldminen rau zugehen kann, und niemand sucht mit einem Kerl von deiner Größe Streit.«

Hina musste über diese ironische Feststellung lächeln. Seine Größe war alles andere als abschreckend und schien eine bestimmte Sorte Mann zu provozieren, ihn herauszufordern, und nachdem er erwachsen war, hatte er die meiste Zeit damit verbracht, solche Aggressionen abzuwehren. »Ja, wenn du willst, Bones, kannst du mitkommen«, sagte er leise. »Ich würde mich über deine Gesellschaft freuen. Wir können uns die Kosten für die Ausrüstung teilen.«

»Und das Gold, das wir finden«, erwiderte Bones und entblößte grinsend die Stummel seiner restlichen Zähne.

Hina wollte sich schon der übrigen Mannschaft anschließen, die sich anschickte, die Ladung zu löschen, als von einem Boot, das längsseits angelegt hatte, die Frage ertönte, ob man an Bord kommen dürfe. Als der Kapitän nickte, ließ er die Strickleiter herab und beobachtete verwundert, wie ein fein gekleideter Herr den heiklen Aufstieg unternahm. Neugierig, warum ein solcher Mann es so eilig haben könnte, an Bord der *Sprite* zu gehen, wunderte Hina sich noch mehr, als der Kapitän ihn umarmte, bevor sie sich angeregt unterhielten. Ohne Zweifel waren sie alte Freunde, und Hina fragte sich, ob es der Besitzer der *Sprite* sei, doch der Lärm ringsum machte es unmöglich, etwas mitzubekommen.

»Wir haben die Ladung verkauft, also könnt ihr anfangen zu löschen«, rief Kapitän Jarvis. »Alles kommt sofort in die Lagerhäuser Collinson-Cadwallader. Mr. Cadwallader hat jedem eine Sonderzahlung versprochen, wenn es innerhalb der nächsten beiden Stunden erledigt ist.«

Hina wurde klar, dass es sich tatsächlich um den Eigner handelte, der die Ladung so schnell wie möglich an Land bekommen wollte. Sein Herz schlug schneller, als er die Taue anzog und das erste Fass aus dem Laderaum hievte. Die Eile des Eigners war ein Beweis dafür, dass an Land wirklich ein Fieber ausgebrochen war – nicht nur nach Gold, sondern nach der für die Suche benötigten Ausrüstung. Die Gerüchte stimmten also, und bald würde er sich auf den Weg machen und das Vermögen finden, das er brauchte, um Puaiti in den Hafen der Ehe zu führen.

Das letzte Fass wurde entladen, und Hina lockerte seine Muskeln, um zu verschnaufen. Es war die schnellste Löschung gewesen, die er je erlebt hatte, und die Ungeduld der Mannschaft war beinahe mit Händen zu greifen, während sie durcheinanderliefen und auf ihre Heuer warteten.

»Alle Mann an Steuerbord!«

»Ich frage mich, wie hoch unser Anteil ist und wie hoch die Sonderzahlung ausfällt«, murmelte Bones vor sich hin, nachdem er sich mit Hilfe seiner Ellbogen bis zum Tisch des Zahlmeisters vorgedrängt hatte.

»Ich glaube, die werden gut sein«, erwiderte Hina, der fest wie ein menschlicher Berg vorn stand, sodass die anderen gezwungen waren, ihn zu umrunden. »Der Kaufmann muss gut gezahlt haben, damit der Käpt'n die Ladung nicht versteigert.«

»Stimmt, ihr schlüpfriger Pöbelhaufen«, schrie der Kapitän, »ich biete jedem die doppelte Bezahlung, der an Bord ist, wenn wir wieder ablegen. Ihr habt zwei Monate an Land – Zeit genug, euer Fieber abzukühlen und wieder zur Vernunft zu kommen. Was sagt ihr?«

»Ich suche lieber Gold und mache mein Glück«, brüllte einer aus der Mannschaft.

»Ja, das reiche Leben für mich, Käpt'n.«

»Ihr alle seid verdammte Narren«, versuchte er die Rufe zu übertönen. »Wir haben heute einen hohen Preis erzielt und werden auf der nächsten Fahrt noch mehr verlangen können. Hier werdet ihr euer Gold finden – in den Laderäumen.«

»Das gehört nicht uns«, schrie ein Matrose. »Das gehört dem Eigner der *Sprite.*«

»Ja, stimmt.«

Ein dumpfes Raunen lief durch die Mannschaft, und der Kapitän gab dem Zahlmeister wütend ein Zeichen, der die Heuer auszuteilen begann.

Hina nahm sein Geld und betrachtete die Münzen in seiner Hand. Mehr, als er je verdient hatte. Von Natur aus vorsichtig, knotete er sie sorgfältig in seinen Hemdzipfel und steckte ihn fest unter den breiten Gürtel.

»Kann ich mich wenigstens darauf verlassen, dass du am Ende des Landgangs zurückkommst?«

Hina war unwohl zumute, ihn enttäuschen zu müssen. »Meine Familie ist arm, Kapitän. Wenn dort also Gold ist, muss ich wenigstens versuchen, es zu finden.«

»Habe ich dich auf dieser Fahrt nicht gut bezahlt, Hina Timanu? Ziehst du die fragwürdige Verlockung des Goldes meinem Versprechen, die doppelte Heuer zu zahlen, vor?«

Die Münzen unter seinem Gürtel drückten auf seiner Haut und machten es ihm noch schwerer, sich dem Mann zu verweigern, der ihn seit mehr als fünfzehn Jahren beschäftigte. »Sie haben mich gut bezahlt«, gab er zu, »aber wenn sich so eine Chance auftut, wäre es dumm, sie nicht zu ergreifen.«

Der Kapitän kratzte sein stoppeliges Kinn. »Ja, du hast recht«, seufzte er. Er schaute über die sich rasch leerenden Decks. »Sieht ganz so aus, als würde ich hier ohne Mannschaft feststecken. Für mich oder den Eigner wird es keinen Gewinn geben, bis alle wieder bei Verstand sind.«

»Warum kommen Sie dann nicht mit mir und Bones?«

Die braunen Augen betrachteten ihn nachdenklich. »Ich war schon immer ein Seefahrer«, brummte er. »Was weiß ich denn schon vom Goldsuchen?«

»So viel wie jeder hier«, erwiderte Hina lächelnd.

Kapitän Jarvis nahm seine vom Salz gebleichte Mütze ab und kratzte sich den Schädel, während er kurz überlegte. »Ohne Mannschaft kann ich nicht segeln, aber ich kann die *Sprite* auch nicht unbeaufsichtigt lassen.« Sein verwittertes Gesicht legte sich in Lachfältchen. Er setzte seine Mütze wieder auf das ergrauende Haar. »Macht, dass ihr fortkommt, ihr beiden, und findet euer Gold! Wir sehen uns am Ende eures Landgangs hier wieder, denn dann werdet ihr wahrscheinlich die Nase voll haben von der Schürferei.«

Eden Valley, 1. Juni 1851

Ruby saß in der Hütte und hörte den Regen auf das Dach trommeln, während sie ihr hungriges Kind stillte. Nathaniel Logan Tyler war vor einer Woche zur Welt gekommen, und sein Vater hatte ihn noch nicht gesehen. Ruby konnte nur hoffen, dass James sich über seinen Sohn freuen und dessen Begrüßung warmherziger ausfallen würde als die seiner Tochter.

Der Schaukelstuhl knackte auf dem irdenen Boden, während sie die Schönheit ihres Sohnes bewunderte. Vom feinen, hellen Haar bis zur weichen Pfirsichhaut seiner Wangen war er perfekt, und obwohl sie für seine reibungslose Geburt dankbar war und ihr das Herz vor Liebe überging, fielen ihr vor Schwäche die Augen zu, und die Schultern sackten nach vorn.

Die vergangenen neun Monate waren aufreibend gewesen. Sie war zu früh nach Violets Geburt wieder schwanger geworden, womit definitiv bewiesen war, dass das Stillen eine Empfängnis nicht verhinderte. Es war in den endlosen Wochen der Flut passiert. James für eine so lange Zeit zu Hause zu haben hatte ihr nicht gerade behagt, denn seine mürrischen Launen und sein kaum verhohlener Widerwille gegenüber Kumali hatten ihr einen James gezeigt, den sie nicht mochte.

Dann hatte die Katastrophe ihren Lauf genommen. Sie hatte gewartet, bis sie ganz sicher war, bevor sie ihm mitteilte, sie sei erneut schwanger, denn sie fürchtete seine Reaktion. Es war zu früh, das wusste sie und hoffte dennoch, dass er sich diesmal freuen würde. James hatte kaum etwas gesagt, hatte nur sein Bettzeug gepackt, sein Pferd gesattelt und war mit Fergal ins Wirtshaus Five Mile Creek geritten, um zu trinken. Seine Besuche zu Hause waren zunehmend rarer geworden, und obwohl sie wusste, dass er zuweilen gezwungen war, weitab liegende Weiden zu überprüfen, verübelte sie ihm seine ständige Abwesenheit; die paar Tage, die sie in den vergangenen Monaten tatsächlich zusammen verbracht hatten, konnte man an einer Hand abzählen.

Sie wachte aus ihrem Halbschlaf auf, merkte, dass Nathaniel eingeschlafen war, und legte ihn sacht in die Holzwiege, die ihr Vater nach der Geburt von Violet aus Parramatta geschickt hatte. Mit herzhaftem Gähnen stand sie an der Tür und starrte in den schweren Regen hinaus. Zwei Monate lang goss es nun schon mit Unterbrechungen. Man war zur Untätigkeit verdammt, und ihr Gemüsegarten war wieder so durchweicht, dass die Saat verfaulte. Dennoch brachte sie kaum Energie für ihre Kinder auf, erst recht nicht für ihre Pflichten, und sie war dem Herrgott dankbar für den Regen und die Verschnaufpause, die er ihr gab.

Sehnsüchtig schaute sie zum Bett hinüber und fragte sich, ob sie es wagen sollte, sich ein paar Minuten hinzulegen, bevor Violet aus ihrem Nachmittagsschlaf aufwachte, doch das Mädchen regte sich bereits, und Ruby wappnete sich für den bevorstehenden Wutanfall. Mit knapp einem Jahr war Violet anstrengend.

Violet schrie, als Ruby versuchte, ihr die Windel zu wechseln, und ihre wütenden Schreie dröhnten in Rubys Kopf. »Psst, Violet! Ich mache so schnell ich kann, und wenn du nur ruhig halten würdest, wäre die Sache viel leichter.«

Violet trat aus, rollte sich auf den Bauch und krabbelte weg, das Weinen wich einem triumphierendem Krähen.

Ruby seufzte und ließ sie gewähren. »Verdammt«, knurrte sie. »Was spielt es schon für eine Rolle, wenn sie halbnackt ist?«

»Missus Ruby, ich nehme Vi. Sie schlafen. Das macht kräftig und gibt Milch.«

»Ich habe dich nicht hereinkommen hören, Kumali.«

»Niemand hört etwas, wenn die Kleine schreit«, erwiderte sie, watschelte durch den Raum und sank auf das Bett. Ein Hustenanfall packte sie, und es dauerte einen Augenblick, bis sie wieder sprechen konnte. »Vi macht großen Krach – das tut im Kopf weh.«

»Das klingt so, als hättest du die Ruhe nötiger als ich«, sagte Ruby, betrachtete Kumalis geschwollenen Bauch und das schlafende Kleinkind, das sie in einem Hängetuch vor der pfeifenden Brust trug.

Kumali legte den kleinen Natjik in die Wiege neben Nathaniel und griff nach der strampelnden Violet. »Mein Natjik ist ein lieber Kerl. Er schläft viel.«

»Wo ist Duncan?«

»Flussaufwärts bei den Schafen. Vielleicht kommt wieder hohes Wasser, aber er ist bald zurück.«

»Ich würde mich über deine Gesellschaft freuen«, sagte Ruby, lehnte sich in die Kissen und sah zu, wie Kumali mit Violet rang, bis sie schließlich die Windel festgesteckt hatte. »Kein Zweifel, Kumali«, murmelte sie verschlafen, »du bist eine Expertin im Umgang mit meiner Tochter.«

»Vi weiß, wer der Boss ist.« Kumali lachte und umarmte das Kind.

Rubys Blick wanderte zu den beiden Kleinen in der Wiege. Sie sahen so friedlich aus, aneinandergeschmiegt, Natjiks kaffeebraune Gliedmaßen eine perfekte Ergänzung zur rosigen Haut ihres Sohnes. Sie waren nur sieben Monate auseinander, und obwohl Kumalis Sohn klein und nicht so stramm war, schien er zu gedeihen.

Ruby fielen die Augen zu, und Kumalis Singsang, verbunden mit Violets Kichern, verklang, als sie schließlich vom Schlaf überrascht wurde.

Schwere Schritte ließen sie aufschrecken. »Wer ist da?«

»Ich bin's. Warum? Wen sonst hast du erwartet?« Ein Streichholz flammte auf, und die Öllampe begann zu flackern.

»James!« Ruby kroch aus dem Bett, lief in seine Arme und bedeckte sein Gesicht mit Küssen. »Oh, James, es ist so schön, dich zu sehen! Wo warst du? Was hast du gemacht? Du warst so lang fort, und du hast mir gefehlt.«

»Mal sachte, Ruby! Lass einen Mann erst mal zu Atem kommen.« James lachte und schwenkte sie herum, bevor er sie küsste. »Es tut gut, zu Hause zu sein«, sagte er, hielt sie eine Armeslänge von sich und schaute an ihr herab. »Ich hatte ganz vergessen, wie schön du bist«, sagte er leise, »aber du siehst müde aus.«

»Dafür gibt es einen Grund«, hauchte sie. »Komm und lerne deinen Sohn kennen.« Sie ergriff seine Hand, bevor er einen Kommentar abgeben konnte, und zog ihn zur Wiege. »Das ist Nathaniel Logan Tyler, und er ist schon eine Woche alt.«

James' ehrfürchtige Miene ließ ihr Herz schneller schlagen, als er in die Wiege spähte und einen schmuddeligen Finger an die Wange seines Sohnes legte. »Meine Güte!«, flüsterte er.

»Du freust dich also über ihn?« Die verzweifelte Not, die sich in ihre Stimme geschlichen hatte, gefiel ihr nicht, doch es war ihr sehr wichtig, dass er ihr Kind liebte.

James hob das Kind hoch und legte es in seine Armbeuge. »Mein Sohn«, murmelte er. Mit leuchtenden Augen sah er Ruby an. »Wie sollte ich mich nicht über ihn freuen? Er ist ein wunderbarer kleiner Junge. Nathaniel bedeutet ›Geschenk Gottes‹, musst du wissen.«

Ruby konnte nur nicken, denn sie war den Tränen nahe, als sie sah, wie er die winzigen Finger und Zehen zählte und über das weiche, helle Haar strich. Seine Verwunderung sagte alles. Endlich, dachte sie, endlich! Vielleicht bleibt er jetzt zu Hause, und wir können eine richtige Familie sein.

Sie warf einen Blick zu Kumali hinüber, die einen Hustenanfall hatte und versuchte, die sich windende Violet festzuhalten. Natjik musste vorher schon wach geworden sein, denn er war wieder im Umhängetuch eingewickelt. »Ich übernehme sie«, sagte sie sanft, »und du ruhst dich aus.« Sie wandte sich wieder an James. »Sag Gladys guten Tag«, forderte sie ihn auf, wobei sie über den ungewohnten Namen stolperte, den er ihrer Tochter aufgebürdet hatte.

Doch James hörte nicht hin. »Was machst du hier?«, blaffte er Kumali an. »Warum bist du nicht bei Duncan?«

Ruby zuckte unter seinem Tonfall zusammen und beeilte sich, die Sachlage zu erklären. »Duncan hat die Schafe auf trockenere Weiden geführt. Kumali ist hier, weil sie hochschwanger ist und Natjik noch stillt.«

»Du weißt, dass ich sie nicht gern im Haus habe«, knurrte er.

Rubys Wut flammte auf. »Kumali ist meine Freundin«, entgegnete sie, »meine einzige Freundin, und wenn du und Duncan unterwegs seid, hilft sie mir bei der Arbeit.«

Mit versteinerter Miene legte er Nathaniel wieder in die Wiege. »Geh raus, Kumali, und nimm dein Negerbaby mit!«

»James!«, fuhr Ruby ihn an. »Sprich nicht so mit ihr!«

»Ich rede mit ihr, wie ich will.«

»Kumali hat dir nichts getan. Du missgönnst mir doch nicht etwa die Gesellschaft einer anderen Frau?«

»Du wärst gut beraten, wenn du dir deine Freundinnen sorgfältiger aussuchen würdest«, erwiderte er, schüttete Wasser in eine Schüssel und begann sich zu waschen, »denn wenn wir reich sind, ist kein Platz mehr für Leute wie sie.«

Ruby tauschte verstörte Blicke mit Kumali, die in der Tür stehen geblieben war, und versuchte, James mit sanfterem Ton friedlich zu stimmen. »Das kann nicht dein Ernst sein, dass du sie an einem solchen Abend nach draußen schickst! Der einzige Unterschlupf ist das *gunyah*, in dem die Lämmer geworfen werden, und Kumali hat einen schlimmen Husten.«

»Sie ist schwarz – sie wird überleben.« Sein wütender Blick schickte Kumali in den Regen hinaus.

Getroffen von seinen Worten, warf Ruby ihm ein Handtuch zu und hob Violet auf ihre andere Hüfte. »Warum verabscheust du sie so? Sie hat doch nichts Falsches getan.«

»Sie hat hier in diesem Haus nichts zu suchen, wo sie ihre Bazillen überall verteilt. Seit wir sie aufgenommen haben, hat sie uns nichts als Ärger bereitet, und ich muss an meinen Sohn denken«, brummte er und trocknete sich ab. »Irgendetwas ist mit ihr immer nicht in Ordnung, und ich will nicht, dass er sich etwas einfängt.«

»Violet ist doch auch gesund«, entgegnete sie.

Er schoss der Kleinen auf Rubys Hüfte einen kurzen Blick zu und warf das Handtuch auf den Tisch. »Sie heißt Gladys«, entgegnete er, »und offensichtlich hat sie Glück. Aber Nathaniel ist anders, und ich will nicht, dass Kumali oder ihre Brut in seine Nähe kommen.«

»Warum gehst du so einfach über unsere Tochter hinweg?«

»Sie ist ein Mädchen – nutzlos für mich.«

Ruby empörte seine Kälte, und die Liebe, die einst so hell gebrannt hatte, verlosch noch mehr. Ihr Mann war ihr fremd geworden. »Es hat einmal eine Zeit gegeben, in der du Kumali Unterschlupf gewährt hättest.«

»Ja«, fuhr er sie an, »und du siehst, wohin uns das gebracht hat – ein toter Sträfling, und wir haben Vorräte, ein Pferd, einen Sattel und eine weitere Arbeitskraft eingebüßt. Wir können von Glück sagen, dass die Polizei nicht bei uns angeklopft hat, um nach dem toten Sträfling zu suchen.«

»Ich weiß, dass du dich nach wie vor darüber ärgerst, aber es ist lange her, und Kumali traf keine Schuld. Du glaubst doch wohl nicht noch immer, dass sie nach ihm suchen?«

Er beachtete sie nicht. »Ihretwegen fehlen uns zwei Männer. Wir sind einfach nicht genug, um das alles hier am Laufen zu halten.«

Auf seine ungerechte Anschuldigung hin steigerte sich ihre Wut. »Wenn du mit Fergal mehr als zwei Tage am Stück hier wärst, hätten wir kein Problem«, fuhr sie ihn an. »Du warst fast sechs Monate weg, James. Und trotzdem platzt du hier herein und spielst dich auf, ohne einen Gedanken daran zu verschwenden, wie ich wohl in deiner Abwesenheit zurechtgekommen bin.«

»Das hier ist mein Haus, und du bist meine Frau. Ich tue und sage, was mir passt.«

Sie reckte das Kinn, fest entschlossen, sich nicht einschüchtern zu lassen und ihre Wut zu zügeln. »Wo warst du denn?«

»Ich war in Geschäften unterwegs.«

»Welche Geschäfte?«

»In meinen eigenen, verdammt!«, brüllte er.

Violet fuhr zusammen und heulte auf, womit sie Nathaniel weckte, der ebenfalls zu schreien begann.

»Um Himmels willen, Ruby!«, schrie er über die Kakophonie hinweg. »Wie soll ein Mann denken bei all dem Gejaule?«

Ruby nahm das wimmernde Kind aus der Wiege. »Du hast es ausgelöst, weil du so geschrien hast«, sagte sie kurz angebunden, wippte Nathaniel an ihrer Schulter und versuchte Violet zu beruhigen.

»Dann solltest du mich nicht ausfragen«, entgegnete er, zog einen Stuhl heran und setzte sich. »Das ist nicht gerade ein herzlicher Empfang. Du kannst mir kaum vorwerfen, dass ich schreie. Schaff Gladys und Nathaniel hier raus, und bring mir was zu essen! Ich sterbe vor Hunger.«

Ruby war ernsthaft versucht ihm zu sagen, er solle sich selbst etwas machen, wusste jedoch, es würde nur noch mehr Streit entfachen. Rasch wechselte sie Nathaniel die Windel und legte ihn wieder in die Wiege. Sobald Violet mit einer Brotkruste zufriedengestellt war und auf ihrer Hüfte saß, wärmte sie die letzte Schüssel Eintopf auf, gab frisch gebackene Brotstücke hinzu und stellte sie auf den Tisch.

»Ist das alles?« Er fuhr mit dem Löffel durch die wässrige Masse, nahm einen Mund voll und verzog das Gesicht. »Wo ist das Fleisch, und was ist mit Gemüse?«

»Ich habe keine Munition für das Gewehr, daher musste ich mich auf die Fallen verlassen. Einmal war ein Kaninchen darin. Was das Gemüse betrifft, das verfault im Boden.«

Er runzelte die Stirn. »Wie lange geht das schon so?«

Sie hielt seinem Blick stand. »Etwa drei Monate.«

Er schob die Schüssel von sich. »Du hättest das Gemüsebeet abernten müssen, als der Regen einsetzte, und Duncan hätte dafür sorgen sollen, dass jede Menge Fleisch in der Kühlkammer war, bevor er aufbrach.«

Sie war es leid, ihn versöhnlich zu stimmen. »Und du hättest hier sein sollen, statt deine Pflichten anderen zu überlassen.« Ihr Magen knurrte. »Isst du das?«

»Ich will doch meinen Magen nicht beleidigen.«

Ruby funkelte ihn an und riss den Löffel an sich. »Du wärst nicht so mäkelig, wenn das hier alles wäre, was seit Wochen zu haben war«, sagte sie mit vollem Mund. »Bettler können nicht wählerisch sein, James, und man dankt Gott, dass selbst das hier im Haus ist.«

James besaß den Anstand, beschämt auszusehen, während Ruby die dürftige Mahlzeit mit Violet teilte. »Das habe ich mir nicht klargemacht«, sagte er leise. Er schob das letzte Stück Brot über den Tisch. »Verzeih, Ruby, aber ich wollte nicht so lange fortbleiben. Und das wäre ich auch nicht, wenn ich gewusst hätte, wie es hier aussieht, aber Fergal und ich sind abgelenkt worden.«

Ruby konnte sich die Frau gut vorstellen, die diese Ablenkung verursacht hatte, denn sie hatte den Verdacht, dass James während seiner langen Abwesenheiten fremdging. Sie hatte keinen Beweis, doch sie befürchtete, er könnte eines Tages so abgelenkt sein, dass er gar nicht mehr nach Hause zurückkehren würde. Da ihr klar war, dass es nur wenig bringen würde, wenn sie ihren Verdacht laut äußerte, ignorierte sie ihren nagenden Hunger, wischte die Schüssel mit dem letzten Stück Brot aus und fütterte Violet damit.

»Bist du denn nicht neugierig, was ich gemacht habe?«

»Natürlich, aber du hast ja schon deutlich gesagt, dass es mich nichts angeht«, erklärte sie sauer.

Er schenkte ihr ein schiefes Lächeln und kratzte sich das Kinn. »Ich habe doch danach gefragt.«

Das hatte er, doch seine vorsichtige Entschuldigung besänftigte sie nicht. »Fergal und ich waren in Sydney.«

Wie vor den Kopf geschlagen starrte sie ihn an.

»Ich dachte mir, dass dich das überraschen würde.« Mit breitem Grinsen lehnte er sich auf seinem Stuhl zurück. »Aber es wird noch besser, und deshalb musste ich dich noch sehen, bevor ich nach Bathurst aufbreche.«

Ihr wurde kalt. »Bathurst? Aber das ist doch meilenweit entfernt. Was gibt es in Bathurst?«

»Gold, Ruby. Viel, viel Gold.« Er schob seinen Stuhl zurück und baute sich vor ihr auf. Seine Aufregung stand ihm deutlich ins Gesicht geschrieben. »Fergal und ich haben alles gekauft, was wir brauchen, und wir werden morgen beim ersten Tageslicht aufbrechen.«

Ruby war so schockiert, dass sie seine Worte kaum verdauen konnte. »Du gehst morgen weg? Aber woher hast du das Geld, um etwas zu kaufen? Was wird aus mir und den Kindern? Wie lange bleibst du fort, und woher willst du wissen, dass es nicht wieder ein Gerücht ist?«

»Es ist kein Gerücht«, sagte er ungehalten. »Und was das

Geld betrifft« – sein Blick glitt ab –, »ich habe eine Anleihe auf die diesjährige Schafschur aufgenommen.«

Ruby machte den Mund auf, um zu protestieren, doch er fuhr hastig fort: »Der Einsatz lohnt sich auf jeden Fall, und ich bleibe auch nicht lange fort. Es heißt, das Gold liegt da und wartet nur darauf, gefunden zu werden.«

Sie stand auf, Violet klammerte sich an ihre Brust. »Du hast unsere Schafschur verspielt? Aber wenn dort kein Gold ist? Was wird dann aus uns?«

»Aber da *ist* Gold. Wir werden reich, Ruby. So reich, dass du dich in Samt und Seide kleiden kannst und dich nie wieder mit Schwarzen abgeben oder so eine Brühe essen musst wie die. So reich, dass mein Sohn nie wieder im Dreck wühlen oder dankbar für Geschenke seines Schwiegervaters sein muss.«

»Du bist verrückt.« Sie trat einen Schritt zurück, erschrocken über seinen wilden Blick.

»Nicht verrückt, Ruby – ich bin es nur leid, nichts zu haben, was ich mein Eigen nennen kann. Das hier wird nie richtig uns gehören, und ich will, dass mein Sohn hocherhobenen Hauptes durch die Welt schreiten und sein Schicksal selbst in die Hand nehmen kann.«

»Aber das hier wird ihm gehören, wenn es an der Zeit ist.«

»Warum sollte mein Sohn Sklavenarbeit für einen Wollscheck leisten? Ich habe die Gelegenheit, mein Glück zu machen, um sicherzustellen, dass ihm die beste Bildung zuteil wird, damit er etwas erreicht, was der Mühe wert ist, und ich *werde* es tun, Ruby. Sieh mich nur an!«

Das fiel ihr durch den Tränenschleier schwer. »Dieses Gerede über goldenes Glück ist nichts als ein Traum, ein Wahnsinn. Und Eden Valley *gehört* uns: Papa hat versprochen, die Schenkungsurkunde an unserem zehnten Hochzeitstag zu überschreiben.«

»Ich bin nicht bereit, zehn knochenharte Jahre zu warten, nur damit er seine Meinung ändert, sobald ich etwas daraus gemacht habe. Ich breche auf und suche nach Gold, und wenn ich es finde, werde ich ein prächtiges Haus in der Stadt bauen, und wir werden unseren rechtmäßigen Platz in der Gesellschaft einnehmen.«

»Unseren Platz in der Gesellschaft? Aber du bist der Sohn eines Pachtbauern, und ich bin die Tochter eines ehemaligen Sträflings. Mehr als das hier können wir nicht erwarten, James.«

»Doch«, fuhr er sie an. »Du hast keinen Ehrgeiz, Ruby, das ist dein Problem. Mein Vater hat nie im Leben etwas besessen – selbst seine Kate war an seine Stelle gebunden, und nur weil meine Brüder sie übernommen haben, ist er nicht im Arbeitshaus gelandet. Meinst du wirklich, ich gebe mich damit zufrieden, hier draußen am Ende der Welt in einem Haus festzusitzen, das mir nicht gehört, nur in Gesellschaft von Arbeitern und Schwarzen und mit verdammt wenig Aussichten?« Seine Augen blitzten, und sie sah ihn entsetzt an. »Und? Glaubst du das?«

»Aber du wolltest doch immer eine Farm haben – es war dein Traum, so wie meiner. Papa wusste, dass du dir niemals ein so großes Anwesen würdest leisten können; deshalb hat er es uns vermietet. Er wollte, dass wir etwas haben, was wir unseren Kindern vermachen können, und er wird sein Versprechen niemals brechen. Bitte, James, du denkst nicht geradeaus!«

»Ich denke klarer denn je. Ich werde es tun, Ruby, und niemand kann mich aufhalten.«

Ruby legte Violet auf das Bett und deckte sie zu. Sie stand neben ihr, den Tränen nahe, und das Herz schlug ihr bis zum Hals bei dem Gedanken an den versetzten Wollscheck und die Monate der Sorge und Einsamkeit, die vor ihr lagen.

Er trat hinter sie und zog sie an sich. »Das ist unsere Chance, Ruby«, flüsterte er in ihr Haar, »und ich will, dass du mir vertraust. Ich weiß, was ich tue.«

Sie drehte sich um und legte ihre Wange an seine Brust. »Lass mich nicht allein!«, bettelte sie. »Bitte, geh nicht!«

Er küsste sie auf den Scheitel. »Du hast dich bisher so gut gehalten, und ich verstehe auch, wie hart es gewesen sein muss, aber wenn du noch eine Weile durchhältst, können wir komfortabel leben und bis an unser seliges Ende zusammen sein.«

Ruby vernahm den raschen Schlag seines Herzens; sie wusste, es war die Aussicht auf Gold, die es höher schlagen ließ, und verzweifelte.

Kumali erreichte den *gunyah*, kroch hinein und versuchte, Atem zu schöpfen, doch der Husten marterte ihre Brust, und es dauerte eine Weile, bis sie sich um Natjik kümmern konnte. Während sie das Kind stillte, nahm sie ihre Umgebung in sich auf. Duncan hatte diesen *gunyah* als Unterschlupf für die Mutterschafe gebaut, und ihr Geruch stieg aus dem feuchten Stroh und dem Erdboden. Die belaubten Äste, die als Wände und Dach dienten, waren verwelkt, und mehrere Löcher klafften an den Stellen, an denen sie einfach unter dem Gewicht des Regens zusammengebrochen waren.

Sie zitterte, denn sie war nass bis auf die Haut, und die Nachtluft war kühl. Sie trocknete sich mit dem aus einem Mehlsack bestehenden Tragriemen ab und zog Natjik näher zu sich heran, um ihn warm zu halten. Das Kind in ihrem Bauch regte sich, beunruhigt nach ihrem Lauf durch den Regen, und ihr Kopf pochte.

Kumali lauschte dem Regen, der auf die Bäume ringsum niederging, und hockte sich in die trockenste Ecke. Wenn doch nur Duncan hier wäre, wenn doch nur der Boss nicht nach Hause gekommen wäre … Aber wenigstens war ihr in der Hütte warm, und Natjik konnte in den weichen Decken aus der Wiege liegen. Sie verzog das Gesicht. Der Boss verursachte immer Ärger und machte Missus Ruby traurig. Doch Kumali waren noch mehr beunruhigende Veränderungen aufgefallen, seitdem die Kinder da waren, und sie vermutete, es würde nicht lange dauern, bis er für immer verschwände.

»Es nur gut, wenn Boss gehen«, murmelte sie vor sich hin.

»Ich könnte bei Missus Ruby in der Hütte sein und trocken bleiben.«

Ein weiterer Hustenanfall ließ Natjik erschrocken aufschreien. Sie versuchte ihn zu besänftigen, doch er strampelte und wand sich, und als der Schmerz in ihrem Kopf stärker wurde, verlor sie die Geduld. Sie wickelte ihn in den Tragriemen, legte ihn auf das Stroh und hielt sich die Ohren zu, um sein Jammern auszublenden.

Sie wiegte sich vor und zurück; warme Tränen rannen ihr über das Gesicht. Duncan fehlte ihr, und sie wünschte, sie hätte mit ihm gehen können, denn dort würde es einen richtigen Unterschlupf geben, weiches Wallabyfell und gute Decken. Wenn doch nur der Regen aufhören würde, dann könnte sie sich auf die Suche nach ihm begeben. Aber Duncan hatte ihr befohlen, bis zu seiner Rückkehr bei Ruby zu bleiben, und da sie sich seit Natjiks Geburt noch mehr auf ihn verließ, konnte sie nicht ungehorsam sein.

Kumali fror, sie fühlte sich elend und krank. Sie rollte sich auf dem dreckigen Stroh neben Natjik zusammen, schloss die Augen und bereitete sich auf die lange Wartezeit bis zum nächsten Morgen vor.

Der strömende Regen in der Morgendämmerung war trostlos. Ruby kam mit einem Eimer Milch aus dem Kuhstall. Das Wetter spiegelte ihre Stimmung wider, denn die Nacht war unruhig gewesen, der Abschied von James eilig, bevor Fergal an die Tür geklopft hatte. Sie stellte den Eimer auf den Tisch, schlang sich den Schal um die Schultern und stellte sich in die Tür, um den beiden Männern zuzusehen, wie sie die Maultiere beluden, die sie aus Sydney mitgebracht hatten.

James hatte Mehl, Tee, Zucker und Sirupdosen ins Vorratslager gestellt. Es gab auch Haferflocken für Porridge, zwei Kannen Petroleum, Kerzen, Öl und Dochte für die Laternen sowie einige Schachteln Munition, und doch hätte Ruby liebend gern alles hergegeben, wenn James sich anders entschieden hätte. Aber er hatte sich allen Versuchen widersetzt, mit denen sie ihm seine Dummheit ausreden wollte. Wenn der Goldrausch zuschlug, dann mit Gewalt.

Nachdem die Maultiere beladen waren, nahmen die Männer die Zügel in die Hand und stiegen auf. James warf ihr eine Kusshand zu. »Ich komme so bald wie möglich wieder«, rief er. »Wünsch mir Glück!« Ohne auf eine Antwort zu warten, trieb er das Pferd an.

Ruby trat von der Tür in die verlassene Lichtung hinaus und blickte ihnen nach, bis sie außer Sichtweite waren. Noch nie hatte sie sich so einsam gefühlt und sich so vor der Zukunft gefürchtet. Während ihre Tränen sich mit dem Regen vermischten, starrte sie in den bleiernen Himmel und betete um Mut.

Mit dem Regen schien ein Wispern zu kommen, und als das Gras in der Brise wie unter unsichtbaren Tritten wogte, wusste sie, dass sie nicht allein war.

Ruby wischte sich die Tränen ab. Der Regen erschien ihr nicht mehr so kalt, die Zukunft weniger düster, denn die Liebe ihrer Großmutter war warm und belebend. In dem Wissen, dass Nell immer bei ihr sein würde, begab sie sich auf die Suche nach Kumali.

Lawrence Creek, Hunter Valley, September 1851

Jessie entspannte den schmerzenden Rücken und wischte sich den Schweiß aus dem Gesicht. Der Kupferkessel blubberte auf dem lodernden Feuer, durch den Dampf war er kaum zu sehen. Das Wetter half auch nicht, denn es war ungewöhnlich warm für September, und als sie die Laken mit dem langen Holzstab eintauchte, fühlte sie sich durch ihr Winterkleid eingeschränkt.

»Sie sollten sich ausruhen, Miss Searle.«

»Ich werde mich ausruhen, wenn wir diese Masernepidemie besiegt haben«, erwiderte sie. »Aber ich wäre Ihnen dankbar, wenn Sie dieses Laken durch die Mangel drehen würden.«

Der Pfarrer mittleren Alters beeilte sich, das Laken in den Blechzuber zu bringen, und Jessie lächelte ihm durch den Dampf zu. Peter Ripley war tatsächlich das genaue Gegenteil von Zephaniah Lawrence – nicht nur in seiner fröhlichen Erscheinung, sondern in seiner echten Nächstenliebe und seiner Besorgnis um die Eingeborenen. Und diese Sorge war auf dem Prüfstand, seit die Masern durch das Tal fegten und unter den Schwarzen verheerend wüteten.

Sie alle hatten kaum Ruhepausen, und als die Wochen ins Land zogen und die Todesfälle in den Eingeborenenlagern zunahmen, war sie Zeugin geworden, wie sehr ihn der Verlust eines Lebens wirklich schmerzte und wie unermüdlich er an seinem Glauben festhielt. Wenn er sie nur dazu bekäme, ihm zu vertrauen, dann könnte er ihre elenden Lebensumstände verändern.

»Wo ist Hilda?«

Jessie kämpfte mit dem letzten Laken. »Sie ist mit Hühnersuppe und frischem Brot für das Eingeborenenlager zu Abels früherer Wohnstatt hinübergegangen. Tumbalongs kleiner Junge ist noch sehr schwach, aber es sieht so aus, als würde er durchkommen.«

Peter Ripley zog das dampfende Laken durch die Mangel und ließ es in den Badezuber fallen. »Gott sei Dank!«, sagte er inbrünstig. »Der arme Mann hat drei Kinder, eine Tante und seine Großeltern verloren, und obwohl er gute Miene zum bösen Spiel macht, weiß ich, dass er leidet.«

»Es ist irgendwie ungerecht, dass unsere Kinder sich so schnell von diesen Krankheiten erholen, während die Eingeborenen offenbar kaum damit fertig werden.«

Peter trug den schweren Blechzuber an die Wäscheleine.

»Ich habe mit meinem Vater korrespondiert. Er ist Mediziner und interessiert sich sehr für die Auswirkungen unserer bekannten Krankheiten auf die einheimische Bevölkerung. Seine Theorie ist, dass sie solchen Dingen nie ausgesetzt waren und daher keine Abwehr haben. Er vergleicht das mit den Weißen, die immer wieder an Malariaanfällen in Afrika leiden, wohingegen die Eingeborenen dort anscheinend immun gegen die Moskitos sind.«

»Ich weiß nur, dass wir zu viele verloren haben«, sagte sie seufzend, »und Abel wird schockiert und traurig darüber sein, was er vorfindet, wenn er zurückkommt.«

»Sie glauben also immer noch daran?«

Jessie steckte die feuchten Haarsträhnen wieder in den unordentlichen Knoten und versuchte sich den Anschein von Würde zu geben, als eine Woge des Verlangens sie durchströmte. »Die Hoffnung stirbt nie.«

»In der Tat, aber man muss sich vor falscher Hoffnung hüten und den Mut haben, der Realität ins Auge zu schauen, Miss Searle.«

Sie vernahm die Güte in seiner Stimme und wusste, dass er nur versuchte, sie zur Vernunft zu bringen. Peter Ripley war zu einem Freund und Vertrauten geworden. Doch wie sollte sie die Hoffnung erklären, die ihr erhalten blieb, sosehr sie auch versuchte, sie zu verbannen?

»Ich weiß«, gab sie zu, »und wenn die Gerüchte stimmen, ist er ohne Zweifel viel zu sehr damit beschäftigt, nach Gold zu graben, um an uns zu denken.«

»Nachdem man in Ballarat und Bendigo so bald nach Ophir fündig geworden ist, kann es sein, dass er noch weiter hinausgezogen ist.« Seine dunklen Augen waren mitfühlend. »Meinen Sie nicht, Sie sollten die Vergangenheit ruhen lassen und anfangen, an Ihre Zukunft zu denken? Gerhardt von Schmidt liebt Sie, Miss Searle, und Sie sind ihm gegenüber nicht fair.«

Jessie übertünchte ihre einsetzende Nervosität damit, dass sie den Blechzuber wieder in die im Freien liegende Küche brachte. Abel fehlte ihr. Dennoch hatte Peter nicht unrecht. Sie hatte überhaupt nicht über ihre Zukunft nachgedacht, seit er fort war, sondern jeden Tag mit Pflichten angefüllt, bis sie erschöpft ins Bett sank. Vielleicht vergeudete sie tatsächlich ihr Leben mit der Sehnsucht nach dem Unerreichbaren, obwohl die Chance, glücklich zu werden, direkt vor ihrer Nase lag.

Sie stellte die schweren Plätteisen mit Schwung auf den Herd, damit sie heiß wurden, und wandte sich dem Stapel sauberer Wäsche zu. Zahlreiche Gedanken schossen ihr durch den Kopf, und ihre Gefühle waren in Aufruhr. Abel hatte sich so wenig gekümmert; er hatte sich nicht einmal die Mühe gemacht, zu schreiben oder eine Nachricht zu schicken – nach allem, was er wusste, konnte sie schließlich tot sein –, und sie war hier und tat so, als würde er zurückkehren. Peter hat recht, gestand sie sich ein. Ich bin nicht ehrlich zu mir – und zu Gerhardt.

Beim Bügeln dachte sie über Gerhardts Werben nach. Ohne Zweifel liebte er sie, denn er war ein regelmäßiger, aufmerksamer Begleiter gewesen, hatte nicht ein einziges Mal die Grenze der Vertrautheit überschritten, ihr jedoch klar zu verstehen gegeben, dass er ihre Freundschaft vertiefen wollte.

Auch Frieda hatte sie ermutigt, nach Possum Hills zu kommen, unter dem Vorwand, sie brauche sie bei den Zusammenkünften des Frauenkomitees von Hunter Valley oder um Kleidung und Nahrungsmittel für die Armen zu holen. Sie war sogar so weit gegangen, sie um Rat zu fragen, wie man gebratenes Buschhuhn zubereitet. Jessie hatte diese Vorwände durchschaut, kam aber damit zurecht, weil sie gern in Friedas Gesellschaft war, und nachdem sie so viele Wochen unter ihrem Dach zugebracht hatte, betrachtete sie sie inzwischen als treue Freundin. Taktvoll hatte sie ihr zu verstehen gegeben, dass sie nicht den Plan habe zu heiraten, hatte jedoch das Thema Abel für sich behalten. Frieda wollte davon natürlich nichts wissen, denn sie weigerte sich zu glauben, dass eine so junge Frau als alte Jungfer verwelken wolle. Daher sorgte sie dafür, dass Jessie zu jedem Fest eingeladen wurde und Gerhardt ihr Begleiter war.

Jessie lächelte, während sie bügelte. Frieda war eine wichtige Stütze der Gemeinschaft, eine unermüdliche Spendensammlerin und vollkommen einmalig. Ihre Einladungen auszuschlagen wäre ungehobelt. Außerdem genoss Jessie das gesellschaftliche Leben – obwohl Frieda darauf bestand, ihr Kleider zu leihen, die viel zu prächtig für ländliche Tanzveranstaltungen und Teegesellschaften waren.

»Was hat Sie zum Lächeln gebracht?«

»Die Erinnerung an Frieda, die mir zusetzte, das Kleid zu ihrem Fest im letzten Monat anzuziehen. Man kann ihr nur schwer etwas entgegenhalten.«

»Das ist wohl wahr, aber ich bin dankbar für ihre Großzügigkeit. Wir hätten uns die Arzneien für Tumbalongs Familie sonst nie leisten können.« Er beäugte sie durch den Dampf. »Und gestatten Sie mir, Ihnen zu sagen, dass Sie in dem Kleid sehr gut ausgesehen haben. Die reine Ballkönigin, wie meine liebe verstorbene Frau sagen würde.«

Sie errötete und senkte den Kopf. »Das hat Gerhardt auch gesagt.« Plötzlich fiel ihr sein helles Haar ein, das im Kerzenschein glitzerte, seine Hand an ihrer Taille beim Tanz und die gute Figur, die er in seinem dunklen Anzug abgab.

»Sie sind also nicht vollkommen immun gegen seine Avancen?«

»Er ist charmant und ein guter Gesellschafter.« Sie sah ihn an. »Ich war töricht, ihn so schlecht zu behandeln, nicht wahr?«

»Oh, ich glaube, er wird Ihnen verzeihen.« Peter lachte. Er warf einen Blick über ihre Schulter. »Wenn Sie mich jetzt entschuldigen wollen, ich muss mich um meine Pflichten kümmern. Ich überlasse es Ihnen, unseren Besucher zu begrüßen.«

»Besucher?« Sie drehte sich um und wurde nervös. »Gerhardt,

Sie erwischen mich unvorbereitet.« Fahrig fuhr sie sich mit den Fingern durchs Haar. Sie sah vermutlich schrecklich aus.

»Sie sehen wunderbar aus«, sagte er und stieg vom Pferd. Seine Kleidung war makellos wie immer, seine glänzenden Stiefel nur leicht mit Staub bedeckt. Er begrüßte sie mit einem vollendeten Handkuss. »Ich muss mich für meinen Überfall entschuldigen, aber Mutter hat mich geschickt, Sie zu fragen …« Er verstummte.

Jessie runzelte die Stirn. »Worum geht es, Gerhardt?«

»Ich kann meine Mutter nicht länger als Vorwand benutzen«, sagte er gereizt. »Ich bin ein erwachsener Mann, und es wird Zeit, dass ich für mich selbst spreche.« Er holte tief Luft. »Miss Searle, Jessie, wollen Sie mir die Ehre erweisen, mich am Sonntagnachmittag auf einer Kutschfahrt zu begleiten? Wir werden eine Anstandsdame bei uns haben«, fügte er hastig hinzu. »Mrs. Blake ist einverstanden, uns zu begleiten.«

Jessie wurde klar, dass dies der Augenblick war, in dem ihr Leben sich verändern könnte – dass ihre Liebe zu Abel in Wirklichkeit die romantische Grille eines naiven Mädchens war und sie die Wunschvorstellung nicht länger aufrechterhalten konnte. Sie knickste. »Ich würde mich freuen«, murmelte sie.

Belohnt wurde sie mit einem Lächeln, bei dem das Blau seiner Augen noch intensiver wurde, und ihr fiel wieder einmal auf, wie gut er aussah.

Elf

Kernow House, Watsons Bay, Februar 1852

Harry wappnete sich, bevor er ins Zimmer ging, denn die Hilflosigkeit seines Bruders legte sich erdrückend auf ihn. Die Fensterläden waren vor der sommerlichen Helligkeit geschlossen, die einzige Beleuchtung war eine flackernde Laterne. Oliver saß zusammengesackt im Rollstuhl und starrte in einen leeren Kamin. Trotz der brütenden Hitze lag eine Decke über seinen nutzlosen Beinen, und ein paar dünne graue Haarsträhnen hatten sich unter der reich bestickten ägyptischen Mütze gelöst. Seine bleiche Gesichtshaut, das verzerrte Gesicht und sein geringerer Körperumfang betonten seine Zerbrechlichkeit.

Harry entließ die Krankenschwester, die seinem Bruder vorgelesen hatte, und stellte sich mit sinkendem Mut neben den Kamin. Olivers Gesundheit blieb eine ständige Sorge; seit dem zweiten Anfall hatte er die Gewalt über alle Gliedmaßen verloren und war auf dem linken Auge blind. Hier wurde ein gestandener Mann über längere Zeit ausgezehrt und zerstört. Harry fragte sich, ob sein Bruder den gesundheitlichen Verfall überhaupt mitbekam, denn der Funke seiner Intelligenz war fast völlig erloschen. Oliver schien den Kampf jedenfalls aufgegeben zu haben. Der Arzt hatte jedoch betont, Oliver könne hören und begreifen, und das war der Grund, aus dem die Krankenschwester ihm vorlas und Harry eine einseitige Unterhaltung begann.

»Ich komme gerade aus Sydney Town«, erklärte er. »Die Lage hat sich etwas beruhigt, nachdem die Angestellten, die Hausdiener und die eher zurückhaltenden Männer erkannt haben, dass das Leben eines Goldgräbers nichts für sie ist. Sie überlassen die Goldfelder Abenteurern und Muskelprotzen und kehren in hellen Scharen zurück. Für die Farmer ist das eine große Erleichterung, denn jetzt können sie mit der diesjährigen Schafschur beginnen. Und man hofft, dass genügend Arbeitskräfte vorhanden sein werden, um im März die Ernte einzubringen.«

Olivers schlaffes, blindes Auge füllte sich mit Tränen, die Harry mit einem Taschentuch abwischte. »Die Suche nach Gold ist anscheinend Glückssache, und alle, die davon ausgehen, es mit geringem Aufwand zu finden, werden in der Regel enttäuscht. Nur der gut ausgerüstete Mann, der bereit ist, monatelang wie ein Hund zu schuften, hat Erfolg.«

Oliver schwieg, und Harry zog einen Stuhl heran. »Der Wahnsinn geht jedoch weiter, und sogar die seriöseren unter den Matronen von Sydney stolzieren in Seidenkleidern und kunstvollen Hauben herum. Sie sind ein lohnender Anblick, aber noch lange nicht so erstaunlich wie die mit Gold gezäumten Pferde und die Männer, die in den Gasthäusern sitzen, ein Glas Gin in der einen, ein Bündel Bares in der anderen Hand, und eine Runde für alle spendieren.« Er lächelte. »Es gibt noch immer geschlossene Läden und Büros, aber ich glaube, Melbourne leidet mehr. Es heißt, die Stadt sei fast menschenleer nach dem Sturm auf Ballarat und Bendigo.«

Er lehnte sich zurück, und weil er Olivers Hilflosigkeit nicht mit ansehen konnte, schaute er in die staubigen Sonnenstrahlen, die durch die Fensterläden drangen. »Im Hafen von Sydney liegen mehr als hundert verlassene Schiffe, und Einwanderer jeder Hautfarbe und Glaubensrichtung kämpfen darum, sich eine Ausrüstung zu kaufen. Unsere Lagerverwalter stehen schwer unter Druck, um mit der Nachfrage Schritt zu halten, und auf den Bürgersteigen an den Hauptdurchfahrten stapeln sich Spitzhacken, Pfannen, Töpfe und Schwingtröge. Die Preise für all das sind in schwindelerregende Höhen gestiegen; das Mehl kostet vierunddreißig Pfund die Tonne, Brot acht Pence das Pfund. Die Mühle, die ich im Oktober letzten Jahres gebaut habe, arbeitet rund um die Uhr, nachdem wir die Weizenkonzession von der alten Collinson-Farm und mehr Arbeitskräfte haben.«

Oliver betrachtete ihn, und Harry schaute zur Seite – er hasste das Schweigen –, schändlich abgestoßen von der Leblosigkeit des grässlichen Auges. »Niall und ich haben Vorratslager in Ophir und Ballarat eingerichtet, um die Nachfrage zu stillen, und seine Söhne und Neffen werden sie leiten und ihren Anteil am Gewinn einstreichen, der sich als sehr zufriedenstellend erweist, muss ich sagen.«

Die Stille war ebenso erdrückend wie die Hitze. Hastig fuhr er fort: »Dieser gesamte Handel war äußerst vorteilhaft für uns. Mir ist es gelungen, unsere Vorratslager gefüllt zu halten, weil ich mit dem Kapitän eines jeden Schiffes, das in den Hafen einlief, gehandelt habe, und natürlich versorgt uns unsere Walfangflotte – nicht mit Tee, sondern mit Öl und Fleisch. Der Goldprüfer, den ich eingestellt habe, hat sich als wertvoll herausgestellt, denn er ist spitz wie ein Reißnagel im konkurrenzbewussten Markt und hält die Tauschrate gerade so hoch, um die Geschäfte in Gang zu halten und uns dennoch einen gesunden Profit einzubringen.«

Oliver schien zuzuhören, denn sein einäugiger Blick war beständig.

Sanft ergriff Harry die runzlige Hand. »Aber ich bringe die beste Nachricht überhaupt, Oliver. Deine Schulden sind getilgt, die Zukunft ist sicher, und du und Amelia, ihr müsst euch nie wieder Sorgen machen.«

»Ist das wirklich wahr?«

Harry schaute auf. Amelia stand an der Tür. »In den letzten Monaten haben wir ein Vermögen gemacht, und ich sehe noch kein Ende, solange Gold da ist und Männer, die bereit sind, danach zu suchen.«

Mit raschelnden Röcken nahm sie Platz. »Aber es ist dein Vermögen, Harry. Du warst derjenige, welcher …«

»Ich habe etwas versprochen, Amelia, und Fortuna hat mir zugelächelt, wie ich es nie hätte voraussagen können. Die Reichtümer, die ich angesammelt habe, waren für uns alle, und sie werden gleichmäßig geteilt.«

Amelia standen Tränen in den Augen. »Wie können wir dir je danken?«

»Nicht nötig«, sagte er mit rauer Stimme. »Dank Nialls Voraussicht und Freundschaft habe ich mehr, als ein Mann im ganzen Leben ausgeben kann. Es reicht mir zu wissen, dass ich für die Familie gesorgt habe und dass zukünftige Generationen der Cadwalladers nicht jeden Penny dreimal umdrehen müssen.«

Amelia ergriff die Hand ihres Mannes. »Wir sind gerettet, Oliver«, sagte sie leise. »Jetzt musst du dich darauf konzentrieren, gesund zu werden, damit wir unseren neuen Wohlstand genießen können.«

Harry fing ihren Blick auf und sah, dass sie seine Zweifel an Olivers Genesung trotz ihres positiven Tonfalls teilte. Da er den Schmerz in ihrem Gesichtsausdruck nicht ertragen konnte, suchte er sich Beschäftigung, zündete sich eine Zigarre an und wechselte das Thema. »Jetzt, da alles im Lot ist, bin ich geneigt, wieder nach Hause zurückzukehren«, sagte er und paffte Rauchwolken in den Raum.

Amelia schaute ihn entsetzt an.

»Es wird Zeit, dass ich reise«, sagte er. »Zwanzig Monate ist eine lange Abwesenheit, und meine Frau und Kinder fehlen mir.«

»Vermutlich ist es nicht zu vermeiden«, sagte sie seufzend, »aber wir werden traurig sein, wenn du gehst. Ich habe mich mit der Zeit an deine Gesellschaft und deinen guten Rat gewöhnt, und das Haus wird ohne dich nicht mehr dasselbe sein.«

»Das war nie eine Einrichtung auf Dauer«, rief er ihr freundlich ins Gedächtnis.

»Ich weiß, und ich kann verstehen, dass du nach Hause willst – ich habe mich nur so daran gewöhnt, dass du hier bist.« Sie reckte das Kinn. »Ich bin egoistisch. Wann hast du denn vor zu fahren?«

»Ich muss mich noch mit Niall um eine geschäftliche Angelegenheit kümmern, und bestimmte juristische Dokumente müssen fertiggestellt und unterzeichnet werden, um sicherzustellen, dass dem Vermögen kontinuierlich Einnahmen zufließen, aber das sollte nicht allzu viel Zeit in Anspruch nehmen. Ich hoffe, dass ich Ende des Monats aufbrechen kann.«

»So bald schon?« Amelia sank in ihren Sessel zurück. »Aber es gibt nur sehr wenige Schiffe, nachdem die Matrosen sich alle auf Goldsuche begeben haben – wird man dir eine Kabine zusichern?«

»Ich habe mit dem Kapitän unserer Walfangflotte gesprochen. Die *Constant* wird mich mit nach Batavia nehmen, und von dort aus werde ich andere Vorkehrungen treffen.« Er sah ihr an, dass sie sich noch immer davor fürchtete, mit einem kranken Mann allein zu sein, und beeilte sich, sie zu trösten. »Niall hat versprochen, dich über die Rechnungsbücher auf dem Laufenden zu halten und stets zur Stelle zu sein, falls du ihn brauchst.« Er sah ihre Zweifel und ärgerte sich darüber. »Man kann ihm vertrauen, darauf hast du mein Wort.«

»Wenn du meinst«, murrte sie, offensichtlich nicht überzeugt.

»Niall ist ein loyaler und ehrlicher Freund«, fuhr er sie an. »Wäre er nicht gewesen, würdest du noch immer jeden Penny zusammenkratzen.« Sie errötete angesichts seiner zornigen Worte, und ohne sich für seinen barschen Tonfall zu entschuldigen, fuhr er rasch fort: »Ich habe endlich eine Gelegenheit gehabt, die Truhen aus Mamas und Georges Haus durchzusehen«, sagte er und stieß Zigarrenrauch aus.

Amelias Gesicht hellte sich auf. »War etwas Interessantes dabei? Ich stöbere gern irgendwo herum. Man weiß nie, was man findet.«

»Zum größten Teil waren es alte Kleider und Andenken an ihre Reisen, aber es war auch eine Truhe mit Seefrachtbriefen, Quittungen, Briefen, Seetagebüchern und juristischen Dokumenten dabei. Ich habe eine Weile gebraucht, alles durchzusehen, denn einige Unterlagen beziehen sich auf den Besitz unseres Stiefvaters in Amerika und auf die beiden Häuser hier.«

Habgier leuchte in ihren Augen auf. »Eigentum in Amerika? Was ist daraus geworden?«

»Sein ehemaliger Kapitän Samuel Varney hat ihm eine Trankocherei vermacht, dreißig Katen und fünf Walfänger in Nantucket. George hat bis auf die Walfänger alles verkauft, nachdem er die Trankocherei in Van Diemen's Land eingerichtet hatte.«

Die Enttäuschung war ihr anzusehen, doch sie zwang sich zu einem Lächeln. »Ich hoffe, du hast die Seetagebücher aufgehoben. Frederick würde sich darüber freuen, und ich bin sicher, sie sind lehrreich.«

»Das habe ich tatsächlich, nebst ein paar exotischeren Andenken an Georges Zeit auf den Walfangbooten.« Er machte eine Pause und überlegte sich die nächsten Worte sorgfältig. »Bündel mit persönlichen Briefen waren auch dabei, die ich vernichtet habe, nachdem ich sie durchgeblättert hatte, aber ich bin auch auf einen besonderen Packen einer erstaunlichen Korrespondenz gestoßen, den ich behalten habe.«

Amelia war aufgeregt. »Was stand darin? Etwas Skandalöses? Ein Familiengeheimnis? Erzähl schon!«

In solchen Augenblicken wünschte er sich, Oliver wäre geistig rege, denn mit einer Frau – noch dazu mit einer wie Amelia – über ein solches Thema zu sprechen weckte nur ihren Hunger auf Skandale. »Es waren zahlreiche Briefe«, begann er, »und ich musste sie chronologisch ordnen, damit sie überhaupt einen Sinn ergaben.«

»Von wem waren sie?« Erwartungsvolle Röte war in Amelias Wangen gestiegen.

»Sie stammten hauptsächlich von Ann, der Gräfin von Glamorgan, und waren an Georges Mutter, Susan Collinson, gerichtet.«

Amelia runzelte die Stirn. »Woher um alles in der Welt kannte Susan Collinson eine Gräfin? Sie war doch nur die Frau eines kleinen Predigers.«

»Dieser Prediger war Ezra Collinson, der jüngste von drei Söhnen des Grafen von Glamorgan. Ezras Bruder Gilbert, Australiens erster Kriegsgerichtsrat, war mit Ann verheiratet und hat die Grafschaft geerbt, als der älteste Bruder ohne männliche Erben starb.«

»Grundgütiger Himmel! Mir war nie klar, dass die Collinsons so bedeutend waren, und natürlich sind wir durch George weitläufig mit ihnen verwandt. Wie aufregend – ich muss unbedingt eine Abendgesellschaft in die Wege leiten.«

Er sah ihr förmlich an, dass sie bereits im Geist eine Sitzordnung festlegte. »Georges Seite der Familie besteht aus bescheidenen Menschen, die sich nur für ihre Farm in Hawks Head interessieren. Sie nehmen nicht am gesellschaftlichen Leben teil.« Ihm fiel das entschlossene Glitzern in ihren Augen auf, und ihm platzte der Kragen. »Mir wäre lieber, wenn du dich darauf konzentrieren würdest, was ich jetzt sagen werde, Amelia, denn es ist wichtig.«

Amelia schaute ihn ob seiner Barschheit verblüfft an, doch auch diesmal entschuldigte er sich nicht, denn Amelia musste ihm unbedingt zuhören. »Die Briefe, die Ann an Susan schrieb, waren die übliche Mischung aus Dorfklatsch, Schilderungen ihres Alltagslebens und gesellschaftlichen Neuigkeiten, doch in diesem scheinbar unschuldigen Geschwätz habe ich etwas entdeckt.«

Amelia beugte sich vor. Nachdem sie ihre Pikiertheit überwunden hatte, besaß er ihre volle Aufmerksamkeit.

»Mir ist ein Muster aufgefallen. Es begann mit der Erwähnung eines kleinen Kindes, das bei einem Ehepaar mittleren Alters in Pflege war. Im Lauf der Jahre wurde dieses Kind in Anns Korrespondenz regelmäßig erwähnt. Es sind vielleicht stets nur ein oder zwei Zeilen gewesen, die einem flüchtigen Leser nicht aufgefallen wären, doch da alle Briefe in meinem Besitz waren, erkannte ich allmählich, dass das Leben dieses Kindes von der Wiege bis zur Heirat sorgfältig dokumentiert wurde.«

»Fast wie eine Verschlüsselung«, flüsterte Amelia.

Harry nickte. »Mein Verdacht erhärtete sich, und als ich eine hastig hingekritzelte Warnung von Ann an Susan aus dem Jahre 1804 las, wusste ich, dass ich auf der richtigen Fährte war. Die Bestätigung kam 1832. Der Brief war Jahre zuvor geschrieben worden, und der Anwalt hatte den Auftrag, ihn erst nach dem Tod von Susan und Ezra auszuliefern. George, ihr einziger überlebender Sohn, war der Empfänger.«

»Was stand darin?« Ihre weiten Augen sprachen Bände. Sie war hingerissen.

»Ich werde ihn dir zu lesen geben, aber du musst ihn mir zurückgeben, und, Amelia, darüber darf außerhalb dieses Zimmers niemals gesprochen werden.« Er sah sie streng an und hoffte, die Warnung würde reichen, ihre geschwätzige Zunge im Zaum zu halten. »Das ist mein Ernst, Amelia«, sagte er finster. »Nicht ein Wort! Denn das bezieht sich nicht nur auf die Collinsons, sondern auch auf die Cadwalladers.« Er behielt den grimmigen Blick bei, als sie schmollte. »Versprichst du mir das?«

Sie nickte und seufzte ergeben. »Ich verspreche es dir.«

Zufrieden fuhr er fort: »Georges Mutter Susan hatte eine Affäre, aus der ein Kind stammt, Rose, von dem ihr Liebhaber aber nichts wusste. Sie vertraute sich Ann an, bevor sie beide mit der Ersten Flotte nach Australien segelten. Ann hatte Rose bei einem Ehepaar in Somerset untergebracht, und als sie nach England zurückkehrte, hielt sie Susan über die Fortschritte des Kindes auf dem Laufenden.«

»Wer war der Vater?«

»Mein Großvater Jonathan Cadwallader.«

Amelia wurde bleich, und ein erstickter Laut drang aus Olivers Kehle.

»Du verstehst es also?« Harry hockte sich vor seinen Bruder, erfreut über diese Wendung. »Oh, Ollie, ich wünschte, du könntest sprechen! Ich bräuchte dich so sehr. Du könntest mir raten, was ich tun soll.«

»*Tun?*« Amelia schaute ihn entsetzt an. »Das Kind ist inzwischen wahrscheinlich längst tot, und im Übrigen ist sie … ist sie … *unehelich*.« Das letzte Wort war nur ein Wispern.

Harry hatte Schwierigkeiten, seine Ungeduld im Zaum zu halten. Er wandte sich wieder an Oliver. »Hat George dir irgendetwas gesagt?«

Die Spur einer Veränderung war in dem einen klaren Auge auszumachen, doch Harry wurde klar, selbst wenn George sich ihm anvertraut hätte, wäre dieses Geheimnis für immer in Olivers Behinderung verloren. »Spielt keine Rolle«, besänftigte er ihn. »George war augenscheinlich so interessiert, dass er Nachforschungen betrieben hat, und es ist ihm gelungen, ein Kirchenregister auszugraben, in dem die Geburt von Roses Tochter Fanny verzeichnet ist. Ich habe es in der Truhe gefunden. Sobald ich nach England zurückkehre, habe ich vor, die Suche fortzusetzen.«

»Du willst dich doch wohl nicht mit dieser Person *bekannt* machen?« Amelia hielt die Nase hoch. »Schließlich wird sie kaum deiner Klasse angehören, und Leute ihresgleichen schrecken vor Bestechung nicht zurück. Du musst an deine Position denken, Harry! Überlege es dir reiflich, bevor du etwas Törichtes unternimmst.«

Er betrachtete sie kalt. »Rose war die Halbschwester meines Vaters und meines Stiefvaters und daher eine Cadwallader – es ist meine Pflicht nachzuforschen, was aus ihrer Familie geworden ist.«

»Und wenn du diese Menschen gefunden hast – was ist, wenn sie den Anspruch auf den Titel erheben? Denk doch nur an den Skandal, den das auslösen würde!« Sie schauderte, doch Harry hatte den Verdacht, dass es eher ergötzliche Vorfreude denn Entsetzen war.

»Roses Erben haben keinen Rechtsanspruch auf den Grafentitel«, erwiderte er steif. »Du kannst versichert sein, dass die Rangfolge gewährleistet ist.«

»Hoffentlich hast du recht«, schnaubte sie.

Harry überging ihre Stichelei. »Anscheinend hat Großvater Jonathan viele Jahre nichts von Rose gewusst, doch als er die Wahrheit aufdeckte, hat er insgeheim dafür gesorgt, dass sie und ihre Familie in eine behaglichere Kate in Cornwall umziehen konnten und ihr Mann eine sichere Arbeitsstelle bekam. Er mag ja in dem Ruf eines Lebemanns gestanden haben, aber wenn es um die Familie ging, besaß er Ehrgefühl.«

Amelia starrte ihn an, als hätte er den Verstand verloren, doch Olivers Blick blieb stetig.

Ermutigt durch diese stille Zustimmung, fuhr Harry fort: »Unser Großvater ist in New South Wales gestorben. Er war gerade auf dem Ritt hinaus zur Farm der Collinsons bei Hawks Head – ich vermute, um Susan zu treffen und ihr von seiner Entdeckung zu erzählen –, als sein Pferd strauchelte. Er wurde abgeworfen und kam ums Leben. Er plante, ein Treuhandvermögen für Rose und ihre Nachkommen einzurichten. Ich glaube, dass dieser Plan mit ihm starb, da die Papiere nie unterzeichnet wurden, denn genau die habe ich gefunden. Ich habe die Absicht, die Familie ausfindig zu machen und den Wunsch meines Großvaters zu erfüllen.«

Ophir Gold Fields, Februar 1852

Das Barackenviertel war bewohnt von bärtigen, ungepflegten Männern aus allen sozialen Schichten. Der abenteuerlustige Sohn eines Herzogs schuftete neben Schafscherern, Arbeitern, Ärzten, Matrosen und Beamten, denn die Jagd nach Gold machte alle gleich und das Leben auf den Goldfeldern in Ophir löschte Klassenunterschiede gewissermaßen aus.

Einige robuste Frauen übernahmen das Kochen, passten auf die Kinder auf und halfen ihren Männern, indem sie Handkarren von den Bergwerken an den Fluss schoben. Doch sie wurden die raue Umgebung meistens bald leid und kehrten nach Hause zurück. Die Frau, die das rohe, ungehobelte Leben überstand, gab es nur selten, und diejenigen, die blieben, verrohten aufgrund ihrer Erfahrungen und verloren bald auch den letzten Rest ihrer Weiblichkeit; sie trugen Hemden und Hosen und standen den Männern in ihrer farbigen Ausdrucksweise und der unermüdlichen Plackerei in nichts nach.

Die Lichtung am Fluss bestand aus einem Meer aus Zelten, einfachen Rindenhütten und zwischen Pfählen aufgespannten Baumwollbahnen. Ein paar stabilere Behausungen gehörten den amtlich zugelassenen Kaufleuten. Sie mussten mit den verschlagenen Alkoholverkäufern und Prostituierten konkurrieren, die sich jedes Mal in den Busch verflüchtigten, wenn die Polizei zur Kontrolle erschien. Recht und Ordnung wurden aufrechterhalten, da die Goldgräber zielstrebig von Sonnenaufgang bis Sonnenuntergang arbeiteten, und ihre Standgerichte fanden nur dann Anwendung, wenn es um Diebstahl von Gold oder Wasser ging. Religiöse Unterweisung über den Ruhetag unternahm der bärtige Pfarrer, der sich dafür auf einen Baumstumpf stellte und die Zuhörer mit feurigen Reden zu stürmischen Lobliedern anheizte.

Die Nächte waren angefüllt mit dem heiseren Gelächter derjenigen, denen es gut ging, und dem trunkenen Jammer der weniger Glücklichen, mit denen die Schnapsläden und Huren schwunghaften Handel trieben. Der Tod war allgegenwärtig – durch umstürzende Bäume, einbrechende Stollen, Schlaganfälle, Blutvergiftungen oder Wundbrand. Die Hitze flimmerte am Horizont und hing über dem Fluss; Fliegenschwärme schwebten über dem zunehmend stinkenden Lager.

Hina war an Hitze gewohnt, doch hier, mitten in diesem unbarmherzigen Land, gab es keine seichte Brise wie auf Tahiti, kein kühlendes Meer, sondern einen lauwarmen, zäh dahinströmenden Fluss und den widerlichen Schweiß, der ihn so durchweichte, dass es ihn juckte. Er betrachtete sich im Spiegel, den er in einen Baum geklemmt hatte, und zog sorgfältig das Rasiermesser über die Haut. Im Gegensatz zur Mehrheit trug er keinen Bart, denn er verabscheute es, sich schmutzig zu fühlen. Nach fast neun Monaten riefen seine zweimal durchgeführten Waschungen am Tag noch immer Kommentare hervor; die gut gemeinten Hänseleien kränkten ihn jedoch nicht.

Die schmerzhafte Spöttelei über seine braune Haut, die blauen Augen und die langen Haare waren hingegen schwerer zu überhören, und es kostete ihn einen eisernen Willen, um sein Temperament zu zügeln – denn obwohl er es wiederholt abgestritten und deshalb die ein oder andere Rauferei ausgetragen hatte, hielten ein paar Streithähne ihn hartnäckig für einen Chinesen.

Er kniff die Augen gegen den hellen Glanz der aufgehenden Sonne zusammen und wunderte sich über ihre Unkenntnis. Die wenigen Chinesen, die in den Bergwerken arbeiteten, waren von kleinem Wuchs, hatten dunkle, schräg stehende Augen, und ihre Haut war eher gelb, im Gegensatz zu Hinas Honigbraun. Offensichtlich war ihnen klar, dass sie nicht willkommen waren, denn sie hielten Distanz. Mit gesenkten Köpfen unter ihren traditionellen Hüten stöberten sie mit schwingenden Zöpfen in den Abfallhaufen herum. Für andere waren sie ein seltsamer Anblick mit ihren langen Schulterstangen und Körben, undurchdringlichen Mienen und der unverständlichen Sprache, doch Hina war mit den Hakka auf Tahiti vertraut und verstand ihre Sprache – eine Fähigkeit, die er verschwiegen hatte, denn er wusste, es würde nur weiteren Verdacht erregen.

»Diese verdammten Fliegen machen einen noch verrückt«, brummte Bones, der aus dem Zelt kroch. »Wenn sie nicht auf dir sitzen, stechen sie dich. So eine Qual habe ich noch nicht erlebt.«

»Nicht die Fliegen stechen«, korrigierte Hina ihn, der sich zu Ende rasiert hatte und jetzt die Koteletts und das Steak über dem Lagerfeuer vor dem Zelt zubereitete. »Es sind die großen fliegenden Käfer.« Er schlug sich auf den Arm, auf dem ein solches Geschöpf sich niedergelassen hatte. Es flog fort, nur um kurz darauf zurückzukommen.

»Ich habe gesehen, wie Männer verrückt wurden – sie rannten nackt und schreiend in den Fluss und zerrten an ihre Haut –, und ich stehe kurz davor, es auch zu tun.« Bones zog die Ärmel seines karierten Hemdes herunter und knöpfte es bis zum Hals zu, bevor er sich den breitrandigen Hut aufsetzte. »Verdammte Viecher!«, knurrte er. »Man kann sich noch so bedecken, sie finden immer eine freie Stelle.«

Die Steaks, Koteletts und das Buschbrot waren rasch verzehrt, denn es war ein Wettkampf gegen die Fliegen, die über jeden Brocken herfielen. Nachdem das Frühstück beendet war und sie sich an heißem, süßem Tee erfrischt hatten, nahmen sie ihre tägliche Routine auf.

Hina packte die Schaufel, sprang in das Loch und begann zu graben. Während der Haufen am Rand des Loches anwuchs, belud Bones den Handkarren und brachte die Erde an den Fluss, wo sie in Siebe geschaufelt und gewaschen wurde, bis nur die größten Sedimentstücke übrig blieben. Hina sah von diesem Vorgang aufgrund seiner Kraft und Ausdauer nur wenig, denn er verbrachte seine Tage unter der Erde. Zum Glück wurde das Gold, das in dem Sieb glitzerte, gerecht aufgeteilt, und bei drei Pfund pro Unze hatte er ein ansehnliches Sümmchen versteckt.

Mittags tauchte er auf und zog sich das Hemd aus. Sein goldener Oberkörper glänzte vor Schweiß, und nachdem er in den Fluss getaucht war, ging er zu den anderen, um zu sehen, was sie gefunden hatten.

»Es geht langsam«, knurrte Bones. »Eine Tonne Erde ist zu bewegen, und wir haben erst ungefähr anderthalb Unzen gefunden.«

»Du wirst gierig«, sagte Hina und streckte den Rücken. »Manche finden gar nichts. Aber ich gebe zu, es geht langsam; vielleicht sollten wir uns überlegen, andere mit ins Boot zu holen.« Er betrachtete das Treiben am Ufer. Die meisten Goldgräber arbeiteten zu viert oder sechst zusammen, doch auch das war keine Garantie für Erfolg. »Aber wem können wir trauen?«

»Genau das ist der Haken«, stöhnte Bones und wischte sich über die sonnenverbrannte Stirn. »Den meisten würde ich nicht über den Weg trauen.«

»Ich glaube allmählich, es wird Zeit, dass wir –« Hina wurde durch einen Ruf unterbrochen.

»Vorsicht!«

Sie drehten sich um und sahen ihren vor kurzem eingetroffenen Nachbarn, der sich abmühte, ein durchgehendes Maultier unter Kontrolle zu bekommen. Das Tier bäumte sich auf und wehrte sich gegen die Zugriemen des Karrens und den festen Griff des Mannes am Zügel. Der Karren fiel krachend über das Loch und schloss am Ende alle ein, die darin waren. Er schnitt das Tier frei, und es rannte in den Fluss, wobei es auf seiner stürmischen Flucht Pfannen, Schwingtröge und Menschen verstreute.

»Verflucht!«, krächzte er und schlug sich mit seinem kalifornischen Hut auf den Schenkel, bevor er versuchte, den Wagen zu bewegen. Er schaute zu Hina und Bones hinüber. »Helft ihr mir? Den krieg ich nicht allein von der Stelle.«

Bones nahm das Sieb und gab sich den Anschein, beschäftigt zu sein, Hina erkannte, dass er ohnehin nicht von großem Nutzen wäre, und lief hinüber, nachdem er Bones aufgetragen hatte, das Maultier einzufangen. Er drückte die Schultern gegen den Wagen, und gemeinsam gelang es ihnen, ihn aufzurichten.

»Ich habe zwei Kumpel da unten«, sagte der Amerikaner schleppend. »Wir werden Hilfe brauchen.«

»Einsturz!«, rief Hina. »Zwei Männer begraben!« Bones rannte herbei, rasch schlossen andere sich ihm an.

Die Stille war unheimlich. Sie verzichteten auf den Gebrauch von Spitzhacken und Schaufel und begannen hektisch mit den Händen zu graben. Ein Einsturz war keine Seltenheit und ging für gewöhnlich tödlich aus. Sie hatten es alle schon erlebt und wussten, ihnen blieben nur wenige Minuten, um die Männer zu finden und herauszuholen.

Stunden schienen vergangen, in denen sie in der Erde gewühlt hatten, als Hinas Finger etwas berührten. Eine Hand. »Hier«, keuchte er und strengte sich noch mehr an.

Die Art, wie sie die Erde aushoben, hatte etwas Stilles, Verzweifeltes an sich, und Hinas beeindruckende Kraft und sein Durchhaltevermögen stießen an ihre Grenzen. Als die Arme des Mannes vollends freigelegt wurden, packte Hina sie und begann zu ziehen, während die anderen hastig gruben, um den langsam auftauchenden Oberkörper frei zu schaufeln.

Endlich gab die Erde ihn auf. Hina sah, dass er kaum noch atmete, als er weggetragen wurde. Doch es blieb keine Zeit für eine Pause: Sie mussten einen weiteren Mann suchen.

»Ich sehe ein Hemd. Da.« Der Amerikaner kratzte wie wild zu beiden Seiten eines blau-rot karierten Stoffteils.

Hina packte das Hemd, doch es zerriss in seiner Hand. Nach weiterem Graben kamen Knöpfe zum Vorschein, ein Hals und dann – zuletzt – ein bärtiger Kiefer und ein blutleeres Gesicht. Die Augen waren geschlossen, es gab kaum ein Lebenszeichen, und der geöffnete Mund war voll Erde. Hina nahm die letzte Kraft zusammen, um den Verschütteten herauszuhieven, doch er fürchtete, dass er zu spät gekommen war.

Der Amerikaner sank auf die Knie und holte den Dreck aus Mund und Nase des Mannes. Der Mann lag still, der offene Mund und der schlaffe Kiefer sprachen seinen Bemühungen Hohn. »Komm schon, atme, verdammt!« Er setzte ihn auf, schüttete Wasser in seinen Hals und schlug ihm fest auf den Rücken.

Der Oberkörper des Mannes tat einen Ruck, die Augen gingen auf, und er schnappte mächtig nach Luft, bevor er sich erbrach. Ein Seufzer der Erleichterung lief durch die Zuschauer, dann waren sie verschwunden. Das Drama war vorbei, niemand war zu Tode gekommen, und man musste Gold finden – es hatte keinen Sinn, Tageslicht zu vergeuden.

»Was zum Teufel ist passiert?« Der Mann, der noch immer angeschlagen war, spuckte den letzten Rest Erde aus und richtete sich auf, um in gierigen Zügen aus dem Wasserschlauch des Amerikaners zu trinken.

»Das blöde Maultier ist von einem Käfer gestochen worden. Der Karren ist auf den Erdhaufen geprallt und hat seine Ladung abgekippt, die das Loch verstopft hat.«

»Wo ist …?«

»Man kümmert sich um ihn.« Mit dem Kopf deutete er auf die Schar auffallend bunt gekleideter Frauen. »Ich würde glatt einen Cent gegen einen Dollar setzen, dass wir ihn für den Rest des Tages nicht mehr zu sehen kriegen.«

Hina betrachtete die Frauen und vermutete, dass er recht hatte, denn im Laufe der Monate war ihm aufgefallen, dass der Mann das Zelt der Frauen regelmäßig aufsuchte. »Besser, die Arbeit eines Nachmittags zu verlieren als dein Leben«, murmelte er. »Sie können ihm nicht vorwerfen, dass er feiern will.«

Ein Netzwerk aus feinen Lachfältchen zerknitterte die Augenwinkel des Amerikaners, der sich die Hände an der Hose abwischte und sich seinen eigenartig hohen Hut mit breitem Rand auf die zerzausten Haare setzte. »Wir schulden Ihnen wohl alle ein Dankeschön«, schnarrte er in wohltönendem Bass. »Ich heiße Howard Repton der Dritte.«

Dabei schüttelte der Amerikaner überschwänglich Hinas Hand.

Howard half seinem Freund auf die Beine. »Das hier ist Fergal Molony, und der Frauenheld da drüben ist sein Kumpel James Tyler.«

Der Tag verlief ohne weitere Zwischenfälle. Sobald die Sonne unterging, schlenderte Hina an den Fluss, um sein rituelles Bad zu nehmen. Es tat gut, sich den Dreck und Schweiß des Tages abzuwaschen, sich in lauwarmem Wasser zu suhlen, das wie Seide über seinen Körper rann. Jetzt fehlte ihm nur noch Puaiti, die ihm die Haare kämmte, den Körper ölte und ihm die Schmerzen des Tages nahm, wenn sie ihn liebte.

Mit enttäuschtem Stöhnen beendete er die Waschung und zog die nasse Leinenhose über, die er zuvor gewaschen hatte. Er hatte nie an den zweifelhaften Freuden teilgenommen, denen James Tyler frönte, und es tat ihm nicht gut, an die Heimat und die schöne Puaiti zu denken. Er war hier, um das Gold zu finden, das ihren Vater dazu bewegen würde, ihrer Heirat zuzustimmen. Sie hatte versprochen, auf ihn zu warten, doch hatten sie beide nicht damit gerechnet, dass es so lange dauern würde. Mit jedem Tag, der verging, machte er sich größere Sorgen, denn Puaiti hatte viele Freier zur Auswahl.

Entschlossen, alle Gedanken an sie beiseitezuschieben, griff er nach dem frisch gewaschenen Hemd und den schlammigen Schuhen und ging wieder ins Lager. Bones dürfte inzwischen ihr Gold an den Kaufmann verkauft haben, und er wollte seinen Anteil zählen. Es war höchste Zeit, wieder nach Hause zurückzukehren.

Als er näher kam, sah er den Amerikaner und seine Freunde, die es sich am Lagerfeuer bequem gemacht hatten. Er würde also noch warten müssen, um Bones seine Entscheidung mitzuteilen. Er hängte das nasse Hemd über einen Ast und setzte sich. Howard Repton der Dritte redete, und seine tiefe, schleppende Stimme dröhnte in der Nachtluft, während Bones das Abendessen kochte.

»Kann sein, dass es damals, 1849, in den kalifornischen Bergwerken rau zuging mit den Lynchbanden und allem, aber wenigstens hatten wir nicht diese verflixten Dinger, die uns den ganzen verdammten Tag lang fressen.« Er schlug mit seinem Hut nach einem Moskitoschwarm, aber mit wenig Erfolg.

Der Amerikaner faszinierte Hina, und er ließ das Gerede über sich ergehen, um ihn näher zu betrachten.

Howard war ein hochgewachsener, kantiger Mann mit stechenden Augen und beinahe lässigen Bewegungen, die, so vermutete Hina, eine jederzeit abrufbare Energie verdeckten. Sein Gesicht über dem sauberen Spitzbart und dem hängenden Schnurrbart war verwittert und ließ ihn vielleicht älter erscheinen, als er war, und das wirre braune Haar reichte bis an seinen Kragen.

Er trug eine Hose aus dunkelblauem Köper und ein kariertes Hemd, darüber eine schicke Weste, an deren oberem Knopf die Kette einer Taschenuhr befestigt war. Um seine Taille hatte er einen fein gearbeiteten Gürtel mit Silberschnalle, in die ein Stein in der Farbe der Gewässer vor Tahiti eingelassen war. Derselbe Stein schimmerte im schweren Ring, den er am kleinen Finger seiner linken Hand trug, und um den Kopf seines eigenartigen Hutes war eine Schlangenhaut geschlungen. Hina betrachtete die gepunzten Stiefel mit den kleinen, dicken Absätzen, fragte sich, wie er darin laufen konnte, und kam zu dem Schluss, dass der

Mann ein Rätsel war, noch dazu ein ziemlich exotisches. Er richtete seine Aufmerksamkeit wieder auf die Unterhaltung.

»Ich weiß noch, damals, 1849, wie die kleinen Damen in ihren Einspännern zu uns herauskamen, um uns zu unterhalten. Die waren erstklassig, verglichen mit denen hier, und Lucy Culpepper hielt sie gut in Schuss, daran erinnere ich mich. Das alte Mädchen wusste im Leben Bescheid und hat im Handumdrehen jede Art von Schwindel unterbunden. Ein Schuss, und wir wussten, wir kriegen Ärger, denn sie war bekannt dafür, dass sie in rasantem Tempo das Herz aus einem Geldstück herausschneiden konnte.« Er lächelte und schüttelte den Kopf. »Es geht doch nichts über die gute alte amerikanische Gastfreundschaft.«

»Oh, ich weiß nicht«, brummte Fergal. »Du solltest mal an einem Samstagabend in einer Kneipe in Galway sein – das nenne ich Gastfreundschaft.«

»Ja, kann ich mir vorstellen. Ich habe ein paar Landsleute von dir kennengelernt, und sie wissen, wie man seinen Spaß hat. Aber unser Bier ist besser, außerdem kälter.«

Fergal schnaubte. »Sieht aus wie Pisse und schmeckt auch so, wie ich gehört habe«, entgegnete er. »Du hast offenbar noch nie den Nektar eines schäumenden Guinness probiert.«

Howard wirkte nachdenklich. »Ich glaube, ich bevorzuge Roggenwhisky – das nenne ich ein Männergetränk.« Bevor Fergal etwas entgegnen konnte, wandte er sich an Hina. »Ich habe Fergal und James vor drei Monaten weiter flussaufwärts getroffen«, erklärte er. »Wir streiten immer über irgendetwas, mach dir also nichts daraus.« Er zündete sich einen Stumpen an. »Du bist ziemlich weit von zu Hause weg, Hina. Wie kommt das?«

»Ich bin mit Bones abgehauen«, antwortete er. »Aber unsere Heimat ist nicht so weit weg wie deine oder die deiner englischen Freunde.«

»Ich bin Ire«, knurrte Fergal, und seine dunklen Augen blitzten. »In mir gibt es keinen Knochen und keinen Tropfen Blut, der englisch ist, das kann ich dir sagen.«

»Entschuldigung«, sagte Hina sogleich. In seiner Unkenntnis hatte er ihn offenbar beleidigt, und er hatte nicht den Wunsch, sich diesen mürrischen Mann zum Feind zu machen.

Ein angespanntes Schweigen folgte, doch dann zuckte Fergal mit den Schultern. »Du konntest es nicht wissen«, sagte er widerwillig.

»Ich bin Engländer«, sagte James, »aber ich bin vor einigen Jahren nach Australien gekommen und habe mich westlich von hier auf einer Landparzelle niedergelassen.«

»Hast du Familie dort?«

James nickte. »Mein Sohn wurde geboren, kurz bevor Fergal und ich nach Bathurst aufbrachen.« Ein abwesender Ausdruck trat in seine Augen. »Nathaniel muss inzwischen acht Monate alt sein.«

»Du hast auch eine Frau und eine Tochter«, mahnte Fergal ihn.

»Und? Was geht dich das an?«

Fergal hob die Schultern.

Bones, der sechs Kinder und eine Frau hatte, die andauernd herumnörgelte, wenn er tatsächlich einmal den Mut aufbrachte, nach Hause zu gehen, schaltete sich in das unangenehme Schweigen ein. »Es fällt immer schwer, Kinder zurückzulassen. Ich vermute, ihr brecht bald auf, um sie wiederzusehen.«

James schüttelte den Kopf. »Ich habe noch nicht genug Gold gefunden. Aber wenn, dann verschwinde ich so schnell, dass ihr mich vor lauter Staub nicht mehr erkennt.«

Diese Feststellung klang vertraut, und alle erkannten in ihr die Aussage eines Mannes, der nie zufrieden sein würde, bis er den großen Klumpen gefunden hätte.

»Das werde ich«, beharrte James, als das Schweigen andauerte und die anderen seinem Blick auswichen. »Ihr werdet schon sehen.

Ich brauche nur eine gehaltvolle Ader, und dann bin ich ein für alle Mal weg.«

»Ganz bestimmt«, murmelte Howard mit Kautabak im Mund. Sein Blick ruhte auf Hina. »Vermutlich seid ihr alle aus Polynesien, aber von welcher Insel?«

»Tahiti.«

»Ach«, seufzte er. »Tahiti. Die Insel mit den schwankenden Palmen und dem schwarzen Sand, mit *wahinis*, Kokosnüssen und den größten, dunkelsten Perlen.« Howard lehnte sich mit dem Rücken an den Baumstumpf, die Hände hinter dem Kopf, die langen Beine von sich gestreckt.

Hinas Herz schlug schneller. »Warst du auf Tahiti?«

»Nur in meiner Phantasie«, gab er kleinlaut zu. »Wegen einer Kleinigkeit, die ich vor ein paar Jahren in die Hand bekommen habe. Aber ich habe vor, eines Tages hinzufahren – vielleicht auf meinem Rückweg nach Texas.« Mit bedächtigem Lächeln, das von bevorstehender Freude kündete, nickte er, als wolle er seinen Plan bestätigen. Als er nach seiner Satteltasche griff und vier Säckchen herausnahm, war Tahiti vergessen. »Ich habe Geschenke mitgebracht«, erklärte er. »Hier ist Zucker, Salz, Tee und Mehl – unsere Art, uns für eure Hilfe heute zu bedanken.«

»Vielen Dank«, sagte Bones, der die Beutel an sich riss und schnell in einer Blechtruhe im Zelt verstaute. Er trat wieder ans Feuer, zurück zu der Mahlzeit, die er zubereitete.

»Nun«, sagte Howard, »ich weiß nicht viel über euch, aber ich könnte einen halben Stier verdrücken. Wann ist das Essen fertig?«

»Jetzt«, knurrte Bones und verteilte ein großes Steak, das der Amerikaner in ein Stück Buschbrot klemmte, bevor er kräftig zubiss.

»Das schmeckt gut«, sagte er mit vollem Mund, »aber es ist lange nicht so zart wie die Steaks in Amerika.«

»Wenigstens haben wir Steak«, entgegnete Bones, der es deutlich leid war, ständig mit anzuhören, dass in Amerika alles größer, besser und schmackhafter sei. »Hier gibt es manche, die wochenlang kein Fleisch gegessen haben.«

»Ja, ich weiß.« Howard biss noch einen großen Happen ab und begann zu kauen. »Es wird schwerer, das Gold zu finden, und jetzt, da wir ein Pfund und zehn Schillinge für die Schürfkonzession zahlen müssen, wird die Lage noch härter.«

»Wir finden noch immer mehrere Unzen am Tag«, sagte Fergal, »und wenn diese neuen Konzessionsgesetze weniger Goldgräber bedeuten, umso besser.«

»Ich schätze, die Agitatoren werden die Sache schon regeln«, murmelte Bones zwischen Buschbrot und Kotelett. »Es geht doch nichts über ein bisschen Scharfmacherei an einem Sonntagnachmittag, um die Goldsucher aufzuwiegeln; und es wird nicht lange dauern, bis die Regierung einknickt.«

»Die Lage muss sich auf jeden Fall ändern«, meldete James sich zu Wort. »Ich zahle für das Schürfrecht mehr als für die Bewirtschaftung von zwanzig Quadratmeilen Weideland. Es ist nicht fair, dass wir bei den Gesetzen, die verabschiedet werden, nichts zu sagen haben.«

»Da muss ich dir recht geben«, knurrte Bones, der versuchte, sich Essen in den Mund zu stopfen, bevor es von sirrenden Insekten übersät war. Angewidert spuckte er eins aus. »Selbst die Ladenbesitzer beklagen sich, und niemandem gefällt es, von der Polizei durch die Straßen geschleppt zu werden, weil er den ungeheuerlichen Geldbetrag nicht aufbringen kann, der uns abverlangt wird. Pfund um Pfund arbeiten wir für einen Hungerlohn, und ehrlich gesagt habe ich die Schnauze voll.«

Hina hatte schon vermutet, dass Bones das Leben in Ophir leid war, denn es war für jeden schwer, erst recht für jemanden in seinem Alter. Das war die Gelegenheit, auf die er gewartet hatte. »Wann gedenkst du denn aufzubrechen?«

»Ende der Woche«, erwiderte Bones und warf den Rest des

von Fliegen übersäten Essens beiseite. Er trank einen Schluck aus der allgegenwärtigen Rumflasche. »Ich habe genug von Hitze und Fliegen, ich will das Schaukeln eines Schiffes unter mir spüren und Salzgeruch in der Nase haben.« Er betrachtete die Flasche und verzog das Gesicht. »Anscheinend vertrinke ich mein Geld so schnell, wie ich es verdiene.«

Hina wollte ihm schon sagen, er werde mit ihm gehen, als Howards Stimme ihn überfuhr. »James, Fergal und ich sind der Meinung, das Gold ist hier fast ausgeschöpft. Wir müssen von Tag zu Tag tiefer graben, und die Grabungen sind kaum der Mühe wert, deshalb schätze ich, wir sollten unser Glück in Ballarat oder Bendigo versuchen.«

»Ich habe gehört, dass es bis dorthin eine lange Reise ist«, sagte Hina.

»Das stimmt.« Der Amerikaner nahm die Uhr aus seiner Westentasche. »Aber wenn ein Mann beherzt ist und abenteuerlustig, erscheint sie kurz.«

Hina fiel auf, wie das goldene Gehäuse schimmerte, wie der Stein in der Mitte den Feuerschein einfing.

»Offensichtlich gefällt dir meine Uhr«, sagte Howard stolz.

»Sie ist sehr schön«, stellte Hina fest.

»Auf jeden Fall. Ich habe sie 1849 von einem Bergarbeiter gekauft, den das Glück verlassen hatte. Er wollte sie nicht verkaufen, aber ich habe ihm ein Angebot gemacht, das er nicht ablehnen konnte.« Er grinste und streichelte die Uhr mit seinen großen Händen. »So mancher Mann würde ein Vermögen dafür zahlen, aber sie ist mein Glücksbringer, und nichts und niemand wird mich von ihr trennen.«

Hina fing James' Blick auf, als der Amerikaner das Gehäuse aufschnappen ließ. Vielleicht amüsierte auch er sich darüber, dass ein gestandener Mann wie Howard sich in eine Taschenuhr verlieben konnte. Sie war schön und zweifellos wertvoll, aber es war nur eine Uhr.

Doch als er sich anschickte, das Lagerfeuer zu verlassen, um es mit der relativen Bequemlichkeit seiner Decken zu tauschen, sah er das Bild, das sich in das Gehäuse schmiegte. Unfähig, sich zu bewegen oder zu sprechen, starrte er es einfach nur an. In dem Augenblick wurde ihm klar, dass er nicht Ende der Woche mit Bones fortgehen würde.

Eden Valley, Februar 1852

Ruby mühte sich mit einem störrischen Mutterschaf ab und versuchte, das dumme Geschöpf auf den Rücken zu drehen, um es zu scheren. Sie packte es am Genick und dem wolligen Rücken, hob es an und warf es zu Boden, den Hals fest zwischen die Knie geklemmt. »Gut, du Trotzkopf«, keuchte sie. »Nun wollen wir doch mal sehen, wer hier der Boss ist.«

Schweiß stach ihr in die Augen, ihre Haare lösten sich aus den Nadeln, doch sie begann, die dicke Wolle zu scheren. Über zweitausend Schafe waren zu bewältigen, und sie hatten erst die Hälfte geschafft. Die Sonne brannte, die Schafe blökten, und der Staub verstopfte ihre Nase. Die Schafschur war ihr einmal schwer von der Hand gegangen, doch nach langer Übung konnte sie inzwischen ebenso schnell arbeiten wie die anderen.

Nachdem das Schaf geschoren war, scheuchte sie es durch das schmale Tor ins Desinfektionsbad. Der Neue in Eden Valley tauchte es dort in die widerliche Brühe und zog es wieder heraus. Ruby machte eine Pause, wischte sich den Schweiß aus dem Gesicht und trank einen großen Schluck Wasser, während sie ihn beobachtete. Tommy Saddler war sechzehn und hatte sich trotz seiner fohlenhaften Magerkeit als starker, williger Arbeiter erwiesen. Vor einem Monat war er auf Arbeitssuche nach Eden Valley gekommen, und Ruby hatte ihn sofort ins Herz geschlossen. Er besaß die Offenheit eines Landjungen und einen gesunden Menschenverstand. Er wisse nur wenig über Schafe, sei aber bereit zu lernen, hatte er erklärt.

Mit einem kurzen Blick auf die Kinder, die fröhlich in den Grenzen eines überschatteten Pferchs aus Stoffbahnen spielten, holte sie tief Luft und machte sich wieder an die Arbeit. Sie alle hatten beim Aufbau der besonderen Schurpferche Hand angelegt, und obwohl sie nur wenig Ähnlichkeit mit dem großen Schurschuppen auf Moonrakers hatten, erfüllten sie ihren Zweck. Der Sammelpferch führte in den Schurpferch, in dem sie arbeiteten, der wiederum führte zur Tauchgrube und auf die Weide, auf der die geschorenen Tiere ihre Demütigung herausblökten. Ein Dach gab es nicht, keinen Schutz vor der unbarmherzigen Sonne, doch Ruby schöpfte ihre Kraft aus dem Wissen, dass die zahlreichen Frühjahrslämmer gediehen und der zu erwartende Wollscheck vielleicht hoch genug ausfallen würde, um das Geld zurückzuzahlen, das James auf die Wollschur geliehen hatte, und trotzdem etwas zurückbliebe, um das Lager wieder aufzufüllen, sobald das Schlachtvieh verkauft war.

Die Sonne versank schnell, als die letzten Tiere an diesem Tag durch die Tauchgrube gingen und ins Gras sprangen. Ruby entspannte ihren Rücken und nahm den Hut ab, um die kühlende Brise durch ihr schweißnasses Haar wehen zu lassen. »Das wär's«, sagte sie, stolz auf das Tagewerk. »Kommt, wir haben unser Essen verdient.«

Sie lächelte Kumali zu, die wie üblich unter einem Hustenanfall litt, und legte zärtlich einen Finger an die zerknitterte Wange des schlafenden Kindes im Tragriemen. Mookah war sechs Monate alt und sehr klein, hatte einen rostbraunen Haarschopf und hellbraune Haut. »Sieht so aus, als hätte jemand einen harten Tag hinter sich«, sagte sie ironisch. »Aber du hast dich tapfer geschlagen, Kumali. Ich weiß nicht, wie du es schaffst, so schnell zu arbeiten, obwohl du Mookah fest an dich gebunden hast.«

Kumali lächelte liebevoll. »Sie ist nicht schwer.« Sie hob den quengelnden Natjik hoch und balancierte ihn auf einer Hüfte, wo er seine strammen Beine baumeln ließ. »Nicht wie Natjik«, sagte sie und verzog das Gesicht.

Ruby ging in die Hocke, und die schmuddelige Violet rannte mit voller Wucht in ihre Arme. In ein paar Monaten würde sie zwei, ihr stämmiger Körper war der Beweis, dass sie mit der robusten Gesundheit ihrer Mutter gesegnet war. Ruby wurde warm unter ihren Küssen und den winzigen Armen, die sich um ihren Hals schlangen, denn sie waren kostbarer als jeder Wollscheck und erfüllten sie mit einer so tiefen Liebe, die ihr oft selbst Ehrfurcht einflößte. Sie hob den schläfrigen Nathaniel hoch, küsste sein schmutziges Gesicht und drückte ihn an sich. Violet nahm ihre Hand, und Ruby trat den Heimweg an, begleitet von kindlichem Gebrabbel.

Der Herd hatte wie durch ein Wunder die schreckliche Überschwemmung vor zwei Jahren überlebt, doch Ruby hatte beschlossen, ihr Glück nicht weiter herauszufordern, und die gesamte Außenküche auf höheres Gelände verlegt. Sie hatten den Hammelbraten und das gebackene Gemüse verschlungen, und nach seiner rituellen Pfeife nach dem Abendessen nahm Duncan seine Familie mit in die Hütte, die er zwischen den Bäumen gebaut hatte, während Tommy wieder auf die Weide am Berg zurückkehrte und sich unter seine Decke legte.

Ruby küsste ihre Kinder, steckte sie ins Bett und schwelgte in dem warmen, sauberen Geruch ihrer frisch gewaschenen Haut und der Nachthemden. Sie blieb noch bei ihnen, beobachtete, wie Violets Augenlider flatterten, während sie gegen den Schlaf ankämpfte, und sie die winzigen Fäuste unter dem Kinn ballte. Eine überwältigende Traurigkeit überfiel sie, als sie sich abwandte. Violet fragte nie danach, wohin ihr Vater gegangen war, und Nathaniel war zu jung gewesen, um ihn überhaupt zu kennen. Es war, als existiere James für seine Kinder nicht, und nachdem neun lange Monate vergangen waren und sie nichts von ihm gehört hatte, sah es so aus, als hätte er seine Familie vergessen.

Sie nahm Seife, Handtuch und ihr Nachthemd und verließ die Hütte. James war ein Narr, so wie sie eine Närrin war, überhaupt jemals an seine Liebe geglaubt zu haben. Sie hatte bewiesen, dass sie ohne ihn leben konnte – warum sollte sie also wertvolle Zeit vergeuden, ihn nach Hause zu zwingen? Weil er ihr Mann war. Weil sie ihr Eheversprechen abgelegt und die Absicht hatte, es einzuhalten. Weil sie ihn einmal geliebt und er ihr Nathaniel und Violet geschenkt hatte.

Nicht willens, sich durch die schwelende Wut den schönen Abend verderben zu lassen, machte sie sich auf den Weg zum Fluss. Sie zog die Stiefel aus, stellte sich ans Ufer und wackelte genüsslich mit den Zehen im feuchten, kühlen Gras. Sie zog die Nadeln aus dem Haar, ließ es über den Rücken fallen, streifte die Moleskinhose und das Hemd ab, die sie inzwischen immer trug, und glitt ins mondhelle Wasser.

Es war so kalt, dass sie nach Luft rang, doch sie tauchte unter, und als sie wieder an die Oberfläche kam, spürte sie die Kälte nicht mehr. Nachdem sie sich die Haare gewaschen und sich selbst mit Kernseife abgeschrubbt hatte, legte sie sich ins seichte Wasser. Der Strom zog an ihrem Haar, bis es hinter ihr driftete und die vom Mond vergoldeten kleinen Wellen den restlichen Schweiß und Schmutz vom Tage abspülten.

Sie schaute in den nächtlichen Himmel, der von Sternen übersät war. Der Mond war rund, keine einzige Wolke verdarb seine Vollkommenheit. Wie unbedeutend sie doch angesichts dieser Pracht war, wie einsam im großen Schweigen, das nur durch das Geräusch des Wassers und das Schlagen von Fledermausflügeln durchbrochen wurde!

Vielleicht sollte ich mich einsam fühlen und Angst haben, dachte sie, aber wozu? Ich bin Teil des Ganzen, und alles ist ein

Teil meiner selbst – ich gehöre hierher. Sie lächelte zum Mond auf und wusste, dass Großmutter Nell irgendwo in dem Himmel ebenfalls lächelte.

»Ist dir da drin nicht kalt?«

Ruby fuhr auf; ihre Hände suchten krampfhaft die Nacktheit zu bedecken, als sie die fremde Stimme hörte. »Wer ist da?«

»Wer sonst soll es sein, wenn nicht ich.« Er tauchte aus dem Schatten auf.

»Finnbar Cleary, wie kannst du es wagen!«, schrie sie. »Dreh dich auf der Stelle um!«

Er grinste noch immer, als er sich abwandte. »Ach«, sagte er, »ich habe dich schon einmal nackt gesehen.«

»Ich war sechs«, polterte sie. »Inzwischen hat sich einiges verändert.«

»Ja, das ist mir aufgefallen.« Seine Stimme bebte vor Lachen.

Ruby warf die Seife nach ihm und empfand nur eine leichte Genugtuung, als sie ihn am Hinterkopf traf.

»Au«, protestierte er. »Warum machst du das?«

»Du kannst froh sein, dass ich mein Wurfmesser nicht griffbereit habe«, knurrte sie, während sie das Nachthemd überzog und ihre Kleider aufsammelte.

»Das ist alles andere als eine Begrüßung nach all den Jahren, Ruby. Bist du noch nicht angezogen? Ich habe es allmählich gründlich satt, die Bäume anzusehen.«

Statt sich nach ihrem Bad frisch und belebt zu fühlen, war sie wütend und hochrot vor Verlegenheit. Sie stapfte das Ufer hinauf, ihr Bündel an die Brust gedrückt, und rammte ihm einen Finger in den Rücken. »Was zum Teufel denkst du dir bloß dabei, zu dieser Nachtzeit unangekündigt hier aufzutauchen und den Leuten beim Baden zuzusehen? Erkläre dich, Finn Cleary! Und es sollte schon plausibel sein.«

Er rieb sich die Stelle, an der sie ihn gestoßen hatte. »Du hast eine mächtige Kraft in dem Finger, Ruby, alle Achtung! Ich wäre nicht überrascht, wenn du mir die Rippen gebrochen hättest.«

»Ich schlage dir den Kopf ein, wenn du mir keine ehrliche Antwort gibst.«

Seine Augen lachten noch immer, und sein Mund zuckte, als er sie anschaute. »Tut mir leid, wenn ich dich gestört habe, und verzeih, wenn ich dich erschreckt habe.«

Ruby war noch nicht willens, ihm zu verzeihen, denn er wirkte nicht im Geringsten zerknirscht, was seine folgenden Worte bewiesen.

»Aber du hast da in dem Wasser schön wie eine Nymphe ausgesehen, wie das Haar auf der Oberfläche trieb und deine Haut vom Gold des Mondes berührt war.«

Sie konnte ihm nicht in die Augen sehen, und obwohl sie ihn für seine Unverschämtheit am liebsten geohrfeigt hätte, spürte sie ein Lachen in sich aufsteigen. »Finnbar Cleary, du bist unmöglich«, platzte es aus ihr heraus.

»Ach, Ruby, du bist ein Anblick für wunde Augen, das kann ich dir sagen, und ich verspreche, dass ich nicht lange hingeschaut habe.«

»Darauf würde ich keine Wette abschließen.« Sie brach in lautes Gelächter aus. »Du kannst immer noch schmeicheln und glaubst, dass du dir alles erlauben kannst, solange du lächelst und die Augen blitzen lässt. Du hast dich kein bisschen verändert.«

»Das nehme ich als Kompliment.« Er zog seinen ramponierten Hut und verneigte sich. »Nachdem wir jetzt alle Feindseligkeiten begraben haben, willst du mich denn nicht mit einer Tasse Tee und etwas zu essen willkommen heißen, wie es sich gehört? Ich habe einen schrecklichen Weg hinter mir und könnte ein Pferd verspeisen.«

»Du kriegst Hammelfleisch und musst dich damit begnügen«, murrte sie. Da sie nicht länger widerstehen konnte, schlang sie einen Arm um seine Taille und drückte ihn. »Oh, Finn«, seufzte sie, »du bist eine absolute Nervensäge, aber ich bin so froh, dich zu sehen!«

»Das beruht auf Gegenseitigkeit, Ruby. Es ist so lange her. Aber würde es dir etwas ausmachen, deine Stiefel nicht in meine Rippen zu bohren? Ich habe für heute Nacht genug gelitten.«

Sie merkte, dass ihr Bündel zwischen ihnen zerquetscht wurde, und zog sich zurück. »Ich hatte ja keine Ahnung, dass du so zartfühlend bist«, spottete sie.

Er rieb sich die Magengrube und verzog das Gesicht. »Nur wenn ich Hunger habe. Können wir jetzt essen?«

»Du bist genauso schlimm wie meine Kinder«, sagte sie liebevoll. »Ich will mich erst anziehen. Dann versorge ich dich, und du kannst mir erzählen, warum du hier bist, und das Neueste von zu Hause berichten.«

Sie schnitt das kalte Hammelfleisch in Scheiben, die sie mit Roter Bete, Tomaten aus dem Garten und ein paar rasch gebratenen Kartoffeln auf einem Teller anrichtete. Finn erzählte ihr beim Essen die Neuigkeiten von ihrer Familie, und seine phantasievollen Schilderungen malten Geburtstagsfeiern, Weihnachten und die Hochzeiten zweier entfernter Vettern in so schillernden Farben aus, dass Ruby das Gefühl hatte, selbst dabei gewesen zu sein.

Ein großer Becher Tee und jede Menge Buschbrot füllten alle noch verbliebenen Löcher. Schließlich wischte er sich mit dem Handrücken den Mund ab und entspannte sich. »Das ist schon besser«, murmelte er und stopfte sich eine Pfeife.

»Das will ich meinen. Du hast für zwei gegessen.«

Er überhörte ihren Seitenhieb und paffte genüsslich seine Pfeife, lehnte sich auf dem Stuhl zurück und schaute auf die Spiegelung des Mondes im Fluss.

Trotz ihrer Bemerkung hatte Ruby ihm gern beim Essen zugeschaut. Es war schön, ihn nach so vielen Jahren wiederzusehen, und während sie in einvernehmlichem Schweigen dasaßen, nutzte sie die Gelegenheit, ihn eingehender zu betrachten. Finn war ihrer Schätzung nach zweiunddreißig – sah noch immer gut aus, besaß noch immer viel Charme und hatte die festen Muskeln und tüchtigen Hände eines Mannes, der schwere Arbeit gewohnt war. Seine schwarzen Haare waren dicht und lockig, die Wimpern dunkel, die blauen Augen schelmisch wie eh und je, und die Furchen in den Winkeln zeugten beredt von seinem Humor und von vielen Stunden in der Sonne.

Kein Wunder, dass ich mich damals in ihn verliebt habe, überlegte sie. Lächelnd dachte sie daran, wie sie ihn geplagt hatte, mit ihr zu spielen und sie herumzutragen, wie bewundernd sie zu ihm aufgeschaut und sich gewünscht hatte, er würde sie zur Kenntnis nehmen, wie geduldig er mit dem kleinen, zehn Jahre jüngeren Mädchen gewesen war, das er zweifellos als Fluch betrachtet hatte.

»Was ist so lustig?«

»Nichts.« Er hob eine dunkle Augenbraue, und als sie merkte, dass er es nicht auf sich beruhen lassen würde, beschloss sie zu flunkern – sein Selbstbewusstsein war ausgeprägt genug. »Ich dachte gerade daran, wie du mit Grandma Nell an ihrem letzten Geburtstag getanzt hast«, sagte sie. »Du hast sie an Grandpa Billy erinnert, weißt du, und ich bin froh, dass sie Gelegenheit hatte zu tanzen, bevor sie …«

Seine Hand legte sich warm über ihre Finger. »Ich habe sie auch geliebt«, sagte er leise, »aber ich habe mich immer gefragt, ob sie nicht noch eine Weile gelebt hätte, wenn dieser Walzer nicht gewesen wäre.«

Ruby mochte das Gefühl, seine Hand zu spüren, die Kraft in den schwieligen Fingern und die Zuneigung, die diese einfache Geste ihr vermittelte. »Das hat sie sich gewünscht«, flüsterte sie, »und obwohl ich sie nicht mehr sehen durfte, nachdem sie gestorben war, habe ich immer geglaubt, dass sie mit einem Lächeln auf den Lippen von uns gegangen ist.«

Finn drückte ihre Hand und sah Ruby verständnisvoll an. Dann ließ er sie los und vergrub die Hände in die Hosentaschen. Seine Miene verhärtete sich. »Wo ist dein Mann, Ruby?«

Sie fuhr sich mit der Zunge über die Lippen. »In Ophir, glaube ich. Er sucht nach Gold.«

»Du glaubst es?« Seine dunklen Brauen zogen sich zusammen.

Sie spielte mit den Fingern und wusste nicht, was sie sagen sollte, ohne James in allzu schlechtes Licht zu rücken. Doch warum sollte sie sich eigentlich um seinen Ruf scheren – schließlich hatte er ihn sich selbst zuzuschreiben? »Er ist in Ophir«, sagte sie mit Nachdruck. »Er wird bald wieder hier sein.«

»Wie lange ist er schon fort?«

»Seit ein paar Wochen erst.« Sie wagte nicht, ihn anzusehen.

»Dein Vater hat eher den Eindruck, dass es neun Monate sind, und das dürfte etwas mehr sein als ein paar Wochen«, entgegnete er. »Hat er in der ganzen Zeit geschrieben oder Geld geschickt?«

Sie schob das Kinn vor, fest entschlossen, sich nicht anmerken zu lassen, wie einsam und allein sie gewesen war. »Er hat zu tun, und es ist nicht leicht, Post von den Goldminen zu schicken«, sagte sie abwehrend. »Im Übrigen«, fügte sie hinzu, »komme ich mit Duncan und Kumali gut zurecht, und der Neue, Tommy, macht sich ganz gut bei uns.« Sie hielt seinem Blick trotzig stand. »Wenn du weißt, wie lange er fort ist, warum fragst du dann?«

»Dein Vater hat mich geschickt. Man hat ihm über deinen Mann da oben in Ophir berichtet, und er hat sich Sorgen gemacht, weil du auf dich allein gestellt bist. Deine Briefe haben ihm nicht viel erzählt.«

Seufzend ließ Ruby den Kopf hängen und sah zu, wie ihre Finger die Fransen ihres Schals knoteten. »Er muss sich keine Gedanken machen«, sagte sie. »Die Kinder und die Schafe gedeihen, und mir ist es sogar gelungen, einen Handel abzuschließen, sodass ich mit meinem Schlachtvieh die Goldminen versorgen kann. Mit dem bevorstehenden Wollscheck dürfte ich die Schulden tilgen, und …« Sie hätte sich am liebsten die Zunge abgebissen, weil sie James' Schulden erwähnt hatte, doch es war zu spät: Finn runzelte bereits die Stirn und musterte sie mit bohrendem Blick.

»Welche Schulden?«

»Sie sind nicht der Rede wert«, sagte sie mit einstudierter Gleichgültigkeit. »Nichts, worüber du dir Sorgen machen müsstest.«

Sie war im Begriff, aufzustehen, doch Finns starke Hand legte sich schwer auf ihren Arm und machte es ihr unmöglich. »Dein Vater war besorgt, und jetzt bin ich es auch. Ich wusste schon immer, wann du lügst, Ruby, und deshalb wirst du jetzt hierbleiben, bis du mir alles erzählt hast.«

Sie machte den Mund auf, um die Anschuldigung zu leugnen, doch sein wütender Blick brachte sie zum Schweigen. Da ihr klar war, dass er am nächsten Morgen unweigerlich Duncan und die anderen ausfragen würde, blieb ihr nichts anderes übrig, als ihm die Wahrheit zu sagen.

Als sie schließlich zum Ende der traurigen Geschichte kam, war sie überrascht, wie erleichtert sie war. Offenbar hatte sie die Wut, die Verletzung und den Schmerz zu lange mit sich herumgetragen, hatte sie unter dem endlosen Kreislauf aus Arbeit und den Bedürfnissen ihrer Kinder begraben. Jetzt, da sie ihnen Ausdruck verliehen hatte, war ihr leichter zumute.

»Wozu um alles in der Welt hast du den Idioten überhaupt geheiratet, Ruby?«

»Ich dachte, ich wäre verliebt«, gestand sie unter Tränen, »und die Chance, Grandma Nells Pionierserbe anzutreten, schien mir zu beweisen, dass alles so sein sollte. Jetzt ist mir klar, dass es nur eine törichte Schwärmerei war, der Traum eines dummen kleinen Mädchens.«

Finn schloss sie in seine Arme und küsste ihren Scheitel. »Ich wollte dich nicht zum Weinen bringen, mein *mavourneen*«, murmelte er. »Tut mir leid.«

Ruby kuschelte sich an seine Brust, das alte irische Kosewort brachte sie erst recht zum Weinen. »Meine Eltern fehlen mir«, schluchzte sie, »und ich vermisse Parramatta und Moonrakers, und meine Brüder und Schwestern, und –«

»Schhh, schhh!«, besänftigte er sie. »Ich habe Briefe und Geschenke von allen mitgebracht, und jetzt hast du mich, der sich um dich kümmert, du bist nicht mehr allein.«

Sie wich zurück und schaute ihn durch ihre Tränen an, denn sie konnte kaum glauben, was sie gehört hatte. »Du bleibst hier?«

Er nickte und zog sie wieder in die Arme. »Ich bleibe.«

Port Jackson, Sydney, 28. Februar 1852

Harry sorgte dafür, dass seine Truhen und Kisten verstaut wurden, und warf vom Deck der *Constant* einen letzten Blick auf Sydney, als die Anker gelichtet wurden. Seine Gefühle waren zwiespältig angesichts der vertrauten Docks und der ausufernden Stadt, denn ihm wurde klar, dass er sie wahrscheinlich nie wiedersehen würde. Oliver würde nicht durchkommen, und er würde stets Schuldgefühle hegen, weil er ihn im Stich gelassen hatte; doch nicht nur bei dem Gedanken an seinen kranken Bruder verspürte er Reue. Er verabschiedete sich zugleich von Kindheitserinnerungen und würde den Ort vermissen, die Aufregung, die es bedeutet hatte, ein Vermögen zu machen, und das abenteuerliche Gefühl zu wissen, dass er eine kleine Rolle bei den Ereignissen gespielt hatte, die Australien von der schändlichen Strafkolonie vielleicht in eine der reichsten Nationen der Welt verwandeln würden.

Er hatte auch gute Freunde gefunden – besonders Niall –, und er wünschte, er hätte ihn überreden können, ihn zu begleiten.

Niall hatte sich jedoch strikt geweigert. Australien war jetzt seine Heimat – eine Heimat, in der seine Familie lebte und sein Ruf mit seinem Vermögen wuchs. Er hatte kein Verlangen, Irland zu besuchen; er fühlte sich hier bereits zu Hause.

Harrys Laune besserte sich, als die Sehnsucht nach der Heimat weggefegt wurde von der Gewissheit, dass er in ein paar Monaten Englands Küste sehen und die Gerüche seines geliebten Cornwall einatmen würde. Sein Herz schlug schneller bei der Vorstellung, Lavinia wieder in den Armen zu halten. Ihr liebliches Gesicht würde sich aufhellen, wenn er ihr erzählte, dass ihre Zukunft gesichert sei, und seine Kinder würden ihn zur Begrüßung umarmen und küssen und ihn wieder in den Schoß der Familie ziehen, wohin er gehörte.

Lächelnd sah er sich über sein Anwesen schreiten, unterwegs Bauern und Fischern einen guten Tag wünschend, vielleicht eine heiße Pastete essend, während er beobachtete, wie die Fischerboote ihren Fang ausluden, wobei der raue Wind ihm in die Augen stach und Möwen über ihm kreischten.

Die Segel blähten sich, als die *Constant* den Bug in kabbelige Wellen tauchte und dem offenen Meer entgegenstrebte.

»O ja«, seufzte er, »zu Hause ist auf jeden Fall da, wo man mit dem Herzen ist.«

Zwölf

Lawrence Creek, Hunter Valley, September 1852

Wieder liegt ein langes Wochenende vor uns«, sagte Peter und schenkte Wein ein. »Und es sieht so aus, als würde das Wetter morgen schön bleiben.«

Jessie sog den Duft erwärmter Erde und reifender Früchte ein. Sie wurde nie müde, die Aussicht von der Veranda zu genießen, und nach der Hitze des Tages war der Abend mild. »Ja, anscheinend«, stimmte sie ihm zu, »und obwohl ich es lieber trocken habe, sehnen sich die Winzer verzweifelt nach Regen.«

»Sie sind nie zufrieden, aber das ist bei allen Farmern so.« Er trank einen Schluck Wein und nahm dann die Einladung zur Hand, die am Morgen zuvor eingetroffen war. »Ich freue mich auf das Pferderennen, und es wird viel darüber spekuliert, wer das Derby des Tals gewinnen wird. Ich habe mein Geld auf Buckaroo gesetzt, doch Gerhardts Wattle Dancer ist ein harter Konkurrent.« Er beäugte sie fragend. »Meinen Sie, ich solle auf beide setzen, oder würde man das als einen eklatanten Missbrauch des Gehalts eines Landpfarrers betrachten?«

Jessie lächelte. Peter Ripley mochte Spiel, Wein, Tanz und die Gesellschaft von Frauen. Auch bei den Männern war er beliebt, und er hatte bewiesen, dass er reiten und schießen konnte wie sie alle. Er war ein ungewöhnlicher Pfarrer, und sie hatte sich oft gefragt, warum er nicht wieder geheiratet hatte.

»Es ist Ihr Geld«, erwiderte sie, »und ich bin mir sicher, die Buchmacher knöpfen es Ihnen liebend gern ab. Buckaroo ist gut in Form, aber wenn das Gelände zu schwierig ist, hat er vielleicht

Probleme mitzuhalten. Wattle Dancer hingegen hat seine drei letzten Rennen gewonnen, und wenn es so bleibt, ist er schwer zu schlagen. Aber vergessen Sie nicht, Peter, dass zwölf Pferde am Start sind, die meisten in unbekannter Form – Sie könnten dennoch verlieren.«

Er hob eine Augenbraue. »Sie überraschen mich, Jessie. Ich habe Sie nicht für eine Rennspezialistin gehalten.«

Sie lachte. »Das bin ich eigentlich auch nicht«, gab sie zu, »aber ich habe viel Informationen von Gerhardt aufgeschnappt.«

Er betrachtete sie nachdenklich. »Wie kommt es nur, dass eine so begabte und reizende Frau alleinstehend ist?«

»Weil niemand um meine Hand angehalten hat«, erwiderte sie vielleicht barscher als beabsichtigt. Sie lächelte reumütig. »Dasselbe könnte man Sie fragen.«

»Oh, ich widme mein Leben der Kirche und meiner Arbeit mit den Eingeborenen. Ich habe die einzige Frau, die ich je haben wollte, geliebt und verloren. Sie kann niemals ersetzt werden.« Sein Grinsen war boshaft. »Im Übrigen, warum sollte ich wieder heiraten, wenn ich die ehrenwerte Hilda habe, die sich meiner annimmt?«

»Ich bin sicher, das wird ihr schmeicheln«, bemerkte sie nüchtern.

Peter war ihre spitze Antwort anscheinend nicht aufgefallen, denn seine Miene wurde ernst. »Dann hat Gerhardt also noch nicht um Ihre Hand angehalten?« Er schob die Lippen vor und schaute über die weiten Felder. »Ich frage mich, warum.«

»Vielleicht will er sich, ähnlich wie Sie, keine Frau aufbürden lassen.« Ihr Tonfall war unbeschwert, doch das Rätsel hatte sie im vergangenen Jahr beschäftigt.

»Er wirkte so versessen darauf.«

»Frieda ist die Vorkämpferin für sein Werben«, rief sie ihm ins Gedächtnis. »Vielleicht kann Gerhardt ihre Pläne einfach nicht durchkreuzen. Er ist ein aufmerksamer Freier und großzügiger Gastgeber, aber es gibt wenig Anzeichen dafür, dass er mehr als Freundschaft will – trotz der Ermutigung durch seine Mutter.«

»Wie geht es Ihnen damit?«

»Ich weiß nicht«, gab sie zu. »Er ist ein guter Umgang, liebenswert, sieht gut aus und ist reich. Wenn er meinen Arm nimmt oder mit mir tanzt, weiß ich sicher, dass er mich bewundert.« Sie zögerte. »Ich mag ihn …«

»Aber?«

»Ich weiß nicht, ob das, was ich empfinde, Liebe ist«, beichtete sie, »oder ob sie erwidert würde. Seine Manieren sind tadellos – nach zwölf Monaten Werbung vielleicht zu …« – krampfhaft suchte sie nach dem richtigen Wort – »… korrekt.« Sie beeilte sich mit einer Erklärung. »Dabei will ich mich gar nicht beklagen, und ich bin dankbar, dass er mich dermaßen respektiert, aber man sollte doch meinen …«

»Also suchen Sie eine intimere Beziehung?«

Jessie wurde rot. »Ja. Nein. Ach, ich weiß nicht«, sagte sie wütend. »Mal will ich mehr von ihm, dann wieder scheue ich davor zurück und möchte es lieber so halten, wie es ist. Die Crux an der Sache ist, er hat mir den Eindruck vermittelt, dass er mehr für mich empfindet als nur Freundschaft, und ich habe mich törichterweise in dieses eigenartige Werben hineinziehen lassen.«

»Warum ist es eigenartig?«

Sie errötete. »Er hat nie versucht, mich zu küssen«, gestand sie ein, »nicht einmal, wenn wir allein sind. Das verwirrt mich.«

»Mich überrascht es nicht.« Seine braunen Augen blickten sie fragend an. »Steht Abels Geist noch zwischen Ihnen?«

Sie spürte das vertraute Verlangen, unterdrückte es aber, denn obwohl es nur selten passierte, hatte es nicht an Kraft verloren. »Kann sein«, erwiderte sie, »aber ich gebe mir die größte Mühe, es nicht zuzulassen.«

»Dann ist das vielleicht Ihre Antwort«, sagte er leise. »Gerhardt merkt zweifellos, dass Sie noch immer auf Abels Rückkehr hoffen, und deshalb geht er die Sache so langsam an.«

»Ja, vielleicht.« Sie klappte ihren Fächer auf. »Können wir das Thema wechseln, Peter?«

»Natürlich, und ich bitte um Entschuldigung, wenn ich zu tief in Ihre persönlichen Angelegenheiten vorgedrungen bin.«

Sie wollte schon etwas erwidern, als sie das dumpfe Geräusch von Hufschlag vernahm.

»Wir bekommen Besuch«, sagte er und spähte ins Zwielicht, »und gerade rechtzeitig zum Abendessen. Ich warne lieber Hilda vor.«

Jessie beobachtete die sich nähernden Reiter, und ihr Herz schlug schmerzhaft, als sie wieder einmal die trügerische Hoffnung verspürte, es könne Abel sein. Aber als sie in den Schein der Laternen kamen, wurde ihre anfängliche Enttäuschung von Freude überlagert. »John! Daniel!« Sie lief die Stufen hinunter und warf sich John entgegen, der kaum absitzen konnte.

»Na, das nenne ich eine Begrüßung!« Mit dröhnendem Gelächter wirbelte er sie herum.

Daniel packte sie und drückte sie an sich, bis ihr die Luft ausging.

»Stell mich ab!«, keuchte sie, halb lachend, halb weinend.

»Ich nehme an, das sind Ihre Brüder«, sagte Peter.

Sie schaute zu ihnen auf – so groß, bärtig, so wunderbar vertraut. »Ja, das sind sie«, antwortete sie. »Ist das nicht wundervoll?«

Grinsend kratzte John sich den Bart. »Wir dachten, wir schauen mal vorbei, wie es dir so geht, aber ich sehe schon, dir geht es gut.« Er deutete mit dem Daumen auf Peter. »Ist das dein Mann, Jess?«

»Nein!« Sie wurde rot, als ihr klar wurde, wie grob das klang.

Peter lachte. »Ich habe die Nachfolge von Zephaniah Lawrence angetreten und bin hier der Pfarrer. Jessie ist nur die Lehrerin an der Schule.« Er wandte sich von Johns misstrauischem

Blick ab, als Hilda an der Tür erschien. »Und das ist Mrs. Blake, meine Haushälterin und Jessies Anstandsdame; daher müssen Sie keine Angst haben, dass ihre Ehre kompromittiert wurde.«

Daniel wischte sich mit dem Ärmel über die Stirn. »Ich hätte gedacht, unsere Jess wäre inzwischen verheiratet«, sagte er stirnrunzelnd. »Was ist denn los mit den Männern hier in dieser Gegend, dass sie keine schöne Jungfrau zu schätzen wissen?«

»Sie sind alle ganz in Ordnung«, sagte sie leichthin, »und ich muss mich über deine Worte wundern. Für gewöhnlich funkelst du jeden Mann finster an, der näher als einen Fuß an mich herankommt.« Sie lächelte die beiden an. »Im Übrigen bin ich noch nicht bereit, mich niederzulassen. Versorgt eure Pferde, und dann kommt und erzählt mir, was es bei euch Neues gibt. Ich will wissen, was ihr gemacht habt, wo ihr gewesen seid, und wie viel Gold ihr gefunden habt.«

»Das Essen ist fast fertig«, sagte Hilda, als sie kurz darauf von der Koppel zurückkehrten. »Sie sind herzlich eingeladen.«

»Vielen Dank, Missus«, sagte John. »Der Ritt war lang, und wir sind fast verhungert.«

Hilda rümpfte die Nase. »Ich setze Wasser auf. Sie werden sich waschen wollen.«

»Verzeihung, Missus«, murmelte Daniel und bearbeitete seinen Hut.

»Waschen Sie sich wenigstens vor dem Essen die Hände!«, befahl Hilda.

Jessie lachte. »Macht euch nichts aus Hilda, sie sagt immer, was sie denkt, und um ehrlich zu sein, ihr seid schmuddelig.« Sie kniff ihn in die Wange, um zu zeigen, dass sie spottete. »Wascht euch zuerst, und dann setzt euch, und sprecht mit Peter, während ich Hilda zur Hand gehe. Nach dem Essen können wir es uns gemütlich machen und noch lange reden.«

Das Rindersteak und die Rindernieren, das frische Gemüse und die frischen Kartoffeln waren köstlich, und die beiden jungen

Männer verschlangen jeden Krümel, bevor sie über Zitronenkuchen mit Schlagsahne herfielen. Das alles wurde mit Ale heruntergespült, und im Verlauf der Mahlzeit wurde deutlich, dass sie fast verhungert und nicht bereit waren, den Mund aufzumachen, bis sie sich den Bauch gefüllt hatten. Als sie schließlich vom Tisch abrückten, war ein tiefes, zufriedenes Stöhnen zu hören. Jessie, der vor Aufregung und Ungeduld der Appetit vergangen war, begann sie mit Fragen zu löchern.

»Am Anfang haben wir eine ordentliche Menge Gold gefunden«, erzählte John, der sich eine Pfeife stopfte, »aber es wurde bald knapp, und wir mussten an dem trockenen Fluss immer weiter ziehen, um etwas zu finden. Ende des Jahres haben wir festgestellt, dass wir bis zu dreißig Fuß tief graben mussten, doch die Menge Gold, die wir fanden, war der Mühe kaum wert. Wir dachten daran, nach Ballarat und Bendigo zu ziehen, entschieden aber, dass wir die Nase voll haben.«

»Deshalb gehen wir zurück nach Kapunda und wollen versuchen, unsere alten Arbeitsstellen wiederzubekommen«, erläuterte Daniel. »Wenigstens gibt das regelmäßig Geld, und wir müssen nicht unter derart schlechten Bedingungen leben.«

Jessie fielen die geröteten Wangen ihres Bruders auf. »Bist du sicher, dass es der einzige Grund ist?«

»Na ja« – er wand sich auf seinem Stuhl –, »da gibt es auch ein Mädchen, das ich sehr mag.«

Jessie lächelte. »Wie heißt sie?«

»Franny Harper.« Noch tiefere Röte stieg ihm ins Gesicht, was ihm einen Rippenstoß von John eintrug.

»Ich bin sicher, sie ist reizend«, sagte Jessie, die froh war, dass wenigstens einer ihrer Brüder unter die Haube kommen würde. »Und was ist mit dir, John?«

»Ich hatte genug Mädchen, die mich verfolgt haben«, sagte er leichthin. »Ich warte nur auf eine, die schnell genug ist, mich einzuholen.«

Alle lachten; der verlegene John wechselte rasch das Thema und kam auf die Barackenviertel in Ophir zu sprechen. Er beschrieb in farbigen Einzelheiten die Goldsuche, den Schlamm, die Hitze, die Fliegen, das faulige Essen, die chinesischen Arbeiter, die Polizei und die ständigen Konzessionsprüfungen.

Entsetzt schaute Jessie sie an, als sie beiläufig von schrecklichen Unfällen berichteten, von Männern, die vom Alkohol und von stechenden Käfern in den Wahn getrieben wurden, von der Hoffnungslosigkeit aller, die nichts fanden und auf ihrer Suche nach dem schwer fassbaren Gold alles verloren. Es hörte sich an wie die Hölle, und sie war froh, dass die beiden ohne Blessuren daraus hervorgegangen waren.

Sie vermied es, Peter und Hilda anzusehen, als sie die Frage stellte, die ihr in den letzten drei Stunden auf der Zunge gelegen hatte. »Habt ihr jemanden getroffen, den ihr kennt?«

John beäugte sie unter zusammengezogenen schwarzen Brauen. »Jede Menge«, erwiderte er. »Möchtest du über jemanden Bestimmten etwas hören?«

»Ich habe mich gefragt, ob ihr zufällig Mr. Cruickshank über den Weg gelaufen seid«, sagte sie und hielt seinem Blick stand. »Es hieß, er sei nach Ophir gegangen.«

John kaute auf seinem Pfeifenstiel und betrachtete sie. »Er war da.«

Ihr Herz schlug schneller, und sie hatte die größte Mühe, nach außen hin ruhig zu bleiben. »Ging es ihm gut?«

»Ja, einigermaßen.«

Peter durchbrach das anschließende Schweigen. »Wir alle sind daran interessiert, was ihm widerfahren ist, denn er ist seit fast zwei Jahren fort, und wir haben nichts gehört.«

»Er gehörte zu den Glücklichen«, erwiderte John. »Hat die Hauptader früh getroffen und ist ein reicher Mann geworden.«

»Ich nehme an, ihr wisst nicht, wohin er gegangen ist?«

Jessie war Peter zutiefst dankbar, dass er weiterbohrte, denn sie konnte kaum sprechen vor Enttäuschung darüber, dass Abel sein Glück gemacht und alle vergessen hatte, die im Tal auf ihn warteten.

»Keine Ahnung.« John gähnte ausgiebig und stand auf. »Ich muss mich entschuldigen, aber wir hatten in den letzten Tagen beide nur wenig Schlaf. Ist es recht, wenn wir hinter dem Haus unser Lager aufschlagen?«

Peter nickte, als Hilda ihn fragend anschaute. »Sie können in dem Gästezimmer schlafen, wenn Sie sich vorher gründlich waschen«, sagte sie. »Ich habe die Betten heute frisch bezogen, also sehen Sie zu, dass Sie den Dreck restlos entfernen.« Auf ihr Nicken hin teilte sie den Brüdern mit, wo sie warmes Wasser fanden, den Blechzuber, Handtücher und ein Stück Seife.

Jessie hob ihr Gesicht, um ihre Küsse entgegenzunehmen. »Bleibt ihr übers Wochenende?«, bat sie. »Morgen findet ein Pferderennen statt«, fügte sie hinzu, »und da ich euch so lange nicht gesehen habe, wäre es …«

»Wir bleiben bis Sonntagmittag«, unterbrach Daniel sie. »Peter hat uns von dem Kerl erzählt, mit dem du rumpoussierst, und John und ich wollen ihn uns ansehen, um sicherzugehen, dass er in Ordnung ist.«

Jessie funkelte Peter an, als ihre Brüder den Raum verließen. »Wie kommen Sie dazu?«, zischte sie.

Von ihrer ungewöhnlichen Heftigkeit verblüfft, runzelte er die Stirn. »Mir war nicht klar, dass es ein Geheimnis ist. Tut mir leid, Jessie.«

»Sie haben ja keine Ahnung, was Sie da in Gang gesetzt haben«, seufzte sie. »Meine Brüder verabscheuen jeden Mann, der auch nur ein Auge auf mich wirft. Sie haben doch Johns finsteren Blick gesehen, als ich mich nach Abel erkundigte.«

»Ihr Gesicht, als er antwortete, hat mich mehr interessiert«, sagte er leise. »Ach, Jessie, was für ein verworrenes Netz weben Sie da! Bitte, seien Sie vorsichtig!«

Eden Valley, September 1852

Kumali war Rubys Beispiel gefolgt und hatte die Satteltaschen in Kokons für ihre Kinder verwandelt, damit sie die beiden mit auf die Weide nehmen konnte. Natjik war knapp zwei, Mookah ein Jahr alt, und sie waren zu schwer, um sie noch länger auf dem Rücken zu tragen. Anscheinend gefiel es ihnen, auf diese Art umherzureisen; sie schrien nur, wenn sie Hunger hatten oder wenn ihnen langweilig war.

Nach Mookahs Geburt hatte sie entschieden, dass sie mit mehr Kindern nicht zurechtkommen würde, und begonnen, die Beeren zu essen, die dafür sorgten, dass ihre Monatsblutung nicht aussetzte, und Duncans Samen abtöteten. Aber ihr wurde schlecht davon, und sie fragte sich allmählich, ob es nicht eine einfachere, angenehmere Form der Verhütung gäbe. Sie würde Ruby das nächste Mal danach fragen, wenn sie allein wären; sie zerrte an den Zügeln und folgte Duncan.

Sie befanden sich auf der Weide, die sich zu beiden Seiten des Flusses erstreckte. Das Gras war so hoch wie ein Schafsrücken und nach dem Winterregen von guter Qualität.

Sie sah zu, wie Duncan ein trächtiges Mutterschaf mit seinem Krückstock einfing und von der Meute trennte, und begann eine Melodie zu summen, die Duncan ihr beigebracht hatte. Kumali half den Hunden, es zum Pferch zu treiben, in dem die anderen Schafe blökten. Später würde man sie auf eine andere Weide lassen, damit Tommy und Duncan sie im Auge behalten und Hilfe leisten konnten, wenn sie ihre Lämmer warfen.

Sie schaute kurz zu Ruby hinüber. Eifersucht versetzte ihr einen Stich, als sie sah, wie sie mit Finn lachte. Das zu empfinden war ungerecht, denn sie mochte Finn, und Ruby war wieder glücklich, doch sie wünschte sich unwillkürlich, er wäre nicht gekommen. Sein Eintreffen hatte etwas verändert, und Kumali gefiel dieser Wandel nicht; er machte sie misstrauisch.

»Würdest du deine Gedanken auf das richten, was du tust, Mädchen? Das ist das zweite Mutterschaf, das du durchgelassen hast, und Tommy kann nicht die ganze Arbeit allein machen.«

Kumali entschuldigte sich rasch bei Tommy, der nur grinste. Sie mochte den Jungen, und Duncan lobte seine Arbeit. Obwohl er häufig Fehler machte, lernte er schnell.

»Geht es dir nicht gut, Kumali? Du bist mit den Gedanken woanders.«

»Dieser Finn ist immer bei Missus Ruby. Sie spricht nicht mehr mit Kumali, seitdem sie ihn hat.«

»Ach, Kumali, lass dem Mädchen eine Chance! Er ist ihr Vetter, verstehst du, und es ist gut, sie wieder lächeln zu sehen.«

Kumali ließ sich nicht aus ihrer finsteren Stimmung reißen. »Mit diesem Finn kann es viel Ärger geben, wenn der Boss zurückkommt. Dann werden sie kämpfen.«

Eine – nach jahrelangem Umgang mit Wolle – weiche Hand tätschelte ihr Knie. »Ach, das geht uns nichts an, Schätzchen, und ich bezweifle, dass wir James in nächster Zeit zu Gesicht kriegen werden. Also gibt es keinen Grund, sich Sorgen zu machen.« Er hievte Natjik mit Schwung aus der Satteltasche und setzte ihn auf seine Schulter, woraufhin der Kleine vor Freude juchzte. »Die Sonne steht hoch genug, lass uns was essen.«

Als sie unter die Bäume kamen, glitt sie aus dem Sattel und holte die schreiende Mookah aus ihrem Kokon. »Mookah schreit so wie Vi. Kumali bekommt Kopfschmerzen davon.« Sie setzte das Kind zwischen Duncans Knie ab und holte den Proviantbeutel.

»Gib ihr was zu kauen, Kumali. Sie kränkelt ein bisschen beim Zahnen, das arme Kind.«

Sie war wieder zur Ruhe gekommen, riss ein Stück Buschbrot ab und reichte es ihrer Tochter. Sie hatte nicht sauer auf sie sein wollen. »Komm zu Mama«, gurrte sie und versuchte, die Kleine mit Küssen zu besänftigen.

»Ach, du bist eine gute Mutter«, seufzte Duncan, der sich seine Mahlzeit mit Natjik teilte, »aber ich wünschte, du würdest einsehen, dass Ruby ihn braucht. Finn ist ein prima Kerl und kann außerdem gut mit Schafen umgehen. Weißt du, es muss für die junge Ruby eine große Erleichterung sein, einen Verwandten in ihrer Nähe zu haben.«

»Ruby war *meine* Freundin«, murrte sie, noch immer nicht beschwichtigt. »Finn kommt, und ich sehe Ruby nicht mehr.«

»Sie ist nach wie vor deine Freundin«, tröstete er sie, »aber sie hat ihre eigenen Winzlinge, um die sie sich kümmern muss, wie auch um dieses nette Anwesen hier.« Er küsste sie auf die Wange. »Geh nicht zu hart mit ihr ins Gericht!«

Kumali aß das kalte Huhn mit Buschbrot, lehnte sich an den Baum und beobachtete Ruby. Sie schlenderte mit Finn durch das hohe Gras; die Pferde folgten ihnen. Ihre Arme streiften wiederholt aneinander, ihre Schritte waren im Gleichklang, und er senkte den Kopf, um ihr zuzuhören. Jetzt schauten sie sich an, lachten wieder, und ihre Körper bewegten sich in perfekter Harmonie.

Kumali kniff die Augen zusammen, als Finn seinen Arm um Rubys Schulter legte und sie in den Schatten unter den Bäumen in der Ferne führte. Sie wirkten wie eine Familie, als sie sich die Kinder auf den Schoß setzten und gemeinsam ihre Mahlzeit einnahmen. Kumali schauderte. Merkte Ruby, dass sie Finn mehr liebte, als es einer Kusine zustand? Wusste sie, wie deutlich es ihr ins Gesicht geschrieben stand, wie es jeder ihrer Bewegungen anzusehen war? Ärger stand bevor, denn James würde es auf den ersten Blick erkennen.

Hunter Valley, September 1852

»Gerhardt, darf ich dir meine Brüder vorstellen?«

Gerhardt schlug die Hacken zusammen und nickte.

John und Daniel musterten ihn mit weit aufgerissenen Augen von seinen polierten Stiefeln bis zu seinem glänzenden Haar, nahmen den herrlich geschnittenen Gehrock, das makellose Hemd und die helle Hose in sich auf. Sie wischten sich die Hände an ihren schmuddeligen Hosen ab, bevor sie ihm die Hand schüttelten, und Jessie sah Unbehagen in Gerhardts Augen aufblitzen, als ihr stählerner Griff seine Finger zu zerdrücken drohte. Ihre Brüder verhielten sich ihrer Art entsprechend.

»Was für ein Name ist das?«, schnaubte John.

»Ein deutscher«, entgegnete er steif.

Johns Gesichtsausdruck war beinahe anmaßend. »Sie umwerben also unsere Schwester? Sind Ihre Absichten ehrenhaft?«

»John, *bitte*!«, zischte sie. Empört rang sie die Hände. »Ich muss mich für die Grobheit meines Bruders entschuldigen, Gerhardt. Ich bin sicher, er wollte nicht –«

»Ich werde mich schon selbst entschuldigen, wenn ich es für angebracht halte«, unterbrach John sie und funkelte sein Gegenüber noch immer an. »Nun, was haben Sie zu Ihrer Verteidigung vorzubringen? Oder ist ihr Mundwerk nicht so geschniegelt wie Ihre Stiefel?«

Gerhardt war starr vor Groll, seine Augen waren kalt, und in seiner Wange zuckte ein Muskel. »Ich habe die höchste Achtung vor Miss Searle«, blaffte er, »und ich verwahre mich gegen Ihren Ton.«

Daniel ballte die Fäuste und stellte sich neben John. Die Spannung war mit Händen zu greifen, während die drei Männer sich gegenüberstanden.

»Hast du gehört, Daniel?«, schnaubte John. »Der hübsche Junge hier verwahrt sich gegen meinen Ton.« Er rollte die Ärmel auf und brachte seine riesigen Fäuste bis auf wenige Zentimeter an Gerhardts Nase. »Willst du was dagegen tun, Kumpel?«

»Hier sind Damen anwesend, sonst würde ich der Aufforderung gern nachkommen«, erwiderte Gerhardt kühl.

John brach in höhnisches Gelächter aus. »Das wüsste ich aber.«

»Ich glaube, es wird Zeit, dass wir gehen«, sagte Peter. »Kommen Sie, Hilda, Jessie, ich helfe Ihnen in die Kutsche. Gerhardt, würden Sie uns bitte mit dem Picknickkorb helfen?«

John und Daniel feixten.

Gerhardt blieb trotzig. »Wenn Sie auf einer Schlägerei bestehen, dann werden wir das heute Abend erledigen, Searle. Aber ich warne Sie, ich habe Preise im Boxen!«, zischte er. Er hielt den Blickkontakt mit John aufrecht, als wolle er seine Fähigkeiten unterstreichen. Dann wandte er sich ab, nahm den Korb und verstaute ihn mit den Decken unter dem Kutschbock.

Peter betrachtete die beiden Brüder. »Ich hoffe, damit hat die Sache ein Ende«, sagte er ruhig. »Der Ort hier ist friedlich, und wir alle sind Freunde.« Sie nickten widerwillig. »Wie Sie sehen, ist nicht viel Platz in der Kutsche, daher müssen Sie uns zu Pferd folgen. Bringen Sie Ihre Zeltausrüstung mit. Wir werden über Nacht in Possum Hills bleiben.«

Jessie bemerkte ihre wütenden Blicke, als Gerhardt sich neben sie setzte, und sie fürchtete sich vor dem nächsten Tag. Wenn ihre Brüder diese Laune hatten, waren sie einfach auf Krawall gebürstet, und es sah ganz so aus, als wäre Gerhardt bereit, den Köder zu schlucken. »Bevor ihr die Pferde holt«, sagte sie von ihrem Platz herab, »müsst ihr mir versprechen, dass es keine weiteren Unannehmlichkeiten gibt. Gerhardt ist unser Gastgeber, und ich bin hier zu Hause. Ich habe einen Ruf zu verlieren. Ich *wünsche* keine Szene.« Sie sah ihre Brüder streng an. »Wenn ihr mir das nicht versprechen könnt, wäre es besser, wenn ihr hierbliebt, bis wir zurückkehren.«

Mit kaum verhohlener schlechter Laune nickten sie und holten ihre Pferde und ihre Bündel.

Jessie klappte ihren Sonnenschirm auf. »Tut mir leid«, murmelte sie. »Bitte, sie sollen uns nicht den Tag verderben, lass dich nicht von ihnen anstacheln. Ich habe mich so darauf gefreut.«

Gerhardt nahm die Zügel auf, doch sie merkte, dass sein Lächeln nicht bis an die Augen reichte. »Der Tag gehört dir, und es wird mir ein Vergnügen sein, ihn so angenehm wie möglich zu gestalten.« Ohne sich zu vergewissern, ob Jessies Brüder ihnen folgten, trieb er die Pferde zum Trab an.

»Mama wartet auf der Rennbahn, und wir haben ein Sonnensegel aufgestellt, damit das Essen nicht verdirbt und die Damen es bequem haben.« Seine Schultern verloren ein wenig an Steifheit, und jetzt war sein Lächeln echt. »Wir haben die Besitzer eingeladen, mit uns zu speisen, und ich glaube, du wirst feststellen, dass wir alles darangesetzt haben, den Tag denkwürdig zu gestalten.«

Jessie konnte nur hoffen, dass ihre Brüder ihm nicht aus banalen Gründen Denkwürdigkeit verleihen würden.

Possum Hills, am selben Tag

Die Pferderennbahn hatte man in einer Lichtung im Busch angelegt, an der nördlichen Grenze von Gerhardts Anwesen. Die Strecke war geharkt und festgestampft worden, doch infolge des Regenmangels war der Boden steinhart. Man hatte Zäune aufgestellt, um die Besucher vor durchgehenden Pferden zu schützen, und mehrere große Zelte waren mit bunten Flaggen dekoriert, die in der warmen Brise flatterten. Wagen, Kutschen und Einspänner waren auf einer Seite abgestellt, Kinder flitzten umher und standen allen im Weg. Eine Blaskapelle unterhielt die Menschenmenge zwischen den Rennen, und die Szene glich einem

Maskenzug, da die Frauen ihre besten Kleider und Hüte zur Schau stellten. Buchmacher riefen die Wetten aus, und die Jockeys, darunter viele Aborigines, wanderten umher und nahmen letzte Ratschläge von den Pferdebesitzern entgegen. In dem Zelt, in dem Alkohol ausgeschenkt wurde, blühte der Handel, und die für die Rennen verantwortlichen Männer schritten wichtigtuerisch umher und erteilten Anweisungen.

Es war Zeit für das Valley Derby, und die Menge war nun lauter und aufgeregter, als das letzte Rennen angekündigt wurde. Jessie vergaß die Unannehmlichkeiten und hatte ihren Spaß. Sie und Hilda hatten ein paar Schillinge gewonnen, die jedoch mit Peters Gewinnen kaum zu vergleichen waren. Als sie sich dem Rest ihres Kreises am Zaun anschlossen, gratulierten sie ihm zu seinem Glück.

»Das ist kein Glück«, erwiderte er mit strahlendem Lächeln, »sondern ein Auge für ein gutes Pferd. Würden Sie mir dabei helfen, den Gewinner des Derbys auszuwählen?«

Jessie lehnte ab und beobachtete die Rennpferde, denn sie hatte ihre Wette bereits abgeschlossen. Die Pferde kamen aus dem gesamten Tal, und obwohl es zum größten Teil zähe Ponys waren, gab es ein oder zwei, die sich als bessere Züchtung erwiesen. Sie hatte rasch gelernt, die Zuchtpferde nicht außer Acht zu lassen, denn sie waren schnell und voller Elan, doch ihr Hauptaugenmerk galt nach wie vor Wattle Dancer, und während sie ihn betrachtete, wanderte ihr Blick zu dem Jockey.

»Tumbalong?«

»Guten Tag, Miss Searle.« Tumbalong grinste von einem Ohr zum anderen, als er das Pferd auf sie zutrieb. »Haben Sie Geld auf Dancer gesetzt? Er ist ein gutes Pferd, ein guter Läufer.«

»Ja, das habe ich«, erwiderte sie und strich dem Braunen über die aristokratische Schnauze. »Ich wusste nicht, dass du für Gerhardt reitest«, sagte sie, denn ihr war das grün-goldene Hemd aufgefallen.

»Er reitet schon eine Weile für mich«, sagte Gerhardt, tätschelte dem Braunen den Hals und ließ die Hand liebevoll über seine Brust zum muskulösen Vorderlauf herabgleiten. »Tumbalong trainiert meine Pferde, wenn ich zu tun habe. Er ist der beste Jockey, den ich seit langem erlebt habe, und wir haben wochenlang auf diesen Tag hingearbeitet.« Er nickte dem Aborigine zu. »Wenn er das Rennen hier gewinnt, werden wir ihn für das große Derby nächsten Monat in Brisbane anmelden.«

Jessie hakte sich bei Gerhardt unter, und sie machten sich auf den Weg zum Zielposten. Dankbar registrierte sie, dass von ihren Brüdern nichts zu sehen war. Sie vermutete, dass sie woanders Unterhaltung nach ihrem Geschmack gefunden hatten. Von Anfang an war deutlich geworden, dass sie von dem großen Sonnensegel und den Tischen mit dem weißen Leinen, den frischen Blumen und den Kristallgläsern überwältigt waren, die Frieda zur Verfügung gestellt hatte. Die Festgesellschaft bestand aus reichen Landbesitzern, Winzern, Geschäftsleuten und ihren Familien, und nach einem Schluck Champagner hatten John und Daniel sich rasch entschuldigt und waren der vertrauteren Verlockung des Getränkezeltes und der Buchmacher gefolgt, wo ihre staubige Kleidung und ihre rauen Manieren nicht auffielen.

Jessie spürte die gesteigerte Erwartung der Zuschauer, als es still wurde, und drängte weiter. Der Starter hatte die zwölf Rennpferde am anderen Ende der Rennstrecke aufgereiht. Die Pferde stampften und schnaubten, die Jockeys bemühten sich, sie unter Kontrolle zu halten, und die Menge hielt gemeinsam den Atem an.

Die Fahne senkte sich. Die Reiter preschten los.

Buckaroo und zwei Braune setzten sich an die Spitze, drei zottige Zuchtpferde dicht auf den Fersen. Der Rest des Feldes lief dicht gedrängt an der Absperrung entlang. Als sie um die Kurve auf der anderen Seite in die Gerade galoppierten, löste Tumbalong seinen Wattle Dancer aus dem Feld und hielt ihn stetig an der Außenseite. Er lag auf dem fünften Platz.

Die Menge feuerte die Jockeys lauthals an, als sie in der ersten Runde vorbeidonnerten. Jessie hörte ihre Flüche und die mühseligen Atemzüge ihrer Rösser und hüpfte aufgeregt auf und ab, denn Tumbalong hielt sein Pferd im Rennen.

Staub wirbelte in dicken Wolken auf und verhüllte die Rennpferde beinahe vor der Menge. Die Reiter legten sich tief in den Sattel und trieben ihre Tiere in die letzte Kurve.

»Komm schon, komm schon!«, murmelte sie vor sich hin. »Bedräng ihn nicht zu früh, Tumbalong. Buckaroo hat noch jede Menge Reserven.«

Doch Wattle Dancer rückte vor. Leicht überholte er das vierte Pferd, dann das dritte, und als sie aus der Kurvc kamen, war er Kopf an Kopf mit dem zweiten, einem herrlichen Grauen. In ihrer Aufregung vergaß Jessie, dass sie sich damenhaft verhalten sollte, und feuerte ihn lautstark an. Mit gestrecktem Hals und fliegenden Hufen galoppierten die drei führenden Pferde in die Gerade. Buckaroo und Wattle Dancer ließen den Grauen hinter sich. Jetzt waren es nur noch wenige Meter bis zum Zielpfosten.

Der Erdboden vibrierte, als die Rösser vorüberflogen, die Luft dröhnte unter den donnernden Hufen. Wattle Dancers Nase schob sich vor, doch Buckaroo hatte den Kampf noch nicht aufgegeben.

In Jessies Augen war das Ende verschwommen – im Bruchteil einer Sekunde vorbei. »Haben wir gewonnen?« Außer Atem schaute sie, nach Bestätigung heischend, zu Gerhardt auf.

Er lachte. »Ganz knapp. Aber eine Nasenlänge ist so gut wie eine Meile in diesem Geschäft.«

Peter wedelte mit seinem Wettschein. »Ich werde unser Geld einsammeln. Trinkt nicht den ganzen Champagner weg, solange ich nicht da bin.«

Der Sonnenuntergang kam mit der üblichen Geschwindigkeit und tauchte das Tal in abendliche Kühle. Auf der Rennbahn war es jetzt ruhiger, nur ein paar abgehärtete Trinker sangen noch beim Ausschank. Einige Raufereien hatte es zwar gegeben, aber nichts Ernstes, und als Jessie und die anderen in ihrer Kutsche zum Haus aufbrachen, sah sie die Lichter vieler Laternen und Kohlenpfannen in der Dunkelheit flackern. Die Familien würden essen und sich in Zelten oder unter Wagen schlafen legen, und nach Peters Gottesdienst unter dem Sonnensegel morgen früh würden sie den langen Heimweg antreten.

»Hat es dir Spaß gemacht?«, fragte Gerhardt sie leise, als sie vor dem Haus anhielten und er ihr beim Absteigen behilflich war.

»Ich habe mich bestens amüsiert«, antwortete sie und unterdrückte ein Gähnen. »Von mir aus hätte es noch weitergehen können.«

Er lachte in sich hinein. »Das freut mich, aber ich glaube, wir alle hatten genug Aufregung für heute.« Er deutete mit dem Kopf kurz zur Kutsche. Frieda und Hilda lehnten an Peter, und es war deutlich zu sehen, dass alle drei schliefen. »Fast zu schade, sie zu wecken, was meinst du?«

Sie wollte schon antworten, als sie ohnehin durch die Ankunft weiterer Kutschen geweckt wurden. Gerhardt nahm die Sache rasch in die Hand, wies Zimmer und Zeltplätze zu und befahl den Stallknechten, sich der Pferde anzunehmen.

Jessie merkte, dass sie nicht gebraucht wurde, und sie entschied, dass sie ihrem Bett nicht länger widerstehen wollte. Sie warf einen Blick in die Dunkelheit und war erleichtert, dass von ihren Brüdern nichts zu entdecken war. Dann folgte sie Frieda und Hilda nach oben in den Westflügel.

Sobald sie im Bett lag, schlief sie unverzüglich ein. Als sie die Augen wieder aufschlug, stellte sie fest, dass es noch dunkel war. Sie blieb einen Moment liegen und fragte sich, was sie wohl aufgeweckt haben mochte, doch dann, als der letzte Schlaf verflog, vernahm sie die lauten Stimmen. Stirnrunzelnd tappte sie durch den Raum und machte die Tür auf.

Die Stimmen kamen aus Friedas Zimmerflucht nebenan. Jessie zögerte und wunderte sich, wer und was die Dame des Hauses derart erzürnte. Sie entschied, dass es sie nichts anging, und wollte die Tür schon wieder schließen, als sie etwas hörte, was sie innehalten ließ.

»Es ist deine Pflicht, Gerhardt. Du wirst vor morgen Abend um ihre Hand anhalten.«

»Zum Teufel mit der Pflicht!«, rief er. »Ich bin es leid, mir vorschreiben zu lassen, was ich tun soll.«

»Und ich bin es leid, dass du meine Pläne durchkreuzt. Du solltest inzwischen verheiratet sein und dich nicht immer herausreden.«

»Ich will nicht heiraten.«

Jessie seufzte. Endlich kannte sie die Wahrheit – und in gewisser Weise war es eine Erleichterung.

»Warum?«

»Das weißt du genau.«

Ein langes Schweigen trat ein, und Jessie runzelte die Stirn. Es war nicht ihre Art zu lauschen, doch Gerhardts Antwort interessierte sie, und sie wartete ungeduldig darauf, dass der Streit fortgesetzt wurde.

»Das ist nur eine Ausrede«, fuhr Frieda ihn an. »Du wirst darüber hinwegkommen.«

»Das sagst du andauernd, und es wird allmählich ermüdend. Warum willst du mir nicht zuhören und wenigstens *versuchen*, mich zu verstehen?« Er klang enttäuscht, doch das schien seine Mutter nicht weiter zu beeindrucken.

»Bis auf den üblichen Grund – stimmt denn etwas nicht mit Jessie?«

»Sie ist nett und hübsch und eine ausgezeichnete Begleitung, und ich mag sie sehr.«

»Dann heirate sie!«

»Ich liebe sie nicht, Mutter, und ich habe zu große Achtung vor ihr, um sie unter einem falschen Vorwand zu heiraten.«

»Quatsch! Was hat das denn mit Liebe zu tun? Du bist über dreißig und brauchst einen Erben. Jessie gefällt dir, und sie mag dich offenbar auch. Sie wäre die ideale Ehefrau.«

»Warum? Weil sie jung und naiv ist und in ihrer Ehe nichts hinterfragen würde? Oder weil sie aus kleinen Verhältnissen stammt und sich deinen Wünschen fügen würde?« Er wartete nicht auf eine Antwort. »Du weißt sehr wohl, wie ich empfinde, und ungeachtet dessen, dass ein Erbe hermuss, werde ich mich deinen Forderungen nicht beugen.«

»Dein Vater hat das auch gesagt«, entgegnete Frieda, »aber er ist zur Vernunft gekommen und hat getan, was man von ihm erwartet hat. Ich kann nicht gerade behaupten, dass uns die Erfahrung Spaß gemacht hat, aber es war unsere Pflicht. Jetzt ist es an dir, einen Erben zu zeugen, und das wirst du, Gerhardt, oder ich werde –«

»Mich aus deinem Testament streichen? Mich enterben?« Sein lautes Gelächter war verächtlich. »Das sind doch leere Drohungen, Mutter! So leer wie dein Ehebett.«

Jessie schauderte. Hatte Abel recht gehabt, als er sagte, Frieda biete Freundschaft nur im Tausch gegen eine lieblose Ehe mit ihrem Sohn und der Beschaffung von Erben? Noch dunklere Vermutungen kamen auf, doch sie schob sie von sich, nicht willens, sie zu nähren.

»Dein Vater hatte mehr Pflichtgefühl in seinem kleinen Finger als du in deinem gesamten widernatürlichen Körper«, polterte Frieda. »Kannst du nicht einmal an deine Familie denken? Du könntest ja auch feststellen, dass eine Heirat mit Jessie dich zur Vernunft bringen wird. Oder bist du sogar zu feige, es zu versuchen?«

Jetzt brüllte er. »Jessie zu heiraten wäre das Hinterhältigste überhaupt. Ich werde es nicht tun!«

Die Tür wurde aufgerissen. Gerhardt stürmte heraus – und erstarrte.

Jessie, eingefangen im Lichtschein, konnte ihn nur anstarren. Mit einem erstickten Schreckenslaut ergriff Gerhardt die Flucht.

Jessie wurde bewusst, dass Frieda sie beobachtete. Sie starrten einander an, während die Uhr in der Diele tickte und die Haustür zuschlug.

»Es ist bedauerlich, dass Sie geweckt wurden, doch Lauscher hören nur selten Dinge, die sie mögen oder auch nur begreifen. Ich hoffe, ich kann mich auf Ihre Diskretion verlassen.«

Das war ein Befehl, keine Frage, und obwohl Jessie nur wenig von dem verstanden hatte, was ihr zu Ohren gekommen war, nickte sie.

Herrisch schloss Frieda die Tür zwischen ihnen und schloss von innen ab.

Am anderen Ende des Flurs raschelten Unterröcke. »Komm, Jessie, sieh zu, dass du dich anziehst. Es ist Zeit, nach Hause zu fahren.«

Sie schaute Hilda verstört an.

»Schon gut«, versuchte sie Jessie zu besänftigen. »Ich habe das Meiste mitbekommen, und wahrscheinlich verstehe ich besser als du, worum es ging.«

Sie umarmte Jessie rasch. »Mach dir keine Sorgen! Du bist glimpflich davongekommen.«

Eden Valley, in derselben Nacht

Trotz der Schwäche, die sich allem Anschein nach in ihren Knochen eingenistet hatte, konnte Ruby nicht schlafen, denn wenn sie die Augen schloss, sah sie Finns Gesicht vor sich, seine Augen, sein Lächeln und seine dunklen Haare, die ihm in die Stirn fielen. Beunruhigt von diesen Bildern, glitt sie aus dem Bett und zog sich ein Umhängetuch über das Nachthemd, bevor sie auf Zehenspitzen zur Tür schlich, die beim Öffnen knarrte. Ruby hielt den Atem an und hoffte, dass ihre Kinder nicht gestört worden waren, doch sie schlummerten weiter. Sie trat ins Mondlicht hinaus und schaute besorgt in den sternenklaren Himmel.

James war seit über einem Jahr fort und hatte nichts von sich hören lassen. Die Erinnerungen, die sie an ihre kurzen gemeinsamen Monate hatte, waren allmählich verschwommen und begannen zu verblassen – ebenso wie die Konturen seiner Gesichtszüge –, und jetzt schienen selbst die glücklichen Zeiten, die sie hier in Eden Valley verbracht hatten, unwirklich. Ihr kam es so vor, als hätte eine andere Ruby zu einer anderen Zeit sie erlebt, und sie wusste nicht, was sie davon halten sollte.

Sie schaute sich um. Weich spürte sie Nells Gegenwart in der nächtlichen Wärme, sie raschelte in den vergoldeten Bäumen und flüsterte im plätschernden Fluss – eine Bestätigung, dass die Liebe ihrer Großmutter in der Luft weiterlebte, die sie einatmete.

Ruby nahm James' aufgegebene Tonpfeife zur Hand und stopfte sie mit duftendem Tabak. Sie rauchte nur selten, doch an diesem Abend hatte sie das Bedürfnis nach dem vertrauten Ritual. Rauchfahnen hinter sich her ziehend, setzte sie sich an den Rand der Veranda und starrte in die Vergangenheit. Die war sicherer – sie stellte weniger Anforderungen und verlangte keine Entscheidungen von ihr.

Und dennoch verfolgte Finn sie, sein Lachen hallte in ihrem Kopf wider, seine Berührung – so leicht – war eine Erinnerung, bei der ihr ein Prickeln über die Haut lief. Das Blau seiner Augen, wenn er spottete, der Schwung seiner Lippen, wenn er lächelte, der Klang seiner Stimme und die leisen irischen Kosenamen, die beiläufig wirkten und doch tiefe Zuneigung verhießen, waren so klar, dass es beinahe so war, als säße er neben ihr.

»Das ist doch lächerlich!«, murmelte sie vor sich hin. »Du bist doch keine fünf mehr – du bist eine verheiratete Frau mit zwei Kindern. Finn wäre verärgert, wenn er glauben müsste, er bedeutet dir mehr als ein Freund.«

Mühsam stand sie auf, sah, dass die Pfeife ausgegangen war, und steckte sie wieder in das Einmachglas auf dem Verandatisch. Trotz ihrer schönen Worte und ihrer besten Absichten wusste sie, dass sie sich etwas vormachte. Sie liebte Finn, solange sie zurückdenken konnte, und in den Monaten, in denen sie mit ihm gearbeitet, gemeinsam gegessen und mit ihm geredet hatte, war etwas in ihr wieder entflammt, was nicht zu leugnen war. Doch es musste sein: Finns Zuneigung galt einer Kusine, die Hilfe brauchte, bis es an der Zeit war weiterzuziehen. Und weiterziehen würde er mit Sicherheit, denn ihr Eheversprechen band sie an James – und damit war die Sache erledigt.

Sie betrachtete das zerwühlte Bett und die schlafenden Kinder und stieg die Verandatreppe hinab. Barfuß ging sie durch das taufeuchte Gras an ihre Lieblingsstelle am Fluss. Sie wollte sich setzen und von der Ruhe dieser Nacht im Outback besänftigen lassen.

Doch als sie näher kam, hörte sie ein Platschen im Wasser und erkannte, dass schon jemand dort war. In dem Glauben, es sei sicher Duncan, der gern nachts schwamm, beschloss sie, die andere Richtung einzuschlagen, doch als sie sich umdrehte, vernahm sie eine Melodie und wusste sogleich, es war nicht der Schotte, der da ein Bad nahm.

Ihr Herz hämmerte wild, als sie sich hinter einem dicken Baum versteckte und ihn beobachtete. Was sie da machte, war falsch, doch sie hatte sich nicht unter Kontrolle. Sie fühlte sich zu ihm hingezogen, so sicher wie Wolle auf eine Spindel. Finn stand bis an die Hüften im schnellen Strom. Er sang ein irisches Volkslied, ohne auf sein Publikum zu achten, und seifte sich gründlich Haare und Gesicht ein. Er beugte die starken Arme, das Mondlicht warf einen goldenen Schimmer auf seine Haut, und die Wassertropfen an Brauen und Wimpern glitzerten wie Diamanten.

Fasziniert beobachtete Ruby, wie der Seifenschaum über seinen muskulösen Oberkörper rann und jeder ausgeformten Senkung, Erhebung und Kurve folgte, den zärtlichen Fingern einer Geliebten gleich. Ihr Blick wanderte zu seinen Händen – so braun von der Sonne, so kräftig und tüchtig –, die Seife auf seinen breiten Schultern verteilten, auf die Brust und den festen, flachen Bauch hinab bis zur verführerischen Linie aus dunklem Haar, das unter der Wasseroberfläche verschwand.

Sie zog sich noch tiefer in den Schatten zurück; ein heftiges Verlangen keimte in ihr auf, und sie sehnte sich fast unerträglich danach, ihn zu berühren. Zu lange war sie nicht geliebt worden, und bei dem Gedanken an Finns Körper, der sich seidig an ihren schmiegte, an seine liebkosenden Hände, seinen Herzschlag an ihrer Brust, zitterte sie. Sie stand in Flammen vor Wollust, Moschusduft stieg als Reaktion auf seinen Sirenenruf von ihr auf.

Finn ließ sich ins Wasser gleiten und hinterließ einen Wirbel aus kleinen, vom Mondlicht erhellten Wellen. Dann erhob er sich, stieß einen wohligen Laut aus und schüttelte den Kopf. Wasser floss herab wie Juwelenschnüre, und als er die Arme streckte, um sich die Haare nach hinten zu streifen, machte die Vollkommenheit seiner Erscheinung den Alabasterstatuen in den Fluren des Regierungsgebäudes Konkurrenz.

Rasch unterdrückte sie einen erstickten Klagelaut, sank ins Gras hinter dem Baumstamm und schaute ihm nach, wie er ans gegenüberliegende Ufer watete. Das Wasser rann über die schmale Taille bis zur Rundung des festen, runden Gesäßes und ließ das Haar auf seinen schön geformten Schenkeln dunkler erscheinen. Das Verlangen, ihn zu berühren, ihn zu riechen und seine Arme um sich zu spüren, war überwältigend.

Er nahm das Handtuch von einem Ast, zögerte und schaute über den schmalen Wasserlauf. Ruby wusste, er konnte sie unmöglich sehen, denn sie kauerte im Gras, verborgen hinter dem breiten Stamm eines Eukalyptusbaums, und doch schien sein Blick sie zu finden und sie endlose Sekunden dort festzuhalten, bevor er sich lächelnd abwandte.

Sie merkte, dass sie den Atem angehalten hatte, und stieß ihn mit einem Seufzer aus, während sie ihm zusah, wie er das Handtuch um seine Hüften schlang und zu seinem Zelt schlenderte. Er sang wieder, diesmal jedoch lauter, und es war ein irisches Lied über ein Mädchen, das am Fluss saß und auf seinen Liebhaber wartete.

Lawrence Creek, Hunter Valley, am nächsten Morgen

Jessie hatte nach ihrer Heimkehr erstaunlich gut geschlafen, und als sie den eingeborenen Kindern die Geschichte über Noah zu Ende erzählt hatte, freute sie sich auf das Mittagessen, das Hilda gerade kochte. Die Kinder hüpften schwatzend ins Sonnenlicht hinaus, und sie seufzte. Sie hörten gern Geschichten, doch es war offensichtlich, dass sie lieber draußen waren, und sie fragte sich, wie viel sie eigentlich verstanden.

Sie verstaute die grob geschnitzten Tiere in der Arche, die Peter gebaut hatte, um die Geschichte zu veranschaulichen, und stellte die Stühle wieder ordentlich im Kreis auf. Ihre Brüder waren am Morgen zurückgekommen, triumphierend über ihre Gewinne, aber mit Brummschädel. Anscheinend hatten sie ihren Streit mit Gerhardt vergessen, und nachdem sie ihr alles Gute gewünscht hatten, waren sie aufgebrochen, um ihren weiten Ritt in den Süden fortzusetzen.

Sie stand in der Kirchentür und beobachtete die Kinder, die im Hof Fangen spielten, was Erinnerungen an ähnliche Spiele mit ihren Brüdern in ihr weckte. Sie hatte keine Ahnung, wann sie die beiden wiedersehen würde, und sie hatte beim Abschied Tränen vergossen; und doch empfand sie auch eine gewisse Erleichterung, denn die Anwesenheit ihrer Brüder hätte möglicherweise Ärger bedeutet.

Jessie schloss die Tür und schlenderte zum Haus. Peter war

kurz zuvor vom Gottesdienst im Freien zurückgekehrt und war in eine Unterhaltung mit Hilda vertieft. Sie konnte sich vorstellen, worüber sie sprachen, und ihr plötzliches Schweigen, als sie sich näherte, war der Beweis, dass sie richtig gelegen hatte.

Sie hatte über die Vorkommnisse der letzten Nacht nachgedacht und war zu dem Schluss gekommen, dass eigentlich, obwohl sie Gerhardts vehemente Weigerung, überhaupt jemanden zu heiraten, nicht begriff, niemand zu Schaden gekommen war – ausgenommen vielleicht Gerhardts Stolz – und es daher nicht nötig war, Aufhebens darum zu machen oder darüber zu sprechen.

»Hilda hat es Ihnen demnach erzählt?«, fragte sie Peter.

»Das tut mir leid, Jessie.« Peter schaute sie mitfühlend an; er wirkte unangenehm berührt.

»Mir nicht«, erwiderte sie, der Wahrheit entsprechend. »Wenigstens weiß ich jetzt, woran ich bin.«

»Aber es auf diese Weise herauszufinden …«

»Ich hätte nicht lauschen dürfen.« Sie lächelte Hilda zu, die ihre Lippen zusammenpresste und sich offenbar nicht wohlfühlte. »Ärgere dich nicht an meiner statt, Hilda. Ich liebe ihn nicht. Er hat mir nicht das Herz gebrochen.«

»Freut mich, das zu hören«, sagte sie, »aber er hätte dich nicht hinhalten dürfen.«

»Das wäre vielleicht klüger gewesen«, stimmte sie ihr zu, »aber auch mich trifft die Schuld, dass ich mich nicht ausgesprochen habe, also muss ich die Schande mit ihm teilen.«

»Du hast nichts gemacht, um ein schlechtes Gewissen zu haben«, blaffte Hilda, »und wenn ich ihm wieder begegne, werde ich ihm klipp und klar sagen, was ich von ihm halte.« Sie verschränkte die Arme unter dem ausladenden Busen.

»Bitte nicht!«, flehte Jessie sie an. »Die Wahrheit ist ans Tageslicht gekommen, und ich bin froh darüber. Sollte er noch einmal vorbeischauen, ist er uns herzlich willkommen. Darauf bestehe ich.«

Peter betrachtete sie nachdenklich. »Wir werden Ihrer Bitte entsprechen«, erwiderte er, »aber ich bezweifle, dass wir ihn in nächster Zeit sehen werden. Er ist ins Barossa Valley aufgebrochen, um sich neue Schösslinge zu beschaffen.«

Jessie war über alle Maßen erleichtert, denn trotz ihrer Worte wusste sie, es wäre peinlich, ihm wieder zu begegnen. »Dann wollen wir hoffen, dass seine Reise gewinnbringend ist«, sagte sie ohne Groll. »Können wir jetzt bitte essen? Ich sterbe vor Hunger.«

DREIZEHN

Eden Valley, Oktober 1852

Ruby stapelte gemeinsam mit den anderen die kostbaren Wollballen auf den Wagen. Duncan hatte zu einer Schur im Frühling geraten, damit sie ein Jahr lang von den Wollschecks profitieren konnten, und sein Rat hatte sich offenbar ausgezahlt. Die Schafe waren im australischen Winter auf der Weide gewesen, und ihre Wolle war dicht geworden. Im Herbst würden ihre Felle erneut reif sein für die Schur.

Sie wischte sich den Schweiß aus den Augen. Es war schon heiß, der wolkenlose Himmel versprach keinen Regen. »Wie gut, dass wir den Winter über keine Tiere auf die nördlichen Weiden gelassen haben«, sagte sie zu Finn, der neben ihr arbeitete. »Sonst könnte uns im Sommer das Gras knapp werden.«

Er trank einen Schluck aus dem ledernen Wasserschlauch und trocknete sich mit dem Handrücken den Mund ab. »Wir müssen so schnell wie möglich Heu machen und den unerwünschten Bestand loswerden. Die Frühlingslämmer kommen schon, und wenn wir einen harten Sommer haben, werden wir nicht in der Lage sein, sie zu füttern und zu tränken.«

Ruby packte den schweren Ballen und warf ihn mit Schwung Tommy zu, der auf dem Wagen hockte. »Duncan hat schon begonnen, sie von der Herde zu trennen«, sagte er. »Wir werden sie gegen Ende der Woche zum Schlachthof nach Nine Mile Creek treiben können.«

»Eine Schande, dass wir nicht genügend Arbeitskräfte haben, um sie direkt zu den Minenlagern zu bringen. Ich sehe keinen

Sinn darin, von den Gewinnen einen Treiber und Schlachter zu bezahlen.«

»Wir werden trotzdem genug verdienen«, murmelte sie und hievte den nächsten Ballen hoch. »Du weißt doch, ich kann es mir nicht leisten, wochenlang auf jemanden zu verzichten – besonders zur Lammzeit.«

Schweigend arbeiteten sie weiter, und Ruby hielt den Blick fest auf ihre Arbeit gerichtet, obwohl sie kaum der Versuchung widerstehen konnte, zu beobachten, wie sich die Muskeln seiner sonnengebräunten Arme zusammenzogen. Noch schwerer fiel ihr, ihn nicht anzusehen, wenn er sprach. Doch sie musste standhaft bleiben, denn Finn durfte niemals ihre wahren Empfindungen erraten.

Was für ein zerbrechliches, kostbares Ding die Liebe doch ist!, überlegte sie. Und dennoch, zu welcher Last wird sie, wenn man sie jemandem anvertraut in der Hoffnung, er schätze sie. Sie hatte ihre Liebe James geschenkt, aber der hatte sie fallenlassen; jetzt war sie erneut überwältigt von der Schwärmerei, die sie Finn schon als Mädchen entgegengebracht hatte, aber Ruby hatte Angst, es sich einzugestehen.

»Da kommen Reiter!«, rief Tommy.

Ruby half Kumali, auf die Schnelle die Kinder zusammenzutreiben, denn sie hörten donnernden Hufschlag, der sehr schnell näher kam. Sie setzte Nathaniel auf ihre Hüfte, nahm Violet an die Hand und wartete. Die Vorstellung, es könne James sein, weckte gemischte Gefühle in ihr. In den ersten Monaten hatte sie sich nach seiner Rückkehr gesehnt, aber jetzt? Jetzt wusste sie nicht, was sie denken oder fühlen sollte. Wie hieß man jemanden willkommen, der einen verlassen hatte und im Grunde genommen ein Fremder war? Wie sollte sie ihn lächelnd in Empfang nehmen, nachdem er nicht den leisesten Wunsch gezeigt hatte, Kontakt mit ihr aufzunehmen oder über das Wohlergehen seiner Frau und seiner Kinder nachzudenken? Und wie sollte sie ihm in die Augen schauen, wenn der Mann, den sie wirklich liebte, an ihrer Seite stand?

Als habe Finn ihre Gedanken gelesen, drückte er ihr tröstend die Hand. Ruby war dankbar für seine Besorgnis, wagte aber nicht, ihn anzusehen, denn sie wusste, ihre Augen konnten nicht lügen.

Der Reiter hielt das Pferd so abrupt an, dass es mit den rutschenden Hufen eine Staubwolke aufwirbelte, die sich erstickend auf die Atemwege legte. Er sprang aus dem Sattel und schritt auf Ruby zu.

»Fergal?« Die Erleichterung war groß.

»Guten Tag, Missus. Tut mir leid, dass wir so lange weg waren, aber ich habe gehofft, dass ich vielleicht meine alte Arbeitsstelle wieder antreten könnte.« Sein Blick schoss zwischen Ruby und Finn hin und her.

Sie betrachtete ihn mit kaum verhohlener Verachtung. »Sie waren über ein Jahr lang fort. Was veranlasst Sie zu glauben, Sie könnten einfach wieder hier auftauchen und Arbeit bekommen?«

»Ich hatte gehofft, Sie brauchen noch zwei Hände«, sagte er matt, wobei sein Blick wieder zu Finn flatterte, der wie ein Fels neben Ruby stand.

»Meine Bedürfnisse haben Sie vorher auch nicht interessiert«, sagte sie kalt, »und wie Sie sehen, habe ich jetzt andere, die mir helfen.« Sie sah die Fragen in seinen Augen, als er Finn anschaute, doch sie hatte nicht vor, ihn aufzuklären. »Warum sollte ich Sie wieder einstellen, nachdem Sie sich schon einmal als unzuverlässig erwiesen haben?«

Er nahm den Hut vom Kopf und zerknüllte den Rand, den Blick auf seine Stiefel gerichtet. »Ich habe meinen Teil bei der Goldsuche geleistet«, nuschelte er, »und genug von Abenteuern. Ich laufe nicht wieder weg.« Verzweifelt schaute er sie an. »Ich brauche die Arbeit«, gestand er.

Ruby nahm seine verschlissene Kleidung zur Kenntnis, die

kaputten Stiefel. Es war klar, dass Fergal eine Pechsträhne hatte, und sie brauchte jede Hilfe, die sie bekommen konnte, doch konnte sie ihm vertrauen? Sie beschloss, ihn auf ihre Entscheidung warten zu lassen, und wechselte das Thema. »Warum ist James nicht bei Ihnen?«

»Wir haben uns vor einiger Zeit getrennt.« Sein Blick wanderte zu Nathaniel, der sich an Rubys Schulter schmiegte, und seine Miene wurde weicher. »Tut mir leid, Missus. Ich habe keine Ahnung, ob er bald zurückkommen wird.«

»Das dachte ich mir.« Ruby schaute ihn streng an. »Aber das entschuldigt keinen von euch beiden, mich im Stich gelassen zu haben.«

»James ist furchtbar überzeugend«, knurrte er, »und die Goldfelder bei Ophir waren einfach zu ergiebig, um sie außer Acht zu lassen. Wir wollten beide nicht so lange fortbleiben, aber die Zeit verliert dort jede Bedeutung.« Er lief rot an und knetete seinen Hut weiter. »Ich habe James gefragt, warum er nicht schreibt oder eine Nachricht schickt, aber er sagte, das sei nicht nötig, Sie würden es verstehen.« Offensichtlich wurde ihm klar, dass diese Ausrede nicht zog, und er fuhr hastig fort: »Ich hätte ja eine Nachricht geschickt, aber ich dachte, das sei nicht meine Aufgabe.«

»Stimmt.« Sie bedauerte, so streng mit ihm gewesen zu sein, denn sein Bedauern war offenbar echt. Seufzend gab sie nach. »Ich stelle Sie für sechs Monate ein. Wenn Sie sich als standhaft erweisen, können wir zu einer längerfristigen Vereinbarung kommen.«

Die Erleichterung in seinem Gesicht sprach Bände. »Danke, Missus. Sie werden es nicht bereuen, das verspreche ich.«

»Wir wollen es hoffen.« Sie stellte Nathaniel auf den Boden und sah ihm nach, als er zu Violet watschelte, die auf der Verandatreppe saß. Dann machte sie die Männer miteinander bekannt. »Das ist Finn. Er ist mein Vetter und der Verwalter von Eden

Valley. An ihn wenden Sie sich für Ihre täglichen Anweisungen und den Lohn. Tommy hilft Duncan, und Kumali und ich arbeiten, wo wir gebraucht werden. Ihre Abende stehen Ihnen zur freien Verfügung. Sie haben im Monat zwei Tage frei, außer in Zeiten der Schur und wenn die Lämmer kommen. Wenn Sie betrunken zur Arbeit kommen oder länger verschwinden, als Ihnen zugestanden ist, werden Sie entlassen. Ist das klar?«

Er nickte, allerdings war ihm anzumerken, dass er sich nicht gern von einer Frau in diesem Ton abkanzeln ließ, denn er hatte Befehle immer direkt von James entgegengenommen. Ruby fragte sich, wie lange es wohl dauern würde, bis die Verlockungen der Kneipe in Five Mile Creek unwiderstehlich wurden. Sie würde abwarten, wie sich alles entwickelte. Zwei weitere Hände, und seien sie noch so unzuverlässig, waren ein Geschenk Gottes.

»Sie können damit anfangen, sich ein neues Paar Stiefel aus dem Lager zu holen«, sagte Finn. »Sobald Sie ausgestattet sind, können Sie helfen, den Rest dieser Ballen hier aufzuladen.«

Die beiden Männer reichten sich die Hand, beäugten sich misstrauisch, stellten jedoch dann fest, dass beide Wurzeln in Galway hatten. Ihre Verbundenheit mit Irland würde den Übergang zu einer guten Zusammenarbeit wohl erleichtern, und dafür war Ruby dankbar. Das Letzte, was sie brauchte, war, dass die kameradschaftliche Ordnung von Eden Valley kippte, die bisher so leicht aufrechtzuerhalten war.

»Kommen Sie zum Haus, wenn Sie mit den Ballen fertig sind, Fergal. Ich muss ein Wort mit Ihnen reden.«

Die vier Kinder schliefen in dem großen Bett. Es war Mittag, doch sie wurden von der Brise gekühlt, die zum Fenster hereinwehte, und durch ein Stück Musselin, den sie über ihnen an der Decke befestigt hatte, vor den allgegenwärtigen Fliegen geschützt. Sie würden mindestens eine Stunde schlafen und ihr Zeit geben, in Ruhe mit Fergal zu reden. Sie hatte Kumali bereits mit Duncan zum Pferch mit den Mutterschafen geschickt, Finn trennte das Schlachtvieh von der Herde, und Tommy hatte den Wagen nach Nine Mile Creek gefahren, von wo aus ein weiteres Ochsengespann die Wolle nach Sydney bringen würde.

Ruby spürte ein beunruhigendes Flattern im Magen. Musste sie wirklich etwas über das Leben erfahren, das James geführt hatte, nachdem er fortgegangen war, und den Gründen für seine andauernde Abwesenheit nachgehen? Die Antwort lautete ja, doch sie hatte das ungute Gefühl, dass ihr nicht gefallen würde, was sie zu hören bekäme.

Fergal kam mit einer Kanne Tee und einem Stück Buschbrot aus der Küche im Freien. Zögernd näherte er sich der Veranda. »Ich hoffe, es macht Ihnen nichts aus«, sagte er und deutete auf das Brot, »aber ich hatte Hunger.«

»Ich missgönne niemandem eine Mahlzeit«, sagte sie lächelnd. »Wie sind die Stiefel?«

Er schaute auf das stabile Schuhwerk, das an manchen Stellen noch glänzte. »Meine Füße haben sich an weicheres, gesprungenes Leder gewöhnt, aber sie werden sich mit denen hier schon einrichten. Danke.«

»Kommen Sie, setzen Sie sich, und erzählen Sie mir von Ophir.«

Er beschrieb das prickelnde Gefühl, als sie ihre ersten Nuggets fanden, und die nachfolgende Suche, die sie immer tiefer ins unsichere Erdreich geführt hatte. Seine Schilderungen waren lebhaft, vorgetragen mit der angeborenen Gabe eines irischen Erzählers, und sie konnte sich das Barackenviertel, die bärtigen Goldsucher und die schrecklichen Unfälle, die ihnen häufig zustießen, bildhaft vorstellen.

»Aber wenn Sie Gold gefunden haben, warum sind Sie dann nicht nach Hause gekommen?«

»Es war nie genug«, murmelte er mit vollem Mund. »Wir mussten dreißig Schillinge im Monat für die Konzession bezahlen. Dann mussten wir Nahrungsmittel kaufen, Kleidung, und kaputte Werkzeuge ersetzen. Ein paar Stückchen Gold reichen nicht weit, wenn es durch drei geteilt wird.«

»Durch drei?«

Er nickte. »Wir haben uns einem Amerikaner angeschlossen, Repton heißt er, und eine Zeitlang hatten wir mehr Glück. Doch dann passierte der Unfall, und ich wusste, es war an der Zeit auszusteigen. Kein Gold der Welt kann ein Leben ersetzen.«

Ihr wurde kalt. »Was für ein Unfall?«

Seine Worte beschworen Bilder herauf, die ihr einen Schauer über den Rücken jagten, als er erklärte, was vorgefallen war.

»Gott sei Dank wurden Sie und James gerettet«, sagte sie atemlos.

»Gott hatte wenig damit zu tun«, erwiderte er verdrießlich. »Wären Hina Timanu und Howard Repton nicht gewesen, lägen wir noch immer da unten.« Eilig fügte er eine Erläuterung hinzu. »Hina kommt aus Tahiti und ist gebaut wie ein Ochse. Merkwürdiger Kerl, blaue Augen und Haare bis an die Taille, aber er hat eine beängstigende Kraft. Er hat uns, laut Howard, aus der Erde gezogen wie Korken aus der Flasche.«

»Anscheinend sind Sie nicht verletzt«, sagte sie und erfasste mit einem Blick seine drahtige Gestalt. »Ist James auch ohne Blessuren davongekommen?«

Er prustete. »Das kann man wohl sagen. Hatte jede Frau …« Er wurde rot und verstummte.

Rubys Wut flammte auf. »Sie haben Frauen in Ophir nicht erwähnt.«

Er zauderte sichtbar.

»Erzählen Sie schon, Fergal!«

Er kaute das letzte Stück Buschbrot und trank seinen Tee, als brauche er Zeit, um sich seine Antwort zu überlegen. »Wo Männer sind, gibt es immer Frauen«, sagte er leise, »eine bestimmte Sorte Frauen, wenn Sie wissen, was ich meine.« Sie nickte, und er fuhr fort: »Als James gerettet wurde, sind sie in Scharen zu ihm geströmt und haben ihn zu ihrem Zelt gekarrt. Ich habe ihn stundenlang nicht gesehen, aber das war nicht ungewöhnlich. Sie kannten ihn gut, und er hatte die Angewohnheit, ihr … ihr Etablissement aufzusuchen.«

»Ich habe oft den Verdacht gehabt, dass er untreu ist«, murmelte sie. »So viele Wochen fort …« Sie löste sich von ihren Gedanken und schaute ihn direkt an. »Gibt es eine … eine besondere Frau für ihn?«

Er schüttelte den Kopf. »James hält viel davon, seine Gunst breit zu verteilen«, murmelte er beschämt.

»Bei so vielen Ablenkungen ist es kein Wunder, dass er nicht gern nach Hause kommt.« Ihr Tonfall war verbittert, doch der Grund war Wut, nicht Liebeskummer.

»Das Gold lenkt ihn ab«, erwiderte er. »Die Frauen sind nur Abwechslung nach einem langen, harten Arbeitstag.« Er wurde rot; ihm war klar, dass seine Worte nur wenig Trost spendeten. »Er hat das Fieber, wie man sagt, und kein Fund genügt ihm. Er ist überzeugt, dass Howard und Hina ihm Glück bringen, weshalb er vorhatte, mit ihnen nach Ballarat zu gehen.«

»Ballarat? Aber das ist meilenweit entfernt.« Ruby war entsetzlich traurig über einen Mann, der für die Verlockung des Goldes so bereitwillig alles aufgeben konnte. »Spricht er jemals von mir und den Kindern, oder hat er uns in seinem Wahn vergessen?«

Fergal rutschte auf seinem Stuhl hin und her, denn Rubys Fragen waren ihm sichtlich unangenehm. »Sein Denken und Fühlen ist auf etwas anderes gerichtet«, gab er zu. »Aber ich habe ihn über Nathaniel reden hören, und er ist stolz auf seinen Jungen, daran besteht kein Zweifel.«

»Nur nicht stolz genug, um Teil seiner Kindheit zu sein.« Ruby spürte, wie Zorn in ihr aufwallte, unterdrückte ihn jedoch entschlossen. »Er hat sich entschieden, und ich muss damit leben. Schade nur, dass seine Kinder aufwachsen werden, ohne ihn zu kennen.«

»Ja«, seufzte er und ließ den Blick über sie gleiten. »Der Mann ist ein Narr, dass er das Gold nicht sieht, das er hier bereits auf Lager hat.«

Sein Kommentar brachte sie aus der Fassung. Dieser Fergal war so ganz anders als der, der vor einem Jahr fortgegangen war. Die Erfahrungen in Ophir hatten offensichtlich eine Reife mit sich gebracht, die ihm vorher gefehlt hatte, und ein Verständnis für das, was im Leben wirklich zählte. Um die Unterhaltung zu beenden, stand sie auf und streckte ihm die Hand entgegen. »Gut, dass Sie wieder hier sind, Fergal, und vielen Dank, dass Sie so ehrlich sind.«

»Tut mir leid, wenn ich Sie gekränkt habe …«

»Die Wahrheit verletzt nicht. Erweisen Sie sich einfach als loyal und zuverlässig, dann können wir alle zusammenarbeiten, um Eden Valley zur besten Schafzucht im Bezirk zu machen.«

Ballarat Gold Fields, Juni 1853

Die Soldaten trafen mit stampfenden Pferden und rasselnden Säbeln bei den Goldminen ein. An ihrer Absicht, die Konzessionsschwindler mit allen Mitteln zu verfolgen, bestand kein Zweifel, und alle, die das Pech hatten, ohne die notwendigen Papiere erwischt zu werden, konnten sich auf eine grobe Behandlung gefasst machen.

La Trobe, der Gouverneur von Victoria, hatte im Oktober zuvor fünf Kompanien des Vierzigsten Regiments hinzugezogen, um das Konzessionsrecht durchzusetzen. Sie sollten die örtliche Polizeitruppe sowie die vor kurzem eingezogenen pensionierten Polizisten von Van Diemen's Land unterstützen und waren bei den Goldsuchern aufgrund ihrer unsanften Methoden allgemein verhasst. Von einem arroganten, uniformierten Eingeborenen hoch zu Ross befragt zu werden war eine Beleidigung, denn sie wurden noch immer als Wilde betrachtet, besaßen aber inzwischen die Macht, einen anzuhalten und Durchsuchungen vorzunehmen, und es war ärgerlich, sich mit ihren dreisten Forderungen abfinden zu müssen.

Das war nicht die einzige Demütigung, unter denen die Goldsucher litten. Wer die Gebühr nicht gezahlt hatte, wurde zur Strafe an einem langen Seil unter dem schändlichen Hohn der Soldaten durch die Straßen gezerrt. Damit war die Bestrafung noch nicht zu Ende, denn der Delinquent wurde anschließend über Nacht an einen Baum gekettet. Da die meisten Digger schwer arbeitende, gesetzestreue Bürger waren, protestierten sie gegen diese entwürdigende Behandlung, und von Woche zu Woche wurde das unzufriedene Murren lauter.

Die Zwietracht hatte schon lange begonnen, bevor Hina in Ballarat eintraf. Dreißig Schillinge waren eine Bagatelle für einen Mann, der regelmäßig fünf Pfund am Tag einnahm, doch für alle, die wochenlang schufteten und nichts fanden, war die Summe unerschwinglich. Hina suchte Schutz vor dem strömenden Regen, lehnte sich an die Wand des Bath Hotel und las den Leitartikel im *Argus*.

Das billige Nachrichtenblatt rühmte die Tugenden des republikanischen Rechts, und Hina pflichtete dem Autor bei, dass Bestechung und Korruption auf den Goldfeldern vom Goldkommissar bis in die niedrigsten Polizeiränge verbreitet war. Er hatte miterlebt, dass auf der Jagd nach dem Geld für Konzessionen, mit denen La Trobes Schatzkammern gefüllt werden sollte, andere Verbrechen unbeachtet blieben, und mit eigenen Augen die Folgen eines derart miserablen Gesetzesvollzugs gesehen. Mit den Gebühren sollte der Bau anständiger Straßen, von Krankenhäusern und Schulen finanziert werden, doch während die Korrupten zu Wohlstand kamen, verbesserte sich der Alltag der Goldgräber kaum.

Er war in den Artikel vertieft, als das Nachrichtenblatt in seinen Händen zerfetzt wurde. Erschrocken blickte er auf und sah eine Säbelspitze nur wenige Zentimeter vor seinen Augen.

»Wo ist deine Konzession?« Das Gesicht des Soldaten unter dem tropfenden Helm war wie versteinert.

Hina kramte in seiner Tasche und zog das kostbare Stück Papier hervor.

Der Soldat auf seinem Pferd betrachtete es. »Kannst du beweisen, dass du keinem Schuldspruch unterliegst und dich nicht von deiner rechtmäßigen Arbeitsstelle entfernt hast? Chinesische Arbeitskräfte sind hier nicht erlaubt.«

Hina reckte die Schultern. »Ich komme aus Tahiti. Vor zwei Jahren bin ich mit dem Walfänger *Sprite* hier eingetroffen.« Er griff erneut in seine Tasche. »Ich habe die Erlaubnis meines Kapitäns, an Land zu bleiben.«

Der Soldat war offensichtlich verstimmt. Er warf die Papiere beiseite, zerrte an den Zügeln und entfernte sich auf der Suche nach dem nächsten Opfer.

Hina fischte seine Papiere aus der Pfütze, in der sie gelandet waren, vergrub das Kinn tief im Mantelkragen und machte sich auf den Weg zu den Gruben. Er war dieses Leben allmählich leid – die Schikanen, die Kälte und Nässe –, doch er war so weit gekommen und hatte so vieles auf sich genommen, um diese Taschenuhr im Auge zu behalten. Er musste bleiben, denn im Laufe der Monate war er zu der Überzeugung gelangt, dass es nur die Uhr sein konnte, von der seine Großmutter gesprochen hatte.

Howard war anscheinend entschlossen, sie ihm niemals in die Hand zu geben, geschweige denn, sie ihm zu verkaufen. Nur wenn Howard betrunken war, gewährte er Hina einen Blick darauf. Die Uhr blieb ein Rätsel, und er hätte sie zu gern ungehindert untersucht, doch Howard trug sie jeden Tag, und nachts steckte er sie unter sein Kissen. Allem Anschein nach würde er seine Vermutungen nie bestätigen können, und wenn sich nicht bald eine Gelegenheit ergäbe, müsste er einfach fortgehen und sie vergessen.

»Sie fahnden wieder«, sagte er, als er zum Zelt kam.

»Das ist das dritte Mal in diesem Monat«, knurrte Howard mit Kautabak im Mund. Finster schaute er in den Graupelschauer hinaus. »Verdammt! Dieser Ort hier wird unerträglich.«

»Was glauben die eigentlich, mit wem sie es zu tun haben?« James' Gesicht war hochrot vor Wut. »Wir sind Männer, keine Sklaven, und wir haben unseren Stolz.« Er spuckte in das tiefe Loch, das sie seit Wochen gegraben hatten. »Wir haben ein Landgericht und ein Geschworenengericht in Buninyong und genügend Juristen in Ballarat, die ein ganzes Land führen könnten. Wir haben Pfarrer aller Glaubensrichtungen, eine öffentliche Leihbibliothek, ein nettes neues Hotel, Informationsblätter und regelmäßige Kricketspiele im Sommer. Trotzdem scheint La Trobe entschlossen, uns wie Abschaum zu behandeln.«

»Es hat keinen Zweck, sich zu ärgern, James«, murmelte Howard. »Nichts wird sich von jetzt auf gleich verändern, und wir haben Männer wie Lalor, Humffray und Carboni, die für uns sprechen.«

»Hmm. Lalor ist ein irischer Hitzkopf, der eigennützige Zwecke verfolgt, Humffray ein ehemaliger walisischer Aufrührer und Carboni ein italienischer Störenfried. Feine Exemplare, die uns da vor La Trobe vertreten.« Sein Sarkasmus entging den anderen nicht.

»Wenigstens versuchen sie etwas an den Bedingungen zu ändern«, erinnerte Howard ihn. »Wenn du dich so stark fühlst, warum trommelst du nicht alle Gleichgesinnten zusammen und vereinigst sie?«

James brach den Augenkontakt ab. »Ich bin hier wegen des Goldes, nicht wegen der Politik, und ich habe diesen endlosen Streit satt. Ich gehe was trinken.« Er knallte sich den Hut auf, zog den Kragen hoch und patschte durch den Schlamm.

»Der Junge ist auf Krawall gebürstet«, brummte Howard. »Er brennt geradezu auf einen Kampf.«

»Er ist nicht der Einzige. Die Unruhe wächst mit jeder Durchsuchung.«

Howard kaute Tabak und beobachtete die zunehmende Dunkelheit an einem Spätnachmittag im Winter. »Ich spüre es auch«, erwiderte er, »und dabei kommt mir die Belagerung von Alamo in den Sinn.« Er nahm Hinas offensichtliche Verwirrung zur Kenntnis. »Es war damals, 1836, als Texas um seine Unabhängigkeit von Mexiko kämpfte. Hundertachtzig Männer haben das Alamo Mission Fort elf Tage lang gegen die mexikanische Armee in Atem gehalten, bis die Überlebenden schließlich überwältigt wurden.«

»Da sehe ich keine Ähnlichkeiten«, gab Hina zu.

»Stelle Männer mit dem Rücken an die Wand, wenn ihr Blut in Wallung ist oder wenn ihre Familien bedroht sind, und sie kommen heraus und kämpfen – nur ein Vorfall ist nötig, um dieses Pulverfass hochgehen zu lassen. Denk an meine Worte.« Er streckte sich und gähnte. »Ich glaube, ich werde James Gesellschaft leisten. Wir werden nicht arbeiten können, solange wir das verdammte Loch nicht trockengelegt haben. Kommst du mit?«

Hina schüttelte den Kopf. Er sah keinen Sinn darin, Ersparnisse für etwas zu verschwenden, das ihm nicht schmeckte, und als Howard davontrottete, setzte er sich auf den grob behauenen Stuhl und betrachtete seine Umgebung. Die schneebedeckten Berge waren sämtlicher Bäume beraubt, das Holz hatte man dazu benutzt, um unsichere Erdlöcher und Tunnel abzustützen und Hütten zu bauen. Er hörte den Schlag der Schwingtröge, gleichmäßig wie der Marschtritt einer Armee, von allen, die trotz des strömenden Regens weiterarbeiteten. Er sah das Licht der Laternen an Rindenhütten, Zelten und Blockhütten.

Es war eine kleine Gemeinschaft, vereint in ihrem Bemühen, Gold zu finden, sich aus Schwierigkeiten herauszuhalten und zu überleben, denn wenn ein Mann wochenlang die Spur eines längst vertrockneten, vergrabenen Flussbettes verfolgte und dabei ganze hundert Fuß vorankam, richtete er sich auf eine lange Wartezeit ein, in der die Früchte seiner mühevollen Arbeit reiften – daher die Blockhäuser und stabilen Hütten. Die durchreisenden Goldsucher der ersten Zeit waren fort: zermürbendes, tiefes Graben in Schlammlöchern war für jemanden, der schnellen Profit suchte, uninteressant.

Im Gegensatz zu Ophir gab es in Ballarat viele Frauen. Diese ehrbaren Frauen und Töchter waren den Männern zahlenmäßig beinahe überlegen, und mit ihnen kamen die Einschränkungen durch Ordnung und Anstand, an denen es auf den früheren Goldfeldern gefehlt hatte. Es gab ein paar heimliche Schnapsläden und noch weniger Prostituierte, doch Ballarat war mit seinen schlammigen Straßen, sumpfigen Feldern und verfärbten Flüssen wohl der schmutzigste Fleck auf Erden.

Er zog sich eine Decke über die Schultern und trank den Rest des Tees aus dem Feldkessel. Das Feuer war schon lange verloschen, doch der Tee war noch warm genug, um Trost zu spenden. Der Wind schnitt wie ein Messer durch seine zerschlissene, nasse Kleidung, blähte die Zeltleinwand und ließ sie knattern, und der Graupelschauer fegte beinahe horizontal vorüber. Hina schaute schlechtgelaunt in die niedrigen Wolken und fragte sich, ob es wohl wieder schneien würde. Wenn ja, würde das einen weiteren Tag Müßiggang bedeuten.

Er sackte auf seinem Stuhl zusammen und ließ die Gedanken schweifen. Er war mit den beiden anderen und Fergal noch lange in Ophir geblieben, nachdem Bones gegangen war, denn sie waren auf eine ziemlich reiche Ader gestoßen und hatten darin gearbeitet, bis nichts mehr zu holen war. Dann war Fergal gegangen, sie waren vor etwa neun Monaten in Ballarat eingetroffen und hatten ihre Suche in Peg-Leg Gully begonnen, wo sie anfangs auch erfolgreich waren. Da sie sich darauf verlassen hatten, dass ihr Glück anhalten würde, hatten sie geplant, zu bleiben, doch dann hatte es Ärger gegeben. Hundertfünfzig irische Goldsucher, angeführt von einem Mann namens Fahey, hatten sich der Polizei widersetzt. Fahey kam ums Leben, und aus Furcht vor Vergeltungsmaßnahmen hatten Hina, James und Howard beschlossen, zu den Gravel Pits bei Eureka umzuziehen, bis die Lage sich wieder beruhigte.

Sie waren seit ein paar Monaten hier und hatten bereits einige annehmbare Nuggets gefunden, doch nachdem sie den erfahrenen Goldsuchern zugehört hatten, wurde ihnen klar, dass es noch länger dauern konnte, bis sie einen »Volltreffer landeten«, wie Howard es nannte. James hatte gezögert, weiterzumachen, denn er zog es vor, Gold mit möglichst wenig Arbeit zu finden, doch Howard hatte ihn mit dem Argument überredet, die Mühe würde sich lohnen. Und er hatte recht behalten, denn im Januar hatte eine Gruppe Goldsucher im Canadian Gully einen erstaunlichen Fund gemacht.

Das erste Nugget wog dreiundneunzig Pound, das zweite vierundachtzig, und als die Gräber auf sechzig Fuß angekommen waren, fanden sie den richtigen Klotz, der hundertsechsunddreißig Pound wog. Nach diesem Beweis war James nicht mehr zu bremsen – tatsächlich spornte die Aussicht auf einen derart unglaublichen Reichtum alle zu fieberhafter Aktivität an.

So tief zu graben war ein gefährliches Unterfangen, und Hina schauderte bei der Erinnerung an den gefluteten Tunnel. Er war in fünfzig Fuß Tiefe gewesen, als das Wasser hereinströmte. Seine Stiefel waren im Schlamm versunken, das Wasser reichte ihm bis an die Hüften. Wäre er nicht so stark gewesen und hätten Howard und James nicht so schnell reagiert, hätte er in der Finsternis den Tod gefunden, ohne Tahiti und Puaiti jemals wiederzusehen.

Genug der Schwermut für heute!, beschloss er und machte sich auf die Suche nach einer dickeren, trockeneren Decke. Er erspähte eine auf Howards Rollbett, stieg über den Stapel Werkzeuge auf dem Boden und zog daran, wobei er das klumpige Kissen freilegte. Das Geräusch eines Gegenstands, der gegen die

Spitzhacke schlug, ließ ihn aufmerken. Er hob die Laterne neben sich, schaute hinunter – und siehe da, im flackernden Schein glitzernd, lag Howards Taschenuhr, eingebettet zwischen den Werkzeugen.

Ein verstohlener Blick nach hinten gab ihm die Gewähr, dass er allein war. Andächtig hob er die Uhr auf. Sie musste unter dem Kissen gelegen haben, von Howard vergessen, aber endlich hielt er sie in den Händen. Vor Aufregung konnte er kaum atmen.

Mit unbeholfenen Fingern prüfte er ihr Gewicht, fühlte ihre Glätte und sah den Diamanten im Licht funkeln. Er drückte auf den winzigen Verschluss, das Gehäuse schnappte auf und enthüllte ihm, was er schon so lange hatte betrachten wollen. Nun bestand kein Zweifel mehr daran, dass es das goldene Geschenk war, denn dort, im Gehäuse befestigt, befand sich das Bildnis eines Mannes.

Als Hina es näher an die Laterne hielt, sah er, dass es ein stolzer Europäer war – ein vermögender Mann –, mit tränenförmigen Flecken an der Schläfe. Er schaute in die gelassenen blauen Augen und erkannte sie, schaute auf die Tränen und fuhr sich mit den Fingern über den Nacken, als wollte er dieses Familienerbe bestätigen.

Er kauerte sich vor die Laterne und betrachtete das andere Gemälde. Lianni war schön; kein Wunder, dass Jon sie geliebt hatte. Sie hatte die dunklen Augen, die goldene Haut und den sinnlichen Mund, die an seiner Mutter und Großmutter noch immer ins Auge sprangen – ihre Schönheit lebte seit Generationen weiter. Die langen schwarzen Haare waren mit einer Hibiskusblüte zurückgehalten, wie Puaiti sie auch trug, und beim Anblick dieser handfesten Erinnerung kamen ihm fast die Tränen. Lianni hatte Jon verloren, doch er hatte ihr dieses Geschenk gemacht, so sicher, wie er ihr den Sohn geschenkt hatte, Hinas Urgroßvater. Er musste eine Möglichkeit finden, Howard zu überreden, dass er sich davon trennte.

»Was machst du mit meinem Eigentum?«

Schuldbewusst wirbelte Hina herum und sah sich den beiden Männern gegenüber. »Ich habe mir eine Decke geholt«, stammelte er. »Da ist sie auf den Boden gefallen. Ich habe sie mir nur angeschaut.«

»Sieht mir ein bisschen verdächtig aus«, brummte James finster. »Bist du sicher, dass du nicht versucht hast, sie zu stehlen?«

Howards große Hand hob die Uhr auf. Er hatte die Augen zusammengekniffen und schaute Hina bohrend an. »Das hattest du doch nicht vor, oder?«

Hina richtete sich vor seinen Anklägern auf und straffte die Schultern. »Ich bin kein Dieb«, sagte er mit Nachdruck. »Sie ist zu Boden gefallen, und ich habe die Gelegenheit ergriffen, sie mir anzusehen.«

James setzte sich auf das Bett, während Howard die Uhr sorgfältig in seine Westentasche steckte und die Kette im Knopfloch festhakte. Zufrieden, dass sie gesichert war, richtete er seine Aufmerksamkeit auf Hina. »Ich habe sie dir schon oft gezeigt, und du weißt genau, dass ich es nicht leiden kann, wenn jemand meine Sachen anfasst.«

Hina merkte, dass James ihn noch immer misstrauisch beäugte, doch es war ihm längst gleichgültig, was er dachte, denn es galt, Howard von seiner Ehrlichkeit zu überzeugen. »Du hast mich einen kurzen Blick darauf werfen lassen, ja, aber ich habe sie nie in der Hand gehalten, geschweige denn die Möglichkeit gehabt, die Bilder darin richtig zu betrachten«, sagte er mit einer Ruhe, die seinen dringenden Wunsch Lügen strafte, man möge ihm Glauben schenken. »Wenn du mir die Chance gibst, etwas zu erklären, dann wirst du vielleicht verstehen, warum sie so wichtig für mich ist und warum ich sie niemals stehlen würde.«

Howard betrachtete ihn nachdenklich. »Seit Ophir treibt dich diese Uhr um, und ich muss zugeben, dass dein Interesse mich neugierig macht, also schieß los!«

Hina erzählte ihm von Jon und Lianni, wie die Uhr gegen Plunder eingetauscht wurde, und zeigte Howard dann das Muttermal unter seinem Haar. »Einen solchen Schatz zu stehlen würde mir und meiner Familie Schande bringen, und er wäre für alle Zeiten mit dem Zeichen des Diebstahls behaftet.«

»Ich habe dich nie für einen Lügner oder einen Dieb gehalten«, sagte Howard schleppend, »und du hast mir eine sehr schöne Geschichte erzählt.« Er öffnete die Uhr. Das Schweigen wurde nur vom leisen Schneefall auf die Zeltleinwand durchbrochen, während er die beiden Bilder betrachtete. »Vermutlich gehört diese Uhr rechtmäßig deiner Familie.«

Hoffnung keimte auf, als Howard ihn ansah.

»Aber tut mir leid, mein Sohn. Neun Zehntel des Rechts stehen auf der Seite des Besitzers – sie bleibt bei mir.«

»Ich habe jede Menge Gold. Lass sie mich kaufen, bitte! Es würde meiner Familie wirklich viel bedeuten, sie wiederzubekommen.«

»Kein Gold der Welt kann mir das hier bezahlen«, erwiderte Howard, »aber ich sage dir was, Hina – sollte ich sterben, werde ich sie dir hinterlassen. Wie findest du das? Du hast James hier als Zeugen, und ich werde mein Versprechen nicht zurücknehmen.«

»Aber du bist kein alter Mann.« Hina stockte der Atem. »Du kannst noch viele Jahre leben.«

»Das hoffe ich, mein Sohn, und ich rechne ›Unfälle‹ nicht mit ein.« Seine Augenbrauen zogen sich zusammen. »Verstehst du, was ich meine?«

Er war entsetzt. »Du glaubst, ich würde dich für die Uhr umbringen?«

»Menschen haben schon für weniger getötet.« Howards Gesicht hellte sich zu einem Lächeln auf, und er erhob sich. »Aber ich glaube nicht, dass du so weit gehen würdest. Sollen wir uns die Hände reichen und es dem Schicksal überlassen?«

Er reichte Howard die Hand, erleichtert darüber, dass der

Amerikaner ihn nicht für einen Dieb hielt, obwohl er zwangsläufig zugeben musste, dass das Schicksal ihm bereits einen grausamen Trick gespielt hatte und nicht aufhörte, seine Pläne zu durchkreuzen. Dennoch war er bereit, auf den rechten Augenblick zu warten, denn er glaubte fest daran, dass er und die Uhr zu einem bestimmten Zweck zusammengeführt worden waren, und er war entschlossen, ihn zu nutzen.

Lawrence Creek, Hunter Valley, August 1853

Jessie flickte wieder einmal einen Riss in Peters Hemd. Für einen Pfarrer in mittleren Jahren ging er sorglos mit seiner Kleidung und seiner Person um. Er fiel ständig vom Pferd oder trug seine beste Jacke, wenn er Pferdegeschirre ölte oder ein Wagenrad befestigte. Den letzten Riss hatte er sich zugezogen, als er auf einen Baum kletterte, um einen Drachen herunterzuholen, den er für die eingeborenen Kinder hatte fliegen lassen. Entsetzt hatte sie beobachtet, wie er, ohne auf Leib und Leben zu achten, hinaufgeklettert war und prompt von einem spitzen Ast durchbohrt wurde. Er hatte ihre Sorge mit einem Schulterzucken abgetan und darauf beharrt, der Schnitt an seinem Arm sei unbedeutend, doch als sie verlangte, ihn sich anzusehen, war sie erschrocken, wie tief er war.

»Sein Arm musste mit fünf Stichen genäht werden«, murmelte sie vor sich hin. »Noch mehr Stiche waren für dieses Hemd notwendig. Der Arzt hat sich daran gewöhnt, seine Wunden zu versorgen, aber ich wünschte, Peter würde daran denken, dass er nicht mehr so jung ist, wie er glaubt.«

»Hm?« Hilda war in Gedanken versunken.

Jessie stocherte in der Glut, um das Feuer in Gang zu bringen, legte das Hemd zur Seite und beschloss, Hilda zu verulken. »Heute habe ich einen Elefanten getroffen«, sagte sie.

»Tatsächlich, Schätzchen? Wie nett!«

Sie unterdrückte ein Kichern. »Ja, ziemlich. Er war rosa und hatte ausgezeichnete Manieren.«

»Gut, gut.«

»Er bat mich, dir Grüße auszurichten.«

Hilda zog die Stirn kraus, und endlich wurde ihr Blick klar. »Wer hat mir Grüße geschickt?«

»Der Elefant.«

Hilda sah sie verwirrt an, dann kam ihr die Erleuchtung, und sie stimmte in Jessies Gelächter ein. »Du bist eine freche Göre«, schimpfte sie, »eine alte Frau derart reinzulegen.«

»Du warst meilenweit weg, und die Gelegenheit war zu günstig, ich musste sie ergreifen.«

»Was war?« Peter trat ein und wäre beinahe von der Nadel aufgespießt worden, als er sich auf die Couch fallen ließ.

Jessie nahm die Näharbeit wieder an sich und erklärte ihm den Sachverhalt. Dann wandte sie sich wieder an Hilda. »Es sieht dir gar nicht ähnlich, so versonnen zu sein. Hast du Sorgen?« Sie fing den Blick auf, den Hilda mit Peter wechselte. »Kommt schon, ihr beiden, was ist los?«

»Eigentlich nichts«, sagte Hilda nervös.

Jessie hob eine Augenbraue. »Das heißt, du verheimlichst mir etwas.«

»Na ja …« Sie warf Peter einen weiteren Blick zu. »Ich habe heute nur etwas gehört, und ich habe versucht, die richtigen Worte zu finden, um es dir beizubringen.«

Jessie runzelte die Stirn. Im Tal passierte nicht viel, und es sah Hilda nicht ähnlich, Gerüchte für sich zu behalten. »Wenn es sich um Gerhardts Verlobung handelt, dann weiß ich es schon«, sagte sie. »Er hat mir heute Morgen eine Nachricht geschickt.«

»Es geht nicht um Gerhardt, und ich bin überrascht, dass er die Frechheit hatte anzunehmen, du wolltest etwas über diese lächerliche vereinbarte Heirat wissen.«

»Wir sind Freunde geblieben«, sagte Jessie leise, »und als seine Freundin wünsche ich ihm alles Gute.«

»Von Schmidt braucht die guten Wünsche nicht«, entgegnete sie, die Arme unter dem Busen verschränkt. »Das arme Mädchen ...« Sie verstummte. »Jedenfalls geht es hierbei nicht um ihn, sondern nur um dich.« Sie schwieg, offensichtlich nicht imstande fortzufahren.

»Was Hilda sagen will, ist –« Peter wurde durch einen schweren Schlag gegen die Tür unterbrochen. »Ich habe die dunkle Ahnung, dass wir weitere Erklärungen unserem Besucher überlassen können.«

Jessie war noch verstörter. Peter sprach in Rätseln, und zusammen mit Hildas ausweichendem Blick war offensichtlich, dass sie ihr etwas verschwiegen. Sie schaute kurz zu Hilda, die sie noch immer nicht ansah, und bemühte sich zu verstehen, was im Flur geredet wurde. Bis auf das tiefe Poltern von Männerstimmen stellte sie ziemlich verärgert fest, dass sie kein Wort mitbekam.

Peter streckte den Kopf zur Tür herein. »Hilda, würdest du bitte in mein Büro kommen? Ich muss etwas mit dir besprechen.«

Verwirrt beobachtete Jessie, wie die ältere Frau hinauseilte. »Was zum Teufel geht hier vor?«, murmelte sie und erhob sich von der Couch.

Die Tür flog auf, und als sie den Besucher erblickte, drohten ihr vor Schreck die Knie zu versagen.

»Guten Tag, Miss Searle.« Abel zückte den Hut und lächelte.

Sie starrte ihn an, unfähig, etwas zu sagen. Seine grauen Augen zogen sie in ihren Bann wie eh und je, die Lippen teilten sich zu einem Lächeln, das unter ihrem forschenden Blick an Zuversicht verlor. Er hatte die Haare geschnitten und trug einen teuren Anzug. Seine Füße steckten in feinem Leder, an der Krawatte funkelte eine Diamantnadel, und unter seinem Gehrock konnte sie eine schicke Weste sehen. »Was zum Teufel machen Sie hier?«, fragte sie erstaunt.

»Ich wollte Sie sehen.«

Das Herz schlug ihr bis zum Hals, widersprüchliche Gefühle wüteten in ihr. »Warum?«

Er trat von einem Fuß auf den anderen. »Ich wollte Sie sehen, bevor Sie über den Buschfunk von meiner Rückkehr erfahren würden. Nichts verbreitet Gerüchte schneller.« Seine Zuversicht verebbte, und jetzt glich er eher wieder dem Abel, den sie in Erinnerung hatte. »Freuen Sie sich nicht ein bisschen, mich wiederzusehen?«

Sie schaute in die sorgenvollen Augen, auf die vorgeschobene Unterlippe und verwehrte ihrem Herzen, über ihren Verstand zu herrschen. »Es ist ziemlich spät für einen Besuch, Mr. Cruickshank«, sagte sie in eisigstem Ton. »Eigentlich ist es fast drei Jahre zu spät.«

»Oh.« Er ließ die Schultern hängen.

»Ist das alles, was Sie zu Ihren Gunsten vorzubringen haben?« Sie gab sich die größte Mühe, ernst zu bleiben, doch beim Anblick seines offensichtlichen Unbehagens hätte sie sich ihm am liebsten in die Arme geworfen und ihm gesagt, wie froh sie war, ihn zu sehen. Fest entschlossen, diese verräterischen Gedanken gut unter Verschluss zu halten, beschränkte sie sich auf ihre Wut. »Ich habe wenigstens eine Nachricht oder eine kurze Notiz erwartet, in der Sie sich nach meinem Wohlbefinden erkundigten, als ich nach der Flut so krank war, aber Sie waren offensichtlich zu sehr mit Ihren eigenen Angelegenheiten beschäftigt, um an mich zu denken.« Sie sprach hastig weiter, als er versuchte, sie zu unterbrechen. »Dann stelle ich fest, dass Sie die Gegend gänzlich verlassen haben, ohne mir Bescheid zu geben. Jetzt kommen Sie nach fast drei Jahren zurück und setzen voraus, dass ich auf Sie warte.«

»Ich habe gehofft, Sie würden mir eine Chance geben, alles zu erklären.«

»Die werden Sie noch früh genug bekommen, aber ich bin

noch nicht am Ende.« Sie holte tief Luft. »Als Sie fortgingen, habe ich darauf gewartet, von Ihnen zu hören, und als nichts kam, habe ich beschlossen, mein Leben fortzuführen und Sie zu vergessen.« Tränen drohten aufzusteigen, und sie verstummte.

»Sieht ganz so aus, als wäre meine Reise umsonst gewesen, Miss Searle, und ich bitte um Verzeihung, wenn ich Ihren Abend gestört habe.«

»Sie haben gar nichts gestört«, sagte sie hastig. Ihre Wut hatte nachgelassen, und sie wollte nicht, dass er ging. »Ich wäre froh zu erfahren, was Sie so lange von hier fortgehalten hat.« Sie wich zur Seite, wartete, bis er das Wohnzimmer betreten hatte, und schloss die Tür fest hinter ihm. Er würde nirgendwohin gehen, bis er ihr nicht alles erzählt hatte.

Verlegen stand er in der Mitte des Raumes, sie setzte sich und strich ihre Röcke glatt. Als sie sich zu ihm umschaute, sah sie, wie sein Mundwinkel zuckte, und ihr wurde klar, dass er sich keineswegs von ihrer Wut einschüchtern ließ, sondern sich im Gegenteil darüber amüsierte. »Ich warte, Mr. Cruickshank«, sagte sie unterkühlt.

»Ich habe bei der Flut alles verloren«, begann er, »und als Hilda mir sagte, Sie hielten sich in Possum Hills auf, wusste ich, dass ich etwas Einschneidendes tun musste, um Ihre Aufmerksamkeit zu erlangen. Ich konnte niemals mit von Schmidts Geld und gesellschaftlicher Stellung konkurrieren, und sobald die alte Frau Sie an der Angel hatte, wären Sie verloren. Daher ging ich fort auf der Suche nach meinem Glück; ich nahm an, wenn ich als reicher Mann zurückkäme, könnte ich Sie überreden, meinen Antrag zu überdenken.«

»Sie haben zu viel angenommen, Mr. Cruickshank. Ganz davon abgesehen war das nur eine Ihrer Schwächen.«

Er hob eine dunkle Augenbraue. »Nur eine von vielen? Meine Güte, Miss Searle, mir war gar nicht klar, dass ich so weit von jeglicher Vollkommenheit entfernt bin.« Die Augen sprühten.

»So etwas wie einen perfekten Mann gibt es nicht, Mr. Cruickshank.« Sie wagte nicht, ihn anzusehen, weil sie fürchtete, in Lachen auszubrechen.

Er gluckste. »Ich habe gelernt, dass es so ist, Miss Searle, und es ist bedauerlich. Wie arm sind wir doch dran, dass wir nicht das weibliche Genie haben, immer recht zu haben.« Er trat an den Kamin und stellte seinen Fuß auf das Gitter.

»Sie wollten mir den Grund dafür nennen, dass Sie sich so verspätet haben«, ermahnte sie ihn.

»Ich habe sehr schnell mein Glück gemacht und stand kurz davor, ins Tal zurückzukehren, als mir klar wurde, dass dieser neue Reichtum nicht verspielt werden durfte. Ich fuhr nach Sydney, um meine Eltern zu sehen, kaufte ihnen ein Haus und richtete eine jährliche Zuteilung ein, um ihnen einen bequemen Ruhestand zu gewährleisten. Dann habe ich andere Familienschulden abgetragen und dafür gesorgt, dass meine Brüder und Schwestern ihr Auskommen haben.«

»Ich muss Sie loben, aber Ihre Verantwortlichkeiten hier waren ebenso wichtig.«

Er senkte den Kopf. »Ich weiß, und ich werde mir nie verzeihen, dass ich Tumbalong und seine Familie im Stich gelassen habe, als sie mich am meisten brauchten.« Er schaute auf, die grauen Augen voller Sorge. »Ich habe Geld aus Sydney geschickt mit einer schriftlichen Botschaft, in der ich meine Abwesenheit erklärte und alle um Geduld gebeten habe. Erst bei meiner Rückkehr habe ich erfahren, dass beides nicht angekommen ist und Tumbalong und seine Familie infolgedessen gelitten haben. Der Bote hat sich als nicht ganz so ehrlich erwiesen, wie ich gehofft hatte.«

Jessie spürte, wie ihre Wut nachließ, war aber noch nicht bereit, ihm zu verzeihen. »Wenn Sie Tumbalong eine Nachricht schicken konnten, warum dann nicht mir? Ein Brief hätte gereicht, selbst eine einzeilige Notiz.«

Er wurde rot und schaute auf seine Stiefel. »Ich wusste nicht, wie«, gab er leise zu. »Ich habe nie schreiben gelernt.«

Er schämte sich dieses Geständnisses, und sie erkannte, dass Plattheiten überflüssig waren. Sie wurde still. Das Herz tat ihr weh für diesen Verlust an Stolz, und sie bereute ihren Ausbruch bitterlich.

Als verstünde er ihr Mitleid, reckte er das Kinn und straffte die Schultern, als wolle er es abwehren. »Wohlstand ist eine wunderbare Sache, Miss Searle, denn jetzt kann ich schreiben und lesen. Ich habe Unterricht bei einem pensionierten Englischlehrer im Rheintal genommen.«

»Sie waren in Deutschland?«

Er lächelte. »Ich habe einen Winzer in Sydney kennengelernt, einen Deutschen, der nach Hause zurückkehrte, um Vorkehrungen zu treffen, seine Familie zu ihm nach Barossa zu holen. Wir sind zusammen gereist, und ich habe fast ein Jahr bei ihnen gelebt. Bis er das Haus verkauft hatte, verfügte ich nicht nur über eine anständige Ausbildung im Schreiben, sondern auch im Weingeschäft. Ich war bereit, wieder nach Hause zu kommen und von vorn anzufangen.«

Jessie blieb stumm. Ihre Gedanken überschlugen sich.

»Mir ist klar, dass Sie der Meinung sind, ich hätte Tumbalong und meine Verantwortlichkeiten im Stich gelassen«, sagte er, »aber glauben Sie mir, Miss Searle, in Gedanken war ich immer hier – bei Ihnen.«

Sein Blick ruhte unverwandt auf ihr, und ihr Herz klopfte hoffnungsvoll. »Tatsächlich?«

Er nickte. »Ich habe die Erinnerung an den Tag, den wir bei mir verbracht haben, überall mit hingenommen, wo ich auch war.«

»Ach ja?« Das Atmen fiel ihr plötzlich schwer.

»Ja.«

»Oh, Mr. Cruickshank«, seufzte sie, »warum haben Sie mir das nicht früher gesagt?«

»Weil ich Ihnen nichts zu bieten hatte, und Mr. Lawrence schien fest entschlossen zu sein, dafür zu sorgen, dass wir nicht zueinander finden.« Er trat einen Schritt auf sie zu. »Wie ich hörte, ist von Schmidt kein Freier mehr, aber Sie haben einen neuen Arbeitgeber, und ich sehe, er ist ein feiner Mann, ein bisschen zu alt vielleicht, aber gebildet.« Sein Blick streifte durch den gemütlichen Raum und bemerkte das Hemd, das sie gerade flickte. »Der wäre eine geeignete Partie für Sie.«

»Peter Ridley genügt es, mit seiner Kirche und der Missionarsarbeit verheiratet zu sein. Eine Situation, die uns beiden entgegenkommt.«

»Dann sagen Sie mir, dass ich nicht zu spät komme, Miss Searle.«

»Wofür nicht zu spät, Mr. Cruickshank?«

Er zögerte, bevor er noch einen Schritt auf sie zutrat. »Die Erlaubnis zu erbitten, um Ihre Hand anzuhalten, Miss Searle.«

Sie stand auf und glättete mit zitternden Händen die Falten ihres Rocks, und als sie in seine Augen aufschaute, wusste sie, dass sie nicht länger widerstehen konnte. »Sie haben meine Erlaubnis, Mr. Cruickshank«, flüsterte sie.

Er ergriff ihre Hand und zog sie näher zu sich. »Dann darf ich Sie küssen, Miss Searle?«

»Ja.« Ihr Seufzer wurde von der weichen Berührung seiner Lippen abgeschnitten, und ihr war, als sei die Welt aus den Angeln geraten und habe sie zu den Sternen hinaufgeschleudert. Sie schloss die Augen. Ihr gesamtes Wesen war in diesem einzigen Moment freudiger Erregung eingeschlossen, und als seine Arme sich fest um sie schlossen und sie sich an ihn klammerte, hatte sie keinen Gedanken mehr, sie spürte nur noch seine Lippen, seine Hände, seine Brust, die sich an die ihre drückte. Ihr Glaube an seine Rückkehr hatte sich bewahrheitet, sein Kuss weckte Empfindungen, die sie noch nie erlebt hatte, und sie wusste in diesem Augenblick, dass es Liebe war – wahre Liebe.

Lawrence Creek, Hunter Valley, Oktober 1853

Jessie sang, als sie draußen Wäsche aufhängte, die Gedanken vor Glück benebelt. Sie hörte einen Reiter kommen, und da war er – den Hut gegen die Sonne tief ins Gesicht gezogen, das Lächeln warmherzig und atemberaubend wie immer. »Hallo. Was machst du hier zu dieser Morgenstunde?«

Er schwang sich aus dem Sattel. »Das nenne ich nicht gerade eine Begrüßung, nachdem ich dich einen ganzen Tag lang nicht gesehen habe«, beklagte er sich. »Ich habe wenigstens einen Kuss erwartet.«

Kichernd sank sie in seine Arme. »Wie gut, dass heute keine Schule ist«, sagte sie viel später, sonst hätten wir ein sehr interessiertes Publikum gehabt.«

»O Jess, meine Liebste, mein geliebter Schatz«, murmelte er in ihr Haar.

Sie zog sich zurück und schaute ihm in die Augen. »Liebst du mich wirklich, Abel?«

»Seit dem Augenblick, als ich dich zum ersten Mal sah.« Seine Lippen strichen über ihre Wange und fingen ihren Mund in einer langen, süßen Bestätigung ein.

Jessie ertrank im Glück. Sie wünschte sich, der Kuss würde ewig dauern, wollte seine Arme um sich spüren und wissen, dass er nie wieder fortgehen würde, denn das war ihr Traum – ihr Herzenswunsch.

Schließlich lösten sie sich voneinander, und Abels Finger fuhren an den Konturen ihres Gesichts entlang, er sog sie mit Blicken in sich auf, als hätte er sehr lange Durst gelitten. »Ich schätze, wir sollten heiraten, Jess.«

»Soll das ein Antrag sein?« Ihre Stimme schwankte.

»Ja.«

»Dann nehme ich an.«

»Jaaa!« Abel hob sie auf und schwenkte sie herum, bis ihre

Röcke flogen. Dann küsste er sie wieder, und bevor sie Luft holen konnte, packte er sie und tanzte mit ihr eine schnelle Polka, die sie zwischen flatternde Laken und quer über die Lichtung trug.

Sie versuchte zu protestieren, doch sie lachte so sehr, dass es ihr unmöglich war; ohnehin wollte sie nicht, dass es aufhörte, denn das war der glücklichste Tag in ihrem Leben.

Schließlich hielten sie außer Atem vor der Schule an, und Abel nahm ihre Hand, als sie sich auf die Treppe fallen ließen. »Von diesem Tag habe ich geträumt«, sagte er ruhig. »Und jetzt ist er Wirklichkeit geworden; ich kann es kaum glauben.«

Jessie küsste seine Wange. »Ich auch nicht.«

»Meine liebe Jess«, murmelte er. Seine Lippen strichen über ihren Mund, und als er sich zurücklehnte, leuchtete Bewunderung in seinen Augen. »Ich bin nach Ophir gegangen, um mein Glück zu machen, aber der wahre Schatz war die ganze Zeit hier.«

»Du könntest alles Gold der Welt haben, und ich würde dich nicht mehr lieben als heute«, erwiderte sie sanft.

»Dann wollen wir Peter suchen und das Hochzeitsdatum festlegen.«

Lawrence Creek, Hunter Valley, vier Wochen später

An diesem Novembermorgen herrschte in der Landkirche ein lebhaftes Stimmengewirr. Blumenduft empfing Jessie, als sie durch die Tür schritt. Mit einem Blick nahm sie die vertrauten Gesichter wahr, die sie anstrahlten. Als sie durch den Mittelgang schritt, wusste sie, dass sie vor Glück glühte.

Abel sah so gut aus, sein Haar glänzte in der Sonne, die durch das Fenster drang, und ihre Liebe zu ihm war so überwältigend, dass sie kaum atmen konnte.

»Du bist schön«, flüsterte er, als er ihre Hand ergriff, »und ich liebe dich von ganzem Herzen.«

Sie standen vor Peter Ridley und leisteten ihre Gelübde, und als Abel ihr den goldenen Ring über den Finger streifte, wusste sie, er würde immer dort bleiben. In ihrem Freudentaumel hörte Jessie, wie Peter sie zu Mann und Frau erklärte, und Abels Kuss machte den Augenblick vollkommen.

Hilda bedeutete dem kleinen Aborigine, den Blasebalg zu betätigen, und nach zwei verpatzten Einsätzen spielte sie eine rührende Melodie auf der neuen Orgel, die Abel gestiftet hatte. Jessie wusste das Lächeln und Nicken der dicht gedrängt Versammelten zu schätzen. Ihre Brüder waren nicht in der Lage gewesen, die lange Reise zu unternehmen, doch anscheinend war das ganze Tal gekommen, um mit ihnen zu feiern, und sobald sie aus der Kirche traten, waren sie umringt.

»Mr. und Mrs. Cruickshank, darf ich der Erste sein, der Ihnen gratuliert?« Gerhardt verbeugte sich lächelnd.

»Danke.« Abels Händedruck war fest. »Und wenn unser neues Haus fertiggestellt ist, müssen Sie und Ihre Verlobte unter den Ersten sein, die zum Essen kommen. Ich würde gern über die neue Rebsorte sprechen, die im Barossa entwickelt wird, und Ihre Meinung darüber hören.«

Gerhardt verneigte sich noch einmal und ging zu dem ziemlich schlichten, pummeligen Mädchen, das er am ersten Weihnachtsfeiertag widerwillig heiraten würde.

Tumbalong schob sich durch das Gedränge. »Guten Tag, Boss«, sagte er mit breitem Grinsen. »Missus ist eine feine Lady – ihr werdet viele Kinder haben.«

Jessie wurde hochrot, als sein Kommentar mit lautem Gelächter begrüßt wurde, doch Abel schlug seinem Freund auf den Rücken und lachte mit. »Gut, dich wieder in Form zu sehen, du alter Faulpelz.«

Jessie betrachtete die beiden Männer und bemerkte die tiefe Zuneigung zwischen ihnen. Abel war am Boden zerstört gewesen, als er erfahren hatte, wie grausam die Krankheit Tumbalongs

Familie getroffen hatte, und hatte geschworen, einen Teil seines Vermögens zu verwenden, um einen zweiten Arzt zu bezahlen – einen, der bereit wäre, sich um die Aborigines zu kümmern. Er war in Newcastle gewesen und hatte einen solchen Mann eingestellt, der inzwischen als wertvolles Mitglied in die Gemeinde aufgenommen war.

»Komm, Mrs. Cruickshank, es wird Zeit, dass wir aufbrechen.« Unter den Rufen der versammelten Menschen hob Abel sie auf die Arme und trug sie zur wartenden Kutsche. Den Peitschenknall des Kutschers hörten sie nicht, spürten nicht das Rumpeln der Räder, denn sie hatten alles um sich herum vergessen.

Vierzehn

Eden Valley, Dezember 1853

Ruby seufzte vor Freude, als sie in den kühlen Schatten kam. Die Sonne blendete und drang ihr durch die Kleidung bis auf die Haut. Sie hielt ihr Pferd an, wischte sich über das verschwitzte Gesicht und trank einen tiefen Schluck aus der Wasserflasche. Nachdem ihr Durst gestillt war und die kühle Brise ihre Bluse getrocknet hatte, folgte sie dem gewundenen Pfad auf der Suche nach nicht gebrandmarkten Buschrindern, während die Rufe und Pfiffe der anderen unter den Bäumen widerhallten.

Die Herde, die mit ihrem Geschenk an James, einer Kuh und einem Kalb, ihren Anfang genommen hatte, war im Lauf der Jahre ergänzt worden, und jetzt hatten sie mehr als vierzig Tiere zusammenzutreiben, die Kälber vom Frühjahr nicht eingerechnet, die noch mit einem Brandmal zu versehen waren, um sie vor Diebstahl zu schützen. Viehdieben zuvorzukommen war ein beliebter Zeitvertreib, und Ruby wusste, dass Geschwindigkeit zählte.

Ihre scharfen Augen erblickten einen bleichen Schimmer im Schatten, und sie drehte sich in die Richtung. Die beiden Kühe hatten gegrast, doch als Ruby näher kam, rannten beide weg. Ruby trieb ihr Pferd zum Trab an und schlängelte sich zwischen den Bäumen hindurch in dem Versuch, die Kühe auf die Lichtung zu treiben. Als sie den Rand des Busches erreichte, schloss Fergal sich ihr an, der ihr half, die widerwilligen Tiere in den Sammelpferch zu steuern.

»Wir könnten zwei Rinderhunde gebrauchen«, sagte sie, zog

den Hut vom Kopf und tupfte sich die Stirn ab, »aber es lohnt sich nicht so richtig für die kurze Zeitspanne, in der wir sie einsetzen würden.« Aufseufzend lehnte sie sich an das Gatter des Pferches und betrachtete das umherlaufende Vieh. »Inzwischen dürften wir die meisten haben; sobald wir die Tiere gebrandmarkt haben, beschließen wir, welche wir behalten und welche verkauft werden.«

»Und welche wir essen. Es ist schon eine Weile her, seit ich ein gutes Rindersteak hatte«, sagte Fergal.

Ruby nickte, und bei dem Gedanken daran lief ihr das Wasser im Mund zusammen. Duncan und Tommy bereiteten das Feuer und die Brandeisen vor, und sie fragte sich, was die Kinder wohl machten. Kumali war im Haus geblieben, um auf sie aufzupassen – hier war es für sie viel zu gefährlich –, und sie hoffte, das Mädchen hatte daran gedacht, sie aus der Sonne zu halten. Violets blasse Haut verbrannte leicht, was eine beständige Sorge war.

Ein durchdringender Pfiff ertönte, und sie schauten sich zum Busch um. »Das wird Finn sein«, sagte Ruby. »Kommt alle, er braucht Hilfe.«

Sie stiegen auf und galoppierten in den Busch, Finns Pfiffen folgend. Als sie ihn schließlich erblickten, versuchte er gerade, einen aufgebrachten Bullen aufzustöbern. Ruby gab den anderen ein Zeichen, sich zu verteilen, damit der Bulle zwischen ihnen laufen musste.

Der Bulle blieb stehen, beäugte sie kampflustig und brüllte seine Wut heraus, als Finns Peitsche knallte. Er stellte die Beine breit und senkte den Kopf, trampelte auf dem Boden und schnaubte.

»Halte dich von ihm fern, Ruby«, befahl Finn, »und nimm dich vor den Hörnern in Acht!«

Sie brauchte seine Warnung nicht, denn sie wusste, wie gefährlich so ein Tier sein konnte. Sie hielt ihr zitterndes Pferd in sicherem Abstand, pfiff und schlug mit der Peitsche, um den

Bullen voranzutreiben. Er schüttelte den Kopf und trabte mit Gebrüll zielstrebig auf das Licht am Ende des Tunnels aus Bäumen zu. Sie blieben an seiner Seite, pfiffen und riefen, um ihn in Bewegung zu halten, während Finn die Nachhut bildete.

Just in diesem Augenblick schoss ein Emu zwischen den Bäumen hervor und lief dem Bullen direkt in den Weg. Der Bulle blieb stehen und brüllte. Der Vogel, desorientiert und ängstlich, schlug mit den Schwanzfedern und stieß einen tiefen, trommelnden Alarmruf aus. Finns Pferd scheute, als der Bulle schnaubte, sich umdrehte und anzugreifen drohte.

Der Emu lief im Kreis und floh.

Finns Pferd war erschreckt, tänzelte, stieg auf und wieherte in panischer Angst.

Mit gesenktem Kopf und donnernden Hufen raste der Bulle darauf zu.

Finn riss an den Zügeln, um das Pferd zu wenden und den grausamen Hörnern zu entkommen. Während Ruby die größte Mühe hatte, ihr eigenes Pferd unter Kontrolle zu halten, schienen sich alle Bewegungen in entsetzlicher Klarheit zu verlangsamen.

Das Horn des Stiers traf Finns Pferd an der Schulter. Machtvoll aufbrüllend schüttelte er den Kopf, und das Pferd wurde, in Todespein aufschreiend, auf den Rücken geworfen. Finn flog in die Luft und landete mit dumpfem Aufprall an einem Baumstamm. Er blieb wie eine Stoffpuppe liegen, aber die Hörner des Bullen waren nur wenige Zentimeter von seinen Beinen entfernt; der Bulle wollte ihn aufspießen.

Vier Peitschen knallten über seinem Kopf, während alle laut riefen und ihn umzingelten.

Der Bulle, der sein Vorhaben vereitelt sah und vor Wut rot unterlaufene Augen hatte, zog sich zurück, funkelte sie an, stürmte durch den Busch und war verschwunden.

Ruby sprang vom Pferd und sank neben dem verwundeten

Mann auf die Knie. »Finn? Finn!« Sie ertastete den Puls an seinem Hals und war erleichtert. »Er lebt«, sagte sie, als die anderen sich um sie versammelten. »Befreit das arme Pferd von seinem Elend, und helft mir dann, Finn ins Haus zu bringen.«

Ruby fuhr zusammen, als der Schuss durch den Busch hallte, doch wenigstens hatten nun die grausamen Schreie des Tieres aufgehört. Sie betrachtete Finn, und ihre Angst um ihn wand sich wie etwas Lebendiges um ihr Herz. Seine Augen waren geschlossen, und sie vermutete, dass er sich Bein und Schulter gebrochen hatte, denn beide standen in merkwürdigem Winkel von seinem Körper ab.

Äste wurden abgehackt und mit Seilen verbunden. Sie betteten Finn sacht auf die Satteldecke, die sie auf die provisorische Trage geworfen hatten, und machten sich auf den langen Heimweg.

Im Umkreis von hundert Meilen um dieses Tal hinter den Blue Mountains gab es keinen Arzt, daher folgte Ruby Duncans Anweisungen, als sie die Knochen vorsichtig richtete und schiente. Zum Glück blieb Finn während dieser Qualen bewusstlos, doch nachdem drei Tage vergangen waren und noch immer nichts darauf hindeutete, dass er aufwachen würde, befürchtete Ruby bereits das Schlimmste.

Die anderen waren wieder an die Arbeit gegangen, doch sie wich nicht von Finns Seite, während Kumali sich in ihrer eigenen Rindenhütte um die Kinder kümmerte. Rubys Glieder waren vor Müdigkeit schwer, als sie sein heißes Gesicht mit einem Schwamm abrieb und versuchte, ihn unter dem dünnen Fliegennetz kühl zu halten. Er lag lang ausgestreckt unter einem Laken, seine nackte Brust mit Schweißperlen bedeckt, an seinem Kinn ein mehrtägiger grauer Bart.

Sie fuhr mit dem kalten, nassen Tuch über seine Brust und zögerte an seinem Hals, an dem sie den Puls unter der Haut erkennen konnte. Ihre Finger verweilten über der Stelle, sie spürte seine Hitze und das pochende Leben, das sich dort so beharrlich hielt. »O Finn«, flüsterte sie, »bitte, wach auf, mein Liebster!«

Sie erhielt keine Antwort. Sie strich die Haare aus seiner Stirn, ließ ihre Finger in der dichten, dunklen Mähne versinken, die ihm fast bis an die Schultern reichte. Sie konnte nicht widerstehen und fuhr sanft an der Rundung seiner Wangenknochen entlang, über das Grübchen in der Mitte des Kinns und über die breiten Augenbrauen. Nie hätte sie gedacht, dass sie es wagen würde, hätte sich nie träumen lassen, dass er eines Tages halb nackt auf ihrem Bett liegen würde, und doch wusste sie, sobald er aufwachte, wäre dieser Moment vorbei. Verfangen in ihrem Bedürfnis, küsste sie seine Schläfe, ihre Lippen strichen zart wie Schmetterlingsflügel über seine salzige Haut.

»Was machst du?«

Sie sprang zurück und hätte die Flucht ergriffen, doch seine Hand packte ihr Handgelenk und hielt sie dort fest, obwohl klar zu sehen war, dass es ihm Schmerzen bereitete. »Ich … Ich habe dich gewaschen«, stammelte sie. »Du bist sehr heiß.«

Seine dunklen Augenbrauen hoben sich. »Du nimmst dir viel mehr Freiheiten heraus«, knurrte er und zuckte zusammen, als sie sich bemühte, sich zu befreien.

»Das ist doch lächerlich«, sagte sie errötend.

Sein Griff war überraschend fest, als er zu ihr aufschaute. »Dann gehörst du also nicht zu denen, die sich Freiheiten erlauben? Du beobachtest nicht einen Mann, der mitten in der Nacht ein Bad nimmt, oder küsst ihn, wenn er schläft und nicht in der Lage ist, sich zu wehren?«

Ruby spürte, wie die Röte ihren Hals überzog. Also hatte er sie in jener Nacht doch gesehen. »Du bildest dir etwas ein«, sagte sie hastig.

Seine Lippen zuckten. »Ich glaube nicht, Ruby. Weiße Nachthemden sind im Mondlicht furchtbar leicht zu erkennen.« Er zog an ihrem Handgelenk, und sie war gezwungen, sich auf die Bettkante zu hocken. »Du warst schon immer eine schlechte Lügnerin«, erklärte er sanft. »Aber du trägst den richtigen Namen, denn du wirst rot wie Rubine.«

»Ich wusste nicht, dass du dort warst«, polterte sie los, »und ich hatte nicht vor, hinter dir herzuspionieren … aber …«

»Und ich nehme an, du hattest auch nicht vor, mich zu küssen?« Seine blauen Augen wurden dunkel.

Sie warf ihre kastanienbraunen Locken zurück. »Ich habe dir ein Küsschen auf die Stirn gegeben, um dir alles Gute zu wünschen, mehr nicht«, versetzte sie trotzig, »also komm gar nicht erst auf die Idee, du würdest mir etwas bedeuten.«

»Ach, Ruby, du brichst mir das Herz, wirklich.« Er lockerte seinen Griff, und als sie ein Stück zur Seite rutschte, schnappte er vor Schmerz nach Luft. »Was zum Teufel hast du mit mir gemacht?« Er schaute sich um und merkte plötzlich, wo er war. »Und wie lange bin ich schon hier?«

Ruby, noch immer verwirrt und unangenehm erhitzt, beschäftigte sich mit der Wasserschüssel, während sie ihm erzählte, was geschehen war. »Du hast ein Bein und einen Arm gebrochen und dir die Schulter ausgekugelt. Das ist drei Tage her.«

»Drei Tage?«

Sie beobachtete ihn aus halb geschlossenen Augen.

Finn sah die Schiene und den Verband an seinem Arm, seine bloße Brust und die Zehen lugten unter dem Laken hervor. Fragend schaute er sie wieder an.

»Deine Würde ist unangetastet«, versicherte sie ihm eilig. »Duncan hat dich bis auf deine schäbige Unterwäsche ausgezogen.« Sie war ein wenig beruhigt, als sie bemerkte, dass er rot wurde, und beeilte sich, ihm etwas zu essen und zu trinken zu holen. Nachdem er seinen Durst gelöscht hatte, hielt sie die Schüssel fest und fütterte ihn mit Suppe, doch er hatte keinen Appetit und gab schnell auf.

»Ich lasse dich jetzt schlafen«, sagte sie.

»Würdest du mir bitte mit den Kissen helfen, Ruby?«

Sie blickte ihn streng an und schüttelte die Kissen ziemlich kräftig auf. »Du hast einen gesunden Arm, Finn, und bist durchaus in der Lage, dich um deine Kissen selbst zu kümmern.«

Er grinste. »Ich weiß, aber es ist viel schöner, wenn du es machst.«

Ruby hätte am liebsten die Suppe auf ihn fallen lassen, doch ihr war klar, dass sie die Unordnung danach nur wieder beseitigen musste. »Du bist genauso schlimm wie die Kinder«, schimpfte sie. »Kann ich noch etwas für Eure Lordschaft tun, bevor ich wieder an meine Arbeit gehe?«

Ihr Sarkasmus schien ihn nicht zu beeindrucken; er fuhr sich mit der Hand über das Kinn. »Auf jeden Fall würde ich gern rasiert«, sagte er.

Ruby verschränkte die Arme. »Ach, eine Rasur, in der Tat? Und woher willst du wissen, dass du mir mit einem so scharfen Instrument trauen kannst, nachdem du meine Geduld so hart auf die Probe gestellt hast?«

»Weil du mich liebst.«

Sie starrten sich an, die Worte hingen zwischen ihnen.

»Ich hole das Rasiermesser.« Ruby schlug das Herz bis zum Hals, während sie Seifenschaum in einer Schale anrührte und James' Rasiermesser und den Streichriemen suchte. Er hatte sie verspottet, die Worte waren ihm unwillkürlich und unüberlegt über die Lippen gekommen, doch ihre Wahrheit war ihnen beiden nicht entgangen, und sie fragte sich, ob er es die ganze Zeit gewusst hatte.

Sie weigerte sich, ihn anzusehen, als sie das Messer schärfte, sich auf das Bett hockte und ein Handtuch auf seine Brust legte, doch als sie den Pinsel in den Schaum tauchte und sein Kinn einseifte, konnte sie seinem stetigen Blick unmöglich ausweichen. »Mach die Augen zu!«, befahl sie.

»Ich schaue lieber zu – ich habe nur selten eine scharfe Klinge so nah an meiner Kehle, und ich will sichergehen, dass du eine ruhige Hand hast.«

Ihre Hand war alles andere als ruhig, als sie das Rasiermesser nahm, und sie musste tief durchatmen, bevor sie anfangen konnte. Er hielt den Blick fest auf sie gerichtet, als sie sich über ihn beugte. Die Luft war geladen und zog sie in die Vertrautheit des Augenblicks hinein; ihre Finger berührten sein Gesicht, und das Messer machte seinen ersten, vorsichtigen Schwung. Sie konzentrierte sich auf sein Kinn, spannte die Haut, wo das Haar in einer Vertiefung wuchs, fuhr mit der Klinge durch den Schaum über seiner Lippe und an seinem Kiefer. Ihr stockender Atem mischte sich mit dem seinen, während sein Blick sie verfolgte, und sie sah seine Halsschlagader pochen, als sie das dichte, dunkle Haar entfernte.

Ihr Rücken schmerzte von der gebückten Stellung über ihm, ihre Nerven waren zerfetzt. Er ließ sie noch immer nicht aus den Augen, und als sie das Handtuch nahm und sanft den restlichen Schaum abwischte, stellte sie fest, dass sie nicht wegschauen konnte. Sein unverletzter Arm schlängelte sich um ihre Taille und zog sie sacht an seine zerschmetterte Brust. Sie konnte nicht widerstehen, und als seine Hand ihren Rücken hinauf bis in ihren Nacken glitt, begann ihr Herz zu rasen. Seine Finger tauchten in ihre feuchten Locken, und sie spürte ihren Druck, als er ihren Kopf näher zu sich heranzog – so nah, dass sie sah, wie sich ihre Augen in seinen spiegelten, so nah, dass ihre Lippen sich beinahe berührten. Einen Moment lang zögerten sie, einen Augenblick, in dem die Welt still stand und nur sie beide existierten. Dann küsste er sie.

Ruby wurde von sinnlichem Verlangen gepackt, so mächtig, dass sie nichts dagegen tun konnte. Eingedenk seiner Verletzungen grub sie ihre Hände in seine Haare und erwiderte hungrig seinen Kuss. Das Bedürfnis, ihn zu halten, bei ihm zu sein, ihn zu berühren und zu küssen, mit ihm zu schlafen, war so überwältigend, dass sie zitterte.

Finns Hand schmiegte sich an ihre Wange, sein Kuss wurde drängender, und Ruby gab sich dem seligen Gefühl hin, dass er sie begehrte. So lange hatte sie darauf gewartet, hatte sich nach diesem Moment gesehnt und davon geträumt, dass sie sich wünschte, er würde nie vergehen.

Violets piepsende Stimme brachte sie schließlich wieder zur Vernunft. Sie leistete Finn sanft Widerstand und zog sich zurück. Die Kinder waren draußen – was glaubte sie eigentlich, was sie hier machte? Doch ihr ganzes Wesen verzehrte sich nach ihm.

Anscheinend hatte er begriffen, denn sein Daumen fuhr über ihre Lippen und streichelte ihr Kinn. »Das ist eine mächtige Sache, Ruby«, sagte er mit zitternder Stimme. »Wie sollen wir jetzt getrennt voneinander leben, da wir wissen, wie es sein könnte?«

»Wir müssen«, hauchte sie, »denn ich bin nicht frei.«

Er seufzte. »Wir beide sind nicht frei – nicht nach dem heutigen Tag, meine Ruby, mein Liebling, mein Herzblatt, *acushla.*«

»Oh, Finn«, ihre Stimme versagte, »was sollen wir tun?«

Er hielt sie mit unendlicher Zärtlichkeit fest. »Ich weiß es nicht, mein *mochree*. Aber ich verspreche dir: Ich werde dich nicht verlassen – jetzt nicht und nie wieder –, es sein denn, du willst es.«

Ruby hörte das Trommeln seines Herzens, und es erschien ihr vollkommen richtig, bei ihm zu sein, dennoch wusste sie, dass sie an diesem Tag eine unsichtbare Grenze übertreten hatten und dass daraus nur Kummer entstehen konnte.

Kumali sammelte die Kinder ein und jagte sie zu ihrer Rindenhütte. Violet lief wie immer ohne Kleider herum, und es dauerte eine Weile, bis sie das Kind überredet hatte, Kleid und Haube wieder anzuziehen. Aber nicht Violets Nacktheit machte ihr zu schaffen, sondern das, was sie kurz zuvor zwischen Finn und Ruby beobachtet hatte.

Sie verteilte Brot und Suppe und setzte sich, um sich auszuruhen. Sie erwartete das nächste Kind, trotz ihrer Vorsichtsmaßnahmen, und das Ungeborene war schwer und verursachte Übelkeit. Sie ließ die Hände über die Wölbung gleiten, als es sich in ihr bewegte, doch ihre Gedanken waren bei Ruby.

»Du runzelst mächtig die Stirn, Mädel. Was bekümmert dich?« Duncan trat in die Hütte und füllte sie mit seiner Gegenwart aus. Er setzte sich und ließ die Kinder über sich herfallen, doch sein Blick war auf Kumali gerichtet.

Sie wollte es ihm nicht sagen, nicht vor den Kindern, denn Violet war viel zu neugierig und ihr entging nichts. Dennoch wusste sie, dass sie es nicht für sich behalten konnte. »Kumali hat Ruby bei Finn gesehen.«

»Tja, sie kümmert sich eben um ihn. Ich sehe darin kein Problem.«

»Ruby, Finn …« Sie spitzte die Lippen zu einem Kuss.

Duncan warf den Kopf in den Nacken und lachte. »Ach, ist das alles? Ich rechne schon seit einer Weile damit, genau wie du, Kumali. Deshalb muss man nicht so schockiert sein.«

Sie schüttelte den Kopf. »Wenn der Boss kommt, gibt es großen Ärger.«

»James ist seit zweieinhalb Jahren fort, Kumali«, rief er ihr ins Gedächtnis und scheuchte die Kinder aus der Hütte. »Ich bezweifle, dass er überhaupt noch zurückkehren wird.«

»James ist Rubys Mann. Eines Tages kommt er, und dann wird es einen Kampf geben.«

»Wenn er klug ist, bleibt er weg. Rubys Vater ist kein Mann, dem man sich widersetzt, und ich weiß, dass er mit seinem Schwiegersohn nicht gerade zufrieden ist.« Er streckte den Arm aus und streichelte über ihren geschwollenen Leib. »Das ist ein lebhaftes Kind da drinnen, Kumali. Vielleicht noch ein Sohn?«

Sie zuckte mit den Schultern, denn ihr war gleichgültig, was es war; sie wollte nur, dass es zur Welt kam, damit es ihr wieder gut ging. »Rubys Vater hat Finn geschickt, um nach ihr zu schauen. Ihm wird es nicht gefallen, wenn Ruby ein Kind von Finn bekommt. James wird es nicht gefallen.« Sie schaute Duncan von unten her an. »Fergal auch nicht …«

Duncan kaute auf einem Stück Hammelfleisch. »Dieses ganze Gerede über Kinder ist reine Spekulation – dazu kommt es vielleicht gar nicht.« Er trank einen Schluck Tee und schaute sie finster unter zusammengezogenen Augenbrauen an. »Fergal geht es überhaupt nichts an«, knurrte er, »und uns auch nicht. Wenn Ruby und Finn schließlich zueinander gefunden haben, dann ist es ihre Sache.«

Kumali schüttelte verzweifelt den Kopf. »Fergal sieht Ruby mit Finn. Er sagt es James.«

»Bist du dir da sicher?« Als sie nickte, runzelte er die Stirn. »Na schön«, seufzte er, »das könnte auf jeden Fall für Unruhe sorgen. Wir wollen nur um unser aller willen hoffen, dass James nie zurückkehrt.«

Eden Valley, Juli 1854

Ruby hatte nicht schlafen können und saß trotz der winterlichen Kälte in ihrem Lieblingssessel auf der Veranda. Es war noch nicht hell, doch die Sterne verblassten allmählich, als ein sanftes Grau am schwarzen Horizont auftauchte. Nells Gegenwart war spürbar, und sie zog Trost daraus, denn sie wusste, sie würde sich auch weiterhin daran aufrecht halten, denn in diesen einsamen Stunden vor dem Morgengrauen teilten sie die Hoffnungen und Träume zweier Frauen, die von ganzem Herzen liebten, Frauen, die dem Charme eines Mannes mit dichtem, dunklem Haar und lachenden Augen erlegen waren. Nells Liebe zu ihrem Mann Billy Penhalligan war bis zum Ende stark geblieben – vielleicht noch über den Tod hinaus –, und Ruby erwärmte sich an dem

Gedanken, dass die beiden dort oben bei den Sternen vielleicht vereint waren.

Während sie den nächtlichen Geräuschen lauschte und den Mond beobachtete, dachte sie an den uralten Glauben der Aborigines – dass die Geister der Ahnen über die Menschen wachten, sie führten und ihr Leben lang beschützten, bis auch für sie die Zeit gekommen war, selbst Geister zu werden und bei den Sternen zu leben. Wie traurig, dass Kumali nach ihren brutalen Begegnungen mit den Weißen diesen Glauben aufgegeben hatte! Ruby dagegen, die Tochter eines irischen Sträflings, hielt an der Gewissheit fest, dass der Geist ihrer längst verstorbenen Großmutter noch immer neben ihr wandelte.

Ihre Gedanken kehrten zu Finn zurück. Er füllte ihre Zeit von früh bis spät, kam in ihren Träumen zu ihr und sprach durch den Wind mit ihr. Sein Aufbruch zum Krankenhaus in Sydney war nur wenige Tage nach ihrem ersten und einzigen Kuss notwendig geworden, und beiden war klar, dass es keine Sekunde zu früh war, denn die Versuchung, diesem Kuss einen weiteren folgen zu lassen – weiterzugehen bis zur natürlichen Erfüllung ihres Hungers und damit alle Vorsicht in den Wind zu schlagen –, war unerträglich geworden.

Sie war sich bewusst gewesen, dass er sie beobachtete, wenn sie sich in der Hütte bewegte, und hatte sich eingestanden, dass sie Ausflüchte suchte, um bei ihm zu sein, und Pflichten vernachlässigte, die sich anhäuften; sie hatte erkannt, dass sie ins Verderben gehen würden, wenn sie ihren Herzen folgten. Andererseits hatten sie nicht sprechen müssen, denn ihre Liebe sprach aus ihren Augen, aus jeder Geste und jedem Lächeln.

Sie faltete den Brief auseinander, den sie vor einer Woche von ihrer Mutter aus Sydney erhalten hatte; sie konnte die Schrift in dem spärlichen Licht zwar nicht lesen, doch das war nicht nötig, denn sie kannte ihn auswendig und hütete ihn als eine Bindung an ihr Zuhause und alle, die sie liebten.

Ihre Mutter Amy versicherte ihr, Finns Arm sei bereits verheilt und der Arzt habe sein Bein aus den Schienen genommen, doch die verkümmerten Muskeln müssten wieder aufgebaut werden. Er sei nicht der leichteste Patient, denn er weigere sich, im Bett zu bleiben, und stehe andauernd allen im Weg, wenn er auf seinen Krücken umherhumpele, doch da er die Enkel mit Geschichten unterhalte und ein sehr bezaubernder, liebenswerter Mann sei, könne man ihm nicht böse sein.

Amy schrieb weiter, Niall habe in Finns freundlicher Gesellschaft ein neues Leben gefunden, die Männer säßen oft bis in die Nacht hinein auf der Veranda bei einem Bier, würden immer großartigere Geschichten austauschen und ihren Schlaf mit ihrem heiseren Gelächter stören. Es sei gut, dass sie ihn zum Bleiben bewegen konnten, doch es erinnere Amy und Niall, dass ihre Tochter weit von zu Hause fort weile, und sie würden sich danach sehnen, sie wiederzusehen.

Ruby faltete den Brief sorgfältig wieder zusammen, und in ihrer Vorstellung waren die Ansichten und Geräusche von Parramatta und ihrer Familie wieder sehr präsent. Finn ging es gut im Kreis seiner Familie; er wurde umhegt und gepflegt wie ein König, während sie … Sie saß hier und wartete darauf, dass er nach Hause kam.

Wütend zog sie sich den Schal um die Schultern und ging hinein. Allem Anschein nach war ihr ein Leben in Wartestellung bestimmt – ein einsames Leben, in dem sie ihre Gefühle zügeln musste, damit ihre Entschlusskraft nicht nachließ und sie nach Parramatta zurückeilte.

Der kühle Lagerraum, den sie aus dem Berg herausgehauen hatten, war das ideale Versteck für ihre Schätze, und die angestoßene Tabakdose war hinter Kornsäcken versteckt. Sie zog sie heraus und drückte den Deckel auf. Das silberne Medaillon war in ein Tuch eingeschlagen, und sie betrachtete es, ohne etwas zu empfinden. James hatte es ihr an jenem ersten Neujahrstag geschenkt, doch sie hatte es vor zwei Jahren abgelegt, denn es repräsentierte inzwischen ihre Ehe – matt geworden durch Vernachlässigung und für sie wertlos. Locken waren in braunes Papier gehüllt, eine dunkle, die andere kupferfarben – die Haare ihrer Kinder und viel kostbarer als jedes geschmacklose Medaillon. Eine Handvoll Münzen klapperte unter dem Packen von Briefen, die sie im Lauf der Jahre von ihrer Familie erhalten hatte, und als sie das Band um den letzten wickelte, stachen ihr Tränen in den Augen. Ihre Mutter hatte recht: Sie war bereits zu lange von ihrer Familie fort.

Blinzelnd unterdrückte sie die Tränen und zog sich Hemd und Hose an. James hatte die Sachen zurückgelassen, und sie hatte sie sich passend gemacht. Duncan war darüber entsetzt gewesen, aber dieser Aufzug war im Alltag praktisch und bedeutete, dass ihre Kleider länger halten würden.

»Der Alltag«, murmelte sie vor sich hin, nahm den Eimer zur Hand und machte sich auf den Weg zum Kuhstall. »An meinen Alltag muss ich jetzt denken – ich darf mich nicht selbst bemitleiden oder Tagträumen über Finn nachhängen.«

Das Tagewerk war getan, und Ruby saß mit Kumali auf der Veranda bei einer Kanne Tee. Die Kinder spielten unterdessen mit den Welpen, die eine von Duncans Hündinnen vor kurzem geworfen hatte.

»Duncan wird es nicht gefallen, wenn seine Welpen so herumrennen«, sagte Ruby.

»Duncan ist bei den Schafen. Was er nicht weiß, macht ihn nicht heiß.« Kumali schob das schlafende Kind in eine bequemere Lage auf ihrem Schoß und trank einen Schluck Tee.

»Er wird es wissen«, erwiderte sie, »denn sie werden teuflisch schwer zu erziehen sein, nachdem sie gelernt haben zu jagen und nach allem zu schnappen, was sich bewegt.«

»Hält die Kinder ruhig. Schenkt uns ein bisschen Ruhe.«

Ruby richtete ihre Aufmerksamkeit auf das Kind in Kumalis Armen. »Ich muss schon sagen, das Kind hat mehr rote Haare als ich, und die Farbe ist unglaublich. Das muss das Schottische in ihr sein.« Sie fuhr mit den Fingern durch den rötlichen, lockigen Haarschopf. »Violet nimmt es ihr sehr übel.«

»Vi nimmt immer etwas übel. Ich hoffe nur, dass Garnday nicht dasselbe Temperament hat.«

»Woher kommt der Name, Kumali? Ich habe ihn noch nie gehört.«

»Garnday ist eine sehr wichtige Frau in der Traumzeit. Sie hat ihr Volk in den Süden nach Warang geführt. Meine Mutter hat gesagt, sie sei unser Ahnengeist. Mir gefällt der Name einfach.«

Ruby betrachtete das schlafende Kind, dessen Haut die Farbe schwach gerösteten Brots hatte. Auf der Stupsnase hatte es Sommersprossen, die langen Wimpern waren golden wie die Haare, und bisher war es ein ruhiges Kind. »Rote Haare bringen immer Ärger«, murmelte sie. »Ich weiß noch, dass meine Großmutter das sagte.«

»Glaubst du, sie ist jetzt oben im Himmel bei dem Geistvolk?«

»Dessen bin ich mir sicher.«

»Ich glaube nicht an Geister«, sagte Kumali und verzog das Gesicht. »Die Ältesten sind da oben, aber ich sehe sie nicht. Geschichte für Kinder, mehr nicht – nichts Reelles.«

Ruby war traurig, denn Kumali war ganz anders groß geworden als die Aborigines auf Moonrakers. Den Ältesten von Kumalis Sippe war es verwehrt gewesen, den Jungen die Riten und Gebräuche ihrer Vorfahren beizubringen, in dem Irrglauben, ihre Traditionen seien ein Hindernis, wenn man sie einem weißen, christlichen Gott zuführen wolle.

Ruby seufzte und beobachtete die Kinder. Sie sahen ihre Hautfarbe nicht, kümmerten sich nicht um ihre Unterschiede, denn in ihrer Unschuld waren sie alle Gottes Kinder. Was würde geschehen, wenn die Außenwelt mit ihren Vorurteilen einmal hier eindringen würde sowie der Hass auf alles, das nicht angepasst war? Sie konnte nur beten, dass diese ersten Jahre die Anschauungen ihrer Kinder nachhaltig prägen und ihnen für die Zukunft Kraft verleihen würden.

»Was zum Teufel ist das?« Ruby stand auf und lauschte. Ihr fiel auf, dass die Kinder ihr Spiel unterbrochen hatten und auf den Weg schauten. Dann trug der Wind das Geräusch zu ihr, und sie vernahm es noch einmal. Es waren Fiedeln, und das konnte nur eins bedeuten. Sie schnappte sich ihren Hut, flog die Treppe hinunter und rannte auf die Lichtung.

Der außergewöhnliche Reiterzug wurde von einer staubigen Kutsche mit zwei langbeinigen schwarzen Pferden angeführt. Dahinter folgten eine Gruppe zerzauster Reiter und zwei weitere Pferde, die einen riesigen Wagen zogen. Die Musik war jetzt lauter, die Fiedeln wurden von einer Trommel und einer Ziehharmonika begleitet.

Ruby lachte und klatschte in die Hände; Tränen rannen ihr über das Gesicht. »Es ist euer Grandpa und eure Grandma«, teilte sie den Kindern schluchzend mit, die mit weit aufgerissenen Augen dastanden. »Und da ist Finn mit seinen beiden Brüdern, und …« Sie lief auf sie zu, und bevor der Fahrer die Kutsche anhalten konnte, war sie aufgesprungen und hatte sich in die Arme ihrer Eltern geworfen.

Alle redeten durcheinander, küssten und umarmten sich, und erst als die Kutsche vor der Hütte anhielt, fielen ihr die Kinder ein. »Mum, Dad, das sind Violet, Nathaniel, Natjik, Mookah, und das ist Garnday mit Kumali.«

»Sieh einer an!« Niall half Amy aus der Kutsche und beäugte die ziemlich ernsten Kinder, die ehrfürchtig zu ihm aufschauten. »Ich nehme an, keiner von euch macht sich was aus einer Eiswaffel?«

Ruby lachte, als sie ihre Schüchternheit auf der Suche nach

einem solchen Schmaus überwanden und ihn umzingelten. Selbst Kumali war von der Veranda heruntergekommen, um ihren Anteil entgegenzunehmen, und sie beäugte Niall mit einem Respekt, den Ruby noch nie erlebt hatte. Andererseits sah Dad so gut aus wie eh und je, mit seinem weißen Haar und dem gepflegten Schnurrbart, und er gab in seinem gut geschnittenen Anzug und der schicken Weste eine imposante Gestalt ab – trotz des Staubs und Schmutzes von ihrer langen Reise.

Sie schlang einen Arm um die Hüfte ihrer Mutter und drückte sie an sich, atmete ihr vertrautes Parfüm ein und schwelgte in ihrer Gegenwart. Das Rot in ihrem Haar mochte zwar verblasst sein, und ihr Gesicht sah vielleicht abgehärmter aus, als sie es in Erinnerung hatte, doch sie war Mum und würde es immer bleiben. »Ich freue mich so, dass ihr gekommen seid«, sagte sie. »Aber ihr müsst erschöpft sein. Wie lange habt ihr gebraucht?«

»Ausgesprochen lange sechs Wochen«, sagte Amy seufzend. »Sieh mich an! Meine Kleider sind dreckig, meine Haare durcheinander, und was meinen schönen neuen Hut betrifft …« Sie lächelte kleinlaut. »Aber was ist schon ein bisschen Unbequemlichkeit, wenn ich mein Mädchen wieder bei mir habe?« Ihre blassblauen Augen betrachteten Ruby voller Liebe und Besorgnis. »Ich habe mir solche Sorgen um dich gemacht und wäre schon früher gekommen, aber dein Vater hat mir verboten, ohne ihn zu reisen.« Sie lächelte. »Jetzt weiß ich auch, warum. Wir müssen Hunderte von Meilen über jeden Berg und durch jedes Tal gekommen sein, um hierherzugelangen.«

Als Ruby ihre Mutter umarmte, wurde ihr bewusst, dass sie beobachtet wurde. Nachdem ihre Umarmung beendet war, wagte sie endlich, Finn anzusehen. Die Zeit blieb stehen, und der Lärm ringsum ließ nach, als ihre Blicke sich begegneten. »Hallo, Finn«, murmelte sie.

Sein Lächeln ließ ihr Herz flimmern. »Schön, dich nach so langer Zeit wiederzusehen! Wie du siehst, habe ich meine Brüder als Unterstützung mitgebracht, bis ich mich wieder leichter bewegen kann.«

Da erst fiel ihr auf, dass er sich auf einen Gehstock stützte. »Ich dachte …«

»Ach, es ist nichts. Ich brauche ihn nur, wenn mein Bein müde wird, aber ich werde schon bald wieder herumspringen.«

»Ich habe dir ein Geschenk mitgebracht, Ruby«, sagte Niall, befreite sich von den lärmenden Kindern und nahm ihre Hand. »Ich hoffe, es gefällt dir.«

Sie löcherte ihn mit Fragen, als er sie zum abgedeckten Rollwagen führte, doch er weigerte sich, sie aufzuklären. Voller Vorfreude beobachtete sie, wie die Plane entfernt wurde. Im ersten Augenblick konnte sie nicht erkennen, was es war; dann wurde ihr klar, was die Holzplatten, die Balken, Rahmen und Ziegel insgesamt ergaben. »Ein Haus.« Ihr blieb die Luft weg.

»Ja, stimmt«, sagte er lächelnd. »Ein richtiges Haus mit Fenstern, Türen und Böden, und es gibt Netze, um die Fliegen draußen zu halten, und ein paar anständige Stühle.« Er drückte sie fest an sich. »Finn hat mir erzählt, wie du wohnst, und ich wollte sicherstellen, dass mein Mädchen ein paar Bequemlichkeiten hat.«

»Es ist perfekt«, hauchte sie.

»Ich habe es in meiner neuen Fabrik herstellen lassen.«

Sie lachte. »Schon wieder ein neues Unternehmen?«

»O ja, meine Ruby. Ich werde mich noch nicht zur Ruhe setzen. Mit den Menschen, die noch weiter in den Busch vordringen, lässt sich gut Geld verdienen, und mein Ziel ist, sie mit einem anständigen Haus zu versorgen, das sie innerhalb von wenigen Tagen zusammensetzen können.«

Er warf einen Blick auf die Rindenhütte, Duncans Häuschen und die provisorische Baracke, die sich Finn, Fergal und Tommy teilten, wenn sie von ihren langen Arbeitseinsätzen auf den Weiden zurückkehrten. Scham überkam Ruby, denn sie sah in den

Unterkünften plötzlich die Bruchbuden, die sie in Wirklichkeit waren.

»Mach dir nichts draus, Schätzchen!«, beschwichtigte Amy sie. »Wir werden das alles hier bald in Ordnung bringen, und wenn der andere Wagen eintrifft, wird es neue Behausungen für alle geben.«

Ruby brach in Tränen aus, überwältigt von der Großzügigkeit und Liebe ihrer Familie.

Fünfzehn

Eureka Gold Fields, Victoria, Oktober 1854

In den vergangenen Monaten hatte sich die Stimmung unter den Goldsuchern verbessert. Hotham, der neue Gouverneur von Victoria, hatte ihnen einen Besuch abgestattet, und die Lage schien sich endlich zu entspannen. Die Konzession war noch immer fällig, konnte aber monatlich geleistet werden. Doch als die heißen Winde aus dem Norden heranwehten, wuchs der Groll gegen die Spione, die Polizei und die Kavalleristen, die weiterhin die Digger peinigten. Die unheilvolle Stimmung wurde noch gefährlicher, als Geschichten über kranke Männer die Runde machten, die im Gefängnis infolge von Vernachlässigung gestorben waren, und über den Aufmarsch neuer Truppen.

Das Militärlager befand sich auf einem Berg am Yarrowee River, hoch über den Goldminen Gravel Pits und Eureka. Für Hina und die anderen verkörperte das Militärlager alles, was mit Unterdrückung zu tun hatte, denn dort lebten Amtspersonen, deren Schwelgerei und ruchlose Verbindungen mit lokalen Geschäftsinteressen für alle offenkundig waren.

Der Mord an einem jungen Schotten namens James Scobie war schließlich der zündende Funke für dieses Pulverfass. Bentley, der Besitzer des Hotels *Eureka*, wurde des Mordes an Scobie angeklagt, doch es war allgemein bekannt, dass Bentley mächtige Freunde besaß, und dank ihrer Komplizenschaft wurde die Untersuchung rasch eingestellt.

Es war, als hätten die heißen Winde die Goldsucher mit Wahnsinn infiziert. Die irischen Katholiken gerieten in Wut, als ihr Priester und sein Diener vor Gericht gezerrt wurden und wegen einer fehlenden Lizenz, die keiner von beiden von Rechts wegen benötigte, verurteilt wurden. Auch die Amerikaner und Engländer lagen sich in den Haaren, vor allem wegen Übertretung der Schürfrechte – das Ausbeuten von Goldgruben, die anderen gehörten. Unterdessen schwelte unter Scobies Freunden der Zorn darüber, dass seine Ermordung ungesühnt blieb.

Hina war unruhig, als er sich an diesem Morgen anzog. Es war erst sechs Uhr, doch die Hitze war bereits so stark, dass vermutlich ein Gewitter im Anzug war. Er wurde das Gefühl nicht los, dass noch Schlimmeres in der Luft lag. Das Protokoll vom letzten Treffen der Goldgräber aus den Gruben der Umgebung war in der gesamten Stadt ausgehängt. Nur zwei Themen bedurften der Diskussion, doch das waren die wichtigsten: das Recht der Goldsucher, ungehindert graben zu können, sowie die Notwendigkeit, Bentley vor Gericht zu bringen. Obwohl die Arbeit für sie sonst an erster Stelle rangierte, war das Gefühl weit verbreitet, dass Gerechtigkeit obsiegen müsse, wenn die Goldbergwerke nicht in Anarchie verfallen sollten.

»Wenn wir es da machen, wo Scobie umgebracht wurde, fordern wir Unannehmlichkeiten heraus«, sagte Howard in seinem schleppenden Tonfall. »Bentley hat mit Sicherheit Leute von Polizei und Armee, die ihn beschützen, und ich wette, es kommt zu Gewalttätigkeiten, bevor der Tag zu Ende geht.«

»Dann müssen wir darauf vorbereitet sein, wenn wir hingehen.« James nahm eine Schaufel und wog sie in der Hand.

»Wir wollen nur hoffen, dass unsere Stimmen gehört werden«, sagte Hina, »und dass Gerechtigkeit ausgeübt wird, ohne auf Gewalt zurückzugreifen.«

James setzte sich den Hut auf und verließ das Zelt, bereit zum Kampf.

»Wir fangen ihn lieber ein, bevor er im Knast landet«, knurrte Howard.

Hina betrachtete verwundert die Versammlung, die sich um das Hotel *Eureka* scharte. Es waren bestimmt zehntausend Menschen, die in der Hitze standen und dem Anführer der Goldgräber, Hugh Meikle, zuhörten. Er vermutete, dass viele zur Unterstützung aus den Nachbarstädten Bendigo und Castlemaine gekommen waren.

»Regierungskommissar Rede rechnet wohl nicht mit Schwierigkeiten«, murmelte Howard. »Er hat nur den zuständigen Friedensrichter geschickt, und Inspektor Evans hat nicht mal ein Dutzend Männer mitgebracht.«

Hina war ein wenig erleichtert, doch mit Hitzköpfen wie James in der Menge war nicht vorauszusehen, was passieren könnte. Langsam schob er sich durch die Menge, während die Reden weitergingen. Von seinem Aussichtspunkt am Rande bemerkte er, dass etwa dreißig weitere, mit Stöcken bewaffnete Polizisten eintrafen. Rasch betraten sie das Hotel *Eureka* – zweifellos, um den Besitzer zu beschützen, sollten Unruhen ausbrechen, denn von Bentley sah Hina keine Spur.

Es war kurz vor Mittag und die Hitze erstickend, aber die Versammlung wurde fortgeführt. Ein unzufriedenes Raunen lief durch die Menge, da scheinbar nichts dabei herauskommen würde und man einen halben Arbeitstag verloren hatte. Vor den Gebäuden neben dem Hotel *Eureka* suchte man Schatten, und trockene Kehlen wurden mit Ale befeuchtet.

Hina warf einen Blick auf die Vorratslager und die Kegelbahn, die an der Seite des Hotels entlanglief. Der Besitzer der Bahn, ein Amerikaner aus Boston, betrachtete ängstlich die wütenden Goldgräber, die Evans und seiner berittenen Polizei auf ihrem Weg zum Hotel folgten. Seine Angst ist berechtigt, dachte Hina, denn die Gebäude sind aus Holz, die Kegelbahn hauptsächlich aus Segeltuch. Es ist nicht viel nötig, um alles niederzubrennen.

»Bringt Bentley raus!«, rief die Menge. »Zeig dich, Bentley, oder wir kommen rein und holen dich!«

Hina sah Bentley aus der Hintertür des Hotels schleichen und rasch auf ein Polizeipferd steigen. Bevor die Menge reagieren konnte, war er in Richtung Armeelager geflohen.

»Feiger Schuft!«

»Mörder!«

Ein Goldgräber trommelte mit der Faust auf das Hotel ein. »Ich schlage vor, das Haus gehört uns, den Diggern.«

Angeheizt durch Wut, Aufregung und Alkohol, brüllte die Menge zustimmend. Ein Stein flog, dann noch einer, der eine Außenlampe zertrümmerte. Weitere Steine folgten, Fensterscheiben zersplitterten, Holzbretter wurden aus Wänden gerissen. Hina und mehrere Gleichgesinnte baten flehentlich um Zurückhaltung, doch die Goldgräber waren auf Zerstörung aus und ließen sich nicht umstimmen.

Hina war nicht sicher, was er tun sollte. Er hatte James aus den Augen verloren und nahm an, dass er unter den Randalierern war, aber er war nicht bereit, seine Freiheit zu riskieren und ihn herauszuholen.

Weitere Soldaten trafen ein, und Regierungskommissar Rede eilte aus der Polizeiwache in der Nähe herbei, um ihnen zu befehlen, das Hotel zu beschützen. Er stellte sich auf ein Fensterbrett, um zu den Goldgräbern zu sprechen, doch seine Bitten um Ruhe wurden niedergebrüllt. Er wandte sich an Green, den Friedensrichter, und rief: »Verlesen Sie das Gesetz gegen Aufruhr, Mann, bevor wir abgeschlachtet werden!«

Green schüttelte den Kopf und zog sich zurück. Vielleicht hatte er erkannt, dass wütende, bedrängte Minenarbeiter sich nicht durch das Verlesen eines Papiers bezwingen ließen.

Hina zog sich noch weiter in den Hintergrund zurück. Daher sah er nicht, wie das Feuer ausbrach, doch als er über die Köpfe hinwegschaute, stand die Kegelbahn des Amerikaners bereits in hellen Flammen. Da der Wind mit dem drohenden Gewitter auffrischte, wurde das Feuer zu einem Inferno angefacht.

Die Polizisten versuchten vergeblich, es zu ersticken. Die Soldaten, die Feuerbekämpfung nicht zu ihren Pflichten zählten, verließen das Hotel und kehrten ins Lager zurück. Kurz nach ihrem Aufbruch brannte Hotel *Eureka* lichterloh.

Verwirrt beobachtete Hina, wie die Goldgräber sangen, tanzten und lachten, als Fensterscheiben explodierten, Wände zusammenbrachen und das Dach einstürzte. Früherer Neid, Groll und Streit schienen vergessen, als Amerikaner und Engländer sich bei Deutschen, Schotten und Iren unterhakten, um den Brand zu feiern.

Rede wurde mit Eiern und Abfall beworfen, während er weiterhin um Mäßigung bat. Doch seine Worte gingen im Jubel unter. Polizisten nahmen halbherzige Festnahmen vor, aber ihre Gefangenen wurden auf der Stelle von Freunden befreit; der sichtlich beschämte Rede und seine Männer traten eilig den Rückzug an.

»Wir haben gewonnen, Jungs. Wir haben gewonnen!« Der Schrei kam von einem Mann aus dem großen irischen Kontingent, das als »der Pöbel aus Tipperary« bekannt war. »Wir sind die Herren und Gebieter dieser Goldfelder, und wir werden uns nie wieder von diesen Feiglingen beherrschen lassen.«

Als wollte er diese Worte verhöhnen und beweisen, dass nichts mächtiger ist als die Natur, frischte der Wind plötzlich auf. Er fegte durch die Straßen und peitschte Kies, Sand und alles auf, was nicht festgezurrt war. Er zerstörte Dächer und Schornsteine, hob Karren und Wagen an und schleuderte sie in die wirbelnde Masse, drückte Türen und Fliegengitter ein, rüttelte an Wellblechdächern und heulte wie eine Todesfee. Die Männer vergaßen ihre Wut, die Tiere duckten sich, und die Frauen und Kinder suchten Schutz, wo immer sie ihn fanden.

Hina lag unter der stabilen Veranda eines Ladens in der Nähe und schloss die Augen. Der aufgewirbelte Staub brachte Dunkelheit mit sich, schwarz wie die Nacht. Für ihn stand fest, dass die heutigen Vorkommnisse Vergeltungsmaßnahmen nach sich ziehen würden und nicht der letzte Ruf nach Gerechtigkeit waren, denn Bentley war erneut entkommen. Das Militär und die Polizei hatten sich blamiert, und der Rachedurst der Goldgräber war nicht gestillt.

Eureka Gold Fields, Victoria, November 1854

Gouverneur Hotham erkannte, dass es keinen Frieden auf den Goldfeldern in Victoria gäbe, solange den Beschwerden der Goldsucher nicht stattgegeben wurde. Bentley wurde schließlich wegen Mordes an Scobie angeklagt und in Melbourne vor Gericht gestellt, wo er zu drei Jahren Zwangsarbeit verurteilt wurde.

Aber die Goldsucher hatten noch einen anderen Grund zur Beschwerde. Zehn Männer waren inhaftiert worden, da man ihnen das Niederbrennen des Hotels *Eureka* zur Last legte, obwohl die meisten beweisen konnten, dass sie sich zu dem Zeitpunkt des Brandes woanders aufgehalten hatten. Der Richter erklärte bei der Verhandlung, dies sei der erste Fall von Lynchjustiz in Australien, und dennoch wurden sie für schuldig befunden.

Bei einem Treffen in Bakery Hill am 29. November wurde die Ballarat Reform League gegründet. Man beschloss, es sei an der Zeit, den Worten Taten folgen zu lassen, woraufhin die verhassten Lizenzen feierlich verbrannt wurden. Lalor, der Sprecher der Digger-Vereinigung, rief nach fünf Tagen zu einer Zusammenkunft im *Adelphi Theatre* auf, das vor kurzem auf den Goldfeldern in Eureka errichtet worden war. Ein neues Zentralkomitee sollte gewählt und die Regeln und Vorschriften der League, die bis dahin zum größten Teil unorganisiert gewesen war, sollten reformiert werden.

Hina stand neben Tausenden anderen und gelobte, mit den anderen gegen Zwangsmaßnahmen für Goldgräber ohne Lizenz zu opponieren. Da die meisten Goldsucher Amerikaner, Deutsche, Iren, Waliser und Schotten waren, forderten sie, von einer einzigen Flagge repräsentiert zu werden, die ihren Kampf um Gerechtigkeit symbolisierte. Ross, einem Kanadier, kam die Aufgabe zu, sie zu entwerfen: ein falbenfarbenes Kreuz vor einem dunkelblauen Wollhintergrund, das einen Stern am Ende eines jeden Balkens und einen im Zentrum trug. Er nannte es nach der Sternenkonstellation, die jeden Abend über ihnen funkelte, »Das Kreuz des Südens«.

Trotz der League und des Machtgefühls, das diese Vereinigung den Goldsuchern vermittelte, wurde Hina am nächsten Morgen vom Lärm einer weiteren Lizenzjagd auf den Gravel Pits geweckt. Er und die anderen zogen sich schnell an und liefen hinaus, um sich den laut protestierenden Iren anzuschließen, die sich standhaft weigerten zu zahlen. Noch mehr Polizisten trafen ein, das Gesetz gegen Aufruhr wurde verlesen. Nur wenige zerstreuten sich, woraufhin die berittene Polizei mit gezücktem Säbel auf die unbewaffneten Goldgräber losging. Schüsse fielen, zwei Männer erlitten kleinere Verletzungen, und acht Goldsucher wurden festgenommen.

»Verdammt«, knurrte Howard und schlug mit dem Hut an seinen Schenkel. »Uns wird nie Gerechtigkeit widerfahren.«

»Wird höchste Zeit, dass wir uns zur Wehr setzen«, blaffte James.

Hina schwieg, als alle um James herum zu murren begannen. Allem Anschein nach war die Zeit des Redens vorbei. Die Goldgräber legten ihr Werkzeug nieder und strömten nach Bakery Hill, das zum Mittelpunkt ihrer Auseinandersetzung geworden war. Hina war wütend wie alle anderen über das fortgesetzte Unrecht, denn allein aufgrund seines fremden Äußeren wurde er ständig zur Zielscheibe der Rotten. Ohne an die Folgen zu denken, folgte Hina ihnen.

Etwa tausend Männer hörten zu, als Lalor allen, die keine

Feuerwaffen bei sich trugen, befahl, Piken anzufertigen, denn sie hatten nur Spitzhacken und Schaufeln, um sich und das weniger exponierte Gelände um die Gold Fields von Eureka zu verteidigen, sollte das Militär angreifen.

»Ich kann nicht sagen, dass mir der Anblick hier gefällt«, sagte Howard, der sein Gewehr ölte und das Visier prüfte, »aber vermutlich bleibt uns nichts anderes übrig.«

»Wenn Hotham nur ein bisschen gesunden Menschenverstand zeigen würde, wären wir nicht in dieser Lage«, erwiderte Hina. »Sind die zu arrogant, um zu begreifen, dass wir uns nicht schikanieren lassen?«

Howard schnaubte. »Gesunder Menschenverstand und Politik sind keine guten Bettgenossen – waren sie noch nie. Und Hothams Arroganz ist angeboren, wie bei allen Engländern.«

Hina nickte. Er hatte diesen Hochmut in Tahiti erlebt, wo die Missionare und Beamten anscheinend der Meinung waren, ihre Gesetze und Bräuche seien unumstößlich. »Mein Volk hat unter solchen Männern gelitten«, murmelte er und schliff das Jagdmesser, »und es wird Zeit, dass man ihnen eine Lektion erteilt.«

»Das kommt der Sache schon näher«, sagte James und klopfte ihm auf den Rücken. »Ein Mann deiner Größe würde Hackfleisch aus ihnen machen.«

Hina fuhr fort, die Klinge zu schärfen, während seine Gedanken wirr durcheinanderwirbelten. Er verabscheute Gewalt, und trotz seines Hasses auf die Regulierungsbehörde bezweifelte er, dass er das Messer jemals aus Wut benutzen könnte. Doch allein die Tatsache, dass er Lalor folgte, stellte ihn in die Mitte dieses Aufstands und gefährdete dadurch seine Freiheit. Der Gedanke, eingekerkert zu werden, ließ ihn schaudern. Er hatte Geschichten gehört, denen zufolge drei Männer sich eine verseuchte Decke teilen und kochende Hitze in einer Blechhütte ohne Fenster erdulden mussten, und er wusste, dass er das niemals überleben würde. Er hörte zu, wenn andere aufgeregt von Vergeltung und

Kampf sprachen, und fragte sich, ob sie ebenso wie er an der Klugheit dieses ungleichen Kampfes zweifelten. Sie mochten den Truppen und der Polizei zwar zahlenmäßig überlegen sein und das Recht auf ihrer Seite haben, doch sie waren nur schlecht bewaffnet und nicht ausgebildet.

Lalor kehrte kurz darauf zurück und befahl ihnen, eine Barrikade vor den Goldminen zu errichten. Die Goldsucher, die bestrebt waren, sich zu beschäftigen, bauten eine primitive Befestigung aus Holzplanken, die von Erdreich und Steinen gestützt wurden. Hinter dieser Barrikade befand sich etwa ein Morgen Land, auf dem ein paar Zelte und ein kleiner Laden im Herzen der Gold Fields von Eureka standen; sie führte auf einer leichten Schräge neben der Melbourne Road entlang, keine zweihundert Meter von den Ruinen des Hotels *Eureka* entfernt.

»Geht mit mir zurück nach Bakery Hill, und wir sammeln noch mehr Freiwillige, die uns bei der Verteidigung unserer Sache helfen!«, rief Lalor, als die Arbeit getan war.

Hina und Howard tauschten Blicke. Sie hatten das aufwieglerische Gerede allmählich satt und sahen darin keinen Sinn mehr.

»Kommt!«, drängte James. »Wir haben geschworen zusammenzuhalten, und Lalor braucht unsere Hilfe.«

Die Sonne ging unter, als Das Kreuz des Südens auf Bakery Hill wieder gehisst wurde. Lalor, das Gewehr in der Hand, stieg auf einen Baumstumpf und bat alle zu gehen, die nicht bereit waren, den Fahneneid zu leisten. Hina war klar, dass die mittägliche Leidenschaft rasch erloschen war, denn nur die Hälfte der Männer blieb standfest.

Nachdenklich schweigend beobachtete er, wie der barhäuptige Lalor sich unter das wehende Banner kniete und die rechte Hand hob. »Wir schwören beim Kreuz des Südens, wahrhaft zueinander zu stehen und zu kämpfen, um unsere Rechte und Freiheiten zu verteidigen.«

Vielstimmiges, lautes »Amen« hallte in den Sonnenuntergang, und die entschlossenen, neu bewaffneten Männer marschierten stolz hinter ihrer Flagge zurück in ihr Bollwerk. Der Eid, den sie geleistet hatten, war der erste auf australischem Boden, der vor einer nicht-britischen Flagge geschworen wurde. Es war ein berauschender Moment.

Mit der untergehenden Sonne setzte der Regen ein, und Hina hockte unglücklich in seinem Ölzeug da, während das Wasser von seinem Hut tropfte. Die Stimmung hinter den Barrikaden war gereizt. Viele Männer waren gegangen und hatten ihre eigenen Zelte und Hütten aufgesucht, doch es war deutlich, dass das Militär sich auf einen Angriff vorbereitete, und jeder Mann hinter den schwachen Barrikaden wusste, dass sie leicht niederzureißen waren. Alle waren bereit, um ihre Würde und das Recht zu kämpfen, ungehindert zu arbeiten, doch als die Dunkelheit sie einhüllte, lag es auf der Hand, dass sie Zielscheiben abgaben. In der Nacht war an Schlaf kaum zu denken.

Eureka Gold Fields, Victoria, 2. Dezember 1854

Während die Tage ins Land zogen und der Regen die Erde in Schlamm verwandelte, wuchsen der Mut der Goldgräber und die Begeisterung für ihre Sache, weil es keine weiteren Überfälle durch die Staatsmacht gegeben hatte. Niemand war verhaftet worden, und Hotham schien endlich zur Vernunft gekommen zu sein.

Es war inzwischen Samstag, und Hina und die anderen hinter den Barrikaden hatten den militärischen Drill beendet, auf dem Lalor bestand. Sie bereiteten gerade eine Mahlzeit vor, als Pater Smyth die irischen Katholiken zu überreden versuchte, ihre Waffen niederzulegen. Hina hörte, wie der sanfte und hochverehrte Priester seine Herde anflehte, ihre Lage doch besser zu überdenken. Seine Bitten trafen jedoch nur auf taube Ohren, und er verließ die Barrikaden als geschlagener Mann.

Hina wurde ausgeschickt, um Vorräte zu requirieren, und er kehrte in demselben Augenblick zurück, als eine Horde von zweihundert Reitern eintraf. Es waren die Independent Californian Rangers, angeführt von James McGill, einem in ganz Victoria bekannten Mann. Hina betrachtete die Revolver und mexikanischen Messer, sah die überschwängliche Freude unter den Männern innerhalb der Barrikaden und Lalors freundliches Lächeln. Er schob sich vor und hörte, wie Lalor auf der Stelle McGill zum stellvertretenden Kommandeur ernannte. Die neue Parole »Vinegar Hill« wurde verbreitet.

»Die Parole ist dumm«, murmelte James. »Mein Schwiegervater, Niall Logan, hat in Vinegar Hill gekämpft, und die Iren, die sich noch an die Schlachten in Irland und in Parramatta erinnern, bringen damit nur eine Niederlage in Verbindung. Haben diese Idioten denn gar keine Ahnung?«

Hina wusste nicht, was James meinte. Doch allem Anschein nach hatten sie in McGill endlich einen Anführer mit militärischer Erfahrung. McGill organisierte rasch eine wirksame Bewachung, ermunterte die Digger, nicht aufzugeben, und erließ eine allgemeine Anordnung für die Nacht. Ein Späher hatte angekündigt, von Melbourne sei militärische Verstärkung unterwegs, woraufhin McGill und zwei Drittel seiner Männer planten, die Barrikaden von Eureka zu verlassen und den Soldaten den Weg abzuschneiden.

»Das kann nicht klug sein«, meinte Hina. »Rede weiß mit Sicherheit von den Amerikanern, und wenn man herausfindet, dass sie die Barrikaden verlassen haben, greifen sie bestimmt an.«

»Vielleicht halten McGill und Lalor es für unwahrscheinlich, dass es nachts Gefechte gibt«, nuschelte Howard mit Kautabak im Mund.

Der Neumond stand an einem klaren Himmel, als McGill

und seine Männer aufbrachen. Lalor zog sich für die Nacht zurück, woraufhin sie seinem Beispiel folgten und die relative Bequemlichkeit ihres eigenen Zeltes aufsuchten, das ein Stück außerhalb der Barrikaden stand. Einhundertzwanzig Goldgräber blieben innerhalb der Barrikaden, nur mit Piken oder Pistolen bewaffnet, und es fehlte ihnen an Munition.

Eureka Gold Fields, Victoria, 3. Dezember 1854

Die Stille vor dem Morgengrauen wurde durch Gewehrfeuer zerfetzt – Schüsse in rascher Reihenfolge.

»Die Barrikade wird angegriffen.« James fiel in seinem Eifer beinahe über Hina und Howard, schnappte sich ein Gewehr und verschwand.

Hina vernahm eine Artilleriesalve, während er in seine Hose schlüpfte und nach dem Gewehr griff, das Howard ihm am Morgen gegeben hatte. »Die Verstärkung muss durchgekommen sein«, stellte er atemlos fest. »Wir werden keine Chance haben.«

»Nimm mein Pferd, und suche McGill! Sag ihm, er soll auf der Stelle herkommen.« Howard schubste ihn. »Geh, und zwar schnell, bevor wir alle massakriert werden!«

Hina trieb das Pferd zum Galopp an, ohne auch nur die leiseste Ahnung zu haben, wo McGill sich aufhielt, und ritt in Richtung Melbourne Road. Er vernahm Rufe von den Barrikaden und Gewehrsalven von Polizei und Soldaten, und als er sich der Melbourne Road näherte, wurde ihm klar, dass die Kavallerie perfekt aufgestellt war, um den Diggern den Fluchtweg abzuschneiden. Mit Ausweichmanövern vor den Geschossen, die von Specimen Hill gefeuert wurden, ritt Hina auf der Suche nach McGill gen Süden.

Fünf Meilen vor Eureka erblickte er die Amerikaner. Sie waren bereits auf dem Rückweg zu den Barrikaden, ritten jedoch so gemächlich, dass es zu lange dauern würde, um den Belagerten noch von Nutzen zu sein. »Ihr müsst euch beeilen«, rief er ihnen entgegen und zügelte sein Pferd. »Die Barrikaden werden angegriffen, und wir sind in der Minderzahl.«

Der Amerikaner bedankte sich mit einem Nicken und galoppierte mit seinen Männern nach Eureka.

Hina wendete sein Pferd, um ihnen zu folgen, doch als er aufzuholen versuchte, stolperte das Tier auf der Straße und begann zu hinken, bis es schließlich stehen blieb. Brennend vor Wut, ließ Hina sich herabgleiten, fuhr mit der Hand über das zitternde Bein, das bereits anschwoll, schaute in die Ferne auf die von den Amerikanern aufgewirbelte Staubwolke, und ihm wurde klar, dass er zu Fuß zurückgehen musste.

Es war nach acht am Morgen, als Hina einen ersten Blick auf die zerstörten Barrikaden warf. Keine Flagge wehte, die Wände waren zusammengebrochen, und wohin er schaute, sah er Tote und Sterbende. Der Gestank nach Blut vermischte sich mit Pulverdampf und dem Rauch brennender Zelte, und über allem hing entsetzliche Stille.

Soldaten und Polizisten trieben die Verwundeten ebenso zusammen wie alle, die zu betäubt waren, um zu fliehen. Sie wurden in Ketten gelegt und ins Militärgefängnis gesteckt. Hina wusste, dass ihm das gleiche Schicksal drohte, sollte man ihn entdecken.

Rasch zog er sich in den abseits gelegenen Busch zurück. Von dort lief er auf Umwegen nach Gravel Pits und in sein Zelt. Von Howard oder James war keine Spur zu entdecken. Die Gold Fields waren viel zu still, und allmählich dämmerte Hina, dass alle verschwunden waren. Er legte seinem Pferd eine kalte Kompresse auf das verwundete Bein und fragte sich, was er tun solle.

Die Entscheidung wurde ihm abgenommen, als vier Polizisten das Zelt stürmten. »Der war dort – ich habe ihn gesehen. Fesselt ihn, und steckt ihn zu den anderen!«

»Ich war nicht dort!«, protestierte Hina. »Ich habe nicht teilgenommen. Ich war auf der Melbourne Road. Fragen Sie McGill!« Doch sie waren viel zu aufgeregt, um ihm zuzuhören. Sie legten ihm Fußfesseln an und schoben ihn in die Reihe trostloser Gefangener, die sie bereits zusammengetrieben hatten.

Eine Pistole tauchte vor seiner Nase auf. »Eine falsche Bewegung, du Schweinehund, und ich drücke ab!«

Hina hatte keine andere Wahl, als dem Befehl Folge zu leisten, und der Zug der in Ketten gelegten Männer überquerte langsam die Felder in Richtung Gefängnis. Die Barrikaden waren zerstört, die Anführer vernichtet, und die Flagge mit dem Kreuz des Südens war zerfetzt. Eine bittere Niederlage.

Das Gefängnis bestätigte Hinas Befürchtungen, denn in dem stickigen Raum befanden sich mehr als hundert Männer. Als die Hitze des Tages zunahm, redete der verwundete italienische Anführer Carboni zunehmend wirr daher.

»Hast du Howard Repton oder James Tyler gesehen?«, fragte Hina den Mann, der im Gedränge dicht neben ihm stand.

»Repton wurde vom Sanitäter versorgt«, lautete die Antwort. »Hat eine Kugel in die Schläfe und ein Bajonett in der Schulter abgekriegt. Sie haben ihn ins Hotel *London* gebracht. Habe keine Ahnung, was aus Tyler geworden ist – wahrscheinlich tot.«

Hina kannte die meisten Männer ringsum, doch er konnte sich nicht daran erinnern, mehr als die Hälfte davon hinter den Barrikaden gesehen zu haben.

»Carboni ist hier, aber was ist mit Lalor und den anderen Anführern?«

»Auf deren Köpfe ist eine Belohnung ausgesetzt. Lalor hat sich eine Musketenkugel und zwei Geschosse in der Schulter eingefangen. Sein Arm wurde zertrümmert, aber er hat sich geweigert wegzulaufen, obwohl er es uns befohlen hat. Er hat viel Blut verloren. Wir haben ihn in einem Holzstoß versteckt. Freunde werden ihn herausschmuggeln, wenn es sicher ist, aber er braucht dringend medizinische Versorgung, sonst wird er sterben.«

Die Einzelgespräche rings um ihn herum verdeutlichten Hina das Gemetzel. Man erzählte sich von Soldaten, die Verletzte und Sterbende mit dem Bajonett niedergestochen, von Polizisten, die Unbewaffnete erschossen und Zelte in Brand gesteckt hatten, in denen sich noch Frauen und Kinder aufhielten. Dennoch hörte er auch von Heldentaten, von Goldgräbern, die sich, nur mit schwachen Piken bewaffnet, dem Ansturm aus Kugeln und Säbeln entgegengestellt hatten, während zwei Drittel von ihnen abgeschlachtet wurden.

Trotz des Fröstelns, das ihn bei diesen Geschichten überfiel, glaubte Hina zu ersticken, als es dunkel wurde. Die Hitze im Gefängnis wurde durch die Zahl der dicht gedrängten Körper noch verstärkt. Er stand kurz davor, den Verstand zu verlieren, denn die Bilder des Gemetzels ließen ihn nicht los, und der verzweifelte Wunsch nach Platz, Licht und Luft war überwältigend.

Er hatte jegliches Zeitgefühl verloren, als plötzlich die Tür aufgerissen wurde und man ihnen befahl, den Raum zu verlassen. Er atmete tief durch und versuchte, einen klaren Kopf zu bekommen, während man sie durch die sternenhelle Nacht in ein benachbartes Lagerhaus brachte. Es war groß, sauber und kühl, und Hina sank ins Stroh, den Tränen nahe vor Erleichterung.

Kurz vor zehn Uhr am Morgen ging die Tür wieder auf. In der Nacht hatte es weder etwas zu essen noch zu trinken gegeben, und Carboni tobte inzwischen im Delirium. Rede ließ ihn in die Krankenstation des Lagers bringen. Dann sollten sich die Gefangenen aufreihen.

Man zählte durch und nahm die Namen auf. In der Nacht waren Gerüchte in Umlauf gewesen, das Militär hebe innerhalb des Lagers eine große Grube aus, und nachdem sie die Grausamkeiten am Tag zuvor erlebt hatten, schlossen die Gefangenen daraus, dass sie lebendig begraben werden sollten.

Hina brach der Schweiß aus, als die Soldaten und Polizisten dienstbeflissen an den Reihen entlangmarschierten. Eine Nacht im Gefängnis war schlimm genug gewesen, aber inzwischen war Anklage wegen Verrats ergangen, und mehrere Männer wurden aus der Gruppe gezerrt – alle mit ausländischem Namen. Im Gefängnis zu sterben war schlimm genug, doch lebendig begraben zu werden … Er fuhr zusammen, als eine grobe Hand ihn in die Mitte der Lichtung riss.

»Der Mann war nicht hinter den Barrikaden. Er war auf der Melbourne Road, ein gutes Stück von Eureka entfernt, und ist des Verrats nicht schuldig.«

Hina erkannte, dass es einer von McGills Männern war, der gesprochen hatte, und er wurde vor Erleichterung ganz schwach. Der Polizist schloss die Fußfesseln auf, sagte ihm, er solle eine Strafe von dreißig Schilling bezahlen und sich trollen. Hina schenkte dem Amerikaner ein dankbares Lächeln, überreichte das Geld und rannte den Berg hinab zum Hotel *London*, das in eine Krankenstation verwandelt worden war.

Mitten im Chaos stieß Hina endlich auf Howard. Er lag auf einem schmalen Eisenbett, Schulter und Brust dick verbunden. Auch um den Kopf trug er einen Verband, und eine Blutspur auf seiner bleichen Wange war geronnen. »Wie geht es ihm?«, fragte er einen vorbeikommenden Arzt.

»Er ist bewusstlos«, erwiderte der gehetzte Mann. »Die Bajonettwunden dürften verheilen, doch die Kopfwunde ist ernster. Ich musste die Kugel herausschneiden, was auch ganz gut ging, aber wenn er nicht bald aufwacht, fürchte ich, dass wir ihn trotzdem verlieren.«

Hina erkundigte sich nach James.

»Ich habe ihn nicht behandelt«, antwortete der Mann, »aber viele sind auch gestorben und mussten aufgrund der Hitze noch am selben Tag beerdigt werden. Außerhalb von Eureka ist ein Massengrab. Vielleicht finden Sie seinen Namen dort auf einer Gedenktafel.«

Beim Anblick der aufgereihten Betten und der geplagten

Männer und Frauen, die sich um die Verwundeten kümmerten, fragte Hina: »Kann ich irgendwie helfen?«

Müde schüttelte der Arzt den Kopf. »Den meisten dieser armen Seelen kann auf Erden nicht mehr geholfen werden«, sagte er. »Gehen Sie zu den Lebenden zurück, und seien Sie dankbar, dass Sie nicht dazugehören!«

Hina schaute auf Howard herab und fragte sich, ob sie je wieder miteinander sprechen würden. Er war zu einem Freund geworden, und ihm erschien es nicht richtig, dass er unter solchen Umständen sterben sollte. Sein Blick wanderte zu seiner Kleidung, die nachlässig über dem Fußende des Bettes hing, und er erinnerte sich an Howards Versprechen. Von der an der Weste hängenden Taschenuhr entdeckte er keine Spur. Daraus schloss er, dass sein Freund sie in der Eile, zu den Barrikaden zu kommen, im Zelt gelassen hatte.

Er verließ das Hotel und kehrte mit trüben Gedanken zu den Goldminen zurück. Wenn Howard starb, würde die Uhr ihm gehören, doch das Leben eines Freundes war mehr wert als alle Uhren, und Hina betete inständig um Howards Überleben.

Er konnte das Schürfrecht unmöglich allein ausüben, nachdem James verschwunden war und Howard mit dem Tod rang. Seine Begeisterung hielt sich ohnehin in Grenzen. Er warf einen Blick auf die zurückgebliebenen Werkzeuge, Kleidungsstücke und die zerwühlten Betten. So viel war in wenigen Stunden passiert. Eine Schlacht, die sie nie hätten gewinnen können.

»Es ist vorbei«, murmelte er vor sich hin. »Höchste Zeit, nach Hause zu fahren.« Er begann zu packen. Viel war es nicht, denn der größte Teil seiner Kleidung war zerfetzt und erdverkrustet; man konnte sie nur noch verbrennen. Flüchtig suchte er nach Howards Uhr in der Hoffnung, er könne sie dem Arzt geben für den Fall, dass Howard aufwachte, aber sie war nirgendwo zu finden. Ich kehre ins Krankenhaus zurück, sagte er sich, und prüfe nach, ob sie nicht gestohlen wurde.

Er trat ins Freie und stieg über die Strickleiter in das Loch, an dem er so lange gegraben hatte. Verborgen hinter einem Tonziegel in vierzig Fuß Tiefe steckte die Zinndose, in der er seine Einkünfte und einige kleinere Nuggets aufhob, die er gefunden hatte. Er wollte schon alles nach oben tragen, als ihm das Licht verstellt wurde.

»Hina Timanu?«

Hastig schob er die Dose zurück ins Versteck, legte den Ziegel wieder davor und schmierte Schlamm darüber. »Ja?«

»Ich habe einen Haftbefehl für Sie«, dröhnte die Stimme. »Kommen Sie sofort herauf!«

Er zögerte, merkte, dass er in der Falle saß, und kletterte langsam die Leiter hinauf. »Ich bin gerade von allen Anklagen freigesprochen worden«, protestierte er, »und habe meine Strafe bereits bezahlt.«

Die letzten drei Fuß wurde er hinaufgezogen und zu Boden geworfen. »Ich nehme Sie fest wegen Diebstahls«, sagte der Polizist.

»Ich habe nichts gestohlen!«, rief Hina. Er wehrte sich gegen die Ketten, die ihm um Hand- und Fußgelenke gelegt wurden, und gegen die Hände, die seine Taschen durchsuchten. »Ich bin kein Dieb.«

»Das soll der Richter entscheiden«, lautete die mürrische Antwort.

Man zerrte ihn auf die Beine. »Was soll ich denn gestohlen haben, und wer hat mich dessen beschuldigt?«

»Ein gewisser Mr. Thomas Roundhill schwört, dass Sie eine goldene Uhr gestohlen haben, die Howard Repton gehörte.«

Hina war verwirrt. »Ich habe nie von diesem Mr. Roundhill gehört«, stammelte er, »und wenn ich so etwas gestohlen hätte, wäre es bei meinen Sachen. Bitte«, flehte er, »durchsuchen Sie das Zelt! Sie werden keine Uhr finden.«

»Wir wissen, dass Sie sie irgendwo versteckt haben«, brummte er, »aber die sollen andere finden. Jetzt setzen Sie sich in Bewegung!«

Auf dem Weg den gefürchteten Berg hinauf zum beengten Gefängnis beharrte Hina lautstark auf seiner Unschuld. Vergeblich. Sie sperrten ihn ein. Verzweifelt sackte Hina an der Wand zusammen. Howard war bewusstlos und würde sehr wahrscheinlich nicht überleben. James musste im Kampf gefallen sein, und die Uhr war verschwunden. Er hatte keine Verteidigung gegen die Anklage, kannte seinen Ankläger nicht – und besaß keine Möglichkeit, seine Unschuld zu beweisen.

Dritter Teil

Vermächtnisse

Sechzehn

Eden Valley, 31. Dezember 1854

Gehst du ein Stück mit mir spazieren, Ruby?«

Lächelnd hakte sie sich bei ihrem Vater unter, und sie schlugen den Weg zum Ufer ein. »Ich wünschte, du müsstest nicht aufbrechen.«

»Morgen ist der erste Tag eines neuen Jahres, und ich muss mich um ein paar Dinge in Sydney kümmern. Auch ohne den beladenen Karren dauert es vierzehn Tage, bis wir daheim sind.« Er blieb stehen. »Ich sollte dich bitten, nach Hause zu kommen, mein Schatz, aber ich habe das Gefühl, du bist bereits da.«

Sie nickte. »Ich liebe Eden Valley«, gab sie zu. »Und obwohl es manchmal hart sein kann, gehöre ich hierher. Grandma Nell ist hier, daher bin ich nie richtig allein.«

Seine blauen Augen strahlten, als er lachte. »Ach, sie war eine einmalige Frau, deine Großmutter, und es überrascht mich nicht, dass ihr Geist weiterlebt, denn eine solche Frau stirbt nie.« Er berührte ihre Wange. »Du warst etwas Besonderes für sie, genau wie für uns, und es ist gut, dass sie dich im Auge behält.«

Dass ihr Vater Nells Gegenwart hinnahm, überraschte sie nicht weiter, denn er war offen für solche Dinge. »Ich dachte, sie hätte dir Angst eingejagt«, spottete sie.

»Das hat sie auch, besonders, als ich um deine Mama warb. Aber es war nur ihre Art, Amy vor einem irischen Taugenichts zu schützen, und ich habe sie schnell überzeugt, dass ich durchaus zum Ehemann tauge. Wir beide haben uns gut verstanden, weißt du. Wir waren in Ketten in dieses Land gebracht worden, aber wir haben es überlebt, um etwas aus unserem Leben zu machen, was in unserer jeweiligen Heimat nicht möglich gewesen wäre.«

Sie gingen weiter und genossen die kühlen Schatten der Bäume. »Da wir gerade von Taugenichtsen sprechen«, fuhr er in ernsterem Tonfall fort, »was sollen wir wegen James unternehmen?«

»Wir können gar nichts machen.«

»Du könntest dich wegen böswilligen Verlassens von ihm scheiden lassen.«

»Pa!« Sie schaute ihn verwundert an.

Nialls Miene verfinsterte sich. »Der Mann ist ein Schurke, und je eher du ihn loswirst, desto besser.«

»Aber das ist gegen die Kirche und jeden Moralkodex, den du uns zu befolgen gelehrt hast.«

»Ich bin zwar Katholik und habe Angst um meine sterbliche Seele, wenn ich das sage, aber die Kirche hat nicht immer recht.« Er grinste und ging weiter. »Ich habe lange genug gelebt und weiß, dass das Leben zu kostbar ist, um es mit Bedauern zu vergeuden. Lass dich von ihm scheiden, Ruby, dann ist es aus und vorbei. Dann bist du frei und kannst den Mann heiraten, den du wirklich liebst.«

Sie wurde rot und wich seinem Blick aus. »Ich weiß nicht, wovon du sprichst.«

Er blieb stehen und stützte sich auf seinen Gehstock. »Du liebst den jungen Finn, seit du krabbeln kannst, und zu beobachten, wir ihr beide euch bemüht, einander zu übersehen, hat mich und deine Mum in den letzten fünf Monaten unglaublich amüsiert.«

»Ist es so offensichtlich?«

»Ein Blinder könnte das sehen – die Luft vibriert geradezu, wenn ihr zusammen seid.« Er lächelte. »Was glaubst du denn, warum Finn nie geheiratet hat?«, fragte er leise. »Warum war er wohl bereit, ein blühendes Unternehmen in Sydney zu verlassen, um hierherzukommen?«

Sie konnte ihm nicht antworten.

»Weil er dich liebt, du dummes Mädchen.«

»Warum hat er mir denn vorher nicht gesagt, was er fühlt?«

Er schaute sie an, als wäre sie begriffsstutzig. »Er ist zehn Jahre älter als du und war sich deiner Heldenverehrung durchaus bewusst.« Er tätschelte ihre heiße Wange. »Er wollte sich erst einen Namen machen und dir Zeit lassen, dir über deine Gefühle klar zu werden, bevor er mit dir redet. Aber er hat zu lange gewartet, und schon hatte James dich weggeschnappt.«

»Woher weißt du das alles?«

»Finn und ich haben uns gestern Abend lange unterhalten.«

Schweigend setzten sie ihren Spaziergang fort. Rubys Gedanken waren in Aufruhr. Scheidung war eine schändliche Sache, und sie hatte bisher noch nie darüber nachgedacht. Wagte sie es, die Exkommunikation zu riskieren – wagte sie, im Streben nach Glück sich über den Sittenkodex der Gesellschaft hinwegzusetzen? Doch mit Finn in Sünde zu leben war auch verpönt. Es schien keinen Ausweg zu geben. Dabei wünschte sie sich so, es gäbe einen! Wie sehr sehnte sie sich danach, einfach nur zu lieben und geliebt zu werden, ohne den Zorn der Kirche und der Gesellschaft auf sich zu ziehen, was wiederum das Leben ihrer Kinder beeinträchtigen könnte.

»Du brauchst Zeit, um nachzudenken«, sagte Niall, als sie an die Lichtung kamen. »Lass mich wissen, wie du dich entschieden hast, und ich werde tun, was ich kann, um dir zu helfen.«

»Du hast schon so viel getan, Dad«, sagte sie und drückte ihn an sich. »Das Haus ist wunderschön, und die Kinder und ich sind in den letzten Monaten so verwöhnt worden. Was sollen wir nur tun, wenn ihr erst einmal wieder nach Parramatta zurückgekehrt seid?«

»Du wirst weiterhin gedeihen«, sagte er sanft. »Mach dir keinen Kopf über Konventionen und schikanöse Priester – folge nur deinem Herzen!«

Der Truthahn inmitten von Schweinespeck und goldenen Kartoffeln sah köstlich aus. In den Schüsseln dampfte jede Menge Gemüse, der Tisch war auf der Veranda aufgestellt, und die Kinder rannten aufgeregt umher. Ruby und Kumali trugen die neuen Kleider, die sie zu Weihnachten bekommen hatten, und Finn, Tommy und Fergal hatten zu Ehren des besonderen Anlasses saubere Hemden und Hosen angezogen. Selbst Duncan schaute ausnahmsweise einmal halbwegs ansehnlich aus, und Ruby ging das Herz über, denn sie liebte sie alle.

Niall tranchierte das Fleisch und beteiligte sich dabei an den verschiedenen Unterhaltungen, die rings um den Tisch geführt wurden, die Frauen verteilten Teller und reichten das Gemüse. Man ließ sich das Essen schmecken, Toasts wurden ausgesprochen, und die Gespräche gingen noch stundenlang weiter, nachdem die Kinder eingeschlafen waren.

Ruby war aufgestanden, um etwas aus der Küche zu holen, und sie blieb einen Augenblick stehen, um die Szene in sich aufzunehmen. Die Laternen brannten, und das warme Licht schien sie einzuhüllen und zu einem Gemälde zusammenzufassen. Dad ließ sich wie üblich über etwas aus und erzeugte schallendes Gelächter, als er ihnen erzählte, wie er Mum zum ersten Mal in der unglückseligen Nacht vor der Schlacht von Vinegar Hill begegnete. Ruby lächelte, doch ihr wurde das Herz schwer, während sie sich das Bild einprägte, denn es könnte Jahre dauern, bis sie ihre Eltern wiedersehen würde.

Um ein Uhr morgens fand das Fest schließlich ein Ende, und Ruby fiel erschöpft ins Bett und schlief beinahe sofort ein.

»Ruby, Ruby, wach auf!«

Sie schüttelte die beharrliche Hand ab und vergrub das Gesicht im Kissen, aber die Stimme belästigte sie weiter und das Rütteln wurde grober. Sie schlug die Augen auf, und noch ehe sie aufschreien konnte, lag eine Hand auf ihrem Mund.

»Versprichst du, kein Theater zu machen?«

Sie nickte, und er ließ sie los. Sie wischte sich die Lippen ab und starrte verstört zu ihrem Mann auf. »Was zum Teufel fällt dir ein, mich hier zu Tode zu erschrecken?«, zischte sie.

»Das wollte ich nicht, aber ich musste warten, bis alle schlafen.«

Sie zog sich das Laken bis zum Kinn, als sein Blick über sie glitt. »Wie lange bist du schon hier, und warum hast du gewartet, bis wir schlafen?«

»Wir können uns hier nicht unterhalten«, brummte er und schaute zu den schlafenden Kindern. »Zieh dich an, dann treffen wir uns unten am Fluss!«

Sie funkelte ihn in der Dunkelheit wütend an und war versucht, um Hilfe zu rufen, doch die Männer würden mit Waffen kommen, und sie wollte nicht, dass er starb. Sie zog Hemd und Hose über ihr Nachthemd und schaute rasch nach den Kindern, bevor sie tief durchatmete und ihm folgte.

Er wartete auf der Lichtung, und im grauen Licht vor der Morgendämmerung bemerkte sie seine Veränderung, die deutlich hervortrat. Seine Haare waren lang, fettig und verheddert, sein Kinn unrasiert. Dunkle Ringe lagen unter seinen Augen, seine Wangen waren hohl, und die zerfetzte Kleidung schlotterte an seinem Leib. Beim Näherkommen sah sie Blutflecken auf seiner Jacke. »Bist du verletzt?«

Er schüttelte den Kopf. »Die Jacke gehört nicht mir.«

Er hätte ihr leidtun sollen, doch sie empfand nichts. Sie verschränkte die Arme fest vor der Brust. »Du trägst die Jacke eines anderen und kommst wie ein Dieb nach Hause gekrochen. Warum, James?«

»Das dürfte wohl auf der Hand liegen«, herrschte er sie an. »Dein Vater hält den ganzen Abend Hof, und ich wollte mich nicht blamieren und bei eurem schicken Dinner wie ein Landstreicher auftauchen.«

»Wage es nicht, meinen Vater zu beschimpfen!«, fauchte sie.

»Und seit wann macht es dir etwas aus, wie du aussiehst? Dafür warst du immer viel zu sehr mit Trinken beschäftigt.« Sie betrachtete ihn wütend. »Wärst du nicht so ein Feigling gewesen, dann wärst du wie ein richtiger Ehemann und Vater nach Hause gekommen und hättest die Suppe ausgelöffelt – in aller Offenheit.«

»Ich bin kein Feigling«, knurrte er und ballte die Fäuste.

»Warum versteckst du dich dann?« Vor Wut konnte sie kaum an sich halten. »Schämst du dich deiner Fahnenflucht, oder hast du beschlossen, dass du uns brauchst, jetzt, wo es dir dreckig geht?«

»Ich wollte dich wiedersehen.«

»Rede dir nur nicht ein, James Tyler, dass ich jemals den Wunsch hätte, dich wiederzusehen!«

Seine Miene wurde finster. »So spricht man nicht mit seinem Ehemann«, knurrte er.

»Du warst verdammt viele Jahre nicht mein Ehemann, also wage nicht zu kritisieren, wie ich mit dir rede!«

Offensichtlich wurde ihm klar, dass er sie immer wütender machte, und er änderte die Taktik. Er schenkte ihr ein Lächeln, bei dem ihr Herz früher vielleicht geflattert hätte. »Komm schon, Ruby!«, schmeichelte er. »Können wir nicht einfach miteinander reden, ohne zu streiten?«

»Dein Charme wirkt nicht mehr, James. Sag, was du zu sagen hast, und dann geh!«

Seine Augen blitzten. »Ich bin noch immer dein Mann. Ich habe Rechte.«

»Die hast du vor Jahren verloren.« Sie betrachtete ihn abweisend. »Du hast mich mit zwei Kindern, einer Schafherde und einem beliehenen Wollscheck sitzen lassen. Ich habe jahrelang nichts von dir gehört, und doch habe ich deine Kinder großgezogen und hier alles in Schuss gehalten. Wie kommst du dazu, von Rechten zu reden?«

»Ich spreche, worüber ich will«, entgegnete er. »Wir sind noch immer verheiratet, und ich habe das Gesetz auf meiner Seite. Ich kann wieder hier einziehen, und du kannst nichts dagegen tun.«

»Ich habe Männer und Waffen auf dem Besitz. Sie werden für mich sprechen, wenn du das versuchst.«

»Also duldest du einen weiteren Mord, ja?« Er schnaubte verächtlich. »Nichts hat sich geändert.«

»Was willst du eigentlich?«

»Ich dachte, das läge auf der Hand.« Sein Blick wanderte von ihrem Kopf bis zu den Füßen. »Obwohl ich nicht gerade sagen kann, dass ich dich verführerisch finde – nicht in dem Aufzug.«

»Fass mich an, und ich schreie alle wach.« Ihre Stimme war tief und voller Angst.

Er zuckte mit den Schultern, da er offenbar zu dem Schluss gekommen war, dass diese Unterhaltung zu nichts führen würde, und betrachtete die neuen Gebäude. »Wie ich sehe, hat Daddy mit seinem Geld herumgeworfen.«

Sein Hohn machte sie rasend. »Die Großzügigkeit meines Vaters geht dich gar nichts an.«

»Du musst nur einmal jammern, und schon springt Daddy, was?«

»Er hat uns Liebe, Unterstützung und ein anständiges Haus für deine Kinder gegeben – und mir eine Schulter zum Ausweinen«, erwiderte sie. »Mehr, als du jemals fertiggebracht hast.«

Er betrachtete sie beinahe anmaßend. »Wie ich sehe, ist Fergal wieder da, und du hast zwei andere Männer, die für dich arbeiten. Welcher wärmt dich denn nachts, Ruby?«

Die schallende Ohrfeige war deutlich zu hören.

Er rieb sich die Wange, seine Augen funkelten. »Du kannst von Glück sagen, dass ich nicht zurückgeschlagen habe, du Schlampe.«

»Und du kannst von Glück sagen, dass ich dir nicht die Nase blutig geschlagen habe.«

Seine Miene wurde streitlustig. »Aus dir ist ein zänkisches Weib geworden. Kein Wunder, dass kein Mann mit dir ins Bett will.«

»Wie ich schlafe, ist einzig und allein meine Sache. Ich warne dich: Noch so eine Bemerkung, und ich werde wirklich grob! Ich bin jetzt stark wie noch nie. Harte Arbeit baut Muskeln auf, und ich habe keine Angst, sie zu benutzen.«

Er trat einen Schritt zurück. »Herrgott, Ruby, ich bin nicht hergekommen, um zu kämpfen.«

»Weshalb dann?«

»Ich wollte dich und Nathaniel sehen, bevor ich mich auf den Weg nach Westen zu den neuen Goldfeldern mache.«

»Ich bin froh, dass du nicht vorhast zu bleiben. Du bist hier nicht willkommen.«

Da schaute er sie an, und seine trotzige Miene vermochte den eingebüßten Stolz nicht ganz zu verbergen. »Du hast deutlich gemacht, dass du mich nicht brauchst. Du bist anscheinend zäher, als ich mir je hätte vorstellen können.«

»Ich musste lernen, zäh zu werden – um zu überleben und für meine Kinder zu kämpfen.«

Er schwieg lange, den Blick auf die abgetragenen Stiefel gerichtet. »Du kannst das alles hier behalten«, sagte er schließlich. »Hier gibt es nichts, was ich haben will, nicht mehr, und du hast immer klargemacht, dass es nie wirklich mir gehört hat.«

»Das ist Quatsch, und das weißt du auch«, fauchte sie. »Du hast das hier geschenkt bekommen – und du hattest deine Frau und deine Kinder, die dich bedingungslos geliebt hätten, aber deine Gier nach Gold hat dich für alles andere blind gemacht.«

»Tja, die Jagd nach Gold bietet eben mehr Aufregung, als du und dieser Ort es je vermocht haben.«

Ruby verspürte Mitleid. Er würde sich treiben lassen, bis der Tod ihn einholte. Dass er nicht die Absicht hatte, zu bleiben, war eine Erleichterung, aber es bedeutete, dass sie ihre eigene Zukunft sichern musste. »Du darfst gern eine Mahlzeit einnehmen, und im Lagerhaus ist noch Ersatzkleidung.«

»Ich will deine Wohltätigkeit nicht.«

»Das ist keine Wohltätigkeit. Ich gebe jedem zu essen, der vorbeikommt.« Ihr Tonfall wurde milder, denn sie erkannte, dass er geschlagen war und sein Stolz in Scherben lag. »Du kannst die Kinder sehen, aber vielleicht ist es besser, nicht offenzulegen, wer du bist.«

»Ich habe sie gesehen, als sie schliefen«, gestand er. »Nathaniel ist so groß geworden, dass ich ihn fast nicht erkannt hätte.«

Sie holte tief Luft, statt ihn erneut zu beschimpfen, denn es war zwecklos. »Da ich dich nach dem heutigen Abend nie wiedersehen werde, möchte ich dich um eins bitten.«

»Worum?« Sein Blick war misstrauisch.

»Die Scheidung.«

Das Schweigen dehnte sich aus, und die Vögel hoben zu ihrem frühmorgendlichen Chor an. James steckte die Hände in die Taschen, den Blick wieder auf die Stiefel gerichtet. »Vermutlich war es nicht zu vermeiden«, brummte er. »Aber das kostet dich etwas.«

Ihre Gereiztheit war verflogen; jetzt saß nur noch eine hohle Eiseskälte in ihrem Magen. »Wie viel willst du?«

Er schaute auf, erfasste die neuen Gebäude, den sauberen Hof und die gut ausgerüstete Außenküche mit einem Blick. »Fünfzig Pfund würden reichen«, murmelte er. »Sieht so aus, als könntest du es dir leisten.«

»Abgemacht. Ich werde das Geld übergeben, wenn du mir den Brief für das Gericht gibst.« Ohne ihn noch einmal anzusehen, eilte sie davon, um Kleidung zu suchen und eine Mahlzeit zu richten, bevor die anderen sich rührten.

Erfrischt durch ein Bad im Fluss und in saubere Sachen gekleidet, sah er dem James, den sie einst geliebt hatte, schon etwas ähnlicher, als er sich an den Tisch draußen setzte und sich durch das Frühstück pflügte.

Sie hörte sich die Schreckensmeldungen darüber an, was in Eureka passiert war, erfuhr, wie er der Gefangennahme auf der Melbourne Road entkommen war, indem er das Pferd eines Toten stahl, und bemerkte das Flackern in seinen Augen, als er von den Goldfeldern im Westen sprach. James hatte sich in eine andere Welt ziehen lassen – aus der er nie wieder zurückkehren würde –, und sie hoffte, er würde am Ende seinen Frieden finden.

Die Tinte auf dem Brief ans Gericht war noch nicht trocken, als Ruby beobachtete, wie er die ausgebeulten Satteltaschen mit Vorräten füllte und die Steigbügel richtete.

Schließlich drehte er sich zu ihr um. Er wirkte niedergeschlagen. »Tut mir leid, dass es so weit gekommen ist, Ruby«, sagte er. »Aber du und ich …«

»Ich weiß. Aber eine Zeitlang waren wir glücklich, nicht wahr?«

Er lächelte traurig. »Vermutlich. Nur für kurze Zeit.« Offenbar gab es nichts mehr zu sagen; er stieg auf und schaute zu ihr herab. »Du bist eine gute Frau – das weiß ich jetzt –, aber was wir hatten, ist verschwunden. Pass auf unseren Sohn auf! Sorge dafür, dass er zu einem feinen Mann heranwächst. Wirst du das für mich tun?«

Sie nickte, denn Tränen drohten aufzusteigen trotz allem, was zwischen ihnen vorgefallen war.

Er tippte an seinen Hut, die Augen weich vor Rührung. »Lebe wohl, Ruby, und vielen Dank für alles!«

Sie hob die Hand zum Abschiedsgruß, doch er galoppierte bereits davon, eine Staubwolke hinter sich aufwerfend.

»Ist alles in Ordnung?« Finn stellte sich neben sie, und die anderen kamen aus ihren Zimmern.

Ruby nickte, nahm seine Hand und lächelte. »Liebst du mich, Finn Cleary?«

»Von ganzem Herzen, Ruby Logan.«

Sie berührte sein Gesicht und schaute ihm in die Augen. »Willst du mich heiraten, wenn ich meine Scheidung durchgesetzt habe?«

»Ist das nicht eine Frage, die ich stellen sollte?« Seine Augen zwinkerten spitzbübisch.

»Ja, aber wenn ich warte, bis du dich dazu aufraffst, bin ich eine alte Frau.« Sie trat vor und ließ sich von ihm umarmen. »Also, Finn, fragst du?«

Seine Stimme war leise, als er sie festhielt. »Willst du mich von den Schrecken befreien, die Schlafbaracke mit Fergal und Tommy zu teilen, und einen ehrlichen Mann aus mir machen?« Er lachte in sich hinein, als sie ihn in die Rippen stieß, und versuchte, grimmig auszusehen. Dann zog er sie noch näher, und seine Miene wurde ernst. »Willst du mich heiraten, Ruby, und mich zum glücklichsten Mann auf Erden machen?«

»Ja!« Sie schlang ihm die Arme um den Hals und gab sich seinem Kuss hin.

Obwohl ihre Eltern bald abreisen würden, war der erste Tag des Jahres 1855 ein Tag zum Feiern, auf den man sich voller Hoffnung freuen konnte. Schüchtern hatten sie die Glückwünsche entgegengenommen, und ein jeder war wieder an seine Arbeit gegangen, damit Ruby sich noch persönlich von ihren Eltern verabschieden konnte.

»Ich bin froh, dass es zu einer Lösung gekommen ist«, sagte Niall. »Jetzt kann ich leichten Herzens nach Hause fahren und dafür sorgen, dass deine Scheidung reibungslos über die Bühne geht.« Er klopfte auf seine Tasche, in die er den Brief gesteckt hatte. »Ich werde einen der Jungen heraufschicken, um dir Bescheid zu geben, wenn es erledigt ist.«

Amy kam aus Rubys Schlafzimmer und wirkte verstört. »Ich dachte, ich räume noch auf, bevor ich gehe, und habe das hier unter deinem Kissen gefunden.« Sie errötete. »Ich wollte nicht herumstöbern, aber das sieht so wertvoll aus, dass man es nicht herumliegen lassen sollte.«

Ruby runzelte die Stirn. »Die gehört mir nicht. James muss sie hiergelassen haben.« Sie nahm die Uhr und öffnete sie. »Du hast recht, Mum, sie ist wertvoll. Ich frage mich nur, warum er sie nicht mitgenommen hat?«

Niall untersuchte sie genau. »Ein schönes Goldstück, das steht fest.« Seine Miene war nachdenklich. »James war offensichtlich vom Glück verlassen, doch statt das hier zu versetzen, hat er es lieber bei dir zurückgelassen. Warum wohl, was meinst du?«

»Vielleicht wollte er Ruby für all die Jahre entlohnen, in denen er sie mit nichts zurückgelassen hat«, sagte Amy schroff.

»Wahrscheinlicher ist, dass er sie gestohlen hat.« Rubys Worte hallten zwischen ihnen wider.

»Ja, da könntest du recht haben«, brummte Niall. »Aber der Diebstahl eines solchen Gegenstands würde ein Geschrei verursachen.«

»Er konnte sie nicht verkaufen und wollte nicht damit erwischt werden, also hat er sie hiergelassen.« Sie schaute ihren Vater an. »Nimm sie mit, Dad, und sieh zu, ob du feststellen kannst, wem sie gehört! Ich will nichts damit zu tun haben.«

»Er war zuletzt in Eureka, sagst du?« Als sie nickte, nahm Niall die Uhr mit nach draußen, um sie in besserem Licht zu untersuchen. »Mir ist, als hätte ich den Mann gekannt – nein, nicht diesen Mann, aber jemanden, der ihm sehr ähnlich sah. Es liegt an dem Muttermal in seinem Gesicht …«

»Was ist los, Niall?« Amy berührte seine Schulter, als er blass wurde.

Mit gehetztem Blick starrte Niall in die Vergangenheit. »Es war am Tag des irischen Aufstands«, murmelte er vor sich hin. »Die Soldaten kamen, und wir wurden wie Weizen niedergemäht. Ich war noch ein Junge, halb verhungert und zu Tode erschrocken.« Er ließ den Kopf hängen; er war innerlich so aufgewühlt, dass seine Stimme brach. »Rings um mich herum waren Tote und Sterbende, aber die Soldaten kannten kein Erbarmen. Ein Mann war darunter, ein Soldat, der ähnliche Male wie diese im Gesicht hatte.« Er wisperte nur noch. »Ich schwöre, er war der Teufel in Person. Er hat die Verwundeten erschossen oder sie mit seinem Säbel durchbohrt und lachte dabei.«

Ruby überlief ein Schauer, als ihr Vater fortfuhr: »Ich bin um mein Leben gerannt. Ich habe mich im Farnkraut versteckt und bin auf dem Bauch gerobbt, um von ihm fortzukommen, doch ich konnte ihn noch immer hin und her reiten und auf das Gestrüpp einschlagen hören, um mich zu finden und mich zu erstechen.«

Ruby rannen Tränen über die Wangen, während sie sich mit ihrer Mutter an ihn klammerte. Sie hatte einen Teil der Geschichte ihres Vaters gehört, doch nicht in diesen drastischen Einzelheiten, und sie fragte sich, welche Schrecken er noch als kindlicher Sträfling durchgemacht hatte. »Aber er hat dich nicht gefunden«, schluchzte sie. »Du hast ihn zum Narren gehalten.«

Niall klappte die Uhr zu, sein Gesicht hatte jegliche Farbe verloren. »Ich wurde von anderen eingefangen und zur Strafe ausgepeitscht. Obwohl ich ihn nie wiedersah, werde ich mich immer an sein Gesicht erinnern.«

»Aber warum sollte so ein Mann sein Porträt in eine Uhr malen lassen?«

Niall befreite sich sanft und schien sich wieder zu fangen. Er steckte die Uhr in einen Handschuh und deponierte ihn in einer Innentasche. »Das ist ein Rätsel, das ich zu lösen gedenke«, sagte er, »und ich kenne einen Mann, der vielleicht die Antwort kennt.«

Eureka, Victoria, Januar 1855

Wochenlang war Hina im Gefängnis eingesperrt. Die Anhörung hatte keine Lösung gebracht, denn Roundhill war ebenso wenig aufzutreiben wie die Uhr. Hina hatte seine Unschuld beteuert und um Freilassung gebeten, doch man hatte ihn wieder ins Gefängnis geschickt, wo er auf die Entscheidung des Richters warten sollte.

Anscheinend hatte man ihn vergessen, und er sollte im Dreck verkommen. Die Hitze verbrauchte seine Energie, das fehlende Tageslicht und der Mangel an frischer Luft schwächten seinen Kampfeswillen, und Hina ergab sich seiner Verzweiflung. Er würde Puaiti nie wiedersehen, nie mehr den schwarzen Sand von Tahiti unter den Zehen spüren oder die exotischen Blüten riechen. Er lag auf dem Boden, schloss die Augen und hoffte inständig auf das Ende.

»Machen Sie jetzt diese verdammte Tür auf! Beeilung.«

Hina richtete sich mit klopfendem Herzen auf. »Howard? Bist du das?«

»Ja, verdammt, und ich bin gekommen, um dich aus diesem höllischen Loch zu holen.«

Wie ein Racheengel stürmte Howard herein, zog Hina auf die Beine und trug ihn beinahe ins Sonnenlicht. »Herrgott, Junge«, keuchte er, »an dir ist ja kein Gramm Fleisch mehr. Was zum Teufel haben diese Kerle dir nur zu essen gegeben?«

»Abfall.« Hina stand unsicher auf den Beinen, blinzelte in die Sonne, schloss die Augen und hob das Gesicht in die wärmenden Strahlen. Endlich spürte er, dass sich wieder Leben in ihm regte. Tränen liefen ihm über das Gesicht. »Bin ich wirklich frei, Howard? Ist es kein Traum?«, fragte er.

Howard spuckte Kautabak aus. »Das ist kein Traum, Kumpel. Komm, wir wollen hier raus, bevor du umfällst. Du hast zwar abgenommen, aber tragen kann ich dich auf keinen Fall.«

Hina stützte sich auf seinen Freund, als sie den Berg hinabgingen. »Haben sie deine Uhr gefunden? Bin ich deshalb frei?«

»Ich erzähle dir alles, sobald du besser riechst«, sagte Howard in seiner schleppenden Tonart.

Hina wusste, wie schmutzig er war, denn seine Kleidung hing in stinkenden Fetzen an ihm, seine Stiefel hatte man ihm gestohlen, und das wenige Geld, das er in den Taschen gehabt hatte, war verschwunden. Die Blicke der Passanten waren beschämend, als sie durch die Hauptstraße gingen, und er war dankbar, als Howard ihn zur Hintertür des *Diggers Hotel* führte und somit die öffentlichen Räume mied.

»Ich habe ein Zimmer in der ersten Etage gemietet, wo du alles findest, was du brauchst. Lass dir Zeit! Ich gehe nicht weg.«

Hina versuchte sich bei ihm zu bedanken, doch Howard spie nur Tabak in den nächsten Spucknapf und entfernte sich.

Hina öffnete die Tür, sah das dampfende Bad und die weichen Handtücher und begann sich auszuziehen. Er versank im duftenden Wasser und seufzte wohlig, als Schmutz und Gestank des Gefängnisses von ihm abfielen.

Während er dort lag, betrachtete er das Zimmer interessiert, denn er war zum ersten Mal in einem Hotel und staunte, wie üppig es war. Das Bett war breit und weich, hatte Daunenkissen und eine dicke Decke. Vorhänge gab es, Teppiche und Stühle, und auf dem Tisch stand eine Reihe abgedeckter Teller. Auf der Rückenlehne eines Stuhls waren frische Kleider abgelegt, auf dem Boden daneben standen neue Stiefel.

Nachdem er sich mit Seife geschrubbt hatte, benutzte er den zusätzlichen Eimer voll Wasser, um sich abzuspülen, und stieg aus der Wanne, schlang sich ein Handtuch um die Hüfte und untersuchte die Teller. Der Geruch nach gebratenem Fleisch und dicker Soße verbreitete sich im Raum, als er die Deckel anhob, und er aß, bis er alle Teller leer gegessen hatte und sein Magen geweitet war.

Erfrischt, gesättigt und angezogen klopfte er an Howards Tür. Howard lag mit den Stiefeln auf dem schicken Bett, den Hut über die Augen gezogen. »Komm rein, und zieh dir einen Stuhl ran, Hina. Bier ist auch da, wenn du willst.«

Hina nahm stattdessen Limonade. Er sah die Belustigung in Howards Augen und lächelte. »Ich habe mich nie an den Geschmack von Bier gewöhnt«, erklärte er, setzte sich, trank einen tiefen Schluck und betrachtete seinen Freund. »Danke«, hob er an.

»Schon gut.« Howard schwang sich aus dem Bett. »Tut mir nur leid, dass ich dich nicht früher rausholen konnte.« Er verharmloste Hinas Besorgnis um seine Gesundheit. »Mir geht's gut. Jetzt will ich den wahren Dieb finden.«

»Roundhill, der Mann, der mich des Diebstahls beschuldigt hat, ist offenbar verschwunden. Daher werden wir wahrscheinlich nie die Wahrheit erfahren.«

»Den hat es nie gegeben«, knurrte Howard und machte noch ein Bier auf.

»Aber er muss existiert haben. Er hat mich wegen Diebstahls angezeigt. Und ich habe die Uhr nicht gestohlen, Howard, Ehrenwort. Ich bin kein Dieb.«

»Das weiß ich, verdammt. Deshalb war ich so stinksauer, als ich festgestellt habe, dass man dich angeklagt hatte.« Er trank einen Schluck Bier und zündete sich eine Zigarre an. »Die Polizei hat mir deinen Ankläger gut beschrieben, Hina. Es war James Tyler.«

»Aber der ist doch hinter den Barrikaden gestorben.«

Howard schüttelte den Kopf. »Ich habe mich erkundigt. Man hat ihn bei einem Haufen Goldgräber gesehen, denen es gelungen ist, sich im Busch zu verstecken. Tyler hat den Rock eines Toten an sich genommen, dessen Pferd gestohlen und ist damit über die Melbourne Road getürmt.« Übellaunig schaute er aus dem Fenster. »Wir standen nebeneinander, als die Kugel mich traf. Ich weiß noch, dass er etwas schrie und seine Hände an mir zerrten, aber dann muss ich ohnmächtig geworden sein.«

Er drehte sich um, seine Augen blitzten auf. »Er muss mich für tot gehalten haben, denn Zeugen sagen, er habe mich einfach liegen lassen und sei fortgelaufen. Sie haben mich versteckt, und nur durch Zufall hat ein Säbel mein Versteck durchbohrt und meine Schulter getroffen. Zwei Yankee-Kumpeln ist es gelungen, mich in die Krankenstation zu befördern, aber daran kann ich mich nicht erinnern.«

»Was willst du denn jetzt tun?«

»Tyler suchen, ihm den dürren Hals umdrehen und mir meine Uhr zurückholen.« Er kaute auf der Zigarre und beäugte Hina. »Hast du Lust, mich auf dem Ritt zu begleiten?«

»Wie finden wir ihn denn?«

»Wir fangen da an, wo er zu Hause ist, an dem Ort, den er Eden Valley nennt.«

Eden Valley, Juli 1855

Kumali schaute in den bleifarbenen Himmel und wünschte, es würde regnen. Die Hitze war trotz der Jahreszeit stark. Die Erde war ausgedörrt, und alles starb. Sie hob die gereizte Garnday hoch, nahm Mookah an die Hand und watete in den leeren Fluss. Er tröpfelte nur noch durch das steinige Bett, doch er war kühl und von Bäumen überschattet, die ideale Stelle, um sich zu setzen. Lachend schaute sie zu, wie Mookah spritzte und versuchte, die quengelnde Garnday zu locken, sich dem Vergnügen anzuschließen. Das kleine Mädchen beobachtete ihre Schwester und streckte dann die Arme nach ihr aus. Mookah, noch keine vier, balancierte sie gekonnt auf der Hüfte und brachte sie zum Lächeln, als sie mit ihren Füßen auf dem Wasser trommelte.

Kumali rollte sich auf den Bauch, und ihr Kleid blähte sich im

Wasser auf, während sie in der Ruhe dieses seltenen Moments schwelgte. Natjik war bei Duncan, Ruby hatte Violet und Nathaniel mit nach Five Mile Creek genommen, um Vorräte einzukaufen, und die anderen waren draußen auf den Weiden. Es tat gut, den Ort eine Weile für sich zu haben, und sie hatte noch jede Menge Zeit, bis sie sich um das Abendessen kümmern musste.

Mookah hatte ein Loch im Ufer gefunden und stocherte mit einem Stock darin, während Garnday hüfthoch im Wasser saß und versuchte, einen Kieselstein zu essen. Kumali nahm ihn ihr aus dem Mund und umarmte sie, damit sie nicht wieder weinte. Ihre Kleine zahnte und kaute daher auf allem herum. Kumali liebte sie über alle Maßen und konnte nicht widerstehen, ihre Pausbacken mit Küssen einzudecken.

»Gib mir auch einen Kuss«, forderte Mookah.

Kumali hob sie hoch und vergrub ihre Nase an dem weichen, duftenden Hals, bis das Kind sich wand und schallend lachte.

Das Geräusch sich nähernder Pferde störte sie nicht weiter, aber sie ärgerte sich, dass die Männer diesen besonderen Moment störten. Sie beschloss, dass sie trotzdem eine Weile ohne sie auskommen würden, und spielte weiter mit ihren Kindern. Mookah machte sich wieder an die Erforschung des Lochs, und Kumali legte sich zurück ins Wasser, Garnday auf ihrem Bauch.

»Mama!«

Im Nu war Kumali auf den Beinen.

Mookah hatte vor Angst die Augen weit aufgerissen. »Kuck mal, Mama!«

Kumali folgte dem Zeigefinger. Sie packte Garnday fester und trat taumelnd zurück. Es waren acht Reiter, und zwei weitere Männer fuhren einen geschlossenen Eisenwagen. Sie waren schwarz, von einem anderen Stamm, und trugen die Uniform der Native Police.

Kumali griff nach Mookahs Hand und klemmte sich Garnday unter den Arm. »Lauf los, wenn ich es sage, Mookah, schnell wie der Wind«, flüsterte sie, ohne die Männer aus den Augen zu lassen.

Ein weiterer Reiter tauchte auf. Er war weiß, hatte ein pockennarbiges Gesicht und kalte Augen. »Komm hier rüber, du schwarze Schlampe. Du kommst mit uns«, rief er.

Kumali schob sich weiter zurück. Sie hatte sogleich den Mann Wally in ihm erkannt – und sie wusste, wenn er sie erkannte, wäre sie tot. »Ich gehöre hierher«, rief sie trotzig zurück. »Mein Mann kommt bald zurück, und er ist ein Weißer.«

»Ich habe den Befehl, alle Schwarzen in diesem Gebiet zusammenzutreiben. Ob weißer Ehemann oder nicht, du kommst mit, wenn ich es dir sage.« Er trieb sein Pferd näher ans Wasser. »Du wirst mir gehorchen, du schwarze Schlampe, sonst bringe ich deine Negerkinder um.«

Kumali schlug das Herz bis zum Hals, und sie bekam kaum Luft. Sie war schon einmal geholt worden und würde lieber sterben, als das noch einmal durchzumachen, denn Männer wie Wally kannten keine Gnade. Sie schaute rasch zum gegenüberliegenden Ufer, schwang sich Mookah auf die Hüfte und fing an zu laufen. Ein aufgeregter Schlachtruf ertönte, und sie hörte die Pferde das Ufer hinabschliddern und im Wasser hinter ihr aufplatschen.

Garnday jammerte, Mookah schrie, und Kumali, die sich die größte Mühe gab, das gegenüberliegende Ufer zu erreichen, stellte fest, dass die rutschenden Steine unter ihren Füßen ihre Flucht behinderten.

Die langen Schatten der Reiter tanzten auf der Wasseroberfläche, und als sie hörte, wie Säbel gezogen wurden, geriet sie ins Taumeln. Das Ufer war zu weit entfernt, und die Männer waren zu schnell. Schon hatten sie Kumali umzingelt, und sie schluchzte in Todesangst, klammerte sich an ihre Kinder und flehte die Männer an, sie am Leben zu lassen.

»Ich komme mit, wenn Sie meine Kleinen freilassen. Sie haben einen weißen Vater, sehen Sie?« Kumali zeigte auf ihr rötliches Haar, die bleiche Haut und brabbelte gequält: »Kinder eines Weißen. Vater hat auch rote Haare.«

Wally nahm sie näher in Augenschein, und Kumali erstarrte aus Furcht, er könne sie erkennen.

Dann wandte er gelangweilt den Blick ab. »Steckt sie in den Wagen!«, befahl er.

Kumali schrie auf, als der eingeborene Reiter ihr die Kinder aus den Armen riss. »Nein! Nehmt mir meine Kleinen nicht weg!« Sie rannte neben den Reiter, schlug auf seine Beine ein, zerrte an seiner Hose in der Hoffnung, er ließe die Kinder vielleicht los.

Der Stammeskrieger grinste sie an und trat nach ihr. Der Sporn traf sie an der Wange, sodass Kumali das Gleichgewicht verlor. Aber schon bald hatte sie sich wieder gefangen und krabbelte das Ufer hinauf. Als sie sah, wie die Wagentür sich öffnete und der Mann mit ihren Kindern darauf zuging, begann sie zu laufen.

»Nein!«, schrie sie, warf sich auf ihn und krallte mit den Fingern nach seinen Augen.

Eine Hand packte sie an den Haaren, und sie wurde in den Wagen geschleudert.

»Nimm deine Negerkinder, und halt sie ruhig!«, knurrte der Stammeskrieger und warf die kreischenden, verängstigten Kinder auf sie.

Kumali umklammerte die Kleinen und schluchzte: »Du bist ein Schwarzer – warum nimmst du meine Kinder mit? Ich komme mit dir, koche gutes Essen, bumse, aber nehmt meine Kinder nicht mit. Bitte!« Es war eine Klage in höchster Not, während sie sich mühsam aufrappelte und einen Schritt auf die offene Tür zuging.

Sie schlug mit tödlichem Knall zu.

Eden Valley, 31. August 1855

Die fieberhafte Suche nach Kumali und den Kindern hatte Rubys Leben in den vergangenen acht Wochen in Anspruch genommen. Sie hatte Briefe an ihren Vater, den Gouverneur und den Kirchenrat geschrieben in der Hoffnung, jemand wisse vielleicht, wohin man sie gebracht hatte. Sie hatte keine Antwort erhalten.

Wiederholte Fahrten nach Five Mile Creek und die weit verbreiteten Farmgemeinschaften rings um Eden Valley hatten nur wenig Neues gebracht. Die Überfälle waren schnell und brutal gewesen, und obwohl mehrere Siedler versucht hatten, ihre Eingeborenen zu schützen, hatte es den Anschein, als wäre das Gesetz nicht auf ihrer Seite. Eine neue Gesetzgebung war verabschiedet worden, nach der alle Schwarzen zu entfernen und in Reservate weitab von weißer Besiedelung zu stecken waren. Mischlingskinder sollten zusammengetrieben und in besondere Reservate gebracht werden, wo sie als billige Arbeitskräfte auszubilden waren.

»Ich weiß nicht, was ich machen soll«, seufzte Ruby. »Der arme Duncan hat kaum ein Wort gesprochen, seitdem sie vermisst werden, und ich mache mir Sorgen um ihn.«

Finn streckte den Arm über den Tisch und nahm ihre Hand. »Wir können nicht viel tun, außer uns um Natjik kümmern. Zum Glück war er an dem Tag bei Duncan. Ich weiß nicht, was er gemacht hätte, wenn alle drei Kinder geholt worden wären.«

Ruby betrachtete das schlafende Kind, das zwischen Violet und Nathaniel lag. Der arme kleine Wurm war ebenso verstört wie alle anderen, doch seine Sicherheit war oberstes Gebot, denn falls die Native Police Wind von ihm bekäme, würde sie wiederkommen.

Schweigend dachte sie daran, dass Duncan gebrüllt hatte wie ein Löwe, als er feststellte, was mit Kumali und seinen Kindern passiert war. Er hatte zum Gewehr gegriffen und sich auf die Suche nach den Entführern gemacht. Er hatte geschworen, sie allesamt umzubringen.

Finn und Tommy waren ihm nachgeritten, und als sie schließlich von den Behörden erfuhren, dass Kumali in einem Lager weit im Norden gestorben sei, und Duncan klar wurde, dass er seine verstreuten Kinder nie finden würde, verlor er vor Wut und Schmerz beinahe den Verstand. Als gebrochener Mann war er nach Eden Valley zurückgekehrt. Wie eine verlorene Seele wandelte er zwischen seinen Schafen umher und fand anscheinend nur Trost, wenn er seinen Sohn in den Armen hielt.

»Die arme Kumali muss schreckliche Angst ausgestanden haben. Sie wusste, wozu solche Männer fähig sind und wie es für ihre kleinen Mädchen sein würde. Um Himmels willen, Finn, was ist nur mit unserer Welt los, in der wehrlose Frauen und Kinder wie Vieh behandelt werden?«

»Ich weiß nicht«, murmelte er, »aber dein Vater würde es wissen. Er wurde als Kind in Ketten hierhergebracht, wie ein Sklave behandelt und hat überlebt, um die Geschichte zu erzählen und seine Nase über die Obrigkeit zu rümpfen. Vielleicht werden Kumalis Kinder es auch so machen.«

Ruby brach in Tränen aus, und Finn nahm sie in den Arm. Sie barg ihr Gesicht an seiner Schulter und ließ ihrem Schmerz freien Lauf, den sie so lange unterdrückt hatte.

Ein Schlag gegen das Fenster ließ Ruby zusammenfahren. Sie wischte sich mit den Fäusten die Tränen ab und öffnete die Tür. Der Anblick, der sie dort erwartete, war so außergewöhnlich, dass ihr die Worte fehlten.

Der größere der beiden Männer zog seinen Zylinder. »Tut mir leid, wenn ich so spät noch störe, Ma'am«, sagte er gedehnt, »aber wir sind auf der Suche nach Mr. James Tyler.«

Ruby bemerkte den amerikanischen Akzent, die gelbbraune Hautfarbe des anderen Mannes und das lange dunkle Haar und erkannte, dass es Fergals Freunde aus Ophir waren. »James ist nicht da, aber Fergal ist irgendwo da draußen.« Sie schenkte ihnen ein schwaches Lächeln und reichte ihnen die Hand. »Sie müssen Howard und Hina sein.«

»Stimmt, Ma'am.« Sie folgten ihr ins Haus, wo sie Finn vorgestellt wurden. »Ich nehme an, Sie sind Mrs. Tyler?«

»Nicht mehr lange«, erwiderte sie. »Wir lassen uns scheiden.«

»Kommen wir zur unrechten Zeit, Ma'am? Ich merke nur, dass Sie in Sorge sind.«

»Wir trauern«, antwortete sie und berichtete von den Überfällen, während sie ihnen etwas zu essen und Bier vorsetzte.

»Mein Beileid«, sagte der Amerikaner. »Sieht ganz so aus, als blieben Menschlichkeit und Politik verfeindet, wie Hina und ich am eigenen Leib erfahren mussten.«

»James hat mir von Eureka erzählt.«

»Dann war er hier?«

»Er ist nur wenige Stunden geblieben.«

»Sie wissen nicht zufällig, wohin sein Weg ihn führte? Hina und ich haben nämlich noch ein Hühnchen mit ihm zu rupfen.«

Ruby fiel auf, dass sein Blick härter geworden, sein Lächeln verschwunden war. »Was hat James getan, dass Sie einen so weiten Weg auf sich nehmen?«

»Er hat mich bestohlen, Ma'am, und gegen Hina falsch ausgesagt.«

»Was hat er gestohlen?«

»Eine goldene Uhr«, sagte Hina, der zum ersten Mal das Wort ergriff. »Eine schöne goldene Uhr mit zwei Porträts auf der Innenseite – eins von einem Mann mit Muttermalen im Gesicht, das andere von einer Tahitianerin.«

»James ist nach Westen zu den Goldminen gezogen, aber die Uhr ist nicht bei ihm. Er hat sie hiergelassen, und mein Vater hat sie mit nach Sydney genommen und will versuchen, den richtigen Besitzer ausfindig zu machen. Wir haben vermutet, dass sie gestohlen war, und ich wollte nichts damit zu tun haben.«

»Dann werden wir dort hingehen«, sagte der Tahitianer mit seiner ruhigen Stimme. »Wir danken Ihnen für Ihre Gastfreundschaft und werden Sie nicht weiter belästigen.«

»Es ist schon spät, und die Reise nach Parramatta ist lang. Sie dürfen gern in der Schlafbaracke übernachten und ein Frühstück einnehmen, bevor Sie aufbrechen. Ich werde ein Empfehlungsschreiben an meinen Vater aufsetzen und Ihnen morgen den Weg zu seinem Anwesen beschreiben.«

Sie nahmen das Angebot dankbar an. Die Sonne war kaum über den Horizont gestiegen, als sie am nächsten Morgen aufbrachen, und Ruby fragte sich, warum eine Taschenuhr zwei derart unterschiedlichen Menschen so viel bedeutete.

Broken Hill, New South Wales, September 1855

Die Hitze im Eisenwagen war unerträglich, und trotz der Ketten an ihren Fußgelenken hatte Kumali sich ihren Weg durch die dicht gedrängten Leiber gebahnt, um neben dem vergitterten Fenster zu sitzen. Der Schlitz in der Wand war zu hoch, als dass sie hindurchsehen konnte, doch hin und wieder wehte etwas Zugluft herein und verschaffte ihnen vorübergehend Erleichterung. Es war die einzige Luft- und Lichtquelle, und sie musste aufpassen, dass ihr niemand den Platz wegnahm. Doch sie wurde schwächer und wusste nicht, wie lange sie ihn noch verteidigen könnte.

Der Wagen war wochenlang unterwegs gewesen und hatte nur über Nacht oder manchmal nur für wenige Minuten angehalten, um noch mehr Gefangene aufzunehmen oder einige zurückzulassen. Sie bekamen jeden Morgen dünnen Haferbrei, tranken so viel Wasser, wie sie konnten, denn sie mussten das Ende des Tages abwarten, bis es mehr gab. Der Boden des Wagens war übersät mit ihren stinkenden Hinterlassenschaften, in denen sie unweigerlich sitzen mussten.

Sie hatte keine Ahnung, wo sie war. Die Kinder waren so hungrig und verängstigt, dass sie nicht mehr weinen konnten, und sie gab sich die größte Mühe, sie festzuhalten, während der Wagen über steiniges Gelände holperte und polterte und sie aus ihren Armen in den Schmutz zu schleudern drohte.

In dem Wagen waren auch andere schwarze Frauen, ein paar Männer und Jungen mit Stammeszeichen, die sie nicht kannte, sowie mehrere Kinder, die anscheinend auf sich gestellt waren. Diese Kinder hatten hellere Haut und rötliches Haar, und Kumali konnte sie nicht anschauen, denn ihre verstörten Gesichter und die hungrigen Augen schienen sie zu verschlingen.

Garnday bewegte sich matt in ihren Armen und suchte nach einer Brustwarze, doch Kumali hatte keine Milch mehr für sie. Sie drückte die trockenen Lippen auf ihren Kopf, und die Kleine schaute sie so enttäuscht an, dass Kumali das Herz brach. Sie schenkte Mookah, die sich an ihre Seite klammerte, ein freundliches Lächeln, um ihr Mut zu machen, doch Kumali hatte Angst um sie alle – fürchtete sich vor dem nächsten und dem übernächsten Halt –, denn es hatte den Anschein, als sollten sich die Ereignisse ihrer Kindheit wiederholen.

Als es dunkel wurde und der Wagen anhielt, seufzten alle erleichtert auf. Die Tür ging auf, sie fielen geradezu ins Freie und lechzten nach frischer Luft und Wasser.

»Kein Essen, bis ihr eure Scheiße weggeräumt habt«, brüllte Wally, der noch immer die Aufsicht hatte. »Dreckiges Pack!« Er trat Kumali gezielt in die Rippen. »He, du schwarze Schlampe, beweg deinen Arsch!«

Kumali huschte fort. Er hatte sie noch nicht erkannt; zum ersten Mal in ihrem Leben war sie dankbar dafür, dass weiße Männer keinen Unterschied zwischen ihnen sahen. Sie schlug die Augen nieder, setzte die Kinder zu den anderen unter einen Eukalyptusbaum und eilte mit den anderen Frauen zum Pferdetrog, um Eimer voll Wasser zu holen, wobei die Ketten bei jedem Schritt klirrten.

Während die Männer den Wagen ausfegten und sie zurückging, um den Eimer wieder zu füllen, nahm sie rasch ihre Umgebung in sich auf. Sie waren an eine kleine Stadt gekommen, ein paar staubige Holzhäuser zu beiden Seiten einer breiten, von Bäumen gesäumten Straße. In dieser Stadt lebten Weiße, denn sie standen auf den Veranden und an Fenstern und starrten Kumali an, als sei sie eine Kuriosität. Aber daran hatte sie sich inzwischen gewöhnt – so war es in jeder Stadt gewesen, durch die sie gekommen waren.

Sie wurden gezwungen, durch die Straße zu gehen. Zuschauer bewarfen sie mit Abfall und verhöhnten sie. Die Lichtung befand sich am Rand der Stadt. Dort bekamen sie altes Brot und zähes Lammfleisch. Trinkwasser kam aus dem Fluss, der jedoch zu reißend war, um sich darin zu waschen, zumal die Ketten sie behinderten.

Kumali schlang die Arme um ihre Kinder, als sie sich auf den Boden legte und in den Himmel schaute. Der Große Ahnengeist war eine Lüge, ebenso wie alles andere, was die Ältesten ihr erzählt hatten. Sie war auf sich gestellt, kämpfte um ihr Leben und das ihrer Kinder. Sie kehrte den Sternen den Rücken zu und schloss die Augen. Die erste Träne der Nacht rann über ihr Gesicht.

Ein Tritt weckte Kumali. »Steh auf, und mach Frühstück!«

Sie gab den Kindern einen Kuss, setzte sie zu den anderen und machte sich auf den Weg zur Lagerküche. Die anderen Frauen waren bereits damit beschäftigt, Teewasser zu kochen und dicke Speckscheiben in einer schweren Pfanne zu braten. Das Wasser lief ihr im Mund zusammen, und sie versuchte, den Krampf in ihrem Magen zu ignorieren, denn die Mahlzeit war nicht für sie und die anderen, sondern für die Polizisten.

Sie hatte die Männer bedient und den Haferbrei gegessen, wobei sie das Meiste Mookah und Garnday gegeben hatte, als man sie wieder in den Wagen trieb. »Die Kerle zuerst!«, rief einer der Polizisten.

Kumali wartete, während sie hinaufkletterten, sah, dass ihr Platz am Fenster belegt wurde, und wusste, sie hatte nicht die Kraft, darum zu kämpfen.

»Als Nächstes die Weiber.«

Dieser Befehl war zur Routine geworden, doch Kumali traute ihm nicht. Sie übergab Garnday einem kleinen, etwa zehnjährigen Mädchen, das neben Mookah stand. Ein Stoß in den Rücken ließ sie auf den Wagen zu stolpern, und man schob sie hinein.

»Jetzt ihr, Niggerkinder!«

Kumali sah sie auf den Wagen zulaufen und heftete den Blick fest auf die Gesichter ihrer Kinder, in der Hoffnung, sie so zur Eile anzutreiben.

Da schlug die Tür zu. Die Riegel wurden vorgeschoben.

»Sie schaffen die Kinder weg!«

»Mookah! Garnday!«, schrie Kumali und hämmerte mit den Fäusten auf die Eisentür ein. Ihre durchdringenden Klagelaute erhoben sich mit denen der anderen Frauen, als der Wagen sich in Bewegung setzte.

Doch niemand hörte auf sie.

Siebzehn

Parrammatta, Dezember 1855

Howard und Hina waren am Morgen eingetroffen und angenehm überrascht, als sie das zweistöckige Haus mit verzierten Balkonen und weißen Fensterläden in einem Vorort mit viel Grün fanden. Eine Kiesauffahrt führte durch gepflegte Gärten, vorbei an Bäumen und Sträuchern, zum imposanten Eingang. Ihr Blick fiel auf Stallungen, einen Obstgarten und ein baufälliges Gebäude, das etwas abseits stand.

Ein Diener nahm ihr Empfehlungsschreiben entgegen und führte sie ins Arbeitszimmer. Der stille Raum war durch die Veranda vor der Sonne geschützt, mit einem großen Schreibtisch, bequemen Stühlen und mit Bücherregalen möbliert. Das Zimmer gehörte offenbar einem Mann, denn der Geruch nach Zigarren, Whisky und Leder hing in der Luft.

»Mr. Niall Logan hat Erfolg gehabt«, brummte Hina. »Ist dir aufgefallen, wie viele Läden und Fabriken in der Stadt seinen Namen tragen?«

Howard betrachtete die Bücher in den Regalen. »Ja«, erwiderte er, »aber ich frage mich, was die alte Hütte in seinem Garten macht und warum er so viele Bücher besitzt. Ein so beschäftigter Mann hätte nie die Zeit, sie alle zu lesen.«

»Da liegen Sie falsch, Mr. Repton.« Niall trat ein, gab ihnen die Hand und setzte sich. »Jedes Buch, das Sie hier sehen, wurde mehrfach gelesen.« Er legte seinen verzierten Gehstock auf den Schreibtisch. »Die Hütte war meine erste Schmiede und ermahnt mich ständig, nicht zu übermütig zu werden.«

Hina war es peinlich, dass er sie gehört hatte, doch Mr. Logan schien das nicht zu beeindrucken. Er lächelte.

»Dem Brief meiner Tochter entnehme ich, dass Sie der rechtmäßige Besitzer der Taschenuhr sind, Mr. Repton.«

Howard erzählte ihm, er habe die Uhr gekauft und sie sei ihm in Eureka gestohlen worden.

»Ihre Geschichte bestätigt, was ich in Ballarat erfahren habe. Doch worin besteht Ihr Interesse, Mr. Timanu?«

Die blauen Augen schauten ihn durchdringend, aber nicht unfreundlich an, während Hina ihm die Familienlegende erzählte.

»Dann besteht also ein Interessenskonflikt?«

»Nein. Howard hat sie ehrlich erworben. Ich bin mitgekommen, weil ich möchte, dass er die Uhr wiederbekommt, bevor ich nach Tahiti aufbreche.«

Niall Logan betrachtete ihn schweigend.

Hina war ein wenig unbehaglich zumute, denn es war, als könne Niall den inneren Schmerz sehen, der seine Worte Lügen strafte.

»Ich habe Nachforschungen über die Herkunft der Uhr angestellt und ein paar interessante Tatsachen entdeckt.« Niall beugte sich vor. »Ich habe einen Freund in England. Er heißt Harry Cadwallader. Harrys Vater war Edward Cadwallader, ein besonders widerlicher Mann, mit dem ich kurz und heftig Bekanntschaft geschlossen habe. Er hat sich vor ein paar Jahren umgebracht, doch sein Vater ist der Schlüssel zum Geheimnis um diese Uhr. Sein Name war Jonathan Cadwallader.«

»Der Jon«, hauchte Hina.

»Genau.« Niall lehnte sich zurück und steckte den Daumen in die Westentasche. »Jonathan fuhr auf der *Endeavour* mit Kapitän Cook und einer Gruppe königlicher Astronome. Sie gingen in Tahiti vor Anker, um zu beobachten, wie die Venus die Sonne verfinsterte, bevor sie sich aufmachten, die legendäre *Terra Aust-*

ralis zu suchen. Der Rest ist Geschichte, doch Jonathan Cadwallader gehörte dazu, ebenso wie sein Freund, der Künstler Sydney Parkinson.«

»Das sind die Initialen auf den Miniaturen«, sagte Howard. »Hat er sie gemalt?«

»Zweifelsohne«, sagte Niall, »was die Uhr sehr wertvoll macht, denn Parkinson ist auf der Rückreise gestorben und sein Werk gilt heute als eines der besten seiner Zeit.«

»Will Cadwallader seine Uhr zurückhaben?« Howards Augen wurden schmal.

Niall erwiderte den Blick gelassen. »Harrys Großvater war zum Zeitpunkt der Reise ein junger Abenteurer, der ein Auge auf ein hübsches Mädchen geworfen hatte. Aus dem, was Hina mir erzählt hat, lassen sich die Puzzlestücke gut zusammenfügen, und es bestehen kaum Zweifel, dass er die Uhr Lianni als Liebespfand geschenkt hat. Harry schrieb in seinem Brief, es sei die Uhr seines Großvaters und er sei befugt, sie nach Belieben zu verschenken. Er erhebt keinen Anspruch darauf.«

Howard seufzte erleichtert. »Vielen Dank für Ihre Mühe, Mr. Logan! Würden Sie Ihrem Freund bitte schreiben und ihm Grüße von mir ausrichten?«

»Ja.«

»Dann nehme ich die Uhr an mich und lasse Sie in Ruhe.« Howard war im Begriff aufzustehen, als Nialls Stimme ihm Einhalt gebot.

»Da ist noch etwas. Es ist wichtig, weil es Hina betrifft.«

Hinas Herz raste. Wieso sah Logan dabei so ernst aus?

»Sind Sie ein direkter Nachfahre von Lianni und Jonathan?«

Hina nickte, noch immer auf der Hut. »Mein Urgroßvater war ihr Sohn, Tahamma. Sein Name bedeutet ›Hammer der Götter‹.«

»Haben Sie Muttermale in Form roter Tränen?«

Hina runzelte die Stirn. Woher um alles in der Welt konnte

Logan das wissen? Das Schweigen dehnte sich aus, und der Blick ruhte ständig auf ihm, also zog Hina seine Haare zurück und zupfte am Hemdkragen. »Ich habe das hier. Es sieht genauso aus wie das meines Großvaters und das von Tahamma.« Hina zog das Hemd wieder gerade. »Aber es ist merkwürdig, denn meine Mutter hat es nicht.«

»Harry sagt, manchmal überspringt es eine Generation. Dieses Muttermal ist von großer Bedeutung, denn fast jeder Earl of Kernow trug es, seitdem der Titel zum ersten Mal verliehen wurde.«

Howard lachte und klopfte sich auf den Schenkel. »Heißt das, Hina ist ein verdammter Graf?«

»Leider nein«, sagte Niall lächelnd. »Jonathan und Lianni waren nie verheiratet – nicht im Sinne des Gesetzes –, weshalb Tahamma unehelich war. Daher haben seine Nachfolger keinen Anspruch auf den Titel. Aber ich dachte, Hina sollte die Geschichte erfahren und den Grund für das Muttermal.«

»Da soll mich doch der Teufel holen!«, brummte Howard.

»Ich lege keinen Wert auf diesen Titel«, erklärte Hina. »Mir reicht es zu wissen, dass die Legende wahr ist. Ich danke Ihnen, Mr. Logan, im Namen meiner Familie, die sich freuen wird, wenn sie hört, was ich heute erfahren habe.«

Niall öffnete eine Schublade, warf einen letzten Blick auf die Uhr und überreichte sie Howard. »Heben Sie sie gut auf! Mit diesem Stück Gold ist viel Geschichte verbunden.«

Howard war nachdenklich, während sie sich auf den Rückweg nach Sydney begaben.

Hina überließ Howard seinen Gedanken und nahm das Treiben des geschäftigen Hafens in sich auf. Viele Schiffe lagen vor Anker, und er brauchte nicht lange, bis er eins gefunden hatte, das nach Osten fuhr. Die *Mimosa* würde noch am selben Abend nach Neuseeland aufbrechen auf ihrem Weg zur Insel Vanuatu. Von dort würde er ein anderes Schiff finden, das ihn nach Tahiti brachte. Er zahlte die Überfahrt und ging wieder zu Howard, der mit seiner Tasche neben ihrer gemieteten Kutsche stand.

»Die *Queen Victoria* segelt in zwei Tagen nach Amerika, ich bleibe daher im Hotel.« Howard wischte sich den Schweiß von der Stirn. »Ich bin nicht traurig abzureisen«, sagte er, »aber ich bin auf jeden Fall dankbar für das Vermögen, das ich gemacht habe.«

»Ich auch.« Hina griff in die Kutsche und holte seine Tasche heraus. Die Goldmünzen, Nuggets und Schuldscheine von der Bank of England hatte er in einem ledernen Geldbeutel unter seine Kleider gesteckt. Die in dem Loch versteckte Zinndose war während seiner Gefangenschaft nicht entdeckt worden, denn sie hatten ihre Lizenz für ein Jahr im Voraus bezahlt, und kein anderer Goldgräber durfte auf ihrem Stück Land arbeiten. Nach allem, was er durchgemacht hatte, war es eine große Erleichterung gewesen, dass sein Vermögen nicht angetastet worden war.

Howard begleitete Hina zur *Mimosa*. »Es ist wohl Zeit, sich zu verabschieden«, sagte er und schüttelte Hina die Hand. »Vielleicht besuche ich dich eines Tages und seh mir dein Tahiti an.«

»Das würde mich sehr freuen, und meiner Familie wäre es eine Ehre, dich zu bewirten.« Hina ging das Herz über vor Zuneigung. »Vielen Dank für deine Freundlichkeit und Loyalität, besonders aber dafür, dass du mir geglaubt hast.«

Verlegen scharrte Howard mit dem Stiefelabsatz über das Pflaster. »Du musst dich nicht bedanken. Dafür sind Freunde da.« Sein runzliges Gesicht erhellte sich. »Ich wünsche dir alles Gute, Kumpel, und ich hoffe, das Mädchen wartet noch auf dich. Es wäre dumm, wenn nicht. Du bist ein guter Mann.«

Hina nahm seine Tasche und war im Begriff zu gehen.

»Bevor du gehst, habe ich noch etwas für dich.« Noch immer peinlich berührt, zog er eine lange Schatulle aus seiner Tasche. »Du musst mir versprechen, sie erst zu öffnen, wenn du abgelegt hast.«

Hina versprach es, ärgerte sich jedoch, dass er kein Geschenk für seinen Freund hatte. Howard tat seine Entschuldigung mit einem Achselzucken ab, hob die Hand zum Abschied und war bald im Gedränge verschwunden.

Hina stieg die Gangway hinauf und stellte sich an Deck. Die Kutsche war fort, und von einem großen Mann mit Zylinder und Stiefeln mit Absätzen gab es keine Spur. Er steckte die Schatulle in die Tasche und suchte seine Kabine. Das Mindeste, was er tun konnte, war, sich an sein Versprechen zu halten und zu warten, bis er auf hoher See war, bevor er sie öffnete.

Unter einem sternenklaren Nachthimmel sah Hina, wie der Wind die Segel blähte, und er spürte das Stampfen und Rollen der *Mimosa* unter den Füßen. Er schaute auf den fernen Horizont, und in seiner Aufregung glaubte er beinahe den Duft von Tahiti im Wind wahrzunehmen.

Er setzte sich aufs Vorderdeck und öffnete vorsichtig die Schatulle. Howards Bowiemesser lag neben der türkisfarbenen Gürtelschnalle, und als er sie untersuchte, merkte er, dass unter dem Bett aus Seidenpapier noch etwas lag. Er hob das Papier an und riss die Augen weit auf. Im Mondlicht schimmerte die Uhr, der Diamant funkelte, und als er den Begleitbrief las, kamen ihm die Tränen:

Diese Uhr gehört rechtmäßig Dir, und ich weiß, dass Du gut darauf aufpassen wirst. Es ist eine Ehre, Dich Freund nennen zu dürfen, und ich hoffe, dass wir uns wiedersehen werden.

Bis dahin, lebe wohl, Hina,

Howard Repton der Dritte

Hina faltete den Brief zusammen, klappte die Uhr auf und schaute sich das Porträt an. »Wir fahren nach Hause, Lianni, und du sollst von nun an endgültig bei deiner Familie bleiben.«

Tibooburra, im Norden von New South Wales, Februar 1856

Kumali hatte jegliches Zeitgefühl verloren, und es war ihr inzwischen gleichgültig, was mit ihr passierte. Vielen erging es genauso wie ihr in dem Lager, das weitab von der Ansiedlung lag und *Place of Heap of Rocks*, Ort der Steinhaufen, genannt wurde. Obwohl sie die Qual teilten, dass man ihnen ihre Kinder entrissen hatte, sprachen sie nur selten darüber. Die Gefühle in Worte zu fassen war zu schmerzhaft. Daher saßen sie jeden Abend stundenlang zusammen und starrten auf den Weg, der hierherführte, als könnten sie ihre Kinder mit schierer Willenskraft zurückholen.

Sie waren an einem trostlosen Ort. Der Boden war so steinig, dass kein Grashälmchen wachsen konnte. Der Fluss war nur ein Rinnsal und lieferte das Trinkwasser, und der einzige Baum auf dem Gelände war vom Blitz getroffen und so verdorrt wie die vielen Meilen der Leere ringsum. Eine Reihe Blechhütten bot einen fragwürdigen Schutz innerhalb des hohen Stacheldrahtzauns, und ohne die Kinderstimmen wurde die tödliche Stille nur vom sich verschiebenden roten Sand und dem Krächzen der Krähen durchbrochen.

Die Männer, die sie hergebracht hatten, waren verschwunden und durch andere ersetzt worden, die sie bewachten. Jeden Tag im Morgengrauen mussten sie sich aufstellen. Dann wurden sie zur Arbeit in die weiße Stadt geschickt, die man rings um die Goldgruben aus dem Boden gestampft hatte.

Kumali war dem Eigentümer des Hotels zugeteilt, und sie gehorchte still seinen Befehlen, den Blick gesenkt, in der Hoffnung, nicht geschlagen zu werden. Er gab ihr Abfälle zu essen, doch es reichte nur selten, und während sie schuftete, wünschte sie sich nur, ein Schatten zu werden und sich aufzulösen.

Wenn es dunkel wurde, saß sie dann da, starrte vor sich hin und fragte sich, was wohl mit ihren Kindern passiert war. Sie hoffte inständig, dass Duncan sie gefunden hatte, dass sie noch lebten und gesund waren. Wenigstens war Natjik verschont geblieben, und sie klammerte sich an die Hoffnung, dass er in Eden Valley frei bleiben würde.

Sie schauderte, denn die Nacht nach der Hölle am Tag war kalt, und ihr dünnes Kleid war inzwischen so zerfetzt, dass es kaum noch wärmte.

»Es gibt einen Ort, an dem du vielleicht deine Kinder findest.«

Die Stimme war leise, die Worte in einem unbekannten Dialekt, und Kumali schaute die ältere Frau kaum an, die sich neben sie setzte. »Ich habe meine Kinder verloren. Sprich nicht davon!«

»Ich bin vom Stamm der Waramungu«, beharrte sie, »und mein Volk spricht von diesem Ort hoch oben im Norden. Er heißt Karlwekarlwe.«

Kumali spannte sich an, denn eine Erinnerung regte sich in ihr, die jedoch so verschwommen und zusammenhanglos war, dass sie nur schwer zu fassen war. »Meine Kleinen sind in Karlwekarlwe? Woher willst du das wissen, obwohl der weiße Mann sie doch vor vielen Monden mit in den Süden genommen hat?«

»Karlwekarlwe ist ein besonderer Ort«, murmelte sie. »Starke Träume – die Träume einer heiligen Frau.«

»Das Träumen bedeutet mir nichts«, entgegnete sie in ihrer Stammessprache, die sie nach den vielen Jahren bei den Weißen fast vergessen hatte.

Die Waramungu-Frau wiegte sich vor und zurück. »Es ist schwer, bei den *gubbas* zu leben und das Träumen beizubehalten, doch wenn ein Kind gestohlen wird, soll man zu den Geistern der Ahnen beten, damit sie es zurückbringen.«

»Weiße Männer haben mir meine Kinder weggenommen, keine Geister«, fauchte sie. »Geh weg, Alte!«

Die Frau überhörte sie einfach. »Karlwekarlwe ist der Ort, an dem die Eier der Regenbogenschlange liegen. In den Höhlen unter den Eiern lebt *Kwerreympe* – das Geistvolk aus dem Traum.«

Kumali starrte unentwegt auf den Horizont, aber sie hörte zu, denn die Erinnerungssplitter fügten sich zusammen. Die Regenbogenschlange war die heiligste Urahnin von allen, denn sie war zu Anbeginn der Zeit über die Erde gewandert, hatte mit ihrem riesigen Körper Berge und Täler sowie die Betten für die Flüsse und Seen geformt. Ihre Eier waren immerwährende Erinnerungen an ihre Wanderung und gewährten allen Schutz, die ihr folgten.

»Sie sehen aus wie wir, sind aber in Wirklichkeit Geister. Meine Kusine hat mit diesem Geistvolk gespielt, und als ihre Familie sie ans Feuer zurückrief, hat sie festgestellt, dass sie nicht fortgehen konnte. Sie hatte große Angst, und das Geistvolk sagte zu ihr: ›Verlass uns nicht, du gehörst hierher. Wir können dich zu einer der Unsrigen machen.‹«

Kumali lief ein Schauer über den Rücken. »Haben sie sie mitgenommen?«

»Das alte Volk hat eine große Zeremonie veranstaltet, die Erde und die Felsen besungen, damit *Kwerreympe* sie zurückgab.«

»Und hat das Geistvolk es gemacht?«

Die alte Frau nickte.

Die Erinnerungen nahmen eine feste Form an. Kumali packte die dürren Arme der Frau und bat sie, die Lieder zu singen, doch die alte Frau sagte, man könne sie nur in Karlwekarlwe singen. »Wo liegt dieses Karlwekarlwe? Wie kann ich die Lieder lernen? Willst du sie mir beibringen?«

Die alte Frau streckte den Arm aus. »Folge dem Fluss ans große Wasser. Karlwekarlwe liegt nördlich von Uluru, südlich von Munga Munga.« Sie seufzte schwer. »Es befindet sich ganz weit, im *Never-Never*. Man braucht viele Jahreszeiten, ein langer Weg.« Sie zeigte auf den Gürtel des Orion. »Siehst du diese Sterne? Folge ihnen, dann findest du Karlwekarlwe.«

»Bringst du mir die Lieder für den heiligen Ort bei?«

Sie schüttelte den Kopf. »Viele Frauen in Karlwekarlwe singen mit dir. Ein Traumort für Frauen. Viele *corroborees*.«

Kumali stützte ihr Kinn auf die Knie, als die Frau sich entfernte. Ihre Gedanken überschlugen sich. Durfte sie hoffen? Konnte sie auf etwas bauen, an das sie nie wieder hatte glauben wollen? Und wenn sie nun den weiten Weg umsonst zurücklegte? Wenn sie starb, bevor sie die Eier der Regenbogenschlange erreichte? Die *gubbas*, nicht die Geister, hatten ihr die Kinder genommen – hieß das, die Geister konnten sie nicht zurückgeben? Sie blickte durch den Stacheldraht, Verstand und Herz kämpften miteinander.

Ihre Hoffnung wuchs, als sie das Grundstück betrachtete. Die *gubbas* bewachten das Tor nicht, patrouillierten nicht am Zaun entlang, denn dahinter erstreckte sich meilenweit Wüste – das große *Never-Never* –, und keine heilige Stätte in Tibooburra. Sie schaute zu den Sternen auf, dann wieder auf das Haus der *gubbas*. Das Tor war hoch, doch sie konnte es leicht überwinden. Mit klopfendem Herzen stand sie auf, sah in den Himmel und wartete.

Eine Wolke schob sich vor den Mond, und Kumali begann zu klettern. Es dauerte lange, und gerade als sie ein Bein oben über das Tor schwang, tauchte der Mond wieder auf und überflutete die Landschaft mit Licht. Sie erstarrte, wartete auf den Ruf, das Spannen eines Gewehrhahns.

Alles schlief, die Stille der großen Wüste hüllte sie ein.

Sie kletterte hinunter, schneller jetzt, ihr Atem kam in flachen Stößen, und sie stürzte beinahe in ihrer Hast. Da sie wusste, dass alles verloren wäre, wenn sie sich verletzte, atmete sie tief durch und bremste sich, bis sie den Boden erreicht hatte. Sie hatte es geschafft.

Keuchend legte sie sich hin und betrachtete die endlose Weite der Wüste. Karlwekarlwe lag weit hinter dem Horizont, und sie hatte keine Ahnung, ob sie es je finden würde. Ihr blieb nichts anderes übrig als zu beten, dass sie die Kraft und den Mut hatte, so lange zu überleben.

Tahiti, März 1856

Ungeduldig wartete Hina an Deck, während das Schiff näher ans Ufer segelte. Er genoss den Anblick, der sich ihm bot: Sein Volk strömte über den Strand zu den Einbäumen. Musik schwebte über das Wasser, und er konnte die Blüten und den Rauch der Feuerstellen riechen. Endlich war er zu Hause.

Die Einbäume legten längsseits an, Männer und Frauen kletterten an Bord, und er suchte eifrig nach Puaiti. Und da war sie, schön wie eh und je. Leise rief er sie beim Namen, und sie hielt inne.

Ihre mandelförmigen Augen weiteten sich, und ihr Gesicht strahlte, als sie in seine Arme stürzte. »Hina! Endlich bist du wieder da!«

Sie wieder festzuhalten war wie ein Traum, und er schwelgte im Duft ihres Haars, der Blüte, die hinter ihrem Ohr steckte, und ihrer weichen Haut. »Es ist so lange her, meine Puaiti. Ich hatte schon Angst, du würdest nicht auf mich warten.«

Sie zog sich aus der Umarmung zurück und schaute zu ihm auf. »Mein Vater hat versucht, mich mit vielen Männern zu verheiraten, mit denen er Handel treiben will, aber ich habe sie alle abgelehnt. Er ist sehr wütend auf mich, doch ich habe ihm gesagt, ich will nur dich heiraten, meinen Hina.«

Das Herz schlug ihm bis zum Hals, und er zog sie wieder an sich. Er hatte in der Furcht gelebt, sie verheiratet und mit mehreren Kindern vorzufinden, doch nun konnte er aufatmen, denn sie hatte bewiesen, dass ihre Liebe und ihr Glaube an ihn wahrhaftig waren.

Sie küsste seine Lippen und schmiegte seufzend den Kopf an seine Brust. »Aber er wird nicht zulassen, dass ich dich heirate, wenn du die versprochene Brautgabe nicht hast, Hina. Wir werden diese Insel verlassen müssen, wenn wir zusammen sein wollen, und das wird mich traurig machen.«

»Ich habe die Brautgabe, Puaiti«, sagte er leise. »Noch heute Abend werden wir verheiratet sein.«

Mit strahlenden Augen schaute sie ihn an. Sie küssten sich noch einmal, denn es bedurfte keiner Worte mehr.

Hina wurde bei seiner Rückkehr ins Dorf mit viel Musik und Gesang begrüßt, und seine Mutter fing und schlachtete ein Ferkel zu Ehren seiner Hochzeit mit Puaiti. Die Feier mit Essen und Tanz und einer Menge Rum dauerte bis in die Nacht hinein. Hina sehnte sich danach, endlich mit seiner Braut allein zu sein, doch er musste noch etwas tun, bevor der lange Tag zu Ende war.

»Ich muss mit meiner Mutter und meiner Großmutter sprechen«, sagte er leise, »und dann gehen wir in die Hochzeitshütte.«

Sie zog einen hübschen Schmollmund, küsste ihn und ließ ihn gehen.

Hina fand die Frauen in ihrer gemeinsamen Hütte, wo sie den letzten Rum tranken und das Fleisch aufaßen. »Großmutter, Mutter, ich habe euch ein Geschenk mitgebracht.«

»Deine Rückkehr ist Geschenk genug, mein Sohn«, sagte seine Mutter.

»Aber es ist ein besonderes Geschenk, und ich gebe es euch beiden, weil ich weiß, dass ihr es in Ehren halten werdet.« Vorsichtig packte er die Uhr aus und legte sie in die Hand seiner Großmutter.

Die alte Frau starrte darauf, und eine Weile herrschte Schweigen. Als sie das Gehäuse öffnete und die Bilder auf der Innenseite sah, stieß sie einen bebenden Seufzer aus. Ihre Augen schimmerten vor Tränen, als sie Hina wieder anblickte. »Du hast Lianni zu uns zurückgebracht. Der Kreis hat sich geschlossen.«

Er küsste die beiden. »Die Geschichte geht nie zu Ende – nicht so richtig –, denn Liannis Geist lebt in uns allen weiter, und wenn Puaiti und ich unseren ersten Sohn bekommen, werde ich ihn Jon nennen.«

Die beiden älteren Frauen nickten, ihr Stolz auf ihn war ihnen deutlich anzusehen. Er ließ sie mit ihrem Schatz allein und machte sich auf die Suche nach seiner Frau.

Eden Valley, März 1856

»Wird Finn jetzt unser Daddy?« Violet würde in drei Monaten sechs werden, doch Ruby wunderte sich über ihre reife Direktheit.

»Ja, bald«, murmelte sie und bemühte sich, die Aufmerksamkeit des Kindes auf das Lesebuch zu lenken.

»Dann kommt mein anderer Daddy nicht mehr wieder.« Das war eine Feststellung, keine Frage, und Violet musterte ihre Mutter mit festem Blick aus blauen Augen.

Ruby zögerte. Ihr war es peinlich, so ausgefragt zu werden, aber schließlich erübrigten sich auf diese Weise endlose Erklärungen und Halbwahrheiten. Sie schüttelte den Kopf.

»Gut.« Violet drückte Nathaniel mit triumphierendem Lächeln an sich. »Hab ich dir doch gesagt.«

»Kommt meine Mama denn zurück?«

Ruby schaute in die dunkelbraunen, bekümmerten Augen, und es schnitt ihr ins Herz. Natjik war ein ruhiges Kind, doch dieser Umstand war wahrscheinlich mit der Entführung seiner Mutter und Duncans tiefem Schweigen zu erklären. »Nein, Schatz«, sagte sie leise und legte ihm eine Hand an die Wange. »Ich glaube nicht.«

Der kleine Junge gab kein Geräusch von sich, während ihm langsam die Tränen über das Gesicht rannen. Ruby hob ihn auf, auch ihr kamen die Tränen, und ihr Herz trauerte um die entführten Kinder und ihre Mutter und den verstörten kleinen Jungen, der zurückgeblieben war. Obwohl sie wiederholt an den Gouverneur geschrieben hatte, hatten sie von Garnday und Mookah nichts gehört. Sie schienen einfach verschwunden zu sein, wie Kreide von einer Tafel fortgewischt und vergessen.

»Schon gut, Natjik«, sagte Violet, die seit der Entführung sehr weichherzig geworden war. »Du darfst meine Mummy mit mir teilen.«

Ruby zog sie an sich und küsste ihr feuriges Haar. »Natürlich darf er das«, brachte sie heraus, obwohl ihr ein Kloß im Hals saß.

Am Ende gelang es ihr, die Tränen zurückzuhalten und die Kinder mit einer Naturkundelektion im Freien abzulenken. Sie ließ sich von ihnen die Namen der verschiedenen Vögel sagen, als Duncan auf sie zukam. Er wirkte entschlossen.

Natjik lief zu ihm, und Duncans Miene wurde weicher. Er zerzauste dem Jungen das Haar. »Zeit, dass ich meinen kleinen Jungen mit nach Hause nehme.«

»Es ist noch früh, und wir sind mit unserem Unterricht noch nicht fertig.« Sie nahm ihn prüfend in Augenschein. »Aber so hattest du es nicht gemeint, oder?«

Er schüttelte den struppigen Kopf. »Hier ist es nicht sicher, weißt du, und der Kleine wird an diesem Ort zu oft an etwas erinnert.«

»Willst du nach Schottland zurück?«

»Ja, Mädel. Hier hält mich nichts mehr, und ich habe den Nebel und die Heide der Highlands schon zu lange vermisst.«

Der Versuch, ihm das auszureden, wäre zwecklos, denn seit Kumalis Verschwinden hatte sich in Eden Valley eine Veränderung vollzogen. Eine Veränderung, die das Gleichgewicht störte, die an jedem Tag eine Leere hinterließ und sie ermahnte, dass nichts für die Ewigkeit war. Wie viel schlimmer musste es dann erst für diesen ruhigen, freundlichen Mann sein! »Du wirst mir fehlen«, sagte sie seufzend, »ihr beide werdet mir fehlen, aber ich verstehe, warum du weggehen musst.«

»Der kleine Tommy ist ein prima Kerl, und er wird die Tiere gut versorgen. Ich habe keine Bedenken, ihm die Verantwortung zu übertragen.« Er sah auf den Schäferhund, der neben ihm stand, und legte eine Hand auf den weichen Kopf. »Ich möchte um Erlaubnis bitten, Bess mitzunehmen. Sie ist eine treue Hündin, und ich glaube, sie wird sich vor Gram verzehren, wenn ich sie hierlasse.«

»Natürlich darfst du das.« Sie betrachtete ihn nachdenklich. »Hast du genug Geld, Duncan? Der Preis für die Überfahrt ist hoch, und du wirst für Natjik ein Zuhause einrichten müssen, euch ernähren und einkleiden, bis du eine neue Arbeitsstelle gefunden hast.«

Duncan lächelte spöttisch. »Ich bin Schotte, Mädel, und spare, was ich verdiene.« Er klopfte auf den festen ledernen Geldbeutel unter seinem Arbeitskittel. »Das reicht, bis wir uns niedergelassen haben.«

Ruby schüttelte ihm die Hand. »Wir waren nicht immer einer Meinung, aber du bist ein guter Mann, Duncan Stewart, und ich wünsche dir alles Gute.«

Seine Wangen röteten sich. »Ich habe mich von den anderen bereits verabschiedet«, brummte er, »deshalb bin ich schon unterwegs.«

Ruby und die Kinder umarmten Natjik zum letzten Mal, dann hievte Duncan ihn auf die Schultern. Mit langen Schritten machte er sich auf den Weg, die treue Bess dicht auf den Fersen. Keiner von ihnen schaute zurück.

Ruby seufzte, als sie ihren Blicken entschwanden. Sie wandte sich um zum Haus. Die Erinnerungen an das Essen am Silvesterabend waren noch präsent, doch in den folgenden Monaten war viel geschehen, und sie hatte Angst um die Zukunft.

Ein Wispern in den Bäumen und ein Wogen im Gras wurden von einem warmen, tröstenden Luftzug begleitet. Er sagte ihr, sie solle Vertrauen haben, an ihren Träumen festhalten und mit Zuversicht durch die kommenden Jahre gehen.

Im Never-Never, Northern Territories, Juni 1856

Kumali war schon bald klar geworden, dass sie auf die ungastliche Wüste nicht vorbereitet war, und als am neunten Tag heiße Winde den Staub aufpeitschten und in Spiralen über das Land schickten, hatte sie Schutz gesucht, denn sie wusste, dass sie nicht überleben würde.

Sie konnte nicht jagen, wusste nicht, welche Blätter und Gräser essbar waren, und seitdem der Fluss, dem sie zunächst gefolgt war, nach Westen mäanderte, hatte sie nichts mehr zu trinken. Ihr Mund war versengt, die Lippen aufgesprungen, und in ihrem Schädel herrschte ein Brummen, das sie nicht abstellen konnte. Bereit zu sterben, hatte sie sich in eine Felsnische gekauert, die Augen geschlossen und an Duncan und ihre Kinder gedacht.

Das Volk der Alenjemtarpe fand sie durch Zufall, denn sonst kamen sie auf ihrem Heimweg nicht hierher. Doch der Staubsturm hatte sie gezwungen, abseits des traditionellen Weges Schutz zu suchen. Die Frauen gaben ihr Wasser und etwas zu essen, linderten den Schmerz an ihren Füßen mit Saft aus Blättern, die sie in Bastbeuteln bei sich trugen. Ihr Dialekt war eigenartig, und Kumali musste sich mit Hilfe von Zeichensprache verständigen.

Kumali ging nun schon viele Monde lang mit ihnen und hatte so viel von ihrer Sprache gelernt, dass sie sich mit den Frauen unterhalten und ihnen mit den Kindern helfen konnte. Die Frauen waren entsetzt über ihr mangelndes Wissen gewesen und hatten ihr gezeigt, wie man Wasser in ausgetrockneten Emu-Eiern konservierte, wie man besondere Gräser aus dem Boden zog und in ihren Knollen Wasser fand, wie man die Krabben im Larapinta River fing und einen Waran mit einem angespitzten Stock aufspießte.

Unterwegs erzählte Kumali ihnen die Geschichte ihres Lebens. Sie sprach von ihren geraubten Kindern, von Mandarg, ihrem verehrten Vorfahren. Es überraschte sie nicht, dass sie von ihm und seinen Warnungen vor den *gubbas* gehört hatten, denn Mandarg war in seinem Bestreben, sein Volk zu beschützen, weit herumgekommen, und es hieß, seine Saat sei in vielen Stämmen aufgegangen.

Die Gruppe war klein, im Wesentlichen eine Familie, und sie lebte nördlich des Uluru, an einer Stelle, an der Wasser aus dem Boden sprang, Gras wuchs, was für gute Jagdmöglichkeiten sorgte, und Bäume Schatten spendeten. Kumali hatte sie nach Karlwekarlwe gefragt, doch sie wussten nur wenig darüber, denn es lag zu hoch im Norden und gehörte nicht zu ihrem Stammesgebiet. Aber ihr Glaube an die Traumzeit und die Geister der Ahnen war unbeirrbar, denn sie hatten das Leben bei den *gubbas* nicht kennengelernt, waren nicht versklavt worden. Während Kumali mit ihnen ging, regte ihr eigener Glaube sich allmählich wieder in ihr. Die Ahnengeister hatten sie zu dieser Familie geführt, hatten ihr gezeigt, wie man im *Never-Never* leben konnte, wo die uralten Riten und Rituale gepflegt wurden, und hatten sie der Spiritualität ihres Geburtsrechts nähergebracht. Ein Geburtsrecht, das man ihr bisher verweigert hatte.

Als die verlockenden Bergkuppen von Kata Tjuta am Horizont auftauchten, wurde Kumali zum ersten Mal in ihrem Leben leicht ums Herz. Sie gehörte hierher, und sie war frei.

Vor der Küste von Sydney, Dezember 1856

Frederick Cadwallader stand an Deck der *London Pride* und wartete ungeduldig darauf, dass seine Heimat in Sicht kam. Die sechs Jahre in England erschienen ihm bereits wie ein Traum. Dennoch war die Zeit dort zuweilen sehr langsam vergangen, und die Sehnsucht nach diesem Augenblick hatte ihn nie verlassen.

Er beobachtete zwei Frauen, die mit ihren Krinolinen über das enge Deck manövrierten, und musste grinsen, als sie mit diesen ausladenden Röcken gegen den Wind ankämpften. Die Mode in London war außergewöhnlich, und er hatte sich köstlich darüber amüsiert, wenn die Damen ihre Würde einbüßten, sobald sie versuchten, in Omnibusse zu steigen oder auf dem Lande über Zauntritte zu klettern.

Er verbeugte sich, als sie an ihm vorbeitaumelten, und war sich ihrer koketten Blicke und des Kicherns durchaus bewusst. Mit seinen achtzehn Jahren war er hoch aufgeschossen und breitschultrig, und sein Spiegel sagte ihm, dass er ganz gut aussah. Aber er hatte sich in England von Liebschaften ferngehalten, denn sein Herz war in Australien geblieben, und er wollte keine Bindungen, die ihn von dort fernhielten.

Die Briefe von Niall und seiner Mutter hatten eine Verbindung zu seiner Heimat bedeutet, und kurz nach Onkel Harrys Rückkehr nach Cornwall hatte er vom Tod seines Vaters erfahren. Er war unvermeidlich gewesen, doch das hatte weder seinen Schmerz gelindert noch die Wut darüber, dass man ihm die letzten Lebensjahre seines Vaters vorenthalten hatte. Harry war ein treuer Ratgeber gewesen, der ihm auch eine Schulter bot, an der er sich ausweinen konnte. Er hatte ihn beschäftigt und ihm die Grundlagen zur Führung des Anwesens beigebracht. Lavinia hatte ihn geliebt und getröstet wie eine Mutter, und sie würde immer einen besonderen Platz in seinem Herzen innehaben. Charlie war zu dem Bruder geworden, den er nie gehabt hatte, und sie waren in den Ferien zusammen segeln und auf die Jagd gegangen und hatten geangelt. Mit jedem Jahr waren sie sich nähergekommen.

Harry und Lavinia hatten den Besuch der Universität angeregt, doch Frederick sah keinen Sinn darin. Er plante, mit Nialls Hilfe die Zügel im Unternehmen seines Vaters in die Hand zu nehmen, und darauf konnte ihn kein Studium vorbereiten.

Das Schiff pflügte sich weiter durch die Wogen Richtung Sydney Harbour, die Segel blähten sich, und Frederick beobachtete, wie der Fleck am Horizont Form annahm. Schon konnte er hoch aufragende Klippen erkennen, enge Buchten und Hügel, Sandstrände und graugrüne Eukalyptusbäume. Sein Herz raste, als er nach dem weißen Haus hoch über der Watsons Bay suchte, und da war es – genau so, wie er es in Erinnerung hatte. Endlich war er zu Hause.

Kernow House, Watsons Bay, am selben Tag

Frederick hatte eine Kutsche gemietet, die nun über die Kiesauffahrt rumpelte. Gespannt und voller Vorfreude beugte er sich vor. Das Baumhaus wirkte viel kleiner, als er es in Erinnerung hatte, und obwohl die Bäume gewachsen und die Büsche reifer waren, wirkte Kernow House unverändert. Als er die gestrichenen Fensterläden und sauberen Veranden betrachtete, flog die Haustür auf, und Amelia, seine Mutter, lief die Treppe hinunter, um ihn willkommen zu heißen.

Frederick sprang aus der Kutsche und fing sie auf. Sie war in seinen Armen so winzig, dass er bereits fürchtete, er könnte sie erdrücken. Aber er nahm den Duft von Rosenwasser wahr, der einfach zu ihr gehörte, und spürte die Energie, die sie immer ausgestrahlt hatte.

»Wie groß du geworden bist, Freddy!«, sagte sie unter Tränen, »und wie gut du aussiehst! Ich kann nicht glauben, wie erwachsen du bist.«

»Das machen sechs Jahre wohl mit einem Jungen«, sagte er lächelnd. Er betrachtete den funkelnden Schmuck, die geröteten Wangen und das glückliche Lächeln. »Du siehst gut aus, Mama.«

»In meinen Haaren ist mehr Grau, als ich mir wünschen würde«, erwiderte sie, »aber ja, es geht mir gut, und ich bin überglücklich, dich wieder hier zu haben.« Sie nahm seine Hand und führte ihn ins Haus.

Seine Heimkehr war bittersüß gewesen, denn obwohl seine Mutter eine neue Freude am Leben entdeckt hatte und in ihrer Rolle als Witwe ganz zufrieden wirkte, fühlte er die Abwesenheit seines Vaters in jedem Winkel.

»Ich weiß, er fehlt dir, Freddy«, sagte Amelia einige Tage später, »und mir fehlt er auch. Doch zum Ende hin war er in einem ziemlich erbärmlichen Zustand, und ich weiß, er war bereit, uns zu verlassen.« Ihr Blick war stetig. »Schade, dass du nicht hier sein konntest, aber es war besser so. Du musst deinen Vater so in Erinnerung behalten, wie er war, nicht als das, was aus ihm wurde; er hätte es auch nicht ertragen, wenn du ihn in seinen letzten Monaten gesehen hättest.«

»Das hat Onkel Harry auch gesagt.« Er schaute aus dem Fenster. »Er und Tante Lavinia waren sehr gut zu mir, und ich war sehr gern in Treleaven, aber mein Zuhause ist hier, das war schon immer so.« Er lächelte. »Ich werde Papa stolz auf mich machen, obwohl ich keinen akademischen Abschluss habe, und ich hoffe, ich erweise mich seines Vermögens würdig.«

»Er war bereits stolz auf dich«, murmelte sie. »Was das Vermögen betrifft, wirst du warten müssen, bis du volljährig bist. Mr. Logan hat sich als vertrauenswürdiger Verwalter erwiesen, und du handelst richtig, wenn du dir bei ihm Rat holst.«

Über Harry wusste Frederick von ihrem anfänglichen Misstrauen gegenüber Niall. Jetzt freute er sich, dass sie ihn inzwischen akzeptierte. »Ich habe vereinbart, dass ich mich im neuen Jahr mit ihm treffe«, sagte er.

»Warum willst du so lange warten? Ich dachte, du wärst ganz versessen darauf, deine Ausbildung im Geschäftswesen anzufangen?«

»Das bin ich auch, aber Niall besucht seine Tochter.« Unruhig rutschte er auf seinem Stuhl hin und her. »Außerdem werde ich für zwei Wochen fortgehen, Mama. Ich habe da noch etwas zu erledigen.«

Sie runzelte die Stirn. »Aber du bist doch gerade erst angekommen, Freddy. Hat das nicht Zeit bis nach Weihnachten?«

»Es ist eine ziemlich heikle Angelegenheit«, erklärte er ausweichend, »deshalb möchte ich sie sofort erledigen.«

Sie strahlte. »Ist es eine junge Dame? Eine, die du an Bord kennengelernt hast?«

Er lachte. »Es hat etwas mit einer jungen Dame zu tun, aber nicht so, wie du denkst.« Er bemerkte die vertraute Gereiztheit, ließ sich aber davon nicht umstimmen. »Ich werde dir alles erzählen, sobald ich meine Aufgabe erfüllt habe – bis dahin musst du dich noch gedulden.«

Eden Valley, Dezember 1856

Ruby scheuchte die Kuh aus dem Stall und war im Begriff, sich zum Milcheimer umzudrehen, als Finn in der Tür auftauchte. »Hallo«, sagte sie leise.

Er schlang die Arme um sie und zog sie in den Schatten. »Ich brauche dringend einen Kuss«, murmelte er.

Seine Lippen waren warm und fordernd, sie schmolz in seiner Umarmung dahin, und die Welt außerhalb des Kuhstalls versank. Sie bebte vor Verlangen, vergrub die Finger in seinen Haaren und presste den schmerzenden Körper an ihn. Die Sehnsucht, bei ihm zu sein, ihn offen zu lieben und mit ihm zu schlafen, war inzwischen beinahe unerträglich geworden.

Sie lösten sich voneinander, doch sie blieb noch in seinen Armen. Sie schauten sich an. »Das Warten ist ebenso quälend wie das Verlangen«, seufzte er. »Ach, Ruby, mein Schatz, wann wirst du mir gehören?«

»Es kann nicht mehr lange dauern. Dad hat versprochen, die Sache zu beschleunigen, aber mir kommt es so vor, als würde es ewig dauern.«

»Ich wünschte –«

Sie legte einen Finger auf seine Lippen. »Ich auch«, flüsterte sie, »aber wir dürfen nicht.«

Enttäuscht aufstöhnend zog er sie an sich und küsste ihren Scheitel. »Ich verabscheue diese Heimlichtuerei. Alle wissen, wie wir fühlen – warum können wir nicht einfach zusammen sein und auf die Konvention pfeifen?«

»Weil ich alles perfekt haben möchte.« Sie kuschelte sich an ihn. »Das Warten lohnt sich, das verspreche ich dir.«

Ihr Kuss wurde von Violet unterbrochen, die mit fliegenden Locken und vor Aufregung strahlenden Augen in den Kuhstall stürmte. Schlitternd kam sie zum Stehen und verschränkte die Arme, als Ruby und Finn hastig auf Abstand gingen. Ihr hellblauer Blick war vorwurfsvoll. »Ich habe gesehen, wie ihr euch geküsst habt«, sagte sie, »und das ist sehr ungezogen.«

Ruby wurde tatsächlich rot, doch Finn lachte nur. »Küssen ist nicht ungezogen«, sagte er, »nicht, wenn man den anderen Menschen liebt.« Er zerzauste ihr Haar. »Wolltest du etwas, oder ist das hier nur ein flüchtiger Besuch, um uns zu schikanieren?«

Sie kicherte und zog an ihren Händen. »Grandpa ist gekommen. Er hat mir gesagt, ich soll euch holen.«

Ruby schaute Finn an und fand dieselbe Hoffnung in seinen Augen, die auch sie erfüllte. Sie eilten hinaus. »Dad«, rief sie schon von weitem, »bringst du gute Nachrichten mit?«

Niall umarmte sie mit breitem Grinsen, seine Augen strahlten vor Lachen. »Ja, ja«, sagte er, »und ich habe die Papiere, die es beweisen.«

Ruby überflog das Dokument und brach in Tränen aus. Endlich, endlich – sie war frei.

»Jetzt halte die Tränen mal zurück, Ruby. Du kannst nicht

mit roten Augen heiraten.« Niall reichte ihr ein großes Taschentuch.

»Heiraten? Heute? Jetzt?«

»Ja, deine Mum sitzt drinnen mit dem Friedensrichter und macht derweil bestimmt einen Mordswirbel um die Vorbereitungen.«

Ruby schaute zu Finn auf, unfähig, ihre Gefühle in Worte zu fassen. Er ergriff ihre Hand, sie las das Glück in seinen Augen und wusste, er war ebenso überwältigt wie sie.

»Dazu haben wir keine Zeit. Nun mach schon, Mädchen, und lass Finn endlich los, damit wir uns vernünftigeren Dingen zuwenden können, zum Beispiel Wein ausladen. Ich hoffe nur, dass er auf der langen Reise nicht verdorben ist.«

Ruby küsste ihn auf die Wange, und nachdem sie Finn umarmt hatte, flog sie förmlich die Treppe hinauf und stürzte ins Haus.

Horatio Withers war mittleren Alters, untersetzt und wirkte nach der langen Fahrt und den sich überschlagenden Ereignissen ziemlich überrascht. Doch als Friedensrichter schien er mit allem spielend fertig zu werden. Er begrüßte sie mit einem Lächeln und einem festen Händedruck.

»Gut«, sagte Amy, die einen verzierten Hut und ein bauschiges Kleid trug und prächtig aussah. »Ich habe dir deine Kleider hingelegt, und Wasser zum Waschen ist auch da. Geh und richte dich her, während ich die Kinder zusammensuche.« Als Ruby zögerte, warf sie ihr einen fragenden Blick zu. »Du willst ihn doch noch heiraten, oder?«

»Natürlich.« Sie schnappte nach Luft.

Amy versetzte ihr einen leichten Schubs Richtung Schlafzimmer. »Dann beeil dich! Du hast lange genug auf diesen Tag gewartet – trödele jetzt nicht.«

Das Kleid war cremefarben und saß wie angegossen. Von den Rüschen an den Schultern bis zur eingezwängten Taille und dem weiten Rock raschelte es, wenn sie ging, und als sie sich im Spiegel betrachtete, wusste sie, dass sie noch nie so schön ausgesehen hatte.

Ihre Mutter hatte Tränen in den Augen, als sie ihr die Haare kämmte und Blütenzweige in die glänzenden kastanienbraunen Locken steckte. »Deine Grandma wäre so stolz gewesen«, murmelte sie und küsste ihr die Wange.

Ruby ließ die Füße in die Satinschuhe gleiten und nahm den Blumenstrauß vom Bett. »Oh, Mum«, flüsterte sie, »ich kann nicht glauben, dass es wahr wird.«

»Ich weiß«, raunte Amy ihr zu, »aber du hast immer gesagt, du würdest Finn eines Tages heiraten, und der Tag ist endlich da. Viel Glück, mein Schatz!«

»Seid ihr denn noch nicht fertig?«, ertönte Nialls ungeduldige Stimme vor der Tür, doch als Ruby aus dem Schlafzimmer trat, war er wie vom Donner gerührt. Er breitete die Arme aus und umfing Ruby. Worte waren überflüssig, denn er wusste, wie es in ihrem Herzen aussah.

Sie lachte entzückt, als Violet ihr lilafarbenes Kleid vorführte und Nathaniel in seinem Anzug stolz eine Verbeugung andeutete. Dann hakte sie sich bei ihrem Vater unter und trat ins Freie.

Sie warteten am Fluss, wo im Schatten der Bäume eine Laube errichtet worden war. Bänder flatterten von jedem Ast. Finn stand neben Fergal und Tommy, und sein breites Lächeln verwandelte sich in ein ehrfürchtiges Staunen, als sie näher kam.

Ruby schaute zu ihm auf, als er ihre Hand ergriff. Sie war erstaunlich ruhig, denn sie war sich ihrer Sache vollkommen sicher und wusste, dass Finn dasselbe empfand. Sie hörten dem Friedensrichter zu, der zu seiner feierlichen Ansprache anhob, mit der er sie zu ihren Gelübden hinführte, und sie senkten den Blick erst, als Finn ihr den goldenen Ring ansteckte.

»Ich erkläre euch zu Mann und Frau«, sagte der Richter. »Sie dürfen die Braut jetzt küssen.«

Finn nahm ihr Gesicht zwischen beide Hände und blickte ihr tief in die Augen. »Ich liebe dich von ganzem Herzen und werde dich lieben, bis ich sterbe.«

Sein Kuss war schmerzhaft zärtlich, und als Ruby sich in seine Umarmung schmiegte, glaubte sie Nells ausgelassenes Kichern zu hören, aber vielleicht war es auch nur der Fluss, der in seinem steinigen Bett gurgelte.

Achtzehn

Hunter Valley, Dezember 1856

Jessie hatte sich an Abels Körper geschmiegt, hörte ihn atmen und wusste, dass sie hierher gehörte. Sie war noch verschlafen, ihr war angenehm warm in seiner Umarmung, und mit der kühlen Brise vor dem Morgengrauen wehte der Duft reifender Trauben und des fruchtbaren Bodens herein.

»Guten Morgen, Mrs. Cruickshank«, brummte er und küsste ihre Schulter. »Habe ich Ihnen schon gesagt, wie schön das kleine Muttermal ist und wie sehr es in mir den Wunsch weckt, Sie zu entzücken?«

Sie kicherte, als er ihren Hals liebkoste. »Ich dachte, du würdest noch schlafen.«

»Wie kann ich schlafen, wenn neben mir so eine Versuchung liegt?« Er lächelte, als sie sich zu ihm umdrehte und ihren Körper an ihn presste. »Ich liebe dich, Jess, auch wenn du mich auszehrst mit all der körperlichen Liebe, die du mir abverlangst.«

Sie versetzte ihm einen Rippenstoß. »Danke gleichfalls«, flüsterte sie und verlor sich bereits in dem Verlangen, das er stets auslöste. Seine Hand glitt an ihrem Schenkel hoch, über ihre nackte Hüfte, und sie gab sich seiner Berührung hin. Als er ihre Brust umfasste und mit dem Daumen über die Warze fuhr, schlug ihr Herz schneller; sie fuhr mit den Händen über seine Hüften hinab an sein festes Gesäß und drängte ihn, dieses schmerzhafte Bedürfnis zum krönenden Abschluss zu bringen.

»Ach, Mrs. Cruickshank«, neckte er sie, »nicht so hastig!« Er hielt inne, schaute ihr in die Augen, glitt in sie hinein und zog sie an sich.

Jessie ließ sich vom Rhythmus ihrer Körper mitreißen, und als ihre Leidenschaft erfüllt war, hielt sie Abel fest und wollte ihn nie wieder loslassen.

Ihr zufriedener Schlummer wurde von ihrer zweijährigen Tochter Jenna unterbrochen, die nur wenig Achtung für die Intimsphäre ihrer Eltern hatte und frühstücken wollte. Jessie zog sich rasch das abgelegte Nachthemd über, holte die Kleine aus der Wiege und nahm die Kinder mit in die Küche. Während Jenna sich ein gekochtes Ei schmecken ließ, wechselte Jessie Daniels nasse Windel und legte ihn an.

Abel pflügte sich durch eine Schale Haferbrei und sprach über das Tagwerk, das zu erledigen war. »Die Trauben sind fast reif«, sagte er zwischen zwei Bissen. »Es sieht so aus, als hielte das gute Wetter, daher werden wir sie noch ein bis zwei Tage an den Stöcken lassen, um sicherzugehen.«

»Was ist mit dem Tabak? Kann der schon gebündelt werden?«

»Tumbalong schätzt, dass es so weit ist; deshalb ist er fortgegangen, um die anderen zu holen.« Klappernd legte er den Löffel hin. »Gott sei Dank habe ich ihn und seine Familie noch. Ich weiß nicht, was ich gemacht hätte, wenn man sie mitgenommen hätte.«

»Ich glaube, du und Peter hattet mehr damit zu tun als Gott«, entgegnete sie. »Hätte man es Gott überlassen, dann würden sie jetzt in einem entsetzlichen Lager stecken.«

Abel grinste. »Ich habe den Scheißkerlen einen Denkzettel verpasst, was?« Er übersah ihren missbilligenden Blick angesichts seiner Wortwahl in Gegenwart von Jenna und fuhr fort: »Aber ich kenne meine Rechte. Sie können uns die Schwarzen nicht nehmen, wenn wir nachweisen können, dass sie für uns arbeiten. Nur gut, dass Gerhardt mich und Peter vor den Überfällen gewarnt hat und wir die Konten und den notwendigen Papierkram erledigen konnten. Aufgrund der Hauptbücher konnten sie hierbleiben, weil ich jeden Namen und Lohn nachweisen konnte, bis hin zum kleinen Jacky-Jack.«

Sie lächelte. Jacky-Jack war fünf Jahre alt, doch Abel hatte ihn als einen anzulernenden Hausdiener ausgewiesen, der fünf Schillinge im Jahr verdiente. »Schade nur, dass andere sich nicht so stark fühlen«, sagte sie, wischte Jenna das Gesicht ab und half ihr vom Stuhl. »Ich habe furchtbare Geschichten von Kindern gehört, die ihren Müttern weggenommen wurden, von Familien, die buchstäblich auseinandergerissen wurden.«

Abels Miene war finster. »Ich auch, aber wenn sie das hier auch nur versuchen, hetze ich die verdammten Hunde auf sie.«

Die Sonne hatte ihren höchsten Stand erreicht, doch im Schatten am Fluss konnte Jessie sich entspannen. Die Kinder hielten im Haus ein Nickerchen, Tumbalongs Nichte war am Waschzuber beschäftigt, seine Enkelin Francie fegte die Veranda in ihrer üblichen lustlosen Art, und eine weitere Enkelin war in der Küche. Jessie konnte dem Müßiggang frönen, bis die Kinder aufwachten, und so lehnte sie sich an den Baum und betrachtete ihr Zuhause.

Abel hatte vier kleine Häuser für Tumbalong und seine Familie errichtet, wo einst das Eingeborenenlager gewesen war. Der Hof war verbreitert worden, eine stabile Außenküche für den allgemeinen Gebrauch gab es, und eine Reihe beeindruckender Scheunen und Gärtürme standen etwas zurückgesetzt hinter der größten Lichtung.

Abel hatte auch diese Lichtung vergrößert und den Bau des Hauptgebäudes überwacht, dessen Front nach Norden ausgerichtet war, um die grelle Sonne auszusperren. Es bestand aus sich überlappendem, weiß angestrichenem Holz, hatte rote Dachziegel, hellblaue Fensterläden und Fliegengitter. Es stand auf einer niedrigen Erhebung und thronte auf Stelzen, um Überflutung und Termiten abzuwenden, und eine elegante Veranda mit einem schmiedeeisernen weißen Geländer, möbliert mit Bettcouchen und Sesseln, gab es auch. Ausgewachsene Bäume waren gepflanzt worden, die Schatten spendeten, und eine Kiesauffahrt führte von der Treppe ans Tor. Dieses Tor öffnete sich zum Weg, der meilenweit durch üppige Rebstöcke und Tabakfelder zur Asphaltstraße verlief, die am Schulhaus und an der Kirche vorbeiführte.

Es war weit entfernt von Jessies früheren Leben. Obwohl sie manchmal in der Schule aushalf und Peter und Hilda regelmäßig traf, war sie gern zu Hause. Sie fuhr mit den Fingern durch Abels Haar. Er lag mit dem Kopf in ihrem Schoß und las ihr ein Buch aus der Bücherei vor. Sie lächelte, denn sein Lesen hatte wirklich Fortschritte gemacht, nachdem er gemerkt hatte, dass seine Tochter jeden Abend eine Geschichte wünschte.

Das Geräusch eines sich nähernden Pferdes rüttelte sie aus ihrer schläfrigen Zufriedenheit, und sie veränderten nur ungern ihre Lage, um zu sehen, wer zu Besuch kam. »Ich kenne ihn nicht«, brummte Abel. »Ich gehe mal hin, um zu hören, was er will.«

Jessie war nicht in der Stimmung für Besucher, doch er sah aus wie ein feiner Herr und musste dementsprechend begrüßt werden. »Ich kümmere mich um eine Erfrischung und überlasse dir den Rest.«

»Mr. und Mrs. Cruickshank?« Der junge Mann schüttelte ihnen die Hand. »Verzeihen Sie, wenn ich unangemeldet komme. Mein Name ist Frederick Cadwallader.«

Jessie knickste zögerlich, denn ihr fiel auf, wie frech er sie anschaute. Kühl erwiderte sie seinen Blick, bevor sie sich aus dem Staub machte, während Abel ihn auf die Veranda führte.

Nachdem sie Francie beauftragt hatte, ein kaltes Bier nach draußen zu bringen, stand sie am Fenster und lauschte. Sie erfuhr nur, dass er gerade aus Cornwall eingetroffen war und seine Familie in Watsons Bay wohnte, in der Nähe von Sydney.

»Ich bin gekommen, um Ihre Frau zu sehen«, sagte er. »Wäre es möglich, mit ihr zu sprechen?«

»Das hängt davon ab, was Sie zu sagen haben«, erwiderte Abel.

»Es ist ein wenig heikel«, gestand er, »denn es betrifft ihre Großmutter.«

»Was um alles in der Welt können Sie schon über Jessies Großmutter wissen?«, fragte Abel. »Die ist schon viele Jahre tot.«

Frederick Cadwallader klang weniger selbstsicher. »Wie schon gesagt, es ist heikel.«

Jessie war neugierig und ging hinaus. »Was ist mit meiner Großmutter, Sir?«, fragte sie und setzte sich neben Abel. »Sie sagten, Sie seien aus Cornwall, aber das klingt gar nicht so.«

Frederick war offensichtlich unbehaglich zumute, und wahrscheinlich bereute er seinen Besuch. »Ich bin in Australien geboren, habe aber die letzten Jahre in Cornwall verbracht«, erklärte er. »Mein Onkel ist der Earl von Kernow und wünscht, dass ich in seinem Namen mit Ihnen spreche.«

Jessie runzelte die Stirn. »Warum sollte ein Fremder, ein Graf, so etwas wollen?«

»Oje, ich vermassele alles.«

Frederick tupfte sich die Stirn ab und wirkte derart beunruhigt, dass Jessie Mitleid mit ihm fühlte. »Warum fangen Sie nicht ganz von vorn an? Das ist immer das Beste.« Sie lächelte ihm aufmunternd zu, doch es milderte ihre eigene Besorgnis nicht.

Er trank einen ordentlichen Schluck Bier, als wolle er sich Zeit geben nachzudenken. »Vor vielen Jahren«, begann er, »bevor Australien kolonisiert wurde, hat sich mein Urgroßvater verliebt. Sie war die Tochter eines Fischers, und er sollte bald der Graf von Kernow werden. Die Verbindung war nicht erwünscht, und das Mädchen wurde bestochen, sich auf eine arrangierte Ehe mit dem Pastor vor Ort einzulassen. Mein Urgroßvater hat diese Frau Jahre später wiedergetroffen, und obwohl auch er inzwischen verheiratet war, hatten sie eine Affäre.« Er senkte den Blick und starrte auf seine Hände. »Aus dieser Verbindung ist ein Kind hervorgegangen, der Name war Rose.«

Jessie schnappte nach Luft. »Grandma Rose?«, hauchte sie.

Er nickte, und seine Erleichterung war beinahe mit Händen zu greifen.

»Also stimmten ihre Geschichten«, murmelte sie. »Keiner von uns hat ihr richtig geglaubt, nicht einmal, als sie mir sagte, dass das Muttermal, das uns gemeinsam war, ihre adlige Abstammung beweise.«

»Demnach haben Sie das Muttermal? Dann kann kein Zweifel bestehen.«

Jessie hatte Schwierigkeiten, es zu begreifen. »Was ist mit ihrer Mutter? Wer war sie?«

»Ihr Name war Susan Penhalligan.«

»Den Namen habe ich schon irgendwo gesehen.«

»So heißen die Leute auf Moonrakers«, sagte Abel und nahm ihre zitternde Hand. »Sie kennen meine Familie in Parramatta ganz gut.« Er schaute Frederick an. »Wo ist die Verbindung?«

»Susan hatte einen Bruder; seine Familie wohnt auf Moonrakers.«

Jessie hörte wie gebannt zu, als er die Geschichte der unglücklichen Liebesaffäre schilderte, die Jahrzehnte überdauert hatte, nur um in einem Reitunfall in der Wildnis am Hawkesbury River zu enden. Schnüffelnd unterdrückte sie die Tränen, als sie hörte, dass Jonathan Rose aufgespürt und heimlich mit einem Zuhause versorgt hatte und dass nach seinem Tod die Suche nach ihren Erben fortgeführt wurde.

Sie blieb still, als er von Susans Ehe mit einem Geistlichen namens Ezra Collinson sprach, dass der Verdacht bestand, deren Tochter sei von Edward Cadwallader ermordet worden – dem Mann, der einer Anklage wegen Vergewaltigung entgangen war und seinen eigenen Sohn erschossen hatte, als er betrunken war, der Mann, der Eloise geheiratet hatte, die Großmutter dieses jungen Mannes.

»Es ist eine blutige, beschämende Geschichte«, sagte sie, als er schließlich verstummte.

»Mein Großvater Edward war ein brutaler Mann, aber meine Großmutter Eloise hat schließlich mit Susan und Ezras jüngstem Sohn, George Collinson, Liebe und Glück gefunden.« Er lächelte zögernd. »Es ist ein verworrenes Netz, Mrs. Cruickshank, und ich hoffe, ich habe Ihnen nicht zu viele Unannehmlichkeiten bereitet.«

»Das ist ein schwerer Brocken, aber ich bin froh, dass Sie es mir erzählt haben. Meine Großmutter Rose hat nie die ganze Geschichte gekannt, oder wenn doch, dann hat sie sie für sich behalten.« Sie seufzte. »Wie merkwürdig, wenn man bedenkt, dass ich Verwandte in ganz New South Wales habe, obwohl ich noch vor einem Augenblick nur zwei Brüder hatte.«

Sie kaute auf ihrer Unterlippe, während ihre Gedanken sich überschlugen. »Susan und Ezras Kinder wussten nichts von Rose«, sagte sie, »und da die Collinson-Penhalligan-Familie durch die Ehe zwischen George und Eloise ihren Frieden mit den Cadwaladers geschlossen hat, glaube ich, das Geheimnis sollte gewahrt bleiben.«

»Ich stimme Ihnen zu, das ist klug«, erwiderte er, »und ich werde Ihre Wünsche respektieren.«

Sie schenkte ihm ein Lächeln, und er entspannte sich sichtbar. »Da sind nur noch zwei Dinge, über die ich sprechen möchte, bevor ich mich verabschiede.« Er griff in seine Tasche und zog eine lange Samtschatulle hervor. »Mein Onkel Harry dachte, das hier könnte Ihnen gefallen«, sagte er und reichte es ihr. »Es ist ganz schön und eine Art Familienerbstück, aber er möchte, dass Sie es haben, um Sie im Schoß der Familie willkommen zu heißen, sozusagen.«

Jessie öffnete die Schatulle und schnappte nach Luft. »Das kann ich unmöglich annehmen. Es muss ein Vermögen wert sein.«

»Es ist unser Geschenk an Sie, und Onkel Harry und ich wären zutiefst verletzt, wenn Sie es ablehnen.«

Jessie hielt das Diamantarmband ans Licht und lachte entzückt auf, als es die Sonne einfing und funkelte. »Ich weiß nicht, wann ich es je tragen soll, aber vielen Dank. Ich werde es immer in Ehren halten.«

»Ich bin froh, dass es Ihnen gefällt, obwohl ich einsehe, dass Sie sich auf einem Weinberg vielleicht ein wenig zu übertrieben geschmückt fühlen.«

»Ich werde dafür sorgen, dass sie jede Menge Gelegenheiten hat, es zu tragen, keine Bange. Danke! Das ist sehr großzügig von Ihnen.«

Frederick wirkte etwas beunruhigt über Abels offensichtliches Missfallen und wechselte rasch das Thema. »Das Letzte, was ich mit Ihnen besprechen möchte, ist die Stiftung, die Onkel Harry eingerichtet hat.« Er lächelte über ihre Verwirrung. »Er folgt nur den Wünschen seines Großvaters, dessen Anliegen nachzukommen. Er will Ihnen nicht zu nahe treten.«

»Ich brauche kein Geld«, sagte sie und ergriff Abels Hand, um seinen Protest zu unterdrücken. »Ich habe hier alles, was ich will.«

»Das sehe ich«, sagte er hastig, »aber wenn Sie keine Verwendung dafür haben, wird es sich vermehren, und wer weiß, eines Tages könnten Ihre Kindeskinder vielleicht etwas damit anfangen.«

Sie warf einen kurzen Blick auf Abel, sah Zustimmung in seinen Augen und lächelte. »Dann danke ich Ihnen, aber was soll ich zu Ihnen sagen? Vetter klingt ein bisschen formell.«

»Freddy nennt mich meine Familie, daher sollten Sie es auch.«

»Danke, Freddy, und du kannst Jessie zu mir sagen. Komm, wir machen eine Flasche von Abels Wein auf und trinken nicht nur auf meinen neu entdeckten Vetter, sondern auf die Zukunft unserer Familien.«

Karlwekarlwe (Devil's Marbles), Northern Territories, April 1857

Die Eier der Regenbogenschlange leuchteten in heller Cremefarbe vor der verblüffend roten Erde. Sie lagen in wirren Haufen zwischen den Grasbüscheln und dürren Pflanzen, einige ruhten unsicher auf anderen, manche waren in zwei Hälften gespalten, andere wiederum vernarbt und modelliert von Sandstürmen, Wind und Regen.

Kumali hatte ihre Freunde vom Volk der Alenjemtarpe an der Stelle verlassen, an der die Quelle aus dem Boden sprudelte, und war zuversichtlich nach Norden gegangen. Bis auf einen Haargürtel war sie nackt, und sie trug einen Bastbeutel, einen angespitzten Stock und ein mit Wasser gefülltes Emu-Ei bei sich. Ihr Glaube an die Geister war stärker geworden, nachdem sie bei den Alenjemtarpe gewesen war, und als sie sich dem heiligen Traumplatz näherte, glaubte sie, die Geister neben sich zu spüren.

Sie hatte die Eier schon einen Tag vorher gesehen, bevor sie dort ankam, denn sie erhoben sich wie ein Signalfeuer aus dem flachen, leeren Land. Doch als sie das erste erreichte, das den Pfad ins Herz des Traums markierte, wurden ihre Schritte langsamer, und sie schauderte. Diese Eier hatten etwas Unheimliches an sich.

Sie setzte sich und aß den Rest der Echse, die sie am Morgen gefangen und gekocht hatte, den Blick fest auf die schweigenden, majestätischen Eier gerichtet. Man hatte sie gewarnt, dass die Geister, die dort wohnten, nicht immer freundlich seien und schnell in Wut geraten würden; doch die Geister würden bestimmt verstehen, warum sie gekommen war, sie würden den Liedern lauschen und ihr die Kinder zurückgeben.

Stille hüllte sie ein, während sie eine flache Vertiefung in den Boden grub und sich zum Schlafen niederlegte. Sie würde warten, bis jemand kam, der die Rituale kannte, mit denen man die Geister besänftigte, und ihr die Lieder vorsingen würde.

Sie wartete viele Monde, lebte wie einst ihre Urahnen, ging auf die Jagd und suchte Wasser, verkroch sich vor der Hitze des Tages und der Kälte der Nacht in einem flachen Graben, doch mit jedem Morgengrauen nahm die Hoffnung ab, und am Ende musste sie sich damit abfinden, dass niemand hierherfand.

Sie nahm ihren ganzen Mut zusammen, ließ die Asche ihrer Feuerstelle liegen und machte sich auf den Weg durch die Korridore aus hoch aufragenden Eiern zur Lichtung in der Mitte. Nervös lauschte sie auf das Flüstern, das aus den Höhlen und Spalten drang. Wahrscheinlich war es nur der Wind, doch sie vermutete, dass es *Kwerreympe* war, das Geistvolk aus der Traumzeit, das ihre Ankunft bemerkt hatte und darüber sprach, warum sie da war und was es tun solle, um den Eindringling zu bestrafen.

Sie ließ den angespitzten Stock und den Bastbeutel fallen und kniete demütig nieder. Die Worte kamen ihr frei im Dialekt ihres Volkes über die Lippen: »Ich verehre dich, Großer Geist der Regenbogenschlange. Auch dich verehre ich, heilige Erde dieses Traumplatzes. Ich bin nur eine Frau, die euch um Vergebung bittet, weil ich euch Umstände mache, aber ich bitte dich, Großer Geist der Regenbogenschlange, mein bescheidenes Lied anzuhören.«

Sie ließ den roten Sand durch die Finger rieseln. »Ich singe für dich, o heilige Erde, und bitte dich, meine Stimme in diesem heiligen Traumland der Frauen anzuhören. Und ich rufe dich, *Kwerreympe*, als eine Mutter, die ihre Kinder verloren hat. Schick sie wieder in meine Arme zurück!«

Sie begann auf die Erde zu schlagen, in immer engeren Kreisen zu tanzen, bis sie so erschöpft war, dass sie wieder auf die Knie sank. »Ich flehe dich an«, klagte sie. »Bring mir meine Kleinen zurück!«

Das Flüstern hatte aufgehört, und als der Mond aufging, wusste sie, dass sie aus den Spalten und Rissen beobachtet wurde. »Bitte!«, jammerte sie. »Gib mir meine Kinder zurück. Ich kenne die Lieder nicht. Ich kenne den Tanz nicht. Ich weiß nur, dass mein Herz gebrochen ist und ich nicht ohne meine Kinder leben kann.«

Sie schlenderte durch das Labyrinth aus Eiern, ihre Bitten erhoben sich in die nächtliche Stille und gaben die Schreie der unzähligen Frauen wieder, denen man die Kinder entrissen hatte.

Als die Sterne verblassten, wusste sie, dass ihre Bitten nicht beantwortet würden, denn die Ältesten hatten ihr die Lieder und Rituale nicht beigebracht, sie hatte die Traditionen dieses heiligen Traumplatzes der Frauen nicht gelernt, weil der weiße Mann es verboten hatte, und ihr Glaube war nicht stark genug gewesen.

Die Sonne tauchte über dem Horizont auf, und sie fiel zu Boden, wissend, dass es die Stelle war, an der sie in einen endlosen Schlaf fallen würde, die Arme auf ewig leer. Die Lieder, um ihre Kinder zurückzuholen, waren vergessen. Niemand konnte sich mehr daran erinnern.

Neunzehn

Kernow House, Watsons Bay, Mai 1856

Frederick saß im Arbeitszimmer seines Vaters und prüfte die Geschäftsbücher. Die Unternehmen waren zahlreich und vielfältig, und er bewunderte Niall um seine Fähigkeit, so viele Informationen im Kopf zu behalten, denn er wusste, woher jeder Penny stammte, was man ihm schuldete und was ausgegeben worden war.

Schließlich schob er sich vom Schreibtisch zurück. Der Kopf schwirrte ihm von endlosen Seiten mit Fakten und Zahlen. Verwundert stellte er fest, dass es beinahe dunkel war. Er zündete die Lampe an, lehnte sich auf dem Stuhl zurück und betrachtete das Zimmer. Von seinem Vater war nicht mehr viel da, denn Onkel Harry hatte es im Lauf der Jahre, in denen er die Verantwortung übernommen hatte, zu seinem eigenen gemacht, doch in den Kristallkaraffen und Gläsern sowie in den Büchern mit den teuren Einbänden war sein Andenken erhalten geblieben.

Lächelnd dachte Frederick an den Tag, an dem Charlie und er hierher beordert worden waren, nachdem Gertrude sie mit den Pistolen erwischt hatte. Er konnte sich noch daran erinnern, dass sie ihre Tante beinahe umgerannt hatten, weil sie nicht schnell genug hinauskommen konnten. Die arme Gertrude! Sie war damals so eine sauertöpfische alte Jungfer gewesen, doch die Seereise hatte sie verändert; sprachlos hatte er ihr sanfteres Auftreten und die hübschen Gesichtszüge zur Kenntnis genommen, wenn sie lächelte. Ihre Heirat mit Lavinias verwitwetem Vetter hatte die Verwandlung abgerundet, und jetzt war sie die glückliche Mutter von zwei strammen kleinen Jungen.

Er gähnte und reckte sich. Dieses Herumsitzen machte ihn träge, und er wünschte sich, es würde aufhören zu regnen, damit er hinausgehen und trainieren konnte. Er nahm die Lampe in die Hand, und die Erinnerungen an die Kindheit begleiteten ihn auch noch, als er die Diele durchquerte und die Treppe hinaufstieg.

Ein Jammer, dass der Säbel und die Pistolen verkauft worden waren, denn er hätte sie jetzt gern gehabt. Die Sachen, die sein Onkel aus Georges Haus geholt hatte, waren jedoch ein kleiner Ausgleich für den Verlust gewesen, und er hatte sich mit Begeisterung in die Lektüre der Seetagebücher vertieft. »Da fällt mir ein …«, murmelte er vor sich hin, als er den Treppenabsatz erreichte.

Er eilte an den Schlafzimmern vorbei, machte die Tür auf und stieg die Treppe in das alte Kinderzimmer auf dem Speicher hinauf. Es erschien ihm viel kleiner, aber schließlich war er um gut zwanzig Zentimeter gewachsen, seitdem er zuletzt hier war. Er stellte die Lampe ab und schaute sich um.

Das Schaukelpferd sah antiquierter aus denn je, und überall standen überquellende Truhen und Kisten. Das Durcheinander rief die Erinnerung an seine einsame Kindheit wach und an die vielen Stunden, die er hier oben mit Stöbern verbracht hatte. Schließlich richtete er seine Aufmerksamkeit auf die Holzverkleidung an der gegenüberliegenden Wand. War sein Geheimversteck noch da?

Er suchte nach dem Scharnier in der Holzleiste und drückte darauf. »Aha!« Die Verkleidung schwang beiseite, und ohne auf seine gute Hose zu achten, kniete er sich auf den staubigen Boden und griff in den Kriechgang.

Seine Schultern waren zu breit, doch seine Arme waren viel länger als früher, und seine Finger fanden schließlich die Zinndose, die er vor sechs Jahren dort versteckt hatte. Mit einem Triumphschrei zog er sie hinaus und trug sie ans Licht, um sie näher zu untersuchen.

Sie war verstaubt und mit Tierkot bedeckt, ließ sich jedoch unter Quietschen öffnen. Vor ihm lag das Buch. Frederick hob es vorsichtig heraus und fuhr mit den Fingern über das verblasste Leder. Als Junge hatte er eine blühende Phantasie gehabt. Er vermutete schon lange, was es wirklich war, aber einen Moment lang wünschte er sich, es wäre tatsächlich ein Piratentagebuch voller Schatzkarten und Wegbeschreibungen.

»Komm schon, Freddy«, brummte er, »höchste Zeit, dass du erwachsen wirst!«

Er legte das Buch in die Dose zurück und trug es in sein Schlafzimmer, begierig, darin zu lesen, denn er war zuversichtlich, dass er es inzwischen entziffern konnte. Er stellte die Kissen hoch und streckte sich auf dem Bett aus. Das Buch wirkte zerfetzter, als er es in Erinnerung hatte, und die Schrift war blasser geworden. Aber als er es aufschlug und das Deckblatt las, erkannte er, dass die Tinte noch genug Farbe hatte, um lesbar zu sein.

Der Name auf der ersten Seite überraschte ihn nicht, und obwohl einige Wörter und Sätze etwas altmodisch waren, gelang es ihm, sie nach seiner Ausbildung in England so leicht aus dem Deutschen zu übertragen, dass er sich schon bald in einer anderen Welt verlor.

Als der Gong zum Dinner rief, hatte er fast die Hälfte gelesen, doch die Freude und Aufregung, es endlich lesen zu können, war in der lastenden Düsternis erstickt worden, die jede Seite anfüllte – und von den Geheimnissen, die dort offenbart wurden.

Nachdenklich und sehr bekümmert steckte Frederick das Buch in die Tasche und ging hinunter.

Parramatta, Juni 1856

Frederick hatte das Buch seit drei Wochen zu Ende gelesen, doch die quälende Geschichte ließ ihn nicht los. Er hatte nachts wach gelegen und darüber nachgedacht, und sie nagte an ihm, wenn er sich eigentlich auf andere Dinge konzentrieren sollte. Er war erschöpft, verwirrt und mit seiner Weisheit am Ende, denn das Tagebuch hatte etwas offenbart, das die Familie und alles vernichten konnte, was sie erreicht hatte.

»Irgendetwas macht dir Sorgen, Freddy. Du hast kein einziges Wort von dem gehört, was ich in den letzten zwanzig Minuten erzählt habe.«

Er versuchte es zu überspielen. »Ich bin nur ein bisschen müde«, sagte er. »Ich muss einfach vieles aufnehmen.«

Niall erhob sich von seinem Stuhl und setzte sich auf die Ecke des Schreibtisches. »Ich habe das Gefühl, es geht um mehr«, sagte er ruhig. »Warum sagst du es mir nicht?«

Frederick fragte sich, ob er es wagen sollte. Niall war in den vergangenen Monaten zu einem guten Freund und Berater geworden. Er war der Vertraute, Freund und Geschäftspartner seines Onkels, ein Mann der Diskretion, doch konnte er ihm sein Wissen offenbaren und sicher sein, dass Niall es für sich behalten würde? Er schaute in das besorgte Gesicht und schwankte.

»Was immer du zu sagen hast, wird diese vier Wände nicht verlassen, Freddy. Darauf gebe ich dir mein Wort.«

»Auch wenn es etwas ist, was …« Frederick verstummte. Wenn er es Niall erzählte, würde er nicht nur den Verfasser verraten, sondern alle, die ihm lieb und wert waren. Doch nicht darüber zu sprechen würde bedeuten, dass er die Last allein zu tragen hätte, die im Lauf der Jahre schwerer würde.

»Wie du weißt, Freddy, bin ich Katholik, und wir glauben, dass die Beichte gut für die Seele ist, wenn man ehrlich bereut. Ich kann mir nicht vorstellen, was du getan haben könntest, das dich so offensichtlich quält, aber ist es nicht besser, dich mitzuteilen, als dich davon auffressen zu lassen?«

Frederick hielt seinem Blick stand. »Versprichst du mir, dass das, was ich zu erzählen habe, nicht aus diesem Raum hinausdringen wird?«

»Ich habe dir bereits mein Wort gegeben.« Plötzlich fehlte den blauen Augen die übliche Wärme. »Ich pflege nicht zu lügen.«

Freddy schluckte und entschuldigte sich, denn er hatte nie an Nialls Ehrlichkeit gezweifelt. Er holte tief Luft und sprach von den sechs Jahren, die er in England verbracht hatte, statt über das Buch zu reden. »Meine Tante und mein Onkel haben mich wie ihren Sohn behandelt, und Charlie ist mir ein Bruder geworden, was das Leben im Internat ein wenig erträglicher machte, als es hätte sein können. Es gab so viele Regeln und stillschweigendes Einvernehmen unter den Jungen, was mir meistens unverständlich war, doch Charlie war immer da, um mir zu helfen.« Deutlich stieg die Erinnerung an die Schikanen und die Häme der anderen Jungen in ihm auf, und er unterdrückte sie rasch.

»Mein Onkel Harry legte Wert darauf, in den Ferien Zeit mit mir zu verbringen, und wir haben über viele Dinge gesprochen, denn er hatte Verständnis für mein Heimweh und die Mühe, die ich hatte, mich in der Schule zurechtzufinden. Auch er hatte sich stets ausgegrenzt gefühlt; er hatte mit fremdem Akzent gesprochen, abweichende Ansichten gehegt und unterschiedliche Erwartungen an Ebenbürtige gestellt. Allein das Wort Australien ermutigte in meinem Fall anscheinend zu bissigen Bemerkungen über Sträflinge und zu unverschämten Fragen nach meinen Vorfahren.«

»Ich kann mich erinnern, dass er mir dasselbe erzählt hat«, murmelte Niall. »Er ärgerte sich, dass man ihn nach England schickte, und fand es sehr schwer, seinen Platz in der Gesellschaft einzunehmen, denn er betrachtete seinen Titel als Last – seine Zeit fern von Australien als erzwungenes Exil.«

Frederick nickte. »Harry hat seinen Vater gehasst. Nicht nur, weil er seinen Bruder umgebracht hatte, sondern wegen der Art, wie er seine Mutter, Eloise, behandelte. Der Titel war nur eine weitere Erinnerung an den Mann und an alles, was er darstellte. Ein Geschenk, das er nicht angestrebt hatte und auch nicht haben wollte.«

»Heute denkt er anders darüber«, meinte Niall.

Frederick lächelte matt. »Er sagte mir, seine Rückkehr nach Australien habe ihn den wahren Wert dessen erkennen lassen, was er hatte. Verstehst du, er hatte sein gesamtes Leben als Erwachsener daran gearbeitet, jegliche Erinnerungen an die früheren Cadwalladers auszulöschen, besonders an Edward. Es war zu einer Besessenheit geworden zu beweisen, dass er in der Lage sei, das Anwesen zu führen, die Schulden und Skandale zu tilgen und die Achtung wiederzuerlangen, die der Familie einst entgegengebracht wurde. Aber er hat es mit Wut und Groll getan und sich die ganze Zeit gewünscht, er wäre hier in Australien, hätte den Grafentitel nicht geerbt und wäre frei, seine eigenen Interessen zu verfolgen – wie mein Vater.«

Niall erhob sich vom Schreibtisch und schenkte ein Glas Whisky ein. Frederick bot er nichts an, der keinen Alkohol anrührte – wie sein Onkel. »Familien sind merkwürdig, nicht wahr?«, überlegte er laut. »Dein Vater hat sich über seine Pflichten geärgert, und Oliver hat sich geärgert, weil er keinen Titel hatte. Sieht ganz so aus, als wäre niemand von uns zufrieden mit dem, was ihm vererbt wurde.«

»Aber Harry erkannte nach seinem Besuch hier, dass er Treleaven House und alles, wofür es stand, liebte. Er konnte auf Abstand gehen, verstehst du – einen neuen Blick darauf werfen –, und plötzlich wurde ihm klar, dass sein Erbe und die Menschen, die von ihm abhängig waren, ihm sehr am Herzen lagen. Seine Rückkehr nach Cornwall brachte frische Energie mit sich und eine Lebenslust, die ihm nur allzu lange gefehlt hatte. Er ist stolz, ein Graf zu sein, stolz, dass sein Sohn Charlie in seine Fußstapfen treten wird.« Frederick wurde still.

Wortlos trank Niall seinen Whisky und schaute starr aus dem Fenster. Er verstand offensichtlich, dass Frederick Zeit brauchte, um seine Gedanken zu sammeln, bevor er wieder das Wort ergriff. Die Uhr tickte, und die Geräusche im Haus hallten von ferne wider; leise trommelte der Regen ans Fenster.

»Charlie wird einen guten Grafen abgeben. Dazu kam er auf die Welt, und das ist alles, was er je wollte. Er wird bald einundzwanzig, und obwohl er vor Onkel Harrys Tod nichts erben wird, plant er bereits, bei der Führung des Anwesens zu helfen und seinem Vater einen Teil der Last abzunehmen.« Frederick sah, wie der Regen über den Garten geweht wurde, und ihm wurde klar, dass es an der Zeit war, sein Geheimnis zu enthüllen.

»Als Charlie und ich noch klein waren, haben wir ein paar Gegenstände auf dem Speicher gefunden.«

»Ah, die Pistolen und den Säbel.« Niall lächelte.

»Du weißt davon?«

»Harry hat mir fast alles erzählt. Wir waren enge Freunde und Vertraute, und wir haben uns über den Tag damals köstlich amüsiert.«

»Aber er wusste nichts von dem Tagebuch, das ich gleichzeitig gefunden habe.«

Nialls Blick wurde durchdringend.

»Ich habe es nie in die Truhe gesteckt, daher wurde es nicht gefunden. Ich habe es damals versteckt und habe es vor drei Wochen wieder hervorgekramt.« Er zog das kleine Buch aus der Tasche und legte es auf den Tisch. »Ich konnte es nicht lesen, bevor ich nach England ging, doch meine Ausbildung dort war so solide, dass ich es heute entziffern kann. Ich wünschte nur, ich wäre in Unkenntnis geblieben.«

Stirnrunzelnd nahm Niall das Tagebuch zur Hand. Er blätterte die Seiten durch, untersuchte die Ränder, an denen Beutelratten genagt hatten, und legte es wieder auf den Schreibtisch. »Das hat dir also schlaflose Nächte bereitet und deine Konzentration geraubt?«

Frederick nickte. »Es ist das Tagebuch von Eloise Cadwallader, geschrieben während ihrer Ehe mit Edward. Sie wusste, wenn man es fände, würde es entsetzliche Probleme aufwerfen, und sie war vorsichtig genug, es in ihrer deutschen Muttersprache zu verfassen und hinter der Wand im alten Kinderzimmer zu verstecken.«

Niall betrachtete Frederick aufmerksam. »Fahr fort!«, sagte er ruhig.

»Eloise betrachtete das Tagebuch als Freundin. Ich glaube nicht, dass sie viele Freundinnen hatte – bis auf ihre Schwestern. Da sie ihre Gefühle diesem kleinen Buch anvertraute, hatte sie offenbar sonst niemandem, bei dem sie ihr Herz ausschütten konnte.«

Frederick zog ein Zigarrenetui aus der Tasche und ließ sich beim Ritual des Anzündens Zeit, um sich zu sammeln. »Edward, mein Großvater, für den ich mich schäme, war ein schlechter Mann«, sagte er kalt. »Er hat sich weder um sie gekümmert noch um die Kinder, die sie ihm schenkte; er hat sie lediglich als Besitztümer betrachtet, die er nach Belieben benutzen und fallenlassen konnte.« Frederick schluckte, um den Kloß im Hals loszuwerden. »Er hat Eloise vergewaltigt, Niall – hat sie mit Gewalt genommen und ihr gedroht, sie und meine Onkel Harry und Charles umzubringen, sollte sie ihn verlassen.«

»Grundgütiger Gott!«, flüsterte Niall. »Ich wusste, er war ein Ungeheuer, aber mir war nie klar …«

Frederick sah dem Zigarrenrauch nach, der sich zur Decke emporkringelte. »Mein Vater war das Resultat dieser furchtbaren Gewalt, doch Eloise war eine enorm starke, mutige Frau, denn sie war imstande, freudig in ihr Tagebuch zu schreiben, dass Edward so dumm sei, darauf zu bestehen, das Kind Oliver zu nennen, und da der Name ›Friede‹ bedeute, sei das der Beweis dafür, dass aus solchem Übel etwas Gutes erwachsen sei.«

»Ich wundere mich, dass sie ihn nicht verlassen hat«, murmelte Niall vor sich hin. »Klingt so, als hätte sie die Hölle durchlebt.«

»Sie war drauf und dran, als er sie überfiel und das Leben meines Onkels Charles bedrohte. Er schwor, er werde sie überall aufspüren, wo auch immer sie sich verstecke. Sie hatte höllische Angst. Dann bekam sie natürlich meinen Vater Oliver, und alle Hoffnung auf Flucht war dahin.«

»Hat sie geschrieben, wohin sie weglaufen wollte?«

»Zu ihrem Liebhaber.«

Niall riss die Augen auf. »Warum hat der sie dann nicht gerettet? Er muss doch eine Ahnung von dem Albtraum gehabt haben, den sie durchmachte?«

»Er wusste nichts, nicht in dem Stadium, und obwohl Eloise liebend gern bei ihm gewesen wäre, wusste sie, ihre Affäre musste ein Ende haben. Nicht nur um sich und ihre Kinder zu schützen, sondern auch ihren Liebhaber. Edward war ein gewalttätiger, besitzergreifender und eifersüchtiger Mann, der zu Wutanfällen und Trunkenheit neigte, und sie wusste, wenn er ihre Liaison mit diesem Mann herausbekäme, würde er ihn umbringen.«

»Wer war es?«

»George Collinson.«

Niall lächelte. »Ah, aber am Ende hat sie ihn ja geheiratet. Das freut mich. Sie hatte ein wenig Glück verdient.«

»Richtig«, stimmte Frederick ihm zu. »Nach dem tragischen Tod ihres Ältesten, Charles, hat sie endlich den Mut aufgebracht, Edward zu verlassen, der sich daraufhin das Leben nahm. Nach seinem Selbstmord war sie frei, wieder zu heiraten. Die Liebe zwischen George und Eloise war stark wie eh und je, trotz der Jahre, die sie gezwungenermaßen getrennt voneinander verbracht hatten. Obwohl ich mich an keinen von beiden deutlich erinnern kann, ist mir, als wären sie vollkommen glücklich gewesen.«

Niall trank seinen Whisky aus und stellte das Glas ab. »Eine Geschichte, die gut ausgeht, gefällt mir immer.« Sein Blick war bohrend. »Aber ich habe das Gefühl, das ist noch nicht das Ende.«

Frederick schüttelte den Kopf. »Onkel Harry ist der Earl of Kernow, aber er hat kein Anrecht auf den Titel oder das Anwesen.« Er holte tief Luft und schaute Niall an. »Er war nicht Edwards Sohn. George war sein Vater.«

Niall stieß einen langen, leisen Pfiff aus. »Und Eloise hat es niemandem erzählt?«

»Nur ihrem Tagebuch.« Er rauchte die Zigarre, und das Kältegefühl nach den Enthüllungen seiner Großmutter hatte ihn noch nicht verlassen. »Sie schreibt von ihrer Freude über seine Geburt, über die Angst, die sie hatte, dass Edward ihre Täuschung aufdecken würde, und von der sehr realen Gefahr, in der sie alle schwebten, falls sie es George erzählte, denn George würde nicht beiseitetreten und seinen Sohn von einem anderen Mann großziehen lassen – schon gar nicht von einem wie Edward. Er würde sein Leben aufs Spiel setzen, um sie und den Jungen aus seinen Fängen zu befreien.«

»Ja«, seufzte Niall. »George hätte reagiert, bevor er sich die Konsequenzen überlegt hätte. Für alle Betroffenen wäre es sehr gefährlich gewesen.«

»Nach ihrer Heirat erwog sie, die Dinge klarzustellen, doch sie wartete zu lange; der richtige Augenblick schien nie gegeben. Harry nahm den Titel an, mein Vater schien damit zufrieden, Georges Geschäfte zu führen, und ich vermute, sie hat eingesehen, dass es für alle das Beste sei, alles beim Alten zu belassen. Doch zu wissen, dass sie meinen Vater um sein rechtmäßiges Erbe betrogen hatte, war eine Qual für sie. Deshalb hat sie dafür gesorgt, dass er den Löwenanteil vom Firmenerlös erhielt.«

»Kein Wunder, dass du in letzter Zeit mit den Gedanken woanders warst. Was für ein Dilemma!«

Sie wurden still und beobachteten den Regen. Die Uhr tickte, der Zigarrenrauch kräuselte sich, und die Geräusche des Haushalts traten hinter ihren lärmenden Gedanken zurück.

»Bist du zu einem Entschluss gekommen, Freddy?« Nialls freundliche Stimme durchbrach das Schweigen, und seine Hand legte sich liebevoll auf die Schulter des jungen Mannes.

»Onkel Harry hasste seinen Vater und alles, was mit ihm zu tun hatte. Wenn er erführe, dass er eigentlich nicht mit ihm blutsverwandt war, wäre es eine enorme Erleichterung für ihn.«

»Aber?«

»Er hat das Anwesen Treleaven zu seinem Lebenswerk gemacht. Er hat am Ende in Cornwall Zufriedenheit und seinen Platz in der Gesellschaft gefunden. Er hat sich die Achtung Gleichgestellter und seiner Arbeiter erworben, und seine Meinung findet im Oberhaus Beachtung.«

Niall nickte, um ihn zu ermutigen fortzufahren.

»Sein Sohn Charlie ist ausgebildet und herangezogen worden, um alles zu übernehmen, und soweit ich ihn kenne, glaube ich, wird er ein guter Graf und ein Gewinn für den Namen Cadwallader sein.«

»Aber du bist der Erbe.«

Frederick starrte in den Regen hinaus. »Harry hat seine Verantwortung übernommen, ohne auf die eigenen Wünsche zu achten, und hat sich des Titels würdig erwiesen. Charlie redet bereits davon, die Ländereien zu erweitern und in den Kupferminen Verbesserungen vorzunehmen. Er schwelgt angesichts der Aussicht, an der Seite seines Vaters zu arbeiten. Ich habe nicht die Absicht, alles zu zerstören, wofür Harry geschuftet hat. Er hat so viele Opfer gebracht in seinem Bestreben zu beweisen, dass der Name Cadwallader noch immer mit Ehre verbunden ist.«

»Klingt ganz so, als hättest du bereits einen Entschluss gefasst, mein Junge«, sagte Niall, »aber kommt diese Entscheidung aus deinem Kopf oder deinem Herzen?«

Lächelnd drückte Frederick die Zigarre aus. »Mein Herz und mein Kopf sind fest hier in Australien verankert. Ich möchte nicht den Rest meiner Tage in Cornwall verbringen und dabei wissen, dass ich eine Frau wie Eloise besudelt und die Träume und Erwartungen der Menschen ruiniert habe, die ich liebe.« Er seufzte. »Mein Vater hat keinen Erfolg aus seinem Leben gemacht, aber mit deiner Hilfe ist unsere Familie gediehen. Jetzt liegt es an mir, die Zügel in die Hand zu nehmen und alles von dir zu lernen, was ich kann, sodass ich vorbereitet bin, wenn die Zeit kommt, alles zu übernehmen.«

»Die Worte eines echten Australiers«, sagte Niall grinsend.

»Das bin ich, und das werde ich immer sein. Das hier ist mein Land, und ich möchte Teil seiner Geschichte sein.« Frederick nahm das Tagebuch an sich. »Arme Eloise, sie hat so sehr versucht, ihre Geheimnisse zu verbergen! Aber die Wahrheit kommt immer ans Licht, nicht wahr?«

»Nicht über meine Lippen, und vermutlich auch nicht über deine. Was willst du damit anfangen?«

Frederick durchquerte den Raum. »Ich werde es George und Eloise zurückgeben und das Geheimnis für immer wahren«, erwiderte er. Damit warf er das Tagebuch ins Feuer und beobachtete, wie die Seiten sich krausten und in Flammen aufgingen.

»Asche zu Asche, Staub zu Staub. Möge der Herr ihnen endlich Frieden schenken!«

Epilog

Gallopolli, Türkei, 1916

Seit Wochen regnete es, und als die erschöpften Männer des Australian Eleventh Light Horse Regiment sich einen Unterschlupf suchten, um den dringend benötigten Schlaf zu finden, wurden die Schützengräben in stinkenden Morast verwandelt. Die Pferde, die sie von der britischen Armee zugeteilt bekommen hatten, waren weitab von der Frontlinie angebunden, doch sie standen erbärmlich in der öden Landschaft herum, die nur wenig Ähnlichkeit mit der Heimat hatte. Die Männer, die sie auf dieses Schlachtfeld geritten hatten, waren Bauernjungen, Viehtreiber und Schafscherer, und sie wussten ebenso wie ihre Tiere, dass sie in der Hölle gelandet waren.

Das Ungeziefer wurde immer quälender und krabbelte über die Männer, raubte Speisereste und schnüffelte hungrig an den Verwundeten. Nicht selten warf ein Sterbender seinen letzten Blick auf sein Spiegelbild in den Augen einer Ratte, die sich an seinem Fleisch laben wollte, doch sein Entsetzen war nichts verglichen mit der unentwegten Bombardierung, unter der die Erde erbebte, die in der Luft krachte, welche die Männer einatmeten, und die in ihren Köpfen dröhnte. Es gab kein Entrinnen, nicht einmal im Schlaf.

Die fünf jungen Männer kauerten eng beieinander, teilten sich das letzte verschimmelte Brot und heißen Tee und sprachen über die Heimat, ihre Lieben und die bevorstehende Schlacht. Es spielte keine Rolle, dass sie unterschiedliche Dienstgrade innehatten, dass einer unter ihnen ein Pom, ein eingewanderter Brite, war, denn sie hatten die Landung in Ari Burnu überlebt, wo sie von türkischem Maschinengewehrfeuer am Strand festgenagelt worden waren, das Abschlachten ihrer Kameraden mit ansehen mussten und wussten, dass die Zahl der Todesopfer nach dem heutigen Tag ansteigen würde. Die Großoffensive stand bevor, und sie warteten nur auf das Zeichen zum Sturmangriff.

Es war eine eigenartige Gruppe, diese jungen Männer, die durch Erfahrung gealtert waren und deren Augen glasig waren von den Gräueltaten, die sie miterlebt hatten, und den abstoßenden Bedingungen, unter denen sie hatten leben müssen, doch sie verband etwas, was tiefer ging als der Stolz auf ihr Land und ihre Waffenbrüder: Sie waren blutsverwandt.

Albert Penhalligan aus Parramatta war mit knapp einundzwanzig Jahren der Älteste. Peter Cruickshank aus dem Hunter Valley war achtzehn, genau wie Billy Logan aus Eden Valley. James Cadwallader war vor kurzem siebzehn geworden, doch da er der zugereiste Sohn eines britischen Grafen war, hatte man ihn rasch zum Hauptmann befördert, nachdem die älteren Offiziere ihr Leben gelassen hatten. Henry Cadwallader war sein Vetter. In Sydney geboren und aufgewachsen, war es ihm gelungen, die Rekrutierungsoffiziere mit einer falschen Altersangabe zu täuschen; mit seinen fünfzehn Jahren war er der Jüngste von allen. Er war für diese fest zusammengeschweißte Gruppe so etwas wie ein Maskottchen geworden – ein Junge, den es zu beschützen und zu hegen galt, ein Junge, dessen Mut trotz seiner Jugend unter Beschuss nie nachgelassen hatte, ein Junge, der, wenn es nach ihnen ginge, überleben und zu seiner Mutter zurückkehren würde.

Als Pfiffe ertönten und Rufe durch die Reihen und Schützengräben gingen, kamen die fünf schweigend zusammen. Die Briefe aus der Heimat waren gelesen worden, bis sie zerfielen; die Fotos ihrer Lieben waren verblasst und besudelt mit dem Schlamm und dem Blut des Schlachtfeldes. Die Heimat lag auf der anderen Seite der Erde. Sie hatten nur noch ihre kleine Gemeinschaft. Worte waren überflüssig; Trost bot allein die gegenseitige Umarmung, denn sie stärkte ihren Mut, mit dem sie die nächsten Stunden überstehen wollten.

Als die Pfiffe lauter wurden, trennten sie sich, um die Leitern zu erklimmen. Sie alle hatten Todesangst, doch keiner zeigte sie, und als die Australier zur Flagge mit dem Kreuz des Südens aufschauten, die trotzig über den Schützengräben flatterte, grüßten sie sie mit Stolz.

Sollte der heutige Tag ihnen den Tod bringen, würde man sich an ihre Großtaten erinnern; ihre Geschichte würde weitergegeben, und am Ende würde Australien die Fesseln seiner Sträflingsvergangenheit abstreifen und zu einer aufrechten, stolzen Nation werden. Denn ihre jungen Männer hatten ihr Blut auf diesen fremden Schlachtfeldern vergossen, und wie die Pioniere, die ihr Leben für diese Flagge gelassen hatten – für diese Nation –, würde ihr Opfer nie in Vergessenheit geraten.

Anmerkung der Autorin

Bei der zeitlichen Einordnung der tragischen Geschichte von Kumali habe ich mir die Freiheit genommen, sie einige Jahre vor der Zeit der »Lost Generation« anzusiedeln. Ich hoffe, die Historiker unter Ihnen werden es mir nachsehen. Kumali ist eine fiktive Gestalt, doch ich konnte den Roman nicht beenden, ohne das Vermächtnis zu zeigen, das sie – und ihr Volk – geerbt haben.